PREDESTINADOS

AMANDA ORLANDO

PREDESTINADOS

GLOBOLIVROS

Copyright © 2023 Editora Globo S.A.
Copyright © 2023 by Amanda Orlando

Todos os direitos reservados. Nenhuma parte desta edição pode ser utilizada ou reproduzida — em qualquer meio ou forma, seja mecânico ou eletrônico, fotocópia, gravação etc. — nem apropriada ou estocada em sistema de banco de dados sem a expressa autorização da editora. Texto fixado conforme as regras do novo Acordo Ortográfico da Língua Portuguesa (Decreto Legislativo nº 54, de 1995).

Editor responsável: Lucas de Sena
Assistente editorial: Jaciara Lima
Preparação: José Ignacio Coelho
Revisão: Erika Nakahata
Diagramação: Ilustrarte Design
Capa: Renata Zucchini; composição com detalhe de Caravaggio, São Jerônimo que Escreve, 1605–1606. Galleria Borghese, Roma. PD-Art. (Domínio público.)

CIP-BRASIL. CATALOGAÇÃO NA PUBLICAÇÃO
SINDICATO NACIONAL DOS EDITORES DE LIVROS, RJ

O79p

Orlando, Amanda
   Predestinados / Amanda Orlando. - 1. ed. - Rio de Janeiro : Globo Livros, 2023.
   592 p. ; 23 cm.

   ISBN 978-65-5987-072-1

   1. Romance brasileiro. I. Título.

23-82486
CDD: 869.3
CDU: 82-31(81)

Meri Gleice Rodrigues de Souza - Bibliotecária - CRB-7/6439

1ª edição | 2023

Editora Globo S.A.
Rua Marquês de Pombal, 25 – 20230-240 – Rio de Janeiro – RJ
www.globolivros.com.br

Para os meus mortos.

> "Allor son io ch'a voi parlerò, Sire.
> Nell'ispano suol mai l'eresia dominò,
> Ma v'ha chi vuol minar
> l'edifizio divin;
> L'amico egli è del Re, il suo fedel compagno,
> Il dèmon tentator che lo spinge a rovina.
> Di Carlo il tradimento che giunse a t'irritar
> In paragon del suo futile gioco appar.
> Ed io, l'inquisitor,
> io che levai sovente
> Sopra orde vil'di rei la mano mia possente,
> Pei grandi di quaggiù, scordando la mia fè,
> Tranquilli lascio andar un gran ribelle…
> e il Re."

GIUSEPPE VERDI, DON CARLOS, QUARTO ATO.

I

Cimitero della Villetta, Parma, dezembro de 1629

— Preparada ou não, lá vou eu.

Sob o sol opaco da tarde de dezembro, uma criança sai de trás de uma das sepulturas do pequeno cemitério no alto do monte. Apesar da altura diminuta, que faz com que permaneça escondida pelas lápides de mármore escuro, seus passos são determinados e velozes, como os de quem sabe exatamente para onde ir e conhece como a palma da mão o caminho debaixo de seus pés. Sua pele é alva; os traços, delicados; os cabelos negros por vezes lhe caem sobre os olhos castanhos e atentos. Afasta os fios sacudindo a cabeça e caminha, determinado, por entre os túmulos, ainda que às vezes diminua a velocidade, como se ouvisse algum som longínquo. As calças ajustadas ao corpo lhe dão mais liberdade ao andar que os camisolões infantis que usara até poucos meses antes e lhe conferem uma atitude ainda mais confiante. Talvez, agora que é considerado um pequeno homem, como seu pai costuma dizer, não tenha mesmo razão para se sentir tão deslocado. Até carrega um pequeno punhal preso ao cinto, presente do irmão em seu último aniversário, e veste gibões de veludo em cores sóbrias costurados pelo mesmo alfaiate responsável pelas roupas do pai. Dizem que a cada dia ele parece mais uma pequena versão de Don Alfeo, o que enche Luciano de orgulho.

Os pés calçados em sapatos de seda verde-musgo úmidos e cobertos de terra viram de súbito entre um amontoado de lápides baixas. Ele diminui o passo, olha rapidamente para cima, pronuncia um agradecimento inaudível e saboreia o momento. Aquilo está se tornando cada vez mais fácil. A sensação de júbilo, entretanto, permanece intocada. Ele é quase capaz de ouvir a respiração ofegante da menina e sentir o cheiro de sua pele por baixo da água de colônia. É o mesmo cheiro que sente sob suas próprias roupas. Respirando fundo, ele salta para trás da sepultura.

— Você jamais será capaz de se esconder de mim! – Luciano solta uma risada.

Encostada no mármore há uma menina quase de sua altura, as pernas encolhidas junto ao tronco envoltas pelos braços. A capa de veludo escarlate se espalha pelo chão ao redor. Ela ergue os olhos grandes e muito azuis. Os cabelos negros foram trançados e presos em um coque baixo, coberto por uma rede dourada decorada com pedrinhas brilhantes. Algumas mechas, porém, lhe caem desordenadas ao redor do rosto devido ao vento e à agitação das brincadeiras. Se não fosse pela cor dos olhos e pelo fato de agora por fim se vestirem como pequenos adultos de gêneros opostos, eles poderiam ser confundidos como a mesma pessoa.

A expressão de susto da menina é substituída por um sorriso assim que seus olhos encontram os do irmão. É tão bom ouvi-lo falar naquela língua que só ela e mais ninguém é capaz de entender. Jade dá uma gargalhada que ecoa pelo cemitério.

Luciano se abaixa e se senta ao lado da irmã. A menina abre espaço para que ele possa também se encostar na lápide e repousa a cabeça em seu ombro. De um dos bolsos da capa, pega um pequeno odre, retira a tampa e dá um longo gole, passando-o em seguida para o garoto. Ele apenas molha os lábios, sente o gosto rascante do vinho, muito mais forte do que a variante aguada e doce que costuma lhes ser servida, e o devolve a Jade. Ela dá mais um gole e estende novamente o odre para Luciano:

— Agora bebe como um homem. Afinal, não é você que fica enchendo a boca para falar que finalmente usa calças?

Ele contempla a irmã por alguns segundos antes de aceitar a oferta. Olhar para Jade é como mirar um espelho que reflete apenas seu melhor lado. Ainda que seus traços sejam praticamente os mesmos, os cabelos da menina parecem refletir todos os raios de sol e assumir vontade própria em suas ondas selvagens, enquanto o dele é oleoso, opaco, caindo sem graça sobre o rosto. Seus olhos azuis faíscam, e os dele se tornam cada dia mais baços. Seu corpo é esguio, lépido, ao passo que Luciano ouvia a tia se perguntar quando alguma ama o trocava em sua presença se algum dia ele perderia aquelas gorduras de bebê. É um alívio saber que a tia jamais o verá sendo vestido novamente e, de certa forma, ele se sente mais confortável ao ser entrajado por um valete do que por aquelas jovens que não paravam de tagarelar um segundo e o olhavam de soslaio, com uma expressão aterrorizada.

Sem dúvida, há muitas coisas boas em se tornar um pequeno homem. Ele passa cada vez mais tempo com o pai. Eles cavalgam por horas, Alfeo já tinha lhe mostrado todos os cantos da Villa e de várias outras propriedades da família espalhadas pelos arredores do ducado. Eles haviam ido visitar sábios não só em Modena e Turim, mas em lugares ainda mais distantes, como Praga e Londres. E, claro, o que ele mais aprecia: as noites que passa com o pai no grande mausoléu dos Manfredi naquele mesmo cemitério, consagrado pelo papa como um campo tão santo quanto uma igreja, localizado a poucos metros de onde está sentado com Jade. Finalmente Luciano começa a entender quem é e a compreender sua nobre missão não só neste mundo como além dele. Afinal, ele não é um louco, muito menos uma aberração. Como seu pai é o verdadeiro senhor de Parma e seu irmão um dia se tornará o senhor da Santa Igreja, ele também será o senhor de sua própria senda.

Seus únicos pesares são não poder compartilhar nada daquilo com Jade e, principalmente, saber que momentos como aquele se tornarão cada vez mais raros. Desde quando consegue se lembrar, Jade é mais do que sua sombra, ela é seu reflexo. A primeira coisa que via ao acordar era seu sorriso, e pegava no sono sentindo o calor de suas mãos nas dele. A partir do dia em que completaram onze anos e Luciano passara a usar calças e Jade vestidos compridos e ornamentados, cada um deles foi colocado em seu próprio quarto e, enquanto Luciano passa a maior parte do dia com seus tutores e o pai, Jade aprende a bordar e tricotar com a governanta, a cantar, dançar e tocar o cravo com uma ama francesa e passa longas horas a portas trancadas no estúdio da mãe. Tacitamente, Luciano sabe que não deve lhe perguntar sobre o teor dessas conversas, e ela, por sua vez, não o questiona sobre as longas horas que ele passa ao lado de Alfeo.

Jade, por sua vez, sente profundamente a falta do irmão. Lembra-se com detalhes das noites que passou em claro, apavorada, quando Luciano saía junto ao pai em suas visitas a sábios e místicos de outros reinos para que estudassem sua peculiar condição. Amedrontava-lhe a possibilidade de que algo acontecesse ao pai e, em especial, ao irmão nas estradas, ou que por fim descobrissem que Luciano possuía de fato algum defeito irremediável ou fosse, como a tia costumava chamá-lo, um retardado. Nessas noites, ela se prostrava diante do pequeno oratório do infantário e, de joelhos, pedia com todas as forças para que Nossa Senhora e todos os anjos não deixassem que nada de mal acontecesse a Luciano e Alfeo, que nenhuma das suspeitas dos parentes sobre o irmão fossem verdadeiras e que ele jamais saísse do seu lado. Era sempre um alívio quando pai e filho retornavam com sua comitiva e ela podia novamente passar os seus dias correndo com Luciano pelos jardins da Villa e pelo cemitério, o lugar preferido para suas brincadeiras, para onde sempre gostavam de fugir, já que a maioria das amas tinha medo daquele lugar e nunca ia procurá-los ali. Assim, eles podiam ter alguns momentos a sós antes que a tia desse pela falta dos dois e fosse até lá buscá-los, o que sempre acabava em castigos rigorosos, mas que, de qualquer forma, valiam a dor da punição. A tia dizia ter medo de muitas coisas, mas infelizmente o cemitério de Parma não era uma delas.

Jade adora ter o seu próprio quarto e todas as novas roupas que foram escolhidas com a mãe, que decidira que o escarlate seria a cor de Jade por acender seus olhos azuis e fazer um belo contraste com suas próprias roupas, sempre de um branco imaculado. Tudo aquilo a encanta, apesar de se sentir um tanto intimidada pela figura da matriarca, que nunca fora presente em sua vida até que completou onze anos e passou a ser considerada uma mocinha. Jade está se tornando uma jovem bonita e tem muito o que aprender, coisas para as quais não existe melhor professora que sua mãe. A primeira lição que a menina recebeu enquanto Lizbeta escovava seus longos cabelos era que não poderia falar sobre o que elas conversariam ali com absolutamente ninguém. Não, nem mesmo com Luciano — principalmente com ele. Jade ouvia as exposições da mãe com a cabeça baixa, sem retrucar, sorvendo toda a informação e tentando processá-la nas noites que passava rolando na grande cama de adulto de seu novo quarto. Se pelo menos Luciano estivesse ali ou eles pudessem conversar sobre tudo aquilo...

Apesar dos vários comentários maldosos a respeito do irmão que ela entreouvia pelos corredores da Villa, sempre o considerou o mais inteligente dos dois. Luciano conhecia todas as respostas e, mesmo que não as soubesse, não sossegava até criar suas próprias teorias. Ele só não sabia explicar por que via e ouvia coisas que ninguém mais conseguia perceber e por que, enquanto algumas dessas aparições zelavam por ele, outras aparentemente o odiavam, assombrando-o noite após noite, muitas vezes chegando a feri-lo. Jade tinha certeza, porém, que, enquanto o irmão estivesse em seus braços, nada de ruim lhe aconteceria. Ela o abraçava forte nas noites em que ele entrava em pânico e não conseguia dormir. Enquanto ele se encolhia em seu peito, ela pedia aos anjos que o defendessem de todas aquelas coisas ruins que só ele era capaz de enxergar, mas que Jade jamais duvidara que de fato estavam ali. Ele empapava sua camisola de lágrimas e suor e chegou até mesmo a rasgá-la várias vezes, em desespero, ato pelo qual a tia sempre punia a ambos na manhã seguinte, por mais que tentassem explicar o que realmente havia acontecido. Para Francesca, aquilo era apenas mais uma obra do maligno, atraído pela devassidão que assolava os Manfredi havia gerações. As crianças não compreendiam a insinuação, porém, enquanto estavam ajoelhadas sobre grãos de milho diante do oratório, perguntavam-se se elas seriam também amaldiçoadas.

Luciano por fim aceita a oferta da irmã, pega o odre e vira quase a maior parte de seu conteúdo, cedendo, mais uma vez, aos desafios de Jade. A tia costumava lhe dizer que precisava tomar cuidado com a forma como Jade o provocava. Talvez Francesca tivesse razão, mas ele simplesmente não se importava.

O menino faz uma careta e cospe no chão enquanto o líquido lhe arranha a garganta e queima as entranhas. Por um segundo, ele se perde nas bolhas e manchas que sua saliva deixa na terra, quase tão vermelhas quanto as roupas da irmã. Ele olha para as sombras que pairam, lânguidas, ao seu redor. Não, aquela coisa não poderia fazer efeito assim tão depressa. Ele ouve o vento gelado que brinca com seu cabelo, sente a irmã se aninhar ainda mais junto ao seu corpo e passa um dos braços ao redor dela, apertando-a. Ele não pensaria duas vezes antes de cortar a pele de quem quer que fosse com seu punhal só para ter mais momentos como aquele. Muitas coisas estão mudando em sua curta vida, mas se há algo em que ele acredita com todas as forças que continuará o mesmo para sempre é o fato de Jade ser, indiscutivelmente, sua pessoa preferida em todo o mundo.

Ela ergue a cabeça para beber mais um pouco.

— Tem certeza de que a dona Camélia não viu você roubando isso da cozinha? – ele pergunta, divertido, referindo-se à governanta da Villa, que trabalha para os Manfredi desde a época em que seus pais eram crianças e, apesar da aparência autoritária, no fim das contas, é sempre complacente com os pecadilhos dos caçulas.

— Ela estava discutindo com a cozinheira sobre como depenar os faisões que o *papà* trouxe da última caçada. São para o banquete de Domenico.

Ele beija a testa de Jade e se levanta. Quem se interessa por Domenico, as caçadas do pai, cozinheiras e faisões quando eles ainda têm uma tarde inteira longe dos olhares da tia, que está ocupada demais com os preparativos para a visita do primogênito de Don Alfeo a Parma para se importar com o que eles estão fazendo? Cada minuto ali, em seu cemitério, com sua irmã, é precioso, e Luciano é tomado por uma certa euforia. Talvez sejam os primeiros efeitos do vinho em seu corpo jovem ou, quem sabe, uma felicidade genuína. Ele estende as mãos para Jade para ajudá-la a levantar-se.

— Vamos dar uma volta.

A menina se põe de pé, bate a terra da capa e, de mãos dadas, os dois caminham sem pressa por entre as sepulturas.

Leitor voraz desde muito jovem, que aprendeu a juntar as letras para formar palavras sem que ninguém precisasse lhe ensinar, Luciano lê algumas lápides em voz alta, para a satisfação de Jade, que fica exultante ao reconhecer entre os enterrados ali os nomes das famílias de suas aias. Ao mesmo tempo, também se dá conta de que seu destino, assim como o dos pais, dos irmãos, dos tios e de todos os primos, será um dia repousar igualmente naquele cemitério. Ainda que tenha o seu lugar no imponente mausoléu dos Manfredi, ela se tornará, assim como eles, apenas mais um nome encravado em uma pedra. Um calafrio atravessa sua espinha. Imediatamente, Luciano para, olha para a irmã e sussurra enquanto seus olhos pairam para além dos ombros da menina, com uma expressão irritada:

— Shhh... não foi nada, *sore*. Já passou. Não precisa ter medo. Eu estou aqui com você, não estou?

Ele põe um dos braços ao redor dos ombros de Jade e passa o nariz sobre seus cabelos, que cheiram a alfazema e folhas queimadas. Ela sorri e aponta para uma lápide semiencoberta por um arbusto:

— O que diz aquela ali?

Luciano se aproxima da sepultura, tira o punhal da bainha e corta os galhos que cobrem a inscrição.

—Antonina Manfredi. Nascida em 1514 e morta em 1529. Neste local aguarda pelo Dia do Julgamento junto a seu filho, nascido e morto em 13 de novembro de 1529.

Jade sente mais um arrepio, que dessa vez passa desapercebido pelo irmão, entretido que está com sua descoberta:

— Antonina tinha quinze anos. Deve ter morrido depois que o bebê nasceu. Ou será que ele nem mesmo chegou a nascer vivo? Do que será que ela morreu? Por que ela não foi enterrada no mausoléu? Será que a criança não era...

Jade apenas contempla o irmão sem saber como responder suas perguntas, como quase sempre acontece quando ele parece se perder em seus devaneios. Ela sente um presságio de mau agouro, embora não saiba explicar o motivo.

Uma nova rajada de vento gélido varre o cemitério levantando folhas, tufos de terra, e fazendo com que a capa de Jade esvoace atrás de seu pequeno corpo. Ela aperta o tecido vermelho contra o peito e fecha os olhos, ouvindo o assobio da ventania. Contudo, logo em seguida os abre, num sobressalto, ao ouvir um estampido junto ao túmulo.

Jade vê então Luciano acocorado diante da lápide, examinando algo sobre a terra. Ela se aproxima e vê uma cotovia caída, com as patas delicadas viradas para cima, o pequeno ventre redondo e imóvel.

— Está morta – atesta Luciano com frieza quando a irmã se aproxima.

Jade desvia o olhar, mirando os campos queimados pela geada abaixo do monte. Ela gosta muito de La Villetta. Afinal, aquele é o único lugar onde consegue ficar totalmente a sós com o irmão e onde podem brincar à vontade, sem serem vigiados ou repreendidos. Porém, naquele dia, experimenta um desconforto crescente, uma sensação de que algo se esvai por entre seus dedos. Finitude. Ela repete com frequência essa palavra nas orações da igreja, mas só naquele momento se dá conta de seu significado. De repente, é tomada pela solidão. Não quer estar mais naquele cemitério, embora não saiba dizer onde mais quer estar. Jamais se sentiu assim, mas sabe que é algo ruim.

Luciano acaricia a cabeça da ave morta por um momento que parece uma eternidade. De repente, esquece-se totalmente da presença da irmã. Aquele é sem dúvida o pássaro mais belo sobre o qual seus olhos já haviam pousado. É impressionante como todo ser se torna mais harmonioso, plácido, sublime, após a morte. O menino passa a ponta dos dedos sobre as patas frágeis. Tão perfeitas. Finas, leves, mas capazes de impulsionar o voo de um corpo que parece pesado demais para elas e sustentar suas aterrissagens. E toda aquela beleza seria corrompida pela decrepitude. Como ele seria um dia. Como Jade. Como todos que conhecia e ainda viria a conhecer. A única certeza. Suprema. Inexorável. Igual para todos.

Uma voz lhe sussurra que não é justo que aquele ser tão belo e inocente não tenha um final digno. Afinal, ele é tão parte da Criação quanto aqueles que jazem sob sepulturas erigidas para que não fossem esquecidos. Luciano, porém, tem certeza de que jamais se esquecerá daquela cotovia. Sem parar de acariciar o animal nem olhar para a irmã, pede:

— Jade, preciso de flores pequenas.

Sem entender o pedido, mas também sem desviar os olhos do campo, a menina retruca:

— Estamos no inverno. Não há mais flores.

— Pegue então gravetos. Será ainda melhor. Assim ela se sentirá no ninho para sempre. Ela não sentirá medo. Nem vontade de voltar.

A contragosto, Jade se aproxima de uma sebe ressequida e começa a cortar alguns galhos. Aquilo a assusta, mas ela sabe que, quando o irmão se perde em suas próprias ideias, nada do que ela falar ou fizer o persuadirá a sair daquele transe. Talvez se lhe der bem depressa aqueles malditos gravetos eles possam esquecer aquele pássaro idiota e voltar a brincar.

Ela lhe entrega um punhado de ramos marrons e mirrados, os quais são minuciosamente examinados pelo menino, que descarta quase todos, um a um, na terra ao redor.

— A maioria desses que você catou são muito pequenos. Ou estão muito secos. Ela não vai ficar confortável. Você precisa pegar mais como estes aqui. – Ele lhe mostra um galho comprido e com alguns veios ainda verde-escuros.

— Mas, Luci, esse passarinho está mor...

Ele interrompe a irmã antes que ela termine a frase:

— E daí? Isso não significa que ela tenha deixado de se importar.

A menina balança a cabeça e retorna para a sebe em busca de galhos que agradem o irmão. Enquanto procura, olha de relance para ele. O primo Frederico lhe deu um grande espelho de aniversário para, segundo ele, Jade ver o quanto se tornava mais bonita a cada dia. Porém, sempre que encarava o próprio reflexo, tudo que via era o rosto de Luciano. Será que eram mesmo tão parecidos quanto falavam? Aparentemente sim. Diziam, porém, que as diferenças entre os dois logo ficariam evidentes. O fato de deixarem de usar as mesmas roupas era apenas o começo. Apesar de saber do orgulho que o irmão tem de suas novas calças, ainda se sente desconcertada ao vê-lo com elas. Sim, ela sempre soube que Luciano um dia se tornaria um homem. Afinal, em suas brincadeiras, ele era o pai de suas bonecas, o príncipe que a salvava do dragão cruel, o guerreiro que a protegia dos perigos da estrada. Vê-lo vestido como um homem causava nela uma sensação ao mesmo tempo prazerosa e desconhecida. Ele continua a ser seu irmão tão amado, que ela conhecia tão bem desde antes de até mesmo ter o primeiro vislumbre deste mundo, com quem aprendera a se comunicar antes de aprender a falar a língua das outras pessoas e com quem seguia mantendo seu próprio dialeto; cujo abraço ela ainda instintivamente procura durante a noite e a quem seus pensamentos são com mais frequência destinados. Há, entretanto, algo mais. Ela olha para as calças de Luciano, sua postura por fim segura de si, a forma como projeta o peito quando lhe dá alguma ordem como aquela missão imbecil de buscar gravetos para o pássaro morto. Ela simplesmente não consegue negar suas exigências não apenas por conta de seus novos ares imperiosos, mas principalmente porque, mais do que nunca, não quer desapontá-lo.

Após quase meia hora escolhendo ramos que parecessem menos quebradiços e mais compridos, Jade retorna segurando a barra do vestido, formando uma espécie de cesto. Luciano os examina com atenção mais uma vez, seleciona os que mais o agradam e, desprezando o restante, ele se abaixa e empilha meticulosamente os galhos. Pega o pássaro com todo o cuidado e o deita sobre o ninho improvisado, com as patas para cima.

Jade arranca alguns gravetos que ficaram presos à seda do vestido e, ao ver a posição da cotovia, comenta:

— Nenhum passarinho fica no ninho com as patas para cima.

— Esse pássaro está morto, Jade. Como você mesma disse. E este não é um ninho comum.

— Então o que é?

— É o ninho onde essa cotovia passará toda a eternidade. Você não consegue mesmo entender o que isso significa?

Pela primeira vez, Jade percebe que o irmão gêmeo a contempla como se não fizessem parte do mesmo mundo. Ela toma um gole do odre, limpa o canto da boca com o dorso da mão e está prestes a dar as costas para Luciano quando seus olhos se voltam mais uma vez para a cotovia. Num relance, vê o pássaro abrir os olhos e esticar levemente as asas. Ela pisca e então o pequeno animal parece estar tão imóvel quanto antes. Jade olha para Luciano, assustada, porém ele continua a mirar fixamente o ninho improvisado com um sorriso nos lábios finos. Um sorriso que ela nunca viu antes e que não sabe como decifrar.

A menina balança a cabeça. Evitando olhar para o pássaro e para o irmão, por fim declara:

— Termine então o seu trabalho, coveiro das cotovias. Esta brincadeira é a mais tola que já conheci.

Jade caminha para o lado oposto do pequeno cemitério e vai se sentar numa sepultura afastada, de onde pode ver o horizonte e imaginar todo o mundo que há além daquela linha.

Luciano observa Jade caminhar para longe e seu primeiro ímpeto é correr atrás dela. Entretanto, seus olhos passam pelo pássaro, que os detém. Com as mãos nuas, ele abre uma pequena cova na sepultura de Antonina e seu filho, funda o suficiente para que ninguém perturbe o novo residente. A terra endurecida machuca a pele fina, mas ele não se importa. Entretanto, quando uma pedra escondida no solo abre um pequeno talho na ponta de um de seus dedos e o sangue brota da ferida exígua, a terra começa a saltar para fora da abertura sem que o menino faça nenhum movimento. Ele retira as mãos da cova e deixa que o trabalho seja feito como que por braços invisíveis sem se perturbar. Afaga o dorso do pássaro mais uma vez. Fecha os olhos. Quando os abre, olha ao redor e vê vários daqueles que secretamente o acompanham desde suas mais remotas recordações. Ainda que consiga ver através de seus corpos translúcidos, não há dúvidas sobre quem são. Ele contempla cada um deles. A jovem com a camisola manchada de sangue na altura do ventre que tantas vezes cantou para que ele dormisse. O menino maltrapilho como tantos outros que ele via pela cidade quando a visitava com o pai, que cercavam sua carruagem pedindo uma moeda e só se afastavam quando os guardas desembainhavam suas rapieiras. A mulher grotesca com vários bubões espalhados pelo corpo e pelo rosto, mas que sempre tinha um sorriso e uma palavra bondosa quando ele era menosprezado pela tia e pelos primos. A garota com uniforme de ama que deveria ter sido um dia considerada bonita, mas que agora tem uma das metades do rosto esmagada, de onde se veem os ossos e as camadas de gordura, que o acobertava quando ele queria roubar guloseimas para Jade das cozinhas. O rapaz robusto que sempre traz dois machados: um empunhado na mão direita e outro atravessando-lhe o peito, que o erguia quando ele queria alcançar algum brinquedo numa prateleira mais alta, o que fez bem mais do que duas ou três amas desmaiarem ao ver Luciano flutuando pelo infantário. O lacaio de libré e olhos tristes que gosta de lhe abrir as portas — mesmo as que estão trancadas. O homem encapuzado vestido sempre com um manto negro que, ao contrário dos outros, só aparecia de tempos em tempos e mesmo assim sempre permanecia em silêncio. Naquele dia, porém, ele deixa o capuz cair sobre seus ombros e lhe revela sua face. Para surpresa de Luciano, talvez fosse apenas um pouco mais velho que seu pai, o rosto longo e com rugas esparsas, os olhos azuis como os de Jade. Suas feições lhe são extremamente familiares. Poderia ser belo se não fosse pelas olheiras arroxeadas, a pele emaciada e a expressão taciturna que, por sua vez, Luciano considera amigável quando os lábios da figura lhe esboçam uma espécie de sorriso de aprovação.

É a deixa pela qual o menino esperava. Ele pega com todo o cuidado o ninho improvisado e seu delicado morador e os coloca dentro da pequena sepultura. Por fim, Luciano tem certeza do motivo pelo qual aquele pássaro, justamente uma cotovia, pereceu bem ali, em La Villetta, ao seu lado. Nada neste plano acontecia por acaso, ele já sabia muito bem. Afaga as penas da ave pela derradeira vez e, enquanto a cobre lentamente com a terra amontoada ao lado da cova, sussurra:

— Que esta pequena alma enviada ao Reino das Sombras por minhas mãos leve a todos que ali habitam a boa nova de que um Manfredi mais uma vez despertou para os Dons da Morte. Que mais uma vez os Manfredi serão glorificados não apenas no Reino da Carne, como no plano além do que os olhos do homem torpe são capazes de ver. Este é apenas um começo, mas que todas as almas, sem exceção, logo saibam que por fim a minha linhagem tem um novo Predestinado. Eu estou pronto.

Luciano nivela a terra sobre a sepultura com a palma das mãos, levanta-se e olha mais uma vez para a lápide. Dentro de alguns dias ele terá de retornar para ter certeza de que seu diminuto emissário enviou sua mensagem. Não, ele não se esquecerá de onde a cotovia está enterrada. E, se por acaso se olvidasse, havia ali sete testemunhas, além da irmã, para lhe recordarem.

Ao manear a cabeça para afastar o cabelo dos olhos, estes encontram os do homem de manto, que, sem que Luciano percebesse, havia se colocado diante dele.

— Minhas congratulações, meu neto. – Ele ouve em sua mente numa voz grave, nobre, que jamais escutara antes, mas que, mais uma vez, lhe soa estranhamente familiar. As palavras são emitidas devagar, como se o homem saboreasse cada sílaba, ainda que Luciano não tenha visto seus lábios se mexerem uma única vez.

A imagem da figura de manto esmaece aos poucos, até por fim desaparecer por completo. Os outros, entretanto, continuam ao seu redor, observando-o, guardando-o. A jovem com a camisola manchada desliza até ele e sussurra em seu ouvido:

— Sua irmã está sozinha. Diferente de você, ela não tem sempre a companhia daqueles como nós. Não a deixe só. Ela se entristece. E a dor que ela sente também é sua, Luciano Manfredi.

Ele por fim olha ao redor em busca de Jade até avistá-la sentada no outro extremo do cemitério. Ela desfez as tranças e seus cabelos são jogados de um lado para outro ao sabor do vento. Luciano sabe o quanto a irmã adora sentir o torvelinho nas madeixas compridas, mesmo que depois sofra quando a mãe ou alguma de suas novas aias desembaraça os fios. Não é à toa que o primo Frederico a elogiou tanto na comemoração de aniversário dos gêmeos. O que o enraivece é constatar que outro além dele se deu conta da beleza da irmã.

O menino se aproxima por trás da sepultura. Jade olha para o vale e para a tempestade que se aproxima. O céu rapidamente se tornou escuro e um raio corta a paisagem, seguido pelo estrondo de um trovão. Isso faz com que um pequeno sorriso se insinue em seus lábios. Talvez ela seja a única pessoa que ama as tempestades tanto quanto ele. Devagar, Luciano a envolve em seus braços, repousa o queixo sobre sua cabeça e, enquanto assiste ao temporal que se aproxima, delicia-se com o perfume úmido que precede a chuva misturado ao cheiro do cabelo da irmã, sem se importar com as mechas que chicoteiam seu rosto. Eles ficam assim por um longo momento até que sentem as primeiras gotas batendo contra a pele.

Animada com a tempestade que começa a cair, Jade parece esquecer-se por um momento dos maus presságios que acabara de sentir, levanta-se e começa a dançar sobre as gotas. Luciano a acompanha e começa a correr atrás dela. A menina solta um grito jocoso e, às gargalhadas, começa a fazer como se tentasse escapar apenas para parar poucos metros depois, perto de uma das paredes do mausoléu dos Manfredi. Ela se vira e Luciano, tentando deter a carreira, para a poucos centímetros. Ela aproxima o rosto da face do irmão e, como já fizera tantas vezes, encosta os lábios nos dele. Só que, dessa vez, permite que se demorem.

A chuva aperta. Raios tomam conta do céu e por alguns segundos o iluminam como se fosse meio-dia e não a tarde escura que já se aproxima do fim. Luciano traz Jade para junto de si. A capa da menina é levada pelo vento, que a engole num redemoinho. Ele aperta mais os lábios contra os dela, que os abre levemente. O garoto dá alguns passos para a frente e pressiona o corpo molhado de Jade contra o mármore escuro do mausoléu. Sua língua rasteja sem pressa para dentro da boca da irmã. Jade separa os lábios e logo ele sente a língua da menina brincando sobre a sua, os braços dela o envolvendo com força e a respiração tão acelerada quanto a dele. A boca de Jade tem gosto de vinho e de algo que ele não sabe nomear, mas que arrepia todo seu corpo. Ele passa uma das mãos no dorso da irmã e a ouve soltar um gemido quase inaudível. Luciano sente uma pressão crescente nos quadris e fica aliviado por saber que ali ninguém irá repreendê-lo pelo volume que começa a surgir em suas calças. Talvez essa seja a única desvantagem em relação aos vestidos infantis que costumava usar. Instintivamente, Jade arqueia os quadris levemente para frente, indo de encontro à ereção de Luciano. De imediato, ele pressiona as ancas contra as dela e assim eles permanecem durante toda a tempestade. Esquecidos do mundo — de todos eles — e sem compreender ao certo o que sentem e o que aquele beijo, aqueles toques significam. Tudo que sabem é que aquela é sua brincadeira preferida. Enquanto estiverem juntos, não haverá tempestade, parente ou dom sombrio que poderá separá-los. Cada um ao seu modo sabe que, quando for a hora certa, eles estarão destinados a ser mais uma vez um só. E, quando esse dia chegar, a vida começará de verdade. Afinal, foi isso que Alfeo prometeu ao filho nas sombras do mausoléu. Foi isso que Lizbeta explicou à filha enquanto a menina contava quantas escovadas ainda faltavam para as cem que todos os dias a mãe aplicava em seus longos cabelos. E eles ingenuamente não podem estar mais felizes com o que o destino lhes reserva.

Por fim, Jade abre os olhos e, com os lábios ainda encostados nos de Luciano, sussurra:

— Eu te amo, *frate*.

— Eu te amo, *sore*. Você nunca estará sozinha.

2

Estrada Modena-Parma, dezembro de 1629

A carruagem que leva Dom Domenico Manfredi da sede da Santa Igreja para a Villa onde nasceu e cresceu segue sem sobressaltos pela estrada que liga Roma ao ducado de Parma. As boas relações entre os Manfredi, uma das famílias mais proeminentes de Parma, e a Santa Sé fizeram com que as rixas entre a Igreja e os duques Farnese, senhores da região, apresentassem uma trégua, e a estrada secundária que ligava o ducado à via principal, que descia até Roma, fosse recentemente aplainada e alargada, fazendo com que a viagem se tornasse, além de mais segura, dois dias mais rápida. Afinal, o recém-consagrado cardeal sabia que teria que visitar sua antiga casa com certa frequência, apesar das crescentes incumbências que lhe eram atribuídas pelo Santo Padre. Esses dias poupados seriam preciosos. E os mercadores e viajantes da região também estavam agradecidos — e dispostos a pagar substanciais pedágios aos homens dos Manfredi — pela benfeitoria concluída com recursos da família, ainda que financiada pelos lucros de empréstimos realizados com ativos da Igreja pelo também cardeal Dom Marcello Manfredi, tio de Domenico e tesoureiro-mor da Sé. São muitos os desígnios de Deus para os Manfredi, e Domenico tem certeza de que esse é apenas o começo.

Após seis dias de viagem, com paradas para refeições e pernoites em territórios aliados, Domenico sente-se alentado ao ver pela janela as espessas brumas que começam a encobrir a paisagem, típicas do inverno parmesão. Calcula que em breve estarão se aproximando de Modena, onde a comitiva de sua família o receberá. É sempre tomado por um certo alívio ao voltar para casa. Ali ele pode se livrar do peso da batina, da disciplina e do decoro clericais. Sente falta das longas conversas com o pai, da presença radiante da mãe, das longas noites de bebedeira e prostitutas com o primo e seu bom amigo Eduardo Farnese, o herdeiro do ducado, das caçadas e de cavalgar por horas e depois banhar-se nas águas do Lago Santo, cercado pelas montanhas, onde tem a reconfortante sensação de que todo o resto do mundo ficou para trás.

Voltar para casa é sempre uma dádiva. Neste dia, entretanto, o retorno tem um sabor diferente. Pela primeira vez Domenico cruzará os portões da Villa vestindo a batina carmesim com seus trinta e três botões, um para cada ano que Nosso Senhor Jesus Cristo passou nesta terra, completa pelo solidéu, o barrete e a mozeta. Apesar de seus dezessete anos, como uma demonstração de gratidão aos Manfredi pelos bons préstimos da família ao Vaticano e graças à crescente influência de Dom Marcello na cúria, um ano após ter deixado o seminário Domenico foi ordenado pelo papa Urbano VIII como um dos príncipes da Santa Igreja. Ele sempre soube que a vida eclesiástica seria o seu destino. Afinal, todos elogiavam a fé e o desprendimento de Don Alfeo ao ter consagrado seu primogênito desde a tenra idade à vida santa. Ainda que as más línguas dissessem que essa era uma forma de o patriarca tentar se reconciliar com Deus pela longa lista de pecados cometidos pelos Manfredi, Domenico nunca questionou seu quinhão e orgulhava-se da trajetória brilhante que todos diziam que ele teria à frente. Secretamente, porém, invejava a liberdade de seu primo Frederico e de Eduardo, que podiam passar seus dias de infância em brincadeiras de espada, cavalgando e correndo com os filhos dos camponeses pelos vinhedos enquanto ele era obrigado a viver cercado por tutores que o guiavam na leitura dos clássicos, no estudo de línguas e na análise de mapas, além de dar-lhe lições de cálculo, filosofia, teologia e direito canônico. Domenico se empenhava e era sempre elogiado por seus professores. Não que não gostasse das lições e do homem culto que se tornava, porém Domenico era um jovem cheio de energia e com curiosidade de conhecer mais do que as páginas dos livros lhe mostravam. Enquanto seu irmão mais novo, que mal havia saído dos cueiros, já havia visitado meio continente ao lado do pai em busca de respostas para o mal que o afligia, o mais longe que Domenico tinha ido durante boa parte de sua existência fora até Mântua, para o casamento de uma prima. E, mesmo assim, foi obrigado a retornar para Parma logo após a cerimônia religiosa para retomar os estudos, sendo impedido de acompanhar os vários bailes e banquetes que se seguiram. Dessa forma, quando aos treze anos foi enviado para continuar seus estudos em um seminário em Orvieto, Domenico não teve medo. Muito pelo contrário. Apesar de ter certeza de que sentiria uma imensa falta da Villa e de tudo que ela representava, aquela seria sua primeira grande aventura. E o primeiro passo real rumo a seu destino glorioso como um servo de Deus.

Domenico se envaidece de ter alcançado uma posição tão prestigiosa em tão pouco tempo e imagina o quanto Don Alfeo se sente orgulhoso. Tem certeza de que o maior passo de sua escalada, aquele para o qual havia sido preparado desde o berço — ocupar o trono papal —, é apenas uma questão de tempo. Ele ainda é muito jovem e ainda há um longo e tortuoso caminho a percorrer. Entretanto, a paciência sempre foi uma de suas virtudes e, em toda a sua formação, aprendeu que nada é tão fácil quanto parece. Naquele momento, porém, não existe nada que Domenico queira mais do que encontrar os seus, chegar à Villa, tomar um longo banho e refestelar-se com o banquete que o espera. E, claro, será ótimo sentar-se no lugar de honra enquanto todos lhe pedem as bênçãos.

Uma batida de um dos lados da carruagem faz com que Domenico abandone suas divagações. Ele olha para fora e reconhece um dos cavalos de seu primo Frederico, que, com seus batedores, lidera a comitiva de boas-vindas. O veículo para enquanto o primo apeia, seguido por Eduardo Farnese, que o acompanhava um pouco mais atrás. Os lábios de Domenico formam um sorriso ao ver os dois rostos tão conhecidos, e ele faz um sinal para que um dos cocheiros abra a porta.

— Ora, ora! Veja só! Meu primo, vossa eminência reverendíssima! – Frederico solta uma gargalhada e abraça o primo, dando-lhe três sonoros tapas nas costas. – Deixe-me olhar para você. – Com os braços sobre os ombros de Domenico, ele o afasta e examina de cima a baixo. – É, até que essa batina vermelha caiu bem em você. Se bem que, para mim, isso vai sempre parecer um vestido de uma das meninas da Madame Gionna.

— Cuidado com o sacrilégio, primo. Você sabe que agora sou capaz de absolver os seus pecados ou encomendar a sua alma diretamente para os quintos dos infernos. E eu nunca vi nenhuma das meninas da casa da Gionna tão coberta. Se elas passaram a andar assim na minha ausência, por favor, me leve para outro lugar esta noite.

— Domenico Manfredi, finalmente um príncipe da Santa Igreja. Você nasceu para isso, meu caro. – Eduardo Farnese se aproxima e dá um abraço no amigo. – Parabéns, vossa eminência.

— Vamos deixar, por favor, essas formalidades para as ocasiões às quais elas pertencem. – Domenico sorri. – Quero saber logo como estão as coisas e o que os dois andaram aprontando enquanto eu passava os meus dias orando pelos pecados de vocês.

— Rezando pelos nossos pecados, sei – retruca Frederico. – Então quer dizer que é isso que você e os seus santos colegas fazem quando se metem entre os lençóis das noviças ou quando organizam aqueles jantares repletos de cortesãs? Pode ter certeza de que nossas diversões não chegam nem aos pés das da Cúria Romana, primo.

— Misteriosos são os desígnios do senhor, Fred. Apesar da nossa missão sagrada, somos feitos de carne, ossos e desejos. E, para cumprir nosso ofício divino, precisamos de foco. Já que não podemos ter esposa nem filhos que desviem nossas atenções, que pelo menos possamos aliviar nossos instintos como os homens que somos.

Um cavalariço se aproxima trazendo um corcel negro de pelagem perfeita e músculos torneados. Em ambos os flancos ostenta estandartes com o brasão dos Manfredi — o corvo negro no centro do escudo vermelho, cercado por uma coroa de louros e, sobre ele, a cruz que denota a devoção da família à Santa Igreja. Domenico se aproxima do animal, que, ao reconhecer o dono, abaixa a cabeça em uma espécie de mesura.

— Perseu, companheiro. – Ele pega as rédeas das mãos do cavalariço, posiciona um dos pés no estribo e, dando um pequeno impulso, monta no animal.

A última vez que cavalgara havia sido em sua visita mais recente à Villa, mais de um ano antes. Ele teme ter perdido o jeito, porém é bom saber que

Perseu ainda o reconhece como seu tutor. A batina é sem dúvida um empecilho, mas por maior e mais confortável que fosse sua carruagem, depois de quase uma semana enclausurado ali dentro, seu corpo clama por ar fresco e pelos raios de sol que tentam cortar a névoa. Em poucos dias começará a nevar, e Domenico anseia por poder dar um último mergulho no Lago Santo antes que as placas de gelo comecem a se formar na superfície.

Ele inicia a cavalgada devagar, ainda tentando retomar sua velha habilidade sobre a sela. Atrás dele, Frederico e Eduardo também montam em seus corcéis e logo estão ao seu lado, respeitando seu ritmo, que passa a ditar o de toda a comitiva. Eles deixam que os batedores e os porta-estandartes sigam mais à frente enquanto conversam entre si.

— Conte-nos, Domenico. Como estão as coisas em Roma? – Mais do que uma pergunta de praxe, Eduardo aparenta uma certa apreensão.

— Movimentadas, como creio que sempre são. Ainda não se passaram nem três meses da minha consagração e sei que minha viagem a Parma talvez tenha sido um pouco precipitada. Tio Marcello me repreendeu pela minha decisão, porém tive o aval do papa Urbano. Ele entendeu que a última vez que visitei minha casa foi quando havia acabado de ser ordenado padre, e é muito provável que, com todos os seus planos de anexação de territórios ao Vaticano, essas visitas se tornem cada vez mais raras.

— Sim. O papa já conquistou Urbino e tudo indica que sua expansão seguirá para o Norte – concorda Eduardo. – Você tem notícias de qual será o próximo alvo?

Domenico olha de relance para o primo, que cavalga à sua direita, antes de responder:

— Não há com o que se preocupar, meu amigo. O papa conhece e aprova a velha aliança entre os Manfredi e os Farnese. Ele sabe que Parma sempre foi nossa casa e já demonstrou abertamente que respeitará nosso território. Afinal, temos agora dois cardeais Manfredi no Colégio, colocamos nossas tropas à disposição de Roma na conquista de Urbino e os duques Farnese presentearam o Vaticano não apenas com uma série de cardeais no passado recente como também com o Santo Padre Paulo III. A cúria deve muito aos seus, Eduardo. E pode ter certeza de que, enquanto meu tio e eu fizermos parte do Colegiado, a Igreja passará ao largo de qualquer território que pertença à sua família.

— Os Manfredi sempre tiveram a minha confiança e a de meu pai. Não esperava nada diferente de você, Domenico. E meu irmão Francesco Maria foi enviado no início do ano para o seminário em Milão. Sabemos que poderemos contar também com você e Dom Marcello para indicá-lo ao Colégio quando for o momento certo.

— A honra e a tradição dos Farnese na Santa Sé já abrem portas por si só, meu caro, mas, claro, ofereceremos toda a ajuda que estiver ao nosso alcance quando a hora chegar. E seremos, como sempre, generosos em nossa persuasão. Eduardo, nós somos amigos desde o berço, nascemos no mesmo ano, com poucos dias de diferença. Considero você e Fred tão meus irmãos quanto Luciano. Nada me deixaria mais feliz do que ter Francesco Maria ao meu lado e ao de meu tio.

— Eu agradeço, amigo. Assim como meu pai e Francesco Maria.

Frederico, que seguia calado, prestando atenção tanto à conversa de seus companheiros quanto à estrada à frente, aproveita o intervalo para comunicar:

— Faremos um pequeno desvio para evitar os campos a oeste de Modena. Um dos nossos batedores recebeu um comunicado esta manhã que informava que um grande destacamento francês passará pela estrada principal em direção a Monferrato. Isso certamente irá nos atrasar e sei o quanto Domenico está ávido para chegar em casa depois de uma viagem tão longa. Além disso, tenho certeza de que meus tios estão loucos para ter seu filhinho preferido de volta o mais rápido possível.

Domenico faz um rápido sinal negativo com a cabeça e logo muda de assunto:

— Houve algum avanço na guerra em Mântua?

— Bem, se as tropas francesas que se aproximam são tão numerosas quanto chegou aos ouvidos dos nossos homens, não acredito que o duque de Saboia tenha alguma chance de manter seu território em Monferrato. O duque de Nevers tem o apoio e as tropas do rei da França e já conquistou Mântua. Saboia terá pouca chance nessa batalha. É bem provável que a guerra tenha fim em breve.

— Eu não seria tão otimista – retruca Eduardo. – Os Habsburgo também clamam o direito à descendência. Ferdinando II casou-se com uma das filhas do nosso falecido amigo duque de Mântua e Monferrato, e está inquieto para mostrar serviço e anexar mais territórios ao Império Austríaco. Não duvido que os Habsburgo de Milão enviem tropas para o leste em uma tentativa de anexar ambos os territórios.

— Não creio que eles farão isso agora – diz Frederico. – Os Habsburgo ainda estão sofrendo ameaças dos protestantes na Áustria e nos territórios próximos e há boatos de que os franceses irão se unir à causa dos reformistas, afinal, tudo que Luís XIII mais almeja é enfraquecer a expansão de Ferdinando. Ele não seria capaz de se voltar contra as novas conquistas territoriais do papa Urbano, claro, mas, contra os austríacos, Luís pode declarar guerra a qualquer momento. Nem que tenha que apoiar esses revoltosos imundos. Por isso, creio que os Habsburgo de Milão esperarão o desenrolar dos fatos nos territórios do Norte antes de tomar qualquer decisão a respeito de Mântua. Afinal, para eles, por mais férteis que sejam as terras do ducado, a prioridade é garantir sua posição em casa.

— Esse é o inferno de não deixar herdeiros diretos – comenta Domenico, um tanto amargo. – Se os filhos de nosso bom amigo Vincenzo Gonzaga de Mântua, que Nosso Senhor o tenha, não houvessem perecido, seu território agora estaria em paz. O legado é o bem mais importante que um homem pode ter. Uma linhagem saudável e numerosa vale muito mais do que terras, tesouros ou honrarias.

— Meu amigo, eu entendo seu desassossego. – Eduardo faz com que sua montaria se aproxime um pouco mais da de Domenico e abaixa o tom de voz. – Porém, Deus sempre foi generoso com os Manfredi e rezemos para que não haja nada de errado com o jovem Luciano. Que ele possa crescer de forma saudável e gerar muitos netos para Don Alfeo. Afinal, seu pai é um homem de grande fé. E, como último recurso, você pode a qualquer momento requerer uma dispensa papal para assumir a manutenção da sua dinastia. Você sabe que Gonzaga tinha dois filhos que, assim como você, eram cardeais, e foram dispensados para seguir com a linhagem quando o primogênito faleceu. Infelizmente, os dois padeceram antes que...

— Chega desse assunto! – interrompe Frederico. – Teremos muito tempo para discutir sobre a guerra e as bolas do meu primo Luciano. Por ora, vamos acelerar essa marcha porque estou faminto e, depois do banquete na Villa, somos esperados para outro na casa de Madame Gionna. Tenho certeza de que haverá uma fila de meninas loucas para receber suas bênçãos, vossa eminência.

Frederico estapeia a garupa do cavalo de Domenico, fazendo com que dispare. Com a batina esvoaçando atrás de si, o cardeal segura o solidéu com uma das mãos e, com a outra, controla as rédeas. Sem jeito logo de início, afinal, nunca havia antes cavalgado com as vestes de sacerdote, como o cavaleiro habilidoso que sempre foi logo está galopando a toda, sendo desafiado por Frederico e Eduardo. Aquele que chegar por último aos portões da Villa pagará a primeira rodada na casa da Madame.

É bom estar em casa.

3

Villa Manfredi, Parma, dezembro de 1629

A Villa não vê tanto movimento desde o batismo dos gêmeos, onze anos antes. Os pisos de toda a casa haviam sido enxaguados e polidos. As cortinas foram retiradas e lavadas. A prataria chega a refletir o rosto dos empregados de tão brilhante. Nos vasos, dúzias de flores recém-colhidas espalham um aroma adocicado pelo casarão, que se mistura ao odor das velas que queimam nos oratórios. Até mesmo os afrescos dos salões e do quarto de Domenico foram retocados. A câmara do primogênito de Don Alfeo recebeu, ainda, novos cortinados, os assentos ganharam novos revestimentos de veludo, assim como a cama uma nova colcha. Afinal, aqueles agora são os aposentos de um príncipe da Santa Igreja.

Na cozinha, mais de trinta empregados, entre cozinheiros e ajudantes, correm de um lado para outro para preparar a tempo o banquete daquela noite. Tudo deve estar impecável ou, como dona Francesca repetiu à exaustão na última semana, o descuidado sofrerá as consequências. Dezenas de faisões foram meticulosamente depenados, viraram a noite mergulhados em tinas de tempero e estão sendo assados em fogo baixo junto a leitões inteiros, dezenas de codornas e, o prato principal, um imenso javali caçado por Frederico como um presente para o primo. Os confeiteiros, sob o comando de um chefe trazido de Florença especialmente para a ocasião, usam quilos do precioso açúcar para preparar amêndoas confeitadas, compotas, tortas e bolos encimados por esculturas de marzipã que retratam símbolos clericais, como o anel, o barrete e a Santa Cruz.

Apesar do ar gélido do inverno que começa a se pronunciar do lado de fora, a temperatura da cozinha, com tantos fornos e fogões acesos ao mesmo tempo, mais se assemelha à de uma caldeira. Abanando-se com um pano, dona Camélia caminha apressada de um lado para outro, supervisionando todos os funcionários e tagarelando mais para si mesma do que para eles:

— Cuidado com essa travessa! Não, não está na hora de acrescentar a pimenta ao molho. Garota descuidada, o leite está fervendo. Pode jogar fora, não serve mais. Não sei por que continuam enviando para a Villa essas mortas de fome que não sabem a diferença entre um nabo e uma cenoura. Eu sei exatamente quantas maçãs estão nesse cesto. Não ache que alguma delas poderá rolar por engano para o seu bolso. Tem mais sacos de farinha nas despensas lá de baixo. Mexa-se, homem! Não me interessa se você aprendeu a fazer essas besteiradas de açúcar no palácio dos Médici. Aqui em Parma, se você é um homem, tem que carregar o pesado. E não me diga que você acredita nessas histórias abestadas de fantasmas. Se dona Francesca vir você virando a grelha desse faisão desse jeito, menina, vai te colocar ajoelhada no milho até que os grãos furem sua carne. Falando nisso, alguém viu a dona Francesca? E os gêmeos? Onde esses dois pestinhas se meteram dessa vez? Eles já deviam estar no banho a esta hora. Se a senhora Lizbeta perguntar por eles e ninguém souber onde os dois se enfiaram, vai ser um deus nos acuda. Ó Senhor, tenha piedade desta sua velha serva...

dona Camélia deixa o corpo cair em uma banqueta junto às bancadas, sobre a qual logo se ocupa fatiando batatas. Ainda que lépida e atenta a tudo que acontece na casa, ela tem pouco mais de um metro e meio, os cabelos totalmente grisalhos e o corpo roliço que indica que sabe desfrutar muito bem de sua posição de governanta, de acordo com a qual está autorizada a comer imediatamente após os patrões. Ela vive entre aquelas paredes desde que nasceu, há cinco décadas. Antes dela, sua mãe havia sido governanta e, antes ainda, sua avó. Ela acompanhou a juventude de Don Alfeo, da senhora Lizbeta e de dona Francesca. Presenciou o nascimento de Domenico, assim como o de Luciano e Jade, sua menininha especial, que tem o maior sorriso do mundo, os olhos grandes, brilhantes e atentos, as tiradas espirituosas, e sempre a cumprimenta com um beijo na ponta do nariz e um abraço apertado. É praticamente impossível negar qualquer um de seus pedidos. Não é à toa que Don Alfeo é tão louco pela filha. E Luciano, desde tão pequeno, sempre pareceu encantando pela presença da irmã mais nova — por vinte minutos, como ele gostava de dizer. Para um menininho com tantos problemas, realmente uma presença tão iluminada quanto a de Jade é uma dádiva mais do que bem-vinda. E ela sempre foi extremamente devotada ao irmão. Parte o coração de dona Camélia ver como a menina sofre por ter sido separada de Luciano após o último aniversário deles. A governanta tem consciência de que é esse o costume agora que Jade é uma mocinha, mas por que fazê-la passar por aquilo se, no fim das contas, todos sabem muito bem o que é esperado deles? E ainda havia os castigos de dona Francesca, os quais ela tentava, sempre que possível, amainar, embora soubesse que não deveria se meter. Afinal, ela já presenciara mais de uma vez as maldições que assombram os Manfredi. Ela era a prova de que estavam longe de serem meros boatos. Contudo, sua família está naquela Villa há gerações suficientes para saber que não devem fazer perguntas. Sua função ali é apenas servir e não questionar. E se quiser manter não apenas os soldos generosos, mas sua própria vida, é preciso manter os lábios cerrados.

Um trovão atrai a atenção de dona Camélia para uma das pequenas janelas altas da cozinha. Ao seu lado, uma jovem que cortava cebolas solta um grito e deixa que a faca caia sobre um dos dedos dos pés, expostos pelas sandálias. O sangue jorra e o rosto da menina se contorce em um esgar de dor. A governanta não precisa olhar duas vezes para perceber que o corte é profundo. Ela joga o pano de prato que usava para se abanar na direção da garota.

— Aperta contra o machucado. Se não parar de sangrar, vai ser ruim para você.

Depressa, caminha até uma prateleira nos fundos do aposento, pega uma agulha cravada em um carretel de linha — instrumentos utilizados tanto para reparar aventais puídos quanto costurar os corriqueiros acidentes que acontecem naquela cozinha. Corta um pedaço de linha com um puxão, lambe uma das extremidades do fio e, depois de algumas tentativas, enfia-

-o no buraco da agulha, que aquece na chama de um dos fogões. Convoca uma das cozinheiras mais experientes — e que ainda tem uma boa vista —, passa-lhe a agulha e, colocando a menina sentada em uma cadeira, pede aos criados que se aglomeram ao redor:

— Alguém traz uma dose de *grappa* para essa garota.

A jovem pega com as duas mãos o copo que imediatamente lhe é oferecido e bebe todo o conteúdo em um único gole, fazendo uma careta. Em seguida, dona Camélia coloca outro pano em sua boca e acena para que a cozinheira comece a costurar.

Ela observa com tanta atenção os movimentos da agulha da cozinheira que só se dá conta de que Francesca Manfredi entrou na cozinha quando ouve a voz dela atrás de si:

— O que foi agora? A moça por acaso negou adiantar um dos doces do banquete para meu sobrinho glutão e agora está sendo obrigada a lidar com as consequências?

Mesmo tomada de dor, a garota arregala os olhos na direção de Francesca.

— Não, senhora – dona Camélia se apressa em responder e subitamente se recorda de seus temores anteriores. – Não vi o patrãozinho Luciano pelas cozinhas hoje.

— Bem, seja como for, já vi que essa aí é mais uma daquelas criaturas impressionáveis que jamais negariam um pedido do Patrãozinho – declara Francesca com sarcasmo. – Mas, bem, é de admirar que tenhamos um banquete dessa magnitude sendo preparado e aquele regalão esteja longe das cozinhas. E minha sobrinha, passou por aqui? Talvez para convencer algum idiota com um daqueles seus sorrisinhos a lhe afanar uma garrafa de vinho?

— Tenho a impressão de ter visto a Principessa aqui mais cedo, dona Francesca. Provavelmente ela ficou curiosa com o movimento. A senhora sabe como a menina Jade adora uma novidade.

— Novidade, sei… – retruca Francesca. – dona Camélia, quantas vezes precisarei dizer à senhora que não podemos ser condescendentes com esses dois? Eles são jovens, ainda há esperança para suas almas, se é que há alguma salvação para esta família. Mas o que importa agora é que precisamos encontrá-los. O temporal deve ter pego a comitiva de Domenico de surpresa e isso irá atrasá-los. Oremos para que estejam abrigados e que consigam chegar em segurança. Porém, se essas crianças não estiverem apresentáveis para receber o irmão, Alfeo ficará furioso. Afinal, não é toda família que tem a honra de ter dois cardeais na Santa Igreja.

— Sem dúvida, minha senhora. É realmente uma bênção. Todos os serviçais estão muito orgulhosos. Fique tranquila. Pedirei que os guardas procurem as crianças. Elas devem estar brincando por aí e se esqueceram da hora.

— Faça isso. Quero-os em casa imediatamente.

Francesca dá meia-volta para sair, mas dona Camélia vai atrás dela, baixando a voz:

— Senhora, os homens devem procurar também no... cemitério?

— Em La Villetta? – declara Francesca em alto e bom som, atraindo mais uma vez a atenção dos empregados, que fingem ter retornado, concentrados, aos seus afazeres. Um raro silêncio toma conta da cozinha. – É exatamente por onde devem começar a busca. Se não fosse pela tempestade e se já não estivesse tão tarde, eu mesma iria até lá dar uma boa lição naqueles diabretes. Afinal, se meu sobrinho não está cometendo o pecado da gula, só pode estar caindo em outra tentação ainda pior. Que Nosso Senhor Jesus Cristo tenha piedade de nós, dona Camélia.

Os GUARDAS NÃO precisam ir muito longe. O primeiro grupo mal cruza os portões da Villa e avista as duas crianças correndo entre os últimos pingos da tempestade. Ambos estão descalços, com as vestes encharcadas, os cabelos emaranhados. O Patrãozinho está sem os sapatos e os meiões, com as pernas imundas nuas até os culotes. A Principessa, com o vestido coberto de lama. Eles pulam nas poças, acertando água um no outro, riem e gritam palavras desconexas naquela língua que só os dois entendem.

Antes que algum dos guardas possa lhes transmitir qualquer uma das ordens da tia, eles correm para dentro da Villa, passando pelos homens e seus cavalos como se não existissem. Quase parecem crianças como todas as outras, embora todos ali saibam que eles jamais serão comuns. É um certo alívio, porém, perceber que, ao menos por alguns curtos instantes, eles podem ser apenas duas crianças que brincam na chuva.

Detrás da grande mesa de madeira escura de seu gabinete, Don Alfeo observa a tempestade que cai do outro lado das janelas altas quando avista os gêmeos entrando, ensopados, nos jardins da Villa. Ele abre um sorriso. Alfeo é um homem corpulento, cabelos que se tornam grisalhos, olhos negros e argutos e o rosto marcado pelos anos em que capitaneava o clã mais poderoso de toda a região da Emília. Mais do que a dos próprios duques Farnese, detentores do poder político de Parma e da vizinha Placência, a palavra de Don Alfeo é sempre a definitiva, e gente de toda a região — sejam meros camponeses, sejam faustosos senhores de terra — o procura em busca de aconselhamento e ajuda. Não é segredo para ninguém por ali que até mesmo o duque se curva aos favores de Don Alfeo.

Todos também sabem, contudo, que os únicos seres capazes de afrouxar a expressão implacável e o coração pétreo do patriarca dos Manfredi são seus dois filhos caçulas. Poucos ousam tecer comentários sobre a misteriosa ascendência da família e sua intrincada árvore genealógica — que parece indecifrável até mesmo para muitos de seus membros. Apenas aqueles que pertencem ao seio da família e à criadagem mais próxima conhecem a verdadeira identidade da mãe das crianças. E, embora nenhum deles seja imprudente o suficiente para mencionar o que quer que seja a esse respeito, os mexericos abundam não apenas pelas ruas de Parma, mas também em paragens bem mais distantes. Há quem diga que Don Alfeo gerou sua prole com as filhas virgens de camponeses que recém haviam tido a primeira regra para garantir uma descendência saudável, e que as meninas eram mortas assim que pariam para que permanecessem em silêncio. Outros afirmam que todos os Manfredi haviam se tornado estéreis ao longo dos séculos e que, para manterem a linha sucessória, roubavam crianças de lavradores e em seguida exterminavam suas famílias. Existem, ainda, os que juram de pés juntos que há gerações o clã cultua o diabo e que sua linhagem é fruto de orgias com demônios em formas femininas. Aqueles que se consideram um pouco mais aculturados, entretanto, comentam que, como toda família poderosa daqueles tempos, os Manfredi preferem manter suas conquistas apenas para os seus e, para não correr o risco de sucessões infelizes, que entreguem de bandeja seus êxitos a outra dinastia, mantêm sua descendência apenas entre os que compartilham o mesmo sangue. De qualquer forma, os habitantes de Parma apenas dão de ombros quando indagados a respeito e dizem que, naquelas paragens, ninguém comenta sobre essas coisas.

Secretamente, Don Alfeo se diverte com esses boatos — alguns completamente estapafúrdios, outros nem tanto — e os considera úteis para desviar as atenções do que de fato se sucede nas câmaras privadas da Villa. Por outro lado, ele sabe que essas histórias podem ser um chamariz para os agentes da Inquisição, mas ter dois Manfredi no Colégio de Cardeais é, além de uma grande honra, algo extremamente vantajoso não só para manter o nariz dos inquisidores longe de Parma, mas para aumentar ainda mais a extensão do poderio da família. E mais um passo importante para que, um dia, os Manfredi incluam seu nome no seleto rol de famílias que haviam sido escolhidas pelo Senhor para presentear a Santa Igreja com um papa. Com a graça do bom Deus, um dia seu filho Domenico, que desde a infância havia sido preparado para o dever sagrado, ocuparia o trono da Basílica de São Pedro.

Há muito Alfeo não se sente tão feliz. Tudo está finalmente indo de acordo com seus planos. Domenico alcançou, ainda muito jovem, um dos degraus mais importantes de sua carreira eclesiástica. E teria muito tempo para travar alianças vantajosas, comprar apoios e defenestrar aqueles que se colocassem em seu caminho até chegar ao topo da pirâmide da Igreja. Domenico está mais do que preparado e, com seus aconselhamentos e tendo como guia seu irmão, Dom Marcello, que há mais de uma década faz parte do Colegiado e conhece como poucos seus pormenores, o caminho até o trono papal está aberto para Domenico. É apenas uma questão de tempo.

Jade, sua *principessa*, sua única menina, cresce a olhos vistos e se torna uma bela jovem, doce, carinhosa e delicada. A cada dia está mais parecida com a mãe: os mesmos grandes olhos azuis, o sorriso largo, os gestos elegantes, os cabelos negros e cacheados que, como Lizbeta na juventude, ela gosta de usar soltos. Jade sempre o cumprimenta com muitos beijos e abraços apertados, e Alfeo é capaz de passar horas esquecido de todos os seus muitos afazeres com a filha em seu colo, contando-lhe histórias sobre fadas, dragões e meninas bonitas e curiosas que se perderam na floresta. Como a mãe e outras mulheres Manfredi antes dela, a menina possui um dom: é capaz de captar as coisas no ar, como se alguém invisível lhe contasse os segredos mais recônditos de seus interlocutores. Ela possui uma rara capacidade de percepção, de compreender entrelinhas intrincadas que passariam desapercebidas para qualquer outra criança de sua idade. Sem dúvida, Jade tem aquilo que alguns chamam de sexto sentido bastante aguçado e é até mesmo capaz de prever a chegada de tempestades antes que as primeiras rajadas de vento balancem os galhos e sempre sabe quem está para chegar assim que os cascos dos cavalos são ouvidos na estrada. Alfeo e a mãe da menina já haviam conversado longamente a esse respeito em diversas ocasiões. Lizbeta é uma mulher sábia, sua irmã preferida, a quem escolheu para ter a seu lado e gerar seus filhos.

Já Luciano finalmente parece se desenvolver — em todos os sentidos. O menino rechonchudo e desorientado dava lugar a um jovem que apresentava seu primeiro estirão de crescimento e que enfim tomava conhecimento sobre o que de fato acontecia ao seu redor. Luciano havia sido um bebê de olhar vago, sempre mirando o nada, e, apesar de jamais ter confessado isso, Alfeo compartilhava os mesmos temores de sua irmã Francesca, que ficara tacitamente responsável pela criação dos gêmeos durante a primeira infância, de que o menino havia nascido com algum tipo de idiotismo, embora fosse fisicamente perfeito — ao contrário dos outros dois filhos que ele germinara em Lizbeta entre os nascimentos de Domenico e dos gêmeos. Alfeo, porém, se recusava a crer que Luciano sofresse de qualquer mal. Depositara naquele filho suas últimas esperanças de gerar um varão com o dom. Já ficara claro que Domenico, apesar de na época já ser um menino saudável e perspicaz, não possuía nenhuma propensão a interagir com o Outro Lado, de forma que seria de pouca serventia para perpetuar a poderosa linhagem daqueles capazes não só de ver os que já partiram e, muitas vezes, suas moradas — o local conhecido como Sheol —, como fazer com que eles se curvassem às suas vontades. Luciano, por sua vez, ainda dividira o mesmo ventre com uma irmã perfeita, dois Manfredi de sangue puríssimo gerados juntos. As possibilidades que aquelas duas crianças representavam para a família iam além de todas as expectativas que Alfeo poderia vislumbrar. Além disso, devido ao corpo já exausto de Lizbeta por causa das várias gestações seguidas, às decepções com os partos anteriores após o nascimento de Domenico e a todas as dificuldades que ela enfrentara na última gravidez, ele sabia que a irmã dificilmente conseguiria dar à luz mais uma vez. Dessa forma, os gêmeos haviam sido um derradeiro presente divino, e ele fez de tudo para que aquele filho crescesse em toda a plenitude. E, graças a Deus e às almas do Sheol, ele logo começou a demonstrar os dons. Apesar das constantes admoestações de Francesca a respeito da estranheza de Luciano e dos muitos comentários entre a criadagem de que o caçula de Don Alfeo "não era normal", o menino se alimentava bem — sendo necessárias três amas de leite para saciar sua fome quando era bebê — e se tornou uma criança grande e rechonchuda, ainda que, aos três anos, desse apenas alguns passos trôpegos e emitisse somente uns poucos sons desconexos, sempre endereçados à irmã, que parecia ser a única que o entendia, servindo como intérprete entre o irmão e as criadas. E ainda havia aquele olhar perdido, que nunca o abandonava. Diferente de Domenico, que desde a tenra infância já era decidido, independente e disciplinado, Luciano era descuidado, apático e parecia habitar uma dimensão díspar daquela onde viviam as outras pessoas. O único ser que parecia atrair sua atenção era Jade. Até mesmo seus passos morosos eram dados apenas quando queria se aproximar da irmã, e ele costumava reagir de forma destemperada quando a menina era por algum motivo retirada do seu lado. Esse comportamento se tornaria mais violento com o tempo, acarretando alguns acontecimentos inexplicáveis que aterrorizavam as criadas, como objetos que se espatifavam das prateleiras sem que ninguém os tocasse, portas que batiam sozinhas e golpes invisíveis que machucavam as amas e as obrigavam a se afastar de Jade. À medida que o menino crescia, esses atos sem explicação ficaram ainda mais frequentes, fazendo com que a maior parte dos empregados o temessem e evitassem. As amas e os guardas responsáveis pelos gêmeos recebiam um soldo bem mais alto que os demais e, ainda assim, se tornava cada vez mais difícil encontrar funcionários que aceitassem a função. Em geral, apenas novatos ambiciosos a assumiam e, mesmo esses, desistiam pouco tempo depois.

Por outro lado, quando tais relatos chegaram aos ouvidos de Don Alfeo, ele foi tomado por um profundo alívio. Ainda que se preocupasse com o comportamento errático do filho, não havia dúvidas de que Luciano era, desde o berço, um poderoso Predestinado, como os Manfredi se referiam àqueles que tinham o dom de se comunicar com o Outro Lado.

Alfeo se surpreendia a cada dia com o poder que Luciano demonstrava ainda tão jovem. Por tudo que tinha lido e pesquisado a respeito dos Manfredi e seu legado, nunca houvera registro de um dom como aquele. Isso acabou o aproximando do menino. Enquanto Domenico passava a maior parte dos dias na companhia de seus tutores e sob os cuidados — muitas vezes exagerados, na visão de Alfeo — de Francesca, que não escondia sua predileção pelo sobrinho primogênito, Luciano era constantemente visto na companhia do pai, que visitava o infantário todos os dias e costumava passar horas testando e estimulando as habilidades do filho tendo apenas Jade como testemunha.

Em contrapartida, os comentários a respeito da peculiar condição de Luciano se espalhavam entre os Manfredi. Embora todos os membros do clã soubessem que algo além das coisas que pertencem a este mundo fizesse parte do convívio da família desde seus primórdios, poucos realmente sabiam o que de fato se sucedia. Entre eles havia aqueles que consideravam os dons uma dádiva, enquanto outros os viam como uma maldição a ser combatida. Os Manfredi eram conhecidos por seus casos reincidentes de loucura e de crianças nascidas com uma série de malformações. Um castigo de Deus pelos pecados da família, alguns acreditavam. Don Alfeo se recusava a levar a sério essas crendices, entretanto, para calar os comentários maldosos, ele e seus irmãos davam todos os meses vultosas doações para as bondosas — e sempre ávidas por um certo conforto e lautas refeições — freiras do Convento de Santa Apolônia, nos arredores de Parma. Em troca de tamanha generosidade, elas aceitavam sem questionamentos os pobres enjeitados que os virtuosos Manfredi afirmavam impedir que morressem a esmo, frutos defeituosos da danação de aldeões pecadores. Afinal, as boas irmãs tinham como obrigação cuidar da Obra de Deus desprezada pelos homens.

Apesar das insinuações feitas por seus próprios irmãos e da óbvia distância mantida por Lizbeta de sua própria cria, Alfeo nem mesmo cogitava a possibilidade de enviar um filho varão e visivelmente um Predestinado poderosíssimo para ser criado como uma aberração por um bando de freiras ignóbeis. Mesmo que nenhum deles fosse capaz de lhe dizer isso com todas as letras, mais de uma vez insinuaram que seria melhor manter Luciano nos limites da Villa, longe dos olhos da crescente lista de inimigos dos Manfredi. Embora sentisse um apreço cada dia maior pelo filho caçula, que jamais cultivara por seu primogênito, Alfeo não viu outra opção além de concordar.

Ele sabia o quanto esses boatos poderiam afetar a política frágil da região, e já corriam à boca pequena muitas outras histórias pouco lisonjeiras sobre os Manfredi. Levando em conta, ainda, os avanços da Inquisição, aqueles comentários poderiam atrapalhar — e muito — os planos da família. Assim, Luciano passava os seus dias entre as paredes do casarão, cercado de cuidados. Jade, por sua vez, se recusava a sair do lado do irmão e acabou por se tornar tão isolada quanto ele. Talvez para compensar a vida reclusa que os filhos levavam, Alfeo cobria seus gêmeos com todos os mimos possíveis e lhes dispensava várias horas de seu escasso tempo.

Luciano era um Predestinado com uma notável capacidade de compreender e interagir com o Outro Lado sem a necessidade de nenhum tipo de ritual ou intervenção, algo que o pai jamais vira nem acreditara ser possível. O poder do menino era tão vasto e natural, ainda que pouco desenvolvido, que, sentindo que seria preciso confirmar suas impressões, Alfeo levou, à revelia dos irmãos, o filho ainda criança a alguns dos maiores sábios, alquimistas e magos da Europa — pagando muito caro, e com frequência ceifando vidas em nome do sigilo — para que avaliassem sua situação. De fato, não parecia haver nada de errado com a mente de Luciano e vários deles ficaram igualmente impressionados com a extensão dos poderes arcanos do menino. Ao retornar dessas expedições, Alfeo decidiu que era necessário que o filho iniciasse imediatamente seus estudos e desenvolvesse seu dom, pois, se o menino fosse bem tutoreado, o pai não via limites de até onde os poderes de Luciano poderiam chegar.

O estudo da morte era algo que acompanhava os Manfredi desde sua gênese, embora, no início, estivesse mais atrelado a crendices e mandingas do que a uma real erudição. Ainda assim, eram notórios os vários casos de membros da família capazes de ver, ouvir e se comunicar com os mortos. Aparentemente os finados tinham uma predileção pelos Manfredi e cabia a eles usar isso não como uma maldição, mas uma dádiva. Seguindo o aconselhamento das almas, os Manfredi comprovaram que cada prole concebida no seio da família entre aqueles que tinham o dom era ainda mais poderosa que a anterior. Criou-se assim a tradição dos sangues puros, que gerou alguns dos Predestinados mais notáveis de que já se teve notícia, ainda que alguns parentes mais impressionáveis afirmassem que essas uniões incestuosas eram uma das principais causas da maldição que assolava os Manfredi, responsável pelo grande número de infelizes deformados e idiotizados que vagavam a esmo pelos corredores do Convento de Santa Apolônia.

Com a ajuda de parentes que já haviam partido e outras almas desencarnadas às quais a família prestava favores no Plano da Carne, no intervalo de dois séculos os Manfredi passaram de uma reles família de mercenários de baixo escalão a um dos mais poderosos clãs da Europa, respeitados e temidos por senhores feudais, pela nobreza e até mesmo por reis e rainhas. Nunca, porém, esses estudos se desenvolveram tanto quanto no período em que Don Janus, pai de Alfeo, Marcello, Gennaro, Francesca e Lizbeta, encabeçou a família. Janus, um Predestinado talentoso, não via o Sheol com a reverência temerosa compartilhada por seus antepassados, mas encarava o Outro Lado com pragmatismo, como um mundo muito semelhante ao de cá, cujos habitantes possuíam desejos e nutriam egos muito semelhantes aos dos vivos. Ele não tinha medo de invocar e negociar com almas pertencentes aos círculos mais profundos do Sheol, que muitos ocultistas e até mesmo Predestinados respeitados das velhas linhagens costumavam denominar como inferno. Para Don Janus, porém, aquelas eram apenas almas sagazes, mais antigas, sábias e, portanto, mais perigosas, que estavam dispostas a realizar serviços os quais seus companheiros dos círculos mais próximos do Plano da Carne se recusavam por incapacidade ou por estarem presos a antigas morais que já não faziam sentido onde estavam. Alfeo, por sua vez um Predestinado não tão natural quanto seu pai e, agora, seu filho, mas extremamente curioso, dedicado e diligente, foi desde muito jovem apresentado a essas almas ancestrais, aprendeu com Janus a identificar seus truques e caprichos, reconhecer quando insistir e em que ocasiões ceder e, principalmente, a não exasperá-las, pois, como ele vira mais de uma vez, as consequências podiam ser terríveis.

Alfeo, como primogênito e Predestinado, seguiu os passos do pai, sendo preparado desde a juventude para um dia assumir o lugar à cabeceira da mesa que seria, invariavelmente, deixado por Don Janus. Após a morte do patriarca, aos oitenta e cinco anos, um exemplo notável de longevidade, Alfeo sentiu todo o júbilo e o peso de ser o responsável por manter seu legado. Contudo, só teve a certeza de que realmente havia cumprido seu papel quando finalmente Lizbeta deu à luz Luciano, a criança na qual Alfeo apostava todas as suas fichas e que tinha certeza de que seria o elo para que os Manfredi dessem o passo definitivo em direção à glória eterna.

Do outro lado dos vidros imaculadamente limpos pelas criadas, Jade e Luciano caminham de mãos dadas em direção a uma das portas laterais da casa. Alfeo acompanha com um sorriso a forma como Jade conduz o irmão para que desvie dos trechos mais enlameados do jardim enquanto Luciano olha atento ao redor, como se estivesse à espreita de algo que só ele é capaz de ver. Que bela dupla seus filhos formam. E, pelo tempo desde que Frederico, Eduardo e o restante da comitiva que foi receber Domenico saíram da Villa, já devem estar prestes a retornar. Alfeo não vê a hora de contemplar finalmente seu primogênito como um príncipe da Santa Igreja.

E ainda há tolos que ousam dizer que os Manfredi são amaldiçoados.

4

Estrada para a cidade de Parma, dezembro de 1629

A jovem sente uma onda de alívio quando dona Camélia, a governanta, declara que ela está dispensada, já que uma criada manca e, ainda por cima, embriagada não terá a menor serventia no banquete de Dom Domenico. O dedão do pé esquerdo, onde a lâmina afiada havia penetrado, ainda lateja, mas o pano que cobre os pontos está manchado apenas por sangue seco. Após três copos de *grappa*, os pensamentos da criada estão turvos, mas pelo menos as dores — a do ferimento e a que carrega no peito — não a incomodam tanto.

 A recomendação de dona Camélia foi de que não caminhasse para não forçar os pontos, de forma que um dos rapazes que fazem o transporte de mercadorias da cidade para a Villa ficou encarregado de levá-la para casa quando fosse até Parma buscar algo. Ela não teve que esperar muito. Logo os confeiteiros anunciaram, aos gritos, como sempre, que precisavam de mais alguns sacos de açúcar, um bem raro — e extremamente caro — que só está disponível no palácio dos Farnese. Assim, ela foi carregada até uma carroça parada na entrada da cozinha e jogada lá dentro como se fosse um saco de farinha barata. Se não houvesse aceitado toda aquela *grappa*, certamente estaria com a bacia doendo após o baque. Ela pensa que, se talvez fosse o que consideravam uma jovem bonita, como sua querida amiga Margarida, seria tratada com um pouco mais de delicadeza. Mas ela sabe que o corpo esquálido, os cabelos que mais lembravam um fardo de feno e a pele manchada pela urticária fazem com que sua figura esteja longe de ser atraente para quem quer que seja. Essa ausência de encantamento, entretanto, foi um dos motivos pelos quais seu pai concordara em deixar que ela ajudasse na Villa quando eram necessários alguns braços extras. Não que ele e a mãe se sentissem muito confortáveis em enviar a filha para os Manfredi com todas as histórias que rondavam aquela gente. Ela, porém, além de não apresentar atrativos estéticos, ainda era a filha mais velha, e os pais, que viviam dos lucros de uma pequena horta, de forma que sempre passavam necessidade nos meses de inverno, tinham mais quatro pequenas bocas para alimentar. Assim, desde os doze anos a moça ajudava na cozinha da Villa em datas festivas, como o Natal, a Páscoa e o último aniversário daqueles gêmeos sinistros. Aos catorze, ela já havia aprendido muito bem as regras da casa: manter a cabeça sempre baixa, evitar fuxicos, ignorar aquilo que não era de sua alçada e, o mais importante, não fazer nenhum tipo de comentário sobre o que via lá dentro. Com ninguém.

 Apesar de todas as histórias que ouvira desde criança sobre assombrações, maldições e desaparecimentos misteriosos que aconteciam entre aquelas paredes, a primeira impressão da menina ao chegar à Villa foi de encantamento. Acostumada à casa de um único cômodo onde durante o inverno para se aquecer dividia a mesma cama com os pais, os irmãos e os carrapatos e, no verão, dormia sobre um monte de folhas do lado de fora, embalada pelo zumbido dos mosquitos, ter sua própria cama, ainda que estreita e localizada num salão com vários outros leitos de ajudantes, e três refeições diárias era algo com o qual até então só sonhara.

 Ela não tinha autorização para andar pela casa. Sua rotina devia se resumir à cozinha e aos alojamentos dos criados. No primeiro ano em que prestara seus serviços ali, não tinha acesso nem mesmo às despensas. Ainda assim, sempre tentava olhar de relance os cômodos dos patrões pela fresta de uma porta ou pelas janelas quando caminhava do lado de fora. Adorava vislumbrar os salões com suas cortinas de veludo e iluminados por tantas velas que parecia que a noite se tornava dia. E havia tantos quadros com molduras douradas, pinturas de anjos e santos nas paredes e nos tetos, mais estátuas e imagens do que na catedral de Parma, enfeites e um sem-fim de objetos cuja utilidade ela nem mesmo desconfiava. A menina imaginava como seria a sensação de pisar com os pés descalços naqueles tapetes que pareciam tão macios e tocar no veludo das cadeiras da sala de jantar. Apesar de nunca ter se refletido neles, havia dois grandes espelhos no vestíbulo, os primeiros que vira em toda a sua vida. A moça, entretanto, fora avisada pela mãe para ficar longe deles, pois, segundo ela, além de não haver nada digno de nota na imagem da filha, espelhos roubavam a alma das pessoas. Talvez por isso o povo falasse que havia tantas assombrações na Villa dos Manfredi. Curiosa, porém obediente, a jovem gostava de admirá-los de longe quando passava pelo jardim e via a porta principal da casa aberta. Eles a atraíam e ao mesmo tempo lhe causavam medo, ainda mais depois que viu a forma como os gêmeos gostavam de ficar contemplando os próprios reflexos e sorrindo daquela forma tenebrosa. Como se precisassem daquilo, já que eram um o focinho do outro e só andavam grudados. Ela já ouvira de mais de uma parenta que crianças que cresciam ao mesmo tempo na mesma barriga não eram boa coisa e, depois de colocar os olhos naqueles dois, teve certeza de que aquilo era a mais absoluta verdade.

Passada porém a fase da novidade e acostumada à dura rotina de trabalho que começava antes de o sol nascer e só terminava após a ceia ser servida, a menina começou a se dar conta de que de fato havia alguma coisa muito errada naquele lugar. Em geral, ela caía na cama exausta, refestelando-se por não ter bracinhos golpeando sua barriga durante a noite e por saber que não acordaria repleta de picadas de mosquitos. Entretanto, em algumas noites, parecia ser acordada por gritos que não sabia exatamente de onde vinham e sons de objetos se espatifando, apesar de todas as outras moças estarem em suas camas e não haver nada por ali que pudesse ser quebrado a ponto de fazer tanto barulho. Ela olhava ao redor e via que as colegas nas camas próximas também se reviravam, incomodadas, sobre seus colchões de palha. Algumas chegavam a cobrir a cabeça com o cobertor, e ela tinha certeza de ouvir entre um estrondo e outro algumas orações recitadas aos sussurros. Na primeira manhã após aquele tipo de incidente, tentou perguntar às colegas sobre o ocorrido, mas todas, sem exceção, afirmaram não ter ouvido nada, disseram que haviam tido um sono totalmente pacífico e que ela devia ter tido um pesadelo. A menina tinha certeza do que ouvira, pois tinha dormido como uma pedra desde que chegara ali e, até então, só se lembrava de ter tido pesadelos quando ouviu um dos muitos pregadores nômades que vagavam pela região discursando na praça de Parma com suas exposições excessivamente vívidas sobre as danações do inferno. Ela nunca mais parou para ouvir aqueles sermões e, já que, em casa, vivia tão cansada quanto na Villa, costumava ter sonos profundos, sem nenhum tipo de sonho. De qualquer forma, ao receber um olhar cortante de dona Camélia, que logo ordenou que elas se levantassem antes mesmo de terminarem seus pães e começassem a cortar berinjelas para a caponata, decidiu se calar.

Tentava se concentrar no trabalho sem dar atenção ao que acontecia ao redor, conforme havia sido instruída pela mãe ainda em casa e por dona Camélia em seu primeiro dia ali. Entretanto, era impossível não se sentir intimidada quando dona Francesca resolvia inspecionar o trabalho na cozinha ou simplesmente passava por ali para conversar com a governanta a respeito de algum assunto. Francesca Manfredi era uma mulher grande, alta e corpulenta, com um nariz longo e adunco, os cabelos negros sempre presos e cobertos por um toucado, vestes simples, de cores sóbrias, sem adornos, compostas normalmente de uma saia ampla, uma camisa coberta por um colete largo, tudo isso encimado por um avental. Sempre olhava ao redor com seus olhos pequenos e apertados, mas que não deixavam passar nenhum erro, por menor que fosse. Costumava bater com o cabo de uma vassoura nas mãos das meninas cujo corte dos ingredientes considerava muito grande ou descuidado, ou que pareciam amaciar os bifes com pouco vigor. Estava sempre à procura dos gêmeos, que, por sua vez, pareciam ter como maior ocupação na vida fugir dela.

Francesca era o completo oposto da outra patroa que a jovem via nas cozinhas, ainda que de forma bem mais esporádica. A presença da senhora Lizbeta parecia iluminar a escuridão do recinto, que era atingido apenas por algumas nesgas de sol durante o dia, vindas das pequenas janelas estreitas, localizadas junto ao teto. Apesar de alguns poucos vincos em seu rosto que denunciavam que já não era mais uma garota, sua pele cintilava, os grandes olhos azuis pareciam duas contas e um sorriso doce estava o tempo todo estampado em seus lábios. Ao contrário do tom ríspido e da voz anasalada da irmã, a senhora Lizbeta falava de maneira afetuosa com quem quer que fosse, seu timbre era baixo, aveludado e agradável. Enquanto dona Francesca estava sempre com uma expressão severa no rosto e era de poucas palavras, a senhora Lizbeta fazia questão de cumprimentar de forma jovial absolutamente todos que se encontrassem na cozinha. A garota ficava encantada com suas vestes sempre de cores claras, fluidas, delicadamente bordadas com fios dourados, que chegavam até os seus pés e davam a impressão de que ela flutuava, já que eles pareciam não se dignar a tocar o chão. Era também extraordinária a forma com que a barra de seu vestido continuava imaculada, apesar de se arrastar naquele piso repleto de cascas, restos de molhos e outros dejetos que acabavam sendo derramados e só eram recolhidos no final do dia, quando as ajudantes varriam e enxaguavam o chão de pedra. A garota jamais seria capaz de se esquecer do dia em que, enfeitiçada pela figura da senhora Lizbeta, que foi até a cozinha pedir algo especial para o senhor da Villa, deixou cair uma batata, que rolou pelo piso, parando apenas ao tocar o vestido da mulher. A menina fechou os olhos e encolheu os ombros, já pronta para receber uma bordoada ao estilo das aplicadas por dona Francesca, mas a senhora Lizbeta simplesmente se abaixou, como se fosse uma pessoa como todas as outras, e, sem tirar o sorriso do rosto, pegou a batata e a colocou sobre a bancada onde a jovem trabalhava, afagando suas costas e lançando-lhe um olhar terno, antes de se virar e continuar passando instruções a respeito do cordeiro malpassado que o patrão gostaria para o jantar.

No início, por suas vestes que mais se assemelhavam às de dona Camélia, a menina chegou a pensar que Francesca fosse uma espécie de chefe dos criados e só depois de alguns dias se deu conta de que Francesca era, junto com a senhora Lizbeta, uma das patroas. Também não conseguia entender qual era exatamente a relação entre elas e o restante dos moradores da Villa, que, com exceção dos gêmeos, que viviam na barra da saia de dona Camélia, pareciam nunca pisar nas cozinhas. O máximo que ela chegara a ver tinha sido aqueles homens grandes, sempre com rapieiras nas bainhas e uma expressão carrancuda, que chegavam em grupos, em horários inconstantes, e, sem falar uma única palavra, sentavam-se na grande mesa do salão anexo, onde os serviçais comiam, e lhes eram servidas lautas refeições, regadas a litros do vinho produzido na Villa. Eles costumavam comer na caserna, localizada entre a casa principal e os estábulos, entretanto, não eram raras as ocasiões em que eles apareciam assim, de surpresa, nas cozinhas, famintos, imundos e exaustos. Algumas vezes, ela era acordada por uma das cozinheiras, que lhe pedia ajuda para alimentar os homens de Don Gennaro. Ela não fazia a mínima ideia de quem era aquela pessoa, porém, não havia dúvidas de que era alguém importante e, por isso, tratava de vestir mais que depressa o avental e o toucado e correr para a cozinha.

Os gêmeos costumavam aparecer por ali no mínimo uma vez ao dia, flanando ao redor de dona Camélia e de algumas das cozinheiras mais antigas. No primeiro ano de trabalho da menina na Villa, ambos ainda usavam camisolões de infantes e sua presença por ali era ainda mais assídua. Era comum ver a garotinha sentada no colo de dona Camélia ou das cozinheiras sussurrando coisas em seus ouvidos, lhes dando beijos e presentinhos embrulhados em vistosos papéis chineses. Era realmente uma criança bonita e, secretamente, a criada invejava o futuro que Jade teria, com toda aquela beleza e nascida numa família tão rica. Certamente se casaria com algum nobre, teria um grande castelo e jamais teria nem mesmo que encostar numa vassoura. De início, a jovem achou que Jade e o irmão fossem filhos de dona Francesca, visto que era ela quem estava sempre atrás deles e quem dava as ordens às amas. Entretanto, quando ouviu Jade certa feita gritar um *"Mamma"* e correr para os braços da senhora Lizbeta ao vê-la entrar na cozinha, a jovem entendeu qual era a fonte da beleza daquela criança, embora não entrasse em sua cabeça como uma mãe poderia relegar os cuidados de seus filhos a outra mulher. Realmente ela jamais seria capaz de entender como os ricos funcionavam.

Jade era uma criança doce e a maior parte dos servos se derretia por ela. Assim como a mãe, ela trazia sempre um sorriso no rosto, além de possuir uma expressão angelical e uma voz meiga. Diziam que era impossível negar qualquer pedido seu. A jovem criada, porém, tinha um certo receio de Jade. Claro que sua bela figura era um alento para os olhos e suas frases espirituosas sempre pronunciadas daquele jeito tão doce alegravam o dia de todos e faziam com que sentisse saudade dos irmãos. Entretanto, ela ficava um tanto desconcertada na presença da menina. Um arrepio atravessava sua espinha sempre que Jade olhava para o sol entrando pelas janelas altas e chamava o irmão para brincar lá fora antes que o temporal desabasse — impreterivelmente, algumas horas depois um aguaceiro transformaria o jardim num charco — ou quando alguma das cozinheiras, ao receber um de seus constantes presentes, perguntava quem havia lhe dito que era exatamente daquilo que estava precisando, Jade apenas batia os cílios compridos e dizia, às gargalhadas, que tinha muitos amigos que lhe contavam coisas.

Era, porém, o menino que deixava a jovem criada apavorada. Logo em seu primeiro dia de trabalho, sentiu uma lufada de ar gelado assim que ele colocou os pés na cozinha. Ela ergueu um pouco as vistas de seus legumes e percebeu claramente um tremor nas mãos da serva que estava do outro lado da bancada. O garoto cruzou o cômodo devagar, sem olhar para ninguém, com um ar perdido que ela logo reconheceria como sua expressão mais constante. Ele parou de repente ao ver uma fornada de biscoitos que esfriava sobre um balcão para acompanhar o café da tarde, estendeu uma das mãozinhas em direção à bandeja e uma das cozinheiras que estavam ali por perto se aproximou rapidamente e chegou a abrir a boca para dizer algo, provavelmente alguma repreensão, já que havia pouco que as amas tinham levado o almoço dos gêmeos, que era servido no infantário, localizado no terceiro andar da casa. O menino apenas lhe lançou um olhar gélido e, com um esgar de pavor no rosto, a criada voltou aos seus afazeres. O menino pegou um punhado de biscoitos e, antes de começar a mastigar o primeiro deles, olhou para a porta, onde a irmã estava parada, claramente procurando por ele. O Patrãozinho, como a criadagem o chamava, foi até ela, colocou um dos biscoitos entre os lábios da menina e, assim que ela o mordeu, ele lhe arrancou o restante do doce com a própria boca, engolindo-o inteiro. Os dois soltaram um risinho e saíram correndo em direção ao corredor que levava à sala com uma rajada de vento que fez com que a pesada porta de madeira batesse atrás deles.

A jovem não sabia dizer exatamente o que havia de errado na cena que acabara de presenciar, mas tinha certeza de que havia algo totalmente fora do lugar. Sem contar aquela sensação sinistra, que atravessara sua espinha desde o momento em que pousara os olhos naquele menino e que certamente era compartilhada por todos nas cozinhas. Apesar de ser uma recém-chegada, ela já percebera que as cozinheiras costumavam ser irascíveis em relação a suas bancadas de trabalho, respondendo com irritação a qualquer intervenção ou desfalque. Claro que o menino era filho do patrão, mas, de toda forma, se tratava apenas de um fedelho que ainda vestia camisolões.

Sem dúvida havia alguma coisa naquele menino que apavorava as pessoas. E não tinha nada a ver com o fato de quem era seu pai.

Na segunda temporada que passou na Villa, a jovem foi convocada para ajudar no banquete de Natal. A rotina de trabalho era árdua, bem semelhante à da Páscoa, embora, dessa vez, as peras e os pêssegos dos bolos tivessem sido trocados por morangos, framboesas e amoras; os peixes deram lugar a carnes vermelhas e o grande destaque da noite seria um cervo caçado pelo senhor da Villa e seu irmão. Eram muitos os preparativos e a jovem já havia até perdido a noção dos dias, que pareciam sempre se repetir em meio a um sem-fim de cortes de verduras, frutas e sovação de massas. Ela estava exatamente amassando com vigor o que em breve se tornaria um pão quando percebeu, pela lufada de ar gelado peculiar, que o Patrãozinho havia entrado na cozinha. Não podia dizer que se acostumara com a presença dele, mas naqueles dias o menino parecia um tanto inquieto e perambulava por ali com frequência, sempre pegando nacos de massa, surrupiando uma fruta ou afanando doces. Tanto que sua tia já havia lhe passado vários sermões públicos, esbofeteando-o um bom par de vezes. Na última vez que a ajudante presenciou um desses incidentes, porém, o menino, que em geral ouvia os pitos da tia em silêncio, com a cabeça baixa, ergueu os olhos e lhe disse, em tom de desafio:

— Aproveite, titia, pois você sabe que, em pouco tempo, caso você ouse fazer algo semelhante comigo ou com minha irmã, eu poderei revidar. E, quando eu fizer isso, você vai se arrepender. De tudo.

Todos observaram a cena calados, como de praxe, aguardando uma reação violenta de dona Francesca à inesperada insolência do sobrinho. Ela, porém, apenas sussurrou, entredentes:

— Pequeno demônio.

E simplesmente observou o Patrãozinho lhe dar as costas e parar para pegar uma maçã, que mordeu enquanto caminhava, com a mesma calma de antes, até a porta, que, como a jovem percebeu que sempre acontecia quando ele atravessava o limiar, bateu com um estrondo.

Logo, porém, dona Francesca saiu do estado de inércia e gritou para que todos na cozinha ouvissem:

— Se eu souber que qualquer um de vocês permitiu que esse diabrete glutão ou a irmã dele surrupiassem um grão de açúcar sequer desta cozinha, todos serão punidos, estão entendendo? E podem ter certeza de que irão considerar a dispensa uma bênção perto do que acontecerá com quem ousar me desobedecer.

Ela passou os olhos por todos os funcionários para se certificar de que haviam compreendido suas ordens e saiu pisando duro.

De fato, os gêmeos não apareceram mais na cozinha naquele dia e, no seguinte, Jade deu as caras apenas na parte da manhã para dar um beijo em dona Camélia e sair trotando pelo corredor após informar à governanta que o irmão a esperava para uma brincadeira no infantário e não queria que Luciano se irritasse com seu atraso.

No segundo dia, porém, o menino surgiu nas cozinhas algumas horas após o café da manhã. Seus cabelos estavam desalinhados, ele suava, apesar de já fazer frio naquele mês de outubro, e a jovem criada percebeu que a gola de seu camisolão estava com um rasgo na parte de trás. Ele estendeu displicentemente uma das mãos para afanar um bolinho de amoras que sobrara do café e havia sido esquecido sobre uma bancada próxima a um dos fogões quando uma cozinheira, que mexia um guisado que seria servido no almoço, percebeu o movimento e deteve seu braço. O garoto arregalou os olhos, sem acreditar na ousadia da velha criada.

— Desculpe, Patrãozinho, mas são ordens da sua tia – disse ela, sem mirar diretamente nos olhos do menino.

— Você deveria saber que um dia eu serei o senhor desta casa, e não minha tia. Ou será que você é tão limitada que não consegue enxergar nem mesmo o óbvio?

— Patrãozinho, por favor. Nós apenas seguimos aquilo que nos ordenam. Converse com sua tia e quem sabe...

— Não preciso conversar com ninguém. Este bolo é o preferido de minha irmã, que foi vítima de uma grande injustiça que a deixou bastante chateada. É apenas um agrado para Jade.

A velha mulher mirou rapidamente o garoto com um certo carinho, porém logo em seguida sacudiu a cabeça:

— Desculpe, Patrãozinho, mas as ordens de dona Francesca também se estendem à sua irmã. Nada de comida para vocês fora dos horários das refeições.

Um esgar de ira se formou no rosto do menino.

— Minha tia não significa nada nesta casa. Quem é ela para dizer o que eu ou Jade podemos ou não fazer? Agora me solte e volte a cuidar do seu trabalho ou...

Toda a cozinha parou para observar a cena. Uma das copeiras saiu correndo em busca de dona Camélia, que foi chamada justamente para ajudar com Jade, que aparentemente não estava se sentindo bem. A velha cozinheira tremia visivelmente dos pés à cabeça, mesmo assim, não parecia ter nenhuma intenção de desobedecer a dona Francesca.

Luciano sussurrou algo que nem mesmo a mulher que estava diante dele foi capaz de compreender e, num átimo, o grande caldeirão do guisado começou a ser sacudido como que por mãos invisíveis. O caldo borbulhava descontroladamente, chegando a transbordar. A cozinheira se virou ainda segurando o menino para conferir o que estava acontecendo quando o caldeirão escapuliu das correntes que o prendiam sobre as chamas e boa parte do líquido fervente derramou-se em seu rosto, atingindo em cheio os olhos. Ela soltou um urro desesperado, largou o braço do garoto e tombou no chão, contorcendo-se.

O Patrãozinho mirou rapidamente a cena, envolveu o bolo num pano e saiu quase desapercebido enquanto todos os criados se juntavam ao redor da cozinheira, sem saber exatamente o que fazer para aplacar sua dor nem compreender o que havia acabado de acontecer. A jovem, porém, apesar do pânico, não conseguiu evitar que seus olhos acompanhassem enquanto o Patrãozinho, com a mesma expressão vazia de sempre, caminhava até a porta, que se fechou, dessa vez sem fazer barulho, atrás dele. A criada não recordava de tê-lo visto tocar nela antes que se cerrasse atrás de si.

Ela ainda ficou por alguns momentos mirando a porta, tentando encontrar alguma lógica que fosse na cena que acabara de presenciar, quando foi tirada do seu devaneio por uma voz aguda, ainda que enérgica, vinda de trás de si:

— Ei, garota, se não vai ajudar, sai do meio do caminho.

Uma menina aparentemente da sua idade carregava uma imensa tina. A jovem pegou uma das extremidades e a ajudou a levar a cuba até onde estava a mulher. Ao se aproximarem dela, a menina fez um sinal para que a ajudante virasse a água sobre os olhos da cozinheira e deixasse que o líquido frio vertesse pelo maior tempo possível.

— Não coloque as mãos sobre os olhos. A pele pode grudar e aí você terá que ficar para sempre com os braços levantados — disse ela para a mulher mais velha. Em seguida, virou-se para os confeiteiros que estavam ali parados, simplesmente observando a agonia da pobre cozinheira. — Vocês aí, bonitões. Mexam-se. Vão pegar mais tinas de água limpa e fresca. Ela vai precisar de muita água para suportar toda essa dor.

A ajudante de cozinha estava impressionada com a presteza da outra garota. Ela parecia saber exatamente como resolver as coisas e havia algo em seu tom de voz resoluto que fazia com que todos a obedecessem sem questionar. Ela conversava baixinho com a mulher, tentando acalmá-la:

— Eu sei que está escuro, mas não se preocupe com isso agora. Estamos aqui do seu lado. O importante é fazer com que a senhora se livre dessa dor. Depois a gente resolve o resto. Vamos fazer uma oração para são Lourenço, protetor dos queimados.

A garota olhou para a outra criada e apontou com a cabeça para a tina, que já estava com menos da metade da sua capacidade:

— Consegue segurar sozinha?

A ajudante de cozinha fez que sim com a cabeça. A outra então soltou o recipiente, abaixou-se, pegou as mãos da mulher e começou a rezar:

— Grande são Lourenço, que fostes colocado sobre um braseiro sem sentir dor, pela Graça Divina que estava convosco, rogai a Deus que Ele aceite nossa prece e recompense nossa fé curando esta Tua serva. Grande são Lourenço... — ela começou a repetir a oração, começando a ser acompanhada baixinho pela cozinheira.

Alguns momentos depois, os confeiteiros chegaram com uma nova tina d'água que, mais uma vez sob as ordens da garota, continuaram a verter sobre os olhos da mulher. O chão estava encharcado e a menina voltou-se mais uma vez para a colega para pedir que começasse a secar aquele aguaceiro junto com as outras ajudantes. Ela lhe obedeceu sem pensar duas vezes, entregando panos e vassouras para as companheiras antes de começar ela mesma a empurrar a água para o lado de fora. Já tinha expulsado três torrentes para o quintal quando dona Camélia entrou no recinto, contemplou o caos em que sua cozinha havia se transformado e, sem fazer nenhuma pergunta, apenas pediu que um dos homens levasse a mulher para o alojamento e que algumas das ajudantes a secassem, trocassem suas roupas e a deixassem confortável em sua cama, que ela iria até lá em seguida. Depois, entregou ela mesma uma vassoura para a garota da tina e ordenou que ajudasse as outras a arrumar aquela bagunça. Ela claramente não era idiota para ir contra uma determinação da governanta, mas não escondeu sua insatisfação. Aproximou-se da ajudante de cozinha empurrando energicamente a água para fora enquanto resmungava para si mesma:

— Eu sou uma camareira. Sou responsável por arrumar a câmara de dormir da dona desta casa. E agora, só porque eu resolvi ajudar aquela pobre mulher, sobrou para mim faxinar essa cozinha imunda. Isso é para você aprender a não meter o nariz no que não é problema seu, Margarida. Você só tinha que vir aqui embaixo buscar um odre de vinho, mas não, você tinha que parar para ajudar e olha só o que te coube.

Ao ouvir aquelas palavras, a outra menina a fitou com ainda mais interesse. Afinal, trabalhar nas áreas frequentadas pela família era considerado entre os criados uma grande honraria. Servir então numa das câmaras privadas era um dos postos mais seletos e cobiçados entre a criadagem. Além dos soldos notavelmente mais elevados, aqueles eram cargos de confiança, que faziam que quem os ocupasse fosse respeitado não apenas dentro, mas também fora da Villa. Isso explicava muito sobre o jeito imperativo daquela menina e a forma como todos lhe obedeciam.

— Desculpe, mas... – A curiosidade foi mais forte e a outra criada não conseguiu se conter. – Você trabalha lá em cima? Nos aposentos da dona Francesca?

— Que dona Francesca! Está louca? Quem manda nesta casa é a senhora Lizbeta. É por isso que a chamam de senhora, sabe? Ela só deixa a irmã cuidar dos assuntos que ela chama de "mesquinhos" porque tem coisas bem mais importantes com que se ocupar. Mas, por enquanto, eu sou só uma temporária. Algumas camareiras da senhora Lizbeta foram remanejadas para o infantário e por isso me chamaram para ajudar.

A outra menina achou no mínimo curioso alguém vinda lá de cima falar tanto. Todos os outros criados que cuidavam diretamente da família eram reservados, não costumavam nem mesmo cumprimentar o pessoal da cozinha.

Apesar de fazerem as refeições no mesmo espaço e dividirem os mesmos alojamentos durante a noite, eles se consideravam membros de outra casta, de forma que nem sequer os raros temporários que eram arregimentados para esses cargos de confiança se rebaixariam a tagarelar com uma mera ajudante de cozinha. Mas aquela garota era diferente. Confiante e simpática, era uma jovem bonita, com compridos cabelos loiros presos em duas tranças grossas que com todo aquele movimento haviam escapulido da touca, olhos verdes resplandecentes, leves sardas pelas bochechas harmoniosas que lhe davam uma aparência saudável, e um corpo bem-feito, uma cintura fina e seios fartos que ficavam delineados até mesmo nas suas vestes sem graça de criada. Além disso, parecia que uma aura de amabilidade emanava a seu redor. A tal de Margarida era, com toda a certeza, uma daquelas garotas de quem todos gostavam e que devia ter dezenas de pretendentes. Ela passava a impressão de ser genuinamente uma pessoa de bom coração, algo que a outra jovem jamais sentira desde que pisara naquela casa.

— Eu sou uma temporária também. Mas ajudo aqui na cozinha. Passo o dia todo picando legumes e sovando massas, e à noite enxáguo o chão. Mas você até que não está se saindo mal para uma novata. – Ela soltou uma risadinha ao ver a habilidade com que Margarida expulsou mais uma grande quantidade de água para o quintal.

— Não fique impressionada. Moro com o meu pai e mais cinco irmãos. Adivinha quem faz a faxina enquanto eles passam o dia trabalhando? É tão cansativo que o que eu faço aqui na Villa mais parece um eterno domingo. E ainda ajudo na ferraria quando algum deles se queima.

— Ah, você então é filha do Tagliaferri?

Os Tagliaferri eram os principais ferreiros da cidade e sempre antes dos grandes banquetes alguns de seus filhos iam até a cozinha trazer novas panelas e outros utensílios e levavam consigo aqueles que precisavam de reparos. A menina os conhecia graças ao alvoroço que a presença dos rapazes da ferraria causava entre as demais ajudantes.

— Exatamente. Onde você acha que eu aprendi a cuidar de queimaduras?

— É, você realmente parece saber o que precisava ser feito. Ela vai ficar bem?

— Depende do que você considera bem. Não há a menor chance de aquela pobre mulher voltar a enxergar, isso eu te garanto. As pálpebras grudaram e duvido que tenha sobrado muita coisa aproveitável debaixo delas.

A outra menina fez uma careta e virou o rosto. Mais que depressa, Margarida mudou o foco da conversa:

— Essa é a minha primeira vez aqui, na verdade. Cheguei faz duas semanas. Meu pai achou uma boa ideia me mandar trabalhar para os Manfredi para que eu ganhasse um pouco de boas maneiras e algum requinte. – Margarida baixou o tom de voz. – Mas, vou te falar, na maior parte do tempo eu acho que ele me enganou e me mandou para um hospício.

A ajudante de cozinha estava prestes a soltar uma risada, mas, ao perceber que as empregadas que viviam na Villa olhavam para elas com um ar de desaprovação, colocou um dos braços contra a boca e simulou que tossia.

— Mas você tem muita sorte – a ajudante de cozinha disse entre uma tossida forçada e outra. – Todos falam que apenas os servos mais antigos e que conquistam a confiança dos senhores conseguem sair da cozinha. E você foi logo para o terceiro andar.

— Não ache que lá em cima o trabalho é mais fácil. A dona Camélia arranca o nosso couro. Nada pode estar fora do lugar nem desagradar a senhora. E só consegui ir direto para os aposentos privados porque minha mãe foi durante muitos anos aia da senhora Lizbeta. Ela gostava muito da minha mãe. E vou te falar que três das meninas que foram remanejadas para o infantário, sabe-se lá por quê, pediram demissão desde que eu cheguei. Pode ser que surjam mais vagas lá em cima em breve.

Nesse momento, dona Camélia passou por elas, provavelmente para averiguar o estado da cozinheira, e ralhou:

— Menos papo e mais trabalho, mocinhas. Quando eu voltar, não quero encontrar mais nem uma gota de água neste chão, ouviram?

As garotas abafaram mais uma risadinha, trocaram um olhar cúmplice e continuaram a secar o piso.

A partir daquele dia uma amizade genuína surgiu entre elas. Apesar de cada uma cumprir expediente numa parte da casa, elas faziam as refeições juntas e Margarida ofereceu um par de grampos para que outra ajudante trocasse de cama e as duas pudessem se deitar lado a lado e conversar antes de dormir.

Após as festividades de Natal e Ano-Novo, Margarida foi convidada para servir permanentemente na Villa, sendo designada para substituir mais uma ama do infantário que pedira as contas. Guida, como a jovem ajudante de cozinha passara a chamá-la, ficou exultante pois, apesar de sentir falta dos irmãos e de estranhar todas as desistências das criadas que haviam assumido aquele posto, ela continuava a afirmar que a rotina ali era muito mais leve do que na ferraria. A amiga ficou apreensiva ao saber da notícia, pois tinha certeza de que aqueles gêmeos eram algo muito ruim. Entretanto, Margarida estava tão animada por permanecer na Villa e pelo significativo aumento em seu soldo que decidiu se manter calada. Seus serviços, por sua vez, não eram mais necessários nas cozinhas e, na primeira semana do ano, quando as festividades estavam encerradas, os Manfredi que viviam mais distante já haviam partido e a casa assumia novamente sua rotina de sempre, a menina recebeu o pagamento e a promessa de que em breve poderia ser requisitada mais uma vez.

Margarida tornou-se a primeira amiga de verdade da menina e foi duro se separar dela. Apesar de terem passado apenas alguns poucos dias juntas, uma empatia intensa surgiu entre ambas. Elas haviam trocado confidências, medos e sonhos. Margarida levou a amiga até o portão da Villa, de onde ela caminharia os dois quilômetros e meio até sua casa junto com outros funcionários temporários que haviam sido dispensados, e elas se despediram com um abraço apertado e a promessa de que se veriam em breve. Margarida garantiu que faria de tudo para que a menina fosse chamada para a Villa outra vez assim que surgisse uma oportunidade.

E foi exatamente o que aconteceu. Na Páscoa de 1629, a menina foi chamada para ajudar mais uma vez nas cozinhas. Além do soldo que evitaria que seus irmãos passassem fome durante o inverno, a oportunidade de ver Margarida encheu seu coração de alegria.

Nos dois primeiros dias, porém, ela cruzou com a amiga apenas uma vez, e mesmo assim de relance, quando ela havia ido até a cozinha pegar as refeições dos gêmeos. Nem mesmo no dormitório ela a viu. Ao tentar sondar as colegas sobre a rotina do infantário, soube que as amas costumavam dormir por lá caso os gêmeos acordassem e precisassem de algo.

Apenas em sua terceira noite na Villa, quando já estava em sua cama, preparando-se para dormir, a menina foi surpreendida por Margarida.

— Finalmente! Eu estava contando os dias para você chegar! – A amiga lhe deu um beijo estalado numa das bochechas e um longo abraço.

A menina retribuiu beijando a mão de Margarida e sentiu como sua pele estava macia, sem nenhum sinal de calos. Bem diferentes das suas, que, além do trabalho duro nas cozinhas nos últimos dias, ainda haviam sido obrigadas a deixar sua pequena casa brilhando antes de se ausentar para servir na Villa.

Margarida apertou-a mais uma vez e jogou-se na cama ao lado dela. A ajudante de cozinha olhou para ela com um ar preocupado e já ia avisá-la que a garota que ocupava aquela cama era cheia de manias e ficaria fora de si se a flagrasse ali quando Guida a tranquilizou:

— Não se preocupe. Já conversei com a chata que estava dormindo aqui. Troquei um lenço pela cama dela.

— Um lenço só para mudar de cama? Espero que não tenha sido um lenço muito bonito.

— Não era nada de mais. Eu tenho outros. Mas me fale como vai o mundo lá fora! Como vão os seus pais e os seus irmãos? – Margarida ajeitou o travesseiro na cabeceira e se reclinou na cama, deixando pendurados os pés ainda calçados com delicadas botas forradas com pelos e dotadas de pequenos saltos.

Aqueles calçados chamaram a atenção da menina. Pareciam refinados demais para uma ama, ainda que ela servisse no infantário dos Manfredi. Até mesmo o uniforme da amiga parecia mais aprumado, com punhos de renda bordados, e a *chemisette* que cobria seu colo por baixo do vestido tinha uma gola delicada, que combinava com os punhos, um requinte dispendioso, com o qual apenas as senhoras da casa poderiam arcar. Margarida estava ainda mais resplandecente. Suas bochechas estavam coradas, ela ganhara peso e suas curvas pareciam ainda mais delineadas. Ela soltou as tranças e os cabelos loiros eram tão brilhantes que refletiam os fachos de luz do candelabro pendurado junto à parede. Ela tirou uma escova com cabo de prata de um pequeno baú debaixo da cama e começou a pentear os fios sem pressa.

— Com certeza o mundo lá fora não está tão interessante quanto o daqui de dentro, eu te garanto – respondeu a menina sem tirar os olhos da amiga. – Na minha casa, tudo continua como sempre, nem pior, nem melhor. Já para você, Guida, posso ver que o infantário está mesmo fazendo muito bem. Quem diria!

Margarida olhou ao redor para ter certeza de que ninguém prestava atenção nelas. O expediente nas cozinhas tinha sido encerrado havia pouco e, como era uma noite agradável de início de primavera, muitas empregadas aproveitavam para passar um tempo no quintal papeando enquanto tomavam um pouco do vinho considerado de qualidade inferior pelo chefe vinicultor e cedido à criadagem por dona Francesca.

— Juro para você que não é assim tão ruim. Sei que as pessoas falam um monte de coisas sobre os gêmeos e que todos comentam que o infantário é mal-assombrado, mas não acho que seja pior que o restante desta casa. Algumas coisas estranhas acontecem por lá? Sim, acontecem. Eu já vi uma coisa esquisita ou outra. Mas te garanto de que nada é mais assustador do que esses gritos que a gente ouve a noite inteira aqui embaixo. E também sei que o patrãozinho Luciano é um menininho bem estranho, não tenho como negar isso. Mas ele não é de todo mau e você tem que ver como ele gosta da irmã. Se os meus irmãos me tratassem desse mesmo jeito, a minha vida seria infinitamente mais fácil. E a Principessa é tão doce, meiga e generosa. Agora eu entendo por que todos chamam a senhorinha Jade assim. Quando cheguei ao infantário, ela fez de tudo para que eu me sentisse confortável e bem-vinda. Parece até que ela sabe todas as coisas que eu gosto. Ela faz até questão que eu faça as minhas refeições com eles, apesar de a dona Francesca não gostar muito. Mas ela não se opõe porque tem uma obsessão por aquelas crianças e não gosta que eles fiquem sozinhos nem por um minuto. Então, por ela, quanto mais olhos estiverem sobre os dois, melhor. E a comida que vocês fazem é mesmo a melhor de todas. Nunca comi tantos coelhos, morangos e massas folhadas. Tive até que encomendar vestidos novos, porque os antigos, além de serem tão feinhos, não cabem mais na minha cintura. Ela passou a mão sobre a barriga, sorrindo.

Mesmo que a maior parte das empregadas ainda estivesse no quintal, a pergunta da outra menina saiu quase como um sussurro:

— Conte o que você viu. Você sabe o que fez as outras amas desistirem do infantário?

— Ah, elas eram meninas bobas, que se impressionam com besteiras e não entendem como as pessoas da alta classe funcionam. Elas não são espertas como a gente – Margarida lançou uma piscadela para a amiga. – Na verdade, eu nunca vi nada de diferente das coisas que você já viu o Patrãozinho fazendo aqui embaixo. Aquelas portas que abrem e batem do nada quando ele quer passar, um brinquedo ou outro que estava numa prateleira alta e no segundo seguinte aparece nas mãos dele ou da Principessa, e vira e mexe ele fica falando umas coisas incompreensíveis para as paredes, como se houvesse alguém ali que respondesse. Sei também que ele costuma ter uns pesadelos meio feios, por isso que só dorme grudado na irmã. Eles são mesmo bastante apegados, um é a sombra do outro, e muitas vezes as pessoas não veem isso com bons olhos. A própria dona Francesca fica bem irritada. E eles falam aquela língua maluca que pelo visto só os dois entendem. Mas acho que, se eu morasse numa casa tão grande quanto esta e tivesse todos esses empregados e uma tia caxias como a dona Francesca vigiando todos os meus passos, eu também me apegaria a qualquer um que passasse pela mesma coisa. Eles são boas crianças e o trabalho está longe de ser pesado.

— E você tem passado as noites no infantário? Já viu alguns desses pesadelos do Patrãozinho?

Margarida lançou um sorriso maroto para a amiga e pulou para a cama da outra menina, sentando-se ao seu lado. Ela passou um dos braços ao redor de seus ombros e, puxando-a para si, desconversou:

— Eu tenho um segredo. Ninguém sabe e eu estava te esperando chegar e eu conseguir conversar com você sem gente por perto para te contar. Mas você precisa prometer que não vai contar para ninguém por enquanto. É muito importante.

A menina olhou com uma expressão séria para Guida. O que a amiga andara aprontando em sua ausência? Ansiosa, ela selou a promessa levando os dedos cruzados até os lábios.

— Você é minha melhor amiga, Guida. Seja o que for, vou estar sempre ao seu lado.

Margarida se aprumou na cama e abriu um sorriso tímido, ainda que radiante o suficiente para iluminar a penumbra daquele canto do alojamento.

— Estou apaixonada. E ele também me ama! Eu nunca estive tão feliz!

— Bem que eu percebi logo de cara que você está diferente. Você conseguiu ficar ainda mais bonita do que já era, se é que isso é possível. Para dizer a verdade, acho que você é a única ama que ficou com uma aparência melhor depois de começar a trabalhar no infantário. E me diz logo quem é o moço! Alguém que eu conheço? Ele também trabalha no terceiro andar?

A ama permaneceu em silêncio por alguns instantes e passou a mirar as próprias botas.

— Sim, você o conhece. Mas não, ele não trabalha no terceiro andar. – Ela fez uma pausa. – Ele mora lá.

A menina olhou para a amiga, sem entender.

— O que você quer dizer com isso?

— Se você ainda não o viu, tenho certeza de que já ouviu falar dele. Frederico, sobrinho de Don Alfeo, filho de Don Gennaro, o comandante das tropas dos Manfredi.

A menina de fato vira Frederico poucas vezes, mas era difícil esquecê-lo. Um rapaz alto, com os músculos extremamente bem torneados, os cabelos castanhos cacheados e os olhos escuros e penetrantes que vivia arrancando suspiros das empregadas quando era visto treinando sem camisa com a rapieira ou praticando alguma espécie de luta com os guardas do lado de fora da caserna. Quem sabe Margarida não houvesse tirado a sorte grande e seria também um dia uma das senhoras daquela casa? Sem dúvida sua beleza era suficiente para conquistar até um dos herdeiros da família. Apesar de se sentir feliz pela amiga, não conseguia evitar o pensamento de que, em lugar algum, herdeiros se apaixonavam por filhas de ferreiros. Naquela villa então, aquilo parecia ainda mais irreal. E contos de fadas não passavam de histórias para encantar donzelas bobas. Entretanto, tentou afastar esses pensamentos. Nem tudo que se passava ali devia ser necessariamente ruim, e aquele sentimento podia ser apenas fruto de uma pontada de inveja pelo fato de a amiga estar prestes a se tornar alguém importante. Ela tinha a obrigação de ficar feliz por Guida. E quem sabe ela não poderia conseguir uma promoção e trabalhar como sua aia? A garota abriu um sorriso.

— É claro que eu já ouvi falar do senhor Frederico. Ele é um dos assuntos preferidos das ajudantes da cozinha. – Ela soltou uma risadinha. – Mas, claro, nenhuma delas é páreo para você. E ele realmente parece ser diferente dos outros. Ele costuma até comer com os guardas quando eles chegam de madrugada sem aviso.

— Senhor Frederico... É tão engraçado lembrar como as pessoas o chamam aqui embaixo. No fim, ele é só três anos mais velho que nós duas. A família o chama de Fred. Eu o chamo assim também. Ele pediu na primeira vez em que nos cruzamos no corredor. Na verdade, eu esbarrei nele. Don Alfeo bateu no quarto dos gêmeos e me dispensou porque queria ficar a sós com eles. Eu tinha acabado de subir com alguns baldes de água quente para o banho dos dois e fiquei tão desconcertada com a presença do patrão que acabei saindo com os baldes pelo corredor principal ao invés de usar o de serviço. Eu estava olhando para baixo, com medo de deixar algum respingo no assoalho e tomar uma sova da dona Camélia quando esbarrei no Fred, que estava saindo do quarto. Derrubei quase um balde inteiro em cima dele. Eu gelei. Era a minha primeira semana no infantário e eu já achava que seria demitida. Mas ele só olhou para mim com aqueles olhos negros e lindos, sacudiu o excesso de água da roupa e perguntou se eu era a nova ama dos gêmeos. Eu só fiz que sim com a cabeça, olhando a poça que eu tinha deixado embaixo dos pés dele. Ele então pediu que eu entrasse discretamente no quarto dele que ele daria um jeito naquilo.

— E você entrou? – A menina ficou surpresa. Afinal, não faria bem à reputação de nenhuma moça direita entrar sozinha no quarto de um rapaz, não importava quem ele fosse.

— Eu não tive escolha. Imagina se a dona Francesca passasse por ali e visse a bagunça que eu tinha feito? No mínimo me colocaria ajoelhada no milho como faz com os gêmeos.

— E por que ela faz tanto isso? Eu sei que eles não são as crianças mais obedientes do mundo, mas...

— Eu não sei. Ela fica repetindo que eles são amaldiçoados ou algo assim. Mas, vou te falar, essa mulher é uma bruxa. Aquelas crianças sofrem nas mãos dela. Mas não é da dona Francesca que eu quero te contar. Voltando ao que interessa, você não vai acreditar no que ele fez. O Fred pegou um dos lençóis da cama dele, voltou para o corredor, se abaixou e começou a secar o chão com as próprias mãos!

— O quê? O senhor Frederico ficou de quatro secando o chão? – A menina não conseguia nem mesmo imaginar a cena. – Só você mesmo, Guida, para deixar um homem como esse engatinhando pelos corredores da Villa!

Margarida soltou uma gargalhada.

— Eu até tentei ajudar. Mas ele me mandou voltar para o quarto porque, se a dona Francesca ou a senhora Lizbeta aparecessem por ali, ele diria que esbarrara num balde que seu valete tinha deixado na porta para o seu banho e causara aquela bagunça. Quando terminou de secar, ele jogou o lençol sujo num canto e começou a tirar a roupa molhada...

— Espera... ele tirou a roupa na sua frente?

— É... – Margarida corou.

— E você não fez nada?

— O que mais eu poderia fazer? Fiquei olhando para o chão.

— A-hã, sei... – A menina jogou o travesseiro na amiga.

— Tudo bem, tudo bem! Eu confesso. Dei umas olhadinhas sim, mas só quando ele estava de costas. E, amiga, nunca tinha sentido aquilo antes por rapaz nenhum. Nem mesmo pelos amigos dos meus irmãos que ajudam na ferraria quando os Manfredi pedem carregamentos urgentes de novos alfanjes e rapieiras. O Fred ficou só com a roupa de baixo e pediu que eu levasse as vestes e o lençol molhados para o valete dele aqui embaixo. Eu me abaixei para pegar as coisas e, quando me levantei, senti os lábios dele bem próximos à minha orelha e ele perguntou o meu nome. Senti um arrepio, mas foi totalmente diferente daqueles que costumo sentir desde que cheguei nesta casa. E os meus joelhos pareceram se transformar em geleia quando ele me disse: "Margarida, se os meus primos pestinhas aprontarem com você, ou a minha tia te perturbar, você já sabe onde é o meu quarto. Eu estarei aqui para você". E ele beijou a minha orelha!

— Ahhh!!! – A menina abafou o grito e a amiga lhe tacou o travesseiro de volta. Imagine, um rapaz que ela mal conhecia beijando sua orelha! Como era possível que Margarida houvesse permitido isso? Bem, levando em conta que aquele rapaz era Frederico Manfredi, não era difícil imaginar o motivo pelo qual ela aceitou o beijo de bom grado.

— Eu saí do quarto correndo, mas ainda sentia o calor dele na minha orelha – continuou Margarida. – Então, no dia seguinte, me avisaram que eu havia sido escalada para passar aquela noite nos aposentos dos gêmeos porque a ama que cumpria esse turno havia pedido demissão naquela manhã. Como as anteriores. Era difícil que alguma durasse mais de uma semana e as outras criadas do infantário morrem de medo de ficar por lá depois que o sol se põe. Mas eu sabia que, se acontecesse alguma coisa, eu poderia bater no quarto do Fred e ele me ajudaria, por isso não me preocupei. Mas, de qualquer forma, eu gostei de passar o dia todo descansando. Ainda que muito a contragosto, uma das copeiras levou todas as minhas refeições na cama, eu não tive do que reclamar. E pouco antes de o sol se pôr, subi para render a ama do dia, que já trabalha aqui há algum tempo, mas é uma das que se recusam a passar a noite lá em cima. Quando eu entrei, os gêmeos brincavam calmamente com as bonecas da Principessa. Tão bonitinhos. Quisera eu que os meus irmãos brincassem assim de casinha comigo quando eu era criança. Foi só eu bater na porta que a mulher saiu como um raio escada abaixo, sem que eu nem mesmo tivesse tempo para lhe perguntar se as crianças já tinham ceado. E, vou te falar, eles são uns amores quando querem. Eu me sentei numa das poltronas e a Principessa me deu um pedaço do chocolate que tinha ganhado do pai mais cedo e se sentou no meu colo, falando como o meu cabelo era bonito e perguntando por que eu não o soltava. Eu estava mesmo usando alguns grampos antigos, que machucavam a minha cabeça por debaixo do toucado, e não via a hora de me livrar deles, por isso fiz o que ela me pediu. A Principessa ficou escovando os meus cabelos com sua escova enquanto eu lhe contava como a minha mãe me penteava quando a senhora Lizbeta lhe deixava passar alguns dias em casa. Ela nos ouve sempre com aqueles olhos azuis pregados na gente, sabe? Como se estivéssemos contando a história mais interessante do mundo. Enquanto isso, o irmão dela estava todo compenetrado lendo um livro com muitas páginas reclinado num sofá. Falam que ele é meio retardado, mas fico impressionada como alguém tão pequeno lê tanto. Antes das oito ele disse, sem tirar os olhos do livro, alguma coisa para a irmã naquela língua deles e a Principessa me falou que eles precisavam ir para a cama. Eu troquei os dois, fiz as orações junto com eles e, para a minha surpresa, o Patrãozinho até me falou um "obrigado" entredentes quando eu ajeitei o cobertor sobre ele. E a Principessa colocou os bracinhos ao meu redor, me deu um beijo no rosto e sussurrou: "Não se preocupe com a gente. Vamos ficar bem. E o primo Fred gostou mesmo de você". Eu fiquei ali parada, duvidando do que tinha ouvido, mas, quando decidi pedir para ela repetir o que havia dito, Jade já tinha se virado para o lado e estava ressonando abraçada ao irmão, que ainda me encarou com aqueles seus olhos escuros e estranhos antes de fechá-los. Eu então apaguei as velas que ficam sobre a mesinha ao lado da cama, fechei a porta e me sentei numa poltrona na antessala, onde recebi ordens para ficar, pensando no que eu iria fazer para matar o tempo, porque, pelo que eu já conhecia da dona Francesca, eu sabia muito bem que ela poderia dar umas incertas durante a madrugada para ter certeza de que eu estava por ali, alerta ao que quer que fosse.

— Mesmo tendo o senhor Frederico ali por perto, você foi bem corajosa, Guida. – A menina só conseguia pensar no que acontecera com a pobre cozinheira após ela ter contrariado o Patrãozinho. Menos de quatro meses haviam se passado e a mulher ficara permanentemente cega. Apesar de comentarem que os Manfredi haviam lhe prometido um polpudo soldo mensal enquanto vivesse, ela havia sido enviada sem a visão para a casa que a filha dividia com o marido e com queimaduras terríveis no rosto que a transformaram numa espécie de assombração.

— No geral, eles são boas crianças – continuou Margarida. Não sei se gostam de mim ou se são as pessoas que exageram em suas histórias, mas, ao contrário do que falam por aí, eu não os achei nada mimados nem birrentos. A impressão que tenho é que é só deixá-los quietos que eles não perturbam. Pelo menos é essa a tática que eu tenho seguido e tem dado certo.

— Mas o Patrãozinho não teve nenhum daqueles pesadelos desde que você pegou o turno da noite? Você não viu nada das coisas que assustaram tanto as outras amas? – a menina insistiu.

— Então... Naquela primeira noite, eu fiquei lá na saleta acordada, com o lugar iluminado apenas por uma vela ao meu lado pensando no que eu faria durante todo aquele tempo. Claro que fiquei pensando no que poderia acontecer, no que tinha assustado tanto as outras meninas. Recebi ordens para só entrar lá caso os gêmeos me chamassem para pedir um copo d'água ou se precisassem fazer as necessidades. Caso contrário, eu não devo abrir a porta que dá para o cômodo onde eles dormem, não importa o que eu ouça. As outras amas me contaram que quem decidiu isso foi o próprio Don Alfeo, talvez para conter a debandada de criadas e os mexericos na cidade. Eu não entendo muito bem os motivos dele. Vai que acontece alguma coisa mais séria? E naquela primeira noite estava tudo tão tranquilo e silencioso que confesso que me atrevi a ir olhar os gêmeos.

— Guida, você perdeu a cabeça de vez? Ir contra uma ordem do senhor da casa e ainda por cima se arriscar a ver alguma das coisas horríveis que assustaram tanto as outras amas?

— Sei que eu podia arrumar encrenca, mas eu estava me roendo de curiosidade. E morrendo de tédio também, acordada no escuro sem absolutamente nada para fazer. Eu me levantei e entrei no quarto de mansinho, mas os gêmeos estavam dormindo abraçados, tranquilos, sem nem ao menos se mexer. Eu já estava imaginando se as outras amas não tiveram um ataque de nervos de tanto ficar ali entediadas a noite inteira quando ouvi uma batida na porta do infantário. A batida foi bem leve, mas a casa estava tão silenciosa que foi suficiente para me fazer pular. Peguei a vela, fechei a porta da câmara dos gêmeos e abri a que dava para o corredor tentando enfiar o meu cabelo dentro do toucado, achando que devia ser a dona Francesca vindo me inspecionar, mas quase saltei de novo quando vi que era o Fred. Ele abriu um daqueles sorrisos lindos dele e me perguntou se alguma assombração já tinha aparecido para mim naquela noite ou se aquela reação era porque eu não tinha gostado da presença dele ali. Eu sorri de volta e falei que era uma alegria vê-lo, porque os gêmeos dormiam como dois anjinhos e eu não sabia como passaria o resto da noite sem nada para fazer. Ele soltou uma gargalhada abafada, me ofereceu um dos braços e perguntou se eu não queria dar uma volta pelo corredor. No início, tentei explicar que a dona Francesca poderia aparecer a qualquer momento, ou que poderia acontecer alguma coisa com os gêmeos e, se eu não estivesse ali, só Deus sabe o que seria de mim. Mas o Fred abriu aquele sorriso irresistível mais uma vez e me prometeu que seria uma voltinha rápida. E então eu pensei: já que o Patrãozinho e a Principessa pareciam estar no milésimo sono, que mal haveria?

— Guida, que coragem! Você podia ter perdido o seu emprego. Isso na melhor das hipóteses.

— Eu sei! Mas como dizer não para o Fred? A gente andou devagar, de braços dados, pelo corredor comprido do terceiro andar. Ele foi me mostrando todos os quadros, falando quem eram aquelas pessoas. Seus avós, bisavós, tios, primos. Ele sabia o nome de toda aquela gente e um monte de histórias divertidas sobre eles. O Fred falava baixinho, bem perto do meu ouvido. Eu estava nas nuvens. Nem sei quanto tempo se passou, só lembro daquele grito horrível. Vinha claramente do infantário e parecia a voz do Patrãozinho, só que mais grossa, rouca... monstruosa. Era impossível que aquilo tivesse saído da garganta de uma criança. Eu estava prestes a sair correndo para olhar os gêmeos, mas o Fred me segurou. Ele me disse que eu não ia conseguir entrar no quarto dos gêmeos e, mesmo que eu fosse capaz de abrir a porta, não gostaria nada de ver o que estava acontecendo lá dentro. Além disso, ninguém tinha autorização para entrar lá quando aquelas coisas aconteciam. Eu seria enviada de volta a Parma na mesma hora se alguém me flagrasse tentando entrar. Os gritos ficavam cada vez piores e tentei me soltar, mas ele me apertou ainda mais forte, me puxando para o quarto dele. Logo começaram os barulhos de coisas sendo jogadas no chão e parecia que os móveis batiam nas paredes. Ainda havia aqueles gritos horrendos, era ensurdecedor. E o mais estranho é que ninguém parecia se importar. Nem a senhora Lizbeta, a dona Francesca ou nenhuma outra pessoa da família se deu ao trabalho de sair de seus quartos para ver o que estava acontecendo. Quando passamos pela porta do infantário, ela tremia, como se alguém a estivesse esmurrando do lado de dentro. Fiquei congelada de pavor, mas o Fred continuou me puxando e, quando dei por mim, já estávamos dentro do quarto dele.

— Então foi isso que assustou as outras meninas? E você entrou mais uma vez sozinha no quarto do senhor Frederico? Realmente esses dias no infantário fizeram você perder a cabeça de vez.

— Você me conhece, amiga. Não sou o tipo de garota que se dá a essas liberdades. Mas eu tremia mais que uma vara verde e ele me abraçou e disse baixinho que tudo ficaria bem, que eu não precisava me assustar, que nada de ruim aconteceria comigo enquanto ele estivesse ali. Ele cheira tão bem... Nunca estive tão próxima de alguém com um cheiro tão bom. Os homens ricos também usam perfumes. Eles não fedem a suor, fuligem e *grappa* como os meus irmãos. E ficar ali abraçada com o Fred, com ele sussurrando no meu ouvido, fazendo carinho no meu cabelo e beijando de leve a minha testa foi me deixando mais calma. Ele fez com que eu me sentasse, me serviu um copo de vinho, algumas uvas e ameixas, falando que aquilo me faria relaxar.

— Mas os barulhos continuaram?

— Ficaram ainda piores. Parecia que alguma coisa estava destruindo o infantário. Mesmo com as portas do quarto fechadas, ainda ouvíamos os estrondos e os gritos. Mas o Fred parecia não se abalar com aquilo. Era como se fosse algo normal. Ele começou a me mostrar as tapeçarias que enfeitam o quarto, que exibem caçadas de ursos, javalis e outros bichos grandes. O Fred já caçou todos eles, sabia? Mas, de qualquer forma, os barulhos não paravam e não pude deixar de perguntar se era assim todas as noites. Ele me disse que não, o que me causou um certo alívio. E me contou que havia semanas em que acontecia mais de uma vez. Mas não era raro que se passassem meses entre as "crises", foi essa a palavra que ele usou. Eu queria saber o que era aquilo, se os gêmeos estavam em segurança, se alguma outra pessoa tinha entrado no infantário sem que a gente percebesse, mas ele colocou uma uva na minha boca antes que eu conseguisse terminar a primeira frase e me falou que não era para eu me preocupar com aquele tipo de coisa, que era melhor que eu não estivesse no infantário quando as crises aconteciam e que eu poderia ir para o quarto dele sempre que fosse escalada para passar a noite lá em cima e os gêmeos caíssem no sono. Ele me faria companhia e me pouparia do que quer que assustou as outras criadas.

— E se a dona Francesca for até o infantário conferir se você está mesmo trabalhando e não te encontrar lá? Enlouqueceu de vez?

— Eu fiquei preocupada com isso. Mas o Fred é muito atento e parece conhecer todos os barulhos desta casa. Só pelo som dos passos ele já sabe quem está vindo pelo corredor. E você sabe que existem todas aquelas histórias de que esta casa é cheia de passagens, não é? Elas são a mais pura verdade! Quando perguntei o que eu faria se a dona Francesca estivesse vindo e, quem sabe, resolvesse conferir se eu estava mesmo acordada, ele pegou uma chave, afastou uma das tapeçarias, encaixou a chave num buraquinho quase imperceptível no painel de madeira e então uma porta se abriu para um corredor quase da mesma largura do usado pela criadagem. Era escuro como breu, mas ele prometeu que me guiaria até o infantário assim que a dona Francesca colocasse os pés no corredor.

— Você passou a noite toda no quarto dele?

— Sim, mas não me olhe com essa cara de espanto. Naquela primeira noite, ele foi muito respeitoso. Conversamos o tempo todo, ele me contou várias histórias de caçadas com os outros homens da família e com os duques Farnese e me perguntou diversas coisas sobre a ferraria, os meus irmãos, do que eu gostava, como era o meu trabalho. Ele é um verdadeiro cavalheiro. E, quando estava perto de amanhecer, ele me pegou pela mão, me levou pelo corredor secreto e me deixou em uma porta que ia dar exatamente no infantário. Meu coração disparou com medo do que eu encontraria ali, mas ele me garantiu que tudo estaria bem. E, de fato, por mais estranho que possa parecer, tudo estava no mesmo lugar de antes e os gêmeos dormiam. O Fred se despediu com um beijo de leve nos meus lábios. Foi o único avanço que ele fez naquela noite, antes de dizer que mal podia esperar pela próxima vez que eu pegasse o turno da noite. Eu voltei para a saleta e me joguei na poltrona, sem acreditar. Afinal, você faz ideia? Entre todas as nobres mais belas de Parma e sabe-se lá mais de onde, todas as jovens ricas e refinadas que devem se derreter aos pés do Fred, ele me escolheu? Euzinha, a filha do ferreiro, a ama dos primos dele?

— Fico feliz por você, Guida. De verdade. – Essas palavras soaram menos animadas do que a menina gostaria, entretanto, Margarida estava tão eufórica com tudo aquilo que nem pareceu perceber o tom desalentado da amiga.

— Obrigada, minha querida. Tudo isso é mesmo maravilhoso. Mas, naquele dia, nem tive tempo de pensar muito nisso, porque eu estava um pouco tonta com as duas taças de vinho que o Fred me deu e foi só eu me sentar que a Principessa acordou e a ouvi me chamando baixinho. Eu me aproximei da cama e aí sim eu tomei um susto. Tanto o cabelo dela quanto o do irmão estavam emaranhados e a roupa de cama toda revirada, ainda molhada de suor. A camisola da Principessa tinha um grande rasgo na parte da frente e as pernas e os braços do Patrãozinho estavam cheios de manchas roxas, como se ele tivesse levado uma sova daquelas. Ele, porém, roncava baixinho com a cabeça no peito da irmã. Quando eu ia perguntar que diabos tinha acontecido, ela só colocou um dedo sobre os meus lábios e estendeu os bracinhos para mim, pedindo ajuda para se levantar sem acordar o Patrãozinho. Ela me abraçou, me beijou nas duas bochechas e sussurrou que queria tomar banho. Eu desci mais que depressa para pegar água quente e quando eu voltei ela estava abaixada ao lado da cama, fazendo carinho no rosto do irmão, que ainda dormia. Precisava ver o jeito que ela olhava para o garoto. Parecia até que alguém tinha morrido ou coisa pior. Mas ela logo percebeu que eu estava ali e aquele sorriso gracioso voltou na mesma hora ao seu rostinho. Tenho certeza de que ela não queria me deixar preocupada. Ela tirou a camisola e eu já ia acordar o Patrãozinho para aproveitar e dar banho nele também, mas a Principessa pediu que eu não fizesse isso, que ele precisava descansar. Ela entrou na banheira e me fez o pedido mais estranho: que eu queimasse o camisolão rasgado para que ninguém o visse, principalmente a dona Francesca. "Isso é muito importante", ela me disse, pegando a minha mão e arregalando aqueles olhos azuis imensos, depois completou: "E você pode passar todas as noites que quiser no quarto do primo Fred. Prometo que nós vamos nos comportar e não contarei para ninguém. Esses serão os nossos segredos, querida Guida", e olhou para o camisolão rasgado.

— Será que ela viu você com o senhor Frederico? Guida, você sabe que a Principessa é uma criança que todos adoram, mas é muito perigoso deixar um segredo que pode ter tantas consequências nas mãos de uma menininha.

— Como eu disse, assim que eu me sentei, a Jade me chamou. Pode ser que de alguma forma ela tenha me visto chegar pela porta secreta com o Fred. E eu sei o quanto essa situação é séria, mas você precisa acreditar em mim. A Principessa é uma menininha muito especial. Ela sabe guardar um segredo. Não entendo por que deixam aquelas pobres crianças passarem sozinhas pelo que quer que aconteça naquele quarto nessas noites de barulheira. Essas crises andam raras ultimamente, graças a Deus. Se repetiram poucas vezes desde aquele meu primeiro turno da noite. Mas, em todas elas, sem exceção, eu encontrei essa mesma cena quando voltei ao infantário. E a Principessa me fez esse mesmo pedido estranho. Ela também não me deixa dar banho no irmão nessas manhãs. Diz que ele precisa descansar e pede que eu não esvazie a banheira, que ela mesma ajudará o Patrãozinho a tomar banho depois.

— Como se duas crianças que têm tudo na mão o tempo todo soubessem cuidar uma da outra – declarou a menina com uma certa amargura.

— Eles podem ter nascido em berço de ouro, mas eu te garanto que a vida daquelas crianças não é fácil com todas essas coisas estranhas sobre as quais ninguém fala. Eles tiveram que aprender a cuidar um do outro. É bonito de ver. Tentei várias vezes perguntar ao Fred o que realmente acontece naquele quarto durante as crises, mas ele sempre muda de assunto ou cobre a minha boca com beijos. Esse pelo visto é mais um dos assuntos proibidos nesta casa. Mas tudo bem. Quando eu me casar com o Fred e for também uma Manfredi, ele vai acabar me contando tudo, tenho certeza.

— Nossa! Ele já pediu a sua mão? Você já conheceu o pai dele?

— Ainda não. O Fred já falou várias vezes que está louco para oficializar tudo para que a gente não seja mais obrigado a se encontrar escondido, mas ele precisa ter muito cuidado quando for dar a notícia para o pai e o tio. Afinal, eles esperam que ele se case com alguma prima que tenha terras e um bom dote, ou até, quem sabe, uma nobre. Não vai ser fácil aceitarem que ele escolheu uma criada. O Fred diz que precisamos esperar até que ele resolva algumas questões da família. E, então, se os Manfredi não concordarem com a nossa união, ele está disposto a fugir comigo para o Sul para que a gente se case.

— Rezarei todas as noites pelo amor de vocês, Guida. – A menina forçou um sorriso.

— Faça isso, amiga. Pois agora não há mais volta. – Margarida abaixou a voz. – Nós já pecamos. Não tive coragem para confessar isso nem para o padre, mas preciso contar para você.

A ajudante de cozinha sentiu a voz sumir de sua garganta, e tudo que conseguiu fazer foi encarar a amiga com os olhos repletos de espanto.

— Sei que é errado. Mas eu já sinto, no fundo da minha alma, como se o Fred fosse o meu marido, o homem que ficará ao meu lado até o fim dos meus dias. E ele me ama de verdade. Sempre repete isso, me trata como uma rainha, me dá todos esses presentes tão lindos. – Ela apontou para as botas e a escova que repousava em seu colo. – Quando você se apaixonar de verdade e for correspondida, o que eu espero que aconteça muito em breve, entenderá o que estou dizendo. É simplesmente mais forte que nós dois. E eu confio que a Principessa não contará nada para ninguém. Ela vive sussurrando para mim que o Fred e eu formamos um casal como os dos contos de fada que Don Alfeo lê para ela e, quando estamos apenas nós duas e o Patrãozinho no quarto, ela chega a me chamar de prima, acredita? – A ama abriu um largo sorriso. – E a única coisa que ela me pede é que eu suma com os camisolões rasgados e arrume alguns novos para substituí-los. Tudo que eu tenho que fazer é levar a camisola para uma parte mais afastada da Villa logo que largo o meu turno para dar cabo dela e, com algumas das moedas que o Fred me dá para que eu compre algumas coisas para mim, peço para um dos rapazes da carroça trazer umas peças de linho da cidade e costuro e bordo novos camisolões enquanto os gêmeos brincam. Você precisa ver como a Principessa se sente agradecida. Até o Patrãozinho já me agradeceu algumas vezes daquele jeito seco dele. Eu sei como é raro que ele fale com alguma ama. Já me sinto como se fosse da família.

As outras criadas finalmente retornaram do quintal um tanto embriagadas, falando alto e contando piadas que seriam consideradas totalmente impróprias dentro do casarão. Margarida se levantou, deu um beijo rápido na bochecha da amiga e pulou de volta para a cama dela.

— Amanhã eu só pegarei no turno da noite. Vou me oferecer para ajudar na cozinha para passar o dia com você. É tão bom ter a minha melhor amiga por perto de novo!

Rezando pela felicidade de sua tão amada Margarida, a menina ainda encarou a escuridão por um longo tempo antes de cair no sono.

De fato, no dia seguinte, Margarida acordou cedo e passou o dia todo ao lado da amiga na cozinha cortando legumes, conversando e aliviando um pouco o trabalho pesado das outras ajudantes, que ficaram mais do que satisfeitas com a ajuda. Apesar da desconfiança que tinham com as criadas do terceiro andar, lembravam quanto a ama havia ajudado a pobre cozinheira alguns meses antes e a receberam com festa.

Entretanto, após esse dia, Margarida foi designada diversas noites para o infantário. Parecia que as crianças gostavam dela e se comportavam em sua presença, o que deixava dona Francesca satisfeita. Apesar daquela sensação ruim que não a abandonava, a ajudante de cozinha não conseguiu evitar um leve sorrisinho ao ouvir dona Camélia comentar isso certa tarde na cozinha. Sentia falta da amiga, mas sabia que Margarida estava feliz e, de qualquer forma, elas estavam na mesma casa.

Após a Páscoa, Margarida levou mais uma vez a amiga até o portão e garantiu que elas se veriam em breve. Os gêmeos teriam uma grande festa de aniversário no mês de outubro e ela tinha certeza de que a menina seria mais uma vez convocada para ajudar nas cozinhas.

Realmente, seis meses depois o pai da jovem lhe deu a feliz notícia de que eles não teriam que esperar até janeiro para receber o bem-vindo soldo dos Manfredi. Ela deveria estar na Villa no primeiro dia do mês de outubro para ajudar em um banquete.

Uma grande festa marcaria o aniversário de onze anos dos gêmeos — uma data importante para a nobreza e as famílias de alta classe, como dona Camélia lhe explicou assim que ela colocou os pés na Villa. Aos onze anos, as crianças passavam a ser consideradas mocinhos e, por isso, abandonavam os camisolões. As meninas ganhavam vestidos de corte e os garotos, calças. Sendo assim, os patrões esperavam que o banquete que marcaria essa ocasião tão significativa na vida dos filhos fosse inesquecível. Apesar de apenas assentir em silêncio, ela pensou mais uma vez em como os ricos eram cheios de rituais inúteis. Em sua casa, as crianças abandonavam os camisolões simplesmente quando as roupas mais antigas dos pais, dos irmãos ou dos primos mais velhos passavam a caber nelas, deixando assim seus velhos trajes infantis para o irmão mais novo subsequente.

E parecia mesmo que seria comemorado o aniversário de dois pequenos príncipes. Mais ainda do que nas comemorações da Páscoa, a casa estava repleta de movimento. Havia confeiteiros vindos de Florença, cozinheiros vindos do palácio dos duques e dezenas de ajudantes extras como ela. Comentava-se que a casa estava cheia de modistas e alfaiates que preparavam o novo enxoval dos aniversariantes e que em breve chegariam músicos, acrobatas e dançarinos que animariam os dois dias de banquetes. Aos poucos, a casa ficava repleta de Manfredi vindos dos quatro cantos do continente. E, claro, os Farnese estariam todos presentes e sabe-se lá mais quantos membros da realeza. A jovem nunca vira uma festa assim.

Tão logo chegou, perguntou discretamente a uma das meninas que eram ajudantes fixas na Villa se ela tinha visto Margarida. A menina informou que ela ficava muito tempo no infantário e que era raro vê-la ali por baixo. E, mesmo nessas ocasiões, ela ia direto para a cama e não falava com ninguém. "Como toda essa gente de nariz em pé lá de cima", a garota completou. Uma nuvem escura se abateu sobre a jovem. Esse não era o jeito de Margarida. Na mesma hora, soube que havia algo de errado e não sossegou enquanto não encontrou a amiga.

Isso só foi acontecer quase uma semana após sua chegada à Villa. Ela aos poucos ganhava a confiança de dona Camélia, que pediu que descesse até uma das despensas, localizadas nos subsolos das cozinhas, e trouxesse um odre de vinagre para temperar a salada, entregando-lhe a respectiva chave e advertindo-a para que não demorasse. Ela pegou um pequeno candelabro e desceu as escadas estreitas. Nunca havia estado ali embaixo. O lugar parecia um labirinto, repleto de corredores de pedra escuros e várias portas de madeira. Talvez devido à correria dos preparativos, a governanta não lhe deu nenhuma coordenada e logo ela se viu perdida. Parou por um momento tentando se recordar de que caminho havia tomado na intenção de retornar à cozinha e pedir ajuda a uma das meninas que tivesse mais intimidade com as despensas quando ouviu, ao longe, soluços quase inaudíveis seguidos por um som mais alto, que dava a impressão de que alguém estava passando muito mal. Seria um dos fantasmas que tanto falavam que habitavam a Villa? Apesar do medo, a menina pensou que não tinha muita escolha. Era melhor averiguar quem ou o que era o responsável por aqueles sons do que ficar ali sozinha até sabe-se lá quando.

— Olá! Tem alguém aí? Eu estou perdida aqui embaixo. Você pode me ajudar?

Ela ouviu alguém se aproximando devagar. Não sabia se sentia mais pavor do que se revelaria ou de que os passos virassem em algum outro corredor. Logo, porém, a luz tênue de outra vela começou a iluminar a escuridão. A menina retesou o corpo e só relaxou quando ouviu uma voz conhecida:

— Amiga querida, é você?

A ajudante de cozinha correu na direção da voz sentindo um alívio no peito, que, entretanto, só durou até o momento em que a luz de seu candelabro revelou o rosto de Margarida.

A jovem antes tão bonita estava pálida como um cadáver, com círculos arroxeados sobre os olhos desbotados. Ela suava em bicas, apesar do frio cortante que fazia no porão naquele início de outubro, e limpava o canto da boca com o avental.

— Guida… O que aconteceu? O que fizeram com você?

Margarida simplesmente se agarrou à amiga, apertando seu corpo contra o dela. A menina sentiu um odor azedo e então teve certeza de que ela havia acabado de vomitar.

— Todas as histórias... – Margarida sussurrou num fio de voz no ouvido da ajudante de cozinha. – Todas elas são a mais pura verdade. Eles são pessoas horríveis. Aqueles gêmeos... nunca confie naquelas crianças. Eles fazem coisas que crianças jamais deveriam fazer. E quem tenta conter os dois paga muito, muito caro... – As palavras saíam aos borbotões dos lábios da jovem e a menina sentia dificuldade de acompanhá-las.

— Calma, Guida. Você precisa falar devagar para que eu entenda e possa te ajudar.

— Você não pode me ajudar. Ninguém pode. É tarde demais para mim, mas você ainda pode fugir daqui. E faça isso assim que puder, entendeu? Mesmo que te ofereçam uma vaga fixa. Nem que seja no terceiro andar. Principalmente se for lá. Não aceite nem por todos os ducados do mundo, você está me ouvindo? – Ela se soltou dos braços da amiga e segurou seu rosto com as mãos geladas. – Ninguém sai vivo de lá. Eu vi o que aconteceu com a pobre Madalena. E eu me sinto tão culpada...

A menina nunca tinha ouvido falar em nenhuma Madalena. Provavelmente devia ser uma nova criada ou alguém que simplesmente não se dava ao trabalho de falar com meras ajudantes de cozinha temporárias. Ela acariciou os cabelos desgrenhados da amiga.

— Quem é Madalena? O que aconteceu com ela?

— Era uma ama. Ela chegou mais cedo no infantário em uma manhã para me render porque achou que eu devia estar cansada por ficar tantos dias seguidos no turno da noite. Só que eu estava no quarto do Fred e, quando ela abriu a porta, viu aqueles dois se tocando como crianças não devem se tocar. Ainda mais irmãos. Eu entrei no quarto pela porta secreta e dei de cara com ela berrando com eles, falando que ia contar tudo para a dona Francesca, e aqueles dois monstrinhos ainda estavam na cama, com os camisolões levantados e um sorrisinho debochado naquelas caras diabólicas. Juro para você. Eles estavam achando graça naquilo. Eu e o Fred nos descuidamos e tiramos um cochilo, por isso não ouvimos quando a Madalena entrou no infantário. E quando me viu ali e se deu conta de por onde eu tinha entrado, gritou que eu também era uma pecadora, que o castigo que a dona Francesca me daria seria ainda pior, e saiu porta afora. Eu fiquei sem reação, tentando processar tudo aquilo, mas a Jade levantou da cama, passou os braços ao meu redor e cochichou que eu não precisava me preocupar, que nada de ruim aconteceria com nenhum de nós. E logo em seguida eu ouvi o grito. Corri para o corredor e lá de cima vi a coitada da Madalena caída no primeiro andar junto à escada, com uma poça de sangue debaixo da cabeça. Sem saber o que fazer, eu voltei para o infantário e os dois estavam na cama, abraçados, conversando naquela língua maluca deles. Aquele garoto tenebroso me lançou um olhar sinistro que me fez gelar e a Jade simplesmente me perguntou quem prepararia o banho deles, como se soubesse que a Madalena não voltaria e não desse a menor importância para isso.

A menina teve então certeza de que aquela sensação ruim que sentira seis meses antes não era inveja, mas sim um pressentimento de que nada de bom poderia acontecer entre as paredes daquele lugar.

— E o senhor Frederico? Você contou para ele?

— Eu tentei. Mas foi mais ou menos nessa época que ele começou a me tratar de um jeito distante. Quando eu ia até o quarto dele depois que os gêmeos dormiam, ele nem me deixava falar nada, já vinha para cima de mim para… você sabe. E depois caía no sono, acordando apenas para me lembrar que já era hora de eu voltar para o infantário. E ele não era mais carinhoso como no início. E me obrigava a fazer coisas… coisas que eu não queria, que me machucavam. Mas eu o amava. E, de qualquer forma, mesmo que quisesse lutar, eu não teria forças. Pouco tempo depois, ele passou semanas fora cuidando de assuntos da família, pelo menos foi o que ele me disse. Graças a Deus essas noites que passei na saleta do infantário foram tranquilas. Quando o Fred voltou, ainda passei algumas noites com ele, mas, certa vez, eu bati na porta do quarto, como eu sempre fazia, e não tive resposta. No início, achei que ele estivesse no gabinete do pai ou de Don Alfeo resolvendo alguma questão urgente, como já tinha acontecido algumas vezes, mas, na noite seguinte, fiz a mesma coisa e tive certeza de que ouvi vozes lá dentro. E uma delas parecia ser de outra garota. Eu fiquei arrasada e resolvi esperar que ele me procurasse. Pouco tempo depois, quando fui escalada para o turno do dia, os gêmeos cismaram de brincar nos vinhedos e, como a dona Francesca autorizou, eu os levei até lá. Foi quando eu vi o Fred vindo a cavalo da direção do bosque com uma das aias contratadas para servir na câmara da Jade na garupa. Eles estavam corados, descabelados, com as roupas amassadas.

Ele passou bem perto de mim e nem me olhou. Eu me pergunto até hoje se ele ao menos me reconheceu. Eu me senti uma idiota. Como pude ter achado que um Manfredi se apaixonaria por uma ama, filha de um ferreiro, que não sabe nada do mundo e não tem nem onde cair morta?

Margarida começou a soluçar no ombro da amiga.

— Para piorar, nessa época, eu já estava me sentindo mole, sonolenta e até a comida boa que vocês preparam nas cozinhas começou a me enjoar. E mesmo colocando para fora tudo que eu comia, os meus vestidos estavam ficando apertados, eu sentia uma pressão na barriga e os meus seios doíam. Achei que amava tanto o Fred que estava ficando doente por ele ter me trocado por outra. Foi quando percebi que as outras meninas começaram a me olhar de rabo de olho e a cochichar quando eu passava, mas imaginava que era só porque achavam que eu estava doente e tinham medo de pegar o que quer que eu tivesse. Até que, uma noite, a Jade, que, de uns tempos para cá, passou a me ignorar a maior parte do tempo, assim como o garoto, me deu boa noite como fazia antigamente, beijou a minha bochecha, colocou a mão na minha barriga e perguntou se eu já sabia que nome eu daria para o bebezinho. Acho que eu só não desmaiei porque estava sentada. E aquela pestinha só abriu um daqueles sorrisinhos debochados que aprendi a reconhecer tão bem e foi dormir agarrada com aquele irmão pavoroso dela. Foi só então que entendi o que estava realmente acontecendo comigo. Como ela descobriu, eu não sei. É provável que tenha ouvido os comentários maldosos das outras amas. Mas, enfim, eu me senti ainda mais estúpida por saber da minha situação por uma garotinha de dez anos.

A ajudante de cozinha se afastou da amiga e colocou sua vela na altura da barriga de Margarida. Mesmo com o avental propositalmente amarrado de forma mais solta, era impossível não perceber o volume em seu ventre. Sentiu o ar lhe faltar por alguns segundos. Dona Camélia já devia estar se perguntando onde ela havia se enfiado, mas jamais conseguiria deixar a amiga ali, naquele estado.

— O senhor Frederico já viu você... assim?

— A verdade é que eu quase não o tenho visto. Ele tem se ausentado da Villa com muita frequência e, quando está por aqui, passa o dia inteiro trancado com o pai no gabinete dele ou na caserna. E, claro, à noite ele se enfurna no quarto com a tal ama. Certa vez eu até pensei em bater e mostrar a minha barriga, mas ele e a nova garota pelo visto não estão nada preocupados em serem descobertos. Do corredor eu já ouvi os gemidos e desisti.

— Imagina o que a dona Francesca vai fazer com você quando descobrir...

— Tenho certeza de que ela já sabe. Mas é tudo tão estranho. Sempre que me vê, ela olha para a minha barriga, faz uma careta horrível, mas não fala nada. Eu não tenho mais ficado com os gêmeos desde que a minha barriga começou a realmente aparecer. Agora tudo que eu faço é ficar o dia todo descendo essa escadaria até aqui para buscar coisas para eles, levo a água para o banho e também faço a faxina. Parece até que a dona Francesca e as outras amas me dão essas ordens de propósito, como se me fizessem pagar por um pecado que não cometi sozinha. Inclusive já a entreouvi cochichando com a dona Camélia que a Jade agora já é uma mocinha e não pode ter más influências por perto. Eu queria ver a cara dela se soubesse o que a sobrinha faz com o próprio irmão quando eles estão sozinhos. Vai ver que sabe, sei lá. Ela mesma vive falando que essa família é amaldiçoada e tem toda a razão. Rezo noite após noite para que, por ser um bastardo, o meu filho ao menos seja poupado do mal dessa gente.

— E o que você vai fazer quando ele nascer? Entregar para as freiras de Santa Apolônia?

— Ainda não sei. Tenho poucas lembranças da minha mãe, sabe? Ela se foi quando eu ainda era muito pequena. Tenho pensado muito nela. Ela também serviu no terceiro andar. Será que depois de tantos anos de serviço ela finalmente viu algo que os Manfredi não queriam e teve um fim horrendo como o da Madalena? Lá em casa, ninguém nunca falou sobre a morte dela e sempre achei desnecessário perguntar, afinal nada a traria de volta. Agora isso não sai da minha cabeça. E não quero que o meu filho cresça sem a mãe. Sei o quanto é doído. Mas realmente não faço ideia do que será de mim. Já que não serei uma das aias que irão servir Jade nos seus novos aposentos, depois do aniversário vou me tornar desnecessária aqui. E, na minha condição, não tenho coragem de voltar para casa. O meu pai e os meus irmãos me matariam.

— Não fala isso, Guida. Você é a única filha...

A menina foi interrompida pelo som de passos e de uma voz conhecida que ecoava pelo corredor:

— Qual é o problema dessas desmioladas? Peço uma coisa simples e essa xucra leva duas horas. Como vou servir o almoço sem a salada? E ainda sumiu com a minha chave. Se eu perceber que alguma coisa está faltando...

Margarida soltou a mão da amiga e sussurrou:

— Vá! Diga que você se perdeu. Eu preciso levar mais vinho para a senhora Lizbeta, que está lá em cima assistindo às provas dos vestidos novos da Jade.

Margarida se virou o mais depressa que conseguiu e desapareceu no corredor. A menina ficou ali parada por um momento antes de começar a caminhar sem vontade na direção da voz da governanta.

— Menina inútil! – dona Camélia ralhou assim que colocou os olhos nela. – Que cara é essa? Não me venha com essas histórias de que viu fantasmas aqui embaixo.

— Nã... não... – a menina gaguejou. – Não vi nada, não, senhora. É que eu não sabia o caminho e tem muitas portas e corredores aqui embaixo. Eu me perdi.

— Onde eu estou com a cabeça! Esqueci de dizer em qual despensa estava o vinagre. Não lembrava que você nunca tinha vindo aqui. Mas você devia ter me perguntado. Se quiser algum dia uma vaga fixa nesta casa, precisa colocar essa cabeça oca para funcionar.

A menina soltou um suspiro.

— Você está passando mal? – dona Camélia a olhou de cima a baixo. – Vamos, me dê a chave da despensa e vamos voltar logo lá para cima que há muito trabalho a fazer.

Ela entregou o molho para a governanta, que parou diante de uma porta ao lado da escada pela qual haviam descido para chegar até ali e girou a chave na fechadura.

— Difícil? – perguntou, olhando para trás.

A menina fez apenas levemente que não com a cabeça, sem saber o que responder. Sentia-se tonta diante de tudo que Margarida havia lhe contado, pensando como pessoas consideradas tão nobres podiam ser tão cruéis e o que seria de sua pobre amiga e da criança inocente que carregava no ventre.

O cômodo era pequeno, repleto de barris de vinho de qualidade inferior que avinagrava e algumas garrafas espalhadas por prateleiras grosseiras. O odor acre do recinto despertou a menina de suas preocupações e fez com que ela agarrasse as duas primeiras garrafas que avistou para que pudesse sair logo dali.

dona Camélia trancou a porta atrás e a menina seguiu a governanta pelas escadas. Depois que aprendeu o caminho, era incumbida de buscar garrafas de vinagre ou mais batatas ou cebolas na despensa ao lado. Diziam que a incumbência de trazer víveres do subsolo era considerada um voto de confiança, uma prova de que a ajudante subira mais um degrau no intrincado status da criadagem. Desde seu encontro com Margarida, entretanto, ela via esse avanço com mais desespero que lisonja. Não queria ter que conviver com aquela gente. Precisava do soldo, porém, por tudo que vira e ouvira, as cozinhas já eram perigosas o suficiente para o seu gosto e não tinha a menor intenção de ir a nenhum lugar além delas. Nem tampouco queria morar ali. Saber que passaria apenas mais alguns dias naquela Villa e logo em seguida voltaria para sua família, por mais miserável e apertado que fosse o casebre onde viviam, era um alívio.

O trabalho nas cozinhas era incessante e até o final de sua temporada de serviço a ajudante de cozinha só viu Margarida duas vezes. Uma quando recebera ordens para colher algumas flores no jardim para decorar alguns pratos na véspera do banquete e, ao olhar para cima, viu Guida pendurada no parapeito de uma das janelas do novo quarto da Principessa limpando os vidros. Ficou aflita ao mirar a amiga realizando um serviço perigoso como aquele, ainda mais em sua condição. Que tipo de gente deixava uma mulher grávida se dependurar naquela altura? Pensou em acenar, gritar para que saísse dali, mas Margarida parecia tão compenetrada em deixar os vidros limpos que temeu que se assustasse e acabasse se desequilibrando. Voltou para as cozinhas com uma braçada de belas flores sem saber se a amiga a vira. A outra vez foi no dia seguinte ao aniversário, quando viu a amiga entrar várias vezes na cozinha para trocar a água de um pesado balde. Ela claramente havia sido designada para a equipe que realizava a limpeza do salão de banquetes, trabalho árduo e que, na hierarquia da criadagem, ficava abaixo até mesmo do das ajudantes de cozinha. A presença de Margarida por ali com seu balde e em sua condição, que já estava bastante óbvia, chamou a atenção de todas as criadas daquela ala da casa, que cochichavam sem pudores a seu respeito e soltavam risadinhas quando ela passava. Guida, por sua vez, apenas mantinha a cabeça baixa e seguia com seu serviço em silêncio. A menina percebeu que ela estava ainda mais pálida e abatida. O vestido parecia dançar em seu corpo, ficando preso apenas pela protuberância na altura do ventre. Foi difícil se concentrar no preparo do almoço daquele dia. Além das lágrimas que tentava esconder, por saberem de sua proximidade com Margarida, as outras ajudantes faziam comentários maldosos sobre ela apenas para provocar a menina. Por várias vezes lhe perguntaram se ela sabia quem havia emprenhado Margarida e, entre risadinhas, indagavam se por acaso não havia sido algum dos fantasmas do infantário, que talvez ela não houvesse fugido correndo de lá como as outras amas do turno da noite porque gostava de fazer coisas sujas com os demônios que habitavam aquele lugar. A vontade da menina era socar aquelas idiotas até que suas mãos sangrassem, mas fazia um esforço para focar-se em seu trabalho e responder, sem olhar para as outras criadas, que não sabia de nada que acontecia no terceiro andar e que aquilo não era da conta de nenhuma delas.

Como sempre, ela acompanhou a festa da cozinha carregando ingredientes de um lado para outro para que os cozinheiros finalizassem as travessas que seriam servidas pelos copeiros vestidos de libré. Ouviu que a casa estava abarrotada, todos os inúmeros quartos da Villa encontravam-se ocupados. Pelo bramido de vozes, gargalhadas e brindes que vinham do salão, ela não duvidou disso. Logo se ouviram os músicos, e a menina chegou até a ver alguns dos dançarinos e acrobatas enquanto eles comiam no refeitório dos criados após suas apresentações. Realmente aquela gente vivia em outro mundo. Só que, diferente do que sentira na primeira vez que pisara ali, agora todo aquele luxo não lhe causava nada além de repulsa.

Houve até luzes coloridas que explodiram no céu. Alguns empregados correram para o lado de fora para assistir àquele espetáculo inusitado e voltaram impressionados com tanta beleza, comentando que aquilo mais parecia obra de magia. Ela, porém, preferiu ficar sentada na cozinha, na esperança de que Margarida conseguisse dar uma escapulida até lá. Em vez da voz antes tão alegre da amiga, entretanto, tudo que ela ouviu foi o estrondo causado por aquelas tais luzes encantadas, que fizeram seu coração disparar e lhe soaram como o prenúncio de uma tragédia.

Dois dias depois, quando as cozinhas já estavam limpas e tudo voltara ao seu lugar, a senhorita Jade ia dar um beijo de bom dia em dona Camélia já na metade da manhã, após tomar seu café da manhã na cama e ser vestida por suas aias como uma pequena rainha, e o senhor Luciano cruzava a cozinha com seu par de calças e passos firmes, pegando o que bem entendesse sem que ninguém ousasse impedi-lo, ainda que mantivesse aquele olhar perdido e sombrio, a ajudante foi mais uma vez dispensada. Dessa vez, não houve ninguém para acompanhá-la até o portão e ela sentiu um aperto no peito quando deu os primeiros passos na estrada rumo a Parma e, ao olhar para trás, não viu Guida acenando e gritando que as duas se reencontrariam em breve.

Menos de dois meses depois, quando o inverno já se anunciava e a família se sustentava com o soldo que a menina trouxera do último serviço, um dos mensageiros dos Manfredi bateu na porta do casebre. Ele conversou por alguns minutos com o pai da garota, que em seguida retornou para dentro com um sorriso de orelha a orelha.

— Parece que os Manfredi gostaram dos seus serviços, filha. E também que Deus está lhes trazendo muitas bênçãos este ano. Haverá outro banquete antes do Natal. O primogênito de Don Alfeo foi ordenado cardeal. E o rapaz não tem nem vinte anos, veja só. E você foi chamada mais uma vez para ajudar. Deverá se apresentar na Villa em uma semana e ficará lá até o início de janeiro. Quem sabe depois disso eles não te dão um emprego de vez? Com o que eles pagam, nunca mais passaríamos fome no inverno.

Ao mesmo tempo em que sentiu um calafrio ao ouvir essas palavras, a menina ficou aliviada por ter a oportunidade de encontrar Margarida. O bebê ainda não deveria ter nascido, mas ela já deveria estar bem barriguda. E só Deus sabe o que aqueles desgraçados não estavam obrigando a pobrezinha a fazer. Pelo menos poderia ajudá-la.

Como em todas as outras vezes, a menina chegou à casa e foi logo cercada por uma avalanche de verduras e legumes que precisavam ser picados. Ela passou uma semana em cólicas tentando encontrar Margarida, oferecendo-se sempre para buscar coisas nas despensas, colher flores e até mesmo ajudar na descarga de mantimentos só para ficar por alguns minutos do lado de fora e, quem sabe, ver Guida por alguma das janelas. Passados sete dias sem sinal da amiga, ela não viu saída a não ser perguntar. Primeiro, questionou como quem não queria nada as outras ajudantes, mas todas foram categóricas ao afirmar que havia meses que não viam Margarida. Algumas até cogitaram que ela tinha voltado para casa ou fugido, envergonhada por sua condição. Cansada de obter as mesmas respostas, ela tomou coragem e, numa manhã, quando dona Camélia a chamou para buscar mais alguns nabos e procurava a chave da despensa correta, indagou:

— Desculpe, mas a senhora tem visto a Margarida, que trabalhava como ama no infantário? Tenho uma mensagem do pai dela que preciso lhe entregar. Uma de suas tias está muito doente, prestes a receber a extrema-unção.

— Margarida? – dona Camélia ergueu o rosto das chaves e olhou para cima, como se tentasse se lembrar daquele nome. – Margarida... Tem certeza que é assim que ela se chama? Não me lembro de nenhuma moça com esse nome que tenha servido nos antigos aposentos dos gêmeos. De qualquer forma, todas as amas foram dispensadas. Agora a senhorita Jade e o senhor Luciano estão aos cuidados de aias e valetes. Eles não precisam mais de babás.

A menina engoliu um soluço da melhor forma que pôde e apenas balançou a cabeça afirmativamente, sem nada dizer. Assim que dona Camélia encontrou a chave, ela correu para as despensas escuras e, encostada na parede de pedra, desabou. Claro, a amiga poderia ter fugido ou simplesmente ido para longe após ser demitida, mas ela tinha certeza de que procuraria por ela caso fizesse algo do tipo. Afinal, com uma gravidez tão avançada, para onde mais ela poderia ter ido além de Parma, a cidade mais próxima?

A menina sentiu mais uma vez aquela sensação terrível de quando Guida lhe contou sobre sua promoção e seu relacionamento com o senhor Frederico. Só que, dessa vez, era um milhão de vezes pior. Tinha certeza de que algo muito, muito ruim havia acontecido a Margarida. E, se ela prezava por sua própria vida, era melhor que não fizesse mais perguntas. Apesar de toda a sua revolta e da dor profunda que sentia diante do desaparecimento de sua única amiga, a ajudante de cozinha já tivera provas mais que suficientes da dimensão do poder e da perversidade dos Manfredi. Quem era ela para ir contra aquela gente maldita? As palavras de Guida ecoavam sem parar em sua mente: "É tarde demais para mim, mas você ainda pode fugir daqui. E faça isso assim que puder". Seus instintos lhe diziam para tentar desvendar o desaparecimento de Margarida, mas sentia-se inútil e estava totalmente apavorada. A Villa e todos que ali viviam eram amaldiçoados e não havia nada que pudesse fazer que mudasse isso. Margarida estaria sempre junto dela em sua memória e em suas orações. Entretanto, naquele momento, tudo que podia fazer era arrumar um jeito de dar o fora dali o mais rápido possível.

Os dias até a data da chegada de Dom Domenico e o banquete que se seguiria se arrastaram. A menina cumpria suas funções de forma automática, sempre atenta a tudo que acontecia ao redor, como se mais alguma tragédia estivesse prestes a acontecer. As horas, entretanto, pareciam não passar entre o trabalho incessante e os comentários ansiosos das outras ajudantes a respeito da chegada da comitiva e de como seria ver, mesmo que de relance, um príncipe da Igreja tão jovem. À noite, a menina, exausta e com a mente repleta de lembranças dolorosas, chorava em silêncio até finalmente ser tragada por um sono pesado, ainda que tomado de pesadelos com sangue, gritos e bebês sendo perfurados por rapieiras. Em meio a tudo isso, ouvia claramente a voz de Margarida: "Fuja! Fuja enquanto ainda há tempo".

Quando se assustou com o trovão e a faca caiu em seu pé, a ajudante de cozinha sentiu, além da dor, uma sensação profunda de alívio, que se intensificou quando dona Camélia lhe pagou seu soldo de forma integral e deu ordens para que voltasse para Parma. Ela não sabe ao certo se aquilo havia sido apenas um descuido devido ao seu estado constante de tensão desde que recebera aquela resposta evasiva da governanta ou se é de fato um aviso daquela família demoníaca para que vá para longe dali.

De qualquer forma, não quer saber. Enquanto sacoleja na carroça, sentindo o vento gelado, dá graças por ter pelo menos como alimentar os pais e os irmãos durante aquele inverno. No próximo, não sabe o que fará. Só tem certeza de uma coisa: não voltará à Villa Manfredi. Nada pode ser pior do que viver cercada pelas maldições daquela gente.

5

Casa da Madame Gionna, Parma, dezembro de 1629

Domenico Manfredi se solta dos braços de uma das moças e deita-se de barriga para cima, com ambas as mãos sob a cabeça. Com a mente um pouco mais clara após a bebedeira daquele dia, contempla por um momento os corpos das duas mulheres com quem divide a cama iluminados pela luz da lareira. Dizem que as garotas de Madame Gionna são as mais belas de Parma, porém, comparadas com as beldades que frequentam as alcovas do Palácio Apostólico, não passam de camponesas xucras. De qualquer forma, elas a lembram dos tempos em que tinha uma rara folga dos estudos e assim que o sol caía cavalgava com Fred e Eduardo para a casa da Madame, onde bebia e descarregava todos os seus desejos acumulados em dias e noites debruçado sobre os livros. Desde muito jovens, os três eram considerados os melhores clientes da casa. Tanto que podiam se demorar o quanto quisessem, diferente dos outros, que eram obrigados a se levantar assim que a vela que as meninas acendiam quando chegavam ao quarto se apagava.

Contudo, diferente do amigo e do primo, Domenico não sente nenhuma predileção por deflorar meninas que mal parecem ter saído dos camisolões. Várias delas lhe foram oferecidas por Gionna naquela noite. Afinal, um príncipe da Igreja não merecia nada menos do que suas mais refinadas iguarias. Domenico, porém, escolheu duas mulheres que já não tinham uma aparência tão juvenil, mas eram experientes, já o haviam servido antes e ele sabia que fariam tudo que lhe agradava sem que precisasse guiá-las.

Ele ergue a mão direita e contempla o anel cardinalício. Sua vida havia de fato mudado. Ele havia mudado. E não tinha volta. Até mesmo aquele retorno para casa tivera um sabor diferente do que esperava. Desde que fora informado de que o papa Urbano concordara com sua indicação ao Colegiado, Domenico sonhava com este dia, quando retornaria para a Villa Manfredi após ter dado o passo definitivo rumo àquele que seria o destino para o qual havia sido preparado desde a infância. Claro, foi fantástico ser recebido pela numerosa comitiva de boas-vindas organizada por Frederico e Eduardo e encontrar toda a família, desde seus pais e irmãos até primos mais distantes, reunida nos portões para recebê-lo. O banquete estava, como sempre, fantástico. Dona Camélia e suas cozinheiras eram de fato insuperáveis. Apesar de refinadas, as lautas refeições do Vaticano pareciam sem gosto comparadas aos acepipes que saíam dos fogões da Villa Manfredi. Dom Marcello parecia compartilhar da mesma opinião, e comia com gosto um prato após outro.

Foi ótimo ver finalmente os gêmeos com vestes de adultos, Jade tão graciosa com seu vestido escarlate até os pés e Luciano usando culotes e um gibão bordados em tons de cinza que até lhe caíam bem, além de ostentar, orgulhoso, o punhal que ele havia lhe enviado em seu aniversário. Domenico ficou de fato emocionado e agradecido por ver tantos Manfredi ilustres, vindos dos mais distantes reinos, unidos ao redor da grande mesa em formato de U, com ele sentado ao centro, ladeado pelos pais. Lizbeta chegou até a derramar algumas lágrimas ao longo das comemorações e Don Alfeo exaltou várias das qualidades de seu primogênito, como a inteligência, o senso de responsabilidade e a devoção a Deus e à família. Aquelas palavras lhe deram a sensação de que estava fazendo um bom trabalho, cumprindo tudo que os Manfredi haviam traçado para ele. Como tanto imaginara, todos os parentes, até mesmo o pai, se curvaram diante dele, pediram-lhe a bênção e beijaram o anel cardinalício. Tudo ocorrera como em seus sonhos. Entretanto, os anos que passara no seminário e, mais recentemente, em Roma, haviam cobrado seu preço. Domenico se sentia um visitante, ainda que ilustre, em sua própria casa. Percebeu vários quadros nas paredes e estátuas sobre os aparadores dos quais não mais se recordava. Seus aposentos receberam novas cortinas e estofamentos sobre os quais ele nem ao menos fora consultado. Não reconhecia a maior parte dos empregados e até sua tia Francesca, que sempre fora tão amorosa, referia-se ao sobrinho como "vossa eminência" e o tratava com uma mesura descabida, como se o próprio papa houvesse chegado à Villa e não o menino que ela viu crescer. O pai e os tios discutiam assuntos sobre os quais não fazia a menor ideia e, quando se dirigiam a ele, era apenas para parabenizá-lo, perguntar como ia a vida em Roma ou pedir algum favor especial junto ao Santo Padre. Os gêmeos estavam crescidos. Jade parecia ainda mais bonita e se transformava em uma jovem elegante e amável, com certeza um grande trunfo para os Manfredi dali a alguns anos. Já Luciano, embora Domenico ainda o flagrasse durante o banquete com o olhar perdido em algum canto distante do salão, parecia bem mais seguro de si e estava finalmente alguns dedos mais alto que Jade, perdendo aos poucos aquele aspecto de bebê que parecia que nunca o abandonaria. Era clara a intimidade que ambos possuíam com Don Alfeo. Jade passou boa parte do banquete sentada no colo do pai, com os bracinhos ao seu redor e lhe dando beijos nas bochechas de tempos em tempos. Domenico pensou que talvez ela já estivesse muito crescida para se comportar assim, mas todos ali pareciam não ver nada de mais nessa atitude — ou, se viam, consideravam por bem não comentar nada. E Don Alfeo também se voltava constantemente para Luciano, sentado à sua esquerda, com quem trocava alguns sussurros e sorrisos e, muitas vezes, olhava para o mesmo ponto que o menino, como se ambos vissem algo que fugia à compreensão dos outros. Domenico tinha uma noção do que aquilo significava, apesar de que, para ele, não havia nada ali além de uma parede vazia.

A única coisa que continuava como antes era a cumplicidade de seu primo Frederico, afinal eles haviam sido criados juntos e, apesar de suas vocações muito diversas, sempre foram melhores amigos e confidentes. E, claro, havia a figura radiante de Lizbeta. Apesar de não ter sido muito presente em sua infância, ela lhe escrevia longas cartas desde que ele partira para o seminário, que enchiam o coração de Domenico de calor nas noites gélidas e solitárias de seu claustro, onde tinha que abrir mão de toda a lascívia e dos desejos típicos da juventude em nome de uma vocação que ele não escolhera. Suas missivas repletas de palavras de carinho e incentivo foram o combustível que o fez seguir em frente durante aqueles quatro longos anos de estudos e orações. E, quando ele ia para casa, Lizbeta se tornou uma de suas companhias mais constantes, em algumas ocasiões até mesmo mais que Alfeo, que passava longos meses viajando com Luciano ou enfurnado com os gêmeos no infantário, e Fred, que cada vez mais tomava parte nas campanhas dos Manfredi em reinos vizinhos. Durante o banquete, Lizbeta contemplava o filho com um orgulho genuíno e afagava sua mão sob a mesa, como se lhe dissesse que todo o esforço e as privações valeram a pena.

Antes do banquete, como de praxe, Don Alfeo recebeu em seu gabinete primos distantes e próximos, nobres e representantes de outras dinastias proeminentes para discutir questões em comum, trocar apoios e favores. Os Manfredi, com seus exércitos e cofres cada vez mais abarrotados, tornavam-se as pessoas certas a quem recorrer em momentos de necessidade. Claro que para tudo havia um preço a ser pago, mas, como se dizia por toda a Parma, nos Estados Independentes e além, aonde os duques, condes e reis não se importavam em chegar, os Manfredi sempre estariam ali. E, ainda que de forma discreta, muitos desses mesmos regentes dependiam igualmente dos exércitos, ducados e favores da família. Embora não tivessem um Estado para si, eles eram, sem dúvida, uma das famílias que concentravam o poder naquelas paragens e estavam prontos para expandir seus domínios.

Assim que chegou, após dar as bênçãos a todos os parentes, não só Lizbeta e Francesca, mas também o pai, o primo e os tios insistiram para que Domenico fosse, antes de qualquer outra coisa, tirar as roupas molhadas pela tempestade, banhar-se e descansar um pouco da longa jornada de Roma até a Villa. Apesar de ávido para se inteirar do que ocorrera em sua ausência e dar início às homenagens que povoaram sua mente por tantos anos, assim que começou a sentir a água recém-aquecida ser derramada sobre seu corpo teve certeza de que realmente precisava daquilo. Passou quase uma hora mergulhado na banheira que havia sido levada para seus aposentos, só se levantando quando a água começou a ficar fria. Foi diligentemente vestido com os trajes cardinalícios por seus valetes e em seguida desceu para o gabinete de Don Alfeo para acompanhar as conversas e negociações de praxe. O primo e seus tios Gennaro e Marcello já se encontravam em seus lugares, sentados em poltronas largas espalhadas diante da grande escrivaninha de nogueira escura de Don Alfeo. Até mesmo Luciano estava presente, ainda que em silêncio, sentado numa cadeira baixa ao lado do pai, com o olhar vagando pelos janelões que cobriam uma das paredes. Mais uma vez, porém, Domenico se sentiu alheio aos assuntos que estavam sendo discutidos ali. Ele não conhecia muitas daquelas pessoas e da maior parte delas se lembrava apenas vagamente. Por isso, não lhe restou nada a fazer ali além de distribuir novas bênçãos e permanecer tão calado quanto o irmão. Ao saírem para se juntar aos demais convidados menos de uma hora depois da chegada de Domenico ao gabinete, o recém-ordenado cardeal sentou-se à mesa com a impressão de que significava tanto quanto as imagens dos santos, inertes no oratório localizado atrás da escrivaninha de Don Alfeo.

Após os *panpepatos*, preparados com o precioso cacau do Novo Mundo, os *pasticciottos* recheados com tanto creme de ovos que chegavam a estufar, os bolos encimados por símbolos eclesiásticos esculpidos em marzipã, os queijos e o vinho do Porto serem servidos ao som dos últimos menestréis da noite, os convidados que viviam em Parma começaram a se retirar para suas carruagens, enquanto aqueles que vieram de mais longe eram acomodados nas diversas câmaras de hóspedes do segundo andar. Domenico aproveitou a deixa para ir discretamente até seus aposentos para trocar a batina por vestes comuns. Ao descer as escadas até o térreo, sentiu um estranho misto de alívio e decepção ao perceber que, sem a batina carmim, nenhum dos parentes com os quais cruzou pareceu reconhecê-lo. Ao menos não foi obrigado a conceder mais nenhuma bênção ou indulgência.

Conforme haviam combinado durante a cavalgada até a Villa, Fred e Eduardo o esperavam nas estrebarias, onde montaram em seus respectivos corcéis e saíram a toda acompanhados pelos guardas rumo à casa da Madame Gionna, onde a presença do duque e dos Manfredi era sempre aguardada com ansiedade pelas meninas e sua patroa. Os três haviam conhecido o que era uma mulher entre aquelas paredes quando eram só um pouco mais velhos que Luciano, de forma que, além da certeza de lucros generosos, Gionna tinha uma afeição genuína pelos rapazes. Ela estava tão orgulhosa quanto os Manfredi da conquista de Domenico e, como os muitos anos em que trabalhava naquele ramo lhe ensinaram, a batina, além de aguçar os desejos dos homens que a vestiam, os tornavam mais peculiares. Não era, entretanto, seu papel julgar os clientes, mas sim fazer com que se esquecessem do que quer que vivessem do lado de fora. Sendo assim, ela preparou para aquela noite uma seleção de meninas muito jovens, algumas das quais ainda nem haviam tido a primeira regra. Aquele inverno prometia ser extremamente rigoroso, desde outubro a neblina já havia baixado sobre Parma e poucos dias depois as geadas tiveram início, detonando as últimas colheitas do outono, de forma que muitos camponeses, com múltiplas bocas para alimentar em seus casebres, não viam muita opção além de trocar a virtude de suas filhas por alguns ducados. E, enquanto as meninas fossem úteis na casa da Madame Gionna, elas se manteriam alimentadas e aquecidas.

Embora Domenico, ao contrário das suposições da cafetina, se mantivesse fiel às suas preferências usuais, Fred e Eduardo garantiram que todos os esforços da Madame não fossem em vão. O primeiro escolheu uma das meninas mais jovens e lhe dedicou suas atenções por mais de um par de horas. Já o segundo deflorou três garotas, uma após outra, comentando, ao terminar, que elas poderiam dizer um dia que o primeiro homem de suas vidas havia sido o duque de Parma.

Eduardo já havia bebido incontáveis taças de vinho no banquete e, após mais algumas entornadas ao chegar no prostíbulo, desmaiou na cama após a última menina se levantar. Acostumados com os excessos do jovem patrão, ao perceber que Eduardo se demorava, um de seus guardas foi até o quarto e, ao atestar que ele havia desfalecido, avisou à Madame Gionna que a conta seria paga pelos rapazes Manfredi e o retirou de lá com a ajuda de um colega, colocando seu corpo imóvel sobre um cavalo e cobrindo-o com uma capa para que não fosse reconhecido. Afinal, não era do interesse dos duques que seu herdeiro fosse visto sendo carregado para casa daquela forma, algo que se tornava cada vez mais frequente, em especial quando Eduardo saía na companhia de Frederico.

Domenico afaga as duas garotas que o ladeiam uma última vez e se levanta. Elas correm para vesti-lo e ele pensa em como é infinitamente mais agradável ter mãos femininas colocando suas roupas do que as dos valetes. Ainda que tivesse total confiança nos seus servos pessoais, que foram designados a dedo em Parma por sua tia Francesca, acompanhando-o no seminário e mais tarde no Vaticano, nada se compara à delicadeza daquelas jovens.

Após vestido, ele segue para o salão da casa, onde vê o primo sentado a uma mesa diante da porta de entrada conversando animadamente com a Madame. Já é tarde e o lugar está vazio. Muitas garotas se preparam para se recolher, mas eles sabem que Gionna só dará o expediente por encerrado quando seus melhores clientes estiverem plenamente satisfeitos.

Domenico se aproxima da mesa e mais que depressa a cafetina lhe aponta uma cadeira e pede que uma das meninas traga mais um cálice, que enche de *grappa*.

— Foi tudo do seu agrado, vossa eminência?

— Por favor, Madame. Domenico. Pelo menos aqui na sua casa eu gostaria que tudo continuasse igual. – Ele vira o conteúdo do copo num único trago.

A mulher abre um sorriso.

— Para mim, Domenico, você sempre será o menininho afoito que chegou aqui acompanhado pelo duque, Don Alfeo e Don Gennaro. Aliás, vocês dois – Gionna estende seu sorriso também a Fred – e o Eduardo pareciam formigas numa montanha de açúcar. Que canseira que vocês deram nas minhas meninas naquela noite!

Fred solta uma gargalhada.

— Esperamos continuar dando essa canseira por mais muitos anos, Madame! – Ele enche o copo do primo e toca seu cálice no dele.

Domenico devolve o brinde e toma um longo gole.

— E o Eduardo? Ainda no quarto?

— Não. – Fred esvazia seu copo. – Apagou depois de desvirginar três meninas e foi levado pelos guardas dos Farnese para o palácio. E adivinhe? Nos deixou a conta.

— É, pelo menos certas coisas nunca mudam.

— O Eduardo faz questão de manter a tradição da família de colocar suas dívidas na conta dos Manfredi – atesta Gionna.

— Ora, Madame. Eles são os nobres e nós não passamos de reles burgueses. Nossa função é servir bem nossos duques – retruca Fred com sarcasmo.

— Os Manfredi são muito mais que burgueses para os parmesãos, Fred. Sem a sua família, todos nós estaríamos perdidos. E você sabe muito bem disso. Mas, enfim, acredito que vocês tenham muito o que conversar. – A mulher começa a se levantar. – Duvido que tenham tido tempo para colocar os assuntos em dia com toda a gente que chegou à Villa hoje. O comentário na cidade foi que vieram Manfredi de todos os cantos da Europa para o banquete em sua homenagem, Domenico.

— A casa estava realmente lotada. Mas não acredite em tudo que essa gente fala, Madame. A imaginação das pessoas é tão grande quanto suas línguas – adverte o cardeal.

— Eu sei quais fontes merecem a minha confiança, meu caro. E também sei que informações devo guardar apenas para mim. Afinal, se não soubesse, acho que já teria sido obrigada a trancar para sempre as portas da minha casa. Bem, rapazes, fiquem à vontade, levem o tempo que desejarem. – Gionna enche mais uma vez os cálices de seus clientes.

Domenico, porém, toma a nova dose em um único gole e também se ergue.

— Já está tarde, Madame. E ainda vamos voltar para a Villa. Temos uma boa cavalgada pela frente.

Frederico acompanha o gesto do primo.

— Domenico tem razão. Quanto lhe devemos, Madame? Hoje a noite é por minha conta. Afinal, que melhor presente se pode dar a um cardeal do que uma bela trepada? – Fred gargalha enquanto retira um saco abarrotado de moedas do cinto.

Gionna vai até uma pequena sala anexa ao salão, onde faz a contabilidade da casa. Mantém a porta apenas encostada e retorna em seguida dando um número para Fred que faz com que ele esvazie boa parte do conteúdo da bolsa.

— Incluí mais algumas moedas para as meninas – ele informa.

A mulher agradece, se despedindo com um beijo no anel cardinalício de Domenico e passando os dedos pelo rosto de Frederico. Em seguida, ela os acompanha até a porta e espera que eles e seus guardas montem em seus cavalos antes de fechá-la.

Três batedores tomam a dianteira, outros três homens se encarregam da retaguarda e mais quatro os ladeiam, de forma que qualquer ameaça, não importa de onde venha, possa ser neutralizada com rapidez. Os guardas responsáveis pela segurança dos Manfredi são suficientemente bem remunerados para darem a própria vida por seus senhores, caso necessário. E sabem que se falharem em protegê-los irão preferir mil vezes ter perecido ao lado de seus senhores. Haviam sido também treinados para que sempre que possível mantivessem uma distância discreta de seus protegidos, de forma que sua privacidade não fosse invadida. E, claro, tudo que vissem e ouvissem durante seus turnos de trabalho era considerado mais confidencial que um segredo de Estado.

— E então, primo? – Frederico indaga enquanto trotam pelo breu da noite sem lua. Tanto ele quanto Domenico, porém, conhecem aquela estrada como a palma de suas mãos. – Pode ser que as putas que servem os homens santos do Vaticano sejam mesmo as melhores da Europa, mas eu duvido que você não tenha sentido saudade das putas de casa.

Domenico abre um meio-sorriso.

— As prostitutas que atendem na Sé são as mais belas e as mais habilidosas, sem dúvida. Não consigo entender como, mesmo assim, uma parte considerável dos meus irmãos de batina prefere garotos. É bem mais comum ver rapazes prestando seus serviços de alcova para os servos de Deus do que garotas bonitas. Roma é um lugar estranho, Fred.

— Com um monte de marmanjos usando vestidos o tempo todo, o que você queria? Isso afeta a cabeça de um homem. Veja o seu irmão, por exemplo. Foi só vestir calças que já está até parecendo um menino mais normal. Se é que isso é possível.

— Luciano é um bom garoto. Tem as suas peculiaridades, de fato, mas estou certo de que possui um caminho promissor diante de si. Talvez o que o estrague seja a convivência com Jade. Entendo que sejam tão ligados, afinal eles dividem o mesmo espaço desde que foram concebidos. Mas não faz bem para um rapazinho passar tanto tempo com uma menina. Creio que ter saído do infantário foi algo bom para ambos. Jade está se tornando uma jovem muito bonita e virtuosa. Não será difícil conseguirmos um casamento vantajoso muito em breve. A distância também fará bem para o meu irmão.

— Não tenho dúvidas, primo. Mas acredito que Don Alfeo queira manter Jade próxima à Villa, certo? Afinal, ele é claramente muito apegado a ela. Bem, a todos vocês, mas você sabe o apreço que ele tem pela Principessa.

— Principessa... Minha irmã já é uma garotinha cheia de vontades. Esse apelido imbecil que meu pai arranjou não vai ajudá-la em nada. Tudo que posso fazer é rezar para que o futuro marido de Jade também a trate como uma princesa. Embora, pelo que conheci dos homens, eu tenha muitas dúvidas.

— Você está muito amargo para um representante da fé, meu primo. Jade é realmente uma joia. Tenho certeza de que uma fila de pretendentes valiosos se formará na porta da Villa quando chegar a hora. Caberá a você e ao tio Alfeo fazer a escolha certa.

— Vamos ver. Mas, de qualquer forma, ainda teremos que esperar uns dois ou três anos para selar o destino da minha irmã. O que mais me preocupa é Luciano. Comigo no Colegiado, a continuidade dos Manfredi depende dele. Veja só o que está acontecendo em Mântua. Nada me deixaria mais infeliz do que saber que tudo que nossos antepassados conquistaram até aqui seria colocado em xeque por conta da bizarria do meu irmão.

— Luciano está crescendo, Domenico. Sei que muitas vezes ele ainda age como um retardado, mas o tio é muito dedicado a ele e, segundo o próprio Don Alfeo, seu irmão está fazendo muitos progressos. Eu acho que, na verdade, Luciano entende muito bem tudo que se passa ao redor dele e se faz de desentendido apenas quando lhe convém. Pelo que as amas do infantário comentavam, ele é bem esperto para algumas outras coisas.

Domenico dá uma risada baixa.

— Pelo visto outra coisa que não mudou é a sua fixação por amas.

— Pense bem. Elas estavam sempre pelo terceiro andar, andando de um lado para outro sempre carregando alguma coisa. E logo estavam morrendo de medo de ficar no infantário por causa das esquisitices do seu irmão. Você sabe muito bem que ele fazia de tudo para assustar as coitadas. E algumas delas eram bem ajeitadas, você precisava ver. Era tentação demais para resistir. Infelizmente depois de um pequeno incidente com uma garota burra que pegou barriga, tia Francesca dispensou todas as garotas mais vistosas que foram chamadas para servir a prima Jade nos novos aposentos e contratou apenas umas matronas. Por isso eu realmente espero que logo, logo haja mais alguns bebês para animar aquela Villa antes que eu morra de tédio ou seja obrigado a passar todas as minhas noites na casa da Madame.

— Espero que você tenha dado cabo dessa situação. Você sabe o que o meu pai e o seu pensam a respeito de bastardos. – Uma expressão severa se apossa do rosto de Domenico.

— Fique tranquilo, primo. Meus homens resolveram o problema pela raiz. – Casualmente, Frederico muda de assunto, atualizando Domenico sobre o andamento da guerra em Mântua, a principal campanha militar da família naquele momento.

Vincenzo Gonzaga, um velho aliado dos Manfredi e duque de Mântua e Monferrato, morrera sem deixar herdeiros homens, o que tornou sua sucessão um grande imbróglio que, ao que tudo indicava, só uma guerra poderia resolver. Uma das filhas de Gonzaga havia sido oferecida ao duque de Saboia, senhor de Turim e primo do rei Felipe IV, da Espanha. Outra de suas filhas tornou-se esposa de Ferdinando II, imperador da Áustria. Ambos os homens clamavam pelos territórios do falecido Vincenzo. E na corrida pelos ducados havia ainda Charles, duque de Nevers, primo de Vincenzo, e parente por parte de mãe do rei Felipe XIII da França, que se dizia o único herdeiro legítimo, já que pelo costume a progenitura não era passada para mulheres, nem mesmo para seus maridos.

— CÁ PARA nós, o velho Gonzaga sempre foi um descuidado – continuou Frederico. – Sabe-se lá a quantidade de bastardos que deixou por aí e achou que estava sendo esperto ao fazer acordos com algumas das famílias mais poderosas da Europa sem nem mesmo cogitar a ideia de que um dia poderia vir a ficar sem herdeiros. Porém, todos os seus filhos homens morreram como moscas por um motivo ou outro. Mas você sabe tão bem quanto eu, primo, que isso dificilmente aconteceria com os Manfredi. Sempre protegemos muito bem nossa descendência e fazemos questão de mantê-la apenas entre os nossos. O destino infortunado dos Gonzaga nos mostra que essa é uma medida extremamente necessária. Por isso, recomendo que você e o tio Alfeo aproveitem esse tempo que ainda têm disponível para pensar com muito cuidado a respeito do casamento de sua irmã.

Fred não deixa de ter razão e sua preocupação com o futuro dos Manfredi é genuína, afinal diz respeito também ao seu próprio futuro, e Domenico sabe o quanto Don Gennaro e, nos últimos tempos, o primo haviam se empenhado em aumentar os exércitos e a influência dos Manfredi não apenas em Parma como bem além das suas cercanias. E, claro, não é daquele dia que Domenico já fazia ideia das intenções do primo. Não é uma possibilidade de toda ruim, mas o incomoda pensar em seu primo deitando-se na mesma cama que sua única irmã depois de fornicar com um sem-fim de amas pelos cantos da Villa e gastar pequenas fortunas na casa de Gionna. Algo também lhe diz que, diante da adoração que vê nos olhos do pai e, principalmente, do irmão sempre que Jade está presente, talvez fosse melhor para todos que ela seja enviada para longe de Parma assim que tenha idade suficiente para se casar. De qualquer forma, de fato ainda há tempo para que aquela decisão seja tomada e, por ora, ele tem questões mais urgentes a tratar com Frederico.

— E em que pé estão as coisas em Mântua e Monferrato?

— Bem, no ano passado finalmente o duque de Saboia conseguiu colocar suas garras em Monferrato com a ajuda do exército espanhol, pegando para si o título de marquês. Monferrato é um solo fértil, sem dúvida tem seu valor para o duque e seus aliados, visto que a terra em Turim é mais seca que a buceta de uma madre superiora. Já Mântua, por ser aquela mina de dinheiro por conta das caravanas de Veneza e Gênova que obrigatoriamente precisam passar por lá e um ponto estratégico na rota entre a França e a Áustria, foi o território que o duque de Nevers mirou em primeiro lugar. Claro que ele sabia que temos homens espalhados por toda a rota de Parma até lá e daqui até Gênova. E, apesar de ele ter um pequeno destacamento francês ao seu dispor, naquela época seu primo Luís XIII não tinha motivos suficientes para gastar com a guerra de Nevers. Por isso, ele veio pedir nossa ajuda para garantir a segurança das suas tropas nas estradas controladas pelos nossos homens e o apoio de alguns dos nossos destacamentos para tomar Mântua. Foi uma das conquistas mais rápidas e fáceis da história das nossas tropas. Havia apenas alguns soldados dos Habsburgo totalmente perdidos, que nem sabiam ao certo por que haviam sido retirados da cruzada de Ferdinando contra os protestantes lá naquelas terras geladas para vir aqui para o Sul. Foi uma conquista completa, mas sem emoção alguma. Como Vincenzo era nosso velho aliado, toda a nobreza e a burguesia de Mântua prestaram fidelidade à nossa família, por isso, infelizmente, tomar as meninas mais bonitas de lá para os nossos alojamentos para comemorar a vitória não foi uma possibilidade. Acho que as donas dos prostíbulos de Mântua nunca tiveram tantos lucros em uma única noite.

— Acredito então que já tenhamos nos apossado dos pedágios de Mântua, não? Os tributos são os mesmos cobrados em Parma?

— Na verdade, estão mais altos tanto aqui quanto lá. Afinal, em tempos de guerra, é sempre mais caro e arriscado garantir a segurança de caravanas que chegam lotadas de especiarias, tecidos e tudo de mais valioso que os mercadores trazem da Ásia e do Novo Mundo.

— Claro. – Domenico abre um pequeno sorriso no escuro.

— Agora Nevers concluiu que é hora de marchar para Monferrato. Mais uma vez ele tentou buscar a ajuda de Luís XIII, mas o rei decidiu que só vai se meter nesse assunto se os Habsburgo fizerem algum avanço nesse sentido, pois quer a todo custo conter as conquistas de Ferdinando, de forma que não sobrou muita opção a Nevers a não ser recorrer aos Manfredi novamente. Oferecemos nossas tropas em troca do controle total dos pedágios em Monferrato, uma fortaleza na cidade e mais trinta por cento de todas as colheitas por um período de cinquenta anos.

— Então imagino que esse destacamento que você mencionou essa manhã seja composto de "franceses" nascidos e criados nos arredores da Villa Manfredi.

— Sim, eram as nossas tropas que atravessavam a estrada. Mas, quanto menos os Farnese souberem da nossa participação na guerra em Mântua, melhor. Você percebeu como Eduardo está apavorado com a expansão não só dos Habsburgo, mas principalmente dos Estados Papais? Ele sabe que o Santo Padre está de olho em toda e qualquer área próxima a Roma que pareça vulnerável. No lugar dele, eu também estaria desesperado para colocar algum dos meus irmãos no Colegiado.

— Francesco Maria mal saiu dos camisolões e ainda levará um longo tempo até que tenha idade suficiente para ser indicado. E vestir a batina carmim não significa absolutamente nada se você não forjar boas alianças na cúria. Mesmo que for ordenado, Francesco ainda terá que percorrer um longo caminho até conseguir colher algum fruto para os Farnese. Até lá, se quiserem manter seu território longe das mãos do papa e dos Habsburgo, é bom que nossos amigos duques continuem fiéis à nossa família. Pois tanto Urbano quanto o imperador Ferdinando sabem muito bem quais forças sustentam Parma.

— Sim. E é bom que continue assim. Até porque, para todos os efeitos, os Farnese continuam a ser os duques desse buraco nevoento que chamamos de casa. Eles têm o título e isso só mudará se Parma sofrer uma invasão, que pode não ser nada vantajosa para nós.

— Nada é eterno neste mundo além do poder de nosso Senhor, mas, se for para haver alguma mudança, que seja a nosso favor.

— Quem não o conhece que compre esse seu discurso barato de vigário, Domenico Manfredi. – Frederico solta uma sonora gargalhada. – Mesmo assim você não deixa de ter razão. Estamos planejando o ataque a Monferrato para a noite de Natal. Além de nossos homens serem muito bem treinados em ataques noturnos, vamos usar o elemento surpresa a nosso favor. Sei que o papa consideraria um confronto armado nessa data uma heresia, mas, afinal, é para sermos absolvidos de nossos pecados e garantir nosso lugar no Reino dos Céus que temos dois Manfredi no Colegiado e tropas corajosas que servem sempre de muito bom grado aos desígnios divinos do Santo Padre, não é mesmo? Pode ter certeza de que vou ficar arrasado por perder a oportunidade de ver meu tão estimado primo, um dos clientes preferidos de Madame Gionna, celebrando a missa de Natal com seu vestido vermelho e distribuindo o pão e a carne de Cristo para toda a família. Pelo menos lembre-se de lavar essa mão antes... – Frederico quase cai de seu cavalo de tanto rir.

Domenico acompanha as risadas do primo, mas com uma certa melancolia. Frederico estava certo mais uma vez. Apesar de sem dúvida haver aqueles que buscavam a vida eclesiástica por vocação, a maioria absoluta de seus companheiros no Colegiado estava ali unicamente em nome de poder e influência para si e suas famílias. A batina carmesim os transformava em alguns dos homens mais poderosos da Criação. E isso nada tinha a ver com a glória de Deus e sim com os sonhos de triunfo de homens feitos de carne, ganância e luxúria.

Com esses pensamentos em sua mente, Domenico decide fazer um desvio no caminho antes de retornar à Villa. Embicando o cavalo em direção a uma trilha na beira da estrada, comunica ao primo:

— Vá seguindo. Eu realmente preciso fazer uma parada num lugar.

— Tem certeza? Já está muito tarde.

— Absoluta.

— Cuidado aonde você vai se meter, primo. Sabe-se lá o que espreita por essas estradas nesses tempos de guerra. Não ache que, só porque garantiu o seu lugar no céu, você já pode ir para lá.

— Não se preocupe. Sei muito bem onde estou. E, pode ter certeza, cardeais podem ir para muitos lugares, mas o céu não é um deles.

Com isso, Domenico dá ordens para que dois membros de sua guarda pessoal o acompanhem e entra na trilha, trotando cuidadosamente enquanto ouve o som dos cascos das montarias do primo e dos outros guardas desaparecer na estrada.

Após vinte minutos de cavalgada Domenico chega às margens do magnífico Lago Santo. Ainda está escuro, mas os primeiros raios da aurora clareiam levemente o céu, permitindo que comprove que as águas continuam tão azuis quanto se recorda. As montanhas ao fundo, por sua vez, já têm os cumes cobertos de branco, o que anuncia que logo começará a nevar também em Parma. As árvores estão secas, pouco lembrando sua exuberância nas estações quentes. Nada disso, porém, tira o esplendor daquele que Domenico considera seu refúgio secreto, o local cuja imagem sempre lhe retorna à mente quando sente saudade de casa. Apesar do frio, ele sobe em uma das pedras que beiram as margens e começa a se despir enquanto contempla as centelhas do sol tentando abrir espaço entre a espessa bruma das manhãs parmesãs. Assim que se livra das vestes, caminha com cautela sobre as pedras escorregadias de orvalho até se aproximar o suficiente da água para um mergulho.

A água gélida faz com que seu corpo trema. Apesar do choque, é uma sensação boa. A viagem até Parma foi longa e ele ainda não teve tempo para se recuperar. Domenico sabe, entretanto, que não há nada melhor do que as águas geladas e a paisagem tão deslumbrante quanto selvagem do Lago Santo para revitalizar seu corpo. Ainda que não se considere vaidoso, tem noção de sua boa aparência. Sua pele é naturalmente mais morena que a dos irmãos, tornando-se ainda mais bronzeada devido às cavalgadas e às horas que passa ao sol ali no lago quando está em Parma, e às longas caminhadas que gosta de fazer pelos jardins do Vaticano quando precisa pensar, algo que acontece com cada vez mais frequência. Os olhos negros, levemente amendoados, profundos e incisivos são quase do mesmo tom dos cabelos lisos, cortados bem curtos, poucos centímetros acima do couro cabeludo, como é praxe entre a maior parte dos jovens religiosos. O rosto é ovalado, com o nariz um tanto preponderante e reto, assim como os ossos malares. A face é sempre muito bem barbeada por seus valetes desde que os primeiros fios de barba começaram a aparecer, o que ressalta seus traços fortes e masculinos, que combinam com o corpo esguio, porém definido, com braços, tórax e pernas muito bem delineados. Esse conjunto atrai as atenções tanto das prostitutas das casas de prazer que costuma frequentar quanto das carolas a quem dá a Comunhão durante as missas. Domenico sempre soube que jamais caberia a um homem da sua posição se apaixonar. Isso só atrapalharia os planos que haviam traçado para si. Entretanto, não há nada que o impeça de se divertir. Aprendeu a encarar as mulheres como fontes efêmeras de prazer, um passatempo quando necessita relaxar de suas crescentes responsabilidades. E está satisfeito com isso. A única companhia feminina a qual aprecia fora da cama é sem dúvida a de sua mãe. Nas cartas que trocavam, ele conseguia se abrir como jamais havia feito com ninguém antes e Lizbeta o entendia nas entrelinhas, aconselhando-o e apaziguando seu espírito. Ele deu graças por não conhecer nenhuma mulher que possuísse a mesma inteligência e sagacidade da mãe. Caso contrário, tinha certeza de que estaria condenado.

Ele dá braçadas pelo lago, contemplando o amanhecer, como já fizera tantas vezes antes. Nem mesmo o inverno é capaz de tornar aquelas auroras menos magníficas. E, ali, todo o resto fica para trás.

6

Mausoléu dos Manfredi, Cimitero della Villetta, Parma, janeiro de 1630

Luciano Manfredi passa um longo tempo contemplando o corpo estendido sobre um dos túmulos no subterrâneo do mausoléu. Pertencera a uma mulher jovem. Ele olha para os cabelos loiros espalhados sobre o mármore negro, a pele tão pálida que assume um tom quase sobrenatural, entremeada por veios roxos. Manchas negras circundam seus olhos. Apesar de a boca estar contraída numa expressão de pavor e haver um furo profundo em seu abdômen proeminente, ele a reconhece de imediato. Quando Margarida era sua ama no infantário, a única coisa nela que lhe chamou a atenção foi o fato de passar todas as noites no quarto do primo Frederico e o deixar em paz com Jade para fazerem o que bem entendessem. Agora, porém, que Luciano a vê ali, inerte sobre a pedra gelada, Margarida o atrai de uma forma que ele até então desconhecia.

Em suas visitas anteriores com o pai ao mausoléu para realizar seus estudos nas Artes da Morte, ele já havia visto uma série de outros cadáveres. A maioria, entretanto, pertencera a soldados que caíam nos campos de batalha, zelando pela segurança da família, ou em acidentes ocorridos durante os treinamentos. Eram poucas as mulheres e, mesmo assim, todas tinham mais idade, eram velhas empregadas ou camponesas que morriam após anos de trabalho incansável. Margarida é a primeira jovem que vê morta e ele se sente hipnotizado por seu vestido rasgado na altura do ventre e coberto de sangue, o avental antes alvo repleto de terra e manchas escuras, os pés descalços com as unhas arroxeadas e os dedos com aquela palidez que definitivamente acendem algo dentro dele.

O transe de Luciano é interrompido pela voz do pai.

— Temos um espécime bem peculiar. Pegue sua adaga e se livre das roupas. Preciso lhe mostrar algo.

Lançando mais um olhar para o que sobrara da ama, o menino retira a adaga da bainha. Começa por arrancar o avental erguendo a cabeça do cadáver com a ajuda do pai e jogando-o no chão. Corta a gola da *chemisette* de tecido delicado, que cede sem resistência. É obrigado a colocar mais pressão quando alcança o vestido de lã.

Alfeo se afasta alguns passos da sepultura para contemplar o filho. O corpo de Luciano ainda é diminuto e parece ainda menor coberto pelo manto negro, feito de veludo pesado, utilizado por todos aqueles que frequentam o mausoléu. A cor escura, além de disfarçar as manchas que invariavelmente respingam dos espécimes durante seus estudos e rituais, também os torna quase invisíveis em suas caminhadas noturnas pelo cemitério, e o longo capuz esconde seus rostos caso algum incauto os vislumbre de relance.

Para posicionar a adaga com mais firmeza, Luciano fica na ponta dos pés, se apoiando com a mão direita na pedra enquanto a esquerda conduz a lâmina. Uma mecha dos cabelos lisos e negros lhe cai sobre os olhos, mas, concentrado, não se dá ao trabalho de afastá-la. Alterna olhares entre o tecido que rompe e o rosto da morta. Executa a tarefa incumbida pelo pai com diligência. Imprime mais força à arma para cortar o restante do vestido. As mãos pequenas aplicam golpes curtos e determinados que acabam por revelar os seios da jovem. Os seios volumosos foram claramente expandidos pela gravidez, com veios arroxeados, quase negros, marcando a pele alva e que desaparecem sob os mamilos de um cor-de-rosa desbotado. Nesse momento, Luciano para e os contempla, absorto. Pela primeira vez desde que colocara os olhos no filho quando ele era um recém-nascido, Alfeo tem certeza de que as atenções de Luciano estavam cem por cento focadas em algo. Não há a menor dúvida de que ele tem mais do que um dom, uma vocação. E claramente sente um fascínio diante daquele espécime. Talvez seja apenas o simples deslumbramento de um menino que vê pela primeira vez uma bela mulher nua. Ou, sim, pode ser algo além disso. Ele não seria o primeiro nem o último Manfredi afortunado com o dom a sentir esse tipo de desejo. Alfeo não o compartilha, mas entende muito bem que os mortos nada rejeitam e, para os praticantes das Artes, estão sempre disponíveis. De qualquer forma, Luciano ainda é muito jovem e tem bastante tempo para experimentar e compreender sua lascívia.

O menino só volta a si quando sente o pai tocando gentilmente seu ombro.
— Vamos, continue.

Luciano sacode levemente a cabeça e foca mais uma vez o tecido que ainda precisa ser rompido. Continua a cortá-lo num compasso ritmado, com uma certa pressa, como se subitamente sentisse urgência em se livrar de todos aqueles panos. Logo, o umbigo da moça está à mostra e, em seguida, o talho em seu ventre. Ele vê o que parece ser a cabeça da criança se insinuando pela incisão. Fica curioso, porém não o suficiente para se deter. Aproveita-se do rasgo deixado pela rapieira e, num único movimento decidido, rompe o restante do vestido até a barra. Contempla o cadáver de cima a baixo. A parte inferior dos tornozelos, das costas e do pescoço tem um tom que lhe lembra o do vinho que Jade tanto gosta, contrastando com o branco leitoso da panturrilha, das nádegas e das espáduas. Os pés são delicados, apesar de apresentarem algumas calosidades e cortes, e de estarem manchados de terra. Embora seja magra, tem pernas bem torneadas e coxas grossas. Os olhos do menino se detêm sobre a vulva carnuda, ocultada por um ninho de pelos cobertos de sangue seco. Aquilo atrai sua atenção. Jade já havia lhe dito algumas vezes que um dia ela teria seios fartos como os da mãe, mas jamais mencionara nada a respeito daquilo. Será que só as criadas teriam todos aqueles pelos? Ele realmente gostaria de poder examiná-la a sós, em detalhes, comparando o que além daqueles pelos o corpo da ama teria de diferente do da irmã. Mas ele jamais havia ficado sozinho no mausoléu. Em suas visitas com o pai, Alfeo sempre trancava diligentemente as portas do lugar após encerrarem as aulas do dia.

Diferente dos Farnese, que tinham túmulos pomposos na catedral de Parma, os Manfredi haviam optado por construir um imenso mausoléu em

La Villetta, onde, além de sepultar várias de suas gerações, realizavam seus estudos no imenso salão que se abria entre as catacumbas subterrâneas. A construção retangular revestida com o mármore mais negro tanto por fora quanto em seu interior se destacava entre as sepulturas do cemitério por suas dimensões e opulência. Durante o dia, o salão do térreo era parcamente iluminado pelos raios de sol que entravam pelos vitrais das abóbadas, que retratavam cenas do arrebatamento divino ao qual indubitavelmente todos os Manfredi estavam destinados. No centro, avistavam-se três túmulos imponentes com as figuras dos três últimos patriarcas da família mortos desde a construção do mausoléu esculpidas em mármore alvíssimo, contrastando com o negror do restante do prédio e dos demais sepulcros. Ao redor, diversas fileiras de gavetas se espalhavam pelas paredes, algumas delas já ocupadas, com os nomes e as datas de nascimento e morte de cada um de seus ocupantes entalhados no mármore. No canto esquerdo do salão, quase imperceptível para os incautos, um alçapão levava às catacumbas. A tampa era liberada por meio de um intrincado sistema de trancas, cuja fechadura se localizava em um pequeno vão entre duas gavetas. Ainda que alguns servos tivessem acesso às chaves do mausoléu para realizar limpezas periódicas, apenas Alfeo era capaz de liberar a entrada para as catacumbas e poucos, até mesmo no seio principal da família, tinham conhecimento da existência do subsolo. As catacumbas estavam ali desde a época dos primeiros Manfredi, que remontavam aos dias gloriosos do Império. Como no térreo, as paredes eram cobertas de nichos, porém eram feitos de barro nu e poucos apresentavam algum tipo de vedação. Nenhum Manfredi era mais enterrado ali e em muitas das cavidades ainda era possível ver parte das ossadas de seus antigos ocupantes, o que oferecia um vasto material para as atividades dos Predestinados. Também havia espaço de sobra para ocultar o refugo desses trabalhos. Os nichos recentemente ocupados se destacavam por serem lacrados, ainda que de forma rudimentar, com argamassa e alguns tijolos. Essa medida, porém, não era suficiente para conter o odor de putrefação do local, nem evitar que moscas, besouros, aranhas e outras formas de vida repulsivas fossem uma presença constante por ali. Alfeo, entretanto, havia se acostumado a esses elementos ao longo das décadas e os considerava apenas um inconveniente irrelevante. Já Luciano simplesmente nunca pareceu se importar.

A área das catacumbas é mais extensa e longa que a do térreo, formando um corredor comprido, que vai além do alcance da vista e se bifurca em novas galerias. Alfeo e Luciano utilizam apenas uma parte do vão central para seus estudos. Iluminado por diversas velas dispostas em montes de cera e alguns parcos castiçais, o espaço por eles utilizado tem no centro quatro túmulos de pedra gasta, que pertenceram a antepassados há muito esquecidos e servem como mesas de trabalho. Encostados junto aos nichos dispostos de ambos os lados, encontram-se alguns baús repletos de ferramentas, velas de diferentes dimensões, ervas e uma miscelânea de objetos curiosos e aparentemente sem relação entre si, como anéis, colares, espadas, galões, bonecas. Em um dos cantos, repousa uma tina de água ladeada por dois baldes.

Alfeo vai até a cabeceira da mesa e, afagando distraidamente os cabelos da moça, pergunta:

— O que você pode me dizer a respeito deste espécime, Luciano?

O menino olha mais uma vez o corpo sobre a mesa, concentrando-se.

— Mulher, jovem. Não deve ter mais do que quinze anos. Cerca de um metro e meio de altura. Constituição sadia. – Ele se aproxima do pai e abre uma das pálpebras do cadáver. – Olhos verdes. – Afasta os lábios, passando um dos dedos pela arcada superior e depois pela inferior. – Possui todos os dentes. – Aperta com o polegar a parte posterior do braço esquerdo, na região manchada de vermelho-escuro próxima à superfície da mesa. Pressiona um pouco mais. O contato com a pele gélida faz com que uma descarga elétrica o atravesse dos pés à cabeça. Demora-se por um momento, esforçando-se para retirar o dedo. Pensa por alguns instantes. – Certamente morreu há mais de vinte e quatro horas. E encontra-se em uma situação... bem... peculiar.

O pai lhe lança um olhar inquisidor.

— Continue.

— Ela está... ela tem... um bebê. – Luciano abaixa a cabeça, olhando para a marca deixada por seu dedo no braço do cadáver, corando.

— Filho, olhe para mim. – Alfeo ergue levemente o queixo do menino. – Não há nada do que se envergonhar. Primeiro, só estamos nós dois aqui. E, segundo, essa é uma condição humana totalmente natural. Você já está se tornando um rapaz, precisa começar a compreender os fatos dessa natureza.

Já conversamos a esse respeito. As mulheres honradas estão destinadas a carregar nossa descendência em seus ventres. Esse é o dever divino de cada uma delas. E, por nossa vez, é nosso dever como homens garantir os direitos de nossa progênie e nosso compromisso com a família, jamais permitindo que mulheres sem honra fecundem nossa semente. Você entende o que quero dizer, não entende?

Esforçando-se para encarar Alfeo, Luciano balança a cabeça afirmativamente.

— E é preciso lembrar sempre que no caso específico de homens como você e eu essa questão é ainda mais sensível. Nós possuímos o dom, somos predestinados a elevar a glória e o conhecimento dos Manfredi a esferas com as quais outras dinastias, como os Farnese, os Médici e até mesmo os Bourbon ou os Habsburgo, não poderiam nem mesmo sonhar. Por conta disso, precisamos ter sempre em mente que propagar esse privilégio para fora de nosso sangue pode significar não apenas que nossos segredos mais bem guardados serão propagados, mas a nossa ruína. Nosso dom deve permanecer apenas entre os de nossa linhagem como sempre foi e sempre deve ser. Jamais se esqueça disso. Os Manfredi nunca toleraram bastardos, em nenhum de seus ramos. Além de ser um disparate permitir que um dos nossos seja gerado e criado por uma perdida qualquer, bastardos criam desavenças, guerras desnecessárias e, uma hora ou outra, acabam reclamando aquilo ao qual acreditam ter direito.

Luciano assente mais uma vez. Sim, ele compreende perfeitamente o que o pai quer dizer. E conhece muito bem o motivo pelo qual Alfeo iniciou aquela lição a respeito dos perigos da bastardia diante do corpo de sua antiga ama.

— Mas sei que, entre todos os rapazes da família, você é com quem menos devo me preocupar. Você ainda é muito jovem, mas é focado e talentoso. Sei muito bem que, diferente do seu primo e do seu irmão, as tentações baratas não o atraem.

Luciano contempla mais uma vez o cadáver diante de si — os seios afastados, os lábios descorados, a pele de tantos tons que ele não sabe nem mesmo como nomeá-los.

— A situação que temos aqui, entretanto, veio bem a calhar. Esta será uma lição importante. Precisarei de toda a sua atenção, Luciano. – Alfeo rodeia a mesa e para diante do talho no abdômen do cadáver, fazendo um sinal para que o filho se aproxime. – Veja, o corte revela a cabeça do que se tornaria uma criança. A gravidez já estava em estágio avançado. O feto está basicamente formado.

Alfeo pega uma faca afiada que jaz sobre outra sepultura e amplia o orifício deixado pela rapieira. Enfiando as mãos no talho, retira o bebê de uma só vez. O corpinho morto sai sem esforço, preso ao cordão umbilical.

— Veja, era um menino. – Ele ergue o cadáver diminuto pelos pés.

Luciano observa mais de perto, curioso. Surpreende-se ao perceber que os dedos dos pés e das mãos estão totalmente constituídos. É possível ver todos os ossos do tórax por baixo da pele fina e vermelha. A cabeça é oval, deformada, enegrecida, com a parte dianteira do crânio mais proeminente. Os lábios e as orelhas já se pronunciam, embora as pálpebras ainda estejam grudadas, o que lhe dá uma expressão abominável, monstruosa.

— Mais uma vez, cortamos o mal pela raiz e isso é bom – prosseguiu Alfeo. – E esta criança, que, de qualquer forma, tem sangue Manfredi, nos será muito útil. Os filhos são as correntes mais fortes para manter o controle de uma mãe. Ou seja, enquanto tivermos o feto, ou parte dele, em nossa posse, a alma da mãe estará curvada às nossas vontades. E o bebê, que foi gerado, mas nunca veio à luz, é um elo poderoso com o Outro Lado. Um feto é uma alma que encarnou, mas não teve a chance de ser corrompida pelas tentações e pelas perversidades do Mundo da Carne. É uma alma de pureza única, capaz de transitar com facilidade entre os dois mundos, principalmente quando o espírito da mãe continua preso neste plano, já que o que os une aqui é mais do que este fio de pele. – Alfeo passa os dedos pelo cordão umbilical ainda viscoso. Pronunciando algumas palavras rápidas, cujo significado Luciano não é capaz de compreender, ele corta o pedaço de tecido com a adaga. – A conexão entre as almas de uma mãe que morreu carregando seu filho e a criança que não nasceu é impossível de ser quebrada. Por isso, enquanto mantivermos este feto que carrega parte de nosso sangue, teremos um mensageiro poderoso, capaz de interceder por nós em todos os círculos do Sheol, até mesmo os mais profundos, e, graças à sua pureza incorruptível, retornar intacto ao nosso jugo.

— E o que faremos para conservá-lo, *papà*?

— Siga-me.

Alfeo pega uma das velas sobre um dos nichos e caminha alguns metros pelo longo corredor, parando diante de uma pilha de lenha amontoada no chão, acima da qual pende um caldeirão preso ao teto por correntes. Luciano nunca havia estado naquela parte das catacumbas e entende isso como um avanço em seus estudos. De pregos cravados em algumas sepulturas pendem diversos maços das mais variadas ervas e dentro de outras delas ele vê garrafas e frascos de diferentes tamanhos e formatos. Próximo do caldeirão há um pedestal para livros semelhante ao que Luciano vê no altar da capela dos Manfredi todos os domingos, e mais um túmulo que serve de mesa. Mais ao fundo, os nichos foram transformados em estantes, abrigando volumes encadernados em couro.

— É bom começarmos com um corpo pequeno. Após esse feto, podemos passar para criaturas maiores até que você pegue o jeito. – Alfeo vai até um dos nichos e pega um tomo. Folheia-o rapidamente e encaixa-o no pedestal. – Leia para mim.

Devido à sua altura ainda diminuta, Luciano tem que voltar os olhos para cima para mirar o conteúdo da página. Nela, encontra uma lista de ingredientes, uma espécie de receita, escrita em latim. Ele começa a ler, sem dificuldade:

— Fluido embalsamador: três medidas de *acqua vitae* para uma de vinagre forte. Após a fervura, acrescentar um ramo grande de absinto; o sumo de seis folhas de babosa; as sementes maceradas de uma coloquíntida; seis pitadas generosas de sal e três pedras de alume.

— Muito bem. Está vendo aquela garrafa maior, com a tampa quadrada? Traga-a até aqui.

Luciano se espicha e estica os braços para alcançar o nicho, que fica acima de sua cabeça. Pega a garrafa e leva-a até o caldeirão. Alfeo havia se abaixado para acender o fogo e pede ao filho:

— Vamos ver o que você aprendeu em suas aulas de cálculo. Preencha três quartos do caldeirão com a *acqua vitae* e depois complete com o vinagre que está naquela garrafa mais fina. – Ele aponta para o mesmo nicho de onde o menino pegou o frasco de *acqua vitae*.

Luciano retira a tampa do recipiente que traz nas mãos e logo é atingido por um odor forte, alcoólico. Faz uma careta. O pai solta uma gargalhada.

— Acostume-se, filho. A *acqua vitae* é um ingrediente importante de várias das infusões que preparamos aqui. Além disso, existem alguns rituais mais avançados que requerem a ampliação de nossas capacidades de percepção e a *acqua vitae* funciona como um elixir para despertar os sentidos. Logo você também aprenderá como prepará-la.

Luciano se lembra da irmã. Ela sempre fora muito mais atenta às coisas do Plano da Carne do que ele, sem contar o seu dom de pescar as coisas no ar. Combinando esse poder com a forma como adorava vinho, achou que ela gostaria daquela tal de *acqua vitae*. Quando aprendesse a prepará-la talvez não precisasse mais se arriscar pelas adegas para surripiar odres de vinho para Jade.

O menino derrama boa parte do conteúdo da garrafa no caldeirão e, de repente, quando considera a quantidade suficiente, para de súbito. Alfeo olha para cima e lança um pequeno sorriso para Luciano, que fecha a garrafa, pronto para devolvê-la a seu lugar e trocá-la pela de vinagre. Ele completa o conteúdo do caldeirão e, sem pedir orientações ao pai, volta até os nichos e, apesar de haver os mais variados tipos de ervas e outras plantas ali expostos, parece saber exatamente o que busca. Alfeo termina de acender o caldeirão, levanta-se e fica observando, deslumbrado, enquanto Luciano vai de rama em rama, recolhendo a quantidade exata de cada uma das ervas da poção. O menino jamais havia tido uma aula de botânica, mas parece receber uma espécie de ajuda invisível aos olhos alheios.

Alfeo mostra ao filho como extrair a seiva da babosa e macerar as sementes de coloquíntida. Faz os primeiros movimentos e deixa que o menino realize o restante do trabalho com as próprias mãos.

Assim que a mistura começa a ferver, Alfeo continua sua lição:

— Enquanto o fluido fermenta, vamos preparar o pó que preencherá as cavidades. Prossiga com a leitura, por favor.

Mais uma vez, Luciano se aproxima do pedestal e começa a recitar em um latim perfeito:

— Duas folhas de babosa; um ramo pequeno de mirra, sete punhados de vermute; quatro punhados de alecrim desidratado, um punhado de pedra-pomes macerada, cinco punhados de manjerona também desidratada e uma quantidade suficiente de estoraque para preencher o restante da cavidade.

Com os olhos fixos no filho, Alfeo declara:

— Você sabe o que fazer.

Sem perder tempo, Luciano vai até os nichos e, mais uma vez sem fazer perguntas, retorna com os ingredientes necessários e começa a maceração, sendo observado com orgulho pelo pai.

Assim que o menino conclui a tarefa, Alfeo ordena que traga o pequeno corpo até a mesa próxima do caldeirão.

Luciano vai depressa até o átrio e pega o cadáver minúsculo com ambas as mãos, sentindo seu peso irrisório e observando o rosto deformado. A verdade é que, passada a curiosidade inicial, ele não sente nada por aquela massa de carne, ossos e pele além da ansiedade do que ele poderia de fato representar para o Outro Lado. Posiciona o corpo sobre a mesa, como o pai lhe ordenou, e espera.

Alfeo observa o feto por um momento e, com uma pequena faca afiada, faz rapidamente um corte em formato de Y no tórax protuberante, descendo até o ventre. Afasta a pele fina com cuidado para que não se desfaça em suas mãos e, enquanto a segura, pede que Luciano retire todas as vísceras que encontrar e as despeje em um balde disposto ao lado da mesa.

Sem hesitar, o menino examina o interior do feto e, com ambas as mãos, remove todos os tecidos moles que encontra ali, surpreendendo-se com a semelhança do interior do feto em relação ao de todos os corpos que ele viu antes. Cogita, inclusive, se o bebê não poderia ter sobrevivido se fosse retirado do ventre da mãe assim que ela deu seu último suspiro.

— Muito bem – elogia Alfeo. Ele traz de um dos baús localizados junto à sepultura onde repousa o cadáver da jovem alguns pequenos pedaços de algodão cru e os coloca na superfície ao lado do feto. Pega um deles, mergulha-o na fervura e forra as paredes internas da caixa torácica. – Essa é uma parte importante da preservação do corpo. Esse pano embebido em fluido embalsamador servirá como uma barreira que ajudará a conservar os tecidos. Vamos, tente forrar o restante do torso. – Ele mergulha mais um pedaço de pano no caldeirão e entrega ao filho. – Cuidado, está bem quente.

O menino pega o pano com a ponta dos dedos e repete os movimentos do pai, posicionando com firmeza o algodão ao redor dos ossos. Alfeo lhe passa mais um pedaço de tecido e ele prossegue até que toda a caixa torácica esteja forrada. O pai então mostra ao filho como revestir o restante das paredes, que se tornaram ocas com a retirada dos órgãos.

— Esta é uma etapa mais delicada do trabalho por se tratar de uma estrutura mais macia, que, diferente do tórax, não é sustentada por ossos. Em espécimes mais desenvolvidos, costumamos colocar uma camada de tecido embebido em fluido entre a caixa torácica e a pele do dorso, entretanto, em fetos, como a derme é muito fina e os ossos dessa região muito pronunciados, evitamos fazer isso, pois é comum que a pele se rompa. Mas logo você terá a oportunidade de treinar esse tipo de movimento.

Alfeo posiciona dois pedaços de tecido na cavidade enquanto Luciano o observa com os olhos ávidos para tentar. O pai lhe lança um sorriso.

— Aproxime-se, filho. Pegue uma tira de tecido. Tenho certeza de que você já entendeu.

Alfeo passa novamente os panos embebidos no líquido do caldeirão para o menino e admira a cena. Luciano copia os movimentos do pai com diligência. Concentrado, coloca vez ou outra a língua sobre o buço enquanto mexe as mãos pequenas dentro do cadáver diminuto sem nem ao menos olhar para o pai em busca de aprovação. Simplesmente sabe que está executando os movimentos da maneira certa. Realmente havia nascido para aquilo. Além de sua capacidade única de ver e se comunicar com as almas, tinha um pendor notável para os trabalhos práticos. Não havia nada relacionado às Artes da Morte que Luciano não executasse com maestria. Alfeo nunca soube de nenhum outro Manfredi com um dom tão poderoso e sabia que do Outro Lado as notícias sobre o nascimento de uma criança com aptidões nunca antes vistas já se espalhavam. Seu estimado pai, que após ser um homem tão respeitado quanto temido no Plano da Carne se tornava uma alma cada vez mais influente no Sheol, já havia lhe garantido mais de uma vez em suas comunicações após sua passagem que jamais existira um Predestinado como Luciano e que ele seria a peça definitiva para o triunfo dos Manfredi não só no Mundo dos Mortos, como também no da Carne. Alfeo sabia que, apesar de Janus não ter conhecido o neto em vida, ele o acompanhava de perto e se orgulhava tanto quanto Alfeo. Luciano tinha os melhores tutores em ambos os planos e sem dúvida não havia limites para até onde ele poderia levar os Manfredi, ainda que, como Janus salientara em diversas ocasiões, isso pudesse custar um preço alto para o garoto, que, graças aos seus dons, às responsabilidades e peculiaridades que lhe eram intrínsecas, jamais poderia ter uma vida com todas as perspectivas e liberdades que os outros rapazes desfrutavam. Mas Alfeo jurara para si mesmo que faria o impossível para que seu menino encontrasse a felicidade da forma que lhe fosse mais conveniente. Ele era importante demais, talentoso demais para viver uma existência amargurada. Além de tudo isso, Luciano era o seu filho favorito, não havia como negar. Domenico era inteligente, perspicaz, devotado e responsável, o primogênito perfeito, mas em Luciano ele via a continuação do trabalho ao qual dedicara toda sua existência até então. Por mais que fosse o estrategista e o fiel da balança em todas as conquistas militares, políticas e financeiras perpetradas por seus irmãos, aquilo sempre fora um meio e não um fim para os propósitos dos Manfredi. Embora nunca tenha sido um Predestinado com o mais apurado dos dons, diferente de seu pai, que era um habilíssimo artista das trevas, e de Luciano, Alfeo via no filho sua maior contribuição para o legado da família, e sua educação nas Artes da Morte havia se tornado sua principal missão.

O menino acaba de forrar o interior do feto e olha para o pai em busca do passo seguinte. Alfeo se abaixa para conferir o trabalho executado pelo filho apenas para assegurar que o ego de Luciano não se infle de forma demasiada, pois tem certeza de que não encontrará nada diferente da perfeição. De qualquer forma, declara meramente:

— Certo. Agora vamos preencher a cavidade com o pó que preparamos.

Luciano traz a tigela de louça com a mistura para mais perto do pai. Alfeo pega uma pitada e a derrama dentro do corpo.

— Quando lidamos com espécimes pequenos, essa é uma tarefa um tanto complexa, pois as mãos adultas são grandes e têm dificuldade de preencher a cavidade por completo, já que todos os cantos devem ser bem cobertos, caso contrário, a possibilidade de o objeto final apresentar pontos de putrefação indesejáveis é grande e isso diminui sua vida útil, algo que não queremos que aconteça. Por isso, tente você. Com suas mãos ainda pequenas e sua habilidade, tenho certeza de que este espécime nos servirá por muitas décadas.

Ao mesmo tempo em que se sente lisonjeado com as palavras de Alfeo, Luciano se pergunta se os fetos preparados pelo pai antes que ele começasse seus estudos se decomporiam mais depressa e o que ele próprio fará quando suas mãos crescerem. A ansiedade por praticar novamente o faz, contudo, afastar mais que depressa esses pensamentos e se concentrar apenas em pegar pitadas do preparado e espalhá-las por toda a superfície interna da cavidade, por cima das camadas de algodão. Realmente não é uma tarefa fácil mover os dedos em uma área tão apertada, mas, mesmo assim, ele sabe que está fazendo um trabalho mais do que satisfatório, alcançando cantos que seriam de fato impossíveis para as mãos grandes de Alfeo, por mais habilidosas e bem treinadas que fossem.

Quando a tigela fica vazia, Alfeo mais uma vez confere o trabalho realizado pelo filho e, assentindo, pede:

— Traga o estoraque. Está em um pote de vidro escuro, próximo à pedra-pomes.

Batendo as mãos uma na outra para retirar o excesso de pó, o garoto vai rapidamente até o nicho que serve como prateleira e retorna com o recipiente indicado pelo pai.

— Certo. Agora é só despejar devagar o estoraque no espaço restante – ensina Alfeo. – Tome cuidado para não encher demais, caso contrário a cavidade irá inchar e será difícil de ser costurada.

Luciano verte para dentro do cadáver uma pequena porção da erva escura e desidratada que apresenta alguns grumos. O estoraque tem um perfume floral e adocicado, que contrasta com os demais odores presentes nas catacumbas. Alfeo está prestes a comunicar ao filho que já é o bastante quando ele simplesmente para. Deixa dois dedos de pele em cada extremidade, calculando que assim o pai terá folga suficiente para executar a sutura.

— Essa é a parte mais delicada de todo o processo – prossegue Alfeo. – Alguns Predestinados costumam dizer que isso não passa de uma questão estética, mas eu acredito que as almas podem se sentir ofendidas com trabalhos realizados com desleixo. E espíritos enfurecidos podem necessitar de uma grande dose de esforço e violência para serem domados. Claro que muitas vezes tais artifícios se mostram necessários, mas se formos capazes de evitá-los poupamos uma energia e um tempo que podem ser utilizados para atividades mais relevantes. Sendo assim, recomendo sempre que as suturas realizadas nos espécimes sejam as mais elegantes e cuidadosas. Como tudo na vida, só a prática levará à perfeição, de forma que você fará muitos exercícios utilizando peles de porco até manejar um espécime propriamente dito.

O menino não consegue disfarçar a decepção.

— Luciano, compreenda que aqui nas catacumbas não estudamos apenas o manejo com os invólucros dos que se foram e formas de influenciar o Outro Lado. A perseverança e a paciência também são lições valiosas que você aprenderá entre estas paredes. Você é talentoso, sem dúvida, mas é muito jovem e precisa aprender, mais do que qualquer outra coisa, como funciona o mundo. Todos eles. Antes de ser um Predestinado competente, você precisa ser um homem hábil, capaz de garantir seu lugar e merecer o respeito de todos onde quer que esteja. E essa é uma das lições mais importantes que cabe a mim lhe ensinar. Assim, meu filho, você só fará a sutura, o estágio final da preparação de um espécime, quando eu considerar, de acordo com os meus critérios, que você está preparado. Estamos entendidos?

O garoto baixa a cabeça e assente. Ele sabe que é totalmente capaz de fazer aquilo. Tem absoluta noção de que é inapto para muitas coisas na vida, mas cada vez mais prova suas habilidades em relação a todas as práticas propostas pelo pai nas catacumbas. Chega até a ter a impressão de que em muitas ocasiões supera o próprio Alfeo. Sua tia, porém, vive lhe dizendo que a soberba é um pecado terrível. Dessa vez, ela deve ter razão. Afinal, nada o irrita mais do que os olhares superiores que costuma receber de alguns de seus primos, em especial de Frederico, que sempre o encara com aquele sorrisinho de desdém idiota, zombando dele em silêncio como se Luciano fosse alguma espécie de retardado. Se o primo ao menos fizesse ideia de tudo aquilo que ele estava se dando conta de que era capaz, certamente pensaria duas vezes antes de olhá-lo daquela forma. Mas, como lhe ensinava Alfeo, tudo a seu tempo. Não deve demorar até que possa mostrar a Frederico que é ele quem tem em mãos o verdadeiro poder, que ele tem tudo com que Frederico sonha e jamais permitirá que seja dele.

Alfeo retira de uma caixa diminuta pousada em um dos nichos uma agulha um pouco maior do que aquelas que o menino costumava ver suas amas utilizando para coser seus velhos camisolões. Enfia uma linha rígida no buraco e penetra a pele da haste esquerda do Y, dando um nó na ponta da linha. Ele costura o talho com esmero, sem pressa alguma, com pontos minúsculos, unidos, perfeitos.

— É preciso atenção, técnica e delicadeza – diz Alfeo. – Os pontos precisam ser bem fechados, pouco espaçados e seguir uma linha reta. Qualquer coisa diferente disso aparentará desleixo e comprometerá a qualidade do espécime.

Luciano acompanha o vaivém da agulha. O movimento constante da ferramenta entrando e saindo da pele já rígida, mas fina, do feto lhe dá uma inesperada tranquilidade. Em seu íntimo, porém, continua ansioso para mostrar ao pai que é capaz de também dar pontos perfeitos, embora jamais tenha tocado em uma agulha e até aquele dia nunca tenha sentido sequer a curiosidade de fazê-lo.

Quando finalmente dá o último ponto, fechando o Y, Alfeo contempla sua obra.

— É, parece que os olhos de seu velho pai ainda não estão lhe pregando peças.

Luciano sorri para Alfeo, ansioso pela próxima etapa.

— Pegue naquele baú maior algumas tiras de linho – prossegue Alfeo. – Duas devem ser suficientes.

Mais que depressa, o menino volta para o vão entre as fileiras de sepulcros onde o corpo de Margarida repousa e vai até o baú indicado pelo pai. Lá dentro, encontra diversas tiras de linho nobre cortadas em faixas. Pega duas delas e retorna para junto do fogo enquanto Alfeo troca o caldeirão por um tacho.

— Vamos agora concluir o processo de conservação apenas para garantir que o espécime nos sirva por mais tempo, e abrir seus caminhos no Mundo das Almas para que ele seja bem recebido por nossos ancestrais e outros espíritos amigos que lá residem, e possa realizar seu trabalho sob os auspícios de todos eles. – Com uma grande colher de madeira, Alfeo mexe o conteúdo do novo recipiente que repousa sobre o fogo. – Aqui dentro há a mais pura cera das abelhas produzida pelas colmeias da Villa. Iremos misturá-la com um bálsamo feito de cedro, que já está preparado. Está dentro daquele frasco de vidro verde. – Ele aponta para um dos nichos, indicando que Luciano deve apanhá-lo. – Este composto, além de ajudar na preservação do espécime e ocultar qualquer odor indesejado que persista nos primeiros dias, executa igualmente funções de extrema importância no Sheol. O cedro purifica a alma de seus pecados e abre as portas entre os vários círculos do Mundo dos Mortos. Por mais que este espécime especificamente já seja puro por sua natureza, isso não exclui a necessidade de um salvo-conduto para que transite com a liberdade necessária por todos os círculos, desde os mais próximos do nosso plano até os mais profundos, onde vivem as almas que se afastaram dos vivos. Já as abelhas são consideradas desde os tempos ancestrais, antes mesmo de os Manfredi existirem nesta terra, como mensageiras entre o Mundo da Carne e o das Almas. Alguns outros insetos e algumas aves também possuem essa capacidade, entretanto as abelhas trabalham em conjunto com esmero e realizam um grande esforço coletivo para produzir o mel. Todo esse dispêndio de potência somado às capacidades de conservação da cera por elas fabricada torna este um material perfeito para as nossas atividades. Use-o, porém, com parcimônia. Cada enxame produz apenas uma quantidade limitada de cera e uma boa parte é descartada para outros fins por não apresentar a pureza exigida em nossos trabalhos.

Luciano sorve cada palavra do pai. Ele tem conhecimento de alguns outros animais capazes de realizar essa comunicação, como as cotovias, e outros com o poder de ver o Outro Lado, como os gatos, mas não fazia ideia de que as abelhas possuíam esse mesmo dom, aqueles insetos que na verdade sempre considerara irritantes com seus ferrões e zumbidos que assustavam Jade quando os dois brincavam no jardim, de forma que ele várias vezes tinha que espantá-los levando ferroadas bem doloridas. Após aquele dia, certamente jamais veria as abelhas com os mesmos olhos, e aquela nova informação é mais uma prova de que Alfeo tinha razão: ele ainda tem muito o que aprender não só sobre as Artes da Morte, mas a respeito de todo o resto.

Alfeo estica uma das tiras de linho sobre o tacho.

— Abra o grimório na página 32. É preciso entoar algumas palavras enquanto o processo é executado para garantir que a alma do espécime se manterá ativa em ambos os planos e fiel aos nossos propósitos.

Luciano move as páginas com cuidado, embora mal consiga conter a inquietação. Depois de toda uma infância mergulhado na ignorância, sendo alvo das zombarias e do desdém de seus próprios parentes, saber que tudo aquilo que ele vê e sente, longe de ser um sinal de idiotia, é o que o torna único — e extraordinariamente poderoso — torna-se mais do que um alento, mas uma revanche.

Enquanto o pai mergulha as tiras na mistura, ele começa a ler em latim:

— Salve, alma poderosa e forte. Eu a saúdo em nome dos poderes que regem este plano e os nove círculos do fenecimento. És pura. És pura. És pura. Fizeste a passagem pelo mundo inferior. Viste a face do divino e o semblante do decaído. Atravessaste os portais de fogo e apunhalaste o coração de teus temores. Tu te tornaste um corpo espiritual. Tu te tornaste uma alma imortal. Estás munido das armas que vencem as barreiras e os perigos do submundo e das bênçãos de nossos entes egressos. Com esta cerimônia consagrada pelas luzes e pelas sombras, pelo primeiro e pelo último, pelo excelso e pelo decrépito, rogo pela abertura de todos os caminhos à tua passagem. Eu, no direito de um escolhido pelas almas que me precederam, o sagro como meu mensageiro e meu comissário no Sheol. Eu, um Predestinado a interpelar por tua passagem, me curvo e glorifico a flama dos antecessores. Salve todas as almas imortais. Aceitem meu servo com graças e jurarei devotar-me à vossa adoração até o fim dos dias.

Luciano pronuncia cada palavra como num transe, deliciando-se com o som dos fonemas latinos, sua solenidade e seu significado. Uma chama se acende em seus olhos ao terminar a leitura e, ao erguê-los, vê que o feto morto sobre a mesa se contorce, como se momentaneamente fosse imbuído de uma nova centelha de vida.

Alfeo arremata com um nó a ponta da última faixa que envolve o pequeno cadáver e lança um olhar satisfeito para o filho.

— Está feito.

Luciano se debruça sobre a mesa e olha a conclusão da obra. O corpo parece ainda menor depois de conservado. Provavelmente isso acontecia com todos os cadáveres.

— Pegue-o com cuidado e coloque-o junto dos outros. Eles ficam num nicho coletivo, no fundo deste corredor.

Luciano pega o pequeno corpo com uma das mãos, tomando cuidado para que nenhuma faixa se solte, sem entender muito bem o que o pai quer dizer. Apanha um castiçal e segue pelo corredor iluminando os nichos em busca do lugar certo. A maior parte deles está vazia ou contém velas, ramos de ervas, frascos e alguns outros objetos peculiares que atraem sua atenção, embora não tenha tempo suficiente para se deter neles. À medida que avança, o odor típico da decomposição, com o qual já está se familiarizando, torna-se mais intenso. Ao iluminar alguns dos nichos de ambos os lados, vislumbra os pés de alguns cadáveres que haviam passado pelo mesmo processo que aquele pequeno corpo que carrega consigo. Em outros, vê alguns ossos, tufos de cabelo, membros embalsamados — braços, pernas, dedos. Luciano mal pode esperar para descobrir que tipos de ritual usam todo aquele material. Por fim, a luz da vela atinge um dos últimos nichos daquele corredor e ele tem certeza de que encontrou o local que o pai indicara. Ergue um pouco o castiçal para enxergar melhor e se depara com um sepulcro repleto quase até o alto com outros fetos como aquele. Toca alguns deles, tentando empurrá-los para acomodar melhor o novo morador do local, mas eles pouco se movem, fazendo com que o menino tenha certeza de que a sepultura está repleta até o fundo com outros corpos de crianças que não nasceram. Ele se pergunta quantos bastardos Frederico seria capaz de produzir, mas logo se dá conta de que aquelas crianças não poderiam ser todas fruto das aventuras do primo com amas ou sabe-se lá com mais quem. Aparentemente, os homens Manfredi andavam se dispersando mais do que deveriam com prazeres mundanos, proliferando sua estirpe com mulheres que não eram dignas de receber seus nomes. Esse pensamento faz com que algo se revire dentro de seu estômago. Apesar da pouca idade, as longas conversas que tinha com o pai e sua própria personalidade tão retraída quanto rígida lhe davam total compreensão das obrigações que seu dom lhe trazia, fazendo com que se sinta enojado ao se dar conta de como os outros homens de sua família se comportam. A cada dia mais ele tem certeza de que nunca será como eles. E isso o alivia.

Luciano por fim enfia o feto em um vão entre o alto da pilha e a parede superior do sepulcro, sem querer contemplar mais seu conteúdo indigno. Dá meia-volta e retorna ao vão entre os corredores, onde o pai o espera.

— Muito bem, Luciano. Tivemos uma lição valiosa hoje e você se saiu, como sempre, melhor que o esperado. Em nossa próxima aula, poderemos tentar um espécime maior. Acredito que você esteja preparado.

Enquanto caminham de volta à escada que leva ao térreo, Luciano lança mais um olhar para o cadáver da mulher despida sobre o túmulo e não resiste:
— Podemos usá-la na próxima aula, *papà*?
Alfeo volta-se para a direção indicada pelo filho e vê o cadáver da jovem, cuja presença ali já havia quase esquecido. Ele meneia a cabeça de forma quase imperceptível antes de responder:
— Vamos ver. Se na aula de amanhã você continuar se comportando e mostrando a mesma dedicação aos estudos, ela poderá ser sua.

7

Villa Manfredi, Parma, fevereiro de 1630

Lizbeta Manfredi é a última da família a deixar os portões da Villa. Ela mantém os olhos fixos na estrada até que o derradeiro cavalo da comitiva que acompanha a carruagem de Domenico aos limites da cidade suma no horizonte. Permanece parada no pórtico, perdida em seus pensamentos, até que gentilmente um dos guardas pergunta se não gostaria de entrar, pois em breve começará a nevar novamente.

Por mais que viva afastada de seu primogênito desde que Domenico foi enviado para o seminário, é sempre difícil dar-lhe adeus. Ele havia sido fruto de sua primeira gravidez, aos catorze anos, quando ainda possuía um corpo saudável, perfeito para gerar herdeiros sãos que garantiriam a perpetuação da dinastia.

Desde muito jovem, sabia o que os Manfredi esperavam dela. E igualmente cedo descobriu a posição de destaque em que suas incumbências a colocavam. Terceira criança de Janus e Costanza, Lizbeta foi a primeira menina do casal. Nessa época, Alfeo era um menino de dez anos saudável e bem desenvolvido e Gennaro, com cinco, já se mostrava determinado e, repleto de energia, enlouquecia as amas correndo o dia inteiro pela Villa. Lizbeta ainda foi seguida por Francesca, nascida dezoito meses depois, e pelo caçula Marcello, nascido um ano depois de Francesca. Posteriormente,

Costanza concebeu duas crianças. Uma delas morreu alguns dias após o nascimento e a segunda pereceu ainda em seu ventre e foi responsável por ceifar a vida da mãe.

Lizbeta era muito próxima a Costanza, que sempre lhe dera uma atenção especial apesar de se desdobrar entre os cuidados com os outros filhos e a organização de toda a criadagem e a rotina da Villa, enquanto arcava com os padecimentos das gestações contínuas. Lizbeta soube mais tarde que, entre Alfeo e Gennaro, ela tivera ainda mais duas crianças, que faleceram antes de completar um ano.

Desde muito jovens, Lizbeta e Francesca não podiam ser mais diferentes. Embora ambas houvessem sido crianças rechonchudas, Lizbeta era graciosa, com feições delicadas, grandes e expressivos olhos azuis e um cabelo castanho-claro que se tornava loiro quando atingido pelos raios de sol, derramando-se em cachos perfeitos por suas costas alvas. Já Francesca tinha uma constituição sólida, que caía bem em seus irmãos, mas que nela lhe emprestava traços de matrona. Os cabelos escuros, ondulados e rebeldes poderiam até ser belos se ela lhes dispensasse os mesmos cuidados que a irmã, mas desde pequena ela os prendia num coque austero apertado junto à nuca. Ao atingir a puberdade, Lizbeta desenvolveu curvas, seios e nádegas proeminentes e ganhava como presente de Alfeo as mais finas sedas, que transformava em vestidos elegantes, bordados com fios de ouro e prata pelas mesmas modistas que faziam os trajes da nobreza local. Todas as suas vestes eram de fundo claro e ela tinha predileção pela cor branca, que contrastava com as roupas simples e de cores sóbrias, em tons de marrom e bege, utilizadas por Francesca. A irmã mais nova visava à praticidade, já que vivia caminhando pela casa e pelas cozinhas coordenando os serviços da criadagem e educando primeiro Marcello e, mais tarde, os sobrinhos. Seu trabalho parecia interminável. Enquanto isso, Lizbeta cuidava da contabilidade doméstica e era responsável por entreter convidados com sua voz melodiosa, entoando canções suaves, tocando o cravo e dançando com a graça que lhe era peculiar.

Além desses deveres, Lizbeta logo entendeu que a afeição de seu irmão mais velho, que lhe oferecia uma vida digna das mais nobres mulheres de toda a Europa e uma posição proeminente na Villa, significava algo mais. Nunca foi segredo que Janus e Costanza eram primos-irmãos. Entre os Manfredi, como era comum nas grandes famílias burguesas e na nobreza, havia mais de uma ocorrência de tios que desposavam sobrinhas e, ainda que de forma um pouco mais escusa, ela sempre entreouvira casos de parentes que tinham gerado crianças com seus próprios irmãos de sangue. Apesar de não ser um assunto recorrente nas rodas de conversa, aquilo nunca havia sido um segredo entre os Manfredi. Assim como também nunca fora uma informação velada o fato de que algo de insólito acontecia entre as paredes da Villa. Embora a maior parte da família não soubesse a natureza exata desses acontecimentos, o fato era que havia algo sinistro por ali. Lizbeta ouvia os mais variados boatos desde que se entendia por gente e sabia que Alfeo e Janus muitas vezes passavam dias enfiados em La Villetta com alguns outros parentes fazendo sabe-se lá o quê. Após esses sumiços, Alfeo lhe ordenava que incumbisse uma das amas em que mais confiava de lavar uma pilha de mantos escuros e pesados, sempre imundos com coisas que ela achava melhor nem mesmo imaginar o que eram, salientando que o processo deveria ser feito na calada da noite, quando não houvesse nenhum outro empregado nas lavanderias, e que Lizbeta deveria acompanhá-lo de perto. Caso ela desconfiasse de que a serva em questão havia comentado com alguém sobre aquela tarefa noturna, Alfeo deveria ser imediatamente avisado.

    Lizbeta entendia por que era incumbida dessa tarefa. Como sua mãe, ela era capaz de ouvir os sussurros. Eles não surgiam o tempo todo, mas, sempre que Lizbeta perdia algo, ouvia a voz melodiosa e terna de um homem que lhe informava o lugar exato daquilo que estava procurando. O mesmo acontecia quando os parentes e os criados sumiam por um motivo ou outro. Mais tarde passou a receber esse mesmo tipo de informação a respeito dos filhos, dos sobrinhos e de quem bem entendesse.

    Embora Costanza jamais houvesse conversado abertamente sobre o assunto, Lizbeta sabia que a mãe reconhecera seu dom. Nunca teve certeza de que tipo de informação os sussurros comunicavam a Costanza, mas era claro que a mãe sabia muito mais do que deixava transparecer. De qualquer forma, sempre que ela perdia algo ou quando queria saber onde o pequeno Marcello, que costumava engatinhar por toda a casa, havia se metido, perguntava à sua primogênita, que nunca a decepcionava. Lizbeta era claramente sua filha preferida e ela passava boa parte de seu tempo ao lado da menina. Era visível a forma como Costanza preferia muito mais a presença da filha mais velha do que a dos filhos homens, que costumavam ficar sob os cuidados das amas, e mais tarde de Janus e seus respectivos tutores, e do que a de Francesca, que vivia praticamente nas cozinhas com as servas. Os Manfredi nunca fizeram questão de esconder quem eram seus favoritos.

 A partida prematura de Costanza marcou Lizbeta de forma indelével. Quando a mãe entrou em isolamento algumas semanas antes de dar à luz seu derradeiro filho, como era de praxe, Lizbeta insistiu por dias com dona Camélia e as outras governantas para ver a mãe, até que elas por fim cederam. Lizbeta nunca se esqueceu da aparência de Costanza. Os olhos azuis como os seus estavam quase translúcidos, repousando sobre grandes bolsas negras. A pele era pálida como a de um cadáver, rugas profundas marcavam a face e, quando ela pegou a mão da filha nas suas, estavam suadas, com as veias pronunciadas e tão geladas que fizeram com que a menina sentisse um calafrio. A única coisa que Costanza lhe disse antes de cair num sono profundo foi que Lizbeta sabia que tinha uma missão importante, que devia ser cumprida a todo custo. Ela não precisava ter medo, pois seu irmão mais velho a guiaria.

 Os sussurros lhe revelaram que ela não veria mais a mãe com vida e as servas tiveram que carregar Lizbeta à força para fora dos aposentos.

 Na manhã seguinte, Costanza entrou em trabalho de parto e seus gritos puderam ser ouvidos por toda a casa por várias horas, até que, sem forças, ela caiu em uma agonia silenciosa. Lizbeta acompanhou as duas noites de suplício da mãe sentada ao lado da porta de seus aposentos e nem o pai foi capaz de convencê-la a se levantar dali. Ela acompanhou o vaivém de servas com suas toalhas e baldes tingidos de vermelho e as feições preocupadas das amas que se revezavam nos cuidados com a parturiente. De acordo com as regras que regiam os nascimentos, os homens eram proibidos de entrar no local do parto, de forma que Janus ia até a porta dos aposentos da esposa duas vezes ao dia e ficava em um canto do corredor confabulando em voz baixa com a governanta por alguns minutos, sempre retornando para seu gabinete no primeiro andar com uma expressão de pesar profundo. Quando o padre chegou apressado de Parma, recebendo autorização para dar a extrema-unção a Costanza, a menina soube que estavam próximos do fim.

Assim que o padre saiu do quarto, Francesca foi até o corredor do terceiro andar da casa e, como raramente acontecera antes e jamais aconteceria depois, manteve-se abraçada à irmã ao lado da porta, à espera de notícias ruins. Poucas horas depois, Lizbeta soluçava no colo da irmã quando a governanta saiu dos aposentos de sua senhora para comunicar que estava tudo acabado e que elas podiam ir se despedir da mãe. Costanza foi a primeira pessoa que Lizbeta viu morta. Ela foi limpa, penteada, vestida, e repousava em sua cama recém-arrumada em um vestido cor de malva que lhe deixava com uma aparência ainda mais fantasmagórica. Ao seu lado, foi acomodado o bebê natimorto com seu camisolão branco e a pele tão roxa quanto as vestes do padre que permanecera na Villa para conduzir os ritos fúnebres.

Alternando breves cochilos em uma cadeira ao lado da cama com um estado de vigília atordoado, Lizbeta velou a mãe por um dia e uma noite. Acompanhou o pranto de Janus no leito da esposa e as lágrimas dos irmãos, parentes e servos. Para a menina, porém, nenhum sofrimento podia ser mais profundo que o seu. Só abandonou o posto quando o pai e os dois irmãos mais velhos colocaram Costanza em um ataúde de madeira escura e a carregaram com a ajuda de alguns guardas até o primeiro andar, onde a carruagem negra, com cavalos cobertos por capas de veludo escuro e a cabeça adornada com penachos lúgubres, esperava para levá-la até sua última morada. Costanza foi sepultada no mausoléu dos Manfredi em La Villetta, o qual Lizbeta começou então a frequentar para oferecer flores, velas e preces primeiro para a mãe e em seguida para um sem-fim de parentes que a seguiram.

Na noite após o sepultamento, apesar do cansaço, Lizbeta se revirava na cama entre soluços e memórias dos acontecimentos infelizes dos últimos dias quando ouviu a porta se abrir lentamente. Ela estava exausta e entristecida demais para se importar com quem quer que fosse e continuou encarando a escuridão com o corpo voltado para o vazio das janelas. Só se deu conta de que se tratava de seu irmão mais velho, que havia ido consolá-la na calada da noite, quando sentiu o cheiro característico de Alfeo — uma mistura de cera de abelhas, madeira, incenso e algo adocicado, levemente pútrido. Ele se deitou ao seu lado, envolvendo-a em seus braços.

Aquele gesto foi a única coisa que lhe trouxe um pouco de conforto. Sem olhar para Alfeo, Lizbeta se aninhou em seu corpo grande e sentiu dedos firmes enxugarem suas lágrimas e o queixo quadrado roçar em seus cabelos. Ela gostou daquela sensação. Com o irmão acariciando seu rosto, por fim Lizbeta caiu num sono profundo.

No dia seguinte Alfeo não estava mais lá, porém aquelas visitas se tornaram constantes. Ele ia até o quarto de Lizbeta todas as noites, ausentando-se apenas quando ia para La Villetta com Janus. Era realmente notável a forma como ela e o irmão se entendiam e apoiavam. Eles conversavam sobre todos os assuntos, sem exceção, inclusive aqueles que fariam com que qualquer outra boa moça corasse, mas não Lizbeta. E ela sabia que podia confiar em Alfeo. O irmão, por sua vez, encontrou nela, além de uma companhia encantadora e de uma jovem que aflorava a cada dia, uma parceira arguta. Apesar da pouca idade, Lizbeta era capaz não só de acompanhar seus pensamentos como analisar diversas conjunturas e oferecer conclusões valorosas, às quais provavelmente ele jamais conseguiria chegar sozinho. Desde sua primeira visita ao quarto da irmã, Alfeo sabia o que esperavam deles. Janus já havia deixado suas intenções bem claras desde que ele era muito jovem. Por esse motivo, ainda permanecia solteiro. Incluir uma esposa naquela equação, além de distrair Alfeo de suas responsabilidades como primogênito dos Manfredi, poderia complicar aquilo que o pai havia meticulosamente planejado. Alfeo aceitava esse destino de bom grado. Afinal, suas incumbências para com a família eram muitas e não queria que nada o desviasse de seu destino. O que não esperava era ser conquistado pelo sorriso desembaraçado, pelos olhos azuis de cílios longos e pelo pensamento sagaz de Lizbeta. Ela, por sua vez, ainda que fosse inocente nos assuntos do amor, não se surpreendeu quando, alguns meses após aquela primeira visita, o irmão lhe beijou nos lábios. Os sussurros lhe diziam que não devia temer Alfeo, que ele queria apenas o melhor para ela e que permanecer juntos era o melhor que podia acontecer a ambos. Ela não seria a primeira nem a última Manfredi a manter o tão precioso legado da família apenas entre aqueles que compartilhavam seu sangue.

Lizbeta apreciava aquelas visitas. Gostava de conversar com Alfeo, da forma como ele fazia com que se sentisse adulta e lhe garantia que ela era a nova senhora da Villa agora que a mãe se fora e ele estava ao seu lado. Alfeo a ensinou a ler, a escrever, lhe emprestava livros sobre os mais variados assuntos e sempre ouvia suas opiniões com interesse genuíno, como se realmente suas palavras fizessem a diferença. Embora enfrentasse certo desamparo após a morte de Costanza, ao lado de Alfeo sentia-se forte como jamais achou que fosse possível.

Aos treze anos, Lizbeta já era uma mulher. Apesar de sua constituição delicada, os seios se projetavam, os quadris alargaram e ela logo percebeu que atraía a atenção, ainda que respeitosa, dos homens que visitavam a Villa. Ela também já se habituara às investidas mais íntimas do irmão, que se tornou um homem encorpado, forte e tomado pelo desejo. Muitas vezes ela acordava ao seu lado ainda exausta e dolorida, porém mantinha-se em silêncio, atenta às suas vontades. Não gostava especialmente daquilo, mas a satisfação e o alívio de Alfeo ficavam claros quando terminavam, e Lizbeta sabia que nesses momentos podia lhe pedir o que quisesse que seria prontamente atendida.

Alfeo, entretanto, já havia lhe explicado as consequências esperadas daquele ato e Lizbeta tremia de pavor ao imaginar que poderia ter o mesmo destino da mãe. Ainda que o irmão lhe garantisse que a sina de Costanza havia sido um infortúnio, que ela já estava em uma idade considerada avançada para dar à luz e que sofrera com os diversos partos anteriores, Lizbeta rezava em silêncio todas as noites para que a semente de Alfeo se perdesse dentro dela. Esse terror a assombrava dia e noite, ainda que o irmão repetisse diversas vezes o quanto ansiava por um herdeiro e que o próprio Janus lhe prometera que ela não seria entregue a nenhum nobre desconhecido em nome de alianças políticas caso gerasse uma boa descendência de sangue puro, deixando aquela incumbência para Francesca. Ela se sentia aliviada por não ser trocada como uma reles mercadoria em nome dos anseios da família e não ser obrigada a repetir os atos que praticava com Alfeo com um daqueles visitantes que a mediam como uma peça da Índia. Por outro lado, não havia um dia em que os gritos da mãe enquanto tentava expulsar o cadáver do filho em seu leito de morte não a assombrassem.

Apesar do fervor de suas preces, quatro meses depois de ter cedido pela primeira vez aos desejos de Alfeo suas recém-chegadas regras cessaram, as uvas que tanto apreciava degustar durante o dia passaram a enjoá-la e mais de uma vez o irmão teve que ampará-la assim que acordavam enquanto ela vomitava. Logo Lizbeta começou a sentir os seios doloridos e passava a maior parte do dia largada em um divã, sem ânimo para nada. Também percebia os olhares de soslaio de suas aias e o sorriso que parecia ter se fixado no rosto de Alfeo desde que teve seu primeiro enjoo matinal. Ainda que desconfiasse de sua condição, preferia negá-la para si mesma, colocando a culpa no cordeiro que comera no jantar ou no exercício excessivo que praticara com Alfeo sob os lençóis. Só caiu em si quando, após quase duas semanas nesse estado, dona Camélia, a filha da governanta, na época uma de suas aias, lhe comunicou que Don Janus havia chamado o doutor Felipe, um primo que estudara medicina em Bolonha e cuidava da família, para examiná-la. Ele chegaria de Parma no dia seguinte e ela devia se preparar para a consulta.

Lizbeta quase não conseguiu dormir naquela noite. Por mais que os sussurros lhe dissessem que precisava descansar e Alfeo acordasse vez ou outra de seu sono pesado para aninhá-la e garantir que ficaria tudo bem, ela sabia que em breve não poderia mais se enganar e tudo que lhe caberia seria aceitar seu destino.

No dia seguinte, enquanto o primo Felipe esperava no gabinete de Don Janus, Lizbeta foi despida pelas aias, acomodada em sua cama e coberta até o pescoço. O médico, um homem de meia-idade, esguio e de expressão severa, entrou acompanhado por Don Janus e Alfeo. Ele subiu os dois degraus que levavam até a cama, pediu licença e, por baixo das cobertas, tocou o ventre e os seios de Lizbeta enquanto os outros homens aguardavam, ansiosos. Sua mão era fria e os toques, desconfortáveis. Ele a apertava com força, pressionando os dedos contra a pele. A inspeção durou cerca de dez minutos até que por fim o homem declarou, categórico:

— Há um herdeiro.

Um burburinho tomou conta dos aposentos. Dona Camélia, que estava do outro lado da cama, pronta para qualquer eventualidade, acariciou a mão de Lizbeta. Janus sorriu para a filha de seu posto ao pé da cama e parabenizou Alfeo, que não escondia o orgulho. A irmã jamais o vira tão feliz. Ao se retirar, o médico deu as congratulações ao primo, acompanhadas por dois tapinhas rápidos nas costas, e ficou claro para Lizbeta por que Felipe era o único médico autorizado a cuidar dos moradores da Villa. Alfeo se aproximou da cama e beijou Lizbeta de leve na testa:

— Obrigado, minha irmã. E não tema. Nosso filho nascerá saudável e você é jovem, perfeita. Sua hora será das mais tranquilas, tenho certeza.

E o que Alfeo podia saber sobre nascimentos e bebês? Ele era um homem, nem mesmo poderia estar ao seu lado quando a criança que ambos geraram nascesse.

Notando a aflição nos olhos da irmã, Alfeo completou:

— Você sabe muito bem que eu tenho as minhas maneiras de saber que dará tudo certo. Apenas confie em mim, descanse e cuide bem do nosso filho. Não se esqueça de que a Villa Manfredi não poderá ficar muito tempo sem sua senhora.

TEMEROSA, LIZBETA PERMANECEU em seus aposentos durante toda a gravidez, recusando-se a sair até mesmo para ir à missa, que passou a ser celebrada de forma particular todos os domingos diante do oratório que mantinha em seu quarto. Não abriu exceção nem mesmo para as comemorações da Páscoa. Alfeo visitava a irmã impreterivelmente todas as manhãs. Nessas ocasiões, todas as amas e servas eram dispensadas para que os irmãos tivessem privacidade. No início, Lizbeta temeu que Alfeo realizasse alguma investida inapropriada, entretanto ele respeitou rigorosamente seu resguardo, evitando até mesmo qualquer carinho mais íntimo. Ele apenas se sentava ao seu lado na ponta da cama, massageava seus pés, lia para ela e conversava por horas. Finalmente, ele lhe revelou o que ele e outros parentes tanto faziam trancafiados naquele mausoléu e o que aquilo significava para o triunfo passado — e, em especial, futuro — dos Manfredi. Lizbeta já desconfiava de boa parte do que lhe foi dito, embora ignorasse os detalhes. O intuito de Alfeo era explicar à irmã qual seria o papel da criança que ela carregava no ventre nos planos grandiosos dos Manfredi.

Assim como Alfeo, Lizbeta também tinha uma ligação intensa com o Outro Lado, afinal, de quem mais poderiam ser as vozes que sussurravam em seus ouvidos além daqueles que já haviam partido? Seu canal de comunicação com as almas dos desencarnados era ainda mais intenso que o de sua mãe, como lhe revelou Alfeo. Por isso, caso aquela criança despertasse para as Artes da Morte, esperava-se que seus poderes fossem bastante aflorados.

Durante os rituais realizados no mausoléu, os aliados da família do Outro Lado haviam garantido que um Predestinado de poder sem igual surgiria naquela geração dos Manfredi, e ele poderia estar naquele exato momento crescendo no ventre de Lizbeta. Nem mesmo Alfeo e Janus tinham a exata dimensão do que esperar daquela criança tão desejada, porém as almas haviam lhes garantido que ela levaria os Manfredi até um patamar nunca antes imaginado. Assim, aquele herdeiro de sangue puríssimo era esperado com ansiedade por todos que frequentavam o mausoléu.

Os meses se arrastaram. A rotina de Lizbeta se resumia às visitas de Alfeo no início do dia, refeições leves, ainda que condimentadas no intuito de purificar seu sangue e o do bebê, e doses de vinho do Porto para fortalecer seu corpo para o parto. Ainda que contra sua vontade, dona Camélia a fazia caminhar pelos aposentos por alguns minutos durante a tarde, afirmando que isso faria com que seu sangue circulasse para as partes certas. As cortinas e as janelas eram mantidas fechadas para evitar a entrada de correntes de ar que, como se acreditava, poderiam trazer doenças para a futura mãe e prejudicar a sanidade do bebê. Os aposentos eram iluminados por velas que ardiam de forma incessante e o ar era purificado por incensos pendurados nos quatro cantos do quarto. Lizbeta, porém, permanecia saudável, ganhou pouco peso, se alimentava bem e nem mesmo quando a barriga começou a se tornar proeminente reclamou de dores.

Francesca a visitou algumas vezes no início da gravidez. Ninguém lhe informou sobre o real estado da irmã, de forma que acreditava que Lizbeta estava sofrendo de alguma doença misteriosa. Já Lizbeta se esforçava ao máximo para esconder o crescimento de sua barriga quando a caçula estava por perto. Francesca ainda era uma criança, inocente e temente às regras da Igreja, que seguia sem questionamentos. Ela até mesmo havia lhe confessado o desejo de seguir a vida religiosa. Conhecendo, porém, os planos de Don Janus para a filha caçula, ao ouvir isso Lizbeta lançou-lhe apenas um sorriso rápido e mudou de assunto. De fato, ela acreditava que a irmã, tão sem vaidade e dotada de uma devoção cega, daria uma boa freira, quem sabe até uma madre superiora, mas para que Lizbeta permanecesse como a senhora da Villa Manfredi alguém teria que garantir boas alianças políticas para a família.

Ainda que as irmãs jamais houvessem sido próximas, elas mantinham uma relação cordial. Isso mudou, porém, numa tarde de domingo, quando, preocupada com a demora na recuperação de Lizbeta, Francesca pediu que o padre que celebrava as missas semanais na capela da Villa benzesse um terço para dar de presente à irmã. Francesca correu então até os aposentos de Lizbeta sem se dar ao trabalho de pedir a autorização de dona Camélia, afinal, ela trazia um objeto sagrado, que proporcionaria à doente a tão esperada cura. Ela passou pela antecâmara e irrompeu no quarto principal no momento em que a irmã, com seis meses de gravidez, estava sendo preparada para o banho. Nua, Lizbeta era amparada por duas aias enquanto entrava na banheira levada para o quarto.

Francesca ficou com um grito preso na garganta ao se deparar com a cena e deixou que o terço se soltasse de suas mãos. Ao notar sua presença as aias tentaram cobrir o corpo de Lizbeta com uma toalha, mas, com um gesto, sua senhora pediu que se afastassem e, lentamente, sentou-se na banheira. A barriga proeminente furava a superfície, enquanto todo o restante de seu corpo estava ocultado pela água.

— Chega de me esconder. Mais cedo ou mais tarde você acabaria descobrindo. – O tom de Lizbeta era controladamente plácido. – Você já é uma menina crescida. Vamos conversar. – Ela se virou para uma das aias e pediu que trouxesse uma cadeira para a irmã.

Francesca, porém, permaneceu de pé, com a boca escancarada e os olhos pregados no ventre de Lizbeta.

— É isso mesmo, Tchesca – continuou Lizbeta diante do silêncio da irmã. – Estou esperando uma criança. Você sabe de onde vêm os bebês?

A outra jovem apenas fez que sim com a cabeça, ainda incrédula.

— Que bom que você já chegou a essa parte da sua Bíblia. Assim não precisaremos perder tempo explicando o óbvio.

— Mas você... você é uma moça solteira... você cometeu um pecado muito grave, Lizbeta. E sua virtude? Quem fez isso com você? E o que o *papà* irá dizer quando vir a filha dele assim? Nosso nome cairá em desgraça... Meu Deus, Lizbeta... O que você fez conosco? – Os olhos de Francesca se encheram de lágrimas enquanto o rosto se contorcia numa expressão de terror.

— O *papà* sabe muito bem o que houve. Ele nunca esteve tão satisfeito comigo, por sinal. E eu não fiz nada sozinha, Tchesca. Caso a sua Bíblia não tenha lhe ensinado, deixe-me informá-la que são necessárias duas pessoas para que uma criança seja gerada. Fique tranquila, minha irmã. Você conhece o pai do seu sobrinho muito bem. Tenho certeza de que você até mesmo nutre um apreço profundo por ele. E, muito longe de jogar o nome da nossa família em desgraça, tudo que fiz foi única e exclusivamente para levar o nome dos Manfredi até lugares nunca antes imaginados.

Francesca ficou em silêncio por um momento, sem conseguir entender a dimensão das palavras de Lizbeta. Por fim, respirou fundo e se aproximou da banheira.

— Minha irmã… Agora eu compreendo por que você passou todo esse tempo enclausurada neste quarto. Por um lado, sinto um certo alívio por saber que você não está sofrendo de nenhum mal incurável, mas como o *papà* pode estar satisfeito com essa situação? Como você vai conseguir um bom casamento depois… disso? E, já que o meu destino é seguir para o convento quando chegar a hora, quem vai garantir um acordo vantajoso com alguma boa família? Lizbeta, com a sua beleza e a sua inteligência, sempre achei que você poderia um dia se casar com um nobre, um conde, um duque… Quem sabe você não chegaria até mesmo a se tornar uma rainha? Mas, agora, está tudo acabado…

— Muito pelo contrário, irmãzinha. Está tudo apenas começando. Tanto para mim quanto para você. Eu carrego em meu ventre uma criança muito especial. Um Manfredi de sangue puríssimo. Você entende o que isso significa? E sobre todos esses sonhos de nobreza, por que achar que eles me pertencem se você mesma pode ter tudo isso para si? Já está na hora de você crescer um pouco e abandonar essa ideia de que vestir um hábito será a solução dos seus problemas. Você não será mais amada nem mais respeitada por quem quer que seja por viver trancafiada em um convento. Apenas as deserdadas e aquelas que caíram em desgraça se escondem atrás de um véu. E você sabe muito bem que esse está longe de ser o seu caso. Ou o meu.

Um esgar de ódio surgiu no rosto de Francesca.

— E o que você, nessa condição pecaminosa, sabe sobre a vocação divina? Quem é você para me dizer qual é o meu destino?

Lizbeta soltou uma risada.

— Você não passa de uma menina, Tchesca, mas, para evitar que sofra mais que o necessário, é bom que aprenda logo de uma vez: não sou eu nem você que decidimos o que será feito das nossas vidas. Nós somos mulheres e, nesta família, já tomaram todas as decisões por nós muito antes mesmo que começássemos a nos entender por gente. Aceite os fatos. Para o seu próprio bem. Isso – Lizbeta apontou para a própria barriga – sempre fez parte dos planos. Como também que um homem que ofereça algo que valha para a família seja escolhido como seu marido.

— E quem lhe contou essas coisas? – Francesca encarou a irmã com desprezo. – Aquelas vozes amaldiçoadas que sussurram coisas nos seus ouvidos? Como o *papà* poderia ter planejado uma coisa pavorosa dessas? Aposto que ele e Alfeo vão mandar essa criança condenada para bem longe assim que ela sair de você.

Dessa vez, a gargalhada de Lizbeta pôde ser ouvida por todo o terceiro andar da Villa.

— Pode ter certeza, minha querida, nosso irmão jamais concordaria em criar o filho dele longe da Villa. E, claro, o *papà* nunca deixaria que seu neto tão esperado ficasse afastado da família. Ou será que não explicaram para você o que significa um sangue puro?

Francesca deu alguns passos para trás, como se as palavras da irmã houvessem chicoteado seu corpo. Pareceu perder o equilíbrio, apoiando-se em uma cômoda para recuperar o prumo. Ergueu a cabeça e encarou outra vez Lizbeta. Subitamente, muitas coisas passaram a fazer sentido. Enojada, declarou entredentes:

— Que Deus tenha piedade desta família amaldiçoada. Reze, se é que você realmente sabe fazer isso, para que essa aberração que você carrega no ventre não tire sua vida como aconteceu com nossa mãe. E para que ele não seja mais um desses demônios deformados que a família esconde no Convento de Santa Apolônia. Eu já visitei aquele lugar e garanto que, se você visse as aberrações que esta família abandona para que sobrevivam graças à piedade daquelas mulheres, temeria o tipo de criatura à qual você pode dar à luz.

Lizbeta por fim perdeu o controle e gritou para que as aias levassem a irmã para longe dali. Uma das mulheres se apressou para pegar um dos braços da jovem e retirá-la do quarto, mas Francesca a afastou.

— Não precisa se dar ao trabalho. Não tenho a menor intenção de ficar nem mais um minuto na presença dessa condenada. – A menina se abaixou e pegou o terço que havia deixado cair. – Rogarei a Deus para que Ele, em Sua infinita misericórdia, livre da danação essa pobre alma concebida em heresia. É a única coisa que posso fazer por essa família.

Francesca deu meia-volta e bateu a pesada porta dupla atrás de si. Suas palavras ecoaram pela mente de Lizbeta durante os dois meses seguintes, fazendo com que o bebê se agitasse em sua barriga sempre que ela se recordava daquela conversa. Desde aquele domingo, ela acordava todas as noites banhada pelo suor de pesadelos nos quais todas as pragas rogadas por Francesca se materializavam das maneiras mais horrendas. Alfeo acalmava a irmã, aconchegando-a junto a seu peito, e prometia a si mesmo que Francesca se arrependeria de ter nascido caso seu discurso odioso causasse algum mal ao seu herdeiro ou a Lizbeta.

Para o alívio de grande parte dos Manfredi, entretanto, a gravidez de Lizbeta prosseguiu sem maiores percalços. Ela entrou em trabalho de parto menos de uma semana após ser colocada em isolamento e na manhã do dia 8 de setembro de 1612 deu à luz de forma rápida e segura a um menino saudável, que, segundo as aias que a acompanharam, chegou ao mundo berrando a plenos pulmões.

Janus, Gennaro e, principalmente, Alfeo não fizeram a menor questão de esconder seu júbilo. Um herdeiro sadio e de sangue puríssimo inaugurava uma nova linha na descendência dos Manfredi. Só isso já era um motivo mais do que suficiente para ostentosas comemorações. Se aquela criança ainda viesse a desenvolver o dom, então o quadro perfeito estaria completo. Mas isso era algo que só o tempo poderia determinar, de forma que, por ora, a família se concentrou em receber Domenico com toda a pompa e circunstância que ele merecia. Diversas missas em ação de graças foram celebradas na capela da Villa, grandes banquetes foram servidos e, assim que Lizbeta cumpriu os quarenta dias de isolamento pela purificação de sua alma após dar à luz, a criança foi batizada na capela da Villa. Ainda que Janus não medisse os gastos para que a cerimônia fosse grandiosa, apenas os membros mais próximos da família estiveram presentes, sendo convidados em seguida para um fausto jantar, repleto das mais requintadas iguarias.

Lizbeta estava exultante com as congratulações, os presentes e toda a atenção que recebia por ter brindado os Manfredi com um varão saudável, que garantiria a perpetuação da dinastia. Dali em diante, ela se tornou de fato e por direito a senhora da Villa. Os servos se curvavam às suas ordens, ela era reverenciada por todos os parentes, inclusive seus irmãos homens. Suas opiniões eram levadas em alta conta e ela era frequentemente consultada sobre os mais diversos assuntos que poderiam influenciar o futuro da família. Lizbeta foi eleita a responsável por gerir o dispendioso orçamento da Villa, de forma que nada era comprado, produzido, estocado ou descartado sem sua autorização. Modistas vinham de Florença duas vezes ao ano exclusivamente para confeccionar suas vestes de inverno e de verão. Entre as aias, comentava-se que cada um dos inúmeros vestidos que a senhora encomendava custava um valor maior do que aquele que seriam capazes de ganhar durante toda uma vida de trabalho árduo.

Quando não estava ocupado com seus afazeres, Alfeo era frequentemente visto na companhia da irmã e continuou a compartilhar sua cama.

Já Francesca passava a maior parte do seu dia entre as cozinhas, a capela e o infantário, onde, depois de Marcello, cuidou de Domenico, Frederico e todas as outras crianças Manfredi que viriam. Ainda que logo após o nascimento do primeiro sobrinho ela tivesse prometido a si mesma que não compactuaria com o pecado cometido pelos irmãos com o consentimento de toda a família, logo foi conquistada pelo primogênito. Domenico era um bebê imenso, rechonchudo, que gritava de fome, mas logo era apaziguado pelos seios da ama de leite e dormia como um anjo a noite inteira. Ele prestava atenção a tudo com seus olhinhos vivos e castanhos. Francesca logo se deu conta de que era injusto que aquele ser indefeso fosse penalizado pelos pecados de seus pais. Deveria ser sua missão divina, mais do que orar pelas falhas da humanidade dentro de um convento, fazer tudo que estivesse ao seu alcance para que aquela criança — e qualquer outra que nascesse dentro daquela família — pudesse ter uma vida idônea, sem sofrer a influência das blasfêmias que se sucediam nas alcovas dos Manfredi.

Nos primeiros anos da vida de Domenico, essa não foi uma tarefa difícil. Lizbeta estava ocupada demais e totalmente encantada com sua posição de senhora da Villa e passava seus dias cuidando das finanças da casa, tocando o cravo, encomendando vestidos novos, confabulando com Alfeo e, claro, passando as noites ao seu lado. Francesca tentava lembrar à irmã que ela jamais seria um homem e que, ao tentar assumir a importância de um, estava apenas se transformando na concubina de seu próprio irmão. Ao ouvir essas advertências, Lizbeta simplesmente dizia à irmã que deviam estar precisando dela nas cozinhas e ordenava que se retirasse, como se Francesca não passasse de uma serva insolente.

Contudo, a caçula considerava uma dádiva o fato de os pais de Domenico se envolverem tão pouco em sua criação. Quanto mais longe aquele ser inocente ficasse do exemplo pervertido de ambos, tanto melhor. Gennaro se casou com uma prima alguns meses antes do nascimento do primogênito do irmão, sua esposa engravidou logo em seguida e em pouco tempo Francesca tinha mais um bebê para preencher seus dias. Flora, a mãe de Frederico, confiava em Francesca e, enquanto se ocupava de dar mais herdeiros ao marido e acompanhar Lizbeta em seus passeios, chás e visitas das modistas, deixava os filhos sob sua supervisão. Flora engravidou quatro vezes nos anos seguintes. O primeiro bebê infelizmente pereceu alguns dias após o nascimento. O segundo foi perdido quando ainda estava havia poucos meses no ventre da mãe. As crianças seguintes, entretanto, nasceram perfeitas e se desenvolveram bem, tornando-se meninos alegres e espirituosos, mais dois raios de sol que iluminavam a vida da tia.

No futuro, Francesca consideraria aqueles primeiros anos ao lado de seus meninos como os melhores de sua vida. Ainda que eles fossem agitados e começassem a inventar traquinagens assim que aprenderam a andar, eram muito carinhosos e nutriam uma afeição genuína por ela, que se desdobrava em cuidados como se aqueles meninos fossem seus próprios filhos. Ela não media esforços para que eles estivessem sempre saudáveis, limpos e impecavelmente arrumados. Ensinou-lhes a serem homens tementes a Deus, levava-os à missa três vezes por semana e rezava todas as noites ao lado deles, antes de colocá-los na cama.

Quando Domenico completou seis anos, porém, Alfeo decidiu que já era hora de o filho começar seus estudos formais e contratou uma série de preceptores para ensinar-lhe as letras e lhe dar lições sobre as mais variadas áreas do conhecimento. De início, Francesca foi contra essa ideia, pois, além de fazer com que o sobrinho passasse a maior parte do dia longe dela, ele ainda era muito pequeno, de forma que toda aquela informação só poderia lhe fazer mais mal do que bem. Por que Alfeo não podia esperar que ele completasse nove anos, como era o hábito? Ela só se conformou quando o irmão lhe explicou os planos grandiosos que tinha para o filho. Apesar de ser seu primogênito, ele acreditava que Domenico tinha uma vocação genuína para o Santo Ofício e nada lhe deixaria mais orgulhoso do que ver seu garoto ocupando um lugar proeminente na Sé. Ainda que sentisse falta de Domenico, que passava o dia todo tendo aulas, retornando exausto para o infantário apenas para jantar, fazer suas orações e desabar na cama, Francesca não poderia estar mais orgulhosa. Quem sabe Domenico não seria capaz de alcançar o perdão divino por todos os pecados da família?

Ao mesmo tempo que se mantinha ocupada com os sobrinhos e a coordenação do cotidiano doméstico da Villa, Francesca teve que aprender a se desvencilhar de pretendentes indesejados. Não que os pedidos de casamento tenham generoso. Embora no início o pai e os irmãos tivessem planos de alianças que poderiam ser firmadas com o casamento de Francesca e oferecessem um dote generoso, logo viram que essa não seria uma tarefa tão fácil. A maior parte dos candidatos sondados desistiu ao conhecer a moça. Francesca já era naturalmente uma jovem sem vaidade e, ao saber que seria exibida para um possível marido, fazia questão de se apresentar em sua pior forma. Ela havia renegado sua vocação de se tornar uma noiva de Cristo para salvar o futuro dos Manfredi da perdição e não seria um casamento arranjado por aqueles que haviam maculado seu próprio nome que a afastaria de seu objetivo. Preocupado com o fato de os anos estarem passando para Francesca, Janus foi aumentando cada vez mais o dote oferecido pela mão da filha, até que por fim um barão falido da Úmbria concordou em casar seu primogênito com a caçula dos Manfredi. Ainda que essa união estivesse longe da ideal, uma Manfredi teria um título de nobreza, algo que poderia trazer algumas vantagens para os negócios da família. O rapaz era quatro anos mais jovem que a noiva e parecia desolado antes mesmo de conhecê-la. Às vésperas do casamento, ele desapareceu por completo, obrigando seu pai a devolver o dote e criando uma imensa dívida com os Manfredi pelos prejuízos que eles tiveram com o banquete e as festividades que jamais se concretizaram. Sem ter como pagar a quantia e os juros astronômicos cobrados pelos parentes da quase futura nora e sem outros filhos homens para oferecer no lugar do noivo fujão, o barão não teve saída além de lhes entregar as poucas terras e o dinheiro que haviam lhe restado. Era melhor viver na miséria que ser acossado pelo exército dos Manfredi, cuja sanguinolência já se tornava famosa por toda a Europa. Algum tempo depois soube-se que o rapaz decidiu fugir com uma camponesa por quem havia se apaixonado e que esperava um filho seu.

Uma noiva abandonada era considerada sinal de mau agouro, perdendo seu valor no mercado de casamentos. Uma noiva abandonada, com tão poucos atrativos físicos, uma idade já considerada avançada e uma clara má vontade diante de todo e qualquer pretendente era um caso perdido, não importando o quão generoso fosse seu dote. Don Janus ainda realizou algumas tentativas infrutíferas para conseguir um marido para Francesca, porém, após sofrer uma queda de cavalo, ele adoeceu gravemente, falecendo uma semana depois, o que mergulhou toda a família numa tristeza profunda. Mesmo passado o período de um ano dedicado ao luto pela morte do patriarca, para Alfeo, o novo senhor da família, o casamento de Francesca perdera a importância, afinal, Gennaro já estava casado com uma prima distante vinda da Sicília que havia trazido como parte de seu dote um grande contingente de homens para a caserna dos Manfredi. E, agora que tinha três netos, o pai de Flora enviava reforços sempre que seus primos do Norte se envolviam em algum conflito para garantir a parte da herança que no futuro caberia aos meninos. E ainda havia Marcello, que acabara de ser consagrado à Igreja e dava os primeiros passos para se tornar o primeiro cardeal Manfredi.

Aqueles foram anos movimentados para Francesca. Ela estava tão focada em seus próprios afazeres e preocupações que soube apenas por comentários pescados entre as aias da irmã e dona Camélia, que nesses tempos já havia substituído sua falecida mãe na governança da Villa, das duas gestações de Lizbeta durante aqueles oito anos que tinham se passado desde o nascimento de Domenico. Tudo fora feito da mesma forma discreta da primeira gravidez da irmã, porém, após esses novos partos, não houve nenhum sinal das crianças. Francesca não precisou pensar muito para ter certeza de onde as pobrezinhas estariam. Toda e qualquer prece que fizesse por seus irmãos seria inútil.

Lizbeta acordou se sentindo indisposta. Ainda vestia o luto completo pela morte de Janus e dormira mal. Ao longo do dia, o desconforto só aumentou, assim como o seu mau humor. Após ter engravidado outras três vezes, ela já aprendera a reconhecer muito bem aquelas sensações. Entretanto, nunca as sentira com tanta intensidade. Suas regras haviam atrasado apenas três meses e já sentia as pernas pesando toneladas. Nada parava no seu estômago, quase tinha caído das escadas no dia anterior por causa da tontura que desde então não a abandonava, e a exaustão era tanta que naquela manhã decidiu que não sairia mais dos seus aposentos.

Alfeo dizia que Lizbeta continuava jovem e poderia gerar muitos herdeiros, mas ela estava cansada. Aos vinte e dois anos, era ainda considerada uma beldade, apesar de perceber claramente as mudanças nada bem-vindas causadas em seu corpo pela maternidade. E cada gravidez se mostrava mais difícil. Cada parto era mais torturante. Seu último filho, um menino, morreu poucas horas após o nascimento, para o desespero de Alfeo, que passou os meses seguintes enfiado em La Villetta. A criança se enrolou no cordão umbilical e nasceu com a pele roxa, fazendo com que Lizbeta soltasse um grito ao vê-la, lembrando-se imediatamente da aparência do irmão morto. Ele lutou bravamente por algumas horas tentando encher os pequenos pulmões de ar, mas foi inútil. O segundo filho de Alfeo e Lizbeta não viveu por tempo suficiente nem mesmo para ver a aurora.

Sobre a outra criança, ela era um assunto proibido. Lizbeta não a mencionava nem sequer em suas conversas com o irmão. Era como se jamais houvesse existido e era melhor que continuasse assim. Lizbeta não conseguia acreditar que aquele ser tinha crescido dentro dela. A menina nasceu com as pernas claramente menores que o restante do corpo, os dedos das mãos grudados e lhe faltavam os polegares. Ao sair do ventre, soltou apenas um choramingo débil. Só depois de Lizbeta insistir muito dona Camélia permitiu que as aias lhe mostrassem a criança. Ao vê-la, ela simplesmente olhou para o outro lado e pediu com a voz firme, apesar do cansaço, que levassem aquela criatura para longe dali.

Pouco mais de um mês após a irmã ser liberada do confinamento, Alfeo voltou a cruzar a porta que separava os quartos de ambos. Ao longo de todos aqueles anos de apoio incondicional, Lizbeta passou a nutrir um amor verdadeiro por ele, que extrapolava as barreiras dos sentimentos que se esperavam de uma irmã. E sabia que era correspondida. As investidas constantes de Alfeo em sua cama, entretanto, deixavam Lizbeta cada vez mais exausta e preocupada. Sentia que cada gravidez consumia uma parcela considerável de suas forças e, com os resultados desoladores das gestações que se seguiram à de Domenico, sentia-se cada vez menos inclinada a passar por tudo aquilo novamente, por mais que soubesse que os privilégios de que desfrutava na Villa dependiam de sua capacidade de gerar herdeiros saudáveis. Todos os dias se perguntava se aquilo só acabaria quando finalmente perecesse como sua mãe.

Mesmo que Domenico fosse um menino exemplar e estivesse se desenvolvendo melhor até do que o esperado, Alfeo jamais deixaria o futuro da dinastia em uma única mão. Era preciso garantir a linhagem caso algum imprevisto surpreendesse o menino. Além disso, segundo Alfeo, Domenico não carregava o dom. Ele não possuía nenhuma inclinação para lidar com o Outro Lado. Infelizmente, seu primogênito não era o representante da tal profecia em que o irmão e o pai piamente acreditavam, e que os deixava tão esperançosos quanto apreensivos. Já Lizbeta considerava que, se Domenico de fato não era capaz de ver nada além do que pertencia a este mundo, talvez isso fosse uma dádiva. Ele escaparia daquela obsessão e de todas as penas e obrigações que o contato próximo com os mortos costumava trazer. Porém, para ela, aquilo se configurava como uma verdadeira desgraça. Tinha certeza de que Alfeo, com o aval dos demais homens da família, a faria suportar uma gestação após outra até que surgisse uma criança que tivesse o dom aflorado. Ela rezava todas as noites apenas para que realmente valesse a pena todo aquele sacrifício e que sua vida fosse poupada durante o processo.

Por isso, quando Lizbeta começou a sentir os primeiros sintomas da nova gravidez, aquilo não foi nenhuma surpresa. O que a amedrontou foi sua intensidade. O enjoo, a tontura e as dores de cabeça e no corpo fizeram com que resolvesse se retirar mais uma vez em seus aposentos por vontade própria ainda no início da gestação. Sua barriga logo se mostrou bem mais desenvolvida do que nas vezes anteriores e aos seis meses estava tão grande que parecia estar prestes a dar à luz. Era difícil dormir ou ficar na mesma posição por muito tempo, pois Lizbeta sentia como se vários pés e mãos revirassem suas entranhas, chutando e socando seu ventre como se não houvesse espaço suficiente.

Acompanhando de perto o sofrimento da irmã, Alfeo decidiu chamar o primo Felipe para examiná-la. Apesar de não ficar nada satisfeita por ter de repetir todo o constrangimento do exame, o desconforto e o medo de que algo de ruim lhe acontecesse fizeram com que aceitasse a visita de bom grado. Lizbeta ficou novamente nua debaixo dos lençóis e, dessa vez, teve não só sua barriga, como sua intimidade examinadas pelas mãos geladas do médico. O incômodo foi tão grande que chegou a vomitar assim que o primo se afastou da cama. Foi logo acudida pelas aias, mas teve a impressão de que o irmão nem mesmo se deu conta do quão mal se sentia. Sua atenção estava totalmente voltada para o parecer de Felipe a respeito do que quer que ela carregava na barriga.

Como era de seu costume, o médico dos Manfredi foi breve e taxativo:

— Dois fetos compartilham o ventre.

Apesar do terror que tomou conta do rosto de Lizbeta, Alfeo se aproximou da cama e, afagando seus cabelos, sussurrou:

— Obrigado, minha amada.

Em seguida, ele abandonou o quarto para ter com o médico. Felipe recomendou que Lizbeta permanecesse em repouso absoluto até que começassem as primeiras contrações. Até lá, devia seguir uma dieta rica em alimentos fortificantes, como guisados de carnes de caça generosamente temperados e regados a doses fartas de vinho do Porto. E, em nome da segurança da mãe e dos bebês, o primo ficaria de plantão na Villa.

Para a gestante, porém, era impossível descansar. Além de todo o desconforto de carregar duas crianças dentro de si, ela sabia muito bem de todos os perigos que envolviam aquele tipo de parto e da probabilidade ainda maior de gerar rebentos defeituosos. Havia, também, todas as histórias que ouvira ao longo dos anos sobre gêmeos: eram amaldiçoados desde a concepção, emissários de satã na terra, fruto de uniões blasfemas.

Desde a confirmação de que a irmã esperava duas crianças, Alfeo passou a dormir todas as noites junto a Lizbeta e a ficar boa parte do dia em sua companhia. A presença constante de Alfeo abrandava seus temores, embora ela se indagasse se sua preocupação maior era com ela ou com as crianças que carregava no ventre. Ele fazia de tudo para acalmar seu coração, falando sobre como, ao contrário do que a gente ignorante falava, gêmeos eram criaturas especiais, seres abençoados com um igual desde a concepção, e como eles tinham quase em cem por cento das ocorrências um forte pendor para as artes místicas. Lizbeta ouvia em silêncio, rezando para que pelo menos uma daquelas crianças possuísse aquele maldito dom e ela por fim fosse liberada daquela sina.

Os dias mais uma vez rastejavam. Lizbeta nunca se sentira tão mal na vida. Sem dúvida, aquela gravidez foi a maior provação de sua existência. Logo não era mais capaz de levantar da cama e até mesmo tirar um cochilo era uma tarefa árdua. Os bebês não paravam quietos. Os pés e as pernas incharam terrivelmente e ela tinha a impressão de que cada centímetro do corpo doía.

Nada, porém, se comparou às dores do parto. Ainda que houvesse sido capaz de segurar os bebês em seu ventre por tempo suficiente segundo os cálculos do primo Felipe, as contrações foram terríveis desde o início e, diferente dos partos anteriores, que duraram apenas algumas horas, Lizbeta sofreu por um dia inteiro e a cabeça da primeira criança nem ao menos havia surgido entre suas pernas. Felipe quebrou as regras do isolamento e comandou de perto todo o movimento das aias, que, apesar de cumprirem suas ordens à risca, o miravam com desconfiança, como se o médico fosse um intruso, um sinal de mau agouro.

Só no final da madrugada a coroa do primeiro bebê foi avistada. Sob as ordens de Felipe, dona Camélia colocou uma das mãos dentro da patroa e puxou a criança para fora. Lizbeta berrou, sentindo-se invadida, somando mais uma dor à já torturante agonia do parto. Contudo, assim que o bebê foi retirado, ela sentiu um alívio profundo, não só por ter liberado finalmente uma das crianças, mas por ouvir um choro abundante e a voz de Felipe, que atestou o que ela tanto esperava ouvir:

— É um menino.

Aquele lenitivo, porém, durou pouco tempo. Logo em seguida as contrações retornaram com toda a intensidade, fazendo com que quase perdesse o fôlego. Parecia que a segunda criança tinha pressa e rasgava as entranhas da mãe no afã de ganhar o mundo.

Após vinte minutos da maior dor que sentira na vida, Lizbeta deu à luz uma menina rechonchuda, que era capaz de berrar com ainda mais intensidade que o irmão. O berreiro que indicava que duas crianças Manfredi saudáveis haviam vindo ao mundo tomou todo o terceiro andar da Villa, fazendo com que Alfeo, que esperava, apreensivo, do outro lado da porta dos aposentos da irmã, soltasse um suspiro aliviado e, ao receber logo em seguida a notícia dos lábios de Felipe de que era novamente pai, dessa vez de um casal de crianças saudáveis, ele correu até La Villetta para agradecer às almas do Outro Lado e já começar a traçar planos para aqueles dois seres venturosos que ele e Lizbeta haviam gerado.

O NASCIMENTO DOS gêmeos foi comemorado entre os Manfredi por mais de uma semana com lautos banquetes e uma pequena, ainda que pomposa, cerimônia de batismo na capela da Villa. Após sua quarentena, Lizbeta voltou com toda carga à sua função de senhora da casa. As visitas de Alfeo continuaram frequentes, embora ele não parecesse mais tão interessado em compartilhar sua cama. Ainda que buscasse a companhia da irmã quase diariamente, eles passavam horas conversando e trocando impressões a respeito de questões cotidianas, o que para Lizbeta era um alívio. Sua missão de gerar novos herdeiros parecia estar prestes a ser encerrada e, ao contrário do que temia, isso não havia afetado sua posição na família nem a afeição de Alfeo. Ao contrário, suas opiniões e ideias passaram a ser levadas ainda mais em consideração.

Todas essas responsabilidades mantiveram Lizbeta mais uma vez afastada dos cuidados cotidianos com as crianças, que logo foram levadas para o infantário, onde ficaram sob as atenções das amas e de Francesca. Desde o primeiro momento, porém, a tia sentiu repulsa por aquelas duas crianças, ainda que estivesse louca para substituir o vazio deixado desde que Domenico e Frederico tinham atingido idade suficiente para dormirem em seus próprios quartos e serem educados por preceptores, e pela trágica morte dos outros filhos de Flora, por disenteria, respectivamente aos quatro e seis anos.

Além da maneira blasfema com que haviam sido concebidos, gêmeos jamais poderiam ser considerados uma obra divina, ainda mais quando eram de sexos opostos. Uma menina e um garoto crescendo juntos, compartilhando o mesmo ventre, expondo, desde a gestação, suas vergonhas um para o outro, representavam uma heresia primordial. Aquilo tinha tudo para dar muito errado, Francesca se recordava todos os dias. Além disso, diferente de Domenico, que a tia considerara uma criança encantadora logo que fora alojado no infantário, aqueles bebês eram um pesadelo. Estavam sempre famintos, em especial o menino, necessitando que amas de leite extras fossem trazidas às pressas de Parma. E como choravam. O berreiro começava no início da noite e seguia por toda a madrugada, só cessando quando o sol raiava e eles caíam em um sono de morte, atraindo elogios de Alfeo, que, mesmo com as novas responsabilidades acumuladas desde que assumira a frente da dinastia, sempre encontrava alguns minutos para visitar os gêmeos, observando-os com orgulho enquanto dormiam.

As estranhezas dos gêmeos foram percebidas por Francesca antes mesmo que se tornassem conhecidas pelos demais moradores da Villa. Ela declarou com todas as letras para Alfeo em mais de uma ocasião que havia algo de errado com seus filhos caçulas, em especial com o menino. Era bem provável que ele sofresse de alguma das idiotias que amaldiçoavam a família. O irmão, entretanto, ficava irado com suas acusações e lhe dizia secamente que ela não devia falar a respeito de coisas sobre as quais não tinha o menor conhecimento. Percebendo que seria em vão insistir com Alfeo, Francesca considerou que, por ser mãe daquelas crianças, Lizbeta tinha a obrigação de saber o que se passava no infantário, independentemente do quão espinhosa fosse a relação entre as duas. A irmã, por sua vez, nem mesmo quis recebê-la nas primeiras vezes em que bateu na porta de seu estúdio no segundo andar da casa, e ela teve de insistir por semanas até que Lizbeta finalmente concordasse em ouvir o que tinha a dizer. Francesca deu a sua versão detalhada de tudo que presenciara no infantário: as amas apavoradas, os acidentes frequentes, a lascívia que, ainda tão jovens, os gêmeos demonstravam um pelo outro. Lizbeta ouviu em silêncio e, quando a irmã terminou, simplesmente perguntou se era só isso e pediu que Francesca se retirasse.

Ainda que os pais de Luciano e Jade parecessem não se importar com a estranheza dos filhos, o burburinho se espalhou pela Villa. Gennaro chegou a consultar Francesca em diversas ocasiões sobre a veracidade dos comentários acerca da idiotia do sobrinho e pressionou Alfeo para que tomasse uma atitude. Foi nessa época que o irmão mais velho levou Luciano para ser consultado por alguns sábios e médicos das redondezas e de terras distantes, porém voltou dessa jornada afirmando ter recebido pareceres unânimes de que o filho não só era normal, como possuía grandes dons, que trariam glórias inimagináveis para os Manfredi. Diante da certeza do patriarca, os Manfredi se calaram.

E com os lábios cerrados eles permaneceram quando as crises de Luciano tiveram início. Segundo as amas de plantão, que corriam desesperadas escada abaixo, subitamente, como se movidos por mãos raivosas e invisíveis, brinquedos e livros eram jogados das prateleiras, baús se abriam sozinhos e tinham os seus conteúdos cuspidos para fora e gavetas eram atiradas das cômodas, indo parar do outro lado do aposento. No dia seguinte, porém, o quarto era encontrado impecavelmente organizado, com todos os objetos nos mesmos lugares de sempre, e os gêmeos dormiam um sono pesado. Assim, essas servas eram taxadas de delirantes por Francesca e dona Camélia, e as poucas que não fugiam por vontade própria acabavam sendo afastadas do trabalho e devolvidas às suas famílias com a recomendação de que não eram mais bem-vindas na Villa. Qualquer comentário a respeito delas era proibido entre a criadagem e a vida seguia como sempre. Pelo menos até a próxima crise.

Por mais que Alfeo lhe desse ordens para que ignorasse aqueles incidentes e que, para o seu próprio bem, jamais ousasse entrar nos aposentos dos gêmeos durante as ocorrências, Francesca nunca conseguiu esquecê-los por completo. Sim, ela já tinha visto e ouvido muitas coisas estranhas naquela casa, mas jamais nada como aquilo. As maldições de sua família iam muito além de uma lascívia incestuosa. Algo de diabólico pairava naquele lugar e aqueles gêmeos abomináveis eram sua representação mais ardilosa.

Sua natureza obediente, entretanto, não permitiu que descumprisse as ordens que lhe foram dadas, ainda que sentisse um ódio profundo por se ver obrigada a cuidar daqueles dois pequenos demônios enquanto sua irmã provava vestidos e o irmão passava seus dias caçando com os outros homens da família ou enfiado sabe-se lá onde. No intuito de sobrepujar o pecado da ira e tentar realizar o milagre de resgatar aquelas almas perdidas, Francesca mantinha uma vigilância acirrada sobre os gêmeos e lhes infligia castigos rigorosos ao menor deslize.

APESAR DA RELAÇÃO distante que mantinha com os filhos, ao se despedir de Domenico quando, aos doze anos, ele foi enviado ao seminário, Lizbeta lhe deu sua bênção e garantiu que lhe escreveria com frequência, promessa que cumpriu religiosamente todas as semanas. Essa correspondência deixou claro para Lizbeta que, além do rapaz brilhante que Alfeo sempre lhe descrevia, Domenico era determinado, firme e, ao mesmo tempo, sensível e criativo. Ele se preocupava sinceramente com o bem-estar dela, de Alfeo e de todo o restante da família, sempre queria saber notícias e lhe enviava relatos detalhados sobre sua rotina de regras rígidas, os colegas, os livros que lia, seus sonhos e pensamentos. Ao longo dos anos, uma grande cumplicidade foi cultivada entre os dois e Domenico sentia-se à vontade para relatar à mãe suas muitas dúvidas a respeito de sua vocação, o desejo de ter uma descendência e, ainda que não entrasse em pormenores, as privações carnais que sofria no claustro. Com todo o seu afeto, Lizbeta explicava ao filho que era normal ter dúvidas e que ele passaria ainda por muitas provações até alcançar seu glorioso destino, mas que era importante manter-se firme e lembrar sempre que ele tinha todas as qualidades necessárias para enfrentar qualquer obstáculo. E, sim, ele poderia ter sua prole, ainda que de forma discreta. Praticamente todos os papas da história da Igreja tinham filhos e netos. Domenico era muito jovem e repleto de energia, de forma que era totalmente compreensível que tivesse desejos. Enquanto estivesse no seminário, ele teria que agir com prudência, porém assim que chegasse em casa nos recessos de final de ano e da Páscoa ela tinha certeza de que seu primo Frederico tomaria para si a responsabilidade de levá-lo para se divertir um pouco. E Domenico não deveria se culpar por isso. Estava dando o seu melhor e se dedicando de corpo e alma ao seu objetivo. Aquelas folgas, mais do que merecidas, eram necessárias.

Mesmo tão jovem, Domenico já demonstrava uma firmeza, uma determinação e um forte senso de dever que impressionavam Lizbeta. Suas cartas fizeram com que construísse uma devoção incondicional ao filho, com quem até então convivera tão pouco.

Em suas visitas à Villa, apesar dos muitos compromissos ao lado do pai e dos tios, das reuniões a portas fechadas onde ele era inteirado dos últimos planos dos Manfredi, das caçadas e dos passeios noturnos com o primo Frederico e Eduardo Farnese, dos quais só retornava quando o sol já estava alto, Domenico fazia questão de passar longas horas no gabinete da mãe. Eles conversavam sobre livros, os últimos acontecimentos na família, seus projetos para o futuro próximo, e ele adorava ouvir Lizbeta tocar o cravo. O filho mais velho tornou-se sua companhia preferida e ela louvava as horas que passava ao seu lado.

Quanto aos caçulas, quando eles completaram onze anos, Lizbeta sentiu um certo alívio por saber que se livrariam das garras de Francesca. Ainda que pouco fizesse para mudar algo, ela sabia, tanto pelos sussurros quanto por relatos de dona Camélia e de suas aias, que a irmã exagerava nas punições que infligia aos gêmeos e que não escondia a ojeriza que sentia pelos dois. Longe das regras espartanas e dos preconceitos descabidos da tia, era provável até que Luciano se tornasse, senão um rapazinho normal, pelo menos alguém um pouco menos aterrorizante. Jade, por sua vez, estava se transformando em uma jovem encantadora. Elas eram realmente muito parecidas, como Alfeo costumava observar. Jade possuía uma vivacidade e um apetite voraz pela vida que eram tão maravilhosos quanto desconcertantes. Com toda a certeza não seria nada difícil conseguir para ela um excelente casamento depois que cumprisse suas incumbências mais urgentes para com a família.

As semelhanças — e diferenças — entre Jade e a mãe ficaram ainda mais claras quando Lizbeta começou a receber a filha todas as tardes em seu estúdio para que lhe ensinasse não só aquilo que uma mocinha de sua estirpe devia saber, mas também tudo que os Manfredi esperavam dela. Durante a manhã, ela vivia cercada por suas preceptoras e, embora, assim como Lizbeta, Jade não tivesse a menor inclinação para as prendas domésticas, ela se mostrou uma exímia dançarina, tinha uma boa voz e, ainda que não tivesse muita paciência para as partituras, era dotada de um bom ouvido e logo memorizou diversas composições.

Juntas, mãe e filha também recebiam modistas — Jade precisava com frequência de novas vestes, já que seu corpo rapidamente se transformava no de uma mulher — e testavam os penteados que mais combinavam com o rosto ovalado e gracioso da menina. Além disso, Lizbeta media discretamente os dons da menina e com frequência se surpreendia. Não era incomum, quando tinha uma manhã difícil ou estava especialmente chateada ou decepcionada com algo, que Jade irrompesse pela porta após o almoço trazendo um buquê de suas flores preferidas, um doce que havia desejado degustar ou apenas uma palavra gentil ou um abraço mais demorado. Não era à toa que suas preceptoras se derretiam em elogios. Lizbeta logo percebeu que por trás de toda aquela doçura residia um imenso poder que, bem moldado, poderia ser de extrema valia para a família.

Ao passo que se tornava mais próxima de seu primogênito e de sua caçula, Luciano permanecia um mistério insondável para Lizbeta. Durante sua infância, ela evitava até mesmo mencionar seu nome. Afinal, já havia gerado duas crianças para Santa Apolônia e não suportaria a possibilidade de enviar mais um filho para as freiras, com o diferencial ainda mais vexatório de que, dessa vez, além de ser um varão, sua idiotia se tornaria do conhecimento de toda a família, o que poderia colocar em xeque todas as regalias e direitos que ela havia galgado a tanto custo naquela casa. E apesar das afirmações contrárias do irmão após suas viagens, secretamente ela temia que aquilo não passasse de mais um dos estratagemas ardilosos de Alfeo para proteger aquele que era claramente seu filho predileto. Ela só passou a acreditar de fato nos poderes de Luciano quando os estrondos começaram. Os sussurros lhe garantiam que seus filhos estavam, apesar de tudo, bem, e que aquela era uma provação pela qual precisariam passar. Ela usava essa certeza como mais um pretexto para jamais cruzar as portas do infantário. Aquele lugar sempre lhe lembrava a mãe morta ao lado de seu irmão mais novo, os filhos que mal conheceu, o fato de que nunca teve o direito de escolha.

E mesmo que Luciano fosse são, sua aparência sempre desgrenhada por mais que as amas tentassem arrumá-lo, aquelas olheiras doentias, o olhar perdido e seu constante desdém por qualquer coisa que não fosse Jade, Alfeo ou seus livros desnorteavam Lizbeta. Os sussurros e, obviamente, sua irmã faziam questão de lhe contar todos os comentários maldosos sobre seu filho que corriam aos cochichos pelos corredores da Villa e pelas vielas de

Parma: doente, amaldiçoado, alienado, diabólico. Ela repetia para si mesma que não devia dar ouvidos àquelas maledicências, entretanto, toda vez que colocava os olhos no filho, era obrigada a concordar com elas.

O contraste entre seus dois meninos não poderia ser maior. Enquanto Luciano era um ser perdido e de aparência insalubre, Domenico aparecia cada vez mais alto, desenvolvido e esplêndido todas as vezes que retornava para a Villa. Lizbeta tinha certeza de que seu primogênito se tornava o homem mais belo que já conhecera.

Domenico também se mostrava cada dia mais arguto, maduro e articulado. Não era de admirar que fosse ordenado cardeal antes de completar dezoito anos. Talvez finalmente Deus houvesse resolvido recompensá-la por todas as penas que passara até ali. Vê-lo chegar cercado por uma comitiva de soldados em seus uniformes de gala, montado em seu corcel negro com a batina de cardeal, fez com que lágrimas surgissem nos cantos dos olhos de Lizbeta. Não apenas ela estava finalmente revendo seu filho tão amado após longos meses como ele, ainda tão jovem, havia sido ordenado membro do Sagrado Colegiado. E mesmo ensopado pela tempestade que os pegou de surpresa no caminho, como estava lindo. Realmente as vestes cardinalícias lhe caíam muito bem. Ele usava o crucifixo de ouro cercado por mais de duas dezenas de diamantes e ametistas que ela havia lhe enviado como presente no dia de sua ordenação. Sua imagem era tão impressionante que o único som ouvido em sua entrada triunfal na Villa foi o dos clarins dos soldados que anunciavam a chegada do mais novo cardeal Manfredi.

Nos primeiros dias da visita do filho, Lizbeta não teve oportunidade para conversar a sós com Domenico. Além de ser o homenageado, ele tinha de distribuir bênçãos para todos os parentes e demais convivas, ouvir confissões e receber dezenas de pedidos de indulgências. Domenico parecia exausto. Quando, na terceira tarde após sua chegada, ele bateu gentilmente à porta de seu estúdio, a onda de alegria que tomou conta do coração de Lizbeta num primeiro momento foi logo substituída pela preocupação. Domenico sorriu para a mãe e cumprimentou Jade, que dedilhava o cravo, com um beijo na testa. Ele não estava com a batina e parecia apenas um belo jovem de dezessete anos. Entretanto, ao encarar os olhos do filho mais de perto, imediatamente Lizbeta soube que algo não ia bem.

Ela olhou para Jade, que nos últimos dias andava um tanto aérea, como se seus pensamentos estivessem em paragens muito distantes das lições. Os sussurros haviam lhe dito que a filha passara a maior parte do dia da chegada de Domenico enfiada em La Villetta com Luciano, e Lizbeta tinha certeza de que o que quer que tivesse acontecido ali era o motivo da distração da filha. Ainda que Jade não houvesse lhe contado nada a respeito, sentiu-se satisfeita por saber que também entre os filhos caçulas tudo também caminhava de acordo com os planos.

— Você está liberada, querida. Preciso conversar com seu irmão.

Jade imediatamente se levantou, beijou tanto a face de Lizbeta quanto a de Domenico e, esquecendo-se por um momento da mocinha que era, saiu correndo porta afora.

Lizbeta balançou a cabeça, deixando escapar um pequeno sorriso, enquanto Domenico fechava a porta deixada escancarada pela caçula.

— Às vezes ela parece tão madura que eu esqueço que há alguns meses sua irmã ainda vestia camisolões – comentou Lizbeta.

— A Jade e o Luciano não passam de duas crianças, *mamma*. É bom nos lembrarmos disso.

— Mais do que qualquer coisa, eles são herdeiros Manfredi. Assim como você, seus irmãos possuem uma missão a cumprir. Não seria justo que você fosse o único dos meus filhos a fazer sacrifícios em nome desta família.

— Eu tenho certeza de que esses dois estão longe de considerar o cumprimento do dever a eles designados um sacrifício – retrucou Domenico, amargo, enquanto se sentava em uma poltrona diante da mãe.

Lizbeta se inclinou para a frente, aproximando-se do filho.

— Domenico, desde o banquete, sempre que pousei meus olhos nos seus tudo que vi foi uma sombra. Este deveria ser um momento de felicidade, afinal, sei o quanto você padeceu para finalmente vestir a batina carmim. Conte-me, meu filho querido, o que o aflige.

O jovem baixou a cabeça e meditou por um momento. Quando limpou a garganta para começar a falar, ouviu-se uma batida gentil, ainda que decidida, na porta do gabinete, que se abriu em seguida.

— Peço perdão à senhora e a Dom Domenico por interrompê-los – desculpou-se um dos guardas pessoais de Alfeo. – Mas o senhor da Villa gostaria que vossa eminência concedesse suas bênçãos a alguns aliados da família. Eles vieram de San Siro apenas vê-lo.

Domenico lançou um olhar alquebrado para a mãe e se levantou.

— Se os homens precisam de bênçãos para esquecer seus pecados, quem sou eu para negá-las?

— Vossa eminência, um detalhe – completou o guarda, um tanto acanhado. – Don Alfeo gostaria que o senhor usasse as vestes cardinalícias diante dos convidados.

Domenico soltou um suspiro e se virou novamente para a mãe:

— Quem sabe amanhã cedo não podemos dar uma cavalgada pelos arredores da Villa? Se não for atrapalhá-la, seria um prazer.

Lizbeta abriu um sorriso e assentiu. Nada neste mundo a deixaria mais feliz.

Domenico se retirou e, na manhã seguinte, assim que o sol despontou no horizonte, como haviam combinado, Lizbeta já estava de pé, vestida com uma saia ampla de tweed acompanhada por um colete do mesmo tecido, além de botas que iam até os joelhos e um chapéu de feltro adornado por reluzentes penas de pavão. Após comer algumas frutas a título de café da manhã e ordenar que as aias preparassem um abundante farnel para sustentá-los durante o passeio, Lizbeta desceu até o térreo, onde encontrou Domenico já à sua espera. Em vez da batina, ele também vestia trajes de montaria.

O filho a cumprimentou com um beijo no rosto e, de braços dados, ambos seguiram até a porta principal do casarão, onde os cavalos já os esperavam devidamente selados e arreados. Domenico ajudou a mãe a subir em sua égua e logo em seguida montou com elegância em Perseu. Sozinhos, atravessaram os portões da Villa trotando sem pressa.

Após se afastarem alguns metros, Domenico informou:

— Dispensei os servos e os guardas. Espero que você não se importe. – Desde o início da troca de cartas entre ambos, quando ele era apenas um menino recém-chegado ao seminário, Domenico havia abandonado as formalidades no tratamento com Lizbeta. – Não gostaria que ninguém nos interrompesse como aconteceu ontem. E lhe garanto que farei de tudo para mantê-la segura, *mamma*.

Lizbeta sorriu. Se havia alguém em quem confiava, sem dúvida essa pessoa era Domenico.

Eles seguiram por vinte minutos conversando sobre amenidades, sob o sol inesperado que havia despontado no horizonte naquela manhã, algo totalmente incomum para aquela época do ano e um bom prenúncio para o passeio. Quando alcançaram a trilha que dava acesso ao Lago Santo, Domenico tomou a dianteira e embicou Perseu para fora da estrada principal.

— Para onde vamos? – quis saber Lizbeta. Nas cavalgadas anteriores, eles se mantinham na estrada, por onde havia homens dos Manfredi espalhados, muitas vezes à paisana, ao longo de todo o trajeto. Ainda que acreditasse plenamente na promessa do filho, achava prudente não abusarem.

— Não se preocupe, *mamma*. Poucas pessoas conhecem esta trilha e, mesmo assim, ninguém a usa no inverno. Vai valer a pena. Faz tempo que eu queria lhe apresentar esse lugar.

Lizbeta seguiu o filho com certa dificuldade. O solo acidentado, a passagem estreita e íngreme e os galhos secos e crescidos que a arranhavam tornavam a cavalgada tortuosa. Domenico, por sua vez, seguia num trote regular, diminuindo a velocidade de tempos em tempos para que a mãe não ficasse para trás.

Apesar dos obstáculos e do cansaço, Lizbeta não pensou em desistir, afinal, não sabia quando teria novamente a oportunidade de passar tanto tempo ao lado do filho. A paciência e o encorajamento de Domenico também a impulsionavam a seguir em frente. Ela levou mais de uma hora para alcançar o final da trilha, e a visão magnífica do Lago Santo, com os raios de sol refletidos na água, cercado pelas pedras e pelas árvores que, embora desfolhadas, compunham uma moldura dramática para a paisagem, completa pelos picos nevados mais ao longe, fez com que perdesse o fôlego. Sem dúvida era o lugar mais belo que já tinha vislumbrado e era impressionante pensar que ficava tão perto da Villa.

— É simplesmente magnífico – comentou Lizbeta, boquiaberta. – Como eu não o conhecia?

Domenico apeou, amarrou Perseu em um tronco e fez o mesmo com a montaria da mãe enquanto ela contemplava a paisagem.

— Poucas pessoas conhecem este lago. A trilha é muito estreita e o acesso não é dos mais fáceis, como você pôde comprovar. Descobri este lugar quando era menino e costumava desbravar os arredores da Villa nas poucas folgas que eu tinha entre as aulas. Tempos depois, conversando com um dos meus guardas, ele me contou que se chama Lago Santo porque há uma lenda que diz que aquele que se banha em suas águas tem todos os seus pecados perdoados, uma espécie de indulgência da natureza. Durante todos os anos em que vivi na Villa e nas minhas visitas posteriores, era para cá que eu corria quando precisava passar alguns momentos sozinho, ouvindo os meus próprios pensamentos.

Ele ajudou Lizbeta a descer do cavalo.

— É mesmo bom ter um lugar assim para recorrer quando se precisa fugir de tudo – Lizbeta mirou as montanhas ao longe.

— Sem dúvida. E eu queria compartilhá-lo com você, *mamma*.

Domenico pegou Lizbeta pela mão e a conduziu pelas pedras escorregadias carregando o cesto com os acepipes preparados pelas cozinheiras. Ele parou em uma faixa de areia estreita e esticou a toalha que cobria os alimentos. Sentando-se no chão, começou a tirar as botas e erguer as barras da calça enquanto Lizbeta arrumava os pratos e as tigelas, e enchia as taças com vinho. Displicente, Domenico colocou os pés na água, reclinando-se sobre os braços.

— Está mesmo um dia lindo. Perfeito para deixar todo o resto para trás – ele comentou.

Lizbeta passou uma taça ao filho e, com a sua nas mãos, sentou-se ao seu lado com as pernas cobertas pela saia pesada repousando sobre a areia.

— Sei que as suas responsabilidades são muitas, Domenico, mas também sei que não é isso que o aflige. Você jamais teve medo do dever. Não é essa a razão dessa sombra em seu semblante. Conte-me, querido. O que tanto o preocupa?

Domenico começou a bater lentamente os pés debaixo d'água, concentrando-se nas marolas geradas por seu movimento. Por mais que já fosse um homem, o filho jamais se parecera tanto com um garotinho para Lizbeta quanto naquele momento.

— Está sendo bem diferente do que eu imaginava, *mamma*. Quando fui ordenado cardeal, senti como se minha vida estivesse apenas começando, como se esse fosse o primeiro passo importante no caminho para o qual fui por tantos anos preparado. Eu estava muito, muito orgulhoso. Passei tantos anos entre livros e tutores, depois experimentei a solidão profunda do seminário, onde coloquei em xeque a vida religiosa e a minha vocação. Se não fosse pelas nossas cartas naqueles tempos confusos, estou certo de que teria desistido. Sempre soube o que o *papà*, meus tios e toda a família esperavam de mim. E eram vocês que eu mantinha em meus pensamentos nos tempos difíceis, quando a distância e a incerteza apertavam. Cada vez mais, tenho noção do tamanho do sacrifício e de tudo de que ainda terei que abrir mão em nome dos planos que foram traçados para mim. Jamais os questionei, sei que o *papà* não planejou nada menos que a glória para mim, entretanto, quando finalmente retorno para a Villa como um cardeal, o que eu encontro? — Domenico finalmente ergueu o rosto e olhou para a mãe. — Não reconheço mais minha própria casa nem as pessoas que a frequentam. Não sei mais com quem a família faz negócios e fico sabendo dos nossos planos apenas porque o primo Fred, talvez por se compadecer da minha situação ridícula, me joga algumas migalhas de informação. Sou exibido como uma relíquia sagrada em um oratório, que concede algumas bênçãos aos convidados e em seguida é dispensado para que os assuntos de verdade sejam tratados. É para isso que estou abrindo mão de ter a minha própria descendência? Para servir a um capricho dos Manfredi, um capricho do *papà*? Veja bem, ele planeja que até mesmo o Luciano, que, cá entre nós, jamais foi normal, procrie, só porque ele em teoria é capaz de falar com os mortos e não se importa em passar seus dias cercado por cadáveres, enquanto eu, o primogênito, sou obrigado a ficar trancado no Palácio Apostólico, fingindo que me importo com a vida impura de toda essa gente. E o que vai acontecer se o Luciano for mesmo um palerma e não conseguir produzir herdeiros? Esperam que eu empenhe as putas que se esgueiram pelos corredores do Vaticano?

Ele desviou o olhar, envergonhado, após pronunciar a última frase. O afã de colocar todos aqueles sentimentos para fora tão intenso que Domenico não havia sido capaz de filtrar as palavras antes que escapassem de seus lábios.

— Desculpe, *mamma*. Sei que deveria poupá-la desses detalhes desonrosos. Mas a questão é que estou me sentindo tão revoltado, alheio e...

Lizbeta pegou a mão do filho.

— Entenda uma coisa, querido. Não há nada, absolutamente nada do qual você precise me preservar. Por mais doloroso ou vexatório que pareça, eu estarei aqui para você. Espero que isso tenha ficado claro na nossa correspondência. Você se tornou um homem, é normal e saudável que tenha os seus desejos. Eu jamais o julgaria por isso. Nem pelo que quer que seja. Seus segredos sempre estarão seguros comigo.

Domenico soltou um suspiro profundo e virou novamente o rosto na direção da mãe.

— É um alívio profundo ouvir essas palavras. No Vaticano, sei que não posso confiar em ninguém além do tio Marcello e, mesmo assim, ele está sempre muito ocupado com suas responsabilidades no Colegiado e no Tesouro da cúria. E o *papà* só tem olhos para o meu irmão e Jade. Fred continua a ser um excelente amigo, porém está envolvido até o último fio de cabelo nas campanhas militares da família. E o Eduardo está prestes a se casar, apesar de ser esse fanfarrão que nós conhecemos tão bem, além de estar sendo preparado pelo pai para assumir o ducado. Esperamos que esse dia ainda demore um bocado para chegar, mas, nesses tempos incertos, realmente o duque faz muito bem em já deixar o filho de sobreaviso caso algo lhe aconteça. Você é o único alento verdadeiro que me restou, *mamma*.

— Eu sempre estarei ao seu lado, mas não pense assim. Sim, seu pai anda encantado com os poderes de Luciano para as coisas que eles fazem no mausoléu. Ao que tudo indica, apesar de seu jeito perdido, seu irmão possui grandes poderes. E Jade é a única filha. Os homens costumam se derreter por suas filhas...

— Como poderei algum dia saber como os homens se derretem por suas filhas, *mamma*? – Domenico interrompeu a mãe.

— Ora, Domenico, nós já conversamos sobre esse assunto. Obviamente você não poderá dar nosso nome aos seus futuros filhos, mas não há nada que o impeça de tê-los. Inclusive, duvido que haja algum bispo, cardeal ou papa naquele Palácio Apostólico que não tenha possuído herdeiros que foram beneficiados pela Santa Cúria.

— Eu realmente gostaria que as coisas fossem assim tão simples. Isso já foi uma verdade, mas, hoje, com todo o endurecimento dos dogmas para conter os avanços dos hereges protestantes, a Sé está com os olhos bem abertos em relação às atividades de seus membros. Claro que não esperam que os representantes da Igreja sejam de fato castos, isso já seria pedir demais.

Porém, com as expansões territoriais promovidas pelo papa Urbano, mais do que nunca a cúria está fechando o cerco aos religiosos que possuem descendência. Urbano não quer correr o risco de ver suas terras conquistadas a tanto custo sendo divididas com herdeiros de seus cardeais. E, não se esqueça, ele tem toda a Inquisição a seu favor – explicou Domenico, sombrio.

Lizbeta já ouvira Alfeo repetir à exaustão como era importante conservar as boas relações com a Sé e, mais ainda, manter os inquisidores o mais longe possível. Ela imaginou o quanto daquele pavor das garras da Inquisição não tinha a ver com a ideia de enviar seu primogênito para Roma, além de, é claro, todos os óbvios benefícios trazidos por se ter mais um parente próximo nos escalões mais altos do Vaticano. Contudo, guardou suas desconfianças para si. Domenico já estava perturbado o suficiente para que ela ficasse colocando mais minhocas em sua cabeça. E era inteligente o bastante para realizar esse questionamento por si só mais cedo ou mais tarde.

— Compreendo sua angústia, querido. Porém, já que estamos sendo sinceros, deixe-me fazer uma confissão que pode serenar um pouco o seu espírito. Filhos representam uma imensa responsabilidade e nem sempre são as dádivas que as pessoas imaginam. Claro que as mulheres ficam com a maior parte do fardo, mas os homens, quando sua prole é legítima e eles se importam com o destino de suas dinastias, também passam por constantes provações. Você é um filho exemplar, mas veja só os maus bocados que seu pai enfrentou com seu irmão. Só eu sei quantas noites em claro ele passou temendo que houvesse algo de errado com Luciano. E agora veja o quanto ele se esforça naqueles subterrâneos infectos para que Luciano desenvolva todos os seus poderes enquanto tenta calar os boatos que ainda correm na Villa e por todo o ducado a respeito da sanidade do seu irmão. Isso sem falar nos riscos de ter uma criança defeituosa, natimorta ou que não vingue por mais que alguns dias. E, eu lhe garanto, crianças são seres totalmente entediantes. Tudo que fazem é chorar, implorar pelas amas de leite e depois correr pela casa como insanas. Apesar de estarem longe de ser exemplos de pureza, todas aquelas amas que serviram no infantário mereciam, sem a menor sombra de dúvida, o Reino dos Céus. Nós mesmos, Domenico, só passamos a estreitar nossos laços quando você já era um rapazinho. Claro, sempre recebi relatos de suas amas e, mais tarde, de seus tutores a respeito do menino brilhante que você era, mas a questão é que eu sabia que eles eram muito mais aptos para cuidar de uma criança do que eu, que naquela época já vivia assoberbada com a administração da Villa e a minha obrigação de gerar mais herdeiros. Todos nós temos que fazer os nossos sacrifícios em nome da família.

— Sacrifícios... Parece que essa é a maior maldição que assombra aqueles que nascem sob o nosso nome.

— Todos precisam fazer sacrifícios em nome daqueles que amam, Domenico. Existem os pais que se sacrificam de sol a sol nas lavouras para alimentar as bocas que possuem em casa, as amas que abrem mão dos cuidados dos próprios filhos em nome dos de outra pessoa para que os seus não passem necessidade, os nobres que precisam assegurar suas terras com unhas e dentes e garantir a segurança e fidelidade de seus vassalos, e gente como nós, que financia todo o sistema para que essas engrenagens continuem a funcionar. Os Manfredi possuem um papel ainda mais importante em tudo isso. Nós criamos uma rara conexão entre o mundo dos vivos e o dos mortos. Nosso destino é ajudar a manter o equilíbrio entre ambos e, claro, recebemos algumas vantagens por conta dessa responsabilidade. Pode ter certeza, todo sacrifício tem as suas gratificações, desde ver a felicidade das bocas de suas crias saciadas, aos luxos que só o dinheiro pode comprar e a glória de ver o triunfo de sua dinastia. Sim, nós temos deveres significativos, mas as maiores recompensas também nos esperam. Persevere, Domenico. Você é o primogênito. É um homem saudável, inteligente, gentil e justo. Foque o seu caminho, a sua grandeza. Mesmo que você não seja capaz de realizar suas vontades agora, sei que a paciência sempre foi uma de suas muitas virtudes. Quando for papa, você ditará as regras e poderá mudar o jogo a seu favor. Até lá, divirta-se, deleite-se, desfrute de tudo que a vida pode lhe oferecer de melhor sem ter a obrigação de arcar com o fardo de uma descendência. Você já tem um peso considerável sobre os seus ombros. Não acrescente uma carga desnecessária.

— Suas palavras são consoladoras, *mamma*, mas, mesmo quando e se eu me tornar papa, as decisões não dependerão só de mim. Há toda uma burocracia, uma política ferrenha. Caso eu não conquiste os apoios certos, serei apenas mais uma marionete nas mãos do Colegiado.

— Meu amado Domenico. – Lizbeta afagou o rosto do filho. – Tão crescido e tão maduro e às vezes ainda tão ingênuo. Quem naquele Colegiado seria capaz de contrariar os anseios de um papa Manfredi? Se eles não se dobrarem diante do nosso nome, que se curvem aos nossos cofres e exércitos. Você terá o papado mais brilhante da história da Santa Igreja, não tenho a menor dúvida. Você se preocupa por estar longe dos pequenos poderes da Villa, mas não vê que aquilo que acontece aqui nada significa diante da grandiosidade e da amplitude dos negócios da Sé. Não perca seu tempo se preocupando por ser poupado dessas mesquinharias. Seu pai é sábio por mantê-lo afastado delas. Você já tem assuntos muito mais urgentes e monumentais com que se ocupar. Seu caminho é mudar os destinos de nações, reis e populações inteiras. Você estará acima de todos eles. Sua palavra representará a do próprio Deus na terra. E o que são pedágios, acordos comerciais, comissões de exércitos e tributos cobrados em troca de segurança perto de tudo isso? Deixe essas miudezas para os homens pequenos. Você, Domenico, foi talhado para a glória.

Era impressionante como Lizbeta sempre tinha as palavras certas. Como em todas as outras vezes, ela estava com a razão. De fato, tudo que acontecia na Villa, em Parma e em todos os ducados vizinhos se tornaria um peixe minúsculo perto de tudo que ele tinha a conquistar. Que Luciano ficasse com seus cadáveres, Eduardo com seu ducado falido e Fred com seus soldados. Um dia, todos eles teriam que lhe prestar seu respeito diante do trono papal. Uma onda de calor e entusiasmo tomou conta de Domenico.

— Estou muito feliz de poder finalmente lhe apresentar este lugar. – Ele afagou a mão de Lizbeta. – Você, *mamma*, continua a ser a detentora dos melhores conselhos, a luz que ilumina os meus momentos mais nebulosos. Obrigado por abrir meus olhos e clarear minha mente mais uma vez. Você tem razão. Estou agindo como um menino tolo. Sou muito grato por você novamente ter me mostrado o quadro por inteiro e não apenas os detalhes mais cinzentos. Eu amo você, *mamma*.

Lizbeta abriu um largo sorriso e beijou a testa do filho, deixando que os lábios se demorassem por um segundo a mais sobre a pele quente e salgada.

— É raro ter sol por aqui nessa época do ano. – Domenico contemplou o lago. – Se você não se importar, estou louco para dar um mergulho.

— E por que me oporia? Você faz muito bem. Este calor inesperado deve ser desfrutado.

Domenico se levantou e tirou o gibão, os culotes e a camisa, ficando apenas de calções. Caminhou até uma pedra, flexionou as pernas, jogou o corpo para a frente e mergulhou nas águas geladas como já havia feito tantas vezes.

Lizbeta observou o filho. Não tinha dúvidas de que diversas primas Manfredi e jovens da nobreza se lamentaram ao saber que ele não estava disponível no mercado de matrimônios. E parecia bem óbvio que Domenico usava sua beleza masculina e aristocrática para se divertir nos corredores do Vaticano. Pelo menos era isso que esperava que o filho fizesse. Sem o fardo de formar uma família, ele tinha posição, riqueza e juventude para usufruir dos prazeres que bem entendesse. Lizbeta sabia que jamais em sua existência poderia experimentar uma liberdade que se assemelhasse àquela, mas lhe dava um certo alento — e, sim, uma pontada de inveja — saber que seu filho preferido, seu primogênito perfeito, tinha tudo aquilo à sua disposição. Apesar de compreender seus desejos juvenis de possuir herdeiros assim como o pai e o avô, torcia para que Domenico esquecesse essas ideias por completo assim que sentisse o primeiro gosto do poder que sua nova condição lhe concedia.

Domenico dava braçadas largas pelo lago como uma criança despreocupada, o menino que talvez seria se, como todos os Manfredi, não fosse gerado já com o peso de uma grande responsabilidade sobre suas costas. O linho do calção grudava em sua pele, evidenciando as pernas e os glúteos bem torneados. Lizbeta mal conseguia acreditar que aquela criança que corria desgovernada pela casa sempre que os tutores e as amas se distraíam, trocando socos e rolando pelo chão com os primos, havia se transformado em um homem. O peso dos anos atingiu Lizbeta como um punhal.

O sol estava a pino e Domenico nadou na direção da mãe, aproximando-se da margem. Ele olhou para o céu.

— Se não fosse pelo fato de a água estar tão gelada, eu poderia dizer que estamos no verão.

— É verdade. Estou até mesmo sentindo um pouco de calor. – Lizbeta secou com um lenço algumas gotículas de suor que brotavam de sua testa. – Mas logo o sol começará a baixar e as brumas tomarão conta do vale.

— Então por que você não aproveita e se refresca antes que o nevoeiro chegue? – propôs Domenico.

— Eu... – Ela foi pega de surpresa e tentava pensar em uma recusa que não soasse indelicada. – Eu não costumo nadar... E não sei se seria apropriado. Além disso, não podemos demorar. Já estamos em meados de dezembro. Antes das cinco da tarde não será mais possível ver um palmo à frente na estrada. Pode ser perigoso...

— Eu conheço essa estrada de olhos fechados. E se algum bandoleiro cruzar nosso caminho, pode ter certeza de que ele se arrependerá deste dia. A batina não me fez esquecer como manejar uma rapieira. E só estamos nós dois aqui. Que mal há nisso? E mesmo que houvesse algum, se as águas do lago não a purificarem como reza a lenda, você está com a pessoa certa para absolvê-la de todos os seus pecados.

Domenico abriu um sorriso tão encantador que Lizbeta foi incapaz de seguir com as negativas. Ainda que hesitante, tirou as botas de cavalgada, as meias de seda grossa, o colete e, por fim, a saia pesada. Era realmente um alívio se livrar de todo aquele tecido invernal que a sufocava. Entretanto, ao se dar conta de que havia se despido diante do olhar atento do próprio filho, que da água contemplava seu corpo coberto apenas pelo camisão que mal lhe cobria as coxas, Lizbeta corou, puxando o linho fino para baixo, numa tentativa de manter uma discrição que logo se mostrou impossível.

Ele nadou até por fim começar a caminhar pelas areias da pequena praia. Pegando-a pela mão, perguntou:

— Você sabe nadar?

— Se passar horas dentro de uma banheira for considerado nadar... Quando eu estava grávida dos seus irmãos, um dos únicos momentos em que eles pareciam se aquietar era quando eu estava no banho. No final da gestação, a banheira era o único lugar onde eu conseguia tirar um cochilo.

Domenico baixou a cabeça. Doía-lhe pensar em todas as penas que Lizbeta havia passado no intuito de gerar herdeiros para seu pai. Ele havia aprendido muito bem em suas aulas de ciências naturais com seus tutores as mazelas que as mulheres enfrentavam para dar seus filhos à luz. Em geral isso deteriorava seus corpos e, muitas vezes, suas mentes. Entretanto, ao contemplar Lizbeta vestindo apenas o camisão de montaria, impressionou-

-se ao perceber que seu corpo não só havia se regenerado muito bem, como não aparentava sua real idade. Claro, ela não era mais uma menina, mas sua aparência não deixava nada a desejar nem mesmo quando comparada às mais belas cortesãs que frequentavam os corredores do Palácio Apostólico. Logo em seguida, porém, Domenico se envergonhou daqueles pensamentos impuros. Ainda que conhecesse muito bem as peculiaridades de sua família e de tantas outras dinastias, ele concordava com sua tia Francesca. Aquela obsessão pela pureza do sangue ainda haveria de trazer mais problemas do que soluções para os Manfredi. E, de qualquer forma, por não possuir o tal dom que Alfeo tanto ansiava que um de seus filhos demonstrasse, aquele seria um pecado que ele não precisaria cometer.

— Então está mais do que na hora de aprender a nadar de verdade. — Ele puxou gentilmente Lizbeta em direção à água.

— Opa... Vamos com calma – ralhou Lizbeta, tentando, em vão, manter os pés fincados nos seixos. – Acho que já passei da idade para...

— *Mamma*, por favor. Você é uma mulher jovem tanto em aparência quanto em espírito. Veja só a tia Francesca. Quem em sã consciência poderia dizer que, entre vocês, ela é a caçula? Você é a mulher mais bonita de Parma, sem a menor sombra de dúvida.

Lizbeta sorriu ao ouvir o elogio e o filho prosseguiu:

— E considere isso como uma pequena contribuição por tudo que você fez por mim ao longo desses anos. Todas as cartas, os bons conselhos, o alento. Sempre que eu fraquejo, você está ao meu lado para me ajudar a ver as coisas pelo ângulo certo. Você não permite que eu me desvie do meu caminho. Jamais terei como agradecer por tudo isso, mas considere esse lago e suas águas, que, segundo dizem, e eu acredito, purificam o corpo e a alma, como o meu sincero presente, o melhor que consegui imaginar para você. É onde eu encontro paz de espírito e espero que você também a encontre sempre que vier até aqui. E, quando quiser se recordar de seu filho, bastará cavalgar até estas margens. A melhor parte de mim está nestas águas, entre as árvores e as montanhas.

Diante das palavras do filho, Lizbeta entregou os pontos. Domenico estava se tornando um excelente orador. Certamente não haveria rei ou plebeu que não acataria suas vontades quando se tornasse papa. Ela deixou que ele a guiasse até a beirada da água. Estava um gelo e bastou tocar a ponta dos dedos dos pés para que todo o seu corpo tremesse. Ela deu um passo para trás.

— Não tenha medo. Vamos entrar de uma vez só, pois assim o choque passará mais rápido.

Ela prendeu a respiração e balançou afirmativamente a cabeça. Lizbeta parecia uma menininha ansiosa e essa visão aqueceu o coração de Domenico.

De mãos dadas, eles chapinharam pela água, correndo até um ponto em que fossem capazes de submergir. Domenico gargalhava a plenos pulmões, ainda mais ao ver Lizbeta tapar o nariz com a mão livre e apertar os olhos antes de afundar.

Naquela tarde, além de ensinar Lizbeta a dar algumas braçadas e bater as pernas, eles passaram um bom tempo na parte mais rasa do lago tentando capturar os peixes que passavam próximos de suas pernas, apreciando a belíssima paisagem ao redor e agradecendo a Deus por aquele momento sublime em meio a tempos tão conturbados.

As SEMANAS PARECERAM voar. A partir daquele dia, eles criaram o hábito de passar as manhãs a sós no lago para as aulas de natação de Lizbeta. Ela era uma aluna aplicada e estava em excelente forma. Domenico a guiava pelas águas e ela rapidamente perdeu o medo. Logo, eles estavam nadando lado a lado até o centro do lago, onde as águas eram profundas. O exercício a deixava bem-disposta e com um excelente humor, o que, em grande parte, atribuía também à companhia do filho.

Quando os primeiros flocos de neve começaram a cair, na véspera de Natal, trocaram o mergulho por longas cavalgadas. Eles não iam para muito longe, mas seguiam sem a menor pressa, conversando, rindo ou simplesmente compartilhando o silêncio, contemplando a paisagem coberta de branco e desfrutando da companhia um do outro.

Se a ausência de ambos era notada na Villa, ninguém comentava a respeito. Aparentemente os homens estavam ocupados demais com seus negócios e as aias haviam recebido ordens expressas para não importunar a patroa durante a visita do filho. Ela teria muito tempo para cuidar das pendências da casa quando seu primogênito fosse embora. E assim se passaram os feriados de Natal e de Ano-Novo, com seus banquetes e as missas celebradas por Domenico e o pároco da capela dos Manfredi. O humor do jovem cardeal melhorara visivelmente desde sua chegada. Ele parecia ter voltado a ser o rapaz atento, cordial e bem-disposto que havia deixado a Villa cinco anos antes. Em algumas noites, ele acompanhou novamente Frederico e Eduardo à casa da Madame Gionna. Sentia falta dos chistes daqueles dois e da forma infantil, mas extremamente divertida, com que competiam no que quer que fosse, de doses de *grappa* a amas defloradas. E, claro, havia as meninas de Gionna, que nunca falhavam em satisfazer seus desejos.

Embora estar ali fosse um regozijo, ele sabia que aquela não passava de uma distração passageira. Conforme conversara com a mãe, assuntos muito mais grandiosos e prementes o esperavam em Roma. Não só o futuro dos Manfredi, mas de toda Parma e mais além estaria em breve em suas mãos, e falhar simplesmente não era uma opção. E, claro, ele tinha que voltar para a Villa a tempo para estar composto logo cedo para suas cavalgadas com Lizbeta. Mais do que o primo, o melhor amigo e as noitadas na casa da Madame, seria, sem dúvida alguma, daqueles momentos ao lado da mãe que sentiria mais falta quando retornasse a Roma.

Assim, logo chegou o momento que Lizbeta e seu filho tanto temiam. Antes que o sol nascesse na madrugada da partida de Domenico, toda a comitiva que o acompanharia de volta até os limites do ducado já estava uniformizada à sua espera diante da porta principal do casarão, assim como a carruagem que o trouxera de Roma. Um grande desjejum foi servido no salão de banquetes, onde toda a família se reuniu bem cedo ao som de menestréis para se despedir de seu primogênito. Mesmo sabendo de tudo que o esperava, Domenico não conseguia deixar de sentir uma certa melancolia. Não fazia a menor ideia de quando voltaria à Villa e, talvez, se não fosse por Lizbeta e Frederico, não sentiria a menor pressa em retornar. Mais discursos foram feitos, mais bênçãos e indulgências foram pedidas e concedidas. Em seu íntimo, porém, tudo que Domenico conseguia pensar era que no dia anterior, naquele mesmíssimo horário, ele estava saindo para sua última cavalgada ao lado da mãe.

Lizbeta, acomodada na outra extremidade da mesa, estava um tanto calada, ainda que aplaudisse os discursos com entusiasmo e alternasse sua atenção entre corrigir os modos de Jade com os talheres e ouvir as canções dos menestréis.

Ao final da refeição, todos acompanharam Domenico, que se destacava da pequena multidão com suas vestes carmesins. No imenso pórtico, ele distribuiu mais uma bênção coletiva para toda a família; trocou tapinhas nas costas com o tio; abraçou os irmãos, dizendo-lhes que Deus esperava que ambos se comportassem; despediu-se do pai, que cochichou recomendações breves; e, por fim, deu adeus a Lizbeta, seu abraço mais demorado e silencioso. Antes de se soltar dos braços do filho, ela ficou na ponta dos pés e lhe deu um longo beijo na testa. Todos os Manfredi encostaram os lábios no anel cardinalício e Domenico por fim se virou para partir. Um dos cavalariços lhe trouxe Perseu, entretanto ele agradeceu e pediu gentilmente que o cavalo fosse levado de volta aos estábulos, pois ele iria em sua carruagem. Diante da atitude do amigo, Eduardo lançou um olhar para Frederico, que, recém-chegado de Mântua, encarava a família reunida nas escadarias do pórtico com uma expressão dura, impenetrável, que se tornava cada vez mais comum.

Assim que Domenico bateu a porta da carruagem, Don Gennaro deu um sinal e os batedores cruzaram os portões da Villa, seguidos pelos porta-estandartes e pelo restante da comitiva. Os Manfredi permaneceram nas escadas por um momento até que, aos poucos, começaram a se dispersar, retornando aos seus afazeres cotidianos. Apenas Lizbeta permaneceu ali, acompanhada de alguns guardas. Ao ver a carruagem que levava seu filho desaparecer ao longe, as lágrimas começaram a escorrer por seu rosto. Ela não fez menção de enxugá-las. Que Deus desse forças a seu menino para que compreendesse todo o seu valor, que não permitisse que se afastasse do caminho brilhante para ele traçado e que o protegesse de todas aquelas serpentes vis que habitavam o Palácio Apostólico. E, mais do que qualquer outra coisa, que Ele não deixasse jamais que Domenico se esquecesse que ali, nos confins de Parma, sua mãe sentia profundamente sua falta e que seus dias seriam movidos pelas lembranças daquelas manhãs de inverno que passara a seu lado.

8

Mântua, junho de 1631

Frederico Manfredi cavalga, exausto, pelo campo de batalha. Traz nas mãos o alfanje com o brasão dos Manfredi entalhado no cabo que o acompanhou em todos os combates daquela guerra que, pela graça do bom Deus, finalmente chegou ao fim. Ao seu redor, centenas de cadáveres estão espalhados. Ainda que a maior parte dos homens caídos ostente o vermelho e o dourado da casa dos Habsburgo, há um número significativo de uniformes azuis da casa de França. Com um semblante sombrio, Frederico pensa em quantos daqueles eram soldados dos Manfredi que haviam, assim como ele, lutado ao lado dos franceses.

Ouve alguns gemidos à sua esquerda. Apesar da parca luz da tarde que já se transforma em noite, Frederico não tem dificuldade para perceber que se trata de um homem com as cores dos austríacos. Traz um grande talho aberto no ventre e uma das coxas foi dilacerada por uma queimadura, provavelmente atingida por um dos mosquetes franceses. Frederico baixa os olhos e encontra a expressão de dor lancinante do soldado caído. Como um ato de misericórdia, guarda o alfanje, apeia do cavalo, desembainha a rapieira e, com sua lâmina longa e afiada, atravessa o peito do homem, que morre em silêncio.

Além de ganhar mais uma guerra para os Manfredi e seus aliados, Frederico fez sua boa ação do dia. Apesar dos cortes em ambos os braços, do peso do peitoral de ferro com entalhes refinados que representam o corvo e os louros, símbolos da família, e do cansaço da batalha, ele segue com alguns de seus homens rumo ao Palácio de Te, residência de verão de Vincenzo Gonzaga, que jamais poderia imaginar que, após sua morte, aquela refinada construção, considerada uma das mais belas de toda a Europa, se tornaria o quartel-general de seus velhos aliados Manfredi e de seu genro, Charles, o duque de Nevers, para a conquista dos territórios que um dia lhe pertenceram. Lá, Don Gennaro e o próprio Charles esperam Frederico para assinar os tratados pré-acordados quando o duque mais uma vez recorreu aos cofres e soldados dos Manfredi para sustentar sua guerra pela conquista definitiva de Mântua e Monferrato. E, uma vez reunidos, esperariam por notícias de Roma.

Após a ridícula tomada de Mântua por Nevers e pelos soldados dos Manfredi na noite de Natal de 1629, os Habsburgo resolveram contra-atacar com carga total. O imperador Ferdinando finalmente moveu suas atenções para o Sul e todas as possibilidades daquelas terras abundantes. Mântua era, ainda, um ponto estratégico para sua inesgotável sede por novos territórios. Sete meses depois, os Habsburgo tomaram a cidade com uma imensa tropa, composta de milhares de homens, que subjugou facilmente os parcos soldados de Nevers presentes na cidade. Apesar dos vários avisos de Don Gennaro de que os Habsburgo poderiam tentar retomar o território a qualquer momento e por isso seria sensato contratar mais homens — saídos das casernas dos Manfredi, obviamente —, Charles optou por manter apenas seus próprios guardas. A verdade, porém, como era do conhecimento de todos os envolvidos, era que Nevers estava mergulhado em dívidas por conta da conquista de Monferrato e, mais tarde, de Mântua. Enquanto seu primo Luís XIII não resolvesse atender seus inúmeros pedidos de financiamento para sua guerra em nome não apenas da glória dos franceses, mas da contenção da impressionante expansão dos Habsburgo, tudo que Charles podia fazer era rezar para que as preocupações de Ferdinando continuassem voltadas para sua cruzada contra os protestantes em seu próprio território.

Após a tomada dos Habsburgo, pouco sobrou daquela que antes era considerada uma das cortes mais reluzentes da Europa. Apenas a catedral foi poupada. Charles, a esposa e os filhos conseguiram fugir a tempo para o Palácio de Te, localizado numa pequena ilha fluvial a alguns quilômetros da cidade. Sem alternativa, o duque assinou um tratado de paz com Ferdinando, porém, além da humilhação da derrota, ele sabia que era apenas questão de tempo até que os homens de Ferdinando atacassem seu novo refúgio e seguissem sua expansão, colocando em risco territórios pertencentes à Coroa francesa. Mais uma vez, Charles clamou pelo apoio de seu primo Luís XIII, que por fim se deu conta da iminência do avanço de seus rivais do Norte e não viu saída além de enviar algumas tropas e uma considerável quantia em dinheiro para financiar a retomada de Charles. Claro que boa parte dos ducados doados pelo rei francês acabaram indo parar nos cofres dos Manfredi, que enviaram uma grande tropa para Mântua e, mais importante, forneceram sua estratégia, já que, como aliados dos Gonzaga havia gerações, eles conheciam muito bem o território, suas peculiaridades, suas fraquezas e seu povo. Foi um trabalho paciente e meticuloso, que contou com a inestimável ajuda da população local, que nutria um ódio cada vez maior pelos conquistadores, que além de destroçarem suas casas e violentarem suas mulheres falavam aquela língua bárbara, tinham modos bizarros e os tratavam como se fossem seus escravos. Por meses, Gennaro, Frederico e Alfeo estudaram as informações que chegavam todas as semanas de seus espiões em Mântua, além de mapas da região e as possíveis táticas que poderiam ser utilizadas no campo de batalha. As tropas imperiais eram conhecidas por seus números impressionantes e sua extrema disciplina. Para derrotá-las, a melhor estratégia seria desestabilizá-las, usar de algum efeito surpresa que tirasse seus homens do prumo.

Aqueles meses foram de trabalho intenso para Frederico. Contudo, ele jamais se sentira tão realizado. Aos dezoito anos finalmente iria capitanear sua primeira grande batalha e não via a hora de entrar em ação. Claro, era um grande júbilo passar tantos dias e noites ao lado do pai e do tio tecendo táticas e imaginando os mais diferentes cenários, porém o que lhe dava um prazer genuíno era o calor do campo de batalha, o som das cornetas, o brilho das placas de armadura batendo umas contra as outras, a lâmina de seu alfanje resplandecendo ao sol, prestes a derrubar mais um inimigo. Ele tinha, obviamente, noção de todos os perigos envolvidos e, em seus treinamentos nas casernas da Villa, aprendera a ser um soldado cauteloso. Entretanto, confiava mais do que tudo em suas habilidades e não tinha dúvidas de que não poderia haver morte mais honrosa para um homem do que defendendo sua família em um campo de batalha. Esse novo combate por Mântua seria o maior do qual já participara e, além de estar à frente das tropas dos Manfredi, ele também comandaria diversos destacamentos franceses, um dos melhores e mais bem armados exércitos de que se tinha notícia. Seria realmente um grande momento e Frederico esperava que aquele fosse apenas o primeiro de muitos. Enquanto seu primo mais velho traçava acordos diplomáticos vantajosos para a família nos salões do Vaticano e o mais novo usava a esquisitice que lhe era peculiar para falar com os mortos, ou sabe-se lá o que ele e o tio Alfeo tanto faziam trancafiados naquele mausoléu pavoroso, sua função era liderar exércitos, impor autoridade e, quando as palavras falhassem, fazer valer a vontade dos Manfredi com a lâmina de sua espada. E Frederico se orgulhava profundamente disso.

Após diversas confabulações tanto do lado dos Manfredi quanto dos franceses, ficou decidido que a tomada de Mântua começaria com uma insurreição interna. O povo da cidade se levantaria contra seus dominadores. Claro que meros camponeses não seriam páreo para as tropas dos Habsburgo, entretanto, os bons homens de Mântua tinham a certeza de que lutavam do lado certo e que os Manfredi ampararam suas famílias quando retomassem a cidade, livrando-os de uma vez por todas das garras daquelas aberrações do Norte. A revolta atrairia as atenções dos soldados, deixando o caminho livre para que as tropas que defendiam Nevers cercassem a cidade. Em meio ao caos, um grupo de servos levaria alguns destacamentos franceses à paisana até o palácio ducal, sede do poder em Mântua. Misturando-se aos insurgentes, eles se incumbiriam de encontrar os comandantes austríacos e exterminá-los. Com as lideranças fora de cena, Nevers e os Manfredi esperavam que o exército do Norte perdesse seu esteio, ainda mais quando percebesse a imensa tropa pronta para a batalha que os esperava nos arredores da cidadela.

Na data marcada, tudo ocorreu de acordo com o planejado. Os soldados franceses disfarçados conseguiram adentrar a cidade com facilidade e, com a ajuda dos rebeldes, encontraram e decapitaram não só os comandantes das tropas como os governadores locais designados pelos Habsburgo e suas famílias. Fora do perímetro urbano, entretanto, Frederico e seus homens tiveram uma surpresa pouco agradável. Ferdinando, já esperando um ataque francês, espalhou em segredo algumas patrulhas numerosas pelos arredores da cidade e, enquanto os destacamentos responsáveis pela aniquilação dos dirigentes austríacos cumpriam sua missão no palácio ducal, o restante da tropa teve que iniciar o confronto mais cedo do que imaginava, combatendo os guardas que logo se reuniram ao redor da cidadela. Isso ceifou vários dos homens de Frederico de forma precoce e fez com que uma parcela significativa das estratégias tão bem planejadas ao longo de todos aqueles meses caísse por terra. Logo, novas tropas dos Habsburgo abrigadas na cidadela vieram apoiar os guardas. Ao contrário do que Frederico imaginara, apesar da queda de seus dirigentes, aqueles homens bem treinados pareciam dispostos a defender o território de seus senhores como se lhes pertencesse.

A batalha, que segundo os planos dos Manfredi deveria durar apenas algumas horas, acabou se arrastando até o final do dia. O imponente cavalo de guerra de Frederico havia perecido antes do meio-dia, atingido pelos piques dos rivais. Ele nem mesmo teve tempo de se despedir, pois assim que pulou do animal que tombava se viu diante de diversos soldados inimigos, munidos com montantes, espadas conhecidas por seus golpes mortais. Antes de lhe causar qualquer dano, porém, elas precisariam atingi-lo. Tanto os homens de Parma, habituados às delgadas rapieiras, quanto os franceses com seus sabres de um só gume, leves e fáceis de serem manejados, possuíam um estilo de combate veloz e ágil, o que tornava o trabalho dos soldados austríacos não apenas mais difícil, como cansativo. Além disso, o treinamento oferecido nas casernas dos Manfredi era famoso em toda a Europa por seus golpes certeiros, que costumavam atingir os órgãos vitais dos oponentes, uma cortesia dos cadáveres que os Predestinados da família havia séculos dissecavam nos subterrâneos de La Villetta. Contudo, ainda que tivessem trabalho para defrontar os invasores, os homens do Norte pareciam incansáveis. Embora mantivesse a confiança na vitória, Frederico preocupou-se ao se dar conta de que alguns de seus soldados começavam a entregar os pontos por pura exaustão. Ele tinha de agir rápido, caso não quisesse colocar tudo a perder logo em seu primeiro posto de comando.

À medida que manejava o alfanje quase de forma automática, derrubando um inimigo após outro ao mesmo tempo que tentava se desvencilhar dos golpes dos oponentes, Frederico via as pilhas de corpos abatidos que se acumulavam ao redor. Foi quando uma ideia grotesca, e por isso mesmo possivelmente eficaz, passou por sua mente. Quando um membro da cavalaria francesa cruzou seu caminho, destacado de seu batalhão e um tanto atarantado, Frederico fez com que ele apeasse e, tomando o cavalo para si, abriu caminho entre suas próprias tropas, seguindo até a retaguarda, onde estavam dispostos os canhões e cinco exemplares de antigas catapultas, armamento que havia sido contestado à exaustão por Nevers, que o considerava um empecilho arcaico, lento e inútil. Os Manfredi, entretanto, já haviam se valido da força bruta daqueles monstros de madeira em diversas ocasiões quando tudo mais falhava, de forma que antes de qualquer confronto de grande vulto ordenavam que seus mestres de engenharia de guerra erguessem alguns exemplares daquelas velhas bestas.

Quando se aproximou da artilharia pesada, Frederico ordenou que todos os cavaleiros que estavam por perto se encarregassem de buscar o maior número possível de corpos inimigos tombados e os levassem até as catapultas. Assim que os primeiros abatidos chegaram — alguns ainda vivos, mexendo os membros e suspirando —, o comandante gritou para que os operadores das catapultas pegassem seus barris de óleo, untassem os oponentes e os posicionassem nos cestos. Em seguida, mandou que ateassem fogo nos corpos e os lançassem em direção à formação austríaca. Sua intenção era que os homens de Ferdinando tivessem a impressão de que seus batalhões que atacaram pelos flancos, vindos dos arredores da cidade, haviam sido prontamente dizimados e experimentassem um vislumbre do que os Manfredi tinham reservado para eles.

Enquanto os soldados franceses olhavam boquiabertos para a estranha movimentação que acontecia na retaguarda, sem querer acreditar na crueldade selvagem que seus olhos viam, os combatentes treinados na Villa seguiam as ordens de seu comandante sem questionamentos. Além da total fidelidade aos seus senhores, eles conheciam muito bem as artimanhas que fizeram dos Manfredi uma das famílias mais temidas de toda a Europa.

Logo o céu do campo aberto diante da cidade de Mântua estava sendo cortado por uma torrente de homens em chamas. Muitos dos que ainda estavam vivos reuniam suas últimas forças para berrar, em desespero, já prevendo a derradeira queda enquanto sua carne ardia como se já houvessem cruzado os portões do inferno. Os homens dos Habsburgo se entreolharam, incrédulos. Muitos deles já tinham guerreado antes contra os franceses, um exército conhecido por suas estratégias inteligentes, mas jamais haviam sequer ouvido falar de que executassem atrocidades como aquela, digna dos reis pagãos do Oriente. Para que tipo de infiel Luís XIII e seu primo Charles de Nevers tinham vendido suas almas?

A questão que realmente importava para Frederico e seus homens, entretanto, foi que aquela estratégia atroz de fato intimidou o inimigo. As tropas se dispersaram nos locais onde os corpos em chamas de seus companheiros caíam e o ânimo do exército arrefeceu. Os gritos dos homens em agonia minaram a concentração dos austríacos e o testemunho do sofrimento lancinante de seus irmãos em armas era extremamente desconcertante, o que fazia com que seus reflexos se tornassem lentos, assim como sua resposta às investidas dos oponentes.

Contudo, insuflados pelo ódio diante daquele ato de desumanidade e por sua conhecida garra nos campos de batalha, o exército dos Habsburgo lutou bravamente até o último batalhão se ver encurralado e levantar a bandeira branca para um exército inimigo que, ainda que maior em número, estava quase tão em frangalhos quanto os próprios derrotados.

Após o longo confronto, a tarde já ia alta quando o que restou das tropas de Frederico tomou a cidade. Apesar das baixas entre os camponeses revoltosos, os soldados dos Manfredi foram mais uma vez saudados pelo povo de Mântua como seus libertadores. Antes de qualquer outro ato, Frederico ordenou que os soldados inimigos remanescentes fossem executados — com exceção de dois, que foram enviados à Áustria para relatar ao imperador Ferdinando o que haviam presenciado com seus próprios olhos. Ao receber de seus homens a confirmação de que, após uma busca minuciosa, a cidade estava limpa de combatentes enviados pelos Habsburgo, Frederico deixou Mântua temporariamente sob a tutela de seus tenentes e, acompanhado por um destacamento composto de vinte homens, rumou para o Palácio de Te.

APESAR DA PRESSA de chegar com as boas notícias para seu pai e o duque, assim que se distancia do campo de batalha, Frederico diminui um pouco o trote. Além de ser necessário estar ainda mais atento após o cair da noite, ele quer saborear aquele momento. Seu primeiro combate como comandante, mesmo que árduo, havia sido um sucesso. A adrenalina da luta ainda corre em suas veias e ele se permite sorrir. Sua posição na família se consolida cada vez mais e seus planos têm tudo para se concretizar em breve, enquanto as áreas de influência dos Manfredi se estendem com rapidez impressionante. No que depender dele, aquele será apenas o começo. Enquanto monarcas como Ferdinando e Luís XIII, assim como o próprio papa, têm uma notória sede por coroas, honrarias e novas terras, Frederico aprendeu desde muito cedo com seu pai que o verdadeiro poder é aquele que brota das ruas, das casernas, das caravanas de comércio, das pequenas oficinas e das barracas dos feirantes, os peões ignorados pelos poderosos, mas que personificam as peças ignóbeis que sustentam os tronos. Tudo bem se o tio Alfeo tem aquela verdadeira obsessão de ver seu primogênito no trono papal, legitimando as conquistas e os interesses dos Manfredi, mas todos eles sabem que sem o apoio dos braços incógnitos — fosse pela gratidão, fosse pelo medo ou pela força — a família não seria capaz de manter nem por um único dia seu poder e sua influência. E, como seu pai, Frederico não vê o menor problema em se incumbir da nem sempre grata tarefa de lidar com aquela gente. Muito pelo contrário. As boas maneiras e as palavras floreadas jamais foram sua senda. Desde menino, ele prefere a ação aos discursos e nada o faz sentir-se mais vivo que brandir seu alfanje.

    Nos últimos tempos, nas conversas que tinham a sós na sala de guerra da caserna da Villa, Don Gennaro salientava o quanto o futuro dos Manfredi dependia de Frederico. Com Domenico no Vaticano, proibido de gerar herdeiros legítimos, e com Luciano sendo aquele retardado notório — não importavam todos os panos quentes colocados por Don Alfeo e aquelas suas histórias sobre dons e fantasmas —, ele era a única esperança para o prosseguimento da dinastia. A prima Jade logo teria idade suficiente para contrair matrimônio e estava se tornando uma moça belíssima, além de, ao contrário do irmão com quem dividiu o ventre, não sofrer de nenhum tipo de retardamento. Eles eram primos-irmãos, Frederico havia visto Jade crescer e não possuía a menor dúvida de que seria fácil fazer com que se apaixonasse por ele. Também tinha certeza de que era capaz de se tornar um marido digno da aprovação do tio, que, por sua vez, o via como um quarto filho, como o próprio Alfeo costumava repetir.

Claro que Domenico já havia declarado em mais de uma ocasião que queria ver a irmã longe da Villa, mas, apesar de toda a maturidade conquistada pelo primo no seminário e, mais tarde, no Vaticano, Frederico compreendia aquelas afirmações como um resquício do ciúme muito mal ocultado por Domenico diante da clara predileção de Don Alfeo pelos filhos caçulas. Tinha, porém, certeza de que, à medida que a influência e as responsabilidades do primo no Colegiado aumentassem, ele esqueceria aquelas velhas picuinhas.

A vitória épica alcançada por Frederico naquele final de tarde sem dúvida seria lembrada no momento em que pedisse a mão de Jade em casamento. Claro, ele ainda teria que esperar um ano ou dois, mas isso lhe daria tempo para trazer êxitos ainda maiores para os Manfredi e conquistar o coração da prima. No último aniversário de Jade, quando ela por fim deixou de ser considerada uma criança, ele lhe deu um imenso espelho que encomendara pessoalmente a um dos melhores mestres vidraceiros de Murano. O valor exorbitante do presente deixava bem claras suas futuras intenções, que foram aparentemente bem aceitas, dado o largo sorriso de Don Alfeo ao ver a felicidade da filha ao desembrulhar o grande pacote, embora ele não tenha tecido nenhum comentário posterior. Seria difícil dobrar o velho Alfeo, sem dúvida, mas Jade ficara tão radiante que correu para os braços do primo, que a suspendeu no ar enquanto ela soltava uma daquelas suas gargalhadas adoráveis, e sussurrou em seu ouvido ao abraçá-lo com força:

— Muito obrigada, primo Fred. Você é o meu herói. Eu o amo tanto.

Imerso nesses pensamentos, Frederico atinge o alto de um monte e avista as muralhas do Palácio de Te. Logo, porém, o sorriso desaparece de seu rosto. Ele olha para baixo e tem a impressão de ter retornado a Mântua. O solo está mais uma vez coberto pelos corpos dos soldados, muitos deles vestidos com os uniformes azuis dos franceses, embora alguns ostentem cores das mais diversas, de forma que é difícil dizer a quem servem. Apenas quando vislumbra a imensa quantidade de lanças espalhadas pelo gramado diante das muralhas é que se dá conta da identidade daqueles soldados. Só podem ser os famosos e temidos lansquenetes, o sanguinário exército mercenário germânico que, segundo relatos de Don Gennaro, havia sido responsável pelo extermínio de numerosas tropas pertencentes à família nas diversas guerras travadas nos arredores de Veneza e Nápoles no século anterior, quando os Manfredi se consolidaram como os principais fornecedores de mercenários da região — e cimentaram de forma definitiva sua fortuna e influência.

Ao ver os corpos que se amontoam cada vez mais à medida que se aproximam, Frederico e seus homens passam a galopar a toda velocidade. O comandante havia designado um número considerável de destacamentos com a missão de proteger o palácio, mas não esperava que os Habsburgo deslocassem seus mercenários para Te, em vez de proteger Mântua, embora naquele momento aquela estratégia passasse a ter toda a lógica. Ele se sentiu um tolo por não ter pensado naquela possibilidade.

Quando alcançam o portão principal, Frederico e seus soldados se deparam com um destacamento que guarda o local, munido com espadas bastardas e as longas lanças que dispensam maiores apresentações. O grupo acomete com toda força contra os recém-chegados. Seus piques fazem com que três dos homens dos Manfredi sejam derrubados das montarias. Num salto, Frederico apeia do cavalo e, com o alfanje já em punho, corta a garganta do inimigo que está mais próximo e atravessa o abdômen do que vem logo atrás. Ao retirar a espada, desvia de um golpe que acaba atingindo apenas a braçadeira de metal que protege seu punho direito antes que, num reflexo, ele se vire e ceife imediatamente a vida do oponente, acertando o alfanje em sua boca. Observando ao redor, ele vê os demais germânicos caídos, assim como um de seus homens e duas montarias que pereceram ao encontrar as lanças implacáveis dos lansquenetes.

Os portões estão escancarados. Entretanto, sem saber o que encontrarão do outro lado, eles optam por deixar os cavalos do lado de fora e adentram as muralhas com cautela, sendo obrigados a desviar dos corpos-cobrindo a grande galeria que leva até o fosso que protege o palácio. Bem antes de alcançar o gramado que precede a passagem alagada, já ouvem os sons da batalha campal que acontece ali. Frederico dá ordens para que seus homens parem por um momento. É impossível predizer quantos soldados há ali, porém, pelo destacamento inimigo posicionado nos portões, não é difícil deduzir quem está levando a vantagem. É também bastante provável que algum dos guardas houvesse sido incumbido de avisar seu superior da chegada deles enquanto seus companheiros partiam para o ataque. Eles têm pouco tempo para pensar numa tática antes que mais lansquenetes venham ao seu encontro.

Frederico se recosta numa das paredes e, apoiando as mãos nos joelhos, abaixa a cabeça por um momento. Controla-se para que a exaustão não turve sua mente. Ele falhou por não pensar como o inimigo, como seu pai tantas vezes lhe recomendara. É certo que, ao se darem conta do ataque surpresa francês na cidade, os austríacos enviaram tropas para Te. Assim, mesmo que fossem derrotados em Mântua, os Habsburgo teriam o duque de Nevers em suas mãos — levando de lambuja Don Gennaro e os generais dos Manfredi —, de forma que a primeira grande vitória de Frederico seria transformada num fracasso sem precedentes. Ele respira fundo. Ainda há, porém, uma esperança. Em suas longas deliberações na sala de guerra, Gennaro comentara que, como todas as grandes residências erguidas naqueles tempos, o Palácio de Te era repleto de passagens ocultas, em especial nos subterrâneos. Era bastante provável que uma delas levasse para fora da casa. Em sua correspondência semanal, transportada por estafetas dos Manfredi, Don Gennaro recomendou ao duque que empenhasse alguns de seus homens em encontrá-las, pois esses acessos poderiam ser decisivos numa situação como aquela. O palácio era imenso e Nevers levou mais de dois meses para retornar com uma resposta. Depois de investigar cada canto, revestimento e assoalho, os guardas encontraram uma série de corredores internos que levavam às cozinhas, aos alojamentos dos empregados, aos aposentos íntimos no segundo andar e, por fim, um único caminho que seguia até o outro lado das muralhas. Segundo o relatório enviado a Parma, era uma passagem baixa, estreita e longa. Frederico reza para que Nevers não tenha engordado ainda mais desde a última vez que o viu, cerca de um ano e meio antes.

Ele precisa pensar rápido. O mais sensato seria aproveitar o caminho livre atrás deles e voltar a Mântua com seus homens para preparar o território para a possível chegada de Nevers e Don Gennaro, além de reunir o que sobrara de suas tropas e dos insurgentes para preparar a defesa da cidade caso os lansquenetes marchassem para lá após saquear o palácio. Entretanto, Frederico se sente impelido a seguir em frente, independentemente do que encontre. Ele é o comandante de sua tropa e, mais do que isso, sempre se considerara um guerreiro. Já havia cometido o erro de subestimar o inimigo. Por mais prudente que aquela atitude soasse, para ele retroceder seria como assinar um atestado de covardia. É seu dever garantir que o duque de Nevers saia são e salvo daquele palácio e chegue a Mântua para apropriar-se do que é seu por direito.

Frederico olha para os homens reunidos ao seu redor, atentos, à espera de seu comando. Eles precisavam ser poupados. Afinal, todo homem capaz de erguer uma espada seria necessário na cidadela. Em voz baixa, Frederico comunica que o destacamento deve retornar imediatamente a Mântua. Lá, devem avisar aos tenentes o que está se sucedendo em Te e lhes passar ordens para que organizem as defesas da cidade e busquem reforços em Casalmaggiore, a cidade aliada dos Manfredi mais próxima a dispor de um exército minimamente treinado. Claro que o valor desse apoio extra será mais tarde acrescido aos espólios que caberiam aos Manfredi, e Frederico tem certeza de que o marquês de Casalmaggiore ficará mais do que feliz em colaborar com a vitória de seus bons amigos de Parma, que já haviam intercedido a seu favor mais de uma vez, indicando a cidade como parada para as rotas de comércio que passavam por seus pedágios em vez da vizinha Sabioneta. E — o mais importante de tudo — um destacamento devia se postar o mais depressa possível no entroncamento que levava a Te para avisar ao estafeta enviado por Roma que ele devia seguir para Mântua em vez de rumar para o palácio como havia sido previamente combinado com Dom Domenico.

Frederico observa seus homens até que alcancem o portão por onde haviam entrado, na outra extremidade da amurada. Dois deles dividiam a mesma montaria e outro recebera sua autorização para utilizar o cavalo que o trouxera até ali. Mais tarde, daria um jeito de retornar a Mântua — se saísse vivo de Te.

Ele respira fundo novamente, fecha os olhos e faz o sinal da cruz. Tem consciência de que, diferente de seus primos e de tantos outros membros de sua família, ele está ali naquele exato momento porque essa é a sua vontade. Sim, ele nascera para ser um soldado. E se morrer como um é o que o destino lhe reservara, aceitaria o fardo de bom grado.

Frederico retira o alfanje da bainha e dá um passo cauteloso, ainda que decidido, para fora do túnel sob a amurada. O que encontra ali supera até mesmo suas previsões mais pessimistas. O gramado que separa os muros do fosso está tomado por lansquenetes. Nada sobrou das estátuas esculpidas por alguns dos maiores artistas da região e dos jardins planejados com desvelo. É difícil contabilizar quantos deles há ali, mas fica claro que superam de longe os soldados que defendem Nevers. Apenas o fosso impede que eles tomem o palácio. Por ser um exército mercenário provavelmente contratado para ficar de plantão com o intuito de invadir Te caso Nevers contra-atacasse em Mântua, mais do que por seus soldos, eles estão ali pelo saque. Aquele é um dos mais refinados palácios da Europa e Frederico não tem dúvidas de que os capitães dos lansquenetes tinham negociado com Ferdinando ao menos uma noite de saques livres à propriedade antes de entregá-la ao Império Austríaco. Esse é o único motivo que explica por que eles não haviam botado o palácio abaixo com canhões. Entretanto, fica bem claro que seria apenas questão de tempo até que eles derrubassem os soldados de uniforme azul que defendem a ponte estreita que leva ao interior do prédio. O que Frederico precisa fazer é chegar lá antes que os lansquenetes façam isso.

Com os olhos fixos no ponto que deseja alcançar, Frederico entra no campo de batalha mais uma vez. De repente, todo o cansaço desaparece. O calor da luta toma conta de cada um de seus poros. Ele é um soldado. Tudo que tem a fazer é cumprir sua missão. E pobres das almas que ousarem tentar impedi-lo.

Logo de início, consegue passar quase desapercebido entre os lansquenetes seguindo pelos flancos do pelotão. Como as atenções dos germânicos estão nos soldados vestidos de azul na vanguarda, poucos deles se dão conta daquele intruso em suas fileiras. Seu largo peitoral de ferro e o sangue seco dos ferimentos que sofrera nos braços que empapa boa parte do tecido de seu uniforme tornam sua presença ainda mais discreta naquele exército de homens que não defendem nenhuma cor ou brasão. Os poucos que o notam são rapidamente silenciados por seu alfanje.

Contudo, à medida que se aproxima do fosso, onde a batalha está de fato ocorrendo — e os franceses são massacrados —, as coisas se tornam mais difíceis. Ele é cercado por três lansquenetes munidos com montantes. Parece impossível desviar de todos os golpes, porém Frederico confunde os oponentes ao simular que, como eles esperavam, atacaria aquele que estava à sua frente e certamente seria capaz de lhe dar o golpe mais letal, para atingir, dando um pulo para trás, primeiro o homem que está à sua esquerda e, num átimo, o que se encontra à direita. Pego de surpresa, o germânico que se postou diante dele erra o golpe, sentindo em seguida o alfanje cravar-se em seu peito e caindo assim que Frederico retira a arma. Um dos outros homens ainda consegue atingir de raspão seu pescoço antes de cair ao ter a cintura perfurada. O último oponente, já bastante ferido do primeiro talho que sofreu, ainda faz menção de que irá partir para cima de Frederico, mas tomba de joelhos antes disso, com golfadas de sangue escapando da boca.

Frederico segue em frente derrubando mais alguns germânicos à medida que avança. Assim como os homens dos Habsburgo, eles são oponentes vigorosos e muito bem armados, entretanto, lhes faltam agilidade e pensamento rápido. Quando menos de cinquenta metros o separam da ponte, um homem alto, pelo menos quinze centímetros maior que Frederico, com uma meia armadura confeccionada com ferro de extrema qualidade, vislumbra o oponente que se aproxima à distância e, parecendo não se importar mais com a batalha que se desenrola à sua frente, corre em sua direção.

O homem para diante do inimigo. Certamente é mais de uma década mais velho que ele, talvez um pouco mais. Sem dúvida, trata-se de alguém de patente alta entre os lansquenetes. Frederico coloca o alfanje em posição de defesa e espera que o oponente se manifeste. Ele lança um olhar para o entalhe em seu peitoral e abre um sorriso provocador:

— Finalmente! Estava esperando pela hora em que me depararia com um Manfredi que não se disfarçasse totalmente com o uniforme de seus contratantes. A quem vocês querem enganar? Todos sabem que não há guerra no Sul sem que os Manfredi estejam metidos.

De fato, por baixo da armadura, Frederico veste o uniforme azul de Luís XIII. Era um velho estratagema dos Manfredi vestir a cor do exército com o qual fechavam acordos de apoio, uma forma de se misturarem à multidão dos campos de batalha, uma demonstração dissimulada de fidelidade a seus contratantes e um estratagema para que seus inimigos — e aliados — não reconhecessem os homens vindos de sua caserna entre as fileiras. Isso era considerado entre as demais companhias mercenárias uma alienação dos princípios que regiam aquele tipo de negócio. Afinal, era de conhecimento comum que mercenários serviam apenas aos seus próprios interesses, considerando insultuosa a possibilidade de serem confundidos com um exército nacional. Os Manfredi, porém, não se importavam minimamente com o que pensavam as demais companhias de guerra. Afinal, para eles, suas tropas eram apenas um dos meios para alcançar desígnios muito mais elevados.

— Não servimos contratantes, meu senhor – objeta Frederico. – Os Manfredi defendem seus aliados.

— Chamem do que quiserem. Para todos que conhecem os Manfredi e seus homens, vocês não passam de putas de guerra da pior espécie.

O homem parte para cima de Frederico com a bastarda em punho. O jovem comandante consegue desviar do primeiro golpe e contra-ataca, porém tem seu alfanje aparado pela bastarda do oponente. Num movimento rápido, com uma agilidade pela qual Frederico não esperava, ele crava a arma em sua coxa esquerda. O rapaz ainda tenta se esquivar dando alguns passos para trás, mesmo assim a vultosa lâmina penetra sua carne, causando uma dor lancinante. Solta um único grito que mais se assemelha a um uivo, o que faz com que o ar oxigene seus pulmões, lhe dando uma nova onda de energia, apesar da dor. Por mais que aceite que seu destino é encontrar a morte num campo de batalha, ele se recusa a perecer tão cedo, ainda mais nas mãos daquele germânico miserável. Fixa mais uma vez sua atenção no lansquenete e, ignorando a dor quando apoia a perna novamente no solo, mira seu queixo. Por ser mais baixo, basta conseguir se aproximar o suficiente para erguer a espada e atravessar sua garganta. Entretanto, assim que dá um passo à frente, é obrigado a aparar um novo golpe. Ao se desvencilhar, pende para o lado direito e, com a agilidade que lhe é peculiar, consegue atingir com sua lâmina justamente o espaço deixado entre as duas placas de ferro presas por tiras de couro que compõem o peitoral do inimigo. O homem se desvencilha depressa o suficiente para que o corte não penetre com profundidade. Mesmo assim, o sangue começa a brotar da ferida recém-aberta. O germânico, porém, não se abala e volta-se com tudo para o Manfredi diante dele. Segurando a bastarda com ambas as mãos, lança um golpe vigoroso. Pelo movimento, Frederico logo percebe que o alvo é o seu pescoço. É bem provável que, irritado com o talho que ele abriu em seu torso, o rival quisesse dar fim àquilo. O gigante havia se cansado de brincar com sua presa e dali para frente atacaria para matá-lo. A vida de Frederico depende, mais do que nunca, de seu pensamento rápido.

Ao ver a lâmina da bastarda se aproximando, ele pula para um dos lados, de forma que é atingido no braço, o que lhe causa uma nova onda de dor excruciante, mas o poupa de um golpe mortal. Assim que o pé direito atinge o chão, ele respira fundo, reúne todas as forças e, com a perna ferida, desfere um chute com todas as suas forças na cintura do oponente. O homem, que tinha o tronco inclinado para a frente no intuito de concentrar sua potência no golpe que acabara de aplicar, perde o equilíbrio e cai sentado no solo. É a chance de Frederico. Mais que depressa, ele se posiciona sobre o inimigo e, com um único golpe certeiro de seu alfanje afiado, separa a cabeça do germano de seu corpo.

Soltando um suspiro de alívio e sentindo os ferimentos na perna e no braço pulsarem, Frederico olha ao redor. Por mais que se orgulhe de ter derrubado o capitão dos lansquenetes, aquela é uma batalha perdida. Os mercenários já estão na beirada da ponte e ele vê que alguns soldados franceses entregam os pontos, retornando ao palácio provavelmente para reunir seus parcos pertences enquanto é tempo antes de bater em retirada. Ele não confia naqueles covardes para garantir a segurança do duque e de seu pai até Mântua. Apesar de toda a dor, precisa assegurar que ambos sejam evacuados de Te e cheguem sãos e salvos à cidade.

Sentindo que seus passos se tornam trôpegos, Frederico respira fundo e parte em direção à ponte, derrubando mais quatro lansquenetes pelo caminho e sofrendo um novo golpe, dessa vez apenas um corte superficial no ombro direito, e por fim alcança a passagem elevada sobre o poço, onde um já escasso grupamento de soldados franceses tenta deter a turba germânica. Ao perceber os olhares dos aliados, Frederico se dá conta do quão repulsiva sua aparência deve estar. Eles levam um momento para distinguir a cor de seu uniforme por baixo do peitoral e de todo o sangue. Temendo ser confundido com um inimigo por aqueles idiotas franceses, ele se identifica para os homens mais próximos:

— *Commandant* Frederico Manfredi.

Ao ouvir seu nome, os soldados abrem passagem. A tropa remanescente é tão escassa que em poucos passos ele alcança a retaguarda, onde se encontra o cabo responsável. Frederico tem a clara impressão de que o homem só não abandonou o posto graças à sua repentina presença ali.

— *Commandant Frédérrrr...* – começou ele antes de ser interrompido pelo superior.

— Meu pai e o duque, onde estão?

— Estavam reunidos no Salão dos Cavalos, senhor, mas isso já faz algumas horas e...

Frederico não espera que o homem conclua a frase. Frequentou o palácio em alguns verões durante a infância, quando o pai tinha negócios a tratar com o velho Gonzaga. Lembrava-se com clareza dos salões de Estado imponentes, com seus móveis refinados folheados a ouro, as estátuas e os afrescos impressionantes que cobriam todas as paredes. Certamente ainda sabe chegar ao Salão dos Cavalos, que tanto o maravilhava quando era garoto com suas pinturas realistas de alazões em todas as paredes.

Ele cruza o pórtico com suas colunas e estátuas clássicas em seus nichos. A ferida na coxa pulsa com uma intensidade crescente e ele sente o corpo quente. Contudo, depois de ter chegado tão longe, desistir não é uma possibilidade. Frederico alcança então a *loggia* para a qual a maior parte dos cômodos do piso térreo do palácio se abre. Vários corredores saem do átrio retangular e ele se recorda que um deles leva até o Salão dos Cavalos, embora não tenha certeza de qual. Num impulso, toma a segunda passagem à direita. Atravessa alguns salões vazios, encontrando apenas os móveis e os famosos afrescos de Te. Aparentemente, até mesmo os servos haviam abandonado o palácio. Faz uma rápida oração silenciosa, clamando para que o pai e o duque houvessem tomado a mesma decisão e já estivessem longe dali.

Logo fica claro que ele seguiu pelo caminho errado. Ao prestar atenção nas pinturas nas paredes que o rodeiam e puxar pela memória, Frederico se dá conta de que, apesar de ter pego o corredor correto, deveria ter rumado para a esquerda. Ele ouve então o estrondo da turba e os passos pesados das centenas de botas que tomam o pátio interno do palácio. Os lansquenetes por fim haviam derrubado os franceses e tomado Te. Ele não tem muito tempo e cruzar o átrio será impossível, já que é exatamente ali que os mercenários germânicos estão reunidos, prontos para se espalhar pelos cômodos que circundam a *loggia*. Ele sabe que os salões do térreo são interligados, de forma que se apressa para contornar o palácio pelo seu interior. Correndo o máximo que é capaz, Frederico cruza os belos cômodos atento a qualquer som ou movimento. Aparentemente os lansquenetes estão ocupados saqueando as salas mais próximas à entrada. Sem dúvida, eles encontram ali mais móveis, estátuas e pinturas valiosas do que em quaisquer das residências de burgueses protestantes avaros que costumavam pilhar. Isso lhe dará tempo de alcançar a ala oposta e chegar ao Salão dos Cavalos.

Frederico, porém, encontra o cômodo vazio, ainda que com sinais de que havia sido recentemente evacuado. Sobre a grande mesa no centro do salão repousam uma garrafa de vinho pela metade, um cesto com frutas frescas, taças ainda cheias e uma maçã com algumas mordidas largada em um prato. Ele pega a garrafa e toma um longo gole para aplacar um pouco a dor e a exaustão. Assim que a coloca de volta na mesa, ouve um som abafado que parece vir de algum cômodo contíguo, embora não consiga especificar exatamente sua origem. Fica imóvel e em total silêncio, observando os arredores em busca de um possível esconderijo caso os lansquenetes irrompam no salão. Contudo, os passos pesados e os sons guturais da língua dos germanos ainda estão longe, de forma que não acredita que eles tenham alcançado qualquer salão próximo. Novamente, ouve algo mais perto. Dessa vez, não tem a menor dúvida de que se trata de uma voz um tanto aguda, que parece praguejar. Decide então seguir na direção do som, entrando em um pequeno cômodo contíguo ao Salão dos Cavalos que costumava ser usado como sala de espera para as recepções que nos tempos áureos do palácio eram realizadas ali. Esse aposento liga o Salão dos Cavalos ao Salão de Banquetes, do qual Frederico se lembra tão bem, com seus vívidos afrescos que retratam o mito de Amor e Psiquê. Dizia-se que aquelas pinturas foram dedicadas às inúmeras amantes que os patriarcas Gonzaga mantiveram ao longo das gerações. Uma homenagem irônica para um cômodo destinado a grandes refeições e, apesar da dor e da tensão, Frederico não consegue evitar uma risada muda.

Ele se posiciona furtivamente entre a porta que dá para o Salão de Banquetes e a parede da sala de espera, e se concentra por um momento. Do outro lado, ouve o som de passos, contudo, são sutis, bem diferentes do estrondo das botas dos lansquenetes. Porém não há tempo para maiores ponderações. Com todo cuidado, Frederico abre lentamente a porta, espiando o cômodo. Para seu alívio, flagra o duque de Nevers, Don Gennaro e seis guardas franceses junto à porta na parede oposta, que leva ao aposento seguinte. Assim que ele gira a maçaneta, os guardas correm em sua direção e ele vislumbra uma expressão de pavor tomar conta do rosto do duque. Os soldados já desembainhavam suas armas quando Don Gennaro ordena em francês, sem elevar a voz:

— Recuem! É o nosso comandante.

Frederico sente uma onda de orgulho ao ouvir aquelas palavras. Ser admirado como um líder por seus homens é um grande motivo de júbilo, entretanto, ser reconhecido pelo pai como o comandante dos Manfredi é algo pelo qual ele sempre esperara.

— Meu filho. – Don Gennaro caminha até Frederico e examina seu estado. – Vejo que as coisas lá fora estão tão ruins quanto eu previra. – Ele lança um olhar sombrio para o duque. – Temos que evacuar o palácio o mais depressa possível.

— Ferdinando contratou uma imensa infantaria de lansquenetes – informa Frederico. – Os soldados franceses foram aniquilados. Eles já tomaram a ponte e começaram os saques nos salões próximos à entrada. Não há mais o que fazer além de tentarmos acessar uma saída segura.

— Este palácio não foi construído para tempos de guerra. Não tínhamos nenhuma visibilidade do campo de batalha aqui de dentro. Ficamos dependentes dos relatórios de nossos mensageiros. Quando as notícias cessaram, deduzi que as tropas francesas haviam sido derrubadas e propus que colocássemos o plano de fuga em ação. O duque, entretanto, ficou reticente em abandonar Te. Compreendo que este é um palácio repleto de tesouros, porém de que nos servirão todos estes móveis requintados e as pinturas dos mestres se os germanos nos estriparem? – Don Gennaro encara Nevers com severidade enquanto pronuncia a última frase.

— É um sacrilégio deixar esta pérola para os bárbaros... – começa Nevers.

— Eu compreendo, duque, mas não temos tempo para isso – Frederico o corta. – Se o senhor deseja sair com vida daqui, precisamos deixar Te imediatamente. Onde fica a saída oculta que dá para o poço?

— No início da ala leste. Na Câmara dos Gigantes – responde Nevers.

— Para chegar lá, teremos que atravessar mais da metade da ala oeste da *loggia*, onde nos encontramos agora, e mais a ala sul, exatamente onde fica a entrada principal do palácio – atesta Don Gennaro.

— Não acho que essa travessia seja possível, pois é justamente pelos portões principais, que dão para a ponte, que os germanos estão entrando. Eles são inúmeros, combatê-los face a face não é uma opção. Teremos que retroceder contornando a ala norte ou nos aventurar pelo átrio. A maior parte dos lucros dos lansquenetes vem de seus saques e é bem provável que Ferdinando tenha lhes dado apenas esta noite para que fizessem seus ganhos. Não creio que perderão seu precioso tempo colhendo flores nos jardins no pátio interno. – Frederico dá um passo adiante e sente de maneira intensa o ferimento na perna. Seu corpo começa a esfriar e as dores beiram o insuportável.

Don Gennaro olha para o filho.

— Vamos cruzar o átrio. Quanto mais demorarmos, menor é a possibilidade de sairmos vivos daqui.

O duque de Nevers faz menção de retrucar, contudo, ao ver seus próprios guardas seguindo em direção à porta lateral do Salão de Banquetes, prontos para atravessar o pátio, ele desiste e os segue em silêncio.

Os soldados abrem a porta lateral com cautela e observam a movimentação do lado de fora. Alguns lansquenetes estão de guarda enquanto os demais se ocupam de inspecionar os primeiros cômodos do palácio. Grupos de cinco homens se concentram em cada um dos cantos do átrio. A posição central em que se encontram os Manfredi e o duque lhes dá uma boa vantagem, porém, em termos de números, eles estão em clara inferioridade. Teriam que cruzar o pátio a toda velocidade para adentrar o salão mais próximo da Câmara dos Gigantes na ala oposta sem serem pegos pelos germanos.

Don Gennaro se aproxima da porta, dá uma olhadela para o lado de fora e logo retorna com uma sugestão.

— Vamos sair cercando o duque e correr a toda para a ala leste. A porta de uma das saletas anexas à câmara está aberta. Vamos seguir direto para lá e rezemos para que o restante da tropa ainda não tenha alcançado esse ponto do palácio. Caso contrário, teremos que nos preparar para nos defender ao mesmo tempo em que corremos para a passagem. Vocês conseguem fazer isso? – ele pergunta aos guardas.

Os homens soltam um *oui* pouco convincente. A situação está muito longe de ser favorável, entretanto, tudo que não precisam é de soldados acovardados. Os destacamentos dos Manfredi, porém, haviam sido escalados para a conquista de Mântua e os que ficaram de guarda no palácio acabaram indo para a frente de batalha quando chegou a notícia de que os homens de Luís XIII não estavam tendo a menor chance contra os lansquenetes. Aqueles franceses frouxos são tudo com o que podem contar naquele momento crítico e Don Gennaro se vê obrigado a tirar o melhor deles. Seus olhos se voltam mais uma vez para o filho. Frederico se apoia sobre a perna direita e tenta não deixar que a dor transpareça; contudo, a poça de sangue que se forma aos seus pés não engana seu pai.

— Frederico, você ficará no centro da formação.

— Impossível, pai. Vocês precisarão do meu alfanje. Derrubei diversos lansquenetes para chegar até aqui. Já tive um bom vislumbre das artimanhas desses porcos.

— Você está ferido – atesta Don Gennaro. – Não conseguirá correr com tanta rapidez. Isso nos atrasará. No centro da formação, os guardas poderão ajudá-lo a se locomover. Caso seja necessário, claro.

Don Gennaro tem razão, ainda que isso fira os brios de Frederico. O pai sempre estará acima dele na hierarquia da família, de forma que, engolindo o orgulho, Frederico apenas assente.

Os soldados cercam o duque e o comandante enquanto Don Gennaro se posiciona na retaguarda com o alfanje em punho. Com um leve chute, o homem que está à frente abre a porta e o grupo sai unido, como se compusesse uma única estrutura. Na maior velocidade de que são capazes sem colocar em risco a formação, começam a cruzar o pátio. Como cogitaram, logo chamam a atenção dos guardas, que se dividem para alcançá-los. Apesar de seus choramingos, os soldados franceses são bem treinados e estão em boa forma, embora se vejam obrigados a diminuir o passo por conta do duque, um homem corpulento, acostumado a lautas refeições e pouco habituado a exercícios que fossem além de uma cavalgada breve. Frederico, por sua vez, agradece pelo ritmo lento de Nevers. Sua perna lateja cada vez mais e o sangue empapa o tecido de suas calças. Já Don Gennaro, ainda que se aproxime dos quarenta anos, está acostumado aos campos de batalha, às caçadas e aos intensos treinamentos realizados nas casernas da Villa. Correr de costas não é uma tarefa fácil, ainda mais brandindo uma espada, mas a tensão do momento o consome muito mais do que o esforço físico. Apesar de estarem longe de correr a toda carga, a posição central lhes dá uma grande vantagem, de forma que os lansquenetes só os alcançam quando o grupo já está próximo do pórtico. Dois inimigos ficam cara a cara com Don Gennaro enquanto mais dois os ameaçam em cada flanco. Gennaro atravessa o abdômen de um deles com o alfanje logo que o adversário se aproxima. No momento em que se vira para dar conta do segundo oponente, tudo que vê é a bastarda do germano vindo na direção de seu pescoço. Será impossível escapar. Ainda assim, num reflexo, ele tenta desviar o tronco, abrindo espaço para que, mais que depressa, Frederico perfure o peito do homem, que tomba diante deles. No flanco direito, os soldados franceses conseguem dar conta dos rivais, ainda que um deles tenha sofrido um corte profundo num dos antebraços. No flanco esquerdo, porém, os guardas de Nevers levam a pior. Um já tinha caído e o outro está sendo bloqueado. Outros lansquenetes se aproximam. Não há tempo para defendê-los. Logo estariam encurralados. Don Gennaro dá então ordens para que os homens na vanguarda cruzem o pórtico e adentrem a ala leste o mais rápido possível.

O soldado fica para trás, sendo rapidamente derrubado pelos germanos. Ainda assim, ele serve como obstáculo para os adversários, o que permite que os demais tomem uma certa distância, que logo em seguida se prova de extrema importância. Da antessala, o grupo ouve as vozes e o som das botas dos lansquenetes bastante próximos. Eles estão certamente no cômodo ao lado, que servia como gabinete do velho Gonzaga, decorado com obras de arte valiosas e, nas várias gavetas das escrivaninhas, encontravam-se diversos tinteiros, abridores de cartas e outros utensílios manufaturados em ouro maciço, prendas irresistíveis para os mercenários germanos. Ainda que a Câmara dos Gigantes seja apenas uma sala de demonstração, que com seus impressionantes afrescos servia para que o senhor do palácio entretivesse seus convivas com obras artísticas à altura de seus mecenatos, é bem provável que os invasores não saibam disso e, assim que os itens mais valiosos sejam usurpados do gabinete, é certo que avançarão naquela direção em busca de mais riquezas. Don Gennaro dá ordens para que os companheiros o sigam rumo à câmara e é prontamente atendido, ainda que o duque dispense um último olhar entristecido em direção à porta do escritório, imaginando as posses de seu sogro das quais se via obrigado a abrir mão.

Mesmo em meio a todo aquele frenesi, é impossível não se maravilhar com a visão das paredes da câmara. Afrescos que vão do chão ao teto retratam uma batalha entre gigantes que tentavam alcançar Zeus no alto do Monte Olimpo. Frederico olha ao redor e se dá conta de que, sem sombra de dúvida, o lugar é ainda mais impressionante do que o pintavam suas lembranças infantis. O cômodo é iluminado apenas pelas fogueiras acesas pelos lansquenetes nos jardins, de forma que as chamas lançam uma luz avermelhada e diabólica sobre os rostos dos gigantes.

— Onde está a passagem? – pergunta Frederico.

O duque aponta para a parede oposta às janelas.

— Debaixo do cotovelo do gigante que está carregando pedras, na extrema esquerda.

Imediatamente os outros seis homens se viram para a área indicada. Sob o braço da grande imagem de expressão grotesca, retratada apenas do peito para cima, há um espaço exíguo até o chão. Na escuridão da sala, Frederico não consegue ver nada ali além da pintura de algumas pedras. Don Gennaro, talvez tão incrédulo quanto o filho, aproxima-se da parede e toca a área.

— De fato há reentrâncias aqui – ele atesta. – E uma fechadura. A chave, por favor, duque.

Nevers leva uma das mãos até a bolsa que traz presa à cintura. De onde está, no meio do cômodo, Frederico é capaz de ouvir o som das moedas batendo umas nas outras. Com dificuldade, o duque tateia seu interior por alguns segundos que parecem séculos até por fim retirar uma velha chave enferrujada. Ele se abaixa junto ao canto da parede e explora a superfície com a ponta dos dedos. A fechadura havia sido habilmente ocultada em meio à pintura, localizando-se exatamente entre a junção de duas pedras, o que a torna praticamente imperceptível para aqueles que não desconfiam de que há uma passagem ali. Após mais alguns minutos até por fim encontrar o buraco, ele ergue a chave. Suas mãos tremem e, na escuridão do salão, ele não consegue acertar o orifício. Atrás da porta da câmara, o som dos passos parece cada vez mais alto. Provavelmente o saque ao gabinete do velho Gonzaga não está mais tão vantajoso.

Perdendo a paciência, Don Gennaro se aproxima e, sem dizer uma única palavra, apenas estende uma das mãos na direção do duque, que, sem pensar duas vezes, deposita a chave em sua palma. Após passar rapidamente os dedos pela área, encaixa a pequena peça de ferro. Ouve-se um som metálico de engrenagens que havia muito não eram utilizadas e, com um leve empurrão, uma portinhola se abre, revelando uma passagem estreita. É necessário que os homens fiquem de joelhos para passar. Com sua altura considerável e todos aqueles ferimentos, será uma provação para Frederico atravessar aquele túnel. Entretanto, não há escolha e, assim que o pai dá ordem para que dois dos guardas acendam um dos lampiões espalhados pela câmara com suas pederneiras e adentrem o pequeno acesso, ele se agacha, abafando um gemido de dor, e os acompanha. O duque vem no seu encalço, seguido por Don Gennaro. Os dois guardas remanescentes ficam responsáveis pela retaguarda e estão prestes a entrar no túnel com mais um lampião quando os lansquenetes eclodem no salão. Já totalmente imerso na passagem escura, abafada e apertada, Frederico pode apenas ouvir o som de suas botas contra o parquete e os brados naquela língua bárbara. Don Gennaro dá ordens para que sigam em frente. Logo depois, porém, escutam o estrondo da porta de madeira da passagem batendo e a chave sendo virada na fechadura. Sem precisar elevar a voz, já que o som se propaga com facilidade no túnel estreito, Don Gennaro determina que avancem o mais rápido que conseguirem. Se algum dos germanos os houvesse visto, não demoraria muito para que dessem um jeito de derrubar a portinhola e logo estivessem em seu encalço.

Frederico segue de joelhos assim como os outros, arrastando a perna ferida atrás de si e utilizando o braço que sofrera apenas alguns arranhões para se apoiar nas paredes de pedra. Devido à sua altura, tem ainda que inclinar a cabeça para a frente, o que torna a travessia mais desconfortável e claustrofóbica. Ele não sabe se deseja que o túnel seja curto para que aquele suplício termine logo ou se reza para que a passagem os leve o mais longe possível do palácio — e dos lansquenetes. O calor do verão deixa o caminho ainda mais abafado e, além do sangue, o suor empapa suas roupas e escorre por sua testa, fazendo com que os olhos ardam e turvando sua visão. De qualquer forma, tudo que precisa fazer é seguir os dois soldados à sua frente e respirar fundo, apesar do ar viciado, para evitar que o corpo desista. Atrás dele, o duque prageuja, amaldiçoando seguidas gerações de Habsburgo e até mesmo seu primo Luís XIII, por sua demora no envio de tropas e verbas para sua guerra em Mântua. A intervalos regulares, o duque se senta, pedindo descanso para seus joelhos exauridos, sendo logo obrigado a prosseguir pela ponta da lâmina de Don Gennaro. Todo minuto é precioso e eles não têm tempo para os achaques do duque.

A travessia dura mais de quarenta minutos, que para Frederico parecem uma eternidade. Por fim, os soldados dão de cara com uma parede de pedra. Acima deles, um vão alto se abre. Um dos guardas ilumina a parede ao redor, revelando encraves toscos na pedra que servem como degraus, e começa a subir, seguido pelos demais. As reentrâncias são irregulares e diversas vezes Frederico se vê obrigado a utilizar a perna ferida para evitar a queda. É a pior dor que já sentiu, mas ele se obriga a continuar.

Eles sobem cerca de oito metros até que o primeiro soldado consegue alcançar o que parece ser um alçapão. Ele o força para fora, mas, como Frederico já imaginava, está trancado. Don Gennaro pega então a chave com que havia trancado a portinhola da Câmara dos Gigantes e pede para que seja passada de mão em mão até chegar ao guarda. Ao pegá-la, o homem a aproxima da fechadura enquanto seu companheiro ilumina a área com o lampião. Assim que aproxima a chave do alçapão, ele balança a cabeça negativamente:

— O buraco é mais do que duas vezes maior que esta chave.

Imediatamente, Don Gennaro, de seu posto no fim da fila, solicita:

— A chave correta, por obséquio, senhor duque.

Pelo som das moedas que caem, batendo nas pedras, Frederico conclui que Nevers mais uma vez revira seu alforje enquanto grunhe:

— Aqueles guardas malditos não se deram nem ao trabalho de me avisar que esse alçapão também tinha uma chave. Como eu poderia adivinhar? Agora, deixem-me ver, talvez naquele molho de belas chaves douradas com um pendente de ametista...

Frederico olha para cima e percebe que os guardas se encaram, irritados. Ele sente então uma fisgada na perna ferida, intensa o bastante para fazer com que sua vista escureça por um átimo. Ele já suportou o suficiente. É hora de colocar um basta naquilo.

— Duque, se seus homens não o informaram sobre a fechadura na saída do túnel, como comandante das tropas francesas em Te, a falha foi mais sua do que de seus soldados. Agora vamos resolver logo isso, pois nosso tempo já se esgotou. – Ele desembainha a rapieira, solta um assobio abafado para que os guardas abram caminho no espaço exíguo e, subindo mais alguns degraus, estica o braço sadio com a arma em punho na direção da fechadura.

Ele não se orgulha de sua habilidade na arte do arrombamento, entretanto, desde garoto Frederico aprendeu a entrar em lugares cujo acesso lhe era proibido pelos adultos e a violar de forma imperceptível caixas que continham tesouros para um garoto ávido pelos prazeres da vida, como fumo e rapé. Era vangloriado por Domenico e Eduardo quando, com seu pequeno punhal, conseguia abrir os aposentos das amas, onde eles se escondiam para vê-las se trocando, ou lhes trazia alguns punhados de tabaco afanados do gabinete do pai, com o qual faziam cigarros rústicos, que fumavam nos fundos da Villa, longe dos olhares dos adultos.

A fechadura do alçapão é antiga e rudimentar, de forma que não representa nenhum grande desafio, ainda que a posição, a dor e a tontura que começa a sentir se mostrem obstáculos consideráveis. Ele erra o orifício duas vezes, até que o guarda mais próximo à saída pega a lâmina com cuidado e a direciona no rumo correto. Após alguns movimentos para ambos os lados, o mecanismo arcaico cede e, com uma onda de alívio, Frederico ouve o som da tranca sendo liberada.

O guarda abre uma fresta no alçapão e, com o auxílio do lampião erguido por seu colega, olha ao redor.

—Aparentemente o campo está limpo, senhor – ele informa a Frederico.

— Prossiga. – É a única palavra que o comandante consegue pronunciar antes de ser tomado por uma nova onda de dor.

Um a um, os homens saem pelo alçapão. Frederico tem que ser ajudado pelos guardas, assim como o duque, que precisa ser puxado para que não entale na abertura, que é ainda mais estreita do que a portinhola pela qual entraram. Don Gennaro sai logo em seguida, fechando a passagem atrás de si.

Quem quer que fosse o responsável por criar aquele túnel secreto era realmente um homem de grande engenhosidade. A passagem leva a um dos montes que cercam o palácio, com uma vista privilegiada de tudo que acontece dentro e fora das muralhas. A saída fica junto ao tronco de um imenso carvalho, oculta pela vegetação e pelo musgo.

É uma noite de lua crescente que, àquela hora, ilumina tudo ao redor. É improvável que os lansquenetes imaginem que estejam tão longe, e eles veem alguns destacamentos reunidos nos arredores do palácio, à espreita.

— Teremos que contornar as muralhas pelos montes, seguindo sempre pelas áreas com árvores mais altas para não corrermos o risco de sermos vistos, já que a noite está clara – planeja Frederico, lembrando-se de todos os mapas que tinha examinado por horas a fio na sala de guerra. O duque solta um suspiro, resignado, e ordena:

— Já que não há mais nada a fazer aqui, que sigamos. E vamos rezar para que não encontremos novas surpresas desagradáveis em Mântua.

Os guardas olham para Frederico, que com um movimento de cabeça indica para onde devem seguir. Os soldados franceses tomam a dianteira, com Nevers logo atrás. As moedas no alforje do duque tilintam no silêncio da noite. Num átimo, Don Gennaro arranca a pequena bolsa do cinto de Nevers, que ensaia um muxoxo antes de ouvir sua voz baixa, porém dura:

— Essas moedas não adiantarão de nada na pira onde os lansquenetes pretendem queimar o que sobrar da sua carcaça depois de lhe cortarem a cabeça para enviar como um pequeno presente para Ferdinando III.

Diante do olhar de desespero do duque, ele coloca a bolsa ao pé de uma árvore enquanto os soldados seguem em frente, escoltando Nevers.

Don Gennaro, porém, permanece ali parado, esperando pelo filho, e deixa que os outros homens se distanciem.

Mancando, Frederico caminha a passos lentos, arrastando a perna ferida. Tenta se aprumar ao se dar conta de que o pai o aguarda.

— É uma longa caminhada até Mântua, filho. E, para nos mantermos ocultos, teremos que cruzar o bosque pela base do monte. Com todos esses desvios, só chegaremos por volta do amanhecer. – Don Gennaro olha para o braço e, principalmente, para a coxa direita do rapaz com um claro ar de preocupação.

— Sim, mas não temos opção. – Frederico toma um pouco de ar e retoma a caminhada. – Precisamos garantir que o duque chegue a salvo em Mântua.

— Você lutou como um bravo soldado e se mostrou um exímio comandante. Estou orgulhoso de você.

— Com todo o respeito, meu pai, não sou motivo de orgulho algum. Eu deveria ter previsto o ataque dos lansquenetes a Te. Foi uma estratégia bastante óbvia de Ferdinando. Tão evidente que a ignorei por completo, acreditando que nós éramos os únicos capazes de planejar ataques surpresa.

— Essa sem dúvida foi uma artimanha inteligente dos austríacos. Porém, que isso lhe sirva de lição. Jamais se ache mais esperto que seu oponente, por mais simplório que ele pareça à primeira vista. Você foi quase derrubado pelas tropas de um imperador, entretanto, mesmo que se tratasse de um pequeno destacamento de camponeses revoltosos, sua humildade diante do adversário deve ser exatamente a mesma. Porém não se cobre tanto. Nem mesmo seu tio e eu, que passamos a maior parte de nossas vidas articulando estratagemas nos campos de batalha, fomos capazes de prever esse ataque. Talvez nós também precisemos de um pouco mais de humildade, no fim das contas. Se não fosse por você ter retornado, provavelmente eu teria sido derrubado pela bastarda daquele porco germano quando cruzamos o átrio. Você está fazendo um excelente trabalho. Contudo, não se esqueça de que os Manfredi necessitam de uma descendência e dependem de você para isso. O que sua família mais precisa é que você retorne inteiro a Parma. Então, comandante, aceite a singela ajuda de seu velho pai e me dê cá esse braço.

Com um sorriso, Frederico apoia o braço saudável nos ombros do pai e deixa que ele o conduza. Apesar de a dor ainda ser intensa e de ele necessitar fazer pausas constantes ao sentir que o fôlego lhe falta, é um alívio não ter que jogar todo seu peso sobre a perna ferida. A caminhada é longa e penosa, entretanto Frederico se sente bem. Quando seus olhos miram os primeiros destacamentos de homens com o brasão dos Casalmaggiore em seus peitorais fazendo a ronda nos limites da cidadela de Mântua, uma onda de júbilo o atravessa. Os lansquenetes haviam sido pagos apenas para tomar Te e, até que Ferdinando envie um estafeta com uma proposta vantajosa para que ataquem Mântua ou reúna novas tropas austríacas, a cidade já estará novamente fortificada com um imenso contingente de soldados franceses e dos Manfredi. Além disso, o próprio papa, que Deus o abençoasse, se encarregará de colocar o imperador austríaco em seu devido lugar. Um enviado de Roma já deve estar esperando por eles a salvo no palácio ducal para que os espólios sejam negociados a favor de Nevers e, consequentemente, dos Manfredi. Seu primo Domenico se mostrava um habilidoso articulista no Colegiado de Cardeais e o Santo Padre o tinha em alta conta. Essa sem dúvida será apenas a primeira conquista efetuada pelos dois, tanto nos campos de batalha quanto nos corredores do Palácio Apostólico, um território que, segundo os relatos do primo, pode ser muito mais sanguinolento e traiçoeiro que aquele do qual Frederico acabou de escapar.

O rapaz olha para os primeiros raios de sol que prometem uma manhã radiante e, soltando os ombros do pai, que o observa alguns passos atrás, ele adentra os portões da cidadela de Mântua. Enquanto os Manfredi estiverem ali, Ferdinando III não terá a menor chance naquela parte do sul da Europa. E que isso sirva de aviso para outros aventureiros sedentos por territórios e poder. Aquela é a terra dos Manfredi. E Frederico é seu comandante.

9

Villa Manfredi, Parma, novembro de 1631

Jade Manfredi solta um grito. É um mês de novembro especialmente gelado e ela está deitada. Ainda está escuro lá fora. Acordou sentindo uma umidade anormal entre as pernas, que fez com que tremesse de frio, apesar das cobertas pesadas. Ao erguê-las, percebeu que uma mancha escura e viscosa empapa uma grande área do lençol. A camisola branca está suja por aquela mesma substância de um tom marrom-avermelhado que lhe trouxe à mente a lembrança desagradável dos dias que, assim como seu irmão gêmeo e vários outros membros da família e da criadagem, passara na cama sofrendo por conta de um surto de cólera que havia assolado Parma quatro anos antes. Nunca passara tão mal na vida e, ao sentir o ventre se contorcer, a dor e a impressão de que poderia estar novamente infectada provocaram aquele grito desesperado.

Faz um esforço para se levantar e livrar-se do contato com o líquido repugnante. Porém, ao pôr os pés no tablado elevado de madeira que circunda a cama, olha para baixo e, quando vê que aquilo escorre por entre suas coxas, tem por fim um lampejo. Nas inúmeras tardes que passava nos aposentos da mãe, Lizbeta já havia lhe dito que logo ela se tornaria uma mulher e lhe explicara como isso aconteceria. Durante essas exposições, ao contrário do que era esperado, Jade não ficou impressionada. Entendia perfeitamente que aquilo era um sinal de seu crescimento, algo tão natural, como lhe dissera Lizbeta, quanto as fases da lua e a mudança das estações. Jade não se abalou nem quando a mãe lhe explicou o que esperavam dela após sua menarca. Na verdade, ela ansiava por finalmente poder ir até o fim.

Entretanto, nada a preparou para como de fato seria a chegada de sua primeira regra. Não imaginava que haveria tanto sangue, que doesse tanto. E, então, pela primeira vez, Jade teme o que virá em seguida. E se também não fosse nada como ela fantasiara por tantas e tantas noites enquanto o sono não vinha?

Está imersa nesses pensamentos quando a porta do quarto se abre e duas aias que costumam passar a noite em leitos montados no chão de sua antessala, para atendê-la caso precise de algo durante a noite, entram às pressas.

— O que houve, Senhorinha? Está se sentindo... – A aia interrompe a pergunta ao ver a menina de pé no tablado com a camisola manchada.

A outra aia esse aproxima e, ao vislumbrar a mesma cena, troca um rápido olhar com a outra mulher, que lhe ordena:

— Peça para que as servas da senhora Lizbeta a chamem. Diga que algo importante aconteceu com a Senhorinha. Ah, e chame algumas meninas da limpeza para que troquem esses lençóis e tragam a banheira para cá. E nada de alarde, entendeu?

A garota faz que sim com a cabeça e chispa pelo corredor.

A aia caminha até a menina. Ela serve a Senhorinha desde que ela saiu do infantário. Jade completou treze anos pouco mais de um mês antes e havia por fim se transformado na bela moça que desde muito criança prometia ser. Seu corpo já assumia as curvas bem delineadas de sua mãe, os quadris largos, as coxas grossas e os seios que começavam a se pronunciar. Seu rosto, porém, ainda conservava traços infantis, com as bochechas angelicais, o nariz arrebitado, os traços finos e aqueles imensos olhos azuis que encaravam o mundo repletos de curiosidade. Os cabelos cheios e negros como a noite caíam em ondas suaves pelos ombros.

A mulher sobe os dois degraus do tablado e pega a mão de Jade, ajudando-a a descer até o parquete, assegurando que a menina calce os chinelos. É perigoso para alguém naquela condição pisar descalça no chão frio. Sabe-se lá que enfermidades um corpo debilitado pela perda de sangue pode sofrer com o choque de temperatura.

— Você entende o que está acontecendo com você, não é? – a aia lhe indaga.

A menina apenas faz que sim com a cabeça.

— Logo a senhora Lizbeta estará aqui. E a Senhorinha irá para o banho assim que a banheira chegar. E sem reclamações sobre o frio. A água estará bem quentinha, eu prometo. Agora, vamos tirar essa camisola suja.

Jade ergue os braços e a aia suspende o tecido, tirando-o do corpo da menina. As coxas alvas estão manchadas pelo sangue que escorre em gotas finas por suas pernas. A mulher coloca um dos lençóis sujos sobre o tablado e pede que a menina fique sobre ele até a chegada da banheira. Em seguida, a enrola num dos cobertores e prende seus longos cabelos num coque alto. Molhar os fios naquele estado é algo fora de cogitação.

Ignorando, porém, o pedido da aia, Jade caminha lentamente até a janela e contempla algum ponto ao longe, como costuma fazer com cada vez mais frequência. Uma gota de sangue cai no assoalho que forma padrões delicados que lembram flores-de-lis. A aia simplesmente balança a cabeça e, pegando um dos lençóis do chão, seca a gota e o ajeita ao redor da Senhorinha. A menina fica ali, imóvel, olhando fixamente para algum ponto ao longe, até que, com uma batida suave na porta, as servas responsáveis pela limpeza entram no quarto com suas vassouras, baldes e extratos de cânfora, e começam a tirar a roupa de cama. Atrás delas, duas mulheres dividem o peso da banheira de metal esmaltado. Elas a colocam na espaçosa área vazia diante da cama e cobrem seu interior com uma peça de linho. Em seguida, saem apressadas para buscar os baldes de água quente que já estavam sendo aquecidos na cozinha. Retornam com mais um par de ajudantes trazendo nos ombros dois varões com um balde de água quase fervente em cada extremidade, que despejam com cuidado na banheira para que não respingue no parquete. É suficiente para enchê-la quase até a metade, de forma que as moças se retiram novamente para buscar mais água, o que manterá o banho da Senhorinha quente por mais algum tempo.

Com um toque suave em seus ombros, a aia avisa a Jade que está tudo pronto. A menina ainda se demora por um momento contemplando o horizonte antes de caminhar sem pressa até a banheira. A aia a ajuda a entrar e se sentar dentro da água fumegante. Jade estica as pernas, recosta o pescoço e fecha os olhos. Mesmo que a banheira ainda não estivesse cheia, o simples toque da água quente já oferece um certo alívio para suas cólicas. Duas outras aias se aproximam e começam a suavemente lhe esfregar as pernas, o ventre e os braços, livrando-a não só do sangue, mas de toda a sujeira que se acumulara em seu corpo nos últimos dias. Alguns minutos depois, as outras moças voltam com mais baldes, que são, como os outros, despejados na banheira. A água está mais quente que a da primeira leva, o que faz Jade soltar um gritinho quando sente o calor em seu corpo.

— É assim mesmo — a aia a acalma. — A quentura irá diminuir a dor.

Jade fecha novamente os olhos e respira fundo, sentindo o aroma das ervas que as aias misturam à água. Sem dúvida, aquela sensação é muito boa.

As portas se abrem de novo e a menina ouve a voz da mãe ordenando que todas as aias e as jovens da limpeza se retirem. Jade entreabre os olhos e vê de relance a cama já forrada com roupas limpas e as faxineiras deixando o quarto às pressas com suas vassouras e trouxas de lençóis e cobertores, seguidas pelas aias.

Com a cabeça apoiada na banheira e os olhos ainda semicerrados, Jade observa a mãe se sentar em uma poltrona próxima e observá-la. Lizbeta já está arrumada em um de seus vestidos de seda imaculadamente brancos, com os cabelos penteados e presos na nuca por travessas de prata em forma de libélulas, adornadas com esmeraldas. A menina se ergue e olha para baixo, vendo que a água se tornava levemente rosada na região onde está sentada. Dobra as pernas sobre o peito, envolve-as com os braços e descansa a cabeça sobre os joelhos de modo que seus olhos não cruzem com os da mãe.

— Bem, Jade, finalmente aconteceu. Você agora é uma mulher. Parabéns. — A última palavra carrega uma certa ironia involuntária que faz com que Lizbeta se pergunte se a filha a havia percebido.

— Onde está o Luci? — foi, porém, tudo que Jade se deu ao trabalho de indagar.

— Você sabe muito bem onde o seu irmão está. — Lizbeta solta um suspiro. — Jade, você precisa aprender uma coisa. O que aconteceu com você hoje não é da conta de nenhum homem. Nem mesmo do seu irmão.

Uma moça não comenta esses assuntos com rapazes, não importa quem eles sejam. Essas questões femininas não lhes dizem respeito. E até mesmo entre mulheres, seja muito cuidadosa com quem você conversa sobre esse tipo de assunto e assegure-se de que essas discussões aconteçam apenas de maneira privada. Não pega bem para uma moça de bom berço ser flagrada revelando sua intimidade.

Jade começa a chapinhar com uma das mãos a água a seu redor com uma expressão vazia. Ela assente, ainda que de forma quase imperceptível.

— Eu vou ter que passar por isso todos os meses?

— Sei que parece terrível, mas você irá se acostumar e com o tempo passará a fazer parte da sua rotina. Até mesmo porque não há outra opção. Somente quando você estiver grávida será privada das regras. Essa ausência, inclusive, será um dos primeiros sinais de que você está esperando um bebê.

A menina concorda com um leve movimento de cabeça mais uma vez. Não está com a menor pressa de se tornar mãe. Lizbeta já havia lhe contado um pouco como era gerar uma criança em seu ventre e mais tarde trazê-la à luz. Luciano também já fizera o mesmo, porém com detalhes muito mais explícitos sobre sangue, líquidos estranhos, contrações e cortes, o que não a deixara nem um pouco entusiasmada para passar por aquilo. O que acontecia naquele dia já estava sendo um pequeno e desagradável prenúncio do que viria a seguir. A mãe, contudo, já deixara bem claro o que os Manfredi esperavam dela, assim como esperaram da própria Lizbeta anos antes.

E, claro, havia Luciano. A cada dia ele se tornava mais poderoso e importante. Nos últimos tempos, ela passava dias a fio sem vê-lo. Ele e o pai viviam trancafiados no mausoléu estudando aquelas coisas tétricas que ela não fazia a menor questão de compreender, embora soubesse, daquele jeito estranho que sempre fazia com que ela tivesse certeza absoluta de algumas coisas, como se alguém lhe soprasse no ouvido, que o caminho de seu irmão gêmeo estava apenas em seu início e que os Manfredi se tornariam cada vez mais dependentes dele à medida que seus poderes se desenvolvessem — o que fatalmente terminaria por afastá-los. E isso é tudo que Jade mais teme. Desde sempre, Luciano é a presença mais constante em sua vida, seu melhor amigo, o companheiro de todos os momentos. Ela se recorda com carinho de quando não passava de uma menininha. Alfeo lhe explicou, após suas longas viagens com Luciano, que, mais do que nunca, o irmão precisava de seu carinho e apoio. Ela devia cuidar dele e incentivá-lo a refinar seus poderes. Isso melhoraria muito seus humores e tornaria sua vida na Villa muito mais fácil, já que ele passaria a ser não apenas respeitado, mas temido. E foi exatamente o que Jade fez. Ela continuou ao lado do irmão durante as crises, o abraçava, protegia e incentivava a revidar contra o que quer que estivesse lhe fazendo mal. De fato, em pouco tempo, ele parou de se assustar com aquilo e sussurrava ordens em latim e outras línguas que Jade não era capaz de reconhecer para que os espíritos se afastassem, se redimissem e se curvassem à sua vontade. As crises passaram a ser cada vez mais breves, ainda mais depois que Luciano começou a se dar conta de que, quanto antes aquilo acabasse, mais tempo teria a sós com Jade até o amanhecer, quando os espíritos que Luciano chamava de seus "bons amigos" tratavam de arrumar toda a desordem criada durante a crise antes que as amas e a tia voltassem a circular pelo infantário. Ela se recordou de como o irmão adorava assustar as amas até o ponto em que se tornou cada vez mais difícil conseguir moças dispostas a servi-los, algo que Jade e Luciano consideravam motivo de comemoração, afinal, tudo que mais queriam era se livrar daquelas garotas abelhudas, que estragavam a privacidade que consideravam cada dia mais valiosa. Eles foram desde muito cedo acostumados a viver trancados em seu próprio mundo devido ao isolamento exigido não apenas pela intensidade do dom de Luciano, mas pela própria segregação habitual entre os Manfredi — e Jade sentia uma falta profunda da presença constante do irmão em seus dias e da sensação do corpo dele ao lado do seu durante a noite.

Naquele momento, ao contemplar os olhos da mãe, tão azuis quanto os seus, Jade compreende o compromisso por trás de suas palavras. Por fim chegou a hora de colocar em prática tudo aquilo que há anos fora planejado para ela e Luciano. Talvez fosse uma boa coisa. Quem sabe isso faria com que seu tão amado irmão se esquecesse um pouco daquele mausoléu tenebroso e voltasse a tê-la como o centro de seus dias e suas noites. Claro, quando tinham a oportunidade de estar juntos, Luciano fazia de tudo para que a irmã se sentisse querida. Eles passeavam por La Villetta, brincavam de esconder como costumavam fazer quando não passavam de crianças, conversavam por longas horas e trocavam beijos e toques de maneiras que faziam com que Jade perdesse o sono quando se recordava de tudo aquilo. Aqueles eram sem dúvida os melhores momentos dos seus dias. Entretanto, ela percebia que, pela primeira vez, o irmão apresentava pensamentos que não tinha o menor interesse de compartilhar com ela. Então ficava semanas sem vê-lo quando ele se enfiava no mausoléu com o pai e diversos primos que, segundo o próprio Luciano se gabava, apesar de serem muito versados no dom, vinham de longe apenas para vê-lo em ação. Daquela sua forma tácita, porém certeira, ela sabia que nos últimos tempos o irmão também passava muitas noites sozinho no mausoléu e ela rezava em silêncio para que o que quer que ele estivesse fazendo ali fosse de fato importante para a família a ponto de obrigá-lo a ficar longe de seus abraços.

Por fim, a mãe interrompe o silêncio que caiu sobre o quarto e tira Jade de seus devaneios:

— Você deve sangrar por quatro dias, talvez um pouco mais neste começo. Evite fazer grandes esforços e darei ordens às aias para trazerem toalhas quentes e chás para aliviar as dores. Você não precisa passar por elas, querida, já basta o restante do desconforto. E Luciano será avisado que... você já está pronta. Tenho certeza de que ambos já sabem muito bem o que precisa ser feito. E, mesmo que o seu irmão não saiba exatamente como agir, ou pareça confuso... Enfim, você conhece Luciano... Você deve guiá-lo. Creio que já tenhamos conversado o suficiente sobre o que acontecerá em seguida. Mas, mesmo assim, não se esqueça de que ele jamais deve perceber que é você quem está no controle. Isso é muito importante, Jade. Os homens são seres orgulhosos. E seja paciente. As primeiras vezes podem ser bem desajeitadas, mas melhoram com a prática. Você pode sentir um pouco de dor e desconforto no início, mas tenha em mente o quanto você ama seu irmão e nossa família, o quão importante é sua missão e como todos dependem de vocês. E tenho certeza de que Luciano será o mais carinhoso e cuidadoso dos homens com você, minha querida. Mais do que qualquer outro. Considere isso uma dádiva reservada a raras mulheres. – Lizbeta faz um grande esforço para acreditar em suas próprias palavras. Ela faz uma prece silenciosa para que a filha não a odeie depois que aquilo for consumado e para que Luciano não seja um esquisito completo e de fato nutra o afeto pela irmã que era tão alardeado à boca pequena pelas amas quando os dois ainda dividiam o infantário.

— Vai doer mais do que... isto? – O rosto de Jade forma um esgar de terror.

— São dores diferentes, querida. E será rápido. Seu irmão é jovem e ávido, não há de durar muito. E, eu garanto, com o tempo, as coisas se tornarão bem mais fáceis. Com sorte, você sentirá até mesmo sensações prazerosas. – Lizbeta não acreditava que aquele menino tão sombrio e enfermiço fosse capaz de proporcionar prazer a quem quer que fosse, mas, já que Jade era inexplicavelmente tão obcecada por ele, talvez de fato ele pudesse lhe despertar algo. Isso sem dúvida tornaria tudo mais fácil para a filha. Pelo menos até que ela cumprisse o seu dever para com os Manfredi e percebesse que, com a imensa beleza que lhe aflorava a cada dia, poderia ter o homem que quisesse aos seus pés e por fim esquecesse de vez aquele sentimento exagerado por Luciano para encantar um marido que lhe oferecesse riquezas ainda maiores que as de sua família, até mesmo um título.

Lizbeta se aproxima da banheira e coloca a ponta de um dos dedos na água.

— Já está esfriando. Você precisa sair daí. Ninguém quer que você se resfrie.

Ela vai até a porta e dá três batidas enérgicas.

— Aia, a Senhorinha já terminou seu banho.

Mais que depressa, as servas retornam ao quarto. Uma delas traz uma cesta que é colocada em uma banqueta ao lado da banheira enquanto as outras retiram do guarda-roupa o vestido e as joias do dia. Outra aia surge carregando mais dois baldes de água quente. A serva mais velha ajuda Jade a se levantar e, enquanto a outra joga lentamente a água limpa sobre o seu corpo, lava suas partes íntimas e as pernas para que esteja totalmente limpa para ser vestida. A mulher a ajuda a sair da banheira, fazendo com que Jade fique sobre um tapete felpudo enquanto é seca. Quando as colegas terminam de enxugar a Senhorinha, uma serva se aproxima de Jade com um cinto de couro macio e um pedaço de linho dobrado em várias camadas. Jade olha, confusa, para a mãe, que observa toda a movimentação de sua poltrona.

— Isso irá evitar que você suje suas roupas e os assentos da casa. Você deve trocar o tecido de tempos em tempos para que não vaze. Suas aias estarão a postos para ajudá-la.

Sem graça, Jade olha para as mulheres que a cercam. Quase todas já a servem há um tempo considerável e são sempre gentis e solícitas, além de apreciarem muito os presentes que Jade frequentemente lhes dá. As servas lhe devolvem o olhar com sorrisos condescendentes.

— Os cuidados com a toalete fazem parte do serviço das aias de uma dama – Lizbeta completa enquanto as servas posicionam o tecido entre as pernas da menina e ajustam o cinto.

Uma das aias vai então até a cesta sobre a cama e retira alguns pequenos sacos de tecido atados por fios vermelhos. Ela prende alguns deles ao cinto.

— Esses saquinhos contêm ervas aromáticas. Elas ajudarão a disfarçar o odor – explica Lizbeta, virando-se em seguida para as aias. – E também deem algumas borrifadas extras de alguma das colônias que o pai da Senhorinha lhe trouxe de suas viagens. Só não exagerem. Não quero que minha filha cheire como uma das garotas da Gionna.

As aias assentem e as mais jovens coram enquanto trazem um vestido escarlate mais largo na altura do ventre do que a maior parte dos outros que a Senhorinha costuma usar, ainda que tenha um ajuste na altura dos seios que lhes dá sustentação e os ergue, fazendo com que pareçam maiores e formem um decote sedutor.

— É uma bênção que a sua cor seja o escarlate. É o tom perfeito para disfarçar qualquer acidente. Claro, você deve ser cuidadosa o suficiente para que jamais aconteçam, afinal, há poucas coisas mais vexatórias para uma dama do que ser flagrada com as vestes manchadas. Por isso, Jade, tenha modos e esteja sempre atenta. Você agora é uma mulher e deve saber se comportar como tal.

A garota lhe lança um olhar temeroso enquanto as aias a adornam com um colar de ouro com uma delicada safira, que combina com os brincos. Em seguida, ela olha para o próprio decote, adornado pela joia, e abre, por fim, um sorriso.

— Terminem logo com isso – Lizbeta ordena às aias. – Logo o pai e o irmão da Senhorinha a estarão esperando lá embaixo para o café da manhã.

* * *

Após duas semanas de muito frio, o sol surgiu com todo o seu esplendor no céu de Parma, o prenúncio de um bem-vindo veranico antes das temperaturas congelantes típicas do mês de dezembro, que se aproxima. Jade lamenta por aquela inesperada onda de calor não ter chegado com alguma antecedência, quando sofria com as cólicas de sua primeira menstruação, que havia por fim cessado uma semana antes, após cinco dias de desconforto. O primeiro e o segundo dias haviam sido, sem dúvida, os piores e, de acordo com suas aias, quando a temperatura esquentasse, não sentiria tanta dor. Não conseguia entender o que o clima poderia ter a ver com as mudanças pelas quais seu corpo passava, mas aquelas mulheres, ainda que se prendessem, segundo sua mãe, a lendas e superstições bobas, costumavam entender desses assuntos.

Já faz quase uma hora que as aias lhe deram boa noite depois de acomodá-la na cama, mas Jade não consegue dormir. A vela na mesa de cabeceira ainda está acesa, porém não é necessária. O quarto está iluminado pela imensa lua cheia e pelas estrelas que salpicam o céu sem nuvens. É realmente uma dádiva ter uma noite como aquela antes dos rigores do inverno. Por isso Jade abriu as cortinas e as grandes janelas e contempla o espetáculo até que o sono chegue. Ao contrário do irmão gêmeo, praticamente nunca tem insônia, mas há muitas coisas ocupando sua cabeça nesses tempos, o que faz com que sua mente demore para se desligar de tudo aquilo e por fim se render ao sono. Ela veste uma camisola branca e comprida que lhe cai pelos ombros. Apesar do tecido leve e simples, a bainha e o colo são arrematados por uma renda delicada, que dá um ar nobre à peça. Ela se senta no parapeito e deixa entrar uma leve brisa que balança as cortinas escarlates, que combinam com o tecido a cobrir as paredes, a cama, as poltronas e os canapés.

Jade está tão absorta observando o céu, perdida em seus pensamentos sobre como serão os próximos dias e o que aquela dita vida adulta que acaba de começar lhe trará, que não percebe quando alguém entra no quarto, e pula de susto ao ouvir uma voz conhecida atrás de si:

— Parece que esta noite não sou o único que está sem sono.

Ela se vira com um grande sorriso estampado no rosto.

— Como dormir com esse calor e essa lua? Você já parou para admirar a lua hoje, *frate*?

Faz alguns dias que Jade não vê Luciano e, sob a luz mortiça do quarto, sua pele lhe parece mais pálida, o que acentua as manchas purpúreas sob seus olhos. Ele veste um camisolão negro, de um veludo pesado, com um capuz que lhe cai sobre as costas. Jade nunca o vira trajando aquelas vestes antes, porém, pensa consigo mesma que, talvez, seja aquele o tipo de coisa que os homens adultos usam para dormir. Pelo menos deve aquecê-los mais que as camisolas de flanela que ela veste durante os invernos rigorosos de Parma.

— Sim, eu vi a lua, *sore*. Mas lhe garanto que você está ofuscando todo o brilho dela. Quem precisa da lua quando tem você?

Jade solta uma gargalhada, levando em seguida uma das mãos à boca para abafá-la.

— Com quem você aprendeu isso? Com o primo Fred?

Apesar do sorriso que ainda paira em seus lábios, o semblante de Luciano se torna um tanto taciturno e logo em seguida Jade se arrepende de seu comentário intempestivo.

— Quando aquele ruminante tiver algo a me ensinar, será um dia histórico.

— É tão bom vê-lo, *frate* – Jade muda rapidamente de assunto. – Já faz tanto tempo desde a última vez que conseguimos conversar sem ninguém por perto. Diga-me, como você conseguiu passar pelas aias na saleta?

— Elas estavam no milésimo sono. E, mesmo que acordassem, não acho que agora isso seja um problema.

A menina assente. Mantendo a janela aberta, sobe os degraus que levam até a cama e se senta.

— Venha. – Ela dá uma batidinha no colchão. – Conte tudo que você andou fazendo desde a última vez que nos vimos.

Aquela animação genuína da irmã ao vê-lo e sua curiosidade para saber sobre os detalhes de sua vida, ainda que não possa lhe contar boa parte deles, aquece o coração de Luciano. Só Jade se interessa assim por ele. O rapaz sobe os degraus do tablado, tira as sandálias e reclina-se na cama com as pernas esticadas, apoiado sobre os cotovelos.

— Ah, *sore*, as mesmas coisas de sempre. Estudando com o *papà*, temos avançado bastante e isso o deixa feliz, e recebendo parentes vindos de longe com quem compartilhamos alguns conhecimentos, embora, para ser sincero, devo dizer que eles ainda estão engatinhando em relação a tudo que já descobrimos. Saí também para caçar algumas vezes com o *papà* e o Fred e devo dizer que, embora seja insuportável ter que ouvir o nosso primo se gabando a cada disparo que dá, tem sido uma experiência bastante interessante. Acho que posso gostar disso, apesar de ainda precisar melhorar muito a minha mira.

Jade fica contente em saber que algo fora do mausoléu atrai o interesse do irmão. Ainda que saiba muito bem os motivos pelos quais ele se sente tão atraído pelas caçadas, passar um pouco de tempo ao ar livre longe das catacumbas sem dúvida lhe trará benefícios.

— Outra coisa que me deixou bastante aliviado: finalmente consegui me livrar de todos aqueles tutores entediantes – Luciano continua. – Não que eles fossem ruins. Todos tentavam sempre atrair o meu interesse, me elogiavam e me incentivaram a ler obras que me surpreenderam. A questão é que chegamos a um ponto em que eu sentia que mais nada do que eles podiam me ensinar teria algum uso prático para mim. Eles não eram versados nas Artes da Morte, claro, e eu nem mesmo podia mencionar nada a respeito. A minha impressão é a de que eles me ensinaram tudo que podiam e, como isso talvez tenha levado menos tempo do que esperavam, seguiam em círculos com suas lições para aproveitar os soldos generosos oferecido pelo *papà*. Eu já falava sobre isso com nosso pai antes, mas acho que só após ver todos os avanços que estamos fazendo no mausoléu, como mantive o hábito de ler e tenho encomendado vários volumes novos de Milão e Bolonha, ele se convenceu de que os tutores não eram mais necessários.

O gosto quase obsessivo do irmão pela leitura sempre impressionou Jade. Ele aprendeu a ler sozinho aos três anos de forma misteriosa — como quase tudo em sua vida. E, desde então, sempre que recebia autorização para visitar o gabinete do pai, saía de lá com uma pilha de livros debaixo do braço, que devorava em poucas tardes e logo em seguida pedia mais. Don Alfeo passou a incentivar o hábito do filho e, depois que ele aparentemente leu toda a sua biblioteca, um feito notável, ainda mais para um garoto tão jovem, o pai começou a encomendar novos volumes sobre todos os assuntos, mesmo que duvidasse que o filho tivesse maturidade suficiente para entender os tratados de ciência e devocionários que listavam um imenso rol de pecados e seus respectivos castigos escabrosos. Já a irmã nunca compartilhara desse interesse, preferindo as brincadeiras com bonecas, para as quais insistia que Luciano abandonasse suas leituras e assumisse o papel de pai ou fosse seu par em grandes bailes imaginários, para os quais tentava transformar seus camisolões em trajes de gala e barbantes que encontrava pela casa em colares e anéis. Ela sabia que Alfeo tivera que ensinar a mãe a ler para que Lizbeta cuidasse das responsabilidades da Villa, mas, como Lizbeta lhe dizia, ela era linda e daria uma excelente esposa, de forma que sempre teria empregados para cuidar desses assuntos enfadonhos enquanto se preocupava apenas em ser uma consorte bela, que deixaria seu marido orgulhoso dos olhares que atraía, e uma mãe dedicada.

— Mas eu sei que quem tem novidades de verdade é você, *sore*. – Luciano lança um de seus raros sorrisos abertos para a irmã.

Isso faz com que Jade core. Será que ele estava se referindo às suas regras? Afinal, que outra novidade havia ocorrido em sua vida pachorrenta? Ela é então tomada por uma onda de desespero. Lembra-se das palavras de Lizbeta de que não devia conversar sobre aquilo com absolutamente ninguém. Além disso, se aquele era um assunto que não devia ser mencionado, quem falara a respeito para o irmão? Ela não consegue nem mesmo imaginar a possibilidade de o que lhe aconteceu ter se tornado assunto pelos corredores da Villa.

A menina baixa a cabeça, olhando para as próprias mãos.

— O que você sabe sobre isso?

Observando a reação da irmã e se dando conta do quanto aquele assunto podia ser delicado, Luciano se aproxima, apoiando os pés no chão, e puxa a irmã para junto de si, colocando um dos braços ao redor de seus ombros. Ele por fim se tornara mais alto que Jade em quase um palmo. Ela aconchega a cabeça em seu ombro, afundando o rosto em seu peito. E então ela sente mais uma vez. Aquele cheiro que desde que Luciano passara a frequentar o mausoléu parecia fazer parte dele. Uma mistura de terra, mofo e algo pútrido, terrível, morto. Jade sente um calafrio, mas não faz nenhuma menção de se afastar. Ainda que aquele odor desagradável revire seu estômago, ela respira fundo. Se aquele será o cheiro de seu irmão dali para frente, ela terá que se habituar a ele.

— Não há nada do que se envergonhar. Esqueceu que é comigo que você está falando? Isso é algo natural. Iria acontecer mais cedo ou mais tarde. E é claro que eu sei como essas coisas funcionam. Afinal, para que li tantos livros? Sem contar que, lá no mausoléu, você sabe, a gente acaba vendo muitas coisas...

— Eu entendo – Jade o interrompe antes que Luciano se alongue mais a respeito de todas as coisas tenebrosas que ele estuda nas catacumbas, sobre as quais, ainda que às vezes ela nutra uma curiosidade mórbida, sempre se arrepende quando Luciano resolve se demorar em descrições de cadáveres, do sangue e das vísceras que passaram a fazer parte de sua rotina. – Mas como você soube que havia acontecido... comigo?

Luciano pensa por um minuto. Sabe que a irmã ficará imensamente aborrecida se souber que sua menarca havia sido alvo de discussões entre seus pais e, mais tarde, entre ele e Alfeo. O pai fora informado a respeito do que acontecera assim que Lizbeta deixou os aposentos de Jade naquela manhã. Luciano, por sua vez, tinha dormido no mausoléu naquele dia, exausto demais para voltar para casa depois de passar o dia inteiro e boa parte da noite debruçado sobre alguns espécimes. Aquilo se tornava um hábito cada vez mais frequente e a verdade era que, à medida que avançava em seus estudos, mais ele preferia a companhia dos mortos à dos vivos. Jade e Alfeo talvez fossem as únicas exceções. E, no dia em que ela havia se tornado uma mulher, ele foi acordado por um dos servos espirituais do pai. Ele e Alfeo tinham passado boa parte de seu tempo nos últimos meses aprimorando suas técnicas de negociação com almas do Outro Lado, que em troca de alguns favores — em geral ações que não eram capazes de realizar no Mundo da Carne — lhes ofereciam sua servidão por um determinado período. O espectro atravessou o corpo de Luciano, que dormia sobre uma das mesas de trabalho vazias, fazendo com que uma onda gelada o atravessasse, acordando-o imediatamente. A primeira coisa que viu quando abriu os olhos foi a forma translúcida de um homem de meia-idade com roupas antiquadas pairando sobre seu rosto, que o informou que Don Alfeo queria vê-lo sem demora.

Ele lavou o rosto e as mãos ainda sujas de sangue em uma bacia com água limpa, trocou o manto pelas roupas que usava antes de chegar ao mausoléu e caminhou para a Villa o mais depressa que pôde, indo direto para o gabinete do pai.

Ao ver o filho, Don Alfeo se levantou de sua grande mesa, lhe deu um beijo na testa, afagando seus cabelos escuros e desgrenhados, e pediu que se sentasse em uma das poltronas. Serviu duas taças de Chianti, acomodou-se diante de Luciano e lhe comunicou que havia chegado a hora. Pacientemente, recordou todas as instruções que já tinha passado ao filho ao longo dos últimos dois anos, ressaltando a importância de fazer com que Jade se sentisse o mais confortável e amada possível. Por fim, recomendou que, apesar de querer lhe dar logo a notícia para que se preparasse, Luciano devia esperar cerca de duas semanas para procurar Jade, pois até lá ela já estaria pronta e descansada o suficiente para que eles por fim consumassem o que desde crianças haviam ensaiado.

Desde quando se reuniu à irmã e à mãe para tomar o café da manhã naquele mesmo dia, Luciano passou a olhar para Jade com uma devoção ainda mais intensa. Os progressos rápidos que estava obtendo no mausoléu andavam consumindo todo o seu tempo e interesse, e, por isso, a irmã havia, pela primeira vez, deixado de ocupar o topo de sua lista de prioridades. Luciano sabia o quanto isso a magoava e como ela se queixava de suas ausências sempre que se reencontravam. Mas ele simplesmente não conseguia evitar. Em sua mente, Jade estaria para sempre ali, esperando-o com um sorriso no rosto, guardada na Villa como uma princesa em seu castelo. Isso estava longe de ser verdade, ele sabia, mas repousava no conforto de saber que o coração dela pertencia apenas a ele e mais ninguém. Quando retornava para seu quarto na Villa, passava noites sem dormir imaginando como seria finalmente aquele momento e se desesperando com medo de falhar, de ser assombrado por alguns dos velhos espíritos poderosos que ainda não conseguia controlar por completo e que pareciam odiá-lo com ainda mais intensidade. Ele temia não apenas decepcionar toda a família, mas, em especial, a irmã. Sabia que ela se sentia tão ávida quanto ele, entretanto, Luciano jamais havia feito aquilo antes. Pelo menos não com alguém que pudesse reagir a suas ações. A possibilidade de que não fosse capaz de satisfazer Jade ou, pior ainda, que ela o repelisse, o deixava apavorado. Isso colocaria todos os planos dos Manfredi a perder e ele não seria capaz de suportar viver uma vida em que Jade o rejeitasse.

Claro, o imbecil do primo Fred, junto com Domenico, durante uma das raras visitas do irmão a Parma alguns meses antes, tentou levá-lo à casa da Madame Gionna para que ele soubesse o que fazer quando chegasse o momento. Quando o convidaram para uma cavalgada noturna, segundo Frederico, para que amenizasse um pouco aquele cheiro de cadáver que já estava deixando a família inteira sufocada, os dois fizeram mistério sobre o destino, como se ele não soubesse qual era o lugar preferido do primo e do irmão para suas escapadas após o jantar. Ele passou o caminho todo em silêncio, sentindo-se ao mesmo tempo desconfortável, envergonhado e estranhamente ansioso. E, claro, os comentários idiotas incessantes do primo e o silêncio do irmão não o ajudaram em nada.

Chegando lá, a Madame lhe serviu algumas doses de *grappa* enquanto lhe perguntava de que tipo de garota ele gostava. A bebida era forte, logo fez com que tudo ao seu redor rodasse e ele só assentia, como o palerma que todos ali, Luciano tinha certeza, achavam que ele era, enquanto ouvia os gracejos do primo sobre sua preferência por "mulheres pálidas e geladas", que eram ignoradas por Gionna, embora, ele percebia, provocassem um certo risinho contido nos cantos dos lábios de Domenico. Tudo que se lembrava depois disso era de estar em um quarto com três moças apenas um pouco mais velhas que ele, que arrancaram suas roupas e começaram a tocá-lo de um modo que em um primeiro momento lhe causou algumas ondas de prazer; mas, assim que conseguiu focar seus rostos, foi tomado pelo horror. Ele procurava em todas elas os olhos azuis, os traços quase idênticos aos seus, ainda que mais delicados, a voz doce, os cabelos negros que caíam em ondas, o "eu te amo, *frate*". Em vez disso, viu os rostos se deformarem, os olhos esbugalharem, os dentes saltarem para fora das bocas como se fossem presas famintas. De repente, os fios de cabelo se desprendiam das cabeças, as vozes soavam como o urro de uma fera faminta, os corpos se tornavam esquálidos e ressequidos como os de um cadáver embalsamado há muito tempo. Ele soltou um grito de horror e olhou para cima apenas para dar de cara com seus velhos conhecidos das noites de pavores noturnos no infantário. Havia muito tempo que eles não apareciam e, mesmo que agora tivesse algumas noções de como afugentá-los, estava preso à cama por aquelas mulheres monstruosas e se sentia tão vulnerável como quando era apenas uma criança. Os espectros se aproximaram das garotas enquanto soltavam gargalhadas aterrorizantes, como se zombassem da situação na qual Luciano se encontrava, como se jamais alguém como ele tivesse direito a uma noite de prazeres mundanos como qualquer outro homem. Um deles fez com que um grande quadro com uma moldura pesada, retratando uma ninfa, pendurado justamente sobre uma das jovens, começasse a tremer perigosamente, como se estivesse prestes a cair sobre ela. As chamas de um dos castiçais começaram a tremular com violência, aproximando-se da anágua volumosa, de tecido barato, que outra ainda conservava no corpo. Ele ouviu um som e olhou para o lado, vendo uma das mesas de cabeceira, que apoiava mais um castiçal, esse com oito velas, se agitar como se alguém a sacudisse, prestes a derrubar o castiçal sobre a cama. Absortas em seu serviço, as mulheres não percebiam nada, mas Luciano sabia muito bem que era apenas uma questão de tempo para que uma tragédia acontecesse ali. Por mais que elas parecessem monstros aos seus olhos, Luciano sabia que não tinham culpa por nada daquilo e não mereciam que nada de ruim lhes ocorresse. Assim, ele se levantou o mais depressa que pôde, livrando-se das garras das garotas, e, gritando o mais alto que seus pulmões permitiram, ordenou que elas se afastassem e saíssem do quarto, caso contrário, iriam sofrer as consequências. Uma delas ainda tentou acalmá-lo, garantindo que faria com que experimentasse algo que nunca sentira antes, mas Luciano apenas berrou que, se ela não saísse dali naquele exato momento, não poderia impedir que algo de muito ruim lhe acontecesse. Chamando-o de aberração, exatamente como Frederico costumava fazer, ela acompanhou as colegas, deixando a porta aberta atrás de si. Luciano correu para fechá-la e tentou se vestir às pressas enquanto os espectros continuavam a zombar dele, lançando-lhe suas gargalhadas malignas e fazendo com que suas roupas fossem arremessadas para longe quando se aproximava delas, o que fazia com que demorasse para se aprontar. Por fim colocou apenas os sapatos, os culotes e a casaca, saindo do quarto o mais depressa que pôde.

No corredor, encontrou o irmão, que cruzava outra porta vestindo apenas seu camisão e perguntando-lhe que tipo de imbecilidade ele havia feito daquela vez. Irritado como nunca se sentira em sua curta vida, Luciano apenas mandou, sem parar de andar, que Domenico voltasse para o quarto e terminasse o que havia começado, pois ele estava voltando para casa. Luciano nem ao menos se deu ao trabalho de procurar seu cavalo e, no afã de ir embora daquele lugar, resolveu seguir a pé pela estrada escura, caminhando por mais de duas horas até ver finalmente os portões da Villa, acompanhado por dois guardas montados que o seguiam à distância, em silêncio e sem interferências, como tinham sido treinados. Os espectros não o seguiram, já que haviam conseguido mais uma vez amedrontá-lo e contribuir para que sua fama de louco se espalhasse ainda mais para além dos muros da Villa. Definitivamente ele não tinha mais a menor intenção de ir a lugar algum que não fosse La Villetta. Além do casarão e do cemitério, não havia mais nada que considerasse digno de sua atenção.

Após o ocorrido na casa da Madame, não só as péssimas piadas de Frederico se tornaram mais constantes e debochadas, como Luciano começou a perceber que as pessoas na Villa, até mesmo os empregados e sua própria mãe, passaram a encará-lo cada vez mais como se ele de fato fosse uma peça que não se encaixava naquele jogo. Ouvia risos abafados às suas costas quando passava, subentendia os comentários maldosos realizados durante os jantares, nas caçadas e quando havia algum grupo reunido em um dos cantos dos salões. O pai obviamente soubera do ocorrido, mas tivera o tato de não comentar nada a respeito, embora o garoto percebesse que ele passara a insistir mais em suas conversas a sós sobre ele estar plenamente consciente do que os Manfredi esperavam dele além dos trabalhos no mausoléu, perguntando, para total constrangimento do filho, se Luciano tinha alguma dúvida ou se precisaria de alguma ajuda. Aquilo o atormentava.

Por isso, nesta noite, no quarto de Jade, por mais que ele soe desenvolto no intuito de deixar a irmã à vontade e saiba que seus desejos por ela sempre foram mais do que correspondidos, Luciano está uma pilha de nervos.

Percebendo que o irmão se perdeu em seus próprios pensamentos ao ouvir sua pergunta, Jade se levanta e volta a contemplar a janela. Ela sabe o quanto deve também ser difícil para Luciano. Toda a família espera que eles sejam capazes de gerar um herdeiro de sangue puro e saudável o mais rápido possível. Ainda que sinta medo da tal dor que a mãe mencionou,

Jade teme mais ainda o que virá depois. O que acontecerá com ela quando gerar aquele tão aguardado rebento? Já havia sido informada de que seria oferecida em casamento a quem proporcionasse a aliança mais vantajosa aos Manfredi — como se fosse um animal premiado, um item em um espólio. Jade ainda teve durante um tempo a esperança de que o fato de não ser mais pura quando espalhassem a notícia de que Don Alfeo buscava um esposo para sua filha tornasse o número de interessados bastante reduzido — com sorte, inexistente. Entretanto, Lizbeta logo deixou claro que essa informação jamais seria revelada e que, no momento oportuno, ela seria instruída sobre o que fazer. Tudo que Jade mais teme é que aquela primeira noite já gere o resultado esperado.

A menina só percebe que o irmão também se levantou e está parado atrás dela quando sente a respiração quente próxima a seu pescoço. Ela olha para trás e abre um sorriso. Não consegue evitar a alegria de tê-lo ao seu lado mais uma vez. Jade já não nutre esperanças de que algum dia voltem a ser tão próximos como quando eram crianças. Entretanto, não há nada que a impeça de imaginar que, pelo menos por enquanto, tudo será como nos velhos tempos. Talvez até um pouco melhor, já que não precisam mais se esconder nem fugir dos castigos da tia, com quem, para alívio de ambos, conviviam cada vez menos desde que deixaram o infantário.

Luciano a envolve e passa levemente os lábios por uma de suas orelhas, sentindo o perfume adocicado da água de colônia, antes de por fim responder à sua pergunta:

— Você sabe que eu tenho as minhas formas de saber o que acontece aqui na Villa.

Imediatamente, ela entende o que Luciano quis dizer. Há alguns anos ele lhe contara que finalmente tinha aprendido, assim como o pai lhe recomendara, não só a controlar os espíritos que o cercavam, como a domá-los e fazer com que se curvassem às suas vontades. Ela se sentiu orgulhosa do feito do irmão, sem dúvida isso aumentaria ainda mais seu prestígio entre os outros Predestinados, e ficava aliviada em saber que aqueles seres invisíveis pensariam várias vezes antes de machucar Luciano. Entretanto, ela também sabia que cada passo que o irmão dava em seus estudos nas catacumbas o levava para mais longe de seus braços e se perguntava se aqueles seus fantasmas que pareciam saber de tudo sobre todos que viviam na Villa também a vigiavam. Nesta noite, ela por fim tem a resposta.

Jade assente, sem tirar os olhos dos jardins da Villa, que com seus galhos já ressequidos assumem um ar sinistro sob a luz clara da lua.

Ela sente que Luciano pega algo em um dos bolsos de suas vestes. Logo em seguida, ele coloca diante dos olhos da irmã um frasco de vidro arredondado, não muito maior que a palma da sua mão, tapado por uma rolha. Dentro, há um líquido amarelado, quase transparente.

— O que é isso? – ela pergunta, mirando o frasco.

— Chama-se *acqua vitae*. Há pouco tempo o *papà* me ensinou como prepará-la. No mausoléu, utilizamos em algumas poções e também a tomamos quando realizamos alguns rituais. Os efeitos são bem curiosos. E relaxantes. Bem mais que os dos vinhos das adegas aqui da Villa, mesmo os mais fortes. Achei que você gostaria de experimentar.

Ele retira a rolha e cheira o conteúdo do frasco. O odor intenso, bem mais que o da *grappa* tão apreciada pelos servos e guardas em suas horas de folga, chega ao nariz de Jade. Luciano toma um bom gole e passa para a irmã.

A garota examina o objeto e seu conteúdo por um momento. Sempre teve uma inclinação pelos vinhos servidos todos os dias durante os almoços e os jantares e mais recentemente começara a tomar mais algumas taças durante as tardes que passa na sala de estar de Lizbeta. Estima não só o gosto apurado, mas principalmente a sensação que toma conta de seu corpo e sua mente após alguns cálices. Sente-se mais alegre, divertida, lânguida e despreocupada. É uma boa maneira de esquecer o quanto se sente solitária sem Luciano naquele imenso quarto de adulto e o que o futuro lhe reserva. É uma sensação tão prazerosa que compensa até as manhãs em que acorda com uma terrível dor de cabeça, uma sede desesperadora e uma tontura tão intensa que às vezes a faz vomitar, dando trabalho extra para as aias, que apenas se entreolham, limpam-na e trocam suas vestes antes que alguém da casa perceba o que aconteceu. Com frequência, Lizbeta repreende a filha, afirmando que uma moça de bom berço jamais deve exagerar na bebida. Ela faz com que Jade trague apenas pequenos sorvos quando está em seu estúdio e, durante os jantares, lança olhares de repreensão para o copeiro assim que ele enche o segundo cálice da filha ao longo da refeição, o suficiente para que ele passe a pular a Senhorinha quando retorna para oferecer mais vinho aos patrões. Assim, Jade se vê obrigada, em suas rápidas visitas às cozinhas para dar um beijo em dona Camélia, a sorrateiramente oferecer de presente às assistentes um lenço, um par de punhos rendados ou de meias de seda, abrindo, em seguida, um de seus sorrisos radiantes para lhes pedir que deixem alguns odres de vinho ocultados em locais discretos do jardim. Em suas noites solitárias, o vinho é um amigo.

Sim, ela fica curiosa acerca dos efeitos daquela poção sobre a qual jamais ouvira falar até então. Entretanto, devolve o frasco a Luciano.

— Teremos tempo para experimentar essa bebida, *frate*. Obrigada, mas hoje eu não desejo que nada turve a minha mente. Esta noite, quero me lembrar de todos os detalhes.

Luciano pega o frasco de volta e sorve mais um gole, tapando-o em seguida e deixando o que restou sobre o parapeito da janela. Ele contempla a irmã, inebriado por suas palavras e pela beleza de sua figura. Distribui beijos leves em sua orelha, descendo até o pescoço, onde se demora. Delicadamente, enquanto ainda a envolve, uma de suas mãos abaixa o decote da camisola, que já caía pelos ombros de Jade, revelando um de seus seios ainda pequenos, mas que cabem perfeitamente em sua palma. Jade sente a respiração de Luciano acelerar, seus beijos se tornam mais intensos e, mesmo por cima do veludo grosso daquele camisolão estranho que ele veste, sente sua ereção. Ela aproxima seu corpo do dele e deixa que a cabeça repouse no peito do irmão, virando-a para um dos lados, entregando-se aos seus carinhos. Dessa vez, não haverá nada nem ninguém, vivo ou morto, que os impeça de ir até o final.

Luciano puxa o rosto da irmã para si e a beija nos lábios, como já tinha feito tantas vezes antes, embora saiba que dessa vez tudo será diferente. Jade corresponde com o mesmo vigor, tanto que, após alguns minutos, eles se veem obrigados a separar os lábios para recuperar o fôlego. Ele, entretanto, continua tocando a irmã, acariciando seu seio exposto e erguendo a barra de sua camisola. Os gemidos baixos de Jade comprovavam que ele ainda sabe exatamente como tocá-la. Ela, por sua vez, vira-se e, arfando, afasta suavemente o irmão, faz com que ele erga os braços e retira seu manto negro. Encarando-a, ele empurra com a ponta dos dedos o decote da camisola de Jade para baixo, fazendo com que escorregue por seu corpo, parando ao redor de seus pés. Ambos contemplaram um ao outro por alguns momentos. Todos os espécimes, esquifes e materiais que Luciano carregava nas catacumbas fizeram com que abandonasse as gordurinhas infantis e os músculos se revelassem. Apesar da aparência cada vez mais desleixada e do ar mortiço, Jade se dá conta de que, independentemente do quanto seu olhar sempre fora benevolente em relação ao irmão, ele se transformava em um homem robusto, até mesmo atraente. Por seu lado, a despeito da doçura pueril de seu rosto, os olhos estão acesos, atentos, tão lascivos quanto seu corpo. A pele alva e sedosa que reveste os quadris largos, as coxas grossas, a cintura bem delineada, os seios redondos contrastam com os cabelos negros que caem em ondas até suas ancas. Luciano tem total certeza de que nenhuma outra mulher jamais despertará tanto seu desejo quanto Jade. Não é segredo que ela já é cobiçada por vários primos — Frederico, inclusive — e saber que ela será dele aumenta ainda mais sua lascívia.

Jade ergue um dos braços e afasta uma mecha de cabelos oleosos, tão escuros quanto os seus, do rosto do irmão. Os fios nunca estiveram tão compridos, caindo, desgrenhados, sobre a nuca, quase tocando seus ombros.

— Você já fez isso antes? – Ela acaricia o rosto de Luciano.

O garoto desvia os olhos e mira pela janela, fazendo com que Jade tema que ele se perca em seus devaneios mais uma vez. Entretanto, ele logo volta suas atenções novamente para a irmã:

— Bem... não de verdade. Não que o Frederico e o Domenico não tenham me carregado para a casa da Madame Gionna um dia desses. Você sabe que casa é essa, não é?

Era impossível viver naquela Villa sem nunca ter ouvido falar na casa da Madame Gionna. Ainda que muitas vezes o nome da cafetina fosse pronunciado entredentes, desde muito criança Jade ouvia das amas, e em especial da tia, que jamais deveria se parecer com uma das garotas que trabalhavam naquele lugar. Os mistérios em torno da Madame e o ar de proibição que sua casa carregava, porém, sempre atraíram a curiosidade de Jade. Que diabos afinal acontecia sob aquele teto para que o local tivesse toda aquela fama? Ela, porém, só descobriu por si só que tipo de serviços aquelas moças ofereciam quando começou a passar as tardes no estúdio de Lizbeta e aprendeu que aquilo que ela e Luciano sentiam um pelo outro era algo comum a todos os seres humanos, só que, na maioria dos casos, aquele desejo nada tinha a ver com amor. E, claro, apesar de nunca ninguém lhe mencionar nada a respeito, ela passou a saber muito bem de onde o irmão, o primo e até mesmo o pai e os tios vinham quando chegavam à Villa no final da madrugada ou já de manhã cedo com um semblante pacífico, ainda que ébrio e exausto. Com o tempo, as vozes já nem precisavam lhe dizer nada. Bastava olhar para eles para saber. Jade sempre soltava um risinho ao imaginar se a tia Francesca sabia que Domenico, seu menininho perfeito, e até mesmo Dom Marcello, o irmão sobre o qual ela tanto se gabava que havia sido o primeiro cardeal Manfredi, eram clientes assíduos da Madame sempre que estavam em Parma. Apesar da pouca idade, Jade já chegara à conclusão de que nenhum homem — ou mulher — era de fato santo e não conseguia entender por que o ideal de virtude religiosa era vendido como uma meta se todos sabiam que aquilo não passava de mais uma mentira.

— Sim, eu sei – Jade responde, encarando o irmão.

— Esse lugar pode ser bastante tentador para o Domenico e o Fred, mas, para mim, simplesmente não havia nada ali além dos terrores que você já conhece.

Jade de fato notou que havia uma hostilidade ainda maior pairando entre o irmão e o primo, e também percebeu que as provocações nem sempre veladas a Luciano pareciam ter se tornado mais frequentes nos últimos tempos. Ela não sabia o motivo daquilo, mas era latente que algo havia acontecido. Agora, tudo faz sentido.

Ela se aproxima do irmão e o abraça, sentindo o calor do corpo dele contra o seu. Mais do que nunca, eles se encaixam de forma perfeita.

— Eu sinto muito – ela sussurra.

— Não sinta. Não há nada a lamentar. Muito pelo contrário. – Luciano olha para baixo, erguendo o queixo da irmã para que o mire. – Diferente do Domenico e do Frederico, não estou interessado em nada que a casa da Madame tem a oferecer. Eu tenho você, Jade. É só isso que me importa.

Ele beija os lábios de Jade com candura, mas, ao sentir os seios dela contra seu peito, a forma como ela pressiona o ventre contra sua pélvis, é tomado por um desejo irrefreável. Suas mãos percorrem todo o corpo da irmã, sendo imediatamente correspondido pela respiração acelerada de Jade e suas mãos que percorrem seu corpo. Eles já haviam sentido aquilo antes, a diferença é que jamais desconfiaram de que seria possível ser ainda mais intenso. Luciano tem a impressão de que está prestes a explodir a qualquer momento, ao mais leve toque. Quando as mãos de Jade começam a se aproximar perigosamente de seu pênis, ele a conduz até a cama, faz com que se deite na beirada com as pernas abertas apoiadas no tablado. Ele beija todo o seu corpo, começando no pescoço, demorando-se nos seios, acompanhando o ritmo de seus gemidos até chegar ao seu sexo. Ele sabe o quanto ela aprecia aquelas carícias, porém surpreende-se ao se dar conta do quanto está úmida. Perceber que a lascívia da irmã é tão intensa quanto a sua faz com que Luciano seja ainda mais resoluto em seus carinhos. Os gemidos antes sussurrados se tornam mais altos, e, temendo que Jade acorde as aias e elas irrompam no quarto achando que alguém está machucando sua senhora, Luciano se ergue, ainda afagando levemente o sexo de Jade e sentindo o corpo dela tremer, faz com que ela fique de joelhos na cama e a beija com fervor mais uma vez. Ele venera o calor de sua pele, seu hálito que lhe lembra frutas frescas, seu cheiro que é capaz de reconhecer onde quer que esteja, seu gosto, seus gemidos. Ela é a melhor definição que Luciano conhece para a palavra devoção.

Jade tampouco havia se sentido daquela forma antes, nem mesmo nas noites que conseguiam ficar a sós no infantário ou nas tardes em La Villetta, quando estavam descobrindo um ao outro, perdendo a noção do tempo e do espaço, como se a Villa, os pais, a tia, todos os Manfredi, todo o ducado de Parma desaparecessem num passe de mágica e apenas ela e Luciano existissem no mundo. Só que nunca antes sentiu aquela imensidão e deseja, por mais que saiba ser algo impossível, que dure para sempre. Como não lhe é raro, ela quer mais e, principalmente, está ávida para que Luciano sinta o mesmo.

A garota apoia-se sobre as mãos e os joelhos e retribui o carinho que o irmão acabou de lhe proporcionar. Encara-o como se estudasse suas reações. Gosta de ver a forma como ele fixa os olhos nela por um momento até não resistir mais e fechá-los, com as narinas se dilatando, a respiração pesada, os pequenos uivos que escapam de seus lábios. Era assim que eles costumavam terminar, quando Luciano por fim não resistia e, com um gemido breve e intenso, liberava aquele líquido que indicava que por fim ele estava satisfeito. E, ainda que ela houvesse se assustado quando aquilo aconteceu pela primeira vez, algum tempo antes, o irmão lhe explicou que aquilo passaria a acontecer dali para frente e que tudo bem se ela não gostasse, eles poderiam dar um jeito. Ainda que achasse estranho no início, logo Jade se deu conta de que, como o irmão era uma extensão perfeita de quem ela era, aquilo, como todo o resto que o formava, também era parte de si mesma. Além disso, ela via o deleite intenso nos olhos dele quando ela provocava aquela reação, seguida por uma rara expressão de tranquilidade. E nada a deixava mais feliz do que satisfazer Luciano nem mais aliviada do que saber que, pelo menos por um momento, ele estava em paz.

Naquela noite, porém, ele não permite que ela se demore naqueles desvelos. O rapaz a afasta, primeiro com gentileza, mas, ao perceber que ela insiste, usando um pouco mais de afinco. Luciano se abaixa para ficar na mesma altura que Jade e acaricia seu rosto.

— *Sore*, você sabe muito bem que hoje finalmente poderemos ir até o fim.

Ela abre um de seus grandes sorrisos e beija Luciano. Tem a impressão de que seus gestos são movidos por fios invisíveis. Instintivamente, puxa-o para si e ele deixa que seu corpo caia sobre o da irmã. As mãos percorrem mais uma vez seus corpos, só que agora com urgência, uma ânsia crescente que precisa ser saciada a qualquer custo.

No afã de carícias, as coxas da garota envolvem o pênis de Luciano, que, afastando os lábios dos dela, respira fundo antes de confessar:

— Não estou aguentando mais, *sore*.

Jade olha para Luciano e, sem nada dizer, projeta a pélvis para frente. Sem pensar duas vezes, ele começa a penetrá-la devagar, atento a suas reações.

No início, ela o encara. Os olhos negros de Luciano estão vidrados em suas íris azuis, ambos como que hipnotizados, com a respiração em suspenso. De repente, porém, ela sente como se algo a perfurasse, um desconforto intenso, que logo reconhece como sendo a tal dor à qual Lizbeta havia se referido em suas lições. Contudo, apesar de todo o incômodo, ela não quer que Luciano pare. Jamais se sentiu tão excitada e ver a chama que se acende cada vez mais nos olhos dele torna seu desejo ainda mais intenso. Isso, talvez muito mais do que a dor, faz com que solte um grito.

Luciano então congela. Tem certeza de que não conseguirá parar ali. Seria totalmente impossível, por mais que houvesse prometido a si mesmo que jamais machucaria a irmã. Ele estuda a expressão de Jade e só continua a penetrá-la, ainda que tentando diminuir o ritmo, quando percebe que os músculos de seu rosto relaxam e seus lábios se abrem novamente em um sorriso.

— Está tudo bem – ela sussurra. – Quero só que todos eles saibam.

Ele abafa uma gargalhada em um dos seios da irmã antes de continuar. Os gritos de Jade se tornam mais intensos à medida que ele a penetra. Apesar da rigidez do início, está sendo muito mais fácil — e infinitamente mais prazeroso — do que ele está habituado. E o alarido de Jade o deixa ainda mais excitado. Sem tirar os olhos dos dela, ele aumenta o ritmo, sendo acompanhado pelos quadris da garota em uma sincronia tão perfeita que parece ensaiada. Sem que se dê conta, logo os gritos da irmã são suplantados pelos seus. Ele sente as gotas de suor pingando de seus cabelos e de seu tórax para se misturar às que escorrem pelo corpo de Jade. Suas pernas estão entrelaçadas e é impossível discernir onde termina um e começa o outro. Finalmente eles são um só mais uma vez e não há melhor sensação que aquela.

É com esses pensamentos que Jade contrai os músculos da pelve e solta um último grito agudo, que logo se transforma em gemidos lânguidos. Poucos segundos depois, ela é seguida por Luciano, que dispara uma sucessão de brados incompreensíveis que quase fazem com que perca a voz antes de desabar, ofegante, ao lado da irmã.

Por longos minutos eles se encaram em silêncio, sorrindo, esperando que suas respirações se regularizem e temendo quebrar o encanto do momento. Jade por fim estende uma das mãos para afastar uma mecha de cabelo que está grudada no rosto do irmão. Ele beija sua mão e a puxa para mais perto, aninhando-a em seu peito. Uma brisa gelada entra pela janela, lembrando que o inverno está à espreita. Jade se encolhe e o irmão passa um dos braços sobre ela para aquecê-la.

— Esta foi a melhor noite da minha vida – ele por fim declara.

— Está sendo a melhor noite da minha vida – Jade rebate, soltando uma risadinha. – Acho que acordamos a casa inteira.

— Espero que sim. Afinal, não era por isso que tanto esperavam? Bem, agora teremos um motivo bem melhor para deixá-los acordados do que aquelas noites pavorosas no infantário. – O menino beija a cabeça da irmã, brincando com seus cabelos. – Eu realmente queria que esta noite durasse para sempre. Se eu pudesse, passaria todas as minhas noites aqui, ao seu lado.

Subitamente, a expressão de Jade se torna grave. Ela desvia o olhar, mirando o lençol amarrotado sobre o qual estão deitados.

Uma onda de desespero atravessa Luciano. Será que havia feito alguma coisa errada? Haveria ele machucado a irmã? Ao se dar conta de como os olhos dela se tornaram opacos, ele acaricia seu rosto e sussurra em seu ouvido:

— Meu amor, eu a machuquei? Jade, eu jamais lhe faria qualquer mal. Eu não me perdoaria.

— Não, Luci, não é isso. Você não me fez mal algum – ela se apressa em dizer, erguendo os olhos para o irmão. – Muito pelo contrário.

— Me conte então o que houve. – Ele beija repetidas vezes a testa da irmã com a ponta dos lábios. – Caso algo que fiz não a tenha agradado, seja sincera. Podemos pensar em alguma outra coisa da próxima vez. O que você quiser.

— *Frate*, eu não mudaria absolutamente nada. Apesar da dor no início, que não foi culpa sua, era algo inevitável, e você foi, como sempre, muito gentil, foi muito melhor do que eu poderia imaginar. Não tem nada a ver com isso. Ou melhor, até tem, mas não da forma como você está pensando – ela diverge. – O que me aflige não é o que fizemos, mas o que virá depois. O que acontecerá quando finalmente gerarmos um filho, um herdeiro saudável, se o bom Deus assim nos permitir? O que vai acontecer comigo, Luci? E se me mandarem para longe? Eu não poderei nem mesmo ver o nosso filho crescer. E... só de pensar em outro homem que não seja você me tocando... Eu não suportaria.

Os olhos de Jade se enchem de lágrimas e Luciano aperta a irmã contra o peito, aspirando a fragrância de seus cabelos. Sim, ele sabe muito bem o que os Manfredi tinham planejado para a irmã. Esse fora o único motivo pelo qual levantara a voz para Alfeo desde que se recordava. Não havia muito tempo. Durante a última visita de Domenico, apenas alguns dias após aquela fatídica noite na casa da Madame Gionna, em uma das conversas que tiveram no gabinete do pai, Domenico mencionou uma aliança de casamento que considerava promissora para Jade com o sobrinho de um de seus colegas do Colegiado. Antes que Luciano pudesse retorquir que Jade não se casaria com homem algum, de onde quer que fosse, Alfeo cortou Domenico e mudou de assunto. Entretanto, assim que o irmão retornou para Roma, Luciano questionou Alfeo na primeira oportunidade que teve de ficar a sós com o pai e ele lhe explicou primeiro com paciência e voz mansa que compreendia o apego que Luciano sentia pela irmã, o quanto era importante que ambos sempre estivessem ao lado um do outro, porém ele ainda era muito jovem e logo se daria conta de que existiam muitas mulheres belas no mundo além de Jade e que ele poderia usufruir de tantas delas quanto desejasse. E era de extrema importância que entendesse que os interesses da família deviam vir invariavelmente em primeiro lugar, não importando quais fossem os seus caprichos e desejos pessoais. Luciano ouviu o pai em silêncio, ainda que sentisse a raiva revirar suas entranhas. Ao olhar para cima, para uma das várias estantes do gabinete do pai, viu um dos espectros que o acompanhavam remexer nos volumes pesados sobre a prateleira mais alta, como se esperasse apenas uma ordem sua para começar a atirá-los em Alfeo. O garoto apenas desviou o olhar e declarou para o pai com uma voz gélida que ele próprio não reconheceu que, sim, ele compreendia tudo que Alfeo havia lhe dito, só achava curioso por que motivo então Lizbeta não havia sido entregue em casamento para algum nobre. Ou será que havia algo de errado com sua mãe? Tudo que Luciano sentiu em seguida foi a mão espalmada do pai golpeando seu rosto com toda a força. Ele chegou a cambalear para trás, quase perdendo o equilíbrio, e só ouviu o estrondo de um enorme missal com capa de couro caindo sobre Alfeo, que, num reflexo, deu um passo para o lado para evitar o choque que, dado o peso do volume e a altura de onde caiu, poderia ter sido fatal. Entredentes, Alfeo ordenou que Luciano deixasse seu gabinete e não aparecesse mais diante dele enquanto não estivesse pronto para se redimir por sua desobediência. Diferente da maioria dos meninos de sua idade, Luciano jamais havia sido agredido pelo pai e, apesar da dor e da marca que permaneceu em seu rosto por mais de uma semana, o que mais lhe doeu foi ter desagradado aquele que havia sido, mais do que o seu mentor, o homem que sempre ficara ao seu lado quando o restante do mundo lhe virava as costas. Ainda assim, não conseguia entender por que diabos ele não podia permanecer junto à irmã se Lizbeta jamais saíra da Villa. Era uma injustiça para com ele e Jade que ele não conseguia conceber, ainda mais sendo cometida por aquele a quem considerara como o homem de maior senso que já conhecera, que honrara até então como seu exemplo e seu guia.

Luciano passou duas semanas trancado nas catacumbas. Nesse tempo, Alfeo teve o tato de deixar o filho a sós e até mesmo as visitas de parentes Predestinados que estavam marcadas para aqueles dias foram adiadas. Don Alfeo entendeu que o filho precisava ficar sozinho para pensar no que acontecera e no que os Manfredi esperavam dele e de sua irmã. Dormindo pouco e comendo apenas porque dona Camélia, sempre discreta, mas atenta a suas crianças, dava ordem para que um dos guardas deixasse um farnel nas portas do mausoléu na hora do almoço e do jantar, Luciano usou esse tempo para aprimorar rituais, estudar, descontar sua lascívia pubescente nos poucos corpos de mulheres jovens disponíveis e conversar com seus espíritos amigos, aqueles que jamais o julgavam, lhe ofereciam toda a sua devoção e o aconselhavam com a sabedoria acumulada tanto no Mundo da Carne quanto no Sheol sempre que ele assim necessitava.

Catorze dias depois, Luciano retornou à Villa. Seu cheiro e sua aparência imunda e doentia apavoraram os servos que encontrou pelo caminho, mas ele simplesmente os ignorou e ordenou que seus valetes levassem a banheira até seu quarto. Ele tomou um banho demorado, foi vestido com esmero e dirigiu-se para o gabinete do pai disposto a lhe pedir suas mais sinceras desculpas. Seu amor pela irmã o havia cegado, sem dúvida ele ainda tinha muito que aprender e estava se esforçando para controlar seus poderes. Alfeo lhe deu suas bênçãos, lembrou-o do quanto se orgulhava dele e que absolutamente nada nem ninguém devia desviá-lo de seus estudos. O menino assentiu e pediu permissão para sair.

Ele tinha um plano.

Luciano contempla o rosto de Jade. Uma lágrima escorre pelo rosto da menina e Luciano a seca gentilmente com a ponta dos dedos.

— Calma, *sore*. Não fique assim. Eu já pensei em tudo. Vamos dar um jeito.

Jade funga e olha para o irmão. Um raio de esperança atravessa seu rosto.

— Ou você acha que eu permitiria que algum outro homem a levasse para longe de mim e dos filhos que teremos?

Um sorriso começa a se insinuar nos lábios da menina.

— Filhos? Você acha que nós teremos mais de um?

— Eu não acho. Tenho certeza. Mas, para isso, será preciso que tomemos alguns cuidados por enquanto. Isso é muito importante.

Jade assente e o encara, curiosa.

— Bem, o *papà* já deixou claro que só vai começar a procura por um marido para você quando gerarmos um filho saudável. Assim, não precisamos ter a menor pressa para que isso aconteça. E nós sabemos muito bem que quanto mais velha a noiva, mais difícil é para que algum pretendente que valha faça a corte. E eu tenho certeza de que o *papà* não deixaria você ir embora se o noivo em questão não possuir algo de muito valioso a oferecer e não tiver garantias de que o pretendente está à sua altura.

— Mas, Luci, você sabe o quanto todos estão ansiosos. Tenho minhas dúvidas se eles teriam tanta paciência. E se começarem a achar que nós não somos capazes de ter um bebê? Já ouvi várias histórias entre as amas e a tia Francesca sobre primos que tiveram casamentos anulados pelo Santo Padre porque um dos noivos não foi capaz de gerar herdeiros...

— *Sore*, nós não somos casados. Não há nada para ser anulado aqui. A não ser que um dia você resolva me trocar por algum duque ou outro paspalho do gênero. – Ele solta uma risada e a irmã lhe dá um tapa de leve em sua mão repousada em um de seus seios.

— Não seja ridículo, Luciano Manfredi. – Ela lhe sorri de volta.

— Se eles pensarem assim, que o *papà* nos leve para visitar os sábios em quem ele tanto confia. Eu lhe garanto que, apesar dos exames desconfortáveis, essas viagens não são nada ruins. E ainda fariam com que ganhássemos tempo. E pode ter certeza de que, conhecendo os nossos caríssimos parentes como eu conheço, toda a culpa recairá nos meus ombros.

— Você não precisa passar por isso, Luci, principalmente agora que a família está por fim se dando conta do quanto você é importante.

— Não sei se concordo com você, mas a questão é que já estou acostumado. Não será uma novidade, nem nada que eu não saiba que sou capaz de suportar, ainda mais levando em consideração de que é pela melhor das causas.

Ele beija os lábios de Jade, que retribuiu com paixão, antes de perguntar:

— Então quer dizer que vamos ter que voltar à estaca zero. Ou seja, não vamos poder mais ir até o final?

— Não exatamente, mas não precisa se preocupar. Isso vai depender bem mais de mim que de você.

Jade faz que sim com a cabeça. Compreendia perfeitamente o que o irmão queria dizer. Afinal, em seu afã para que Jade guiasse Luciano caso ele não soubesse com exatidão o que fazer, Lizbeta não havia poupado nenhum detalhe em suas lições.

— Dessa vez, não consegui me controlar e peço desculpas. Afinal, eu passei tanto tempo sonhando com esta noite... Mas peço, por favor, que você me perdoe. E nada há de ter acontecido. Foi só a primeira vez. – Luciano sabia que, levando em conta o que acabara de sentir, aquela não seria uma tarefa fácil, mas tinha as suas maneiras de treinar. – Vamos levando assim até onde nos deixarem. E, claro, mais do que nunca, temos uma boa desculpa para passar mais tempo juntos sem as suas aias ou quem quer que seja nos importunando. Nada mal, não? – Ele a beija novamente.

Alguns momentos depois, entretanto, Jade afasta os lábios. Embora sua expressão esteja visivelmente mais leve, uma ruga de apreensão ainda atravessa sua testa.

— Desde que saímos do infantário, eu ansiava pelo momento em que pudéssemos ficar juntos novamente sem ninguém por perto, *frate*. Isso é realmente bom demais. A questão é como viver no paraíso sabendo que um dia, mais cedo ou mais tarde, eu serei expulsa? Sem saber o que está reservado para mim, mas tendo a certeza de que, qualquer que seja o meu destino, não será nada feliz já que você não estará ao meu lado?

Ele sorri e acaricia os cabelos de Jade.

— E você acha que eu também não pensei nisso? Quando as coisas tiverem que acontecer e nosso filho nascer, o *papà* só poderá tentar arrumar um noivo depois de no mínimo você terminar o seu isolamento. Eu acredito fortemente que até mais, pois você precisará ter voltado à sua bela forma para que o pretendente e a família dele não desconfiem de nada. Isso nos dará tempo suficiente para providenciar um novo herdeiro. Tenho certeza de que isso deixaria o *papà* bem feliz. E se o nosso primeiro filho não desenvolver o dom, como todos esperam? Isso aconteceu com o Domenico, pode muito bem acontecer de novo. Sem contar que, Deus nos livre de passar por esse sofrimento, mas sabemos que nem sempre Nosso Senhor é misericordioso com as crianças e, por garantia, é melhor ter dois ou mais herdeiros que um só. E, assim, podemos ir povoando esta Villa até que por fim o *papà* entenda que é uma péssima ideia deixar que você se case e seja levada para longe.

Jade fica pensativa. A ideia de uma gravidez atrás da outra não a anima de forma alguma, pois já ouvira a mãe se queixar mais de uma vez com as aias sobre como era terrivelmente desagradável carregar uma criança no ventre e o pesadelo que era o parto, como uma advertência para que nenhuma delas pensasse na possibilidade de algum dia aparecer com uma barriga. Sabia também que a avó havia morrido durante o parto e, ao que tudo indicava, esse tipo de tragédia era bem comum. Isso faz com que sinta um frio na espinha, porém não quer pensar naquilo. Não naquele momento. E, de qualquer forma, ela carregaria e daria à luz os filhos de Luciano e não os de um homem qualquer. Era um motivo mais que suficiente para que se alegrasse. E, a partir daquela noite, eles ficariam mais próximos do que nunca. Como sempre sonharam e como sempre souberam que devia ser.

Por fim, o rosto de Jade se ilumina e ela propõe:

— Já que vamos ter que treinar, o que você me diz de começarmos agora?

Luciano nem ao menos responde. Mais que depressa, ele beija a irmã enquanto seu corpo desliza para cima do dela.

Por um bom tempo, comentou-se na Villa Manfredi que naquela noite nenhum dos residentes do terceiro andar conseguiu dormir devido aos gritos que ecoavam do quarto da Senhorinha até muito depois de o sol ter despontado no horizonte.

10

Cidade do Vaticano, maio de 1633

Após quatro horas reunido com o Santo Padre e os demais cardeais, a fronte de Domenico Manfredi lateja. Aquele consistório girou em torno do reconhecimento de algumas ditas relíquias que recentemente haviam operado supostos milagres. Mesmo após a Contrarreforma, relíquias ainda eram verdadeiras minas de ouro para as paróquias que as possuíam: elas atraíam fiéis, romarias, esmolas generosas e grandes festivais, de forma que eram alvo de grande disputa entre os cardeais, que, mais do que qualquer sinal fidedigno de santidade, buscavam defender a riqueza de suas terras, aliados e patrocinadores.

Ele entrara em uma discussão acirrada com o cardeal Giambattista Pamphili sobre a autenticidade de um dos ossos da mão esquerda de são João Batista, que seria alocado na capela erigida em honra do último profeta na catedral de Parma. Pamphili, por sua vez, intercedia pela consagração dos ossos do ombro de santa Inês, que seriam exibidos na igreja que sua cunhada, Olimpia Maidalchini, estava erguendo em honra da santa na Piazza Navona, ao lado do *palazzo* de sua família. O cardeal Manfredi argumentou, porém, com sua retórica perfeita, que, além de as origens dos ossos apresentados pelo colega serem no mínimo duvidosas — havia boatos de que Olimpia havia encomendado o roubo dos itens de um convento da Úmbria —, a própria relação entre o cardeal Pamphili e a cunhada era controversa. Seu irmão havia morrido recentemente após uma doença longa, de origem desconhecida, e mesmo quando ele ainda era vivo Giambattista era visto com uma frequência pouco indicada para um homem da Igreja na companhia da cunhada. Ainda que não tenha sido necessário que Domenico entrasse em maiores detalhes, o caso entre Pamphili e Olimpia era do conhecimento de toda Roma. Mesmo que nada houvesse ficado provado, um relacionamento como aquele era considerado, pelas leis da Igreja, incestuoso, uma fofoca tentadora demais para não ser espalhada à exaustão nos corredores da nobreza de Roma.

Já o cardeal Pamphili, com seu discurso claudicante e sua figura alta, porém encurvada por seus 59 anos de vida, sua vasta testa, com frequência enrugada em uma carranca, ainda mais acentuada por uma calvície crescente, pequenos olhos castanhos e uma barba desgrenhada e esparsa, fazia um contraponto deplorável em comparação ao belo, jovem e altivo cardeal Manfredi. Aos gaguejos, ele retrucava que a instalação de uma relíquia em Parma beneficiaria apenas os Manfredi, que, como todos sabiam, eram os verdadeiros donos daquele território, usando os duques Farnese apenas como nobres testas de ferro para seus negócios escusos.

Após muito ponderar as questões levantadas por Domenico e as defesas de Giambattista e seus crescentes apoiadores no Colegiado — conquistados, como se comentava pelos corredores do Palácio Apostólico, com propinas pagas com os ducados de Olimpia —, Urbano VIII optou por consagrar a relíquia defendida pelo jovem cardeal Manfredi.

Aquela decisão, todos sabiam, serviria apenas para inflamar ainda mais os embates entre os dois cardeais, que se tornavam cada vez mais frequentes. Era clara a perseguição de Pamphili, um membro antigo e prestigiado da cúria, ao novato Manfredi, que, apesar da juventude e de vir de uma família burguesa, que fizera fortuna oferecendo serviços de milícia a todos que pudessem pagar por eles, se destacava rapidamente entre seus colegas, ofertando favores e presentes preciosos àqueles cujo apoio lhe interessava. Em especial, Domenico caíra nas graças do Santo Padre, que ouvia com atenção suas ponderações, considerando-o notavelmente maduro e sensato para sua pouca idade. Tanto que, a seu pedido, Domenico havia se mudado para o

Palácio Apostólico, onde ocupava um grande e confortável apartamento, privilégio concedido apenas àqueles que pertenciam ao círculo interno do papa. Segundo Urbano, era exatamente seu olhar novo sobre a Igreja combinado com uma inteligência arguta que tornava as posições de Domenico tão relevantes. Em pouco tempo, o jovem Manfredi já se convertera em um dos membros mais poderosos do Colegiado, e o cardeal Pamphili acreditava que era seu dever divino colocar um basta na perigosa ascensão daquele moleque vindo de uma controversa linhagem parmesã.

Apesar da dor de cabeça que os embates com Giambattista lhe causavam, Domenico havia realizado mais um de seus feitos. Parma ganharia uma relíquia, o que traria imensos lucros para os citadinos, os duques Farnese e, consequentemente, para os Manfredi. E, como ele havia dito ao cardeal Pamphili ao se despedir, ele deveria considerar um sinal da graça de Deus ter uma relíquia do santo cujo nome ele carregava na virtuosa cidade de Parma. A cólera que subiu pelo rosto de Pamphili fez Domenico rir-se por dentro, contudo ele apenas lhe desejou a paz de Cristo e saiu da Capela Sistina rumo aos jardins para apreciar o sol se pôr sobre Roma.

Domenico se sentou em um dos bancos mais afastados do burburinho dos religiosos e seus servos que assim como ele gostavam de caminhar por ali nos finais de tarde de verão. Ele guardava momentos como aquele para escapar das conversas cheias de subtextos tão comuns na cúria e aproveitar a solidão e a bela vista para repassar os acontecimentos do dia e imaginar como estariam as coisas em casa. Já fazia mais de um ano que não visitava Parma e, apesar de a vida no Palácio Apostólico consumi-lo quase por completo, era comum se flagrar com saudades da Villa, em especial em dias quentes como aquele, que faziam com que se recordasse das caçadas e dos mergulhos no Lago Santo. Ele nem se lembrava quando havia sido a última vez que estivera em casa durante o verão. Provavelmente quando ainda cursava o seminário. Já estava conformado com o fato de que a partir dali sua vida seria devotada aos interesses da Santa Sé — e principalmente aos interesses dos Manfredi na cúria —, mas mesmo assim o entristecia pensar que a Villa não era mais o lugar que ele chamava de lar.

Tudo afinal tinha o seu preço, e, se abandonar de vez a casa de sua infância era o tributo que teria que pagar em troca de toda a influência que vinha conquistando em Roma, aceitaria o fardo de bom grado. Domenico sabia que havia sido talhado para a tarefa e, no fim das contas, não era nada ruim ser um cardeal de prestígio. Ele conquistara aliados de peso e o papa o tinha em alta conta. Em suas cartas, Don Alfeo sempre fazia questão de expressar o orgulho que sentia de seu primogênito e sua crescente importância para a família. Por mais que ainda se sentisse deslocado todas as vezes em que retornava para casa, Domenico não conseguia conter a felicidade quase infantil que sentia ao ler aquelas palavras. Poucas coisas o deixavam mais satisfeito que a sensação de dever cumprido, e ele por fim tinha certeza de que estava no caminho certo. Toda a família ficara impressionada com a forma como ele havia influenciado o Colegiado e Urbano VIII no desfecho do conflito em Mântua. Ele não só tinha convencido a cúria a reconhecer a vitória de Charles sobre Ferdinando II como, a título de sanção pelo atentado à vida do duque em Te, um território neutro, a cidade de Piemonte foi acrescida ao espólio dos franceses. Era um ponto estratégico para que Luís XIII contivesse possíveis avanços dos Habsburgo em seus territórios. Em troca, os Manfredi tiveram suas tropas contratadas a peso de ouro para formar a guarda dos novos territórios franceses e ganharam o controle de todos os pedágios da lucrativa fronteira com os cantões suíços ao norte.

Ainda que aquela fosse uma escolha feita por outrem, Domenico não conseguia se imaginar em outro lugar, fazendo outra coisa. Lizbeta tinha mais uma vez razão. A capacidade de sua mãe de ver à frente era impressionante. Não era à toa que Don Alfeo lhe concedera tantos privilégios na Villa. Domenico sempre pensava que se Lizbeta houvesse nascido homem não existiriam limites para onde seria capaz de chegar. Ou, talvez, ela tivesse aquela visão tão apurada dos fatos e de como eles se desenrolariam justamente por ser mulher — em especial uma mulher Manfredi que, segundo diziam, nascera com o dom. Apesar das cartas quase diárias que ambos trocavam, Domenico sentia uma falta profunda da mãe.

Pela primeira vez ele tem a sensação de estar seguindo um caminho que preenche seus dias com sentido. O Vaticano não o havia tornado um homem devoto. Ao contrário, a cada dia ele tem mais certeza de que, se Deus de fato existe, não é ali que Ele habita. A Igreja é uma mercadora da fé assim como os Manfredi são comerciantes de soldados, os Médici de Florença acumulam juros bancários e os Contarini de Veneza vendem especiarias. Todos eles fornecem ao povo o necessário para que vivam em paz. E, claro, enriquecem seus próprios cofres durante o processo. Domenico considera os lucros financeiros e o prestígio uma compensação justa por todos os sacrifícios que precisa fazer em nome do Santo Ofício, como ter sido obrigado a abrir mão de sua primogenitura em favor do irmão mais novo, abandonar a mãe e, especialmente, não ter permissão para gerar uma prole legítima. Esse último ponto em especial ainda o condói. Mesmo que o poder que emana de sua posição preencha seus desejos de forma veemente, saber que não poderá ter sua própria descendência e vê-la crescer e se desenvolver levando à frente o nome dos Manfredi é algo que o faz sofrer em silêncio.

Ele observa o sol cair sobre a abóbada da Basílica de São Pedro quando ouve um pigarro à sua esquerda.

— Dom Domenico! Posso parabenizar meu sobrinho por colocar o Pamphili em seu devido lugar mais uma vez?

O rapaz sorri para o tio. Além de um orgulho para a família ter dois de seus membros no Colegiado, Dom Marcello é não só o maior aliado de Domenico na cúria como uma figura paternal muito presente. Ainda que o tio esteja longe de ter o carisma e magnetismo que são naturais ao sobrinho, Marcello é um cardeal respeitado, embora seja um homem reservado, conhecido por sempre escutar mais que falar e ser bastante discreto com sua vida pessoal.

— Temos que pensar no que fazer para amansar essa fera, tio. Pamphili é uma águia e possui apoiadores fervorosos no Colegiado. Parece que os ducados do cofre de sua amante são inesgotáveis. Ele pode ser uma pedra bastante incômoda em nossos sapatos.

— Eu sei, mas também não podemos baixar a cabeça, ou logo aquele velhaco estará montando nela. – Marcello se senta ao lado de Domenico no banco de pedra, também contemplando o pôr do sol. – Por enquanto, ele está apenas mordido por conta de sua rápida ascensão no Colegiado e do apreço que o Santo Padre nutre por você. Mas sabemos que, à medida que você for se tornando mais proeminente, com as bênçãos de Nosso Senhor, a fúria de seus ataques também aumentará. Dizem até que ele está preparando seu sobrinho – Dom Marcello não esconde a ironia ao pronunciar a última palavra – para a vida eclesiástica. Sem dúvida, ter dois membros da família Manfredi no Colegiado foi algo que despertou sua inveja. É realmente muito triste ver um servo de Deus entregando-se a um pecado capital de forma tão deslavada.

Domenico solta uma de suas risadas breves.

— Espero que Dom Pamphili não tenha se esquecido de mencionar mais esse deslize para seu confessor. Afinal, sua notória lista de pecados está cada vez mais longa. Ele deve ter dificuldade para se recordar de tudo.

— Que homem não carrega seu quinhão de pecados? Nem mesmo os que vivem entre estes muros estão imunes. Principalmente eles, eu diria. – Marcello contempla o céu, que assume tons de vermelho-vivo. – De qualquer forma, temos tempo para pensar no que fazer com Pamphili. Eu gostaria de dizer apenas que seu desempenho no concílio foi mais uma vez notável. Tenho certeza de que seu pai ficará exultante quando chegar a seus ouvidos a notícia da retórica impecável que você demonstrou hoje. Oro para que um dia meus pequenos Ugo e Luigi possam me conceder esse mesmo orgulho.

Não é segredo entre os Manfredi que, já havia muitos anos, Dom Marcello nutria um carinho especial por sua prima Sandra, do ramo milanês dos Manfredi. A jovem era conhecida por sua beleza delicada, pelos bons modos e pela voz suave com que encantava os convivas nos saraus organizados no palacete onde vivia com seus pais. Dom Marcello se apaixonou pela jovem, quase vinte anos mais nova, assim que colocou os olhos nela pela primeira vez. Sandra também sentiu que havia algo de especial naquele padre que fazia com que seu coração se acelerasse quase a ponto de lhe sair pela boca. Seus olhos azuis, sua barba sempre bem-feita, os cabelos negros e fartos cortados com esmero, como se esperava de um religioso, o porte vigoroso e a altura que ultrapassava a dela em quase dois palmos atraíam os olhares da jovem de forma magnética, por mais que ela se culpasse por nutrir aqueles sentimentos por um homem cujo dever era servir única e exclusivamente a Deus.

Dom Marcello já havia tido alguns casos com cortesãs, porém nenhuma daquelas mulheres lhe despertara o mesmo tipo de sentimento que Sandra. Quando se conheceram, em uma das lautas festas de Natal em Parma, ela tinha catorze anos. O verdadeiro intuito dos Manfredi de Milão ao comparecer à comemoração, algo que não faziam com muita frequência, já que aquela Villa lhes causava arrepios, era que necessitavam da benevolência de Don Alfeo. Ainda que por séculos fossem uma das famílias mais influentes da Lombardia, o pai de Sandra havia feito um investimento vultoso em terras em Nápoles, porém, logo em seguida, a região foi dominada pelos Habsburgo, que desapropriaram seus terrenos, expulsando os antigos mandatários com as lanças afiadas de seus mercenários lansquenetes. Aquilo significou a ruína dos primos milaneses e, sem o apoio de Parma para novos investimentos, eles estariam condenados à miséria. Mesmo que Don Alfeo tenha ouvido as súplicas do pai de Sandra com toda a cortesia que membros da família mereciam, em um primeiro momento ele não estava nada inclinado a atender o pedido, afinal o primo recusara por anos a fio seus convites para festejos e banquetes, e não estivera presente nem mesmo no batizado de seus gêmeos, ainda que tenha enviado presentes valiosos. Don Alfeo só cedeu diante da insistência de seu irmão mais novo, que sempre considerou um homem sensato e muito bom com números, a quem consultava a respeito dos destinos mais auspiciosos para a crescente riqueza dos Manfredi. Segundo Dom Marcello, no passado os primos de Milão haviam sido bastante astutos com seus negócios. Um único deslize não significava que não merecessem uma segunda chance. Além disso, a queda de um ramo da família poderia ferir a imagem de credibilidade e força que o nome Manfredi representava. E, é claro, os primos milaneses passariam a lhes dever um grande favor, que poderia ser muito bem pago no futuro. Assim, Dom Marcello se aproveitou dessa concessão para se aproximar mais da família de Milão, tornando-se uma presença constante em seus festejos, sendo sempre recebido com grande honra e decoro. Essas visitas traziam grande prestígio para os Manfredi entre a alta burguesia e a nobreza de Milão, visto que poucas eram as dinastias que tinham a dádiva de ter um cardeal celebrando suas missas em todas as datas relevantes do calendário eclesiástico. Marcello não se importava com a longa viagem desde Roma, pois sabia que seria recebido por Sandra, de quem se tornara confessor. Ambos ficavam cada vez mais íntimos à medida que o pai da jovem dependia cada vez mais dos aportes financeiros generosos de Dom Marcello, que nesse meio-tempo crescia em influência e prestígio nas filas da Santa Sé, em especial em relação ao seu Tesouro, onde seu pendor para as finanças era considerado muito bem-vindo, o que lhe rendia lucros crescentes ao aplicar o ouro da família na Obra Divina.

A dependência do cardeal se tornou tão grande que os Manfredi de Milão pouco puderam fazer ao perceber as investidas nada sacrossantas do padre em relação à sua única filha. Sem varões para sustentar o futuro do clã com algum casamento vantajoso e sem dote para oferecer a qualquer pretendente minimamente promissor, Dom Marcello era a melhor garantia que a família poderia ter de escapar da ruína, mesmo que para isso a jovem e bela Sandra tivesse que assumir a vexatória e pecaminosa pecha de concubina de um cardeal.

Apesar de controverso, o amor entre Sandra e Marcello era verdadeiro e devotado. Ela passava temporadas em Roma com suas aias em um palacete junto ao Vaticano comprado especialmente para recebê-la e para onde o cardeal se mudou em seguida. Mesmo que a Contrarreforma proibisse que os membros do clero assumissem filhos como legítimos, o que colocava em risco o legado financeiro da Sé, a cúria fazia vista grossa para as concubinas e os filhos bastardos de seus membros — o que não os impedia de assumir cargos elevados na Igreja assim que tinham idade suficiente, sendo indicados como sobrinhos ou afilhados, ainda que todos soubessem muito bem a verdadeira natureza daquelas relações.

Dessa forma, Marcello e Sandra viviam seu amor de forma serena. Apesar de tanto os Manfredi de Milão quanto os de Parma evitarem mencionar os motivos pelos quais aquela jovem tão bela, de grandes olhos negros, traços finos, corpo esbelto e cabelos claros e sedosos jamais havia se casado, viam o relacionamento dela com o primo cardeal até mesmo com uma certa simpatia, fosse pelos aportes financeiros enviados por Dom Marcello a Milão, fosse pela felicidade e tranquilidade estampadas no rosto do cardeal, o que sem dúvida contribuía para todos os importantes avanços que ele realizava em nome dos Manfredi na Santa Sé, que resultaram tanto na multiplicação dos ducados nos cofres da família quanto na eleição de Domenico ao Colegiado.

Quando Sandra engravidou pela primeira vez, o casal ficou exultante e ela se mudou definitivamente para Roma. No início do ano seguinte, ela deu à luz um menino saudável de olhos escuros como os da mãe e densos cabelos negros como os do pai, a quem chamaram de Ugo. E, dezesseis meses depois, eles tiveram um segundo garotinho, tão vigoroso quanto o irmão. E, agora, Sandra encontrava-se mais uma vez grávida. Dom Marcello não conseguia conter a felicidade. Seus "sobrinhos" eram seu assunto mais constante, o que gerava alguns comentários jocosos no Colegiado, com os quais Dom Marcello lidava com bom humor, dando a Domenico a impressão de que nada poderia tirar o tio do estado de graça em que se encontrava.

O sorriso de Domenico ao ouvir a forma carinhosa com que Dom Marcello se refere aos filhos não oculta, porém, sua tristeza.

— Ora, meu jovem, eu conheço essa expressão. – Dom Marcello dá dois tapas de leve em um dos ombros do sobrinho. – Conte para o seu tio o que o aflige neste dia em que você deveria estar comemorando a conquista de uma relíquia para nossa Parma.

Ele solta um suspiro antes de responder a Dom Marcello:

— O mesmo de sempre, meu tio. Ou seja, nada que seja realmente digno da sua preocupação. Apenas a velha saudade de casa. Sei que nosso destino é defender a família na Santa Sé e o senhor sabe o quanto me sinto privilegiado pela confiança que o *papà* e todos vocês depositam em mim. Eu me sinto honrado e tenho me esforçado para estar à altura. Entretanto, muitas vezes eu me pergunto quando de fato criarei raízes aqui em Roma. Quando realmente me sentirei em casa? Já faz mais de seis anos que vivo nesta cidade e, mesmo assim, sempre que penso em lar, é Parma que me vem à mente. Ao mesmo tempo, todas as vezes em que retornei para lá desde minha ordenação, eu me sinto como um visitante vindo de longe, um intruso.

— Não diga besteiras, Domenico. Nenhum de nós jamais será um intruso em Parma, o lar de todos os Manfredi. Principalmente você, o primogênito de Don Alfeo. Entendo perfeitamente como os primeiros anos aqui podem ser solitários, por mais que tenhamos sido, tanto eu quanto você, preparados para o nosso dever sagrado desde que éramos meninos. Meus primeiros anos também foram duros. As coisas só passaram a melhorar realmente no dia em que conheci Sandra. Ela me deu um novo ímpeto, algo pelo que ansiar além das minhas orações e das disputas no Colegiado. Sabemos que muitos dos nossos colegas preferem a companhia de rapazes, porém, para nós, que graças ao bom Deus não sofremos desse desvio, chega um momento em que nem mesmo as mais belas e habilidosas messalinas de Roma nos bastam, ainda que elas sejam as melhores entre as melhores e estejam à nossa total disposição. Todas as noites no fim das contas parecem iguais e sem sentido. Você ainda é jovem e eu, como seu tio que o tem em alta conta, recomendo que você aproveite os prazeres de Roma enquanto puder. Entretanto, saiba que, quando chegar o momento certo, e só você saberá quando será, poderá encontrar uma boa mulher, que o respeite e ame o suficiente para compreender sua condição e as limitações por ela impostas, que o esperará todas as noites de braços abertos após você concluir o seu Santo Ofício e que, se Deus assim o quiser, lhe dará filhos saudáveis que herdarão não só os seus traços como a fortuna que você acumulará ao largo da Igreja e, quiçá, sua cadeira no Colegiado. Agora que por fim alcancei essa graça, Parma sempre será minha querida casa da infância, mas o meu verdadeiro lar está aqui em Roma, com Sandra, os meninos e a nova criança que chegará em breve.

— Não me entenda mal, tio. Sua felicidade e o nascimento de mais um primo saudável são graças pelas quais peço todos os dias em minhas orações. Entretanto, não sei se terei a mesma sorte. O senhor se apaixonou e foi correspondido por uma mulher de nossa família. Ugo e Luigi puderam ser batizados com o nome dos Manfredi e ninguém estranhará quando o senhor deixar sua herança para os seus ditos sobrinhos. Já eu, apesar de minha juventude, como o senhor mencionou, não sei se sou talhado para o matrimônio. As dadivosas meretrizes de Roma são uma distração suficiente para mim. A única serventia que consigo ver no casamento são os herdeiros, herdeiros de fato e de direito, que levem meu nome e sigam com o legado criado por nossos antepassados. Afinal, em todas as famílias, com exceção da nossa, dar prosseguimento à linhagem é uma das funções mais importantes de um primogênito. Assim, mesmo que alguma jovem Manfredi de boa conduta concordasse em manter uma relação proibida e sem garantias, meus herdeiros pouco teriam do que lhes deveria ser de direito, afinal, como sou um membro do clero, os herdeiros Manfredi reconhecidos como tal serão os filhos de meu irmão. E, caso não fosse uma moça de nossa família, eu geraria, aí sim, bastardos de fato, o que é algo inconcebível para homens de honra como nós e uma fonte de problemas no futuro. Sei que tudo isso não passa de pequenezas e que tenho assuntos muito mais urgentes e relevantes com que me ocupar, porém, já que o senhor indagou sobre os motivos de minha aflição, eu jamais mentiria. Entretanto, me envergonho da infantilidade de minhas angústias. Recebi tantas bênçãos de Nosso Senhor e perco um tempo precioso me queixando de futilidades.

— Suas preocupações estão longe de serem banais. Você sabe muito bem que a proibição dos representantes da Santa Sé de contrair matrimônio já foi muito discutida em concílios. É uma questão controversa, mas que, a meu ver, seria a melhor solução para resolver o grave pecado da pederastia entre nossos irmãos de batina. Porém, aos olhos da maior parte do Colegiado, esse pecado parece ser muito mais brando do que dividir as terras e os ducados da Obra Divina com os herdeiros de seus representantes. Essa é uma batalha perdida. Assim, cabe a nós criar subterfúgios para driblá-lo. Fui de fato agraciado com um relacionamento amoroso, sossegado e próspero com uma mulher virtuosa e ainda nascida no seio de nossa família, de forma que tanto Ugo quanto Luigi, assim como todos os filhos que, se Nosso Senhor assim o quiser, ainda teremos, levam o nosso nome. Considere, porém, uma dádiva, meu sobrinho, você nunca ter sentido um desejo mais intenso por contrair matrimônio. Eu lhe confesso que, por mais que eu tenha protelado e apesar de saber desde que saí dos cueiros que meu destino, como é tão comum aos filhos caçulas, seria me tornar um homem de Deus, sempre tive o desejo de ter uma boa mulher ao meu lado, com quem criaria uma família. Ainda que infelizmente não tenha tido o privilégio de levar minha amada Sandra ao altar, para que nossa união recebesse as devidas bênçãos divinas, sei que Nosso Senhor está mais do que satisfeito com nossa união, caso contrário, jamais teria nos agraciado com dois filhos homens e perfeitamente saudáveis – Dom Marcello baixa o tom de voz —, livres de todas aquelas ocorrências infelizes que costumam assolar nossa família. Sei, porém, que seu caso possui mais complicadores. Diferente de mim, você é o primogênito de meu irmão. Sua consagração à Igreja, ainda tão jovem, é mais uma prova da imensa devoção de Alfeo. Entretanto, compreendo que não deve ter sido nada fácil para você. Entendo seu desejo de seguir com a linhagem. Mas não se preocupe. A cada degrau que você galgar em sua jornada rumo ao trono papal, você perceberá que uma família tomaria demais o seu tempo e o afastaria de seus planos gloriosos. Outra diferença considerável entre nós é que eu nem mesmo sonhava com o Colegiado quando fui ordenado padre. Ser alçado a bispo já seria uma honraria suficiente. Contudo, minha habilidade para as finanças mostrou-se interessante para os desígnios de Deus enquanto as tropas de nossa família se tornaram indispensáveis para o sucesso das guerras da Sé. Já cheguei mais longe do que poderia sonhar e estou muito satisfeito com minha posição. Mas, para você, esse é só mais um passo. Você nasceu para o trono e nada há de impedi-lo de assumir seu lugar assim que chegar o momento propício. Minha função agora é apenas criar meus filhos e fazer tudo que estiver ao meu alcance para abrir o caminho para que você chegue lá. E quanto aos herdeiros da Villa, sei que está levando mais tempo do que esperávamos, mas seus irmãos são muito jovens, talvez ainda estejam pegando o jeito. Jade é só uma menina e Luciano... bem, seu irmão tem suas peculiaridades. É preciso que tenhamos um pouco de paciência. Quando menos esperarmos, tenho certeza de que sua irmã nos dará boas notícias.

— Ainda há mais esse ponto para ampliar minha angústia, pensar que o futuro da dinastia está nas mãos de Luciano. Tenho conhecimento do apreço que meu pai sente por ele e também sei que meu irmão está bem longe de ser o idiota que muitos pensam que ele é. Contudo, Luciano é um rapazinho peculiar. – Dessa vez, é Domenico quem abaixa a voz antes de olhar ao redor para ter certeza de que não há ninguém por perto. – Ele de fato foi talhado para as catacumbas. Segundo *papà*, meu irmão possui realmente um talento notável. Entretanto, todo esse talento cobra seu preço. E é bem provável que a família esteja jogando um fardo pesado demais sobre as costas de meu irmão. Ele vive em um mundo paralelo ao nosso e sem dúvida é atraído por prazeres muito diferentes daqueles que nos movem. O senhor sabe como ele reagiu quando o Fred e eu o levamos até a casa da Gionna para que aprendesse o que fazer quando finalmente estivesse a sós com Jade. Graças ao bom Deus Gionna tem apreço por nós e por nossas gorjetas e fez com que as meninas ficassem de boca fechada. Caso contrário, pode ter certeza de que os boatos nada lisonjeiros a respeito de Luciano que circulam em Parma seriam ainda mais vexatórios. Compreendo a importância de que pelo menos um dos herdeiros da geração vindoura conserve o dom, porém também me preocupam as possibilidades de Jade contrair um bom matrimônio, que se tornam menores a cada dia que passa. Já desperdiçamos excelentes propostas de sobrinhos de outros cardeais e até de alguns membros da nobreza por conta da lentidão de meu irmão, como o senhor bem sabe. Sem contar que, se algo der errado e Jade não conseguir forjar sua castidade na noite de núpcias com seu futuro esposo, não só ela como o nome de nossa família cairá em desgraça.

— Jade será bem orientada por Lizbeta. Não tenho dúvidas de que no momento devido tudo dará certo. Ela pode ser uma menina inocente e Luciano pode não ter experiência nesses assuntos, mas, pelas notícias que tive de Parma, eles andam bastante empenhados na tarefa. – Dom Marcello solta uma risada divertida diante do próprio comentário enquanto o semblante de Domenico permanece severo.

— Esse detalhe também chegou ao meu conhecimento. O que me deixa ainda mais surpreso que não tenham gerado nenhum resultado. Queira Deus que essa demora seja realmente apenas fruto da inexperiência de meus irmãos e não um problema físico. Pois, caso contrário, a única solução seria que eu desistisse de tudo que conquistei até agora para retornar a Parma e resolver essa questão.

— Preste muita atenção no que irei lhe dizer. – O tom de Dom Marcello se torna grave. – Seu pai traçou um plano para você e seus irmãos desde o dia em que nasceram. Nada é mais importante do que isso para ele. Logo, nada é mais importante para os Manfredi. Além disso, Jade e Luciano foram minuciosamente examinados pelo primo Felipe a pedido de seu pai e não há nada de errado com eles, graças a Deus. Os dois só precisam de tempo e, quiçá, um pouco menos de pressão. Minha alma se enche de alegria por saber que você tem consciência de sua vocação e encontrou um propósito entre os muros do Vaticano. Sendo assim, concentre-se no momento. Você é crucial para levar os Manfredi a vitórias jamais alcançadas por nenhuma outra dinastia em toda a Europa. Todos nós contamos com você, Domenico, e até aqui você tem respondido a esses anseios com brilhantismo. Deixe Parma para aqueles cujos destinos estão amarrados àquela Villa assombrada. Você, meu sobrinho, foi talhado para dominar o mundo.

O rapaz assente devagar. Apenas uma pequena unha restara do imenso sol de verão que se punha no horizonte. Os sinos da basílica começam a dobrar, indicando o horário das vésperas. Marcello se despede do sobrinho com um rápido abraço. Domenico, porém, permanece sentado no banco de pedra até que o sol desapareça por completo e a escuridão tome conta do jardim.

    Ele caminha até o Palácio Apostólico, onde sobe as escadas e pega o longo corredor que leva até seu apartamento. Abre a porta, sendo recebido por alguns de seus servos, que o informam, com um sorriso malicioso, que o jantar já está servido e ele terá companhia. Ele cruza a espaçosa sala de estar e seu gabinete até chegar ao salão de refeições, onde, diante da mesa posta, acompanhada de uma garrafa de seu Chianti preferido, três das mais belas cortesãs de Roma estão completamente nuas, prontas para servi-lo.

    — Com as saudações de seu tio – sussurra em seus ouvidos um dos servos antes de perguntar se seu senhor precisa de mais alguma coisa e se retirar, fechando silenciosamente a porta atrás de si.

    Domenico contempla as jovens e por fim abre um sorriso. Os Manfredi jamais perderão o hábito de achar que todas as dores são curadas com vinho e mulheres. Eles podem não estar totalmente corretos, mas, sem dúvida, aqueles são excelentes paliativos. E, já que esperam que ele se torne o senhor do mundo, é aconselhável que também se regale como tal.

11

Mausoléu dos Manfredi, Cimitero della Villetta, Parma, novembro de 1633

Luciano Manfredi lança um último olhar para o rosto do pai, que se encontra deitado sobre um dos túmulos do mausoléu, antes de erguer o capuz do manto. Ele encara a escuridão e respira fundo. O odor das velas, das montanhas de flores que murcham e da decomposição dos corpos que voltam ao pó naquelas paredes inebria sua mente. Ao redor, duas dezenas de parentes Predestinados, vindos dos quatro cantos da Europa, entoam velhos cânticos de saudação aos mortos passados de geração em geração. Tudo isso faz com que Luciano entre em um transe profundo, que o permite abandonar o mundo que o cerca e mergulhar no abismo de uma forma que jamais experimentou antes.

É madrugada do segundo dia do mês de novembro, quando o Dia de Todos os Santos se torna Finados e as almas dos mortos podem vagar livremente pelo plano dos vivos, quando os véus invisíveis que separam o Mundo da Carne do Mundo das Almas são baixados e o Sheol perde momentaneamente seu equilíbrio. Um dia em que, enquanto os devotos se dobram em orações em suas capelas, pedindo por sua integridade e pela dos seus, aqueles capazes de ver além do que podem tocar operam seus próprios milagres.

Luciano está certo de que durante toda sua curta vida havia sido preparado por tutores de ambos os planos para aquele momento. Por fim, ele provará seu verdadeiro valor para os Manfredi e, como o pai costuma dizer-lhe, mostrará de uma vez por todas que é capaz de levá-los a glórias que superam todo e qualquer um de seus sonhos mais ambiciosos. Por outro lado, o preço a ser pago caso falhe é extremamente alto. Nada pode dar errado. Contudo, ele se sente extremamente calmo. A tranquilidade que apenas as catacumbas — e os braços da irmã — lhe dão o domina por inteiro. Ele sabe rigorosamente o que fazer.

Nos últimos cinco anos, Luciano havia avançado a olhos vistos em seus estudos das Artes da Morte e em seu entendimento do Sheol, além de desenvolver de forma notável seu controle dos espíritos que vagavam pelo Mundo da Carne. Suas capacidades impressionavam os demais Predestinados e até mesmo entre as fileiras da família que não eram capazes de ver nem manter contato com o Outro Lado ele conquistou um respeito tácito, que flertava com o medo. Afinal, eram frequentes as histórias tanto de servos quanto de nobres que após ousarem contrariá-lo caíam imediatamente fulminados, eram atingidos de forma mortal por objetos vindos aparentemente do nada ou contraíam doenças misteriosas, que os faziam padecer por meses até que por fim entregassem os pontos.

Tutelado principalmente pelo pai no Mundo da Carne e, no Mundo das Almas, pelo avô, ainda considerado um recém-desencarnado para os habitantes dos círculos mais profundos do Sheol, mas já em vida um grande conhecedor dos mistérios da morte, Luciano aprendeu como se comunicar com os inúmeros espectros que ficavam por algum motivo presos neste plano e a domá-los para fazer suas vontades. Entendeu como funcionavam os nove círculos do Sheol — o primeiro dedicado aos espíritos daqueles que não deixaram pendências no Mundo da Carne, mas ainda precisavam se conformar com sua nova condição, até os mais profundos, onde residiam almas antigas, extremamente poderosas e que, por isso, despertavam o medo dos próprios mortos. Ele entendeu como funcionava a política do Mundo das Almas, ainda mais intrincada e cruel que a dos mortais, e aprendeu diferentes maneiras de trafegar entre ambos os mundos e os diversos círculos do Sheol, distinguindo em que locais podia transitar com ar de autoridade, como se senhor fosse daqueles domínios, quais precisaria de autorização para adentrar e aqueles que deveria evitar a qualquer custo. Em pouco tempo ele já estava aprimorando rituais que eram executados pelos Manfredi havia séculos, tornando-os mais poderosos, rápidos e eficazes, e logo começou a criar novos ritos para os mais diversos fins, algo que só Predestinados extremamente experientes eram capazes de fazer e, mesmo assim, apenas depois de décadas de tentativas e muitos erros. Os rituais de Luciano, por sua vez, quase sempre funcionavam de primeira e, quando falhavam, necessitavam só de alguns pequenos ajustes. De acordo com o que Don Alfeo já observara desde a tenra infância do filho, o rapaz tinha uma afinidade inédita com os espectros e era capaz de vê-los e comunicar-se com eles de forma totalmente natural, como se pertencessem também ao Mundo da Carne, e não apenas quando os espíritos assim o desejavam e conseguiam reunir energia suficiente para se manifestar, ou por meio de algum ritual. Luciano parecia atraí-los e a maior parte deles apreciava sua companhia, mesmo que, por algum motivo ainda incompreensível, alguns lhe fossem bastante hostis, chegando a atacá-lo fisicamente, como costumava acontecer no infantário anos antes. Porém, assim que começou a desenvolver seus poderes, o garoto aprendeu a lidar com esses espectros raivosos e colocá-los em seu lugar. Ainda precisava, todavia, estar sempre alerta, embora eles não mais conseguissem atingi-lo com facilidade e, quando o faziam, eram punidos com tanta brutalidade que passavam a pensar duas vezes antes de tentar qualquer coisa contra Luciano novamente.

Ele passava cada vez mais tempo no Sheol na companhia do avô e de outros parentes os quais aprendeu a respeitar e amar com tanta intensidade quanto aqueles que viviam no Mundo da Carne. Nessas jornadas, seu corpo físico repousava tranquilamente sobre um dos túmulos das catacumbas, como se estivesse mergulhado em um sono de morte, capacidade essa que, entre os Predestinados de sua geração, ele era o único a possuir. Seus antepassados lhe apresentaram todos os cantos do Sheol nos quais tinham permissão para pisar, muitos dos quais chamavam de seus. Ele conheceu almas consideradas nobres, que governavam vastos territórios espirituais e necrópoles, as grandes cidades do Sheol, habitadas por milhões de espíritos. Descobriu que os Manfredi possuíam uma crescente influência também ali, fez amigos e aliados e foi reverenciado como um membro ilustre de sua família. Ele tomava lições, negociava e discutia com autoridades do alto escalão do Mundo das Almas. Ninguém do Outro Lado o considerava estranho, muito menos um retardado, e Luciano sentia como se sempre houvesse pertencido àquelas sendas.

A única coisa que de fato fazia com que sentisse vontade de voltar para casa era Jade, que se tornava a cada dia uma mulher mais bela, que atraía os olhares e os desejos de primos, herdeiros das mais abastadas famílias burguesas e até mesmo de membros da nobreza. Entretanto, seus planos haviam até então corrido como o esperado e, apesar das tórridas noites que passavam juntos, Jade ainda não engravidara. Contudo, mesmo que no início as cobranças da família fossem veladas, elas começavam a se tornar cada vez mais explícitas. Uma porta discreta, oculta por uma tapeçaria, foi aberta entre seus aposentos contíguos para facilitar a entrada de Luciano no meio da noite sem que precisasse passar pelas amas que dormiam na antessala da irmã. Eles faziam questão de que toda a Villa tivesse certeza de que estavam se empenhando naquela função, porém a longa espera deixava todos impacientes e gerava comentários muito pouco respeitosos, ainda que expressados com toda a discrição, sobre o desempenho de Luciano e suas capacidades reprodutivas, que chegavam aos seus ouvidos por meio de vários de seus espectros fiéis espalhados por todos os cômodos da Villa e que serviam como seus olhos e ouvidos. No início, ele simplesmente ignorava esses mexericos, encantado pelo êxtase que experimentava ao lado de Jade e pelas descobertas que realizava nas catacumbas. Todavia, quanto mais a concepção de um herdeiro era protelada, mais o burburinho se propagava, o teor das fofocas se tornava mais maledicente e aumentavam as preocupações da família. O próprio Alfeo já havia indagado dele em algumas ocasiões quando estavam a sós o que exatamente ele e Jade faziam quando se deitavam juntos. As respostas de Luciano eram sempre científicas, como se saídas de um tratado de reprodução humana, provando que, sim, ele sabia o que fazer, e logo em seguida mudava de assunto, citando algo a respeito dos últimos acontecimentos no Sheol ou algum avanço em seus estudos — temas que ele sabia que atrairiam a atenção do pai — antes que Don Alfeo fosse capaz de fazer qualquer outra pergunta. Luciano esperava que seu sucesso no ritual daquela noite, que mudaria para sempre os rumos dos Manfredi, arrebatasse de tal forma o pai que fizesse com que esquecesse por um tempo as cobranças em relação a um herdeiro que, afinal, ainda que continuasse a ser um elemento de extrema importância para a manutenção da dinastia, poderia não ser mais uma questão tão premente.

Pouco tempo após o nascimento de Luciano se espalhou pelo Sheol a notícia de que os Manfredi haviam gerado um Predestinado de habilidades raras, jamais vistas nem mesmo por aquelas paragens sobrenaturais. Isso atraiu a atenção de almas antigas, que não eram normalmente vistas vagando pelas necrópoles ou pelos círculos mais próximos do Mundo da Carne, que ficaram curiosas para conhecer aquela criança de que tanto falavam e averiguar se suas habilidades realmente faziam jus àqueles comentários. Assim, pouco depois de ter completado onze anos, Luciano foi convocado para uma audiência com um grupo dessas almas, uma grande honra segundo Don Janus, que o preparou com todo o afinco para a ocasião, explicando que ele correria perigos inimagináveis caso desagradasse os anfitriões, por isso era imperativo que o garoto soubesse exatamente como se comportar.

Na data marcada, os servos dos Antigos buscaram Luciano no mausoléu dos Manfredi e o levaram até um dos círculos mais profundos do Sheol, onde ele nunca pisara antes. Lá, foi sabatinado a respeito de seus conhecimentos sobre o Outro Lado, suas aptidões para as Artes Sombrias e as motivações que o faziam interagir com tanta frequência com um plano ao qual ainda não pertencia. O menino teve a impressão de que aquela arguição durara semanas ininterruptas, porém, ao acordar no mausoléu, descobriu que havia se passado apenas um dia desde que fechara os olhos para ser levado para o Sheol. Ele se sentia exausto e sua aparência estava ainda mais alquebrada do que aquela que costumava assumir quando passava semanas seguidas nas catacumbas. Seus esforços, entretanto, pareceram impressionar os Antigos e ele passou a ser convidado com frequência aos círculos mais profundos, demorando-se ali em conversas sobre seu cotidiano, seus estudos, as ideias que os Manfredi sustentavam a respeito da vida, da morte e seus planos em relação ao Sheol.

Essas visitas perduraram por mais de quatro anos até que, três meses antes daquela noite, Luciano foi novamente convocado a adentrar os círculos mais profundos do Mundo dos Mortos e, dessa vez, o convite havia sido estendido a Don Janus. Luciano ficou surpreso ao saber que seu tão ilustre avô jamais visitara aquelas paragens e estava nervoso e excitado como uma criança. Lá foram recebidos com grande cortesia e circunstância, e, sem muitos rodeios, os Antigos lhes fizeram uma proposta inesperada, mas que parecia simplesmente boa demais para ser recusada.

Luciano sabia, não apenas por seus parentes que viviam do Outro lado, mas também graças às suas longas conversas com almas com quem criara afinidade e suas constantes observações, como funcionava o Sheol. Assim como os vivos, os mortos tinham sua própria forma de economia, territórios muito bem delineados, suas diferenças, disputas e guerras. A moeda mais forte do Outro Lado eram as próprias almas que o regiam. Todos os espectros que habitavam os círculos mais próximos do Mundo da Carne estavam invariavelmente ligados a alguma facção, ou reino, como alguns desencarnados preferiam chamá-los, regidos por grupos de almas antigas que habitavam os círculos mais profundos. Essa hierarquia era intrincada, mas minuciosamente organizada, o que, a exemplo do que acontecia entre os vivos, gerava os mais variados conflitos em nome do poder e da ganância. Guerras declaradas entre os Antigos e suas hordas eram raras, ainda que tivessem acontecido diversas vezes no passado, gerando consequências devastadoras não apenas no Sheol como também no Mundo da Carne. Esses embates eram evitados sempre que possível, entretanto, guerras tácitas eram travadas diariamente em todos os círculos do Reino dos Mortos e quanto mais almas uma determinada facção tinha a seu dispor, maior era sua influência, seu alcance e poderio.

Os Manfredi — em especial devido ao trabalho árduo e à crescente sede de sangue de seu primo Frederico, Luciano era obrigado a admitir — àquela altura já haviam se tornado os maiores fornecedores de mercenários de toda a Europa. Não à toa eram chamados de Senhores da Guerra e dizia-se que era impossível vencer qualquer conflito armado sem seus favores. E, de fato, naqueles tempos conturbados, em que os mais variados reinos lutavam por hegemonia e pela defesa de seus territórios, não havia um único embate ao qual os Manfredi não estivessem ligados de forma direta ou através de seus crescentes testas de ferro, utilizados para servirem em um mesmo conflito a inimigos mortais sem levantar suspeitas. Ao mesmo tempo que os cofres dos Manfredi transbordavam — com a ajuda extra dos prósperos investimentos realizados por Dom Marcello no Tesouro do Vaticano —, uma pilha de cadáveres era deixada por todo e qualquer caminho atravessado pelos Manfredi. E isso interessou notadamente uma das facções mais poderosas do Sheol. Os Manfredi eram mercadores de homens, por que não poderiam se tornar mercadores de almas? Eles eram estudiosos das Artes da Morte havia gerações e finalmente tinham gerado um Predestinado de talento incomum, que, apesar de sua juventude, possuía a habilidade para mediar o processo — com todos os riscos e provações envolvidos. E, claro, a gratificação que os Antigos estavam dispostos a oferecer compensaria todo e qualquer perigo.

Por tudo que demonstrara até então, ficou claro que aquele jovem Manfredi era mais do que capaz de enviar grandes agrupamentos de almas para o Sheol, atando-as desde sua passagem pelo véu que separa ambos os mundos a uma facção específica, uma tarefa árdua, extenuante e extremamente complexa, que apenas Predestinados muito bem treinados, com grande conhecimento da geografia e das leis do Sheol eram capazes de realizar. Entre todos os Predestinados que aquele grupo de Antigos havia acompanhado ao longo dos séculos, nenhum demonstrara, nem de longe, os talentos de Luciano. Além disso, os Manfredi tinham a seu dispor um repositório aparentemente inesgotável de corpos recém-desencarnados, mortos de forma violenta e traumática, o que em quase a totalidade dos casos fazia com que as almas que os habitavam ficassem por um bom tempo pairando ao redor de seus antigos repositórios, sem entender o que lhes sucedeu ou raivosas demais com seus derradeiros destinos para abandonar a matéria que até então acreditavam ser tudo a que se resumiam. Essas almas davam os peões perfeitos para as disputas entre as facções do Sheol, e lá, graças à sua ignorância sobre todo aquele novo ambiente aparentemente hostil, podiam ser moldadas enquanto sua fúria ainda quente podia ser utilizada para que defendessem com violência os interesses de seus novos senhores.

Assim, a proposta foi feita a Don Janus e seu neto: os Manfredi lhes forneceriam as almas que perecessem em seus campos de batalha ou por qualquer outro motivo e, a cada dez mil delas, eles concederiam a um membro da família o dom da imortalidade. Mesmo que eles ainda pudessem perecer de danos perfurantes ou que colocassem a integridade física de seus corpos em risco, o processo de envelhecimento cessaria, assim como doenças não os atingiriam nem venenos surtiriam efeito. Seus corpos ficariam como que paralisados no exato momento em que suas almas fossem, como os Antigos diziam, encomendadas ao Sheol. Os Antigos lhes prometeram ainda que, como prova de seu poder e boa vontade, concederiam essa dádiva a um membro da família da escolha dos próprios Manfredi antes mesmo de receberem sua primeira remessa de almas como pagamento. Luciano foi incumbido da missão de informar os dirigentes de carne e ossos da família a respeito da proposta e, caso eles fossem astutos o suficiente para concordar, os próprios Antigos ensinariam a Luciano como realizar o ritual de encomendação da alma do escolhido.

O jovem ficou exultante com a proposta, só não sabia se havia ficado mais instigado pela possibilidade de viver para sempre e ter todo o tempo do mundo para avançar em seus estudos das Artes Sombrias e desfrutar da beleza e juventude eterna de Jade ou pelo fato de ele, entre todos os outros Predestinados mais velhos e mais experientes da família, ter sido escolhido como o único capaz de operar aquele milagre.

Logo que abriu os olhos nas catacumbas, Luciano retornou como um foguete para a Villa e, aos tropeções, adentrou o gabinete do pai, ignorando os avisos dos guardas que ladeavam as grandes portas de carvalho de que Don Alfeo estava discutindo assuntos importantes com Frederico e Don Gennaro e não gostaria de ser interrompido. Contudo, absolutamente nada, nenhuma guerra, pedágio ou apoio diplomático podia ser mais importante do que aquilo que ele tinha a tratar com o pai.

Como de praxe, Luciano nem mesmo tocou as portas para abri-las, deixando que um dos espectros que o servia fizesse essa gentileza. Sua entrada surpreendeu os três homens, que se encontravam debruçados sobre um grande mapa estendido em uma mesa. Luciano percebeu claramente as expressões de desaprovação do tio e do primo, e o próprio Don Alfeo estava pronto para lhe dirigir uma reprimenda, mas ele se apressou para tomar primeiro a palavra:

— Peço perdão por minha entrada indiscreta, *papà*, mas tenho um assunto de extrema importância a tratar com o senhor. É algo que simplesmente não pode esperar.

Don Gennaro e Frederico olharam para o patriarca como se esperassem que tomasse uma posição enérgica diante da insubordinação do filho, entretanto, percebendo a urgência e o ardor nos olhos em geral perdidos e baços de seu menino, Don Alfeo também se desculpou com o irmão e o sobrinho, informando-os que os chamaria para que retomassem suas estratégias logo em seguida, pois precisava ouvir o que Luciano tinha de tão improtelável para dizer.

O garoto considerou aquela reação do pai como sua segunda vitória naquele dia. Assim que o tio e o primo deixaram o gabinete sem conseguir conter sua insatisfação, Alfeo pediu que o filho se acomodasse em uma das poltronas, serviu-lhe uma dose generosa de Porto e sentou-se diante dele, não sem antes repreendê-lo:

— Quantas vezes, Luciano, preciso repetir que os trajes das catacumbas não devem ser usados na Villa nem em nenhum outro local que não seja o mausoléu?

O garoto abaixou a cabeça e só então se deu conta de que esquecera totalmente de trocar de roupa. Em geral, apenas sua ansiedade em correr para os aposentos de Jade após concluir um dia árduo de estudos o fazia cometer esse tipo de deslize. Ele se desculpou mais uma vez, afirmando que trazia notícias tão empolgantes que fizeram com que perdesse o prumo. E então descarregou em um turbilhão tudo aquilo que havia acabado de vivenciar e ouvir.

Don Alfeo escutou em silêncio, pois não seria capaz de interromper o filho nem mesmo se assim o desejasse, de tão rápido que as palavras escapavam de seus lábios finos. Contemplou seu menino tão querido com um misto de incredulidade e orgulho. Era uma responsabilidade muito grande para alguém tão jovem. E apenas o fato de os Antigos, sempre tão reservados e restritos às suas próprias questões para se importarem com as pequenezas dos vivos, o terem convocado anteriormente e acompanhado de perto durante todos aqueles anos já era uma prova mais que suficiente de que Luciano era sem dúvida o mais notável Predestinado que já surgira entre os Manfredi, porém aquilo que o filho lhe relatava estava além de qualquer uma de suas suposições. Nem mesmo ele, com todos os seus esforços e conhecimentos acumulados ao longo das décadas, tinha noção de que algo assim era possível. Alfeo só passou a acreditar de fato nas palavras pronunciadas por Luciano quando, ao olhar por cima dos ombros do rapaz, viu o espectro pálido de seu próprio pai. Ainda que Luciano tivesse aquela habilidade notável e desconcertante de ver o Outro Lado com tanta facilidade que parecia até que os dois planos se fundiam diante dele, Alfeo raramente era capaz de ver espíritos sem que fosse realizado algum tipo de ritual de comunicação ou que eles próprios se empenhassem para emanar a energia necessária para se manifestar diante dos olhos de um vivo. Don Janus apenas assentiu para o filho, com um meio-sorriso pairando em seus lábios, tão misterioso quanto lúgubre, exatamente como quando era vivo. O espectro desapareceu logo em seguida, mas foi o suficiente para que Alfeo se convencesse de que aquela proposta extraordinária era real.

— Parabéns, Luciano – disse ele. – Jamais duvidei de suas habilidades nem de que seria você, meu menino, a peça decisiva no destino de nossa família pela qual eu tanto esperei. Mesmo assim, nunca fui capaz de imaginar nada dessa magnitude. Confio plenamente em você e em tudo que é capaz. Por isso, ofereço-me para ser o primeiro entre nós a ter a alma encomendada.

Apesar das lágrimas incontidas que surgiram no canto dos olhos do filho, Alfeo percebeu a apreensão súbita no rosto do rapaz.

— Eu agradeço imensamente pela confiança, *papà*. O senhor não imagina o quanto essas palavras são importantes para mim. Porém, não posso concordar com isso. Jamais me perdoaria se algo acontecesse com o senhor. E tenho certeza de que o restante de nossa família também não. Não será difícil convencer algum primo Predestinado de segundo ou terceiro grau a passar por essa experiência, dados os benefícios inestimáveis que lhe seriam oferecidos caso tudo ocorra como previsto.

Alfeo compreendia a aflição do filho, contudo, manteve-se irredutível:

— Não só confio cegamente na sua capacidade, meu menino, como considero que isso seja o justo. Já criei três filhos saudáveis e que, com a graça do bom Deus, têm, cada qual à sua maneira, um futuro glorioso diante de si. Fui agraciado até aqui com uma existência repleta de dádivas. Em meus anos como o patriarca desta família, nós nos desenvolvemos e nos tornamos mais prósperos em todas as frentes. Conquistamos riquezas e poder em todos os mundos. E, embora você e sua irmã não tenham ainda nos dado o herdeiro Predestinado que dará continuidade à nossa dinastia, tenho a mais absoluta certeza de que se trata apenas de uma questão de tempo. Minha missão primordial foi cumprida. Estou cem por cento confiante de que nada de mal me acontecerá durante o ritual. E, mesmo que porventura algo não corra como o planejado, em hipótese alguma você deve se culpar, você entende, filho? Assim como ninguém mais nesta família deve fazê-lo. Tudo que você precisará fazer é se lembrar de que seu pai viveu a melhor e mais produtiva das existências e morreu da forma mais honrosa, servindo aos seus.

Luciano apenas assentiu antes de se levantar para receber um longo e afetuoso abraço do pai. Quando ambos por fim se afastaram, Alfeo disse:

— Sua irmã o esperou até quase o dia amanhecer e está nervosa por não ter notícias suas. Jade deve estar nos aposentos dela. Vá até lá acalmá-la. Também lhe fará bem. Mas antes peça que lhe preparem um banho e troque de roupa.

O garoto apenas lançou um de seus sorrisos lúgubres para o pai e caminhou depressa em direção à porta, deixando, mais uma vez, que seus servos invisíveis a abrissem, assustando os guardas do lado de fora, que logo em seguida foram obrigados a se aprumar novamente, como se nada de anormal houvesse acontecido, ao perceberem que Don Alfeo seguia o filho para lhes ordenar que tornassem a chamar Don Gennaro e Frederico.

Naquela noite, ele e Jade se amaram mais uma vez até que o sol despontasse no horizonte. Ela percebeu no irmão um novo ímpeto. Luciano parecia ainda mais confiante e ousado, e Jade gostou disso. Entretanto, ao longo dos meses que se seguiram, ela se queixou novamente das ausências do irmão, que muitas vezes passava dias a fio no mausoléu, algo com o qual ela não estava mais acostumada, pois desde a noite em que puderam ir até o fim era raro que dormissem separados. Ainda que Luciano tentasse compensar sua ausência se esmerando para agradá-la com todos os carinhos que ela mais apreciava, a jovem percebia que o irmão parecia mais distante, como se algo o preocupasse. Em algumas ocasiões, ele chegava ao seu quarto tão aflito e desesperado que, em todo o seu desejo de tê-la junto a si, deixava imensas marcas arroxeadas em sua pele alva. Ele também não conseguiu se segurar em algumas ocasiões, algo que não havia acontecido até aquele momento, fazendo com que Jade rezasse todas as noites para que suas regras finalmente descessem, talvez as únicas vezes até então que clamou por aquele desconforto. Luciano se desdobrava em desculpas sempre que perdia o controle, ordenando que na manhã seguinte as aias trouxessem unguentos para os hematomas da irmã e lhe prometendo que, mesmo que por fim houvessem concebido uma criança, ele estava prestes a dar um jeito definitivo em tudo aquilo para que pudessem ficar juntos para sempre, sem nenhuma ameaça de casamento por interesse pairando sobre a felicidade de ambos. Ele ainda explicou que era por esse exato motivo que andava mais alheio que o normal. Aquilo exigiria mais dele que qualquer outra coisa que já tentara antes.

Aqueles três meses foram extenuantes para Luciano. Ele se dividia entre as lições com os Antigos no Sheol, as preparações necessárias para o ritual e as noites com Jade, imprescindíveis para que não esmorecesse diante de toda a pressão. Os Antigos também o acautelaram de que uma vasta quantidade de energia seria necessária para que ele pudesse servir de canal para a dádiva poderosa que estavam prestes a oferecer a Alfeo. Assim, suas refeições foram enriquecidas com carnes de caça, grãos, folhas verde-escuras e doses generosas de vinho do Porto para que seu corpo fosse capaz de suportar todo aquele fluxo espiritual. O pai também insistiu que repousasse e diminuísse a frequência de suas visitas aos aposentos da irmã. Pela primeira vez, Luciano não foi capaz de atender a um pedido de Alfeo. Os momentos que passava na cama de Jade eram os únicos nos quais conseguia esquecer a prova de fogo a que em breve seria submetido.

Na penúltima semana de outubro, a Villa começou a ser preparada para receber um grande número de visitantes. Ainda que a lista de convivas não fosse tão extensa quanto as dos banquetes usuais dos Manfredi, funcionários extras tiveram que ser contratados, quartos de hóspedes foram arejados, roupas de cama trocadas e flores frescas colocadas em todos os vasos. Logo, a casa estava repleta de parentes, muitos deles em sua primeira visita a Parma. Estar ali, no coração da dinastia Manfredi, era considerado uma honra, e muitos deles encomendaram novas vestes especialmente para a ocasião e trouxeram presentes que à primeira vista podiam parecer bizarros e sem valor, como pedaços de osso, tufos de cabelo, frascos com ervas exóticas, crânios, bonecas e camafeus. Dessa vez, porém, em vez de essas prendas serem entregues com pompa durante um grande banquete com o intuito de demonstrar a devoção e riqueza de parentes generosos, foram oferecidas entre as sombras das catacumbas, às quais pertenciam. Também diferente dos convidados que costumavam lotar a Villa em datas especiais, eles passavam muito pouco tempo nos salões e jardins. Após sua chegada, muitos desapareceram por completo e poucos compareciam às refeições. Lizbeta, contudo, encomendava às cozinhas vários farnéis, como os que os homens da família costumavam levar para suas caçadas, ainda que nenhuma montaria houvesse sido preparada.

Muito se comentou pelos corredores da Villa sobre as estranhezas daqueles convidados. Eles possuíam uma aparência doentia, mortiça, como se pouco vissem a luz do sol ou sofressem de alguma doença misteriosa, o que fez com que muitos dos servos evitassem se aproximar. Para completar, todos eles exalavam aquele odor pútrido idêntico ao do patrãozinho Luciano e que tantas vezes também emanava de Don Alfeo e do falecido Don Janus. Os visitantes trouxeram seus próprios valetes, que acompanhavam seus senhores a maior parte do tempo e só iam até as áreas de serviço para fazer suas refeições ou buscar algo de que seus patrões necessitassem, sempre em silêncio e, apesar de muitos deles não conhecerem o dialeto parmesão, mesmo aqueles que tinham alguma noção evitavam falar qualquer coisa além do necessário.

No final da tarde do Dia de Todos os Santos, após comparecerem às vésperas na capela da Villa, todos se reuniram no grande salão de refeições para um banquete. Mais uma vez, aquela comemoração em nada se pareceu com as típicas festas dos Manfredi. A comida, claro, foi abundante, mas os convidados mal tocaram nos acepipes elaborados e até mesmo Don Alfeo e o patrãozinho Luciano, conhecidos pelo apetite, apenas provaram os pratos, que retornaram para as cozinhas ainda cheios. O único que pareceu comer com o mesmo gosto de sempre foi Frederico. A refeição foi feita em silêncio e as poucas conversas eram realizadas aos sussurros. Ainda que alguns considerassem aquela uma demonstração de decoro notável, já que era véspera de Finados, a visão daquela massa de homens de feições semelhantes e expressões lúgubres, com suas roupas escuras, as peles pálidas que à luz das velas ressaltavam os arcos roxos que muitos deles ostentavam sob os olhos vazios, que confabulavam aos sussurros, ou simplesmente miravam o nada, era assustadora. Uma boa parte dos próprios moradores da Villa estava visivelmente desconfortável, embora trocassem gentilezas com os convidados, esforçando-se para passar uma impressão de normalidade. Don Alfeo, por sua vez, ainda que parecesse mais calado que de praxe e passasse toda a refeição voltando suas atenções unicamente para os filhos e Lizbeta, fez um belíssimo discurso sobre aquilo que separava o mundo dos vivos e o dos mortos e como aqueles que se foram não deviam jamais ser esquecidos, pois prosseguiam com suas vidas eternas, esperando pelo dia de seu julgamento e ansiando pela salvação divina. Ele ressaltou, ainda, a importância da oração e da reverência aos antepassados, pois, tinha certeza, eles olhavam por cada um ali presente e os conduziriam um dia à eternidade. Por fim, ele ergueu sua taça de vinho e brindou:

— Vida eterna.

Seu gesto e suas palavras foram repetidos por todos os presentes enquanto ele sorvia todo o conteúdo da taça em um único gole.

TAMBÉM AO CONTRÁRIO do que costumava acontecer em toda e qualquer comemoração dos Manfredi, que se estendiam madrugada adentro, os convidados começaram a se retirar por volta das nove horas. Dona Camélia havia recebido ordens para que os pratos começassem a ser servidos mais cedo e com menor intervalo, o que causou certo alvoroço nas cozinhas. Assim, as sobremesas foram oferecidas às oito e meia, e os queijos, os chás e o Porto que viriam em seguida foram retirados do menu.

Jade estava distraída brincando com uma das mechas de seu cabelo e afagando a mão do irmão debaixo da mesa quando um dos copeiros indagou qual sobremesa ela gostaria. Em vez das seis ou sete opções usuais nos banquetes da família, naquela noite as únicas disponíveis eram *bonét* e *zabaione*. Embora adorasse o gosto de cacau do *bonét*, ela sabia que a segunda opção era a sobremesa preferida do irmão. Preocupada com o fato de Luciano mal ter tocado na comida, ela escolheu o *zabaione*, na esperança de que ele comesse pelo menos um pouco mais. Luciano estava definitivamente mais estranho que o normal naquela noite, ainda que não se tratasse exatamente de nervosismo — ela conhecia muito bem os gestos atabalhoados e os acidentes considerados inexplicáveis que aconteciam ao redor quando ele se angustiava. Não, Luciano continuava com aquele mesmo ar confiante que parecia ter tomado conta dele nos últimos meses. Ali, entre outros Predestinados, ele se via em seu ambiente e, apesar de o irmão disfarçar bem, Jade sabia perfeitamente o quanto ele se deleitava com toda a reverência que beirava a devoção que todos aqueles parentes tenebrosos lhe dispensavam. Vez ou outra, Alfeo lançava olhares cúmplices para o filho, fazendo com que Jade não tivesse a menor dúvida de que algo muito importante aconteceria no mausoléu naquela noite. Ainda que estivesse morrendo de curiosidade, os sussurros lhe diziam que, para o seu próprio bem, era melhor que permanecesse na ignorância. Naquele momento, porém, sua única preocupação era com o bem-estar do irmão. Sabia que o que quer que fosse realizado no mausoléu poderia muito bem levar dias e ela duvidava que Luciano se alimentasse como deveria — se é que ele chegava a comer — durante esses períodos. Ela o viu encarando a tigela de louça delicada com o brasão dos Manfredi e um fio de ouro na borda.

— Não vai comer nem o *zabaione*, *frate*?

O garoto, que estava mirando algum ponto no alto das grandes janelas do salão, pareceu ter saído de um transe e olhou para a irmã.

— Você quer? Pode ficar com o meu.

— Na verdade, já estou satisfeita. Eu peguei um para você. Você mal tocou na comida esta noite. Não faço a menor ideia do que vai acontecer no mausoléu e sei que não é da minha conta, mas isso não diminui em nada a minha preocupação. Vamos lá, você precisa comer.

Jade mergulhou a colher na tigela à sua frente, remexeu-a por um instante e a trouxe de volta com uma generosa porção do creme amarelo, um mirtilo e pedaços de morango. Ergueu o talher e levou-o à boca do irmão, que, olhando em seus olhos, finalmente cedeu, abrindo os lábios apenas o suficiente para abrigar a colherada.

Os olhos de Jade assumiam um tom de violeta à luz das velas que bruxuleavam em um dos grandes candelabros sobre suas cabeças. Ela abriu um sorriso ao ver que o irmão aceitara sua oferta e, com uma gargalhada que atraiu olhares de reprovação de alguns parentes, dada a circunspecção pedida pela data, ela limpou com o dedão alguns resquícios de creme que permaneceram nos cantos dos lábios de Luciano.

Ele sentiu a língua ser invadida pela doçura do *zabaione*, que neutralizou o gosto ácido das frutas quando as mordeu. Estava divino. Apertou a mão da irmã por baixo da mesa e sentiu vontade de fechar os olhos para saborear o momento, porém era incapaz de parar de contemplar Jade. Ela jamais estivera tão bonita como naquela noite. O vestido de um vinho contido, quase arroxeado, contrastava com a pele alva, imaculada, que se insinuava pelo decote, que mesmo mais comedido do que aqueles que Jade costumava usar, não era suficiente para conter os seios generosos, que ainda cresciam. Ela usava brincos dourados com delicadas ametistas, que combinavam com seu colar, que ostentava uma gema maior. Os cabelos cheios levemente presos em um coque em sua nuca deixavam escapar alguns cachos que serpenteavam, perfeitos, pelas costas e pelo colo. Os lábios cor de carmim acendiam a fogueira azul de seus olhos. Era totalmente compreensível o motivo pelo qual Jade atraía todos os olhares aonde quer que fosse.

Ela lhe ofereceu uma colherada de *zabaione* após outra até esvaziar sua tigela e trocá-la pela dele, sorrindo e limpando sua boca novamente. Era impossível recusar qualquer um de seus pedidos, Luciano sabia muito bem, de modo que simplesmente aceitou a oferta. Como as frutas e o creme cujos sabores tão díspares se completavam de forma tão sublime, ele e Jade eram a mais perfeita das combinações. Por ela, para tê-la para sempre ao seu lado e ao dos filhos que eles certamente teriam quando fosse o momento certo, nada daria errado naquela noite.

Jade esvaziou a segunda tigela no momento em que Don Alfeo beijou ambas as mãos de Lizbeta, despedindo-se, e se levantou. Era a deixa que os convivas necessitavam para se retirar caso o quisessem. Em comemorações comuns, os comensais costumavam ficar no salão até o amanhecer entretidos com música e vinho, porém, dessa vez, todos pareceram sentir um grande alívio ao saber que podiam finalmente se retirar. Os Predestinados ansiavam por testemunhar aquele que haveria de ser o momento que mudaria para sempre o destino dos Manfredi. Já os demais presentes sentiam-se simplesmente aliviados por se livrar da cordialidade forçada com aquela parentela desagradável e se perfumar com água de colônia em seus aposentos para tentar se livrar do fedor hediondo que exalava daquela gente e parecia se entranhar em tudo e todos que estivessem ao redor.

Don Alfeo tocou levemente um dos ombros do filho, avisando-o de que a hora havia chegado. Jade se levantou para lhe tomar a bênção e ele a abraçou por um longo momento, sussurrando em seu ouvido:

— Lembre-se de que você sempre será a minha *principessa*.

Jade lhe deu um beijo na face e ciciou de volta:

— Vai dar tudo certo, *papà*. Sempre dará tudo certo.

Ele se afastou da filha, abriu um sorriso e lhe deu um beijo na testa antes de dar meia-volta e cruzar os grandes arcos que separavam o salão de banquetes da sala de visitas.

Luciano aproveitou a deixa para também se levantar e, sem se importar com o fato de os olhares de todos os convidados estarem voltados para ele, tomou Jade em seus braços e encostou os lábios nos dela, demorando-se por um instante. Ela arregalou os olhos brilhantes, mas os cerrou logo em seguida.

— Eu volto logo – ele prometeu antes de acompanhar o pai.

Por fim chega o momento em que Luciano colocará à prova todos os conhecimentos que acumulou durante todos aqueles anos de estudos, estranhezas e humilhações. O mausoléu, com seus féretros e cadáveres espalhados pelos nichos, alguns à mostra, sua escuridão, sua umidade e seu odor de decadência, continua o mesmo. A grande galeria, entretanto, nunca esteve tão lotada. E todas as atenções estão voltadas única e exclusivamente para ele. Luciano é o sumo sacerdote daquela cerimônia, a mais importante de todas desde que os Manfredi eram apenas uma pequena milícia nos tempos do Império. Aquela noite mudará tudo. Luciano está tomado pelo júbilo. A expectativa lhe dá a impressão de estar flutuando. Ele está pronto.

Assim que fecha os olhos, sente como se fosse tragado para outro lugar, o qual não sabe nomear. Não é nenhuma das sendas do Sheol que já visitou e tampouco está mais no Mundo da Carne. Tudo que há ao seu redor é escuridão e, num primeiro momento, silêncio, um silêncio tão absoluto que parece pesar sobre suas costas, apertar sua caixa torácica, tornando difícil a respiração. Sente dor, um sofrimento crescente, terrível, que faz com que tente gritar e não consiga. Ele não tem mais boca, lábios, ossos, músculos, membros. Luciano sente como se fizesse parte daquela escuridão, como se houvesse se mesclado a ela. Tudo que existe é aquele limbo, o breu e a dor aguda, que beira o insuportável. É então que os grunhidos começam. Inicialmente como sussurros, sibilos, em uma língua que ele desconhece, mas que lhe gela a espinha. Devagar, os silvos se tornam mais densos, como se novas vozes se juntassem ao coro maldito. Eles ficam cada vez mais altos, acompanhados de uma batida compassada que Luciano não compreende de onde vem até se dar conta de que se trata das contrações aceleradas de seu próprio coração, que dói tanto quanto seus pulmões, costas e abdômen, embora se pergunte onde diabos estaria seu corpo em meio àquela massa escura. A impressão é de que seu peito está prestes a explodir. As vozes se tornam gritos pavorosos, inumanos. Ele jamais ouvira nada tão agudo. Seus tímpanos vão estourar a qualquer momento.

Luciano está prestes a perder a consciência quando é envolto por diversas massas gélidas que o mantêm de pé. A dor se mescla a um congelamento intenso, que não experimentara nem mesmo quando desobedecia à tia durante a infância e escapava da Villa para brincar com Jade em La Villetta no auge do inverno. A dor, os gritos e o regelo se tornam insuportáveis. Ele não resistirá. Aquilo está além de suas capacidades. Talvez ele não fosse nada daquilo que esperavam. Chegou bem perto, é verdade, mas não é capaz de lidar com todo aquele esforço. Os Antigos o haviam avisado de que não seria fácil, mas jamais imaginara nada como aquilo.

É então que uma gigantesca onda de energia atravessa seu corpo, substituindo o congelamento por um calor intenso, causando-lhe um choque violento que faz com que a massa disforme e confusa que entendia como seu corpo sofra espasmos. De repente, a escuridão ao redor se torna mais clara que o dia, ofuscando seus olhos, queimando-os, e ele se vê cercado por rostos bestiais, disformes, cobertos por cicatrizes, dotados de expressões brutais. Eles giram à sua volta, berrando em seus ouvidos naquela língua nefanda, aterradora.

Os rostos giram cada vez mais depressa até se tornarem apenas um borrão. Luciano tenta acompanhá-los até finalmente cair mais uma vez em um transe profundo, ainda que sem perder os sentidos por completo, pois é impossível ignorar a dor excruciante que toma conta de seu corpo. Sente como se estivesse prestes a ser despedaçado. Aperta os olhos e tenta gritar mais uma vez. Embora o esforço seja em vão, de repente tudo fica em silêncio e ele consegue, por fim, abrir os olhos.

Ele não sabe por quanto tempo ficou imerso naquele estado, porém, quando suas pálpebras se separam, vislumbra o mausoléu dos Manfredi. Vê os parentes em seus mantos negros, com uma aparência também exausta. Seus cânticos cessaram como se aguardassem o que virá a seguir. O foco de Luciano se volta para o pai, deitado sobre o túmulo de pedra. Os olhos de Alfeo permanecem fechados; seu corpo, imóvel. Ele quer sacudi-lo, tirá-lo daquele sono de morte, trazê-lo de volta ao mundo dos vivos. Entretanto, antes que possa ensaiar qualquer movimento, sente mais uma onda de dor aguda, tão intensa que finalmente faz com que sua mente se turve. Ele tomba com um baque surdo no chão gelado.

12

Veneza, outubro de 1634

Já faz um bom tempo desde que Alfeo Manfredi colocou os pés em Veneza pela última vez. O doge ainda era o velho Giovanni Cornaro, responsável por contratar um grande contingente de homens dos Manfredi para defender a cidade dos Habsburgo, que haviam tomado Trieste, um ponto estratégico para a evacuação dos produtos comercializados pelos mercadores da cidade, e ameaçavam tomar também Veneza. Infelizmente, os esforços do doge não haviam sido suficientes para expulsar os austríacos de Trieste, mas a autonomia da República Veneziana fora defendida com bravura pelo bem treinado exército dos Manfredi.

Agora, porém, o doge já é outro, Veneza vive em relativa paz e, ainda que após a brilhante defesa da cidade Alfeo e seus irmãos tenham convencido Cornaro a investir uma parcela significativa dos cofres da cidade em um fundo administrado pelos Manfredi no Tesouro da Santa Igreja como forma de agradecimento à Providência Divina, o motivo de sua visita nada tem a ver com negócios. Após o ritual ocorrido no último Dia de Finados, Luciano caíra doente, passando mais de uma semana desacordado. Quando, para alívio de todos, ele abriu os olhos, encontrava-se demasiadamente debilitado. Mal conseguia sentar-se na cama, tinha dificuldade para ingerir alimentos sólidos e passava a maior parte do tempo ainda mais apático do que lhe era usual, encarando o nada, sem esboçar nenhum tipo de reação ao que acontecia ao redor. Alfeo compreendia o tanto que havia sido exigido do filho e, confiando na força que Luciano sempre demonstrara para lidar com as adversidades, acreditou que ele logo se recuperaria. Entretanto, começou a se preocupar quando se deu conta de que nem mesmo a presença de Jade, que, em desespero, recusou-se a sair do lado do irmão desde que Luciano voltou para a Villa carregado pelos primos, era suficiente para fazer com que o rapaz se reconectasse, nem que por alguns momentos, ao Mundo da Carne.

Apesar da confusão que o patriarca dos Manfredi sentiu ao despertar daquela noite de sonhos estranhos com antepassados que o contemplavam em silêncio, faces monstruosas que gritavam palavras incompreensíveis em seus ouvidos e por fim, após sentir um tremor intenso que atravessou todo o seu corpo, ser cercado por uma escuridão e um silêncio profundo que fizeram com que caísse em um sono pesado pelo que lhe pareceu uma eternidade, jamais se sentira melhor. Ele se aproximava dos cinquenta anos e seu corpo já começava a lhe cobrar o preço dos anos. Suas articulações doíam durante o inverno, ele perdia a agilidade nas caçadas e havia ganhado peso, em especial na altura do estômago, que se tornara notavelmente proeminente. Entretanto, desde aquela noite no mausoléu, Alfeo experimentava uma disposição que não sentia desde a juventude. Ele trabalhava até tarde decidindo os próximos passos da família e acordava assim que o sol raiava para cavalgar; recuperou sua velha ousadia ao abater javalis e cervos; aumentou consideravelmente sua frequência na casa da Madame Gionna e até voltou a visitar o quarto de Lizbeta. Ao mesmo tempo que se recusava a acreditar que os Antigos haviam se enganado a respeito da capacidade de Luciano de conduzir o ritual, era tomado pela culpa por se sentir tão bem enquanto seu filho passava os dias em cima de uma cama.

Com o decorrer dos meses, Alfeo se deu conta de que seus cabelos pararam de embranquecer e cair, e as rugas estancaram, assim como a circunferência de seu abdômen, enquanto aquela disposição dos primeiros dias continuava intacta. Sobre suas perguntas a respeito do estado de saúde de Luciano, as almas lhe garantiram que o garoto ficaria bem, embora ainda levasse um bom tempo até que ele se recuperasse por completo. O ritual havia de fato requerido muito de Luciano não apenas em termos de seu físico, mas também de seu espírito. Ele ficou horas no limiar entre os dois mundos, uma experiência considerada intensa até mesmo por espíritos experientes. Além disso, ele servira como um canal para o poder imensurável dos Antigos. Qualquer outro em seu lugar teria perecido. Alfeo deveria se orgulhar. O poder de seu filho era notável e quando sua alma também fosse encomendada os efeitos do ritual lhe seriam mais brandos, além de seus poderes serem potencializados de forma extraordinária. Ainda segundo essas mesmas almas, faria bem tirar Luciano da Villa, um local não só repleto de espectros inquietos como também saturado de lembranças nem sempre agradáveis, que possivelmente o assombravam tanto quanto os espíritos raivosos.

Embora acreditasse nas ponderações de seus espíritos aliados, Alfeo estava reticente quanto a levar Luciano para longe da segurança da Villa. À medida que os Manfredi se tornavam mais proeminentes e sua fama se espalhava pela Europa, seu rol de inimigos crescia na mesma proporção. Além disso, naquele estado, perdido entre o mundo dos vivos e o dos mortos, Luciano estava mais do que nunca vulnerável a ataques de espíritos hostis.

Os meses se passavam e o menino continuava na mesma prostração, sem demonstrar sinais de melhora, o que fez com que os comentários maldosos a respeito de sua sanidade retornassem com carga total entre os parentes. O efeito desses comentários, contudo, não eram nada comparados à angústia que Alfeo sentia ao ver seu filho tão amado naquele estado deplorável enquanto Jade adoecia ao lado do irmão, recusando-se a deixar o quarto dele, onde havia dispensado os valetes e ela mesma o banhava, trocava suas roupas, o alimentava e conversava com ele naquela língua só deles, sem se importar com o fato de não haver resposta. Jade emagrecia, sua pele perdeu o viço e ela passava várias noites em claro com medo de que algo invisível atacasse Luciano, como vira tantas vezes acontecer quando eram crianças. Enquanto os irmãos perguntavam com muito tato a Alfeo se não seria uma boa ideia avisar a Domenico que talvez fosse prudente que ele se preparasse para um retorno definitivo a Parma, a maior preocupação de Don Alfeo era com seus gêmeos.

Assim, após muito ponderar e confabular com Gennaro e invocar Don Janus por noites seguidas em busca de aconselhamento, Alfeo decidiu enviar os filhos para que por fim passassem uma temporada longe da Villa. O irmão ficou encarregado de escolher três dezenas dos melhores homens de suas tropas para acompanhá-los durante a viagem e fazer sua guarda pessoal no destino. Já o pai lhe garantiu que ele próprio, juntando-se a outros espectros aliados da família no Sheol, protegeria os netos de qualquer ataque vindo do Outro Lado.

A despedida foi dura. Ainda que estivesse acostumado a ficar longe dos filhos por períodos relativamente longos devido às suas constantes viagens, agora eram eles que partiam. Embora já fossem considerados adultos, era difícil deixá-los ir em um estado tão vulnerável. Alfeo sentiu um aperto no peito ao ver o filho ser carregado para a carruagem em uma liteira com o olhar vazio, a cabeça pendendo para um dos lados e um fio de saliva escapando do canto da boca, rapidamente seco pelo lenço da irmã, que seguia ao seu lado, afagando seus cabelos. Os olhos de Alfeo se demoraram na filha. Pela primeira vez, Jade lhe pareceu uma mulher. Não apenas pelo corpo emagrecido, porém ainda bem delineado, com os seios fartos e a cintura marcada, mas principalmente por seu semblante. Mesmo que seu olhar inocente e os traços delicados permanecessem ali, havia uma gravidade em sua expressão que ele não reconheceu. Os olhos vermelhos estavam fixos no irmão, como se nada além dele lhe interessasse.

Alfeo se aproximou para se despedir. Beijou a cabeça do filho, que cheirava à mesma água de colônia com que Jade costumava se perfumar. Enquanto Lizbeta dava adeus ao filho tocando seu rosto rapidamente com a ponta dos dedos, Alfeo se virou para Jade, que se limitou a baixar os olhos e, sem encará-lo, lhe pediu a bênção, como era de praxe. Ela o evitava desde o banquete do Dia de Todos os Santos, sempre arrumando uma desculpa — lavar-se, pedir lençóis limpos para os valetes ou buscar algo em seu quarto — para deixar os aposentos quando ele ia visitar Luciano. Ela o culpava pela situação em que o irmão se encontrava, porém havia sido doutrinada desde o berço para jamais contrariá-lo, de forma que manteve os lábios cerrados durante todos aqueles meses. Contemplar aquela frieza desconhecida nos olhos de sua *principessa* partia o coração de Alfeo. Os sorrisos, os beijos e os carinhos da filha preenchiam seus dias mais sombrios e ele se perguntava como seria capaz de viver sem Jade quando ela fosse oferecida em casamento. Ele queria aproveitar sua nova disposição para erguê-la no ar e ouvir suas risadas desenfreadas como fazia quando ela era uma garotinha, colocá-la em seu colo para ler um poema e dançar junto a ela durante as festas da família. Tudo aquilo seria impossível enquanto Luciano não saísse daquele estado e Jade não fosse capaz de compreender que o irmão fizera um grande sacrifício pela família. Luciano seria para sempre louvado como um herói por todas as gerações vindouras e ela sabia muito bem que conquistar o respeito dos seus sempre foi o maior anseio do irmão. Se Deus assim o quisesse, logo Luciano se recuperaria e poderia explicar por si mesmo tudo isso a Jade.

A menina beijou levemente a mão que o pai lhe estendeu.

— Deus te abençoe, minha *principessa*.

Jade agradeceu em voz baixa, afastando-se assim que pôde para abraçar a mãe, que lhe beijou ambas as bochechas antes de recomendar:

— Cuide de seu irmão, mas não se esqueça de cuidar também de você.

Ela assentiu e entrou em uma carruagem confortável, porém discreta, que pouco se destacava entre as demais que faziam parte da comitiva que levava os servos e as bagagens. Jade se sentou ao lado de Luciano ajeitando carinhosamente a cabeça dele em seu ombro e olhando fixo para a frente.

Alfeo fez sinal para que o cocheiro desse início à viagem e ficou parado diante do casarão por alguns instantes até sentir uma das mãos de Lizbeta sobre seu ombro. Durante toda a vida, eles prezaram pela discrição. Ainda que boa parte dos Manfredi e daqueles que os cercavam soubesse ou pelo menos tivesse palpites bastante certeiros sobre a filiação de Domenico, Luciano e Jade, esse era um assunto mencionado apenas aos sussurros e Alfeo e Lizbeta não tinham a menor intenção de dar mais combustível às muitas histórias — fantasiosas ou verdadeiras — que cercavam a família. Aquela, porém, era uma situação incomum.

Mesmo que Lizbeta não escondesse nos últimos anos sua predileção por Domenico, Jade e Luciano também tinha saído de seu ventre. Ela sentia orgulho de Jade, de como ela tinha desabrochado, tornando-se uma mulher de beleza notável e uma aluna perspicaz, que assimilou todos os seus ensinamentos de forma esplêndida. Intimamente, divertia-se ao pensar nas poucas e boas que seu futuro genro passaria nas mãos da filha quando descobrisse que, por trás daqueles sorrisinhos cândidos, Jade podia ser capaz de tornar sua vida um inferno se assim o quisesse. Claro, para que sua menina conseguisse um casamento vantajoso, primeiro ela e Luciano ainda teriam que resolver aquela questão do herdeiro pelo qual Alfeo tanto ansiava. E, para isso, Luciano teria que sair daquela idiotia degradante. Lizbeta sabia que eram muitos os comentários a respeito de seu desprezo pelo filho caçula. Não chegavam a enfurecê-la, mas tampouco condiziam com a realidade. Ela e Luciano simplesmente nada tinham em comum e a verdade é que ele muitas vezes a assustava com sua aparência mortiça, seu semblante perdido e, em especial, a personalidade enérgica e belicosa que, desde criança, ele assumia quando era contrariado. Porém, sabia dos planos grandiosos que Alfeo tinha para aquele filho, o qual ele jamais escondeu ser seu preferido. Secretamente, Lizbeta orara durante toda a infância de Luciano para que ele fosse de fato um retardado. Mesmo que isso fosse uma grande vergonha para os Manfredi — um demente criado no seio da família, diante dos olhos de todos —, pouparia o menino de sofrimentos ainda maiores no futuro. Além da responsabilidade que pesaria toneladas sobre seus ombros, viver enfurnado naquelas catacumbas não haveria de lhe trazer nenhum bem. Ela via como aquilo tinha mudado seu irmão e não desejava o mesmo para o filho.

A desolação no olhar de Alfeo após se despedir dos gêmeos fez com que Lizbeta se recordasse do aperto no peito que sentia sempre que Domenico retornava a Roma. Ela compreendia muito bem aquele sentimento. À dor de Alfeo somavam-se ainda um remorso profundo e uma grande apreensão pelo que poderia acontecer a Jade e Luciano enquanto estivessem longe. Aquilo fez com que ela ignorasse a presença dos guardas e da criadagem ali reunidos e, tirando o irmão de seu transe enquanto a carruagem se afastava, ela passou os braços ao redor de sua cintura.

— Veneza fará bem aos nossos meninos, Alfeo. Confie.

O irmão envolveu seus ombros, beijou-lhe a cabeça e, abraçados, eles entraram na Villa.

A IDEIA DE Veneza havia partido de Lizbeta. A cidade com seus canais, o clima agradável e sua beleza estonteante poderia ser o bálsamo de que seus filhos precisavam. Ela se recordava das duas vezes em que a visitara. A primeira havia sido para participar dos banquetes oferecidos em honra dos Manfredi quando a cidade foi defendida pelas tropas da família durante os ataques dos Habsburgo. Na segunda, recebeu um convite inesperado de Domenico, que faria algumas reuniões diplomáticas com o doge representando o Santo Padre e, como sua comitiva obrigatoriamente teria que passar por Parma, onde pararia por alguns dias para repousarem antes de seguir viagem, ele perguntou se a mãe, de quem sentia tanta saudade, não poderia acompanhá-lo. Naqueles tempos, Alfeo já passava a maior parte de seus dias trancafiado com Luciano no mausoléu e não se opôs. Aquelas duas semanas seriam lembradas mais tarde como algumas das melhores da vida de Lizbeta. Tanto a beleza dos canais e *palazzi* quanto o que vivera ali jamais se apagariam de sua mente e ela chegou a sentir uma pontada de inveja dos gêmeos ao pensar que em breve estariam navegando pelas vias da Serreníssima. Veneza era o local ideal para curar os males do corpo e da alma, e inspirar os amantes. Se era mesmo verdade que as almas em que seu irmão tanto confiava jamais mentiam, logo Luciano estaria recuperado e pronto para gerar o herdeiro que acabaria com toda aquela espera angustiante.

Alfeo confabulou por semanas com Gennaro a respeito da sugestão da irmã. Ele concordou que Veneza era conhecida por seu clima saudável e pela atmosfera tranquila. E, o mais importante, era um território aliado aos Manfredi. Por mais que o doge fosse outro, a cidade e seus senadores mantinham fortunas aplicadas nos fundos dos Manfredi no Vaticano e, claro, era sempre bom estar nas graças dos senhores da guerra parmesãos, afinal nunca se sabia quando seus soldados e fundos aparentemente inesgotáveis seriam necessários.

Assim, um *palazzo* às margens do Grande Canal foi alugado durante um ano para abrigar os gêmeos e a horda de guardas e serviçais que os acompanharia. Lizbeta ficou encarregada de informar a filha sobre a viagem que ela e o irmão fariam em breve. Ainda que temesse pela saúde de Luciano na longa jornada até Veneza, Jade recebeu a notícia com certa animação. Sempre teve uma curiosidade indócil de ver o que havia além das montanhas que cercavam Parma. Além disso, desde que o irmão caíra doente, sentia como se as paredes do casarão a sufocassem e não conseguia encarar o pai sem imaginar o que tinha acontecido no mausoléu naquela noite fatídica. Como Alfeo não evitou que aquilo acontecesse a Luciano? Se ele não houvesse colocado todas aquelas ideias de grandeza sobre o mundo dos espíritos na cabeça de seu irmão, ela tinha certeza de que Luciano estaria são e salvo ao seu lado. Jade tentara proteger Luciano durante toda sua vida, porém começava a compreender que, a cada dia que passava, ninguém poderia defendê-lo além dele mesmo.

Por fim, após oito longos dias de viagem, Jade e Luciano chegaram a Veneza no final da primavera. O jovem senhor foi acomodado nos apartamentos principais do *palazzo*, enquanto para sua irmã foram preparados os aposentos anexos, que permaneceram, contudo, praticamente intocados, visto que até mesmo ali a senhorinha não saía do lado do irmão. Ainda que seus espíritos lhe garantissem que os filhos se encontravam bem e em segurança e que Luciano se recuperaria plenamente, Alfeo queria conferir com seus próprios olhos os avanços em sua saúde. E, mais do que tudo, ele sentia falta de seus gêmeos. Desde que Luciano adoecera, a Villa parecia mais vazia sem as risadas de Jade e o som dos saltos de seus sapatos quando ela corria pela casa para conversar com dona Camélia nas cozinhas ou ia até o seu gabinete para lhe mostrar algum novo vestido. Ele também ansiava pelos debates com o filho sobre suas descobertas, sua companhia nas catacumbas e seu jeito desconexo e genial. Sentia falta até mesmo dos sons que escapavam dos aposentos dos gêmeos nas noites que passavam juntos e que, secretamente, tiravam o seu sono enquanto imaginava como os filhos estavam se saindo e se aquela seria finalmente a noite em que um herdeiro seria gerado.

Cansado de esperar notícias e com o coração apertado pela saudade dos filhos, depois de ponderar por alguns dias Alfeo decidiu ir até Veneza visitá-los. As coisas estavam tranquilas em Parma e não havia nada de urgente que Gennaro não pudesse resolver em sua ausência. Não enviou nenhum mensageiro para avisar os filhos de sua visita, pois queria fazer-lhes uma surpresa — e também averiguar o que acontecia no *palazzo* sem que nada fosse mascarado pelos preparativos para sua chegada.

É UMA TARDE quente de agosto quando Alfeo chega diante do palacete que Jade e Luciano há meio ano chamam de lar. Com uma vista estonteante para o Grande Canal, a construção possui três pavimentos, com diversas janelas compridas, pontiagudas, encimadas por arabescos que compõem um conjunto harmônico com a decoração intrincada do restante da fachada pintada de um tom resplandecente de amarelo que se torna dourado sob o sol ainda intenso do final do verão. No primeiro andar, uma espaçosa sacada sustentada por colunas finas adornadas junto ao teto com os mesmos padrões das janelas dá para o canal.

A gôndola que o trouxe com alguns de seus guardas atraca no pequeno embarcadouro instalado na entrada principal, seguida por mais duas que carregam sua bagagem e o restante dos homens responsáveis por sua segurança. Um deles toca o sino junto à entrada do ancoradouro para anunciar a chegada da comitiva. Em poucos minutos, um servo abre uma fresta da porta com uma expressão confusa no rosto, visto que seus jovens senhores nunca recebem visitas. Sua fisionomia, entretanto, se altera assim que reconhece um de seus velhos companheiros de caserna. Ele se apressa em abrir os portões, gritando a seus colegas para que corram e o ajudem. Em poucos minutos, os visitantes já estão em terra firme, as bagagens são retiradas e as gôndolas de aluguel retornam para seus pontos de parada. Cumprimentando os empregados que se apressaram em recebê-lo e lhes ordenando que não devem se preocupar em avisar os patrõezinhos a respeito de sua chegada, Alfeo sobe rapidamente as escadas que levam até o primeiro andar, o *piano nobile*, onde se encontram os principais aposentos do *palazzo*. O contraste com o térreo é notável. As paredes e o assoalho de pedra nua dão lugar a um grande salão coberto por afrescos, mobiliado com sofás estofados com veludo e cetim, mesas e aparadores repletos de peças decorativas confeccionadas com os famosos cristais venezianos, além de diversos espelhos. Portais em formato de arcos se abrem para a grande varanda que dá para o canal.

Alfeo ouve a melodia de um cravo vindo de um dos cômodos adjacentes, que abafa algumas vozes. Sem alarde, segue os sons e aproxima-se de uma das portas, que se encontra aberta. Para junto à soleira e, para sua surpresa, vê Jade sentada ao teclado do cravo, tentando, às gargalhadas, tocar uma peça rápida com apenas uma das mãos. Apesar de já passar das duas da tarde, ela ainda veste uma longa camisola branca, um tanto larga. O decote, que deveria pender de seus ombros, lhe cai por um dos braços, fazendo com que uma das mangas cubra a mão apoiada sobre a banqueta e revele uma porção considerável de um dos seios cheios e redondos. O sol, que atravessa as duas janelas altas da sala, lança uma luz intensa sobre seu corpo, revelando formas voluptuosas sob o linho da camisola. De pé ao lado do instrumento está Luciano. Ele tem o corpo semicoberto por uma veste de aparência confortável feita de seda pesada e negra, presa frouxamente por uma faixa do mesmo tecido e com uma camada de pele nas bordas. Seus olhos têm um novo brilho. A tez clara apresenta um certo rubor que lhe dá um ar de saúde e contrasta com as manchas arroxeadas que permanecem, ainda que consideravelmente esmaecidas, sob os seus olhos. Com uma das mãos, ele afasta os cabelos, que nunca estiveram tão compridos, dos olhos, enquanto incentiva Jade entre risadas. A outra mão escora o peso do corpo sobre uma bengala de madeira escura com punho de prata.

    Soltando um longo suspiro, Alfeo é tomado de alívio. Ao ver o filho finalmente de pé, com uma aparência mais saudável até do que a que apresentava na Villa em seus melhores dias, tem a impressão de que o mais pesado dos fardos é retirado de suas costas. Ainda que considere um infeliz contrassenso alguém tão jovem necessitar de uma bengala para se manter de pé, aquilo não é nada perto do rapaz inerte que ele vira deixar Parma. E Jade, sua *principessa*, jamais esteve tão linda. Seus olhos se demoram sobre a filha. Ela joga os cabelos negros que lhe caem sobre o colo para trás com a mão coberta pela manga, fazendo com que a camisola por fim revele seu seio. Ela não parece se importar e insiste com ainda mais fervor na escala que tenta reproduzir. É uma sensação insólita se dar conta de que sua menininha se transformou em uma mulher — e o tipo de mulher que sem dúvida alguma desperta os desejos mais libidinosos dos homens. Esse pensamento faz com que uma cólera súbita suba pelo corpo de Alfeo. Por mais que ela por fim tenha se tornado a mulher belíssima que todos imaginavam que um dia seria, superando até mesmo a beleza de sua mãe naquela idade, a ideia de um homem desconhecido, cuja verdadeira índole, intuitos e vontades lhe fossem para sempre uma incógnita e que com toda a certeza jamais seria digno dos afetos e carinhos de sua única filha, faz com que ondas de ira revirem suas entranhas e que seu peito dispare. Ele já havia se deparado com a revolta causada por aqueles pensamentos antes, mas nunca com essa intensidade. É algo além de querer proteger Jade de todos os males do mundo. Seus filhos são mais valiosos do que qualquer exército, território ou tesouro que conquistara em todos aqueles anos. Mais preciosos até que o novo sopro de vida que passou a dar um novo sentido aos seus dias. E, como tudo que lhe é caro, é inconcebível que sua *principessa* se torne propriedade de outras mãos.

Luciano vai até a banqueta. Apoia-se na bengala e manca visivelmente, como se não tivesse a força necessária para sustentar o peso do corpo em uma única perna enquanto caminha. Jade chega para o lado para abrir espaço e ele se senta ao seu lado, beijando-lhe os lábios sem pressa e acariciando seu seio enquanto com a outra mão reproduz de forma perfeita a escala que a irmã tentava tocar. Ao terminar, ele lhe lança um sorriso divertido. Jade faz um muxoxo, tenta se levantar, mas Luciano puxa-a de volta, beija-a com mais ardor e posiciona sua mão sobre o teclado para que ela repita junto com ele a escala. Os dois ensaiam os movimentos algumas vezes até que a menina pega o jeito. Logo, ela consegue executá-lo sozinha e, juntos, passam a tocar uma marcha que Alfeo desconhece. Os dois trocam olhares cúmplices, entrelaçando os braços ao trocar as posições das mãos. Os dedos se movem com uma rapidez mesmerizante e eles chegam ao ápice da composição de forma harmoniosa, impecável, como se as duas mãos sobre o teclado do cravo pertencessem à mesma pessoa.

Alfeo abre um sorriso. As almas nunca se enganavam. Seus filhos eram perfeitos e tudo correria para os Manfredi de acordo com o que ele havia tantos anos projetara e para o que dedicara todos os seus esforços. Ele contempla os gêmeos por mais um instante e logo vê que a cólera que sentiu minutos antes foi substituída por um certo alento. Se alguém tivesse que possuir sua *principessa,* que fosse seu filho tão amado, o seu preferido, sangue do seu sangue, carne da sua carne, que a conhecia desde o primeiro momento, capaz de sentir suas dores e desvendar seus ânimos. Esse pensamento apazigua seu coração.

Ele deduz que a marcha se aproxima do final e, sem a intenção de quebrar a intimidade dos filhos, caminha silenciosamente até o salão, onde esperará que eles se aprumem. Vai até a sacada e admira o canal lá fora, com suas gôndolas e os outros *palazzi*, enquanto agradece às almas pela recuperação de Luciano.

* * *

Visitas inesperadas não costumam pegar Jade de surpresa. Em Parma, sempre havia uma voz que sussurrava em seus ouvidos quando alguém estava prestes a chegar à Villa. Em Veneza, porém, tudo é muito diferente. Ela e o irmão nunca recebem convidados, o que consideram uma dádiva, pois assim podiam ter todo o tempo do mundo apenas para si. Talvez por isso simplesmente houvesse relaxado e não ouviu o aviso. Ou podia ser que as vozes não fossem capazes de chegar tão longe de casa. Quiçá, seu silêncio fosse só um sinal de que a felicidade genuína que tomava conta de seu corpo e seu espírito sempre que acordava com Luciano sorrindo ao seu lado não deixasse espaço para mais nada.

O tempo em Veneza obedece a uma lógica diferente. Os dias de mormaço e luz se espicham como quem se espreguiça, enquanto as noites frescas parecem se esvair em um piscar de olhos, mesmo que as passem praticamente em claro. Semanas antes da viagem, a mãe encheu os ouvidos de Jade com descrições entusiasmadas a respeito das belezas imensuráveis daquela cidade alagada, as quais Jade escutou em silêncio enquanto se esmerava nos cuidados com o irmão, tomando-as como uma tentativa débil de Lizbeta para animá-la. Nada, porém, podia prepará-la para o que vislumbrou assim que a carruagem parou no atracadouro onde gôndolas os esperavam para conduzi-los até o local que lhes serviria de casa. O sol batia em cheio nas águas cor de turquesa que, por sua vez, refletiam os raios, tornando toda a paisagem dourada. Os *palazzi*, uns ao lado dos outros, tinham fachadas multicoloridas pintadas com afrescos fabulosos e adornadas com mosaicos. As janelas eram alongadas, muitas delas cobertas por vitrais que lançavam sombras coloridas sobre a água. Aquela cidade tinha uma atmosfera irreal, que mais parecia um devaneio do que um lugar feito pelos arroubos da natureza e pelas mãos dos homens.

Ela foi conduzida até a gôndola sem sentir os pés tocarem o chão e, durante o trajeto, o cansaço e as preocupações da longa viagem sumiram como num passe de mágica. Ela afagava os cabelos de Luciano, que foi acomodado à sua frente, reclinado em seu peito, evitando que os fios fossem erguidos pela brisa e, por um momento, não havia mais doença, espíritos, herdeiros desesperadamente almejados ou futuros maridos incógnitos. Tudo que Jade sentia era o calor do sol, o corpo de Luciano junto ao seu e aquele lugar inacreditável, que só podia ser feito da mesma matéria dos sonhos.

Aquela última etapa da jornada infelizmente foi mais curta do que Jade desejava, mas, assim que pararam diante do *palazzo* onde se hospedariam, ela foi tomada por mais um jorro de encantamento. Aquele prédio imponente, com sua sacada em arcos, os três andares com janelas estreitas, porém altas e elegantes, e aquelas incríveis paredes douradas, era como o castelo de uma princesa das histórias de fadas que Alfeo costumava lhe contar. Quando era criança, chegava a pular de felicidade quando o pai lhe dizia que ela era a princesa da Villa, entretanto, Jade começava a se dar conta de que o mundo era de fato bem maior do que os limites das propriedades dos Manfredi e que havia muitos mais lugares onde gostaria de reinar.

Quando a gôndola parou no ancoradouro e eles aguardavam que um dos guardas viesse ajudá-los a desembarcar, Jade por fim foi capaz de desviar as vistas da paisagem ao redor e olhou para o irmão. Luciano seguia com sua expressão vazia, porém ela percebeu um brilho em seus olhos que não via desde aquele fatídico Dia de Todos os Santos. Seus lábios se curvaram de forma tão leve que aquele pequeno sorriso seria imperceptível para qualquer outra pessoa, mas jamais passaria desapercebido para Jade. Luciano fechou os olhos e a garota respirou fundo. Como Lizbeta havia prometido, Veneza já começara a fazer sua mágica.

Essa magia perdurou pelos dias que se seguiram. O *palazzo* não tinha cômodos tão amplos quanto os da Villa, porém eram perfeitos para os dois. Os salões eram claros, decorados com afrescos retratando ninfas, grifos e hidras que prendiam a atenção de Jade por horas. Os móveis eram refinados, ainda que esparsos, o que dava a impressão de que os cômodos eram maiores. Esse efeito era completado pelos muitos espelhos, mais do que a menina já vira em toda a vida. Eles estavam espalhados por todos os cantos, até mesmo na cabeceira da cama do quarto principal. Cada vez mais, ela gostava de admirar seu reflexo e, ali, gostava ainda mais do que via. Na sala de estar, havia um cravo perfeitamente afinado e com a tampa adornada com uma pintura delicada, retratando o amanhecer no Grande Canal.

Encantada pela atmosfera da cidade e seus efeitos sobre Luciano, Jade o levava em passeios diários. Não era uma tarefa fácil realizar sua locomoção do *piano nobile* até o embarcadouro no térreo e colocá-lo na gôndola. Os guardas, entretanto, o carregavam sem se queixar, comovidos com os agradecimentos gentis da senhorinha e seus comentários constantes sobre como os efeitos do sol, da brisa, do ar livre e da beleza daquela cidade salvariam seu irmão. Eles saíam logo após o café da manhã, servido todos os dias no quarto do Patrãozinho por volta das dez horas, horário que na Villa seria considerado vergonhosamente tardio, mesmo nos sábados preguiçosos. Os gondoleiros os conduziam por horas pelos canais principais e em muitas ocasiões os levavam até ilhas próximas, como Murano, Lido e Torcello, onde Jade gostava de desembarcar e caminhar pelos arredores, sempre fazendo questão de levar Luciano consigo, carregado pelos guardas em uma liteira. Esses passeios de fato tinham um efeito notável na saúde de Luciano. Sua pele se tornou mais corada, os olhos mais acesos, os lábios se abriam em sorrisos cada vez mais amplos e ele retornava para o *palazzo* com apetite, sem rejeitar nenhuma das colheradas dos pratos tão diferentes dos da Villa, mas tão saborosos quanto, que a irmã lhe oferecia. Em pouco tempo, ele passou a mover primeiro os olhos, depois a cabeça quando um pássaro, um prédio em especial ou o simples movimento da gôndola sobre as águas atraíam sua atenção. Jade vibrava com qualquer pequeno sinal de melhora e cada vez mais tinha certeza de que, além da beleza e placidez de Veneza, era a distância da Villa, das exigências de Don Alfeo, das cobranças em relação a um herdeiro, dos comentários maldosos e, principalmente, daquele mausoléu tenebroso o verdadeiro tratamento para o mal que o irmão sofria. Ainda que Luciano desse claros sinais de uma rápida recuperação, eles não deveriam ter a menor pressa para retornar a Parma.

Certa tarde, Jade decidiu que seria uma boa ideia desfrutar do sol nas areias do Lido. O som das ondas e o mar azul profundo a acalentavam e seria bom molhar os pés na água gelada para aplacar o calor do verão. Ela escolheu um local onde Luciano ficasse protegido, mas que não fosse tão longe de onde as ondas quebravam. Os servos estenderam uma grande toalha e abriram um guarda-sol de seda, sob o qual o Patrãozinho foi acomodado com a cabeça no colo da irmã. Jade havia retirado os sapatos e as meias e, com as pernas esticadas, molhava a ponta dos dedos nas ondas que quebravam mais próximas. Ela afagava, distraída, os cabelos de Luciano, fechando os olhos de tempos em tempos, aspirando fundo a maresia e pensando que talvez pudesse ser feliz ali.

Subitamente ela sentiu um toque em seu rosto. Abriu os olhos e se deu conta de que Luciano erguera uma das mãos e acariciava sua bochecha. Ela pegou a mão dele na sua, pressionando-a contra sua pele, e abriu um de seus maiores sorrisos para o irmão. Foi então que ouviu aquela voz tão amada, anasalada, porém mais grave, um tanto diferente daquela a que estava tão acostumada:

— Obrigado, *sore*.

Suas lágrimas molharam os dedos do irmão e ela se abaixou para beijar seus lábios. Pela primeira vez em muitos meses, Jade sentiu que era retribuída.

A partir daquela tarde, a recuperação de Luciano por fim deslanchou. Jade tinha a impressão de que a cada dia o irmão apresentava um novo avanço. As palavras, que no início saíam balbuciadas e erráticas, logo se tornaram firmes e articuladas, e os dois passaram a conversar por horas sobre tudo, como nos velhos tempos. Ele voltou a comer gradativamente sem ajuda, primeiro ainda na cama e depois, quando já era capaz de se sentar por algumas horas sem se sentir tonto, à mesa na agradável sala de jantar. O *palazzo* tinha uma pequena biblioteca, para onde ele pedia para ser levado após seus passeios diários com a irmã. Em poucas semanas, ele já havia lido todos os livros disponíveis e ordenou que um dos servos encomendasse alguns volumes sobre temas de seu interesse em um dos vários livreiros locais, impressionando-se com a vasta oferta de títulos trazidos de toda a Europa e de terras longínquas pelos inúmeros navios que atracavam no porto da cidade. Após menos de três meses ali e com o incentivo de Jade e a ajuda dos guardas, Luciano começou a tentar se levantar com as próprias pernas e ensaiar alguns passos. Como uma criança, ele teve que reaprender a equilibrar o próprio peso e colocar um pé diante do outro para se locomover. Suas pernas, porém, estavam fracas e, além de não conseguir se manter de pé por períodos longos, precisava se escorar para caminhar. Embora se sentisse humilhado por ter de ser carregado como uma criança, a dificuldade que enfrentava para se manter de pé o frustrava, o que o deixava emburrado e calado. Temendo que ele caísse novamente naquele estado letárgico, Jade encomendou uma bengala a um artesão e, ainda que em um primeiro momento Luciano torcesse o nariz para o objeto, ela insistiu para que tentasse utilizá-la, garantindo que seria apenas uma ajuda temporária e que logo ele se livraria daquilo. Mesmo de má vontade, Luciano ensaiou alguns passos e se deu conta de que realmente o objeto lhe dava mais firmeza e independência. E, ao ouvir os gracejos de Jade sobre como ele ficava parecido com um jovem rei com seu cetro e os quimonos de seda com bordas de pele que ela encomendara ao vê-los no ateliê de um alfaiate, ele soltou uma gargalhada que ecoou pela sala e aceitou que talvez aquele acessório pudesse lhe cair bem.

 Embora a maior parte de seus pertences houvesse sido levada para os aposentos adjacentes aos de Luciano, Jade não tinha dormido uma única noite em seu quarto. Assim como em Parma, ela se recusava a sair do lado do irmão adoentado. E quando Luciano começou a apresentar uma melhora significativa, passou a ter novos motivos para não querer abandonar a cama do quarto principal. Ele já estava ensaiando alguns passos quando em uma manhã Jade foi despertada com a camisola abaixada e os lábios de Luciano em seus seios. Ela sabia que cedo ou tarde aquilo aconteceria e torcera para que não demorasse, embora houvesse decidido deixar que Luciano tomasse a iniciativa quando se sentisse disposto. Ela fechou os olhos e soltou um suspiro. Como sentira falta daquelas carícias. Luciano ergueu o rosto e a observou com um sorriso nos lábios, regozijando-se por saber que ainda era capaz de lhe causar aquelas sensações. Jade, porém, percebeu uma certa apreensão em seus olhos, como se estivesse se perguntando o que fazer em seguida, já que seus movimentos continuavam limitados. Mais do que nunca, não queria que o irmão tivesse seu orgulho ferido. E, uma vez que haviam começado, seria impossível parar. Em um impulso, ela se pôs sobre Luciano, beijando-o com sofreguidão, sentindo o corpo dele excitar-se sob o seu. A respiração do rapaz se acelerou e, sentindo a intensidade de seu desejo, ela se sentou sobre seus quadris. Os corpos se encaixaram com perfeição, como se nunca houvessem se separado. Ela assumiu o controle dos movimentos, reproduzindo o ritmo, os intervalos e as precipitações das inúmeras noites que compartilharam em Parma e que repassara em sua mente durante todos aqueles meses. Os gemidos crescentes de Luciano e suas reações lhe serviam como norte. Ele, por sua vez, não conseguia tirar os olhos do corpo curvilíneo de Jade, que parecia ganhar luz própria ao ser atingido pelos raios de sol que entravam pelas brechas das cortinas que esvoaçavam na brisa da manhã. Por fim, ele conseguiu esquecer tudo e focar unicamente no plano em que se encontrava, na mulher exuberante que se contorcia sobre seu corpo, lhe causando ondas de prazer que faziam com que se sentisse tonto, sem fôlego, delirante. O *piano nobile* logo foi preenchido pelos mesmos gritos que em tantas noites tomaram conta do terceiro andar da Villa Manfredi. Sem dúvida, os empregados os ouviam, mas eles estavam hipnotizados demais pelo momento para se importarem. Com Jade sobre ele, era impossível se controlar. A garota percebeu pela expressão e pelos sons peculiares emitidos por Luciano que ele estava prestes a atingir o ápice. Apesar de todas as suas preocupações com o futuro, ela tampouco conseguiu sair de onde estava. Talvez não tivesse a mesma força de Luciano ou simplesmente sentisse saudade demais para terminar antes do fim. Contemplando o próprio rosto no espelho incrustado na cabeceira da cama, as pupilas dilatadas, os cabelos revoltos caindo sobre os seios e a boca retorcida em um esgar de prazer, Jade por fim sentiu a taquicardia, a contração e a eletricidade que atravessou todo o seu corpo, fazendo com que seus quadris se elevassem levemente para logo em seguida encontrarem os de Luciano mais uma vez, bem a tempo de receber sua satisfação.

  Exausta, Jade deixou que seu corpo descansasse sobre o dele. Ambos ficaram em silêncio, regulando a velocidade da respiração pelo ritmo do outro. Ele beijou os cabelos da irmã e fechou os olhos. Com o rosto no peito do irmão, Jade sentiu o cheiro de seu suor mesclado com o dos sais de banho. Em casa, ela já havia se habituado ao odor pútrido das catacumbas, que parecia se entranhar na pele de Luciano. Entretanto, sentia um certo alívio ao pensar que, pelo menos enquanto estivessem ali, ele cheiraria como qualquer outro rapaz. Ela rolou na cama, ficando ao lado do irmão. Luciano virou o rosto para o dela e, sorrindo, se fitaram. Olhar sua face refletida na de Luciano era muito melhor do que se mirar em qualquer espelho. Ele, por sua vez, a admirava, enlevado. Havia ficado muito tempo perdido, mas, graças a ela, tinha retornado ao mundo dos vivos. Ainda que tivessem os traços um do outro, pareciam querer absorver todos os detalhes. Não foi necessário trocar uma única palavra. Jade podia não compreender os pormenores do calvário pelo qual o irmão havia passado, mas sabia o quanto aquilo que acontecera nas catacumbas tinha sido intenso e o quanto exigira de Luciano. Ela torcia para que houvesse valido a pena e que sempre encontrasse forças para trazê-lo de volta.

Já Luciano, mesmo enquanto estava perdido entre os dois mundos, desprovido do vigor necessário para interagir com o que quer que fosse em ambos os planos, não desviou suas atenções da irmã. Tinha total conhecimento de que ela não havia saído do seu lado desde que fora levado de volta para a Villa e em seus poucos momentos de consciência naqueles primeiros meses eram os vislumbres do azul de seus olhos que lhe serviam de estímulo para procurar o caminho de casa em meio a toda aquela escuridão. Jade havia vivido única e exclusivamente para ele durante todo aquele tempo. Ele era o homem mais afortunado de todos os mundos por tê-la ao seu lado. Ele a amava profundamente, mais do que considerava ser possível amar qualquer outro ser. E, dados os últimos acontecimentos, talvez houvesse chegado mesmo a hora de fazer aquele amor dar seus frutos. E assim os dias se passaram. Eles acordavam tarde, tomavam um lauto café da manhã na cama e, dependendo do horário em que por fim decidissem se levantar, davam um passeio de gôndola, iam até o Lido molhar os pés no mar ou ficavam simplesmente juntos no *palazzo* sem se importar nem mesmo em trocar de roupa. Jade tocava o cravo ou pintava as belas paisagens que via das janelas enquanto Luciano lia, fazia algumas anotações em seus cadernos e admirava a beleza da irmã. Ao longo do dia, eles bebericavam das garrafas de *prosecco* disponibilizadas pelos servos nos cômodos do *piano nobile* e se amavam sem pressa quando assim lhes apetecia. A tranquilidade daquele lugar idílico, a distância de Parma e suas atribulações, as restrições de movimento de Luciano, o desejo cada vez mais intenso que sentiam um pelo outro e o atordoamento causado pelo *prosecco,* tudo isso fazia com que os cuidados que ambos tomavam com tanto esmero na Villa para adiar a vinda de um herdeiro fossem seguidos de forma lânguida. Estavam felizes demais para se preocuparem com as sombras do futuro.

Seis meses passaram em um piscar de olhos. Luciano sentiu vontade de escrever para o pai em algumas ocasiões, porém seus informantes espirituais lhe garantiam que estava tudo bem em casa e, mesmo que sua atenção andasse, pela primeira vez, um tanto alheia ao que acontecia do Outro Lado, ele vislumbrou mais de uma vez emissários de Don Alfeo espreitando pelo *palazzo*. Apesar disso, ele começava a sentir falta de suas catacumbas, de seus estudos, dos rituais e das almas que não costumavam deixar o Sheol. Claro, seus espíritos de sempre continuavam a acompanhá-lo, acrescidos por novas almas que passaram a observá-lo de perto desde que estivera no limiar entre os dois planos. Ele também sentira durante aquele período a presença dos velhos espectros hostis que o infernizavam durante a infância. Entretanto, por mais que se encontrasse vulnerável, eles não ousaram se aproximar. Se era por causa dessa nova horda que o acompanhava ou pelo poder que havia demonstrado durante o ritual do Dia de Finados, Luciano não sabia. Contudo, era um alívio profundo saber que em Veneza não existia nenhum sinal deles.

JADE E LUCIANO só se dão conta da presença do pai no *palazzo* quando a noite já caiu e por fim decidem trocar de roupa para jantar. Ao chegar à mesa comprida entre as risadinhas e gracejos que se tornaram comuns desde que Luciano recobrou a consciência, eles se calam de imediato ao ver aquela figura altiva e tão familiar sentada à cabeceira com um sorriso no rosto. Ambos encaram o pai por um momento até que Alfeo se levanta com os braços abertos.

— Meus filhos amados. Que felicidade revê-los. E me regozijo em contemplá-los em plena saúde. Precisava averiguar com meus próprios olhos como vocês estavam e agora finalmente meu coração está em paz.

Os gêmeos trocam um olhar confuso. Não estavam acostumados a serem pegos de surpresa e essa é uma sensação totalmente nova para ambos.

No exato momento em que coloca os olhos sobre o pai, Luciano tem a mais plena comprovação de que, mais uma vez, os relatos de seus espíritos estavam corretos. O ritual funcionara. Os vincos no rosto do pai parecem mais brandos, a postura mais ereta, os olhos mais vivos e ele caminha pelo salão em direção aos filhos com uma nova agilidade, como se o peso das preocupações e os quilos acumulados ao longo dos anos houvessem desaparecido. O garoto não consegue evitar um sorriso e só então se dá conta do quanto sentira a falta de Alfeo.

Jade, por sua vez, recua um passo, quase se ocultando atrás do irmão. Ela sabe muito bem que não é essa a saudação que o pai espera nem aquela que desde a infância aprendera a destinar ao patriarca da família, porém um turbilhão passa por sua cabeça. Ela temia este momento. Durante toda sua curta vida, via Alfeo mais do que como uma figura de respeito, mas como alguém muito próximo — e amado. Ela se vangloriava de toda a atenção que o pai lhe dirigia, a forma como dispensava quem quer que fosse quando ela entrava em seu gabinete para lhe mostrar um novo vestido, pedir para que lesse um poema ou simplesmente para lhe perguntar como estava indo o seu dia e lhe dar um beijo. Ela era tomada pela vaidade todas as vezes em que o flagrara a admirando com uma expressão embevecida; quando ele costumava sentá-la em seu colo para conversar ou durante as refeições, permitindo que ela roubasse nacos de comida de seu garfo, ainda que percebesse os olhares de repreensão mal disfarçados de Lizbeta e da tia, que a consideravam velha demais para esse tipo de comportamento. Porém, após ver o irmão chegar à Villa carregado por aqueles primos funestos e presenciar seu estado nos meses que se seguiram, passou a culpar Alfeo por toda aquela desgraça. Não era justo fazer Luciano enfrentar mais aquelas provações, entre tantas que já sofrera. Sua ira cresceu ainda mais ao se dar conta de que, enquanto Luciano definhava, Alfeo parecia cada vez mais saudável, passando dias longe de casa em caçadas ao lado do tio Gennaro e do primo Frederico e, como os sussurros tantas vezes lhe contaram, saindo regularmente da Villa ainda com o sol alto e só retornando ao amanhecer do outro dia. E ela sabia muito bem onde o pai estivera. Por mais que Alfeo visitasse Luciano com frequência, Jade considerava que aquilo não era direito. E, com isso, começou a se dar conta de todas as outras discrepâncias que se sucediam naquela casa sob os auspícios do pai. Como ele podia concordar que sua única filha se casasse com um desconhecido contra a própria vontade? De acordo com o que ela entreouvira em conversas da mãe e da tia com dona Camélia, como ele podia ter proibido que Francesca se tornasse freira, o que sem dúvida teria poupado a ela e ao irmão daqueles castigos horrendos? E Jade não conseguia deixar de considerar cruel a forma como ele pressionava Luciano e, por intermédio de Lizbeta, também a ela, para que houvesse um herdeiro. Desde que abandonaram os camisolões, os dois foram informados do que lhes estava reservado e jamais ousaram questionar, porém Jade começava a se indagar até que ponto os Manfredi — e principalmente Alfeo — deviam ser responsáveis por controlar os títeres de tantas vidas.

Alfeo se aproxima dos filhos e envolve Luciano em um longo abraço, olhando com uma expressão enternecida para Jade, que permanece mais atrás. Dá tapinhas amigáveis nas bochechas de Luciano, examinando-o de cima a baixo.

— Que bom vê-lo de pé e plenamente restabelecido, meu menino. E, veja só, você está mais parecendo um jovem duque. – Ele se esforça para que seu comentário soe espirituoso ao vislumbrar novamente a bengala.

O rapaz abre um sorriso tímido.

— Minhas pernas ainda estão fracas, *papà*. Odeio necessitar deste traste para me manter de pé como se fosse um velho. Mas Jade também costuma dizer que me dá um certo ar de nobreza. Seja como for, espero em breve não necessitar mais dele.

— Tenho certeza de que logo estaremos jogando essa bengala no canal. – Alfeo tenta animar o filho. – Você nem mesmo se lembrará dessa coisa.

Por fim, ele se vira para Jade.

— E a minha *principessa*, como vai? Mais bela do que nunca, isso já percebi.

Jade se vê então obrigada a se aproximar e receber o abraço do pai. Ele a envolve e beija sua testa, como já fizera inúmeras vezes. Entretanto, por mais que passasse a questionar Alfeo, ao se sentir em seus braços ela não consegue evitar um sentimento de aconchego, como se estivesse protegida e nada de mal pudesse atingi-la. Ainda que sua mente fervilhe com sentimentos contraditórios, ela deixa que a cabeça descanse por um momento no peito do pai.

Alfeo se afasta após alguns minutos, beijando a filha mais uma vez, e os conduz até a mesa. Em dias comuns, os gêmeos criaram o hábito de comer lado a lado, porém, naquela noite, a mesa havia sido posta como em Parma, ainda que abrigasse um número consideravelmente menor de comensais. Alfeo se senta à cabeceira, com Luciano à sua direita e Jade à esquerda.

Ela estica a toalha de linho alvo sobre o colo, como a mãe havia lhe ensinado anos antes, quando passou a comer com os adultos, e, baixando os olhos, se desculpa:

— Sinto muito, *papà*. Como não sabíamos de sua visita, não dei ordens para que as cozinheiras preparassem nada de especial. Mas os pratos venezianos são deliciosos e espero que sejam do seu agrado.

— Não se preocupe, *principessa*. Cheguei um pouco mais cedo, porém não quis importunar o repouso de vocês. Seu irmão ainda está convalescente e precisa descansar. De qualquer forma, creio que a cozinha teve tempo suficiente para pensar em algo delicioso. E mesmo que não tivesse, minha maior satisfação foi encontrá-los bem, saudáveis e dispostos. Poder compartilhar a mesa com vocês, como antes, sem dúvida é mais prazeroso do que a mais apetitosa das iguarias. E não há dúvidas de que os ares de Veneza fizeram mesmo milagres pela sua recuperação, Luciano. — Alfeo se volta para o filho. — Graças ao nosso bom Deus, você em nada se parece com o rapaz enfermo que deixou Parma. Fale-me tudo a respeito de sua melhora.

— *Papà*, eu é que devo dar graças por ver o senhor tão bem-disposto. Quanto a meu estado pregresso, sabíamos que era apenas uma questão de tempo até que eu me recuperasse. Foi de fato uma grande provação, mas já me sinto bem melhor.

Jade mantém os olhos fixos em seu colo. O copeiro passa com a tigela de água de lavanda para que lavem as mãos. Ela molha os dedos na vasilha que lhe é oferecida e volta a baixar a cabeça.

— Porém preciso confessar que, mais que esta cidade e seus encantos, o real motivo da minha melhora está aqui, bem diante de nossos olhos. — Luciano sorri para a irmã. — Jade não saiu do meu lado nem por um único minuto. Ela me levou todos os dias para passear pelos canais e conhecer a cidade. Visitamos Murano e seus vitrais, os jardins de Pádua e a praia do Lido. Essas excursões eram trabalhosas, mas ela insistia que me fariam bem. E foi a mais pura verdade. Se não fosse pelos cuidados de Jade, eu ainda estaria perdido.

O copeiro os serve o vinho Bardolino produzido nos arredores da cidade. Alfeo ergue sua taça e propõe um brinde:

— Aos meus amados filhos, Luciano, o visionário, que levará os Manfredi à maior das glórias, e Jade, a bela, a jovem virtuosa e dedicada que carregará em seu ventre nosso futuro.

O rapaz acompanha o gesto do pai com um sorriso de triunfo no rosto enquanto Jade parece mal ter forças para levantar a taça. Ela dá um pequeno gole e, apesar de ter apreciado enormemente o Bardolino desde que chegara ali, o líquido desce queimando sua garganta, fazendo com que ela logo devolva o copo à mesa. Luciano lhe lança um olhar de soslaio, mas sua atenção é logo atraída novamente para o pai.

— Contem-me o que vocês têm feito nesta cidade encantada. Fazia tantos anos que não vinha aqui que quase me esqueci do quanto Veneza é fascinante.

A garota deixa que seus olhos se percam nos afrescos do salão que, segundo Luciano havia lhe contado, retratam deuses seduzindo mortais, uma cena retirada de algum dos mitos gregos de que os pintores pareciam tanto gostar, enquanto Luciano se esmera em exposições a respeito da arquitetura dos *palazzi* que avistaram em seus passeios, como o sol e as águas geladas do Lido lhes faziam bem, o conforto dos quimonos que passara a usar em casa, os livros que tinha lido e a imensa oferta de títulos vindos dos quatro cantos do mundo disponibilizada pelos livreiros da cidade.

O pai sorri, satisfeito, diante da animação do filho, embora lance olhares apreensivos para Jade. Enquanto o garoto continua a compartilhar suas impressões em uma torrente, o copeiro serve os antepastos — *crostini* com *bacalà mantecato*. Luciano, cujo apetite está totalmente recomposto, pega um dos canapés mastigando com gosto. Alfeo está prestes a levar um deles à boca quando percebe que Jade os revira com a ponta dos dedos em seu prato, como se comê-los fosse uma tarefa hercúlea.

— O que há com você, minha *principessa*? Não está feliz em ver o seu velho pai? Venha. – Ele faz um sinal para que Jade se sente em seu colo como costumava fazer antes do infortúnio que se abatera sobre Luciano. – Conte-me o que a aflige.

Ainda que o creme de bacalhau sobre a torrada tenha uma aparência convidativa, está longe de ser o prato preferido de Jade. Naquela noite, porém, o simples cheiro do peixe já revira seu estômago. E, embora houvesse sentido, em seu íntimo, uma saudade genuína de Alfeo, ao lembrar de todas as conclusões às quais chegara nas longas horas que passara em vigília ao lado de Luciano, o convite torna seu mal-estar ainda mais intenso. Talvez a mãe e a tia tenham razão. Ela está velha demais para esse tipo de afeto. Nervosa, pondera se deve dizer isso ao patriarca dos Manfredi ou se simplesmente o mais indicado seja ceder à sua vontade como fora educada a fazer. Ela resolve morder um dos *crostini* para ganhar tempo quando sente um enjoo profundo, como jamais sentira antes. O calor do vinho volta-lhe à garganta, mesclado com a acidez da maçã que mordiscara à tarde. Sem tempo nem ao menos de pedir licença, ela se levanta e corre até a sala de estar ao lado. Sem saber o que fazer, ela acaba despejando o líquido repulsivo que já lhe enche a boca em um vaso de flores. Quando ergue a cabeça, tudo de repente começa a escurecer. Ela sente que é amparada pelos braços do pai e a última coisa que vê são os lábios de Alfeo formarem um sorriso vitorioso enquanto sussurra:

— Muito obrigado, minha *principessa*.

Villa Manfredi, Parma, outubro de 1635

Frederico Manfredi segue em silêncio dentro da carruagem que o leva do centro de Parma até a Villa. Ao seu lado, a bela mulher de pele alva, olhos verdes e cabelos loiros presos de forma elegante junto à nuca entrelaça uma das mãos nas suas com um sorriso complacente nos lábios enquanto com a outra afaga o ventre já pronunciado. Apesar de seu destino ter se mostrado muito diferente daquele que passara a maior parte de sua vida acreditando estar traçado, ele pensa em como foi agraciado pela fortuna por ter uma esposa como Giovanna d'Este. Filha do meio do duque de Ferrara, seu dote incluiu uma quantidade substancial de soldados cada vez mais necessários para as casernas dos Manfredi e uma pequena fortuna em ducados, joias e barras de ouro. Ela era, ainda, uma jovem amável, dócil, consciente de suas obrigações e seu lugar. Giovanna jamais lhe fazia perguntas, sempre o esperava em casa de braços abertos, independentemente de onde tivesse estado e quanto tempo houvesse passado fora. E em pouco tempo já o presenteara com dois filhos homens e carregava mais uma criança na barriga. Cada vez mais Frederico se convence de que Giovanna é uma esposa muito mais valorosa que qualquer uma das mulheres Manfredi.

Fazia mais de três anos que se mudara da Villa. Um dos termos de seu contrato de casamento era bem claro em relação à residência do novo casal. A par de todas as histórias sombrias que cercavam o casarão dos Manfredi, o duque foi taxativo em seu desejo de que a filha não vivesse ali. Ele incluiu no dote um confortável palacete no coração de Parma, que desde então estava sendo expandido e todos diziam que em breve faria frente até mesmo ao palácio dos Farnese. Apesar de no início se opor a esse pedido, que considerou deliberado e uma afronta a seus poderes como marido, ao ver a imponência da construção, onde ele seria senhor absoluto, Frederico foi aos poucos se acostumando à ideia. Também não é nada mal estar próximo dos comerciantes e mercadores dos quais seus homens cobravam tributos todas as semanas em troca dos serviços de proteção dos Manfredi, visto que os parcos guardas dos Farnese, com seus soldos constantemente atrasados, realizam rondas preguiçosas e estão longe de serem suficientes para defender uma cidade em ascensão como Parma. Além disso, é um alívio não ter mais que cavalgar bêbado por léguas madrugada afora quando retorna da casa da Madame Gionna.

Contudo, suas visitas à Villa são frequentes. É ali que se reúne com o pai e o tio, treina com seus soldados e arquiteta os passos seguintes a serem tomados. Chega muitas vezes a passar semanas a fio em seu velho quarto no terceiro andar em períodos especialmente atarefados. Esse movimento o agrada. Frederico se sente independente ao mesmo tempo que conserva os velhos hábitos.

Já faz, porém, quase três meses que Frederico não coloca os pés na terra onde nasceu e foi criado, desde uma noite fatídica, que deveria ser reservada a grandes comemorações, mas que, para Frederico e seu primo Luciano, havia sido a derradeira confirmação de todas as hostilidades veladas alimentadas por ambos ao longo dos anos. Ele deixou a Villa naquela madrugada mais do que com o corpo doído, mas atordoado com a possibilidade de que, como tudo indicava e o próprio primo alardeava, Luciano se tornaria em breve um dos senhores de todos os Manfredi. Por mais que sua fidelidade à família fosse inquestionável, seguir as ordens daquele retardado estava fora de questão.

Frederico passou aqueles meses se recusando a pôr os pés no casarão enquanto o primo não se desculpasse como um homem, algo que, ele sabia, não iria acontecer, já que Luciano se tornava cada vez mais uma criatura egocêntrica e arrogante. O pai o visitava todas as semanas em Parma para inteirá-lo dos últimos acontecimentos em relação à caserna, às tropas, à cobrança de tributos e os conflitos nos quais as tropas da família estavam envolvidas. Frederico seguia cumprindo seu papel repassando as ordens aos soldados alocados na cidade e oferecendo suas próprias ponderações sempre que necessário, porém sentia falta das trocas diárias com seus homens, das reuniões e dos parentes. Também se ressentia por não ter recebido uma única visita de Don Alfeo, que, segundo seu pai, andava mais ocupado do que o usual com todas as mudanças que haviam acontecido recentemente na Villa. Ambos sabiam que aquilo não era exatamente uma verdade, mas consideraram por bem não se alongar a esse respeito.

Por tudo isso, Frederico se surpreendeu quando, semanas antes, seu mordomo lhe comunicou que Domenico e Don Alfeo estavam no saguão do palacete à sua espera. Não via o primo desde que celebrara seu casamento e, ainda que soubesse o motivo de seu retorno, não esperava que Domenico batesse à sua porta tão cedo, ainda mais acompanhado do pai. De início, temeu que portassem más notícias, porém ambos tinham o semblante tranquilo e o receberam com abraços afetuosos, como se o tempo não houvesse passado e nada tivesse acontecido. Domenico conheceu os filhos do primo, os quais tratou como sobrinhos e para quem trouxe presentes. Quando se acomodaram em seu gabinete, compartilhando uma garrafa de Chianti, eles garantiram que todos na Villa estavam bem, sem entrar em maiores detalhes, e quando Frederico tentou trazer à tona os infortúnios ocorridos em sua última visita o tio sequer deixou que concluísse a primeira frase, afirmando que Luciano estava em um momento de comoção profunda, no qual não estava com a mente aclarada, acrescentando que Frederico devia compreender muito bem a condição do primo, e que, mais do que nunca, sua presença se fazia necessária para a família.

Embora a princípio Frederico tenha considerado a oferta que recebeu naquela tarde um total despautério, recordou-se da promessa que fizera à prima na última vez que a vira e algo se acendeu dentro dele. Não precisou pensar muito, também, em todos os benefícios que aquele convite lhe traria, além de ser uma forma de manter sua posição e dar uma lição em Luciano. Mesmo que aquele moleque anormal já soubesse dos planos do pai e do irmão, não havia absolutamente nada que pudesse fazer a respeito.

À medida que acompanha pela janela a paisagem se tornar familiar a ponto de reconhecer cada árvore e sulco na estrada, as lembranças da última vez em que visitou a Villa ficam mais nítidas. Ainda que sinta um peso crescente no peito, Frederico é ao mesmo tempo tomado pela ansiedade. Não vê a hora de rever todos os parentes, abraçar a prima e encarar Luciano quando o primo for obrigado a confiar justamente a ele aquilo que lhe é mais precioso.

Por toda a Europa, tudo que se falava era sobre a tal peste. Até mesmo as guerras tão corriqueiras — e a principal fonte de renda dos Manfredi — pareciam ter arrefecido. Os sábios culpavam as tropas por levar a maldição de um reino a outro, de forma que bandeiras brancas foram erguidas e tréguas foram declaradas. As caravanas também haviam diminuído consideravelmente seus fluxos e o lucro arrecadado nos pedágios tornou-se mirrado. Era cada vez mais importante conseguir novas fontes de riqueza e áreas de influência, de forma que Frederico passava a maior parte de seus dias atarefado em confabulações com o pai sobre quais rumos os negócios da família deviam tomar naqueles tempos incertos. O tio estava constantemente presente nessas reuniões, embora tanto Frederico quanto Don Gennaro soubessem que sua mente estava concentrada no terceiro andar da Villa, no quarto onde seu filho convalescia a passos lentos. Luciano havia entrado em mais um de seus surtos, porém, dessa vez, sua situação parecia consideravelmente mais grave. Tudo que fazia era babar e mirar o nada como o retardado que em seu íntimo Frederico sempre soube que o primo era.

Ele sentia muito, porém, por Jade. Ainda que seus caminhos tivessem se distanciado, Frederico não conseguia deixar de nutrir uma empatia profunda pela prima. Ele desistiu de pedir sua mão quando se deu conta de que, apesar de deixar suas intenções bem claras em diversas ocasiões, o tio não desistia daquela tradição imbecil de gerar um herdeiro de sangue puro. Ora, ele também era um Manfredi e não conseguia ver como a semente de seu primo, aquele garoto doentio e débil, poderia ser melhor que a sua, um homem saudável, um general que só trazia glórias para a dinastia. Talvez percebendo sua insistência e a de seu pai, Don Alfeo chegou a cogitar a possibilidade de lhe entregar Jade depois que ela concebesse um herdeiro para Luciano, entretanto, desposar uma mulher, mesmo que fosse sua prima querida, que já havia se deitado com outro homem e, mais ainda, gerado um filho dele, revirava seu estômago. Pensar então que esse homem era aquele retardado estava totalmente fora de cogitação, um despautério com o qual nem mesmo Don Gennaro, desde o nascimento de Jade um dos maiores entusiastas da união entre a sobrinha e o filho, foi capaz de concordar. Assim, Frederico esqueceu de vez a ideia de desposar Jade e decidiu buscar outra noiva. Não foi uma tarefa nada árdua. Ele passou bons três anos se deleitando com visitas a cortes e grandes casas não só das redondezas, mas também em reinos mais distantes, para conhecer pretendentes — já que se recusava a casar por procuração e só descobrir que haviam lhe empurrado uma matrona quando já fosse tarde demais. Chegou até a desfrutar de algumas delas, usando seu charme para alegar que ambos precisavam se conhecer com mais intimidade antes de contraírem um compromisso eterno — quando, claro, secretamente também analisava a virtude da candidata e sua propensão a cair em tentações impróprias. Ele não tinha pressa, mas, à medida que o tempo foi passando, começou a ser pressionado pelas famílias das candidatas e também pelos próprios Manfredi a tomar uma decisão. Sua fama de *bon vivant* e o fato de ter que fugir às pressas de alguns reinos após o pai de alguma donzela descobrir que a havia deflorado antes mesmo de selar qualquer tipo de compromisso estavam tornando a possibilidade de conseguir uma moça de uma boa dinastia cada vez mais remota.

Tudo mudou, porém, quando Frederico aceitou um convite para passar alguns dias em Ferrara ao retornar de uma visita a um dos pontos de cobrança de tributos em uma estrada controlada pelos Manfredi. O motivo da visita era conhecer a filha do meio do duque. Ela não lhe concederia nenhum título, já que tinha três irmãos homens, mas seu pai prometia um belo dote. Além disso, Ferrara tinha soldados bem treinados e o duque era um homem respeitado. Frederico foi recebido com desconfiança pelo futuro sogro, que conhecia muito bem sua fama pelos bordéis das redondezas e as histórias pavorosas que rondavam sua família. Ele só concordou em enviar um convite a Frederico após receber uma sugestão nada sutil de Don Gennaro Manfredi de que seria uma boa ideia apresentar seus filhos. Temendo as famosas represálias dos Manfredi, o duque não teve outra escolha a não ser concordar.

O que ele não esperava era que sua filha se apaixonasse perdidamente assim que colocou os olhos naquele jovem alto e robusto, com a pele queimada de sol, os cabelos castanhos cacheados e o sorriso aberto. Frederico, por sua vez, se encantou com a beleza aristocrática da jovem, seus modos refinados, os gestos recatados e sua perceptível devoção a ele. Giovanna era saudável, certamente capaz de gerar bons filhos, e havia sido criada para ser uma boa esposa, discreta, obediente e fiel.

O duque, então, nada mais pôde fazer além de concordar com o casamento, ainda que colocasse algumas cláusulas no contrato nupcial para proteger a filha e os interesses dos d'Este, embora os Manfredi tenham sido vorazes em relação ao dote, obrigando-o a enviar uma parte considerável de seus destacamentos para Parma e abrir os bolsos. O matrimônio foi celebrado com pompa e circunstância na Villa e, após consumar a união, Frederico deixou a jovem esposa descansando e foi terminar as celebrações na casa da Madame Gionna, chegando ao palacete pela manhã, onde foi recebido com um lauto café da manhã e o sorriso dedicado da esposa. Nove meses mais tarde, Giovanna deu à luz um menino saudável, seguido por outro um ano depois. Frederico não poderia estar mais feliz.

A satisfação de ter sua própria família, o fato de não mais compartilhar o mesmo teto com os parentes e as dificuldades causadas pela peste aos negócios concentravam todas as atenções de Frederico. Tanto que não deu muita importância quando o pai selecionou alguns dos melhores homens da caserna dos Manfredi para acompanhar os primos até Veneza, onde os gêmeos passariam uma temporada numa tentativa de que Luciano voltasse a si. Também não se importou quando, após uma visita aos filhos, Don Alfeo decidiu que, apesar da melhora de Luciano, os gêmeos ficariam mais algum tempo no Norte para se preservarem da peste, que começava a fazer suas primeiras vítimas nos arredores de Parma. Quando os primos retornaram, pouco mais de um ano depois de terem partido, Frederico estava em Ferrara com Giovanna, que ansiava por rever os pais, com quem não se encontrava desde a festa de casamento, e ele aproveitou a oportunidade para tentar convencer o sogro a instalar um novo pedágio em um dos entroncamentos da cidade. Os Manfredi se encarregariam de toda a operação e o único trabalho que seu sogro teria era conceder o espaço e ver vinte por cento de todos os tributos caindo em seus cofres. O duque era conhecido por ser um negociante implacável e o genro levou quase um mês para fechar um acordo — que por fim garantiu trinta e cinco por cento de toda a operação para os d'Este.

Ao retornar para casa, Frederico deixou Giovanna na segurança do palacete e imediatamente cavalgou para a Villa para relatar ao pai os resultados que obtivera em Ferrara. Ele cruzou os portões um pouco antes da hora do almoço e foi informado pelos guardas que Don Gennaro se encontrava na caserna. Ele rumava para os fundos da propriedade, cruzando os vinhedos, quando algo lhe chamou a atenção. Uma tenda com as cores dos Manfredi, como as que costumavam ser erguidas no centro do ducado nos festivais em honra de santo Hilário, padroeiro de Parma, havia sido instalada em meio às vinhas e ele logo reconheceu três de seus homens, que faziam a guarda. Frederico se aproximou, intrigado, e teve uma surpresa indigesta.

Jade caminhava lentamente próxima à tenda, sem sapatos, cravando os pés na terra. Vestia apenas uma túnica de tecido escarlate muito leve enquanto Luciano a observava com atenção sentado debaixo da barraca, protegido do sol intenso de maio e bebericando uma taça de vinho. Ao seu lado, jazia uma bengala com punho de prata. O que o chocou, porém, foi o ventre de Jade, que demonstrava uma gravidez avançada.

Frederico apeou do cavalo e foi até eles. Apesar do aspecto enfermiço de sempre, Luciano em nada lembrava a criatura moribunda que deixara a Villa rumo a Veneza. Sua expressão se tornou raivosa quando os olhos dos dois rapidamente se cruzaram, mas logo em seguida ele desviou as vistas para a irmã. Jade, por sua vez, apesar do susto inicial, logo abriu um sorriso radiante, acariciando a barriga. Ela foi até o primo, lhe deu um beijo em cada bochecha e simplesmente disse:

— Estamos esperando para daqui a dois meses.

Ele olhou mais de perto o ventre de Jade, impressionado. Estava notavelmente maior do que o de sua esposa quando estava prestes a dar à luz em suas duas gestações até então. Nesse momento, Luciano, que já havia se levantado apoiando-se na bengala e caminhava com certa dificuldade na direção deles, colocou um dos braços sobre os ombros da irmã, a outra mão em sua barriga e, após lhe beijar nos lábios, falou:

— Chega de sol por hoje, *sore*.

Jade alongou ainda mais o sorriso e concordou:

— Sim, já está tarde. E nosso menino é pesado.

Atônito, Frederico observou os dois darem meia-volta e os guardas oferecerem ajuda a Luciano na caminhada até o casarão. Ele, porém, declarou secamente:

— Não sou aleijado. Não me tratem como um.

Ainda com aquele sorriso exultante brincando em seus lábios, Jade virou-se para dar adeus ao primo, acompanhada por um olhar cortante do irmão. Luciano lhe deu o braço e os dois se afastaram em passos lentos. O rapaz lutava para firmar as pernas no chão acidentado do vinhedo e Jade sentia o peso da barriga. Um dos guardas erguia uma sombrinha sobre os dois enquanto se apoiavam um no outro trocando olhares cúmplices, como se nada nem ninguém existisse ao seu redor.

Aquela cena jamais saiu da memória de Frederico.

Os DIAS PASSARAM depressa desde aquela tarde nos vinhedos. Por mais que a imagem dos primos se repetisse em sua mente, Frederico tinha um sem-número de afazeres. Além disso, logo em seguida ele recebeu a bem-vinda notícia de que Giovanna esperava seu terceiro filho, de forma que não lhe sobrava muito tempo para se estender além das discretas e polidas indagações sobre a saúde dos primos antes de dar início às reuniões com Don Alfeo quando visitava a Villa. Nem mesmo os via, já que, segundo cogitava, Jade devia ter entrado em confinamento pouco depois daquele encontro fortuito e Luciano devia estar, como era de hábito, vagando por La Villetta ou enfiado sabe-se lá onde com o nariz metido em algum livro.

A noite do primeiro dia do mês de julho estava prestes a cair. Frederico se despedia dos capitães da guarda, pronto para voltar para Parma quando uma das aias de Jade entrou, esbaforida, nas casernas à sua procura. Não era comum a presença de mulheres ali, ainda mais vindas do terceiro andar do casarão. Os homens olharam a jovem de cima a baixo e trocaram sorrisos discretos, imaginando se tratar de mais uma pobre criada que caíra nas bravatas de seu general. Frederico, porém, encarou a moça, intrigado.

— Senhor Frederico, desculpe me intrometer assim, mas a questão é urgente – declarou a criada numa torrente, com as palavras atropelando umas às outras. – A senhorinha Jade insiste em ver o senhor lá em cima... nos aposentos dela.

— Aconteceu algum acidente? – ele começou antes de se dar conta de que já haviam se passado quase dois meses desde a última vez que vira a prima.

Frederico lançou apenas um aceno breve para os capitães e correu em direção ao casarão sem esperar pela garota. Subiu os degraus da imponente escadaria de mármore de dois em dois e parou diante dos aposentos de Jade. Um dos guardas de plantão deu duas batidas gentis na porta e permitiu que ele entrasse.

Só quando vislumbrou o quadro aterrador que se desvelava no interior da câmara da prima ele compreendeu a urgência da aia. Além de Lizbeta e dona Camélia, no tablado ao redor da cama estavam Alfeo e Luciano, que se apoiava sobre aquela bengala patética, tinha olheiras mais profundas que as usuais e estava ainda mais pálido. Ele vestia apenas um camisão manchado de sangue que lhe caía sobre os culotes, o que indicava que, indo contra as regras do decoro, que proibiam a presença de homens durante os nascimentos, ele havia ajudado no parto. Todos, com exceção de Luciano, que não tirava os olhos da irmã, lhe lançaram um olhar grave enquanto ele se aproximava.

Frederico encontrou Jade exausta, com os lábios ressecados contraídos em uma expressão de dor. Ela estava desgrenhada, com olheiras fundas, a pele descorada, e lágrimas escorriam por seu rosto. Estava cercada por duas crianças, que repousavam. Uma era consideravelmente maior, saudável e gordinha, e dormia com uma expressão plácida no rosto. Já a outra fez com que Fred desse um passo para trás. Era esquelética, com a pele tão fina que parecia prestes a romper-se nas juntas, as pernas pendiam como sacos murchos. Era uma criança frágil e deficiente. Não parecia capaz de sobreviver.

Ao ver o primo, Jade abriu um sorriso débil e fez um gesto para que ele chegasse mais perto.

— Meu querido Fred. Como vão Giovanna e os meninos? – ela perguntou com um fio de voz.

Jade pegou sua mão. Frederico sentiu um calafrio imediato ao tocar a pele úmida. Ela tremia.

A jovem olhou ao redor e tentou falar um pouco mais alto para que os outros a ouvissem:

— Gostaria de conversar com meu primo. Em particular, se me for permitido.

Mais que depressa, Luciano deu alguns passos em direção à cama e ameaçou dizer algo, mas recebeu uma única mirada do pai e recuou, sendo, mesmo assim, o último a deixar o quarto e não sem antes lançar um olhar odioso para o primo.

Quando por fim ficaram sozinhos, Jade deu um tapa débil sobre o cobertor, convidando Frederico a se sentar na beirada da cama. Ela soltou um suspiro profundo.

— Que bom que você está aqui na Villa hoje, Fred. Quero acreditar que isso foi obra da Providência Divina.

— Não me dei conta de que o nascimento já estava tão próximo, caso contrário claro que eu teria me esforçado para passar alguns dias em casa para conhecer meus novos primos assim que chegassem ao mundo. Mas que bom que o nosso bom Deus assim o quis. Ah, e... – Frederico olhou mais uma vez para o contraste entre ambas as crianças e fez uma pausa, como se procurasse as palavras certas. – Parabéns, prima. Mais uma vez nossa família recebeu a bênção de ter dois herdeiros de uma única vez.

— Um herdeiro e uma herdeira, para ser exata. – Ela aninhou aquele serzinho frágil nos braços e, apesar de o rosto ter um feitio até bonito quando visto de perto, nem mesmo a manta que o envolvia era capaz de ocultar a fragilidade daquela pequena massa de pele e ossos. – Temos aqui uma menininha.

O simples ato de tentar se erguer um pouco para colocar a filha em seus braços fez com que Jade soltasse um gemido de dor. O suor lhe escorria pelo rosto. Frederico ergueu uma das mãos para secá-lo e teve que se esforçar para controlar seu desespero ao se dar conta de como a pele dela ardia.

— O primo Felipe não está na Villa? Ninguém o chamou?

— Os serviços do primo Felipe não foram necessários. E agora isso já não faz a menor diferença. Fred, eu preciso que você me ajude. – Ela tirou a mão do primo de sua testa e a apertou debilmente. – É bem provável que eu não tenha muito tempo...

— Shhh... – Frederico encostou o indicador da mão livre nos lábios da prima e ela percebeu que os olhos dele se tornavam úmidos. – Não diga isso. Você vai ficar bem e agora essas duas criaturinhas aqui precisarão muito de você.

— Foi por eles que o chamei aqui. Bem, com ele – Jade lançou um olhar para a criança rechonchuda que continuava a resfolegar na cama – tenho certeza de que tudo ficará bem. Afinal, os Manfredi agora têm um herdeiro saudável de sangue puro para chamar de seu. Quem me preocupa é a minha filha. Enquanto eu estiver aqui, jamais permitirei que a tirem dos meus braços, mas sei muito bem que meu tempo é curto. E você conhece essa família, primo. Você sabe muito bem o fim que levam as crianças como ela. – Ela encarou Frederico e respirou fundo, com dificuldade, como se buscasse uma força que não mais possuía para continuar a falar. – Sei o quanto você ama seus filhos. Vejo o quanto você e Giovanna são devotados aos meninos. Imagine se você soubesse que algum deles está fadado a passar o resto de seus dias naquele convento pavoroso, sendo tratado pior que um animal por aquelas freiras terríveis apenas para ficar longe dos olhos daqueles que nos consideram amaldiçoados. Minha filha não é uma maldição. Tenho certeza disso, eu lhe juro.

Frederico observou a menina. O peito protuberante arqueava à medida que seus pulmões lutavam para se encher de ar. Só mesmo uma mãe para ter tanto zelo por uma criatura que dificilmente se sustentaria por mais de algumas horas. Ele olhou então para Jade. Por um momento, ela desviou sua atenção da criança em seus braços para fechar os olhos, apertando-os como se lutasse para se manter consciente. Ela respirou fundo mais uma vez e continuou:

— Desde criança, meu primo, eu me sentia segura perto de você. E tenho certeza de que seus filhos sentem o mesmo. Nossas vidas tomaram seus próprios rumos... mas sempre tivemos um carinho especial um pelo outro. Por isso, entre todos que levam nosso nome, eu confio em você e em mais ninguém para proteger minha filha. Se eu me for, pegue a menina e a entregue para algum bom casal de aldeões para que cuidem dela como se fosse deles. Seus homens conhecem todos eles muito bem, sei que saberão escolher pessoas justas e de coração piedoso. E também sei que nenhum deles se negaria a cumprir um pedido pessoal seu, nem fariam perguntas. Assegure-se de que ela será bem cuidada e, por favor, forneça tudo que for necessário para que nada lhe falte. Tenho certeza de que todos nesta casa agradecerão se minha filha simplesmente sumir de vista.

Ele apenas assentiu, sem ousar questionar. Afinal, mesmo que a criança não aparentasse ter a menor possibilidade de sobreviver, jamais seria capaz de negar um pedido realizado no leito de morte de alguém tão amado quanto a prima. As lágrimas começaram a escorrer pelo rosto de Frederico e ele não se importou em ocultá-las.

Jade ergueu com dificuldade uma das mãos para secá-las.

— Giovanna é uma mulher de muita sorte.

Com essas palavras, Jade fechou os olhos e assim permaneceu, com a menina aninhada em seu peito respirando a intervalos longos, porém constantes. Frederico a contemplou por alguns minutos. Enquanto acariciava os cabelos da prima, recordou-se de seus devaneios de juventude, nos quais se sentava à cabeceira da grande mesa de jantar dos Manfredi com Jade, bela e virtuosa, sentada ao seu lado. Como todos os jovens, ele era tolo e se deixara levar durante tantos anos por aquilo que flutuava na superfície. Aquela cabeceira cobrava um preço maldito a todos que a ocupavam e ele sentia um alívio profundo por saber que, apesar de ter sempre um lugar garantido muito próximo a ela, esse seria um fardo que jamais seria obrigado a carregar. Quanto a Jade, ela nunca seria uma mulher que se contentaria em ser relegada à posição de uma mera consorte submissa, nem mesmo quando estava à beira da morte.

Frederico enxugou as lágrimas e se levantou sem fazer barulho. Lançou um último olhar para a prima e os sobrinhos que repousavam sobre a cama e abriu a porta.

Ao colocar os pés na antessala dos aposentos da prima, ele tentava se recompor quando foi surpreendido por um murro. Apesar de não ter entendido de onde veio o soco, a pessoa mais próxima que vislumbrou foi Luciano. Frederico tinha total consciência de que aquele não era um momento adequado para resolver nenhum tipo de rixa, porém, ao encarar o primo, a ira subiu-lhe pela garganta. Compreendia perfeitamente os motivos pelos quais

Jade não confiava no próprio irmão — e pai daquelas crianças — para garantir a segurança da filha. Luciano andava com o ego cada vez mais inflado, já que sabia muito bem que ocuparia a cadeira de Alfeo quando chegasse o momento. Ele jamais faria nada que contrariasse a família, arriscando sua futura posição. Mesmo assim, que tipo de monstro entregaria uma criatura tão indefesa, sangue do seu sangue, a um destino tão cruel? Sem dúvida um ser que se deitava com a própria irmã — e fazia questão que todos na Villa soubessem — e, com isso, a havia condenado à morte.

As lágrimas foram logo substituídas por um ardor violento, que deixou o rosto de Frederico vermelho como brasa, e ele partiu com tudo para cima do primo, bem mais franzino e consideravelmente menor. Com um empurrão no qual empenhou todo o peso de seu corpo, Frederico o derrubou. Em um segundo já estava sobre Luciano, imobilizando-o no chão e desferindo soco atrás de soco em seu rosto, no torso, nos braços, onde quer que porventura acertasse. Embora Luciano estivesse levando a pior, Fred sentiu diversos golpes intensos que, mais uma vez, não sabia de onde vinham. A uma ordem de Alfeo, porém, os dois guardas que estavam de plantão na antessala, com alguns outros que faziam a ronda pelos corredores do terceiro andar e foram atraídos pelo alarido, conseguiram conter Frederico e afastá-lo do primo. Foi tudo muito rápido, mas o suficiente para que ambos se ferissem.

Enquanto dois homens ajudavam Luciano a se erguer, o restante imobilizava Frederico enquanto o conduziam até uma poltrona para que se recompusesse. Alfeo se aproximou e lhe pediu desculpas com a voz baixa e dura que em geral utilizava quando estava irritado. Lançando um olhar gélido para o filho, ordenou que Luciano se retratasse.

Sem olhar Frederico nos olhos, equilibrando-se com dificuldade sobre a bengala com as costas encurvadas, focando um dos quadros pendurados acima de sua cabeça com aquela expressão alienada que lhe era tão característica e um fio de sangue escorrendo de um dos cantos da boca, Luciano pronunciou um "sinto muito" entredentes, quase inaudível. Em seguida, as portas do quarto de Jade se escancararam como se atingidas por uma ventania, embora todas as janelas estivessem fechadas. O primo as cruzou sem olhar para trás.

Alfeo deu dois tapinhas nas costas de Frederico e seguiu no encalço do filho, fechando as portas atrás de si. Os guardas olharam para o general em busca de alguma diretriz, mas Frederico fez simplesmente um gesto para que retornassem a seus postos e se levantou devagar. Tudo que mais queria era ir embora dali e retornar para casa. Assim que se ergueu, entretanto, sentiu uma dor aguda nas costelas e fez uma careta.

Lizbeta, que apenas observara tudo de longe, com uma expressão plácida no rosto, foi até o sobrinho. Ela o pegou pela mão e o levou pelo corredor, dizendo:

— Vamos cuidar desses machucados.

A CAPELA DA Villa, anexa ao casarão, ainda que não seja uma construção imponente, chama atenção por seu tamanho, podendo abrigar mais de cinquenta devotos com conforto, e pelos belíssimos afrescos que cobrem todas as paredes e o teto retratando as pregações de santo Hilário. Cadeiras foram dispostas em fileiras diante do altar e todo o templo foi decorado com braçadas e mais braçadas de rosas e magnólias brancas.

Frederico e Giovanna chegam cedo para a cerimônia que se sucederá em breve. Cumprimentam alguns parentes que vieram de longe especialmente para o evento e tomam seus lugares na primeira fila. Ele não via a prima e as crianças desde o dia do parto e, apesar das respostas vagas de Don Alfeo e Domenico a respeito da saúde do trio, quer vê-los com seus próprios olhos, afinal só um milagre pode ter poupado a vida de Jade e da menina.

Ele afaga a mão da esposa enquanto cumprimenta com acenos de cabeça a romaria de parentes que tomam seus lugares. Quando Don Gennaro adentra a capela, ambos se levantam para lhe pedir a bênção. Discretamente, Frederico busca qualquer sinal da prima e das crianças, entretanto, só muito próximo à hora marcada para o rito a porta lateral da capela, que dá para um dos corredores do casarão, se abre e por ela entram Don Alfeo, Lizbeta, Luciano e Jade. Nos braços, ela traz apenas uma criança – a mais saudável e roliça delas, Frederico logo comprova enquanto faz uma oração silenciosa para que a alma daquela pobre menininha defeituosa tenha sido recebida no Reino dos Céus.

Como manda a tradição, a prima ocupa a cadeira ao seu lado, enquanto Luciano se senta ao lado de Giovanna. Jade em nada se parece com a jovem agonizante que ele vira três meses antes. Ao contrário, ela parece mais disposta e vivaz do que nunca, como se envolvida por uma aura de exuberância. Até mesmo Luciano tem uma presença menos mortiça. Ele não usa mais a bengala, sua pele tem viço e ele está aprumado, penteado e bem-vestido. Jade os cumprimenta com um de seus adoráveis sorrisos, atraindo todas as atenções da capela. Em seu colo, o bebê veste uma touca e um longo camisolão branco que cai por seu vestido contrastando com o veludo escarlate. Esperto para um menininho tão novo, ele presta atenção em tudo ao redor e brinca com uma das mechas do cabelo que escapam da trança da mãe. Antes de se sentar, ela entrega o filho a uma das amas que a acompanham. Ela beija o rosto do primo e aperta suas mãos entre as dela.

No altar, Domenico, com sua batina carmesim, dá início à homilia. Todos se erguem para ouvi-lo, ainda que boa parte dos presentes pouco entenda as palavras proferidas em latim. Todos ali, entretanto, já conhecem o ritual desde a mais tenra infância, sabendo exatamente quando devem se levantar, ajoelhar, sentar e dizer amém.

Quando os presentes se colocam de joelhos para uma das preces entoadas por Domenico, Frederico ouve a prima sussurrar algo e se aproxima discretamente para ouvi-la melhor.

— Muito obrigada por terem aceitado nosso convite. Não poderia haver pessoas melhores para a função. E sei bem o quanto essa decisão deve ter sido difícil para você, primo.

Ambos estão com a cabeça baixa, como se concentrados em suas orações, mas Frederico não consegue evitar erguer-se rapidamente e olhar sobre a prima para a tia, sentada ao lado da jovem. Lizbeta permanece impassível, como se concentrada em suas preces, porém, por mais baixo que Jade fale, é impossível que a mãe não a ouça — e já não saiba o conteúdo daquela conversa.

— Tenho, porém, meu primo, mais um pedido a lhe fazer – Jade continua. – Considere como uma atualização da promessa que você me fez há três meses. E, sim, Rebecca sobreviveu. É esse o nome da minha filha.

Se há algo que não mudou é a forma desconcertante como a prima parece adivinhar os pensamentos alheios. Frederico sente um alívio profundo ao pensar que sua esposa não possui, graças a Deus, nada parecido com aqueles ditos dons das mulheres Manfredi.

— Fico feliz e aliviado em saber, prima. Diga-me o que você necessita de mim – ele sussurra de volta.

— Preciso que você e Giovanna façam por Rebecca o mesmo que farão pelo meu menino. – O tempo deles é escasso, de forma que Jade vai direto ao ponto. – Sei que ela terá certas... dificuldades. Mas Rebecca é uma criatura de Deus tanto quanto você e eu, tanto quanto o irmão dela.

— Eu não me oponho. Nem minha esposa. Eu lhe fiz uma promessa, não fiz? Mas seus irmãos e Don Alfeo concordaram com isso?

— Sim, tenho o consentimento do *papà* e, assim como hoje, será Domenico quem celebrará os ritos.

— E o pai da menina?

— Não se preocupe com Luciano. Ele estará lá. Mas não é só isso. Em breve, não estarei mais aqui. E dessa vez não será porque corro o risco de passar desta para melhor, mas porque vou me casar.

Frederico não consegue evitar a surpresa mesclada a um sentimento de pesar ao ouvir essas palavras. Por mais que saiba que jamais encontraria a felicidade nos braços da prima, de certa forma lhe dói saber que o tio a entregará a outro homem, alguém que muito provavelmente não a conhece e que não se importará em fazê-la feliz.

— Mas já? E com quem? – pergunta ele, um pouco mais alto do que deveria.

— Shhh... – faz Jade. – Não sei ainda quando, mas será em breve. Por isso, preciso que você prometa que, quando eu estiver longe, não deixará que nada de ruim aconteça a Rebecca. Peça para que seus homens fiquem sempre de olho. Garanta que ela seja bem tratada, alimentada e que ninguém nem mesmo ouse mencionar jogá-la naquele convento maldito. Jure, Fred, que você zelará pela minha filha como se fosse sua.

Notando o desespero e o medo na voz da prima, ele diz:

— Eu juro, Jade. Conte comigo.

— Deus lhe pague, meu primo amado. Nada que eu tenho neste mundo será suficiente para recompensar o que você está fazendo por mim. E por Rebecca. Daqui a dois dias, nesta mesma capela, às onze da noite, quando todos já tiverem se recolhido, estaremos esperando por você e Giovanna.

Frederico está prestes a indagar por mais detalhes sobre o casamento quando o badalar da sineta é ouvido, indicando que é hora de se erguerem.

Ela lhe lança um olhar cúmplice — e um tanto angustiado — antes de Domenico pronunciar o nome dele e o de Giovanna, o dela e de Luciano, requisitando sua presença no altar. A ama entrega o menino para Jade, que, sob os olhares atentos de Luciano, o passa para os braços de Giovanna assim que todos estão perante Domenico. Ali, tendo como testemunhas as imponentes imagens da Virgem Maria e do Cristo crucificado, um cardeal da Santa Sé e uma parcela considerável dos Manfredi, Frederico e sua esposa, Jade e seu irmão renunciam ao pecado, à desunião e aos ardis do demônio, e confirmam sua fé no Todo-Poderoso, em Jesus Cristo, no Espírito Santo e na Igreja Católica em nome daquela criança que atrai todos os olhares, o tão aguardado varão saudável e de sangue puro, a garantia da perpetuação da linhagem, o principal herdeiro do legado que todos ali reunidos lutam para expandir dia após dia, cada um cumprindo o papel que lhe cabe.

Giovanna retira a touca do bebê e o aproxima da cuba de mármore alvo apoiada em um pedestal. Ele parece plácido, com aqueles seus olhinhos curiosos. Entretanto, ela tem a clara impressão de que há algo mais no meio-sorriso que paira em seus pequenos lábios. Aquilo não pode ser possível, afinal aquela criança é praticamente um recém-nascido, porém ela pode jurar que há um quê de escárnio, um certo ar desafiador na expressão do bebê. Giovanna o encara e sente um calafrio.

Mais que depressa, ela desvia sua atenção para Domenico, que, com uma jarra de ouro, verte a água benta sobre a cabeça do sobrinho enquanto declara:

— Em nome do Pai, do Filho e do Espírito Santo, eu o batizo Leon Manfredi.

14

Colonnata, março de 1636

Jade olha para o homem inerte ao seu lado e sente-se em paz. O rosto vincado, as mãos manchadas, o cabelo grisalho que já rareia, chegando a desaparecer em diversos pontos, o corpo mirrado, apesar da barriga protuberante e pesada, o nariz adunco, os olhos apertados agora fechados. Foram dois meses de profunda repulsa. Agora, porém, isso não importa mais.

 Ela se sente forte como jamais havia se sentido antes. O que ainda lhe dói, contudo, é só ter sido autorizada a passar meio ano ao lado de seus bebês. Ter de deixá-los aos cuidados das servas foi um golpe duro. Leon, entretanto, é um menino robusto como um pequeno touro que, segundo os comentários pouco elogiosos de Francesca, assim como o pai, secava uma ama de leite após outra e abria estrondosos berreiros sempre que necessitava de algo ou era contrariado. Contudo, ao contrário de Luciano, desde os seus primeiros dias ele conquistara as servas com seus sorrisos fora de hora e suas gracinhas. Embora as amas de leite costumassem se queixar de que ele as sugava com muita força e avidez, causando ferimentos doloridos, as criadas que trocavam suas fraldas, o banhavam, vestiam e aninhavam eram loucas por Leon. Em suas raras visitas ao infantário, Jade flagrara até mesmo a tia rindo e brincando com o menino nos braços, algo que ela tinha certeza de que jamais acontecera com ela e o irmão. E, de qualquer forma, Leon é o precioso herdeiro de sangue puro dos Manfredi. Nada que ele fizer o tirará de seu pedestal.

É Rebecca quem tira o seu sono. Ainda que as vozes lhe sussurrassem que a filha se desenvolveria bem, continuava a ser uma criança franzina e, apesar dos bracinhos, que estendia na direção de Jade sempre que a via, e de seus olhos azuis, grandes, atentos e expressivos, como os dela, suas pernas seriam claramente inúteis. Elas continuavam pendendo de sua cintura, imóveis. Após muitos pedidos de Frederico, o primo Felipe concordou em examinar a menina e deu seu veredito: Rebecca jamais andaria, nem mesmo conseguiria se pôr de pé. Suas pernas se atrofiariam com o passar do tempo e ele aconselhou que Jade orasse com fervor para que a doença não se espalhasse para o restante do corpo. Ela prometeu a si mesma e à filha que faria o possível e o impossível para que a menina tivesse uma vida digna e, apesar de suas limitações, feliz. Porém, como ela poderia garantir isso estando tão longe? Ainda que Frederico não permitisse que a levassem para as freiras de Santa Apolônia, como era o desejo de boa parte da família, Rebecca estaria condenada a uma existência nas sombras, solitária, escondida dos olhos e das atenções dos parentes e criados, evitada como uma lembrança da maldição que geração após geração recaía sobre os Manfredi, uma prova em carne e osso de que todos os pecados cobram seu preço.

Jade precisa voltar para casa o mais rápido possível. Ela faz uma oração para que o amanhecer lhe traga o cumprimento das promessas que lhe foram feitas quando a mandaram para aquele lugar.

O PARTO HAVIA demorado e sido muito mais doloroso do que Jade poderia imaginar. Como sua mãe já a havia alertado que aconteceria, sua bolsa se rompeu enquanto tomava café da manhã com Luciano em seu quarto. Por mais que as aias, a tia e até dona Camélia os censurassem a respeito do isolamento que toda gestante devia manter antes de dar à luz, o irmão simplesmente ignorava as admoestações, que considerava antiquadas e sem sentido. Nada, ele afirmava, iria separá-lo de Jade e do filho. Como Lizbeta e Don Alfeo faziam vista grossa, não querendo nem ao menos ouvir as queixas da governanta e, principalmente, as de Francesca, e ninguém mais tinha coragem de se voltar contra as ordens de Luciano, as aias apenas colocavam mais uma xícara, um prato e talheres na mesa do café da manhã assim que percebiam que ele se encontrava entre os lençóis de sua senhora.

Os gêmeos conversavam, animados, sobre como haviam sentido os chutes vigorosos do bebê durante a noite, um sinal claro, segundo Luciano, de que um menino saudável e forte, digno do nome que ambos escolheram para ele, estava a caminho. Ter o irmão por perto naqueles dias e ver como seu rosto se iluminava sempre que falava sobre o filho enchia de alegria o coração de Jade. Ela sentiu uma leve dor, que considerou ser mais um dos chutes de Leon, e já estava prestes a pôr a mão do irmão sobre sua barriga para que ele pudesse senti-lo, como Luciano tanto gostava de fazer, quando notou algo viscoso lhe descendo pelas pernas. A pontada que acabara de sentir se transformou em uma dor lancinante. Jade deixou a xícara de chá cair sobre a mesa, derramando o conteúdo sobre a toalha branca. Inclinou-se para a frente segurando o ventre e soltando um grito intenso, que fez com que o irmão se levantasse em um pulo, logo compreendendo o que se sucedia e a conduzindo até a cama. O alarde atraiu as aias, que retornavam para os aposentos de Jade com mais lenha para a lareira e pães recém-assados para o Patrãozinho. Logo, dona Camélia, Francesca e Lizbeta surgiram em seu encalço.

Ao ver Luciano recostado na cabeceira da cama com a irmã deitada em seu peito enquanto cochichava em seu ouvido na tentativa de acalmá-la, Francesca soltou um grito enérgico para que ele se colocasse dali para fora, afinal todos sabiam que homens presentes enquanto uma mulher paria resultava em crianças amaldiçoadas e não havia espaço para mais nenhuma delas naquela família. Ignorando-a, Luciano virou-se para as aias e ordenou, em um tom enérgico, que, caso não quisessem ver uma assombração de verdade, era melhor que parassem de olhar para ele como se fosse uma alma do Outro Lado e tratassem de trazer logo uma tina de água fervente e toalhas limpas. Em um intervalo entre as contrações, Jade mirou a tia e ordenou que ela saísse do quarto. Ao ver que Francesca não arredava os pés do tablado, gritou com todas as forças que conseguiu reunir:

— Fora! Saia daqui! Não quero que meu filho nasça já sendo obrigado a ouvir as sandices dessa bruxa.

Lizbeta olhou para a irmã e, em voz baixa, pediu:

— É melhor você sair.

— Melhor assim. Não quero sujar minhas mãos nos pecados de vocês. E, está certo, que diferença fará se esse garoto estiver aqui? Esses dois não foram capazes nem mesmo de respeitar o inocente que geraram enquanto você e nosso irmão fingiam não ouvir os sons pecaminosos que continuaram a sair deste quarto até poucos dias atrás. Que Deus tenha piedade do que quer que saia desse ventre. – Francesca saiu batendo a porta atrás de si.

Lizbeta chegou a abrir a boca para gritar algo de volta, mas foi interrompida por mais um dos berros de Jade, um sinal de que uma nova contração se aproximava. Ela se sentou na cama ao lado da filha secando sua testa suada, apertando sua mão e pedindo que fosse forte, respirasse fundo e não desistisse. Enquanto isso, para total choque das aias, que havia meses eram preparadas por dona Camélia, que já tinha coordenado mais nascimentos de Manfredi do que conseguia se lembrar, Luciano assumiu o comando, dando ordens às mulheres enquanto permanecia reclinado com a irmã em seu colo, amparando-a. Em seus anos de estudo nas catacumbas, ele já havia visto o interior de corpos humanos suficientes para saber muito bem o que estava acontecendo com a irmã. E jamais se esquecera do corpo da pobre ama grávida que dissecara quando ainda era apenas um menino.

As horas se arrastavam. As pesadas cortinas cerradas faziam com que perdessem a noção do tempo, porém, pelos cálculos de Luciano, o sol esteve a pino, esmoreceu e por fim se pôs no horizonte. As contrações eram intensas, fazendo com que Jade se revirasse. Jamais sentira nada como aquilo e seu desejo era ela própria amaldiçoar todas as gerações de Manfredi que viessem a seguir. Luciano, porém, cochichava em seu ouvido, naquela língua só dos dois, sobre o quanto ela era forte, como o havia salvado das sombras mais vezes do que conseguia se recordar e que ele jamais sairia do seu lado. E, enquanto as aias se revezavam, Lizbeta e dona Camélia mantinham-se firmes ao lado da cama, segurando a mão de Jade, secando sua testa, tentando convencê-la a tomar alguns goles de Porto. A única coisa que ela aceitou, contudo, foi o conteúdo de um frasco misterioso que Luciano tirou da gaveta de uma das mesas de cabeceira. Ele sacou a rolha e levou o recipiente até os lábios da irmã, que o sorveu em um único gole e pediu por mais. Sem que Luciano precisasse nem mesmo se erguer da cama, alguns minutos depois uma ama entrou no quarto trazendo mais uma braçada daqueles frascos, que, segundo ela, foram entregues ali por um dos guardas do Patrão. A governanta e Lizbeta não sentiram necessidade de perguntar o que seria aquela bebida.

A madrugada ia alta, as contrações seguiam intensas, porém o intervalo entre elas permanecia constante. As forças de Jade começavam a se esvair e até Luciano já demonstrava sinais de cansaço e preocupação enquanto Lizbeta calculava, em silêncio, quanto tempo levaria para que o primo Felipe fosse chamado em Parma e chegasse até a Villa. O sangue sumia do rosto de Jade, que, exaurida, se perguntava se teria forças para expulsar o filho para fora do ventre. Sempre que as mulheres que a circundavam e o irmão pediam para que tentasse mais uma vez, era tomada pelo desespero. Parecia que todo o esforço era inútil e o que quer que estava dentro dela não tinha a menor intenção de sair dali.

Os gritos desesperados de Jade eram alternados por momentos de longos silêncios, nos quais parecia que a jovem estava prestes a perder de vez as forças. Ela fechava os olhos e respirava com dificuldade, reunindo disposição para empurrar um pouco mais. Parecia não haver toalhas suficientes na Villa para deter todo o suor que escorria por seu corpo. Lizbeta molhava os lábios da filha com uma toalha ensopada e fazia com que tomasse alguns goles daquela bebida misteriosa, certamente saída das catacumbas, para que lhe desse, se não ânimo, qualquer força que fizesse com que sobrevivesse àquele martírio.

Ao perceber que a cada contração de Jade ela empalidecia mais e seus lábios começavam a ser tingidos por um tom arroxeado, Luciano se levantou com cuidado, pedindo que a mãe e a governanta amparassem a irmã, e sentou-se na outra extremidade da cama. Ele acariciou por um longo momento o ventre da irmã, de olhos fechados, como quem fazia uma prece. As contrações, até então ritmadas, cessaram por um momento que pareceu uma eternidade. Jade recostou-se na cabeceira e resfolegava de forma quase inaudível. Lizbeta e dona Camélia se entreolharam, porém permaneceram segurando as mãos de Jade, à espera.

De repente, uma nova contração surge com toda a intensidade. Jade solta um uivo doído e morde com toda a força o pano que a mãe mantém junto a seus lábios. As duas outras mulheres olham para o seu ventre, que parece se retorcer como se a criança estivesse se revirando dentro da mãe, sendo arrancada à força, de dentro para fora.

Afastando as amas posicionadas aos pés da cama, Luciano se agachou no estrado e disse à irmã para que só ela entendesse:

— Aguente firme, *sore*. Já está acabando.

Apesar de não estar mais fazendo força, Jade sente como se a criança fosse puxada com toda a força de suas entranhas.

A dor que sentiu foi ainda pior que a das contrações, porém, dessa vez, ela não tinha mais energia para gritar. Simplesmente fechou os olhos e chorou, sua mente oscilando entre o brilho das velas que iluminavam o quarto e uma escuridão silenciosa, tentadora, que parecia ser a única coisa capaz de aliviar todo aquele sofrimento.

O som estridente do choro do bebê fez com que Jade abrisse os olhos. Ao longe, ouviu a voz exultante de Luciano:

— É um menino. Nós temos um filho, *sore*.

Jade vislumbrou o rosto repleto de lágrimas do irmão, que havia se levantado e, com as mãos ensanguentadas, colocou o bebê, que ainda berrava a plenos pulmões, socando e chutando o ar, em seu colo. Tudo que Jade sentiu foi uma sensação de alívio profundo por aquela tortura ter chegado ao fim. Ela aninhou o filho em seus braços, sorrindo para Luciano e a mãe quando sentiu mais uma contração. Desesperada, entregou o filho para o irmão e tentou gritar. O que saiu de sua garganta, porém, foi mais um grunhido aflito, desalentado. Indo para o outro lado do tablado, dona Camélia aproximou-se de Jade e olhou para Lizbeta, alarmada:

— É melhor a senhora vir aqui.

Havia outra criança. Outra cabeça começava a coroar. Lizbeta olhou para Jade. Amparada pelo irmão, ela estava ainda mais pálida e, apesar do suor que fazia com que a camisola grudasse em seu corpo, reclamava que sentia frio. Imediatamente, lembrou-se da mãe, de sua aparência quando entrou no quarto onde ela padecia, e sentiu os olhos úmidos. A cena que se desdobrava ali — o sangue que empapava os lençóis e pingava no chão, o ar pesaroso e a mulher que se esvaía sobre a cama — era exatamente a mesma. Em desespero, ela tirou a criança dos braços de Luciano e sussurrou com urgência em seu ouvido:

— Seja lá que diabos você sabe fazer, faça o que for preciso para que a minha filha não morra.

Luciano apenas assentiu e, beijando a testa gelada da irmã, retomou seu posto ao pé da cama.

A mente de Jade era constantemente tragada para aquela escuridão plácida, porém logo era trazida de volta pela dor de uma nova contração. Felizmente, eram bem mais leves que as anteriores. Ela também não tinha mais forças para expulsar aquela nova criança. Sem controle do próprio corpo, apenas se entregou às vontades da natureza. Fechou os olhos e ficou à espera daquela dor lancinante mais uma vez, que lhe dava a impressão de que suas entranhas eram maceradas. Contudo, simplesmente percebeu que algo escorregava para fora dela. Aquela criança era tão menor que Jade não sentiu nenhuma dor e só se deu conta de que havia terminado quando ouviu um novo choro, dessa vez suave, como se não quisesse ferir os ânimos exaustos ali reunidos.

Houve um momento de silêncio enquanto Luciano e dona Camélia trocaram um olhar. Lizbeta afagou os cabelos da filha e se juntou a eles. Percebendo que algo de incomum acontecia e ainda ouvindo o choro da criança, Jade fez um esforço para se apoiar sobre os braços e conferir o que se sucedia aos seus pés. Viu a governanta e a mãe contemplando o pequeno pacote envolto em uma manta suja. Nenhum deles falava nada, mas tinham uma expressão desgostosa no rosto. Esforçando-se para que sua voz saísse audível, ela declarou:

— Deixem-me ver o meu bebê.

Os três hesitaram. Ela soltou um suspiro profundo e insistiu:

— Quero ver a minha criança.

Ignorando o olhar de repreensão de Lizbeta, Luciano foi até ela e lhe mostrou o bebê. Era um serzinho mirrado, esquelético e que respirava com dificuldade. Jade o pegou nos braços e, assim que o aninhou, a criança abriu os olhos e imediatamente parou de chorar, fixando os olhos nos da mãe. Jade abriu a manta e comprovou que se tratava de uma menininha. Seu olhar foi para as pernas da recém-nascida e ela se alarmou com sua aparência deformada. Cobriu a filha e, apesar da dor que massacrava todo o seu corpo, disse para o irmão:

— Temos também uma menina, *frate*.

Luciano assentiu e, ainda com os olhos marejados, beijou a irmã de leve nos lábios, postando-se ao seu lado. As aias trocaram os lençóis e limparam Jade sem que ela precisasse se levantar enquanto Leon era banhado pela ama. Ele foi colocado na grande cama junto à mãe. A mulher fez menção de pegar a menina para que também fosse limpa, mas Jade não permitiu que a retirassem de seus braços. A criada lançou um olhar para Luciano, à espera de uma autorização, mas ele apenas fez um sinal para que ela se afastasse. Leon dormia enquanto o pai acarinhava sua fronte, encantado, como se tentasse se convencer de que havia acabado de colocar um filho e, mais do que isso, um herdeiro Manfredi no mundo. Jade, por sua vez, se esforçava para fixar os olhos nos da filha pois tinha certeza que eram eles quem ainda a mantinham presa àquele quarto, impedindo-a de mergulhar na escuridão. Tinha certeza de que a menina também fazia o mesmo.

Sem que Jade se desse conta, Don Alfeo, quebrando mais uma vez todos os protocolos, entrou no aposento para ver sua *principessa*. A jovem só reparou na presença do pai quando ele se aproximou da cama e lhe beijou a testa. Ele tinha uma expressão desconsolada e ela imaginava o quanto toda a dor que sentia devia reverberar em sua aparência. Alfeo lançou um olhar triste para a menina em seus braços e voltou-se para Leon. Seu rosto imediatamente se iluminou. Ele parabenizou Luciano com um abraço e pegou o neto no colo pela primeira vez.

Naquele momento, Jade compreendeu que, caso fosse por fim tragada por aquela escuridão, sua filha estaria em apuros. Ela já ouvira histórias suficientes de crianças Manfredi com problemas semelhantes aos de sua menina que haviam sido escondidas para sempre naquele convento que, segundo a tia, era uma verdadeira visão do inferno. Sentiu uma pontada no coração ao pensar que esse provavelmente seria o destino daquela criança que lutava pela vida junto ao seu peito caso algo lhe acontecesse.

De súbito, uma luz se acendeu na mente de Jade. Ela olhou ao redor, mas a única pessoa que tinha certeza de que podia ajudá-la não estava ali. Logo, porém, as vozes lhe sussurraram o que ela precisava saber. Estendeu um dos braços, surpresa pelo esforço que o gesto demandou, e chamou dona Camélia, que estava ao lado da cama, mirando-a com preocupação. Ela sussurrou para a governanta:

— O primo Frederico está nas casernas. Chame-o. Agora.

Os dias que se seguiram ao nascimento de Leon e Rebecca foram um borrão para Jade. Ela passou a maior parte do tempo mergulhada na escuridão e, em seus poucos momentos de consciência, viu Lizbeta, dona Camélia e até mesmo Francesca à beira da cama, e a primeira coisa que fazia ao despertar era procurar por Rebecca. Ela se desesperava quando alguma das amas a levava para ser alimentada ou ter a fralda trocada e só sossegava quando a menina era colocada novamente em seus braços. Ela sentiu Luciano junto a seu corpo febril em diversos momentos, mas era frequente que mergulhasse em um sono repleto de pesadelos e delírios, de forma que a presença do irmão ali parecia ser feita da mesma matéria dos sonhos.

À medida que os dias passavam, mais fraca ela se tornava e por mais tempo ficava perdida na escuridão. Suas únicas lembranças claras eram de contemplar os olhos de Rebecca até cair novamente no sono. Ela não sabia mais distinguir a realidade dos sonhos ruins. Lembrava de ter tido pesadelos muito nítidos com catacumbas, hordas de seres espectrais com rostos monstruosos, e pareceu flutuar sobre seu próprio corpo estendido sobre um túmulo como se estivesse morta. Sentiu que havia sido totalmente tragada pela escuridão, que causava uma sensação esponjosa e ao mesmo tempo aconchegante contra sua pele. Se não fosse pelas vozes retumbantes que reverberavam em seus ouvidos, seria confortável ficar ali. Porém, vislumbres do irmão a traziam de volta à superfície. Às vezes, tinha a impressão de que ele estava tão próximo que seria capaz de tocá-lo, mas logo em seguida Luciano parecia estar a léguas de distância. Recordou-se do olhar de desespero da mãe quando se deu conta de que as coisas começaram a dar errado no parto. De dona Camélia, que sempre tratara a ela e ao irmão como seus próprios filhos, protegendo-os da tia e de tudo que acreditava que pudesse lhes fazer mal. E, por fim, Jade pensou em Rebecca, sua menininha de olhos azuis como os seus que tanto precisaria dela.

Então, de repente, tudo ficou em silêncio. Apesar de estar com os olhos fechados, vislumbrou uma luz branca, intensa, que parecia capaz de cegá-la. Ela os abriu apenas para se dar conta de que estava em outro sonho, cercada de pessoas cobertas com mantos negros que entoavam um cântico sinistro que ela não conseguia compreender. Algumas das vozes lhe eram bastante familiares, mas era difícil distingui-las com clareza. O lugar era gelado e possuía um odor putrefato que revirou seu estômago. Uma das figuras vestidas de preto se aproximou do local onde ela estava deitada e afagou seus cabelos. O rosto de todos eles estava coberto por um capuz, mas do ângulo no qual se encontrava ela era capaz de ver os lábios do ser que estava mais próximo a ela, que a acariciava, se retorcerem numa espécie de sorriso. Nesse momento, soltou um grito ao se dar conta de que aqueles lábios eram iguais aos seus.

Quando Jade abriu os olhos, temeu estar saindo de um pesadelo para entrar em outro. Porém, olhou ao redor e reconheceu seu próprio quarto. As cortinas estavam levemente abertas e uma luz tênue entrava por uma fresta. Pensou em se erguer um pouco para enxergar melhor o cômodo e já se preparou para a dor que o esforço causaria. Contudo, ao apoiar os braços sobre a cama, ela se ergueu com leveza e sem a menor dificuldade, como fazia antes que sua barriga começasse a pesar durante a gravidez. Foi quando se deu conta de que respirava com naturalidade, não sentia mais aquele frio terrível, e as dores que tomavam conta de todo o seu corpo haviam desaparecido como em um passe de mágica.

Ela vestia uma camisola limpa, o quarto fora arejado e recendia às flores frescas que preenchiam os vasos. Seus cabelos compridos haviam sido desembaraçados e escovados. Luciano estava sentado ao pé da cama com um de seus raros sorrisos, que reservava apenas para ela. Sua pele estava viçosa como jamais vira, o cabelo brilhava ao ser atingido pelos raios de sol e não havia nenhum sinal da bengala. Ao seu lado, de pé, estava Alfeo. Ele tinha uma das mãos sobre as espáduas do filho e uma expressão afável no rosto.

— Minha *principessa*, bem-vinda de volta ao mundo dos vivos.

Imediatamente, Jade olhou para ambos os lados da cama, em busca de Rebecca. Como não a viu, as primeiras palavras que saíram de sua boca, em um tom vigoroso que surpreendeu até a si própria, foram:

— Onde está minha filha?

Luciano afagou os pés da irmã.

— Não se preocupe, *sore*. Ambos os nossos filhos estão bem. Em breve as amas irão trazê-los, mas, antes, precisamos conversar.

— Como você está se sentindo, *principessa*? — Alfeo se aproximou da cama e pegou a mão da filha.

Jade demorou alguns segundos para responder.

— Eu me sinto... confusa. Não há mais aquelas dores terríveis, o que é ótimo, mas, por outro lado... tive sonhos horrendos, que pareceram tão reais... Por quanto tempo eu dormi?

— Cinco dias – respondeu Luciano. – É um grande alívio saber que se sente melhor. Você quase foi para o Outro Lado, *sore*. Você teria ido, na verdade, se não tivéssemos intervindo a tempo.

— Como... o que você quer dizer com isso, Luci?

Enquanto brincava com os dedos da irmã, Luciano lhe explicou sem meias-palavras sobre a natureza de seus estudos nas catacumbas, suas viagens pelos planos, sua proximidade com as almas antigas e a proposta irrecusável que elas lhe fizeram. Jade por fim compreendeu com exatidão a causa da doença misteriosa do irmão e o motivo pelo qual Alfeo parecia tão jovial e disposto nos últimos meses. Ela o ouviu sem fazer perguntas. Embora não soubesse dos detalhes do que acontecia com Luciano desde que eles deixaram o infantário, tinha uma vaga ideia de que ele, o pai e todos aqueles parentes sombrios que de tempos em tempos visitavam a Villa estavam envolvidos em negócios mais do que proibidos, que, por tudo que ela conseguia entender das missas dominicais, eram dignos da danação eterna. Nada daquilo a chocou. Convivia com Luciano desde antes de se entender por gente, já estava mais do que acostumada com coisas que não pertenciam a este mundo. E ela própria ouvia aquelas vozes como que vindas do além, que lhe contavam segredos. Finalmente, ela também entendeu por que o pai devotou com tanto fervor seu primogênito para que galgasse os degraus mais altos na hierarquia da Igreja.

— Após o nascimento dos nossos filhos, *sore*, todos nós ficamos muito apreensivos – Luciano continuou. – Foi um parto bem mais difícil do que imaginávamos. O nascimento de gêmeos já é arriscado por si só e Leon, um menino que poderia ser considerado grande até mesmo se houvesse sido o único bebê em seu ventre, exigiu demais do seu corpo. Você ficou várias horas tendo contrações intensas e, quando a segunda criança surgiu, isso reivindicou mais do seu organismo do que ele poderia suportar. Você aguentou tudo isso com muita coragem, foi incrível tudo que você fez pelos nossos meninos, mas as horas se passaram e você ficava cada vez mais fraca. Você dormia durante a maior parte do tempo e quando estava acordada delirava. Sabíamos que você não teria tanto tempo, e perdê-la, meu amor, simplesmente não era uma possibilidade.

Jade sabia muito bem aonde Luciano queria chegar. Seus pesadelos, ela agora sabia, haviam sido bem mais do que meros sonhos ruins. Mesmo assim, ela precisava ter certeza. Tudo aquilo lhe era estranhamente familiar, embora não conseguisse evitar uma sensação sinistra, pesarosa, como se uma parte importante de quem era até então houvesse se perdido para sempre.

— Então quer dizer que você fez comigo... o mesmo que fez com o *papà*? – ela perguntou.

— Sim, *principessa* – Alfeo respondeu pelo filho. – Foi necessário. Graças a seu irmão, você está novamente conosco.

Ela olhou Luciano de cima a baixo.

— Mas você está bem. Nem está mais usando a bengala. Isso quer dizer que você aprendeu como fazer essas coisas sem se prejudicar? Eu jamais me perdoaria se você sofresse algum mal por minha causa. – Jade olhou de relance para o pai e voltou sua atenção novamente para Luciano.

Alfeo contemplou a filha com uma expressão pesarosa.

— Sim, estou me sentindo melhor do que nunca – garantiu Luciano. – E posso dizer que você tem razão. Creio que por fim eu tenha, se não dominado totalmente, conseguido assumir um certo controle do processo. Porém, isso também tem uma explicação. Nossos espíritos aliados já haviam me alertado que esse ritual requer muito do corpo físico daquele que serve como elo entre os dois mundos. Eu poderia correr riscos ainda piores se tentasse repeti-lo com meu corpo humanamente fraco, sem que a minha alma fosse encomendada e recebesse as dádivas de nossos aliados espirituais. Por isso, assim que você caiu em um sono profundo na noite em que nossos filhos nasceram, decidi ir até as catacumbas e visitar os Antigos. Fizemos um acordo e, na manhã seguinte, com a ajuda do *papà* e com o maior número de parentes Predestinados que conseguimos reunir em um intervalo tão curto, encomendei minha própria alma. Confesso que não foi um processo fácil, mas nada comparado à primeira vez. E retornei para um corpo infinitamente mais forte, capaz de suportar toda a energia espiritual desprendida durante o ritual. Porém, eu tenho certeza de que o que me deu forças foi o pensamento de que eu precisaria resistir por você. E por nossos filhos. Eu tinha que estar inteiro para manter você aqui, *sore*. Quando o rito terminou, eu me sentia exausto e muito disperso com todas as mudanças que sentia em meu corpo e na maneira como o mundo se mostrava diante de mim. Você logo saberá exatamente o que quero dizer. Os espíritos recomendaram que eu aguardasse mais alguns dias até que sua alma fosse encomendada. Eles me prometeram que você suportaria. E também queríamos garantir que haveria um número maior de Predestinados presentes para diminuir ao máximo os riscos de que algo desse errado. Não tive muita escolha a não ser esperar, porém aqueles foram os piores dias da minha vida. Mas você é uma mulher muito forte, meu amor. Jamais duvidei disso. Você estava bastante debilitada, todos temeram que não suportasse o processo, mas eu tinha certeza de que você seria extraordinária, como sempre foi. E agora eis você, mais linda do que nunca. Sei que são muitas informações depois de tantos acontecimentos intensos. Você precisará de um tempo para assimilar tudo isso, mas tempo é algo que a partir de agora jamais nos faltará.

Jade sentou-se na cama e aproximou-se de Luciano.

— E você, como está se sentindo depois de todo esse esforço?

— Ainda sinto um certo cansaço, é verdade, mas faz menos de vinte e quatro horas que a sua alma foi encomendada para o Outro Lado. Além disso, houve todo o esforço do meu próprio ritual, que agora vejo que, apesar de o meu corpo ter se tornado bem mais vigoroso, me cobrou uma grande dose de energia. E ainda houve toda a intensidade dos últimos dias. Porém sei que logo estarei novo em folha. Mas não se preocupe comigo. Concentre-se em absorver todas essas mudanças, em descansar e aproveitar a companhia dos nossos filhos.

— Seu irmão tem razão – completou Alfeo. – Aproveite este tempo para ficar com as crianças, pois em breve a família precisará de você.

Luciano lançou um olhar aflito para o pai, como que implorando para que ele se calasse. Aquelas palavras, entretanto, causaram um pressentimento ruim em Jade que fez com que se sentisse definitivamente desperta.

— O que é?

— Não precisamos falar sobre isso agora – disse Luciano. – Descanse para que mais tarde as amas tragam Leon e Rebecca para que você os veja.

A menção à filha fez com que Jade se sentisse ainda mais ávida por saber quais planos Alfeo tinha para ela.

— Se há algo reservado para mim, tenho o direito de saber. Essa demora só tornará o que quer que seja pior.

— Jade, por favor... – o irmão insistiu.

— Talvez seja mesmo melhor que ela saiba logo de tudo. – Alfeo encarou Jade. – Assim, você poderá começar a se preparar o quanto antes.

Luciano se levantou da cama e foi até a janela. Contemplou o jardim lá embaixo, banhado pelo sol intenso do auge do verão, parecendo se perder, como lhe era habitual, no mundo que só ele era capaz de vislumbrar.

Alfeo aproximou a cadeira em que estava sentado da cama de Jade e pegou sua mão.

— Filha, sei que hoje está sendo um dia repleto de revelações difíceis. Porém, você em breve verá que, por mais que pareça algo árduo e doloroso agora, diante das dádivas que nós três aqui reunidos neste quarto recebemos isso não significará absolutamente nada. E você já é uma mulher, Jade. E das mais fortes que conheço. Eu, sua mãe, seus irmãos e todos os Manfredi estamos muito orgulhosos de você. E tenho certeza de que você vai não apenas compreender a importância desse seu novo papel para o nosso futuro como irá desempenhá-lo com perfeição.

Jade olhou na direção do irmão em busca de algum apoio, algum olhar que confirmasse as promessas de Alfeo e lhe garantisse que tudo ficaria bem. Luciano, contudo, permaneceu de costas, mirando o jardim, mais uma vez perdido em seu próprio mundo.

— *Principessa* — Alfeo atraiu novamente sua atenção –, escolhemos um marido para você. Mas não se preocupe. Seu casamento não durará muito tempo.

Todos esperavam desde que Jade era apenas uma criança que seu casamento fosse um evento repleto de pompa e circunstância. Nada, porém, poderia ser mais diferente do que aconteceria de fato. A peste começava a avançar em Parma depois de dizimar diversas regiões vizinhas. Como um serviço à cidade que havia gerações chamavam de lar e mais um favor a seu bom amigo, o duque Farnese, os homens dos Manfredi se encarregaram da perigosa e funesta tarefa de recolher os corpos contaminados e dar-lhes um sepultamento cristão em La Villetta. Assim, nem Parma nem a Villa eram considerados locais salubres para abrigar uma festa. Além disso, comemorações de qualquer natureza seriam totalmente inapropriadas.

Na Villa, comentou-se apenas que a Senhorinha iria para o Sul para se casar com um viúvo muito rico, que a trataria como uma verdadeira rainha. Jade, porém, sentia como se estivesse indo para o cadafalso. Tudo que ela sabia sobre o homem que se tornaria seu marido era que ele era mais velho que seu pai, dono da mais lucrativa jazida de mármore da Europa e senhor de mais uma região que interessava aos franceses por sua localização para a defesa do seu território contra as tropas de Fernando III da Áustria.

Nos dias que se seguiram ao nascimento dos filhos e à encomendação de sua alma e a da alma da irmã, Luciano manteve-se afastado, atarefado com suas atribuições nas catacumbas, que se tornavam crescentes com a potencialização de suas habilidades e, Jade desconfiava, com as dezenas de cadáveres que chegavam todos os dias ao cemitério, dizimados pela peste. Esse pensamento revirava suas entranhas e ela o evitava com todas as forças. Ela, por sua vez, estava muito ocupada e encantada com Rebecca para ocupar sua mente por muito tempo com o que quer que Luciano estivesse fazendo em La Villetta. Ela levou o berço da menina para o seu quarto, dispensou as amas de leite e, ainda que fosse auxiliada por algumas servas, ela mesma se encarregava de alimentar, banhar, vestir e trocar as fraldas da filha. Rebecca lutava bravamente para se manter viva e, apesar de todas as dificuldades que enfrentava desde tão jovem, era uma criança doce, tranquila e tinha uma ligação profunda com a mãe. Jade sabia se a menina tinha fome, estava com cólicas ou com sono apenas pelo jeito com o qual ela a olhava. Rebecca preenchia seus dias e monopolizava sua atenção.

Nas primeiras semanas, Luciano ainda aparecia vez ou outra nos aposentos da irmã para conferir como ela e a filha estavam, porém, ao se dar conta da frieza de Jade, que se recusava até mesmo a olhar para ele, essas visitas cessaram. Com o passar dos dias, porém, ela se deu conta de que aquilo que mais a entristecia era o descaso de Luciano em relação à filha — pois ela sabia pelas amas que o irmão passava no infantário diariamente, em muitas ocasiões quando já era madrugada, para ver Leon. Jade tinha cada vez mais certeza de que Rebecca precisaria dela como ninguém mais até então havia necessitado e, já que elas teriam que ficar sabe-se lá por quanto tempo separadas, ela moveria montanhas para garantir que a menina sobrevivesse até que pudesse retornar para assumir novamente seus cuidados.

Quando Alfeo definiu a data em que a filha seria enviada para Colonnata, o vilarejo onde vivia seu noivo, Lizbeta ordenou que a filha a visitasse todas as tardes em sua sala de estar, como quando era uma menina. A portas fechadas, ela explicou a Jade o que seu noivo esperava dela — e o que os Manfredi precisavam que fizesse. Jade ouviu tudo em silêncio, como era usual. Apesar de não gostar nada da pessoa em que sua família a transformava, se esse era o preço para retornar para sua filha, faria tudo que lhe pedissem sem questionamentos.

Na calada da noite, Jade acompanhava Lizbeta pelas gélidas despensas subterrâneas. Lá, em um cômodo escondido entre os corredores labirínticos, a mãe lhe ensinou como misturar discretamente algumas pitadas de folhas maceradas ao chá ou ao Porto do marido, ou fosse lá o que ele tomasse após o jantar, para que não a perturbasse após a noite de núpcias — ocasião em que ela devia manter uma morcela por perto. Era um truque simplório e pouco elegante, mas raramente falhava. Ela insistiu que Jade mantivesse sempre em um lugar seguro e muito bem escondido os sacos com a mistura de ervas que ela levaria para Colonnata e que jamais esquecesse de misturá-la à bebida noturna do marido. Aquilo a ajudaria a retornar para casa mais depressa.

Na última noite que passou na Villa, quando todo o enxoval já estava guardado em baús prontos para serem colocados nas várias carruagens que levariam sua comitiva para o Norte, Jade velava o sono de Rebecca em seu berço quando ouviu a porta que separava seus aposentos dos do irmão se abrir. Ela nem mesmo ergueu a cabeça, mas viu de relance que ele ainda vestia o manto negro que, agora Jade sabia, era utilizado apenas pelos Manfredi que tomavam parte nos rituais realizados nas catacumbas. O cheiro da morte estava entranhado em seus cabelos, na sua pele, em cada poro do seu corpo.

Ele se aproximou do berço e contemplou a filha por um breve momento. Jade continuou a mirar Rebecca, segurando todo o ressentimento que carregava dentro de si. Luciano não tinha cumprido nenhuma de suas promessas. Em breve, ela estaria, pela primeira vez, totalmente só, rumando para o desconhecido. E ele nada havia feito.

Luciano fez um sinal para que as amas e aias se retirassem e afagou os cabelos soltos da irmã, olhando no fundo de seus olhos azuis enquanto as lágrimas escorriam sem reservas por seu rosto.

— Jamais duvide da minha palavra – ele sussurrou. – Será rápido, acredite em mim e em tudo que a *mamma* lhe ensinou. Você sempre foi esperta, Jade. Bem mais esperta do que eu para tantas coisas. E você nunca sentiu medo. Somos adultos agora. Temos nossos filhos para zelar, nossos deveres para com nossa família. Nem sempre podemos fazer valer a nossa vontade, infelizmente. Mas será rápido, você sabe disso tão bem quanto eu. E saiba que, não importa quanto tempo levar ou o que acontecer, eu estarei aqui esperando por você. Sempre.

Jade se manteve em silêncio, contudo, para sua ira, as lágrimas também escaparam dos seus olhos. Luciano não merecia nada além de sua indiferença, porém, por mais que se sentisse ferida, por mais que seu desejo fosse surrá-lo até que ele lhe desse as respostas sórdidas que ela já conhecia, sabia que isso seria inútil. Era nos braços do irmão que se sentia em casa e era impossível contemplá-lo sem se aconchegar neles uma última vez antes de partir.

Sem pronunciar mais nenhuma palavra, ele a conduziu até a cama. Eles se amaram devagar, em silêncio.

Nenhum dos dois saberia determinar quantas horas se passaram até que Luciano por fim desabou ao lado de Jade. Ele a envolveu como fazia desde que conseguiam se recordar e permaneceu observando-a, como se quisesse apreender todos os detalhes, todas as sutis diferenças que faziam deles seres diversos. Aninhando-a, Luciano aspirou o perfume de seus cabelos. Quando ela estava prestes a cair no sono, ele beijou seus lábios e disse:

— Jamais se esqueça do quanto eu amo você, *sore*.

Quando Jade acordou na manhã seguinte, Luciano não estava mais lá. No travesseiro antes ocupado pelo irmão, entretanto, ela encontrou uma pulseira de ouro com diversos pingentes. Ela a colocou no pulso, tomou seu café da manhã e foi vestida com Rebecca nos braços, só se separando da filha quando se viu obrigada a embarcar na carruagem. Quando por fim conseguiu conter os soluços de seu pranto por um breve intervalo, estudou a joia com mais calma. Havia medalhas com inscrições que ela não era capaz de decifrar, pequenos camafeus delicados e uma diminuta esfera dourada. Ao observá-la de perto, percebeu uma espécie de fecho discreto, que ficava junto à sua pele. Ela o pressionou levemente e a esfera se abriu, revelando um interior oco. O lugar perfeito para ocultar as ervas que a levariam de volta para sua filha.

Dos Manfredi, apenas o pai e o tio acompanharam Jade até Colonnata para testemunhar seu casamento. Ainda que a peste não houvesse chegado ao vilarejo, já havia ceifado muitas vidas na vizinha Carrara e dizia-se que era só uma questão de tempo até que seus efeitos devastadores também atingissem os cidadãos de Colonnata. Assim, ainda que a cidade tivesse parado para ver a comitiva da noiva cruzar os portões do palacete dos Rossi, os senhores das redondezas, a cerimônia foi discreta, reservada apenas à família mais próxima.

Jade foi mantida por um dia inteiro em um quarto grande, com uma bela vista, porém mobiliado de forma austera, que em nada lembrava a Villa Manfredi. As paredes eram nuas e não havia um único espelho. O chão de mármore era belo, porém gélido. Os móveis eram simples, rústicos, meramente funcionais. Ela ficou apenas na companhia de suas amas, rezando para que o noivo fosse ao menos um homem gentil.

Na manhã seguinte, ela acordou com o estômago revirado, e o desjejum simples, composto apenas de um pão com aparência endurecida, uma manteiga rançosa e laranjas pequenas e que não exalavam nenhum perfume, em nada ajudou. Enquanto era vestida pelas aias, as lágrimas escorriam por seu rosto. Mais tarde, as jovens comentaram entre elas que mais parecia que sua jovem senhora se preparava para um funeral.

Quando o sol já ia alto naquela manhã, Alfeo bateu na porta do quarto da filha para buscá-la. Ele lhe deu um beijo terno na testa e sussurrou em seus ouvidos:

— Mais do que nunca você é a minha *principessa*. Você nunca esteve tão bela, Jade. E lembre-se: sempre seremos sua família. É por nós e por seus filhos que você está fazendo esse sacrifício. Não durará muito. Basta seguir as recomendações de sua mãe.

Jade manteve-se em silêncio e seguiu pelo corredor escuro sem olhar para o pai.

Ela atravessou a capela, revestida com o mármore mais branco que já vira, de braços dados com Alfeo, usando um vestido rosa-claro simples, sem pedrarias, porém com bordados intrincados no peitilho, nos punhos e na cauda, à altura da riqueza de sua família.

Ao se deparar com o homem que a esperava no altar, ela baixou os olhos, fixando-os no rejunte quase imperceptível entre dois blocos de pedra. O viúvo Rossi era pelo menos uma década mais velho que Alfeo e sua aparência lhe pareceu repulsiva. Ele estendeu a mão vincada na sua direção. Ela hesitou por um momento e, após receber um olhar do pai, por fim a tomou.

A cerimônia foi rápida. Em seguida, um almoço foi servido. Um porco inteiro foi colocado sobre a mesa, acompanhado por batatas e cenouras. Em nada lembrava os banquetes coloridos e repletos de opções de pratos apetitosos servidos na Villa. Os legumes eram untuosos, a carne rígida. Porém, nem se a refeição houvesse sido preparada pelas mãos hábeis de sua querida dona Camélia Jade teria sido capaz de comer mais do que algumas garfadas.

O viúvo passou quase toda a refeição conversando em voz baixa com Alfeo e Gennaro, lançando de tempos em tempos sorrisinhos nauseantes para a jovem noiva sentada ao seu lado, que passava pelo escrutínio silencioso de seus três filhos e respectivas esposas. Jade calculou que todos eles deviam ser alguns anos mais velhos que Domenico e eram bem parecidos com o pai: baixos, franzinos e com poucos atrativos. Quanto às moças, embora uma delas pudesse até ser considerada vistosa se não fosse pela pele rançosa e pelo corpo excessivamente roliço, tinham feições grosseiras, os cabelos lanzudos e sem brilho. Mesmo que parecessem estar vestindo suas melhores roupas, os tecidos eram grosseiros e a modelagem simples, mais parecendo as vestes dominicais de camponesas do que as de esposas de burgueses.

Quando a sobremesa foi servida — frutas pequenas e descarnadas acompanhadas por biscoitos de amêndoa ressequidos —, Jade começou a temer o momento em que ficaria a sós com o viúvo. Quando ele lhe lançou mais um de seus olhares repugnantes, Jade sorriu de volta e encheu a taça dele com vinho. A esfera em sua pulseira já estava aberta, ocultada pelo copo, e com um leve movimento de seu punho, as ervas maceradas se mesclaram ao líquido, tornando-se imperceptíveis.

Conforme Lizbeta havia prometido, a poção teve um efeito rápido. Menos de vinte minutos depois de realizar um brinde com o novo sogro, o viúvo se queixou de cansaço, alegando, jocoso, que infelizmente não gozava da mesma juventude que sua bela noiva e pediu licença para se retirar aos seus aposentos. Ele parou atrás de Jade e tocou seu ombro com delicadeza, indicando que ela devia acompanhá-lo. Jade baixou a cabeça por um breve momento, respirou e ergueu-a novamente com um sorriso doce nos lábios. De braços dados com o marido, lançou um último olhar para Alfeo e acompanhou o viúvo pelas escadas.

Eles caminharam pelo corredor largo e gelado. O único som era o de seus passos sobre o mármore. Ao chegarem ao final, para alívio de Jade, o viúvo abriu a última porta à direita, onde ela havia dormido na noite anterior, dizendo:

— Estou muito cansado, minha criança. Hoje foi um dia intenso demais para um homem da minha idade. Rogo para que você tenha uma boa noite e que seus aposentos estejam à altura da filha de Don Alfeo Manfredi. Irei descansar agora e conversamos melhor amanhã.

Jade apenas assentiu, ainda com um sorriso inocente nos lábios, e o viúvo se despediu beijando sua testa antes de se virar e desaparecer atrás da porta diante da dela.

As aias tiraram seu vestido e a cobriram com uma camisola nova, ajudando-a a se acomodar na cama estreita. O colchão era feito de uma palha desconfortável, que esporeava sua pele. As paredes eram cobertas pelo mesmo mármore alvo do restante da casa. Ainda que fosse belo, deixava o quarto tão gelado que nem mesmo a lareira de um tamanho aceitável, porém consideravelmente menor que a de seu quarto em Parma, era capaz de aquecê-lo por inteiro. Mas Jade não se importou. O simples fato de que dormiria apenas na companhia de suas aias já era o suficiente para que fosse capaz de pregar os olhos nem que fosse por algumas horas.

Na manhã seguinte, nenhum lençol foi estendido na janela do quarto onde os noivos deveriam ter passado suas núpcias. Em circunstâncias comuns, essa ausência seria encarada com desconfiança por ambas as famílias. Entretanto, levando em conta a idade avançada do noivo e o recato demonstrado pela noiva, os Rossi fizeram vista grossa. Isso, entretanto, obrigou que Alfeo e Gennaro permanecessem em Colonnata até que a união fosse consumada e, assim, validada. Nos dias que se sucederam, Jade passava a maior parte do tempo em seu quarto, na companhia das aias, enquanto Rossi e seus filhos acompanhavam Alfeo e Gennaro em cavalgadas pelas propriedades da família ou permaneciam a portas fechadas no gabinete do viúvo. Naqueles dias, ela não recebeu uma única visita das outras mulheres da casa e agradeceu por isso. Ao cair da noite, todos se reuniam na sala de jantar do palacete, onde refeições ainda menos apetitosas que as do dia do casamento eram servidas. Jade percebia que até mesmo Alfeo, que parecia ter um apetite ainda mais voraz após a encomendação de sua alma, mal encostava na comida. No entanto, demonstrando ser uma esposa bem treinada para a função, Jade permanecia em silêncio, com um sorriso discreto nos lábios e sempre atenta, enchendo o copo do marido sempre que se encontrava vazio. Os olhares dos enteados e das noras continuavam fixos em todos os seus gestos, de forma que tinha que tomar todo o cuidado ao despejar as ervas na taça do viúvo. Contudo, a pulseira que Luciano lhe dera, com seu dispositivo discreto e eficaz, era de grande ajuda.

Essa rotina se seguiu por uma semana, com Jade respirando aliviada sempre que o marido, desculpando-se pelo cansaço ou alegando não estar muito bem-disposto, se despedia dela na porta de seus aposentos. No oitavo dia, porém, Alfeo bateu à sua porta no meio da tarde, após ter recomendado que o viúvo tirasse um cochilo para que estivesse em boa forma na hora do jantar. Ele ordenou que as aias se retirassem e, a sós com a filha, lhe deu um ultimato:

— Seu tio e eu temos assuntos em Parma. Não podemos esperar mais. Não coloque nada na bebida do viúvo esta noite. E lembre-se do que sua mãe lhe ensinou.

Antes que Jade pudesse retrucar, Alfeo se levantou e deixou o quarto.

Ao se sentar para jantar, Jade manteve o mesmo comportamento amável para com o marido, esforçando-se ao máximo para ocultar seu desespero. Em mais de uma ocasião se sentiu tentada a despejar o conteúdo da pulseira, que, apenas por precaução, ela havia preenchido com as ervas, mas desistiu ao perceber que, dessa vez, além do olhar usual dos parentes do viúvo, Alfeo também a observava de forma furtiva. Quando o prato principal foi servido, não ficou surpresa quando vislumbrou o embutido escuro que foi colocado em seu prato por um copeiro que, como nos outros dias, não vestia nem mesmo um uniforme e parecia confuso e desajeitado com a atribuição que lhe havia sido dada, chegando a derrubar molho no vestido de uma das noras do viúvo. A moça ergueu a mão para esbofetear o garoto, mas retrocedeu ao receber um olhar severo do sogro. Fez-se um silêncio desconfortável no salão, que foi interrompido por Don Gennaro:

— Muito obrigado por atender o meu pedido e nos servir essas morcelas, meu caro Rossi. Não via a hora de degustar novamente os famosos embutidos de Carrara.

O comentário fez com que a conversa fosse retomada e Jade aproveitou que todos estavam entretidos para deixar que a morcela caísse discretamente em seu colo, onde a ocultou com cuidado em uma das reentrâncias do vestido.

O viúvo se demorou um pouco mais à mesa naquela noite, porém, ao se retirar, dessa vez conduziu a esposa para o quarto dele. Ela olhou ao redor. O cômodo não era muito maior do que o dela. Havia poucos móveis, as mesmas paredes brancas, e a lareira já estava acesa. Em uma das cabeceiras, Jade reconheceu uma pequena pintura de seu rosto, provavelmente enviada por seu pai quando acertava os detalhes do casamento. Porém não era aquilo que estava procurando. Ela continuou a examinar o cômodo. Por fim, encontrou sobre um aparador em um canto um odre ao lado de uma taça. Ela foi até lá, serviu uma dose, despejando rapidamente o conteúdo de sua pulseira, e se aproximou do marido.

— Agradeço seu cuidado, minha criança, mas por hoje já bebi o suficiente. Preciso estar sóbrio para cumprir aquilo que esperam de nós. Você entende o que quero dizer, não?

Ele tocou o rosto de Jade e ela se controlou para disfarçar o asco. Concentrou seus pensamentos em Rebecca e em como a cada gole de vinho com suas ervas que o viúvo bebesse, mais perto da filha ela estaria. Por fim, ela abriu um grande sorriso.

— Só uma taça. Assim o senhor vai estar mais relaxado e será mais... gentil. — Ela começou a retirar lentamente os sapatos e lhe estendeu a taça com uma das mãos enquanto, com a outra, desatou o fio que unia as abas do peitilho, revelando o decote.

Aquilo foi suficiente para que o viúvo aceitasse sua oferta e se sentasse na cama, sorvendo o vinho e observando-a enquanto se despia. Sem pressa, ela foi retirando com cuidado cada uma das camadas do vestido detalhado e repleto de saiotes e amarrações que havia escolhido para aquela noite. O velho a contemplava como que hipnotizado, atento a cada movimento, a cada peça de suas vestes que caía com delicadeza sobre o mármore alvo. Quando Jade deixou que finalmente a anágua deslizasse até os pés, revelando sua nudez iluminada apenas pelas chamas da lareira, a taça encontrava-se vazia ao lado de seu retrato. Aproximou-se do marido com passos curtos e parou diante dele. Sem se erguer, ele acariciou o corpo da jovem, pensando que de fato aquela menina valera cada uma das cláusulas draconianas inclusas pelos Manfredi no contrato pré-nupcial. Ele já estava no fim da vida, levara durante todo aquele tempo uma existência frugal, sem luxos e repleta de responsabilidades. Casara-se por conveniência com uma mulher que o fez se sentir mais aliviado do que pesaroso quando finalmente descansou após uma longa doença, arranjara boas moças das redondezas para seus três filhos e já contava cinco netos. Ele tinha direito a ter pelo menos uma velhice aprazível.

A visão repulsiva do viúvo fazia o estômago de Jade revirar, de forma que ela fechou os olhos e fez o possível para transportar seus pensamentos para longe dali, para o seu quarto em Parma, onde aquelas mãos enrugadas e calejadas eram as mãos gélidas e macias de seu irmão gêmeo.

Mantendo as pálpebras cerradas, Jade deixou que os braços delgados do viúvo a puxassem para que se sentasse ao seu lado e em seguida sentiu lábios torpes em seu pescoço. Respirou fundo tentando conter suas ganas de atirá-lo para longe. O viúvo, porém, tomou essa reação como um sinal de prazer e jogou o corpo contra o dela. Ele já ia abrindo os botões dos culotes quando de repente se deitou ao lado de Jade e lhe disse com uma voz pastosa:

— Minha doce menina, perdoe seu velho marido. Preciso apenas de um pouco de descanso antes de continuarmos.

— Claro... não há o menor proble... – Jade começou, porém, ao olhar para o lado, se deu conta de que o viúvo tinha caído em um sono profundo.

Quando os roncos do viúvo tomaram o quarto, Jade se recordou das palavras de Lizbeta. Sob o efeito do vinho e das ervas, dificilmente seu marido teria alguma lembrança nítida do que se sucedera naquela noite quando despertasse.

Mais que depressa, ela se levantou e fez o que a mãe havia lhe instruído.

COM O CASAMENTO por fim consumado, Alfeo e Gennaro voltaram para casa deixando Jade com o marido, suas aias e uma tropa de guardas. Ainda que de início o viúvo Rossi tivesse retrucado que aquele grande contingente de homens seria dispendioso e que não haveria necessidade de uma segurança tão grande quando havia ele e os filhos para proteger sua nova esposa, após passar alguns dias ao lado de Jade ele pareceu concordar com os argumentos dos Manfredi de que eles tinham muitos inimigos e a segurança de todos os membros da família era uma prioridade. Os filhos de Rossi ainda tentaram retrucar, porém ele foi impassível, dando, inclusive, ordens para que uma caserna para os seguranças de sua esposa começasse a ser construída nos fundos do palacete.

Após a partida do pai e do tio, Jade conheceu como era a rotina da casa quando não havia visitas. Apesar de não se importar minimamente com esse tipo de assunto, tinha considerado curioso que nenhuma governanta a houvesse procurado para apresentar a criadagem à nova senhora da casa e chocou-se ao se dar conta, em seu primeiro jantar a sós com os Rossi, de que eram as cunhadas quem serviam a mesa e esperavam de pé, como reles copeiras, enquanto ela, o sogro e os maridos comiam uma refeição que conseguiu a proeza de ser ainda pior que as dos dias anteriores. Jade percebeu os olhares odiosos que as três lhe lançavam, mas simplesmente lhes devolvia um sorriso cândido e afagava sobre a mesa a mão do marido sentado ao seu lado, que lhe lançava olhares encantados.

No restante do tempo, ela não fazia questão de sair de seus aposentos, com exceção da caminhada pelos arredores que costumava dar todas as tardes na companhia de suas aias e alguns dos guardas para desfrutar do sol primaveril. Para combater o tédio, fazia desenhos das pedreiras alvas que via de sua janela e dos netos do viúvo, que, maltrapilhos, podiam facilmente ser confundidos com as crias de lavradores enquanto brincavam no relvado que os Rossi tinham a audácia de chamar de jardim. Ela passava horas escovando seus longos cabelos e, para aplacar o clima que se tornava cada vez mais quente, tomava longos banhos que faziam com que a família do marido fizesse comentários maldosos sobre os motivos pelos quais ela devia ser tão suja. Eram suas aias e seus guardas que lhe davam notícias sobre o que acontecia no restante do palacete. Segundo eles, apesar dos muitos negócios lucrativos de seu marido, havia poucos serviçais fixos. Todo o trabalho doméstico ficava nas costas das cunhadas, que lavavam, cozinhavam, cerziam e se queixavam da vida mansa da sogra postiça. Elas chegaram a tentar transferir uma boa parte de seus afazeres para as aias de Jade, porém as moças logo deixaram bem claro a quem serviam e, diante da presença constante e pouco amistosa dos guardas dos Manfredi, as noras do viúvo logo optaram por manter uma distância segura daqueles que tinham vindo de Parma.

Todas as noites Jade visitava o quarto do marido nem que fosse apenas para lhe servir uma taça de vinho e lhe dar boa noite. O viúvo estava de fato deslumbrado com a jovem, chegando a presenteá-la, para a revolta dos filhos, com joias que haviam pertencido à sua primeira esposa — peças que Jade considerou baratas, banais e de péssimo gosto, como tudo naquele lugar. Mesmo assim, fazia questão de usá-las todos os dias no jantar não apenas para agradar o viúvo, mas principalmente para afrontar seus filhos, cujos olhares que refletiam tanto malícia quanto hostilidade não lhe passavam desapercebidos.

Apesar da clara felicidade estampada no rosto do patriarca dos Rossi, sua saúde se deteriorava. Ele caminhava cada vez mais encurvado, tinha crises frequentes de tosse e mal tocava a comida, alegando que sentia azia. Entre eles, os filhos comentavam que aquela prostituta Manfredi estava sugando as últimas forças de seu velho pai. Já suas esposas diziam que só podia ser mais um dos feitiços dos bruxos de Parma. Não era à toa que havia todos aqueles boatos sobre os poderes demoníacos daquela gente. Jade pedia que as aias ignorassem esses comentários imbecis, mas, de qualquer forma, ordenou que os guardas aumentassem a frequência das rondas junto à sua janela e pelo corredor onde ficavam seus aposentos.

Pouco mais de dois meses após seu segundo casamento, o viúvo Rossi caiu de cama. Jade imediatamente se pôs ao seu lado junto com suas aias, apesar dos protestos dos genros. Ele sentia dores intensas no abdômen e nada parava em seu estômago, nem mesmo as sopas ralas e insossas preparadas pelas noras. Logo, o homem passou a respirar com dificuldade, os lenços com os quais ele cobria a boca ao tossir voltavam com grandes manchas vermelhas e a febre tornou-se tão alta que ele passou a delirar. A única pessoa pela qual ele chamava em seus devaneios era sua jovem esposa.

Assim que o viúvo adoeceu, Jade incumbiu um grupo de seus guardas de retornarem a Parma para avisar aos Manfredi que seu marido não tinha mais muito tempo.

JADE OLHA PARA o marido uma derradeira vez. Fazia alguns minutos que dera o último suspiro e ela é tomada por um imenso alívio. O padre viera lhe dar a extrema-unção mais cedo e ela decidira ficar ao seu lado naquela noite, que, segundo os sussurros lhe disseram, seria de fato a última, apenas para ter certeza que as ervas de Lizbeta haviam realmente realizado aquilo a que se propunham.

Ela se levanta, cerra as cortinas e, após informar de maneira breve aos enteados que o calvário do pai deles havia chegado ao fim, vai para o seu quarto, onde, apesar da apreensão com o que o dia seguinte lhe reserva, cai em um sono profundo como havia muito não desfrutava.

Sem saber quanto tempo se passou, Jade é acordada com batidas na porta. Ela olha, confusa, para as amas, que lhe comunicam que já são mais de dez da manhã. Uma delas se prontifica a ver o que desejam. É a nora mais velha do viúvo, que quer saber por que a sogra ainda não se dispôs a ir velar o marido. A aia avisa-lhe que sua senhora já está a caminho e cerra a porta antes que a moça possa pronunciar qualquer outra palavra.

Alguns vestidos negros haviam sido inclusos na bagagem de Jade e um deles já tinha sido separado pelas servas. Elas vestem a patroa, que se olha em um pequeno espelho de mão, admirando o contraste entre o tecido escuro e sua pele alva enquanto lamenta não haver espelhos naquele pardieiro que de palacete tem apenas o nome.

Acompanhada por algumas aias e dois guardas, Jade entra no quarto do viúvo. Ele foi vestido com as mesmas roupas que usara no casamento — certamente suas melhores vestes. A pele tornou-se amarelada, rígida, e ele parece ainda menor. Uma vela foi acesa em cada uma das quinas da cama e as três noras estão com seus terços fazendo orações ao pé do leito. Usam vestidos negros praticamente iguais, simples e sem adornos como todos os outros, que fazem com que as vestes de luto de Jade, repletas de camadas, rendas e sedas sobressaiam ainda mais quando ela se ajoelha para se juntar às rezas. As três lhe lançam um olhar de esguelha e fecham novamente os olhos, sussurrando uma oração no dialeto local que Jade desconhece. Ela se mantém calada, imaginando quando a comitiva de Parma chegará para levá-la de volta para Rebecca.

Os filhos do viúvo vêm e vão, velando o pai por alguns minutos e logo em seguida retornando a seus afazeres. Quando por fim as mulheres ficam sozinhas, Jade ouve a moça que está a seu lado — a rechonchuda, a mesma que a acordara mais cedo — sussurrar:

— Você matou nosso sogro. Bem que todos disseram quando você chegou que essa sua família é amaldiçoada, que vocês não nos trariam nada de bom. E você acha que não percebemos como você o deixou? Ele era um homem bom, comedido e saudável antes de você chegar e ele passar a ter olhos apenas para os seus luxos e as suas vontades. E, em troca, só recebeu a doença. Você acha que é uma princesa com todas essas roupas bonitas, as aias e os guardas, mas sabemos muito bem que, na verdade, é uma bruxa. Você nunca nos enganou. Tudo que trouxe foi desgraça para a nossa casa. Mas Deus é justo. Você agora é uma viúva. Não tem mais marido, nem virtude, não terá filhos. O que é uma mulher sem um homem ao seu lado? Sua existência será condenada.

Quando a garota por fim se cala, Jade abre os olhos, vira-se para ela e responde, sem abaixar a voz:

— Seu sogro era um homem velho. Ele deveria ter pensado nos riscos que casar com uma moça tão mais jovem traria à sua saúde, afinal ele precisava cumprir suas obrigações. E a única maldição com a qual cruzei até hoje foi ter me casado com um homem que, apesar de todos os ducados que acumulou com suas jazidas de mármore, vive nessa miséria, fazendo suas noras de criadas. Ele me tratou apenas como um marido deve tratar sua esposa. Se não entendem isso, serão vocês as condenadas a viver para sempre como bruxas.

Jade então se ergue e bate a porta atrás de si.

Ela passa os dois dias seguintes trancada em seus aposentos. A comida, cada vez pior, é levada pelas aias, mas ela não consegue nem mesmo olhar para os pratos, ainda que seus guardas insistam que provaram os pratos antes que fossem servidos e que ela pode comer sem preocupação.

Jade deixa o quarto apenas para o enterro do viúvo, duas noites após sua morte. O cemitério fica a pouco mais de dois quilômetros do palacete e ela faz todo o caminho a pé com os Rossi e alguns de seus serviçais. O caixão simples é levado por uma carroça cercada pelos homens, que carregam tochas para iluminar a estrada poeirenta e esburacada. Faz calor e Jade sua por baixo da seda do vestido. Mantém a cabeça baixa, os olhos fixos no terço, mas é capaz de perceber os olhares dos filhos do velho, que a examinam de cima a baixo, fixando a atenção em seu decote. Ela precisa ir embora daquele lugar o mais rápido possível, caso contrário, seus guardas garantirão que o viúvo não será o único a ser enterrado naquela noite.

O cemitério possui várias estátuas e mausoléus belíssimos construídos com o mármore imaculado das jazidas dos Rossi, que se torna cada dia mais famoso — e valioso. O viúvo, entretanto, não tem sua última morada construída com o material que tornou sua família próspera. Ele é enterrado diretamente na terra em um túmulo marcado apenas por uma cruz de madeira rústica. Jade deposita uma rosa vermelha sobre o monte de terra e, sem olhar para trás, é colocada em um cavalo conduzido até ali por um de seus guardas especialmente para levá-la de volta ao palacete. Ela não tem mais um marido para acompanhar. Não precisa cansar seus pés para estar ao seu lado.

Ao se aproximar do palacete, Jade e o guarda que guia o cavalo veem de longe a imensa tropa que toma de assalto a propriedade dos Rossi. Ao ver o estandarte com o brasão dos Manfredi, Jade respira aliviada. Ela pede que o guarda acelere o trote e, quando cruzam os portões, ela vê seu primo Frederico diante do pórtico dando ordens para que os poucos servos dos Rossi que estão por ali cuidem dos cavalos e ajudem seus homens em tudo que lhes solicitarem. Ele ergue os olhos e abre um sorriso ao ver a prima:

— Jade! Que felicidade revê-la.

Frederico a ajuda a apear do animal e lhe dá um abraço.

— Acabamos de enterrar o viúvo – ela informa ao primo. – Os sovinas dos filhos e suas esposas malfeitas estão vindo a pé. Devem estar aqui em meia hora.

Frederico passa os braços pelos ombros de Jade e a acompanha para dentro do palacete.

— Bem, prima, sinto lhe informar que, agora, a viúva é você. – Ele solta uma sonora gargalhada, ignorando por completo o fato de que aquela casa encontra-se enlutada.

— Graças a Deus. – Jade solta uma risada abafada. – E como estão todos em casa? Como está Rebecca?

— Estão todos ótimos. Rebecca está conosco em Parma. Giovanna está cuidando dela até o seu retorno.

Jade para por um momento. O que haveria acontecido na Villa para que os padrinhos tivessem decidido levar sua menina para a casa deles? E por que Alfeo, Lizbeta e, principalmente, Luciano haviam concordado com aquilo? Ela está prestes a fazer essas perguntas quando o primo olha ao redor e comenta:

— Que lugar mais... simplório. Mas, enfim, que bom que está tudo acabado. Suba e dê ordens para que suas aias preparem mais que depressa sua bagagem. Vamos dar o fora daqui assim que eu resolver algumas questões com seus enteados. – Frederico não consegue conter um riso irônico ao se dar conta do quão insólito era o fato de sua priminha ter se casado com um homem que tinha filhos mais velhos que ele.

Apesar de sentir um aperto no peito e ter a cabeça repleta de dúvidas, Jade não insiste e corre em direção ao segundo andar. Finalmente aquele pesadelo havia acabado.

Ela e as aias, contudo, precisam esperar até depois do amanhecer para deixar o palacete. As coisas parecem ter saído do controle no andar de baixo. Ouvem vozes exaltadas, o som de coisas sendo espatifadas e, em seguida, passos apressados pelos cômodos e móveis sendo arrastados e derrubados. Uma das aias coloca a cabeça para o lado de fora da porta, mas recebe ordens de um dos guardas, que está ali de plantão junto a mais outros quatro homens, para que volte para dentro e só saia quando receber ordens para isso.

O sol já está alto quando finalmente batem na porta e um grupo numeroso de guardas as escolta até as carruagens que esperam do lado de fora. Pelos corredores, é possível ver que todos os outros aposentos haviam sido revirados e diversas placas de mármore do chão e das paredes foram removidas a marretadas. Soldados caminham de um lado para outro, apressados. Muitos deles carregam imensos sacos que logo Jade se dá conta de que estão lotados com milhares de moedas. O ambiente está enevoado e cheira a madeira queimada. Elas são acomodadas rapidamente em um coche e aguardam até que os soldados terminem de carregar duas carruagens e mais diversas carroças com os sacos que trazem do palacete.

De repente, Jade ouve um grito infantil vindo de um dos lados. Coloca a cabeça pela janela e vislumbra um dos netos do viúvo correndo rumo aos portões que dão para a estrada, mas o menino é logo contido por um dos guardas, que o imobiliza, erguendo-o do chão enquanto o pequeno corpo se debate, levando-o para os fundos, na direção da caserna ainda em construção. Só então ela se dá conta do que é aquele odor terrível que pesa no ar. Ela se estica para fora, aumentando seu campo de visão, e vê que toda a estrutura está em chamas.

Jade se recosta no assento e fecha os olhos. As aias lhe perguntam o que está acontecendo, mas ela não é capaz de responder. Neste momento, a porta da carruagem se abre. Ela reconhece a voz do primo lhes dando bom dia. As criadas abrem seus sorrisinhos usuais para Frederico, que lhes corresponde com um cumprimento galante. Jade solta um suspiro com certo desdém, mas ele se senta no banco diante dela e pega suas mãos:

— Acabou, prima. Você se livrou para sempre desses avarentos decrépitos. Os filhos do falecido, que Deus o tenha, tiveram uma certa dificuldade para entender os termos do contrato que o pai deles assinou conosco quando a aceitou como esposa, mas tudo foi resolvido. O que lhe cabe como herança está garantido. É impressionante como uma gente que levava uma vida tão miserável tinha tanto dinheiro escondido sob os assoalhos e os forros de mármore desse palacete. Mas, enfim, tanto melhor para nós. Daremos, sem dúvida, um excelente destino àquilo que é nosso por direito.

Um dos guardas bate levemente na janela, como quem dá um aviso ao comandante. Frederico dá um beijo na testa da prima e se despede antes de sair da carruagem e montar em seu corcel.

— Agora vamos sair daqui. Temos uma longa viagem pela frente. Faremos nossa primeira parada em Dogana antes do pôr do sol.

É uma viagem cansativa, na qual Jade passa a maior parte em silêncio, observando a paisagem pela janela, pensando em tudo que tinha finalmente deixado para trás e ansiando pelo momento em que teria a filha outra vez junto a si. Se aquele era o preço a ser pago para estar de novo ao lado de Rebecca, ela não tinha nenhum arrependimento. Não permitiria que mais nada as separasse.

Muitos em Parma lamentaram o destino da filha de Don Alfeo, tão jovem e já viúva. Por outro lado, porém, a sorte havia lhe sorrido: o marido e toda a família tinham sido consumidos pela peste, mas Jade, pela graça de Deus, fora a única a ser poupada.

15

Cidade do Vaticano, outubro de 1644

Domenico Manfredi contempla o homem morto diante de si. É um corpo idoso, exausto, com o rosto marcado por vincos profundos. Faz uma oração silenciosa, lava as mãos na bacia de prata que lhe é oferecida por um servo e persigna-se antes de iniciar a sagrada tarefa que lhe foi designada por escrito por Maffeo Barberini, o recém-falecido papa Urbano VIII.

Todos na cúria sabiam que Domenico era um dos preferidos do papa. Urbano nomeara mais de setenta novos cardeais durante suas duas décadas de pontificado, porém poucos deles haviam sido tão próximos quanto o jovem cardeal Manfredi. Ele estava sempre presente nas longas reuniões de planejamento da expansão dos territórios da Santa Igreja, um dos maiores desígnios do papado de Urbano. Domenico era um estrategista notável, o pontífice costumava dizer, e seus aconselhamentos eram uma glória divina para a Sé. Ele creditava a Domenico as mais importantes conquistas realizadas pela Igreja nos últimos anos. O prestígio do jovem cardeal Manfredi era tão grande que ofuscava de longe Antonio Barberini, o bufão cardeal-sobrinho de Urbano, que apreciava mais as regalias concedidas pela batina carmesim do que as responsabilidades por ela impostas. Ainda que de início se enciumasse do cardeal Manfredi, logo percebeu que Domenico o poupava de uma série de tarefas que considerava tediosas ao extremo e chegou até a criar uma certa simpatia pelo colega. Pelos corredores do Palácio Apostólico, o comentário geral era que, apesar de sua pouca idade, o rapaz Manfredi seria um forte candidato a substituir o papa quando Deus assim o quisesse.

De fato, a Sé ampliou substancialmente as áreas sob sua tutela durante o papado de Urbano VIII. A Igreja tornou-se proprietária de terras não apenas nos arredores de Roma, como mais além, rivalizando em poderio com reis e duques. A conquista desses territórios, no entanto, custou verdadeiras fortunas aos cofres do Vaticano. E, após a última guerra travada por Urbano pelas terras dos Farnese em Castro, cujos resultados haviam sido desastrosos apesar dos doze milhões de ducados gastos e das milhares de vidas ceifadas, a popularidade do pontífice foi extremamente afetada. Aquela havia sido a primeira grande derrota de Urbano — e foi o início de sua derrocada. Desgostoso em ter de aceitar o fracasso, sendo obrigado a lidar com a revolta dos romanos devido a suas campanhas militares perdulárias e desconfiando da lealdade de alguns daqueles que lhes eram mais caros, Maffeo Barberini deu seu último suspiro em uma noite amena de outubro, quatro meses depois de retirar suas parcas tropas de Castro, assinar o tratado de paz com os Farnese e assumir uma imensa dívida com os Manfredi.

Um dos pajens entrega a Domenico uma caixa de madeira aberta que contém um pequeno martelo de prata. Seguindo o ritual, ele retira a ferramenta e bate delicadamente, três vezes, na testa de Urbano, a cada uma delas chamando seu nome. Como ele não responde, Domenico solenemente anuncia:

— O papa está morto.

O sussurro das preces silenciosas dos demais cardeais e servos ali presentes toma conta do aposento. Com os olhos semiabertos, Domenico espia ao redor e comprova que nem mesmo nos últimos momentos de Maffeo Barberini seu sobrinho estava por perto. Decerto encontrava-se em seu palácio, tomando providências para evitar que as turbas violentas que dominavam as ruas de Roma sempre que a cidade se encontrava sem pontífice saqueassem a imensa fortuna que os Barberini acumularam nas duas décadas em que Urbano ocupou o trono papal. Com a ajuda dos servos, Domenico retira a camisola de linho manchada de suor que cobre o pontífice e, com um pedaço de tecido fino embebido em água gelada e ervas, banha o corpo de seu velho protetor. O barbeiro raspa sua barba e seus cabelos e em seguida o corpo é lavado novamente com vinho branco morno misturado com mais ervas aromáticas e por fim ungido com bálsamo.

O jovem cardeal Manfredi havia sido um dos poucos que Urbano permitiu que ficassem ao seu lado até o fim. E, todos os dias, ainda que passasse a maior parte do tempo em agonia, questionava Domenico a respeito dos motivos pelos quais ele decidira não se candidatar como seu substituto. A resposta, contudo, era sempre a mesma:

— Ainda sou muito jovem e indigno para tal honra.

O papa retrucava que Domenico era o único em quem confiava para dar prosseguimento ao seu legado e começava a praguejar até se perder novamente em seus devaneios.

Como a maioria dos homens, Maffeo havia se deixado cegar por sua sede de poder e glória. Ao longo dos anos, Domenico criou um laço verdadeiro com o pontífice e lhe dói vê-lo partir daquela forma melancólica. Já consegue ouvir a turba que se aglomera do lado de fora do Palácio Apostólico. Entretanto, no lugar dos lamentos esperados, o que escuta são gritos de júbilo e celebração pela morte de um papa odiado. Enquanto lava o corpo daquele que tanto lhe ensinou, Domenico não lamenta pelo trono perdido, pois, mais uma vez, sabe muito bem onde deve repousar sua fidelidade. Contudo, não consegue evitar a culpa por ter enganado o homem que o amou como a um filho.

DOMENICO ERGUEU A hóstia sagrada sobre a cabeça, consagrando-a. Como já fizera tantas vezes antes, se pôs de joelhos para prosseguir com sua oração. Foi nesse momento que seus olhos pousaram em uma jovem sentada na primeira fila. Ela usava o hábito largo e marrom das irmãs clarissas. O véu branco indicava que havia sido recém-ordenada. O rosto angelical denotava juventude e seus olhos verdes resplandeciam como duas esmeraldas. Toda a sua atenção estava em Domenico e sua expressão, ainda que devota e recatada, deixava escapar uma sensualidade latente que fez com que o cardeal perdesse por um momento a concentração no ritual.

Ele fora escalado para celebrar uma das missas de pentecostes na Basílica de São Pedro dedicada às freiras das irmandades de Roma. Já tinha sido responsável por realizar os ritos para as congregações femininas diversas vezes antes e tudo que encontrara havia sido mulheres idosas ou de meia-idade que em muito lembravam sua tia Francesca. As poucas jovens eram tristonhas e cabisbaixas, possivelmente trancafiadas em um convento por terem feito algo que degradasse a imagem de suas famílias ou para poupar o pagamento do dote. Nenhuma era como aquela garota. Seus olhos a acompanharam enquanto ela deixava a nave principal seguindo a abadessa. Apesar do hábito volumoso, seus movimentos deixavam transparecer uma certa volúpia e Domenico passou as noites seguintes imaginando o que poderia haver por baixo dele.

Não eram novidade nos bastidores da Igreja os religiosos que, além dos rapazotes e cortesãs que frequentavam de forma não muito discreta os corredores da cúria, se encantavam por jovens freiras. Domenico sempre achou tais romances arriscados e estava mais do que satisfeito com o tropel de belas prostitutas que frequentava seus aposentos no Palácio Apostólico. Até aquele dia de pentecostes.

Sob as ordens de Domenico, seus secretários trataram de conseguir uma audiência com a madre superiora do convento das clarissas. A mulher, uma idosa corpulenta, de olhos apertados, o recebeu com toda a circunstância que um cardeal merecia, embora o tenha examinado sem reservas da cabeça aos pés, como um aviso implícito de que estaria de olho em suas aparentes boas intenções de levar a Palavra para suas irmãs todas as terças-feiras.

Durante as missas na capela simples do convento, com suas paredes geladas de pedras nuas, o crucifixo de madeira ordinária sobre o altar e uma única imagem rudimentar de santa Clara, a menina ocupou mais uma vez um lugar na primeira fileira, observando o cardeal com fervor. Domenico rezou a missa como se apenas ela estivesse ali, permitindo se perder em seus olhos verdes enquanto consagrava a hóstia e declamava as palavras do oratório ao mesmo tempo que admirava seu rosto. Ao lhe dar a eucaristia, tocou levemente sua língua com a ponta dos dedos e, como o homem experiente que era, tinha certeza de que aquele contato foi muito bem-vindo.

Antes da celebração de sua terceira missa no monastério, a abadessa pediu a Domenico, se não fosse abusar demais do tempo sagrado de um cardeal, que na próxima semana chegasse um pouco mais cedo para ouvir as confissões das irmãs, já que o padre designado para conceder o sacramento caíra doente. Temia-se que fosse a peste. Domenico não conseguia pensar em nada mais tedioso do que ouvir uma confissão de uma freira carola após outra, entretanto, era a oportunidade que precisava para enfim ficar a sós com o motivo de suas visitas àquele convento miserável.

De acordo com a rígida hierarquia da ordem, no dia marcado Domenico teve de ouvir as confissões idiotas e lamúrias intermináveis de uma fila de freiras idosas, razão pela qual só ficou diante do alvo de seus desejos quando já se aproximava o horário da missa. A abadessa levava realmente a sério a vocação para pobreza das clarissas, de forma que não havia nem mesmo um confessionário propriamente dito. As confissões eram feitas em uma saleta sem janelas ao lado da pequena sacristia. Os únicos móveis eram duas cadeiras bambas e uma mesa de madeira marcada pelos anos de uso. Após o que pareceu uma eternidade, a menina entrou no recinto apertado com a cabeça baixa e a manteve assim ao se sentar diante de Domenico, como se evitasse olhar diretamente para ele. O cardeal, porém, aproximou sua cadeira da dela e ergueu seu queixo com uma das mãos.

— Qual é o seu nome, criança?

De perto, os olhos cor de esmeralda da garota eram ainda mais esplêndidos, de um verde tão profundo que passavam a impressão de soltar faíscas. Os traços eram delicados, fazendo com que se lembrasse imediatamente das Virgens retratadas nos afrescos que cobriam as paredes do Palácio Apostólico. Sua pele era macia, alva, imaculada. Ele continuou a sustentar seu queixo, já que sabia que qualquer tentativa de interromper aquele toque seria em vão.

— Elena. – Ela hesitou. – Da casa dos Orsini.

Domenico conhecia muito bem aquela família. Era um dos clãs mais influentes não só em Roma, mas em um vasto território que ia até a distante Hungria. Tinham vários negócios com os Farnese e, consequentemente, com os Manfredi. Essa informação fez com que Domenico compreendesse de imediato por que ela não havia mudado de nome ao ser ordenada. Sem dúvida, o poder de um sobrenome como aquele poderia sempre lhe abrir portas, não importava se ela estivesse em uma corte ou trancafiada em um convento desprezível. O fato de aquela garota vir de uma família daquela importância deixava tudo ainda mais perigoso e ele jamais fora um homem de correr riscos. Entretanto, bastava olhar para o rosto de Elena que esses pensamentos se desfaziam como fumaça. Ele abdicara de muitas coisas para estar ali. Pelo menos do prazer daquela pequena conquista não abriria mão.

No primeiro encontro, tiveram que ser rápidos, pois ainda havia algumas noviças que precisavam se confessar. Houve, porém, tempo suficiente para que Domenico descobrisse que Elena tinha dezesseis anos e havia sido enviada para o convento por ser a filha do meio — que não tinha a responsabilidade de fazer um casamento vantajoso para os Orsini como a mais velha, nem de cuidar dos pais na velhice como a mais nova. Apesar de já ter se acostumado com a simplicidade das clarissas, angustiava-a saber que todos os dias, até sua morte, seriam exatamente iguais. Era uma jovem recatada e temente a Deus, contudo não conseguia esconder a curiosidade típica de sua idade e a sede de conhecer mais do que as paredes de pedra do convento lhe ofereciam. Havia um fascínio em seu olhar e na forma sussurrada e pudica com que se dirigia a ele que fazia com que algo se acendesse dentro de Domenico. Sempre preferira as mulheres mais maduras, entretanto, apesar da pouca idade e da inexperiência, ela exalava mistério e arrebatamento.

Nenhum pecado foi confessado naquele dia. Mesmo assim, quando ouviram uma noviça pigarrear um pouco mais alto do lado de fora, Domenico foi obrigado a conceder o sacramento a Elena.

— Elena Orsini, no pleno poder em mim investido pela Santa Igreja, eu a absolvo de seus pecados, em nome do Pai, do Filho e do Espírito Santo.

Domenico fez o sinal da cruz diante do rosto da freira que, para sua total surpresa, chegou ainda mais perto, envolveu-o em seus braços e o beijou nos lábios. Passado o susto inicial, não havia nada mais que ele pudesse fazer a não ser se entregar, até que, ao ouvir um novo pigarrear do lado de fora, Elena se afastou e, apressada, saiu porta afora, deixando-o tão desnorteado que ele mal ouviu os pecadilhos das noviças, dando-lhes a absolvição assim que se calavam e despachando-as logo em seguida, ordenando que rezassem duas ave-marias.

Durante a missa, ele agiu como um autômato, tendo olhos apenas para a bela jovem sentada mais uma vez no primeiro banco.

Nas confissões seguintes, a chama entre os dois inflamou-se ainda mais. Eles não se davam mais ao trabalho de trocar palavras. Assim que

Elena fechava a porta atrás de si, ambos se perdiam em beijos e carícias que se tornavam mais ousadas. Só se separavam quando as noviças começavam a discretamente se queixar da demora.

Logo, aqueles encontros rápidos se mostraram insuficientes. E Elena passou a se lamentar dos comentários das outras freiras, que questionavam o que ela andava fazendo para ter tantos pecados a serem confessados. Assim, Domenico convenceu a jovem a encontrá-lo de forma furtiva durante a noite em seus aposentos no Palácio Apostólico. Ele sabia de vários outros membros da cúria que mantinham esse tipo de encontro clandestino com freiras e seminaristas. A prática era uma constante no Vaticano, para a qual todos faziam vista grossa. Convencer Elena, porém, não foi assim tão fácil. Sem dúvida, ela sabia o que por fim aconteceria quando estivessem a sós sem noviças esperando do lado de fora. Domenico, porém, foi, como sempre, convincente em seus argumentos, afirmando que, se não fosse a vontade de Deus que estivessem juntos, Ele não permitiria que ambos fossem arrebatados por sentimentos tão intensos.

Dessa forma, pelo menos uma noite por semana, Elena saía sorrateiramente de seu claustro um pouco depois que as luzes se apagavam e se esgueirava até o lado de fora do convento, onde uma carruagem com servos de Domenico a esperava. Os dois ficavam juntos durante toda a noite e ela só retornava próximo do amanhecer para as primeiras orações do dia.

Aqueles se tornaram os momentos mais felizes de Domenico desde que chegara ao Vaticano. Elena era inteligente, espirituosa e dona de um desejo que o impressionava, ainda mais ao levar em conta que ele havia sido seu primeiro homem. Já a jovem por fim encontrou a aventura que tanto desejava e uma paixão eletrizante, a qual ela nem mesmo fazia ideia de que era possível sentir. Foram quatro meses de encontros tórridos, que fizeram com que Elena se descuidasse de suas tarefas no convento, quebrando pratos ao lavá-los e esquecendo-se até das orações que repetia à exaustão todos os dias. Enquanto isso, Domenico deixou de se inquietar tanto com as intrigas do Colegiado, suas cartas para Lizbeta se tornaram mais espaçadas e ele dispensou a maior parte das cortesãs que frequentavam seus aposentos.

Uma noite, porém, Elena chegou ao Palácio Apostólico pálida, saudando Domenico com um beijo rápido, muito diferente das recepções tórridas que costumavam compartilhar. Percebendo imediatamente que havia algo errado, ele pediu que a garota se sentasse e lhe serviu uma taça do xerez que ela tanto apreciava. Elena, porém, deu apenas um pequeno gole, fez uma careta e colocou a taça de lado.

— Estou enjoada, me sentindo tonta e faz quase uma semana que vomito todas as manhãs – ela explicou. – E você sabe muito bem o motivo.

Uma das qualidades que Domenico mais apreciava em Elena era sua sinceridade. Para ela, não havia rodeios nem jogos. Sempre ia direto ao ponto e, para ele, tão acostumado com aparências, meias palavras e segredos, aquilo era uma dádiva. Contudo, ao ouvir essa declaração, Domenico deixou que seu corpo caísse na poltrona diante da jovem e ficou por um momento em silêncio.

Aquela era uma consequência óbvia. Não tinha sido apenas uma questão de ser movido pela lascívia. Durante as noites solitárias, ele já havia se perguntado mais de uma vez quando Elena carregaria um filho seu. Afinal, ainda que adormecido pelas promessas de grandeza feitas pelos Manfredi, o desejo de ter sua própria descendência continuava ali. Ele não visitava Parma desde o batizado do sobrinho. Estivera muito ocupado com as guerras do papa e com as seguidas intromissões do cardeal Pamphili nos assuntos de sua família. Secretamente, porém, Domenico não sentia nem a mais ligeira vontade de voltar para casa apenas para dar de cara com Luciano gabando-se de seu herdeiro perfeito de sangue puro. E ainda havia Jade, que, segundo Dom Marcello, que ia a Parma de tempos em tempos, após a morte prematura do marido que eles haviam lhe arranjado passava seus dias paparicando aquela menina defeituosa a quem dera à luz e vagando pela Villa com ares de Virgem Maria. Aquilo era simplesmente demais para ele. Então Domenico teria a oportunidade de dar mais um herdeiro aos Manfredi, cumprindo o papel de primogênito que deveria lhe pertencer se não tivesse uma obrigação a cumprir na Igreja. Ele sabia muito bem qual era a posição da família a respeito de bastardos. Contudo, aquela criança não estava sendo gerada no ventre de uma serva ou cortesã, mas sim por uma das filhas de uma das famílias mais nobres e poderosas de Roma. E ele tinha certeza de que, se não fosse pelos hábitos que os cobriam, já estaria casado com Elena.

Domenico se pôs de joelhos diante da garota, tocou seu ventre e lhe prometeu:

— Não se preocupe, minha querida. Nosso filho nascerá em segurança. Nada de ruim acontecerá a vocês. Eu prometo.

E assim o fez, utilizando-se de dívidas criadas ao longo dos anos dentro da cúria, afinal, sempre havia algum colega cardeal com um certo problema com jogos de azar que contraía dívidas mais altas do que suas rendas, ou bispos que precisavam eliminar maus elementos que defloraram suas filhas bastardas e vinham na calada da noite ter com Domenico ou Dom Marcello em busca dos serviços sempre confiáveis e discretos dos Manfredi, ainda que soubessem que um dia eles cobrariam seu preço — e não seria barato. Em menos de dois meses, antes que sua barriga começasse a se pronunciar, Elena foi transferida para um convento recém-inaugurado no ducado de Castro, um vilarejo de propriedade dos Farnese, conhecido por suas vastas plantações de cereais e por ser mais um entreposto comercial cujos pedágios eram dominados pelos Manfredi. Com as colheitas prósperas dos últimos anos, Castro crescia em importância e havia centenas de homens de Don Gennaro espalhados pela região. Domenico escreveu contando a novidade ao primo e à mãe, as únicas pessoas em quem confiava para cuidar de um assunto daquela delicadeza. Ele pediu a Lizbeta que se incumbisse pessoalmente de levar seu filho para a Villa assim que possível. A criança deveria ser criada, pelo menos por ora, com discrição no infantário como o filho de um primo distante cujos pais pereceram devido à peste. Já Frederico deveria se incumbir de convencer Eduardo Farnese a doar uma velha fortaleza localizada estrategicamente no alto de uma montanha para a obra sagrada das irmãs clarissas e colocar alguns de seus melhores homens para proteger os arredores dos claustros. Aquilo seria considerado não um favor para os Manfredi, mas para a Santa Igreja, e um importante passo para a futura ordenação de Francesco Maria Farnese no Colegiado.

Logo, a congregação das clarissas ganhou um novo convento no próspero ducado de Castro, com uma abadessa jovem, porém conhecida por sua profunda devoção. Tanto que, como forma de agradecer a Deus e a santa Clara pela graça do novo monastério, ela prometeu passar seis meses em total reclusão, recebendo suas refeições através de uma roda. Nem mesmo quando ela caiu doente no final de seu retiro, Elena concordou em sair do claustro, ficando aos cuidados de uma velha criada enviada às pressas para assisti-la.

Com Elena em segurança, Domenico retornou a plenitude de suas atenções para os acontecimentos cotidianos do Colegiado. Ele comparecia aos consistórios, prestava seus favores discretos aos colegas em nome dos Manfredi e defendia os interesses da família nas muitas guerras travadas por Urbano. Seus negócios na cúria, entretanto, pareciam estar mais difíceis do que nunca. Naqueles meses em que andara com seu foco alhures, o cardeal Pamphili havia ganhado terreno, conquistando apoios importantes que fizeram com que os pontos defendidos pelos cardeais Manfredi fossem derrotados em mais de um consistório. Nos dias em que tinha Elena ao seu lado, Domenico foi repreendido diversas vezes pelo tio, que insistia que, apesar de compreender totalmente o apelo das tentações mundanas, era preciso manter o foco em sua missão divina na Santa Igreja — e naquilo que esperavam de ambos em Parma. Apesar de saber que o tio estava certo, Domenico sentia-se pela primeira vez realmente arrebatado por uma mulher, de forma que qualquer esforço para recuperar a concentração era totalmente inútil.

Pamphili estava ainda mais ferrenho na defesa de seus interesses e em suas acusações contra os Manfredi, levantando dúvidas sobre as movimentações da tesouraria da Sé e apontando como as ausências recentes do jovem cardeal eram uma prova cabal de sua imaturidade e incapacidade de substituir o Santo Padre quando chegasse a hora, independentemente de ser o seu preferido — e dos cofres aparentemente inesgotáveis de sua família, que poderiam muito bem comprar sua eleição sem maiores dificuldades. Pamphili chegou a mencionar em mais de uma ocasião se haveria algum fundo de verdade em todas as histórias de fantasmas, presenças demoníacas e maldições que cercavam a Villa Manfredi. Por mais que Domenico e Marcello afirmassem com veemência que aquilo não passava de histórias inventadas pela mente fértil de aldeões ignorantes, em um de seus discursos inflamados Pamphili chegou a afirmar que onde há fumaça, há fogo, precisando ser interrompido pelo próprio papa para que cessasse com suas acusações caso não tivesse provas do que relatava. Por mais que Urbano lhe dissesse que Pamphili não passava de um bufão e que não havia motivos para se preocupar, Domenico ficou perturbado. Conhecia muito bem a ganância sem limites de seus companheiros de batina. Afinal, não era ele acometido pelo mesmo mal? Tinha certeza de que o rival não mediria esforços para derrubá-lo e conquistar o trono papal. E, com isso, poderia destruir tudo que os Manfredi haviam conquistado com trabalho árduo geração após geração.

O golpe definitivo ocorreu em um consistório em que ficaria decidido o substituto do cardeal espanhol Antonio de Sotomayor, inquisidor-mor da Santa Sé, recentemente falecido. Sotomayor, assim como outros inquisidores antes dele, devia diversos favores aos Manfredi, de forma que fazia vista grossa para as muitas histórias que vinham de Parma, deixando os Predestinados da família em paz para cumprir seus deveres nas catacumbas. Era um posto de suma importância para a família e, assim que o cargo ficou à disposição, Domenico não se surpreendeu quando Pamphili se candidatou. Ele passou dias e noites discutindo com o tio qual seria a posição a ser tomada e uma série de estafetas cruzaram as longas estradas que separavam Roma e Parma trazendo mensagens de Alfeo e Gennaro. De início, Domenico pensou em se candidatar, entretanto, essa possibilidade foi logo descartada. Ele era o alvo principal de Pamphili, de forma que tê-lo como oponente despertaria ainda mais suas ganas pelo cargo, fazendo com que investisse ainda mais na compra de seus apoios. O ideal, segundo foi recomendado por Alfeo, era que eles escolhessem com esmero um candidato que pudesse igualmente fazer frente a Pamphili e, quando eleito, ignorar, da mesma forma que seus antecessores, toda e qualquer notícia vinda de Parma. Assim, nos bastidores, os Manfredi apoiaram com generosas quantias em ducados e uma série de favores para os demais cardeais o também espanhol Diego de Arce. Apesar da complexidade do momento, Domenico não conseguia deixar de achar curioso o pendor dos espanhóis para a tortura e os grandes espetáculos macabros que eram as queimas e enforcamentos públicos daqueles que consideravam ser feiticeiros. Eles tinham um apreço maior pela exibição de crueldade e pelo sofrimento de adúlteras e curandeiras miseráveis do que pela investigação séria e punição daqueles que poderiam de fato, ainda que de acordo com os parâmetros torpes da Igreja, ter alguma parte com o oculto.

Pamphili fez uma grande campanha e, segundo o que chegou aos ouvidos de Domenico e Marcello, gastou boa parte dos ducados de sua cunhada. Sem dúvida seu adversário sabia muito bem qual era o calcanhar de aquiles dos Manfredi e estava ávido para se aproveitar dele da forma mais devastadora disponível.

No dia marcado para o consistório, todos os cardeais se reuniram na Sala Régia com a ordem e compenetração que a ocasião requeria. Os dois candidatos fizeram suas preleções e expuseram seus projetos para a evolução da Santa Inquisição nos anos vindouros. Em tempos em que a Obra Divina havia sido atingida em seu próprio cerne pela Reforma de Lutero, era preciso combater com a maior presteza qualquer ameaça à sua continuidade. Os belos discursos, entretanto, não passaram de praxe, visto que os votos que elegeriam o novo inquisidor-mor já haviam sido definidos nos corredores do Palácio Apostólico. Segundo os cálculos de Domenico e Marcello, a disputa seria acirrada, entretanto, De Arce ganharia com uma diferença de alguns votos. As cédulas foram entregues a cada um dos cardeais que, começando pelos mais velhos, se levantaram e se dirigiram até a grande mesa instalada em uma das extremidades do salão, onde depositaram seus votos em um jarro de vidro. Com todas as cédulas reunidas, um dos cardeais assistentes os passou, um a um, para o pontífice, que, após conferi-los, os devolvia para que fossem lidos em voz alta. O processo levou aflitivas duas horas e foi, como era esperado, disputado voto a voto. Os últimos quatro votos decisivos, porém, indo contra as estimativas dos Manfredi, foram contabilizados para o cardeal Pamphili.

Sem acreditar no que ouvia, Dom Marcello foi até a mesa de apuração e pediu autorização para conferir os votos. Em meio ao burburinho que tomou conta do salão e do sorriso triunfante com que seu adversário o encarava, Domenico simplesmente assumiu um ar carrancudo e olhou ao redor. Os Manfredi haviam sido traídos. Cinco cardeais tinham trocado seus votos. Vislumbrando a derrota, Pamphili certamente lhes oferecera uma quantia mais alta ou algo que lhes interessasse mais do que os favores executados de tão bom grado pelos homens de Don Gennaro espalhados por Roma. Domenico, porém, não queria um reembolso nem uma compensação pelos favores prestados. Isso não manteria o novo inquisidor-mor longe de sua família. Ele queria vingança. Ninguém passava a perna nos Manfredi, ainda mais daquela forma tão primária e tacanha.

E no que tocava a Pamphili, todo cuidado era pouco. Era preciso manter os olhos bem abertos, e todo e qualquer passo daquele homem asqueroso, de sua cunhada infame e seus bastardos deveriam ser monitorados. Para isso, ele confiava, como sempre, apenas em sua família.

Vinte dias após o consistório, um luto silencioso tomou conta do Palácio Apostólico. Todos os filhos ilegítimos de três cardeais, a maior parte deles ainda crianças, apareceram mortos, sufocados em suas camas, assim como a notória amante preferida de outro membro do Colegiado e um jovem padre recém-ordenado, companhia constante de um nobre prelado.

As ORDENS DO comandante haviam sido claras: ninguém de fora da família devia entrar no convento das clarissas em Castro. Qualquer pessoa que tentasse cruzar sem autorização prévia a estrada íngreme e tortuosa que levava aos claustros devia ser escoltada até a fortaleza da cidade para averiguações. Os guardas estavam havia quase um ano naquele posto e o movimento por ali era parco. As únicas visitas eram os comerciantes locais que vinham trazer víveres para as freiras. Eles eram interceptados nos portões e os próprios guardas entregavam os alimentos às mulheres. Pela quantidade e variedade de mantimentos, sem dúvida aquelas irmãs viviam melhor que muitos membros da nobreza.

Por isso, quando uma carruagem imponente, acompanhada por seis batedores, desviou-se da via principal para pegar a pequena estrada cujo único destino era o convento, os guardas ficaram imediatamente alertas. Não tinham recebido nenhuma informação sobre a vinda de visitantes e era visível que aquele não era um dos coches dos Manfredi. O capitão ordenou que um dos homens informasse os demais guardas espalhados pelo caminho a respeito do intruso enquanto confabulava rapidamente com os outros qual seria a melhor forma de interceptação.

Dentro da carruagem, o bispo Cristoforo de Giarda fazia uma oração. Por fim se aproximava o momento para o qual por tantos anos se preparara. Com a ajuda de seu velho amigo e aliado, o cardeal Giambattista Pamphili, ele passara os treze anos anteriores investigando minuciosamente tudo que envolvesse o nome Manfredi. Afinal, havia sido o dinheiro sujo daquela gente que comprou a vaga daquele rapazote insolente no Colegiado, roubando-lhe a oportunidade de se tornar cardeal. Pamphili o indicou outras vezes, mas Urbano não lhe deu ouvidos. Os Manfredi haviam sofrido uma merecida e inesperada derrota quando Giambattista foi eleito inquisidor-mor, porém, após a vingança silenciosa, mas eficaz, perpetrada por aqueles porcos de Parma, Giarda duvidava que algum outro cardeal ousasse ir contra eles. Já passara da hora de alguém colocar um basta naqueles hereges e sua influência daninha sobre o Santo Padre.

Muito se falava a respeito dos Manfredi. Tanto que, com a rápida ascensão daquele molecote, que não poderia ter uma personalidade mais diferente da de seu tio, sempre discreto e considerado um homem dos bastidores, embora fossem muitos os boatos sobre o enriquecimento astronômico da família depois que Dom Marcello assumiu o Tesouro, as histórias sobre aquela gente começaram a tomar Roma de assalto. Dizia-se que a Villa que habitavam era repleta de fantasmas, que eles tinham tratos com demônios, eram amaldiçoados com proles defeituosas e que, apesar do estado de miséria em que vivia boa parte dos camponeses devido à gestão hesitante dos Farnese, muitos deles prefeririam morrer de fome do que servir aos Manfredi. Ainda havia todo aquele enigma a respeito da árvore genealógica da família. Sabia-se que viviam em Parma desde os tempos do Império, porém não existia nenhum registro disponível a respeito de sua descendência. Com certo custo, Giarda conseguiu ter acesso aos arquivos de Domenico na Sé e não se surpreendeu ao averiguar que no lugar onde deveria constar o nome de sua mãe havia apenas um grande borrão, como se algum copista desastrado houvesse derrubado tinta sobre aquela linha. Também não passavam desapercebidos os relatos sobre os frutos das tais maldições que pairavam sobre a família, pobres inocentes que, provavelmente para abafar seus segredos sacrílegos, eram confinados em um convento no Norte. Mais de uma das fontes de Giarda lhe informaram que o próprio irmão mais novo de Domenico padecia desse mal. O jovem chegou a ser visto com a irmã gêmea durante uma temporada em Veneza, idiotizado como um vegetal. O fato de Don Alfeo Manfredi ter gerado gêmeos sabe-se lá com quem, um claro indício de influências heréticas, era mais uma prova dos influxos blasfemos que agiam naquela família. A garota Manfredi, por sua vez, deixou um rastro de destruição após seu breve matrimônio com o velho Rossi, de Colonnata. O casamento foi motivo de muito burburinho no vilarejo, pois todos se perguntavam como uma jovem considerada uma das maiores beldades do Norte, capaz de enlouquecer qualquer nobre de altas posses, foi entregue pelo pai a um viúvo avaro e decrépito. Os comentários se tornaram ainda mais acentuados quando, apenas dois meses após a cerimônia, o velho foi encontrado morto em sua cama, exaurido, diziam, de tanto satisfazer os desejos insaciáveis da jovem esposa. Após o sepultamento, toda a família Rossi — os filhos, as noras e os netos — e os dois servos que com eles viviam padeceram da peste ao mesmo tempo, embora nenhum outro morador do vilarejo houvesse sido acometido pela doença. Os Rossi tinham poucos empregados e raramente recebiam visitas, já que o viúvo considerava uns e outros uma despesa inútil, de forma que ninguém pôde ter certeza do que de fato dizimou a linhagem. Era sabido, porém, que a garota Manfredi havia sido a única sobrevivente e que uma imensa comitiva de homens da família a levou de volta para Parma com sua vultosa herança.

Os espiões de Giarda estavam infiltrados em todo e qualquer povoado, vila ou cidade, onde havia atividade dos Manfredi, tarefa que a cada ano ficava mais árdua e dispendiosa, visto que, assim como a do papa Urbano, a ganância de Alfeo Manfredi parecia inesgotável. O clã se tornava cada dia mais poderoso e temido. Segundo havia sido levantado pelos homens do bispo, o exército mercenário da família jamais estivera tão equipado e numeroso, servindo a famílias reais de toda a Europa — muitas vezes lutando em lados opostos da mesma guerra, algo que dizia muito sobre o caráter vil daquela corja. Suas patas alcançavam todo tipo de atividade hedionda em diversas cidades no Norte, incluindo jogos de azar, casas de tolerância, agiotagem e a cobrança de uma parcela dos lucros de camponeses, comerciantes e burgueses em troca da garantia de que as próprias milícias dos Manfredi não invadiriam suas propriedades. Eles eram conhecidos por sua violência e pelo hábito de irem a extremos para proteger os seus. A ampliação das áreas de atuação da família e sua crescente brutalidade eram creditadas à ascensão do novo comandante das tropas da família, Frederico Manfredi, um homem feroz e de poucos escrúpulos, primo-irmão do cardeal Domenico.

Falava-se que aqueles que andavam na linha e colaboravam com os Manfredi tinham aliados valiosos pelo resto da vida. Já quem lhes criava problemas logo passava a considerar a morte como um ato de benevolência. Em muitos locais onde atuava, o clã era amado por alguns e temido e respeitado por todos, de forma que era extremamente difícil fazer com que as pessoas abrissem a boca quando o assunto era aquela gente. Contudo, se havia algo que os camponeses temiam tanto quanto os Manfredi era cair nas garras da Inquisição. Assim, desde que o cardeal Pamphili havia sido ordenado inquisidor-mor, uma investigação considerada de alta confidencialidade a respeito das atividades heréticas da família Manfredi finalmente fora aberta. Giarda tentara instaurar esse mesmo inquérito antes, porém todos os seus pedidos haviam sido indeferidos por Antonio de Sotomayor. O bispo não tinha dúvidas de que o antigo inquisidor-mor já estava no bolso dos Manfredi antes mesmo da ordenação de Domenico. Agora, porém, com a graça de Deus, os dias de sacrilégio daqueles porcos estavam próximos do fim. Apesar dos diversos empecilhos criados por Dom Marcello, o cardeal Pamphili havia conseguido reunir — às custas dos ducados de sua milionária cunhada — fundos suficientes para dar início à sua Inquisição, que tinha os Manfredi como principal alvo. Eles conheciam muito bem o poder do inimigo e não eram imbecis para ignorá-lo. Desse modo, agiam nas sombras, usando de subornos e trocas de favores para soltar a língua de seus alvos e valendo-se das torturas apenas quando era estritamente necessário. Afinal, eles eram homens a serviço de Deus e não queriam ser em nada confundidos com aqueles bárbaros de Parma.

Contudo, uma das mais importantes colaboradoras de sua investigação não foi difícil de ser convencida. Como se não bastasse o fato de toda a cúria saber que Dom Marcello tinha um longo relacionamento com uma prima, que vivia como uma rainha com os três filhos num palacete nos arredores do Vaticano, havia fortes indícios de que Domenico estava cortejando uma freira recém-ordenada. O próprio bispo se incumbiu do interrogatório da abadessa do convento das clarissas em Roma e não foi preciso gastar muita saliva para fazê-la abrir a boca. Segundo a velha mulher, ela achou estranho que um cardeal da posição de Dom Domenico se oferecesse para celebrar as missas de um convento empobrecido como o dela, mas quem podia dizer não a um Manfredi? E se penitenciava por ter caído em seus ardis e, ainda por cima, o convidado para ser o confessor de suas tuteladas. Foi como colocar uma raposa em meio às ovelhas. Logo, noviças que se confessavam após Elena Orsini passaram a se queixar de sua demora na sala do confessionário. Aquilo atraiu a atenção da abadessa e não foi difícil descobrir que a garota fugia sorrateiramente de sua cela mais de uma noite por semana e só retornava um pouco antes das primeiras orações do dia. A religiosa não tinha dúvidas de onde a garota se encontrava. Entretanto, temerosa da fama cruel que precedia Domenico e sua família, manteve-se em silêncio. O que ela não mencionou, porém, era que, com Elena expulsa do convento das clarissas, ela perderia as generosas doações enviadas mensalmente pelos Orsini.

Como era de esperar, logo começaram os enjoos, as indisposições, os desmaios. Elena afirmava que sofria com a saudade de casa e com o calor do verão romano, mas a abadessa já vira aquilo acontecer sob o teto de seu convento várias vezes antes. Quando a madre superiora estava prestes a enviar uma mensagem para os Orsini para avisá-los da impreterível excomunhão de Elena, já que precisava zelar pela notória retidão de sua Ordem, recebeu uma mensagem do monastério-mãe, em Assis, comunicando que Elena havia sido escalada como abadessa de um recém-inaugurado convento no ducado de Castro, uma doação dos caridosos duques Farnese, e que uma carruagem cedida pela Sé viria buscá-la imediatamente. A abadessa não precisou pensar muito para se dar conta do que estava acontecendo. Porém, não seria louca de ir contra o cardeal Manfredi, cujo filho estava sendo carregado no ventre de uma das irmãs de sua congregação. Tudo que podia fazer era rezar pelo perdão da alma da pobre Elena, corrompida pelos olhos castanhos sedutores e pelas promessas daquele demônio de Parma — pelo menos até receber a visita do bispo Giarda, o braço direito do novo inquisidor-mor.

Os emissários do bispo também começaram a fazer progressos no Norte, recolhendo diversos relatos interessantes sobre os Manfredi que certamente seriam suficientes para abrir mais linhas de investigação. Por enquanto, porém, Giarda queria buscar aquela abadessa de meia-tigela e levá-la para que fosse interrogada em Roma. Claro que casos semelhantes já haviam acontecido várias vezes antes, porém era muita petulância de Domenico acreditar que a freira poderia dar continuidade àquela gravidez sem sofrer consequências e, ainda por cima, colocá-la, uma garota que mal deixara os cueiros, como abadessa de um convento no território dos Farnese, que, como não era segredo para ninguém, podia ser considerado um quintal dos Manfredi. A madre Elena e o cardeal Domenico haviam cometido uma falta grave, que seria julgada com rigidez pelo tribunal da Inquisição. E, claro, seus bem treinados inquisidores fariam com que a garota confessasse o que mais ele desejasse. Giarda trazia consigo toda a documentação necessária para a prisão da freira.

Pensando em tudo isso, o bispo orava com a cabeça baixa. Era difícil manter a concentração com os solavancos da carruagem, mas ele se esforçava ao máximo. Necessitaria de toda a luz divina para combater o mal que aqueles hereges representavam. Por esse motivo, não percebeu quando a primeira flecha atingiu uma das portas. Só foi se dar conta de que uma carnificina estava em curso quando ouviu um dos cavalos tombar. Por fim, olhou pela janela. Homens sem uniforme, mas fortemente armados com rapieiras, alfanjes e lanças cercaram seus batedores. Um cavalo corria estrada acima, ferido e sem o menor sinal de seu cavaleiro. Outro dava seu derradeiro suspiro estirado no chão de terra batida e um último acabara de ser atirado no abismo que ladeava a estrada. O cavaleiro não teve nem tempo de apear e mergulhou para a morte junto com sua montaria. Giarda arriscou colocar a cabeça pela janela para tentar ter uma perspectiva melhor do que acontecia e se arrependeu em seguida. Flechas eram atiradas de algum ponto na encosta, fora de seu campo de visão, tendo como alvos os cavalos que puxavam a carruagem. Dois já haviam sido atingidos e um deles empinou, fazendo com que os demais disparassem, aproximando-se perigosamente do desfiladeiro. Ele conseguiu ver o batedor que seguia mais atrás desertar ao perceber que não teria a menor condição de dar conta dos mais de quinze homens que se aglomeravam ao redor de seus companheiros remanescentes, que lutavam para se manter sobre seus cavalos enquanto eram atacados por todos os lados. "Covarde de merda", pensou o bispo, conseguindo desviar a tempo de uma flechada e voltando para dentro da carruagem. Ele havia sido extremamente cuidadoso em todas as suas investigações, entretanto, por nem um minuto sequer cogitou a possibilidade de que um homem presunçoso e arrogante como Domenico pudesse de fato amar uma freira recém-ordenada, que apesar do nome nobre era uma insignificante filha do meio, relegada a um convento regido por uma das mais despojadas ordens femininas da Igreja. Ainda que compreendesse o desespero em escondê-la até que fosse capaz de livrar-se da criança, Giarda jamais esperaria que a nova morada de Elena estivesse tão bem protegida. Era claro que Domenico não só a amava como tinha a intenção de criar o bastardo. A morte por afogamento em uma tina, como era tão comum aos frutos enjeitados dos pecados do clero, seria uma sina bem mais digna do que crescer no seio daqueles amaldiçoados.

Giarda sentiu um tranco. Certamente mais um cavalo havia sido atingido. Em seguida, a carruagem disparou. O bispo então teve certeza de que encontraria a morte nas profundezas daquele precipício. Não havia tempo para orações longas. Seu destino já estava selado. Ele cometera um erro e pagaria muito caro por isso. Persignou-se, encarou pela última vez a claridade do lado de fora e fechou os olhos. Sentiu o corpo ser jogado com violência para o lado oposto da cabine e em seguida bateu contra o que lhe pareceu ser o teto. Não havia mais nada a ser feito. Sua mente, porém, foi tomada por uma inusitada calma. Para o homem Cristoforo de Giarda, aquele era o fim da linha. Entretanto, tinha certeza, aquele seria o início da derrocada dos Manfredi. Seus muitos crimes em breve seriam punidos; seus segredos, revelados. Eles seriam excomungados, perderiam todas as suas posses e desejariam ir mais que depressa para o inferno, de onde jamais deveriam ter saído.

Sorrindo, o bispo Giarda foi absorvido pelo vazio.

Como Cristoforo de Giarda havia previsto em seus derradeiros momentos, os anos que se seguiram foram duros para os Manfredi. O cardeal Pamphili não deixou que a morte de seu braço direito fosse em vão. Uma comissão foi enviada a Castro para averiguar se o acidente envolvendo o bispo tinha sido de fato acidental. Os inquisidores encontraram o guarda desertor da comitiva de Giarda, que passara semanas escondido na floresta, temendo que os homens que os encurralaram na estrada fossem em seu encalço para terminar o serviço. Ele lhes contou como seu destacamento fora atacado sem nenhum motivo aparente por uma tropa que não usava uniformes. Os homens do Vaticano foram massacrados sem piedade. O ataque a uma comitiva oficial da Santa Sé era um crime grave, que, no fim das contas, recaiu sobre os Farnese — para todos os efeitos, os proprietários do ducado.

O interesse do papa pela região era conhecido. Castro era um entreposto comercial importante e um prolífero produtor de grãos, um dos poucos territórios que ainda traziam lucros aos cofres esvaziados dos Farnese. Urbano só não tinha enviado suas tropas para lá por influência de Domenico, que insistia que aquela era uma das únicas posses territoriais dos Farnese, onde havia soldados em abundância, o que levaria a mais uma guerra dispendiosa e sanguinolenta para o já controverso histórico de seu papado. Porém, diante do ocorrido e dos clamores de Pamphili em todo e qualquer consistório que proclamasse, Urbano não teve saída a não ser reunir uma quantidade significativa de tropas e ordenar, por fim, a invasão de Castro. Visto que o ducado passou a ser considerado uma rota de segurança duvidosa para as caravanas comerciais e que, ainda por cima, em breve se tornaria cenário de uma guerra, Urbano autorizou, ainda, que uma estrada alternativa, ligando a cidade de Sutri a Roma, fosse aberta com a maior presteza, fazendo com que os lucros dos pedágios cobrados pelos Manfredi em Castro minguassem da noite para o dia.

Enquanto isso, Frederico recebia praticamente todos os dias mensagens de seus homens espalhados pelos territórios onde os Manfredi possuíam influência sobre sujeitos misteriosos que andavam subornando, aliciando e utilizando-se da violência para interrogar aldeões em busca de qualquer informação a respeito da família. Segundo foi averiguado, tratava-se de enviados da Inquisição Romana.

A cada dia o cerco se fechava mais. Medidas urgentes eram necessárias. Dom Marcello decidiu retornar a Parma para se juntar aos irmãos em suas deliberações, auxiliando-os não só com seu conhecimento dos bastidores da Santa Sé, mas com uma quantidade fenomenal de ducados desviada dos cofres do Vaticano com muita discrição ao longo das décadas para serem utilizados pela família em emergências como aquela. Por uma questão de segurança, ele optou por levar também Sandra e os três filhos, Ugo, Luigi e Giuseppe, para a Villa. Seus meninos eram muito queridos por todos, tanto que Alfeo e Lizbeta batizaram o primogênito; Gennaro e Francesca, o filho do meio; e Domenico e Jade, o caçula. A única recomendação de Alfeo e

Gennaro era que ele e Sandra fossem discretos em seu relacionamento e, caso alguém da cúria o indagasse a respeito dela e dos meninos, dissesse apenas que estava ajudando uma sobrinha viúva. Nenhuma pergunta jamais lhe foi feita, visto que os membros do Colegiado que não tinham uma família em paralelo a suas atividades eclesiásticas possuíam segredos ainda mais mundanos a serem ocultados. Contudo, dadas as circunstâncias, era certo que logo a Inquisição de Pamphili questionaria o verdadeiro papel que Sandra e os meninos possuíam na vida do cardeal, fazendo com que corressem perigo. Parma era o único lugar onde podiam ficar em segurança.

Já Domenico permaneceu em Roma, sendo obrigado a lidar sozinho com os ataques diários de Pamphili e seus apoiadores. Ainda que após o derramamento de sangue ocorrido meses antes nenhum membro do Colegiado além do inquisidor-mor fosse capaz de bater de frente com Domenico, ele sabia muito bem que nos bastidores do Palácio Apostólico todos tramavam para finalmente se verem livres dos Manfredi. Apesar de o tio repetir com frequência que, mesmo que o sobrinho nunca houvesse se envolvido com Elena, Pamphili inventaria qualquer outro pretexto para tentar colocá-los na fogueira, Domenico se sentia culpado. Ele fora fraco, sucumbira aos sentimentos. Essa não era uma atitude digna de um homem como ele, de quem tanto dependia e que havia colocado em jogo tudo que seus antepassados e ele próprio tanto lutaram para conquistar. Mesmo assim, o que mais lhe tirava o sono não era aquela Inquisição maldita ou o destino dos Manfredi caso os agentes de Pamphili de fato chegassem até a Villa e ao mausoléu de La Villetta, descobrindo tudo que sua família fazia ali havia gerações. O que mais o afligia era a segurança de Elena e seu filho. Como ela estaria se sentindo? Será que soubera que Giarda estivera prestes a levá-la ao tribunal da Inquisição? Como estaria indo sua gravidez? Sua saúde estaria boa? Será que sentia tanta falta dele quanto ele sentia dela? Não podia nem ao menos lhe escrever, pois o mensageiro corria um sério risco de ser interceptado pelo caminho. O único pensamento que lhe trazia tranquilidade nas raras noites em que conseguia tirar ao menos um cochilo era imaginar como seria o rosto do filho, idealizando-o com os olhos verdes e vivos da mãe e sua própria pele amorenada, os cabelos escuros como os dos Manfredi e cacheados como os dos Orsini.

Ele passava a maior parte dos seus dias na companhia de Urbano, que, mais uma vez, recorria à sensatez e às boas ideias do jovem cardeal Manfredi para traçar seus estratagemas de guerra. Esse aconselhamento para aquele conflito em especial gerou um mal-estar entre o papa e o Colegiado, já que era notória a proximidade entre as famílias Manfredi e Farnese. Não eram segredo as grandes dívidas que o duque Eduardo contraíra com Don Alfeo ao longo dos anos e dizia-se que os Farnese não conseguiam dar um passo sem pedir as bênçãos dos Manfredi. Aquilo podia até ser verdade, mas, por sua vez, apenas o Santo Padre e seus assessores financeiros mais próximos, entre eles Dom Marcello, sabiam que os cofres da cúria estavam mais secos que os campos da Sicília. A expansão territorial no início tão aclamada pelo clero havia custado uma verdadeira fortuna e sugado o Vaticano até o último centavo. A vida nababesca ostentada pelos membros da Igreja, capazes de enviar para a Sé até mesmo as despesas de suas meretrizes, piorava ainda mais a situação. A verdade é que não havia fundos para financiar aquela guerra e, assim como acontecia com os Farnese, a única esperança da cúria era apelar para os recursos e soldados dos Manfredi. Caberia a Urbano contar mais uma vez com a boa vontade de Domenico — e oferecer os favores mais vantajosos — para que os Manfredi ficassem a seu lado no conflito.

Domenico mantinha sua postura firme e amigável para com Urbano e escrevia quase todos os dias, como costumava fazer até poucos meses antes, para a mãe, com a diferença de que, dessa vez, suas mensagens eram codificadas de acordo com um plano que havia arquitetado com o tio. Lizbeta lhe respondia fazendo uso da mesma linguagem cifrada. Nesse ínterim, ele também matinha uma correspondência regular com o tio, na qual, utilizando outro código, ele desmentia tudo que relatara para a mãe, e Dom Marcello fazia exatamente o mesmo quando lhe escrevia de volta. Caso alguém interceptasse os portadores das cartas e desvendasse seu conteúdo, não saberiam em qual mensagem confiar.

Dada a idade já avançada de Urbano e sua popularidade decrescente entre os cardeais, Domenico sabia que o papa tinha pouco a lhe oferecer a longo prazo. Entretanto, enquanto estivesse necessitando dos favores dos Manfredi, manteria os inquisidores de Pamphili longe de Parma. Além disso, não era nada mal ter a Santa Sé lhes devendo uma quantidade considerável de ducados. Além dos juros robustos calculados por Dom Marcello, mais do que nunca os Manfredi poderiam precisar de futuros favores da Igreja. Por outro lado, eles não podiam simplesmente virar as costas para os Farnese. Além de seus mais antigos aliados, os duques eram, por título, os senhores de Parma e a fachada respeitosa que Don Alfeo e seus irmãos utilizavam para encobrir seus negócios questionáveis. E eles tinham muito dinheiro investido em Castro, onde os homens de Frederico controlavam prostíbulos e rinhas e cobravam uma porcentagem considerável da produção dos camponeses em troca de segurança. Ainda que os pedágios fossem sofrer por causa da nova estrada, Castro continuava a ser um território com potencial e seria um erro permitir que os Estados Papais se aproximassem de Parma. E, claro, era em Castro que Elena e o filho de Domenico estavam.

Assim, utilizando uma tática que já lhes era cara, os Manfredi enviaram seus homens e ducados tanto para o papa quanto para os duques, sendo, porém, bem mais generosos com os últimos. De início, assim como os membros do Colegiado, Eduardo se perguntou se, mesmo com todos os planos de Don Alfeo de transformar seu primogênito no próximo Santo Padre, ele teria coragem de se virar contra a expansão de Urbano. Contudo, o duque não tinha mais a quem recorrer e ter suas terras tomadas pela Sé era um dos medos mais latentes dos Farnese desde a época de seu pai. Ele só se acalmou quando Frederico lhe ofereceu — com soldos reduzidos — uma grande tropa, sugerindo que avançassem em direção a Acquapendente, um vilarejo nos arredores de Roma, enquanto os regimentos principais combatiam em Castro, no intuito de desestabilizar Urbano, fazendo com que acreditasse que os Farnese planejavam um novo saque a Roma. O último, perpetrado em 1527 por Carlos V, imperador do Sacro Império Romano-Germânico, havia destruído não só a cidade, como a reputação do papa Clemente VII. Urbano, que já não era amado pelo povo, muito menos por seus cardeais, com toda a certeza não gostaria nem mesmo de cogitar essa possibilidade.

Para desgosto de Frederico, dada a delicadeza das relações dos Manfredi com ambos os lados envolvidos, nenhum membro da família nem seus capitães mais notórios deviam estar presentes nas frentes de batalha. Os homens mais habilidosos, treinados nas casernas de Parma, foram enviados para lutar do lado dos Farnese. Já Urbano recebeu soldados de Mântua. Dessa forma, evitava-se que os combatentes se reconhecessem lutando de lados opostos a mando do mesmo senhor.

Em 27 de setembro de 1641, as tropas papais marcharam sobre Castro. No dia seguinte, um pelotão dos Farnese que já estava ocultado nas redondezas marchou em direção a Acquapendente. Os conflitos em ambas as frentes foram longos e sanguinolentos. A guerra custava uma verdadeira fortuna para ambos os lados. As dívidas eram estratosféricas. Logo, não só os duques quanto a Santa Sé deveriam até mesmo suas almas para os Manfredi.

No décimo terceiro mês de conflito, os homens dos Farnese em Acquapendente foram surpreendidos pela chegada de uma nova tropa papal numerosa e muito bem fornida, com cavalaria, armamento pesado e disposição para colocar um ponto-final definitivo nos avanços daqueles nobres presunçosos do Norte que ousavam ameaçar o coração da Igreja. Domenico ficou enraivecido quando recebeu essa notícia. Afinal, ele tinha certeza de que aquele reforço não viera das casernas dos Manfredi. E Urbano não havia lhe comunicado nada a respeito. Estaria o papa agindo pelas suas costas? Ele solicitou uma conferência imediata com o Santo Padre, mas o secretário pediu que ele esperasse, pois o papa estava em reunião. Após uma hora, as portas do gabinete se abriram e delas saiu o cardeal Pamphili, que lhe lançou apenas um olhar de soslaio e seguiu para o corredor. Domenico foi admitido logo em seguida e soube, para sua surpresa, que passando por cima da autoridade papal Pamphili recorreu a seus contatos na Espanha, que enviaram tropas para Acquapendente no intuito de resguardar Roma. Nem mesmo os capitães do Vaticano — saídos das casernas dos Manfredi — foram avisados da chegada dos reforços. Guardando suas opiniões para si, Domenico tinha certeza de que os espanhóis já contavam com a eleição de Pamphili no próximo conclave, que, ao que tudo indicava, não demoraria muito. Urbano parecia sinceramente furioso com a insubordinação de Pamphili, porém a ajuda das tropas por ele arregimentadas havia sido decisiva. Segundo notícias recém-chegadas de Acquapendente, as tropas dos Farnese esmaeciam e era esperado que se rendessem nas próximas horas.

Estendendo uma das mãos para tocar o ombro de Domenico, o papa comentou:

— Essa guerra já durou tempo demais. Não é justo que tantas vidas sejam ceifadas nem que, por mais prolífica que seja sua família, vocês gastem sua riqueza com um conflito que não lhes diz respeito. Compreendo a dimensão da dívida da Sé e garanto que será paga com os devidos juros. Entretanto, chegou o momento de dar um basta. Rezemos para que os Farnese sejam igualmente sensatos em Castro e se entreguem.

Assim que deixou o gabinete papal, Domenico foi para seus aposentos escrever para casa. Precisava ter certeza de que as tropas que lutavam ao lado dos Farnese em Castro poderiam receber reforços de forma rápida. Caso contrário, se os espanhóis resolvessem marchar de Acquapendente para o Norte ou houvesse mais deles a caminho do ducado, tudo estaria perdido. Os pensamentos de Domenico não saíam de Elena e do filho. Já havia se passado mais de um ano desde que ela fora para Castro. Em uma das correspondências cifradas trocadas com a Villa, Lizbeta lhe informou que a ama de confiança que foi enviada ao convento para atender Elena alguns meses antes de dar à luz conseguira lhe mandar por meio de um dos guardas de plantão em Castro uma mensagem que informava que a abadessa havia parido um menino saudável, e que nos próximos dias ela iria à cidadela para levar o neto para a segurança do infantário da Villa, conforme o filho lhe pedira. Elena dera ao menino o nome de Ignazio, em homenagem ao santo ao qual a capela de Castro, o lugar que a havia acolhido e protegido naqueles tempos incertos, fora dedicada. Por fim, o maior desejo de Domenico se realizara. E ele jamais se perdoaria se colocasse tudo isso a perder.

Antes que a carta de Domenico chegasse a Parma, Frederico e os patriarcas da família receberam de seus capitães a notícia da derrota avassaladora das tropas que lutavam a favor dos Farnese em Acquapendente. Eles tinham que agir rápido, e imediatamente um numeroso exército foi enviado das casernas da Villa para Castro. Frederico se encarregou de escolher pessoalmente cada um dos soldados. Eles não podiam perder a cidade, e, além disso, a tal freira por quem o primo parecia haver de fato se apaixonado e seu bastardo ainda estavam no convento do ducado. Embora considerasse totalmente descabido que o primo tivesse se apegado tanto a uma única mulher quando tinha todas as melhores e mais belas cortesãs de Roma aos seus pés e ainda por cima fizesse questão que uma criança ilegítima fosse criada como um Manfredi, compreendia as velhas inquietações de Domenico, a quem amava como um irmão. Se esse era seu desejo, ele faria o que fosse preciso para cumpri-lo.

Eduardo Farnese só tomou ciência do ocorrido dois dias após a chegada de seu estafeta vindo de Acquapendente. Ele havia desmaiado após mais uma bebedeira na companhia de algumas das meninas da casa da Madame Gionna enviadas para o palácio ducal e nem mesmo seus conselheiros e guardas foram capazes de despertá-lo. Esse comportamento excessivo era cada vez mais frequente à medida que as condições políticas e financeiras dos Farnese se tornavam delicadas. Sua esposa o evitava, envergonhada pela conduta libertina do marido, a qual ele nem mesmo fazia questão de manter em segredo. O povo, ainda que continuasse a nutrir admiração pelo nome dos Farnese e todas as benesses que a família trouxera a Parma no passado, não confiava em Eduardo. Todos sabiam que, sem os Manfredi, Parma já teria sido há muito tomada pelo papa, os austríacos ou qualquer outro tirano em busca de mais territórios.

Quando finalmente caiu em si, Eduardo correu para a Villa, como sempre fazia quando tinha algum problema. Lá foi prontamente recebido por seu velho amigo Frederico, que lhe serviu uma dose generosa de Porto e recomendou que retornasse para o palácio ducal e não se preocupasse, pois os Manfredi colocariam tudo em seu devido lugar mais uma vez.

Três dias após o envio das tropas, Lizbeta recebeu uma carta de Domenico que os avisava sobre o apoio dos espanhóis. Apesar de as tropas de Filipe V estarem longe de ser tão bem treinadas quanto as francesas e austríacas, eram numerosas e fornidas. Frederico passou uma noite inteira reunido com o pai e os tios debatendo uma solução viável para aquele impasse. Precisariam de todo o apoio possível de seus aliados.

Assim, no dia seguinte, enquanto Frederico permaneceu na Villa para protegê-la e agir em caso de qualquer novo acontecimento, Marcello, Gennaro e Alfeo deixaram Parma com suas respectivas comitivas. A questão era urgente, de forma que resolveram ter pessoalmente com aqueles que lhes deviam favores.

Dom Marcello seguiu para Florença. Ele soubera ainda em Roma que o grão-duque Fernando de Médici estava tendo problemas com o famoso banco fundado por sua família. Ao que tudo indicava, ele não tinha o mesmo pendor para as finanças que seus antepassados, embora cultivasse a mesma inclinação para os excessos — e por jovens valetes. Certamente não recusaria um belo aporte em ducados de seus bons amigos Manfredi em troca de um punhado de soldados.

Castro era uma cidade costeira, de forma que era bem provável que os espanhóis tentassem penetrá-la pelo mar. Os Manfredi não possuíam embarcações nem tinham experiência nesse tipo de combate, porém essa era uma das especialidades dos venezianos, antigos aliados dos Manfredi. Ainda que Don Alfeo não dispusesse de intimidade com o atual doge, vários dos mercadores locais tinham suas expedições financiadas pelos fundos que Dom Marcello geria no Tesouro do Vaticano, razão pela qual nutriam uma relação amigável com a cidade. Não era à toa que anos antes Alfeo escolhera Veneza para servir de retiro para seus gêmeos. Ele também sabia que nenhum doge em sã consciência recusaria os numerosos sacos abarrotados de ducados que levava em sua carruagem.

Já Don Gennaro rumou para Modena, ducado-irmão de Parma, onde os Farnese e os d'Este tinham uma parceria duradoura, coroada alguns anos antes com a união do duque Francisco com Maria Catarina, irmã de Eduardo. Gennaro levava uma carta assinada pelo duque clamando por ajuda e lhe prometendo, caso a guerra fosse bem-sucedida, dez por cento de todos os lucros obtidos com as vendas dos cereais de Castro durante uma década.

Além da confiança que as três partes depositavam na palavra dos Manfredi — e nas consequências que sofriam aqueles que ousavam lhes virar as costas —, os benefícios oferecidos pelos três visitantes eram vantajosos demais para serem recusados. Dessa forma, em poucos dias um contingente ainda maior de soldados apoiadores dos Farnese chegou a Castro, acompanhado de uma notável esquadra veneziana que protegeu a costa. Os espanhóis se garantiam na inexperiência do inimigo no combate marítimo e foram pegos de surpresa por dezenas de galeões com o brasão do doge de Veneza em suas velas, que derrubaram com facilidade as sete embarcações da pequena esquadra inimiga. Em terra, os resultados foram igualmente catastróficos para o Vaticano. O mesmo exército vencedor no Sul marchou para Castro para se unir aos já exauridos soldados que havia mais de um ano combatiam no ducado, sendo pegos de surpresa pela enorme e bem armada tropa que se somou às fileiras parmesãs. Os homens do papa foram derrubados como moscas em menos de um dia de combate.

Era uma tarde quente do final de março. Dois meses haviam se passado desde a fatídica batalha que dera fim aos conflitos em Castro. Em um dos salões de conferências do Palácio Apostólico, o papa Urbano suava em bicas sentado à cabeceira da longa mesa. De um dos lados, estavam acomodados os dois cardeais Manfredi e Eduardo Farnese. Do outro, o cardeal Pamphili, e na cabeceira oposta à do Santo Padre sentava um diplomata francês que serviria como fiel da balança nas negociações de paz entre o Vaticano e o duque de Parma que estavam prestes a ter início.

    O enviado do rei da França contemplava com atenção a clara animosidade entre os lados opostos ali reunidos. O recém-falecido rei Luís XIII tinha os Manfredi em alto apreço, em especial após terem lutado ao lado de seu sobrinho, o duque de Nevers, na bem-sucedida Guerra da Sucessão de Mântua. Os regentes responsáveis pelo governo francês até que o jovem sucessor tivesse idade suficiente para assumir o trono eram bastante fiéis às alianças políticas de seus antepassados, de forma que não hesitaram em se oferecer como mediadores na disputa entre o papa e Eduardo Farnese após receberem uma correspondência de Don Alfeo lhes contando a respeito do desenrolar do conflito em Castro. O diplomata sabia muito bem para que lado seus senhores queriam que a balança pesasse, ainda que de maneira discreta, pois, afinal, todos ali eram católicos devotados e não tinham o menor interesse em criar atritos com a Santa Sé. Mais tarde, em seu relatório a respeito da visita a Roma, o diplomata seria enfático em sua descrição da saúde deteriorada de Urbano. Ele passava longos instantes recostado em sua cadeira com os olhos fechados, demonstrando que sentia dor e claramente não via a hora que tudo aquilo terminasse.

    O papa fez um rápido preâmbulo sobre como, apesar de ser um defensor da reconciliação e do exemplo máximo de perdão dado por Cristo, não tinha escolha a não ser excomungar os Farnese, pois, segundo ele, assim desejava seu Colegiado após o duque ter ido contra os anseios dos representantes do Divino na terra. Embora Domenico tenha utilizado toda a sua famosa eloquência para que seu velho amigo recebesse o perdão papal, sabia que Urbano estava em uma situação cada vez mais delicada diante da cúria, que via a guerra em Castro como um derradeiro sinal de sua ganância desmedida — e, como se comentava à boca pequena, de sua latente senilidade. Domenico nada pôde fazer além de baixar solenemente a cabeça ao ouvir a sentença. Contudo, ao olhar de relance para Eduardo, se deu conta de que ele se encontrava tão alheio em sua ressaca que pareceu nem mesmo se dar conta da gravidade daquele discurso.

O papa então passou a palavra ao conciliador francês, que estabeleceu que o ducado de Castro permaneceria sob a tutela dos Farnese, já que eles haviam protegido seu território de forma honesta e saíram vitoriosos. Ainda, como compensação pelas perdas sofridas durante a disputa, o papa deveria perdoar a velha dívida estimada em mais de um milhão e meio de ducados que os Farnese tinham com o Tesouro da Sé.

Para espanto do emissário do reino de França, Pamphili nem mesmo retrucou ao ouvir a decisão. Não houve, como era de esperar quando se tratava de homens do Sul, discussões inflamadas, bravatas nem batidas raivosas na mesa. Todos simplesmente se encararam por um momento e em seguida trocaram apertos de mãos comedidos. Certamente, pensou o francês, havia muito mais por trás daquela guerra do que estava sendo discutido ali.

O DIPLOMATA ESTAVA absolutamente correto. O destino dos Manfredi — e, por consequência, dos Farnese, ainda que Eduardo nem mesmo desconfiasse disso — já havia sido traçado bem antes daquela reunião.

Havia duas semanas que Dom Marcello retornara a Roma. Assim que pôs os pés na cidade, seguiu para o gabinete do papa, com quem ficou horas a portas fechadas discutindo as condições da imensa dívida contraída pela Sé durante a guerra. Por mais que o cardeal houvesse parcelado o pagamento — o que, obviamente, resultava em juros ainda maiores —, os cofres do Vaticano estariam vazios durante todo o restante do seu papado e era bem provável que durante os dois seguintes. Ele precisaria adotar medidas de austeridade que com toda certeza não seriam bem recebidas pela cúria.

Na madrugada anterior à reunião entre as partes com o conciliador francês, Domenico tentava dormir em seus aposentos. Já era tarde e ele estava exausto. Eduardo chegara a Roma naquela manhã, havia devorado quase um leitão inteiro no almoço, feito uma sesta de quase cinco horas e, assim que o sol caiu, insistiu, em nome dos velhos tempos, que Domenico o acompanhasse até um dos muitos prostíbulos nos arredores do Vaticano. Ainda que não estivesse no melhor dos espíritos, Domenico sabia o quanto o amigo podia ser insistente em sua sede por álcool e devassidão. Além disso, um Eduardo de ressaca, abatido demais para traçar comentários infames durante a conciliação no dia seguinte, poderia ser algo vantajoso. Assim, Domenico trocou de roupa, reuniu seus guardas e partiu para uma das mais faustosas casas de prazeres da cidade, habituada a servir com discrição membros do clero e seus convidados.

No fim das contas, havia sido bom aliviar toda a pressão que andava sofrendo. Foi rápido e nem de longe tão arrebatador quanto as noites passadas com Elena, mas as meninas eram belas e se esforçaram para fazer valer a pequena fortuna que cobravam. Domenico não se surpreendeu quando, ao sair do quarto, a mulher que administrava o lugar o chamou discretamente em um canto e o informou que seu amigo duque havia desmaiado enquanto as meninas que escolhera faziam seu serviço, de forma que ela aconselhava que, para manter o sigilo, os guardas que os acompanhavam o retirassem pelos fundos e Domenico pagasse a conta.

Domenico acompanhou o coche de Eduardo até o ostentoso, ainda que decadente, *palazzo* dos Farnese em Roma para ter certeza de que o amigo estava em segurança e só então seguiu para o Palácio Apostólico. Em seus aposentos, Domenico se deitou, mas não conseguiu dormir. Por mais que o tio lhe garantisse que um acordo vantajoso para os Manfredi seria travado pelo enviado francês, tinha certeza de que o conflito em Castro havia sido apenas o primeiro fio de uma trama muito maior. O papa Urbano não duraria muito tempo. E terminaria seu papado com a reputação comprometida pelo alto custo de suas guerras. Qualquer candidato ao trono por ele indicado estaria fadado ao fracasso. E mesmo que Domenico tentasse dissociar sua imagem da de Urbano e declarar seu desejo de se tornar papa, aquela seria uma missão árdua, pois, após a vingança perpetrada contra seus colegas de batina, nem mesmo toda a fortuna dos Manfredi seria capaz de comprar votos suficientes, já que o Colegiado o via com medo e suspeita. Afinal, como confiar em um homem capaz de tirar a vida de tantas crianças inocentes, prole de seus irmãos em Cristo, apenas porque foi contrariado em um consistório? Ele ainda era jovem, poderia ser eleito mais tarde, se assim o bom Deus o permitisse, porém já podia considerar perdido o próximo concílio. Dadas as crescentes alianças fechadas por Pamphili às custas da fortuna da cunhada, era bem provável que ele se tornasse, para a amargura dos Manfredi, o próximo pontífice. Eles teriam que dispor de todos os ducados possíveis, suas artimanhas e seus parceiros fiéis para escapar das garras daquele patife. Mais do que nunca, porém, Domenico possuía um incentivo para defender com unhas e dentes aquilo que lhe pertencia. Ele tinha um herdeiro e uma mulher a quem amava e prometera defender até o fim de seus dias.

Estava perdido nesses pensamentos quando um dos valetes bateu na porta. Imaginando que algo houvesse acontecido a Eduardo, pediu que o rapaz entrasse. Para sua surpresa, porém, foi avisado de que o cardeal Pamphili queria vê-lo. Sem entender o que aquele velho diabo podia querer em seus aposentos na calada da noite, jogou uma batina por cima do camisolão e foi até a sala.

Encontrou Pamphili sentado em uma das poltronas forradas de veludo, vestido com a batina completa. Com um sorriso satisfeito pairando nos lábios, ele contemplava um dos muitos quadros retratando Nossa Senhora que adornavam o cômodo espaçoso. Ao ver Domenico, levantou-se e cumprimentou o colega meneando levemente a cabeça.

— Vejo que vossa eminência é um grande devoto da Virgem – comentou o visitante.

Domenico ignorou o comentário e, sentando-se diante de Pamphili do lado oposto da sala, ordenou que o valete trouxesse duas taças e uma garrafa de Chianti de sua adega particular.

— Creio, porém, que a adoração do nobre colega pela pureza feminina o tenha levado longe demais – continuou. – E devo confessar que isso muito me admira, pois, pelo que chegou aos meus ouvidos, o senhor tinha até pouco tempo atrás uma preferência por mulheres mais experimentadas, cortesãs com idade suficiente para serem sua mãe.

Domenico permaneceu em silêncio, degustando o vinho em goles lentos enquanto encarava o adversário com expressão impassível.

— Não me leve a mal, vossa eminência. Não me tome como um fuxiqueiro. Mas como inquisidor-mor é meu dever estar atento a toda e qualquer heresia, em especial àquelas que acontecem debaixo deste teto sagrado. Claro, não vamos ser hipócritas, somos todos homens adultos aqui. Não será um pequeno deslize como frequentar uma casa de prazeres com um amigo de infância que exagera demais na bebida ou as visitas de prostitutas a nossos aposentos que nos levará para o inferno. Entretanto, atentar contra a castidade de uma noiva de Cristo e, não apenas isso, permitir que ela carregue no ventre a personificação amaldiçoada desse pecado, escondendo-a em um condado que todos sabem que é controlado por sua família, e ainda alçar a pobre moça inexperiente ao cargo de abadessa... – Pamphili estalou a língua enquanto abanava negativamente a cabeça. – Isso já é demais. E graças a esse segredo um dos mais íntegros bispos da nossa Igreja pereceu, vítima de uma emboscada. Ainda bem que um de seus bravos batedores conseguiu se ocultar na floresta para relatar o ocorrido aos presbíteros a serviço do Santo Ofício. Ele, porém, infelizmente faleceu, vítima de um suposto assalto nas ruas de Roma. Admira-me que logo o nobre colega, que conhece muito bem os terríveis sofrimentos causados pela presença de crias amaldiçoadas no seio de uma família, tenha ligação com esses acontecimentos infelizes. Que Deus tenha piedade das almas daquelas aberrações que padecem no Convento de Santa Apolônia. E de seu irmão, que, se não me engano, apesar de viver escondido na Villa de sua família, também sofre de um certo tipo de idiotia, ainda que se comente que isso é apenas uma fachada para habilidades de cunho extremamente blasfemo. Ah, claro, ainda há sua pobre e inocente irmã, aquela moça tão bela que ficou viúva logo após o casamento com um homem que, além de uma enorme fortuna acumulada ao longo dos anos, tinha o quê? Quatro vezes a idade dela? Soube que seu palacete foi o único local em Colonnata afetado pela peste e ela foi, entre toda a família, a única sobrevivente. Não deve ser fácil ser viúva tão jovem, ainda mais sabendo que na terra de seu falecido marido ela é considerada uma bruxa.

Pamphili, que em nenhum momento tirara os olhos de Domenico, percebeu quando a sobrancelha direita do outro cardeal tremeu, ainda que levemente. Ele por fim havia tocado o calcanhar de aquiles do rival. Pamphili se inclinou para a frente como se, apesar da distância considerável que separava suas poltronas, houvesse avançado espaços definidores no jogo que se desvelava entre ambos.

— O que o senhor quer de mim, vossa eminência? – Foi tudo que Domenico lhe ofereceu.

— Como o nobre colega bem sabe, desde que fui incumbido da sagrada missão de inquisidor-mor da Cúria Romana, tenho me esmerado ao máximo para cumprir o papel que me foi reservado por Nosso Senhor. Estou no cargo há pouco tempo, porém já foi o suficiente para reunir os mais diferentes tipos de relatos sobre as atividades heréticas das mais variadas naturezas nas quais sua família está supostamente envolvida. Não considere isso algo pessoal, eminência. Em nenhuma ocasião busquei informações específicas a respeito dos seus, entretanto, aparentemente são tantas as ocorrências envolvendo ofícios profanos relacionadas à sua família que me foi impossível desviar os olhos. Diante de denúncias que vão de Palermo a Trento, infelizmente me encontro sem opções além de abrir um processo contra os Manfredi em meu tribunal e convocar seus familiares para depor, a começar por sua amante, a abadessa Elena Orsini.

Domenico sabia muito bem como funcionavam os depoimentos do tribunal da Santa Inquisição. Mesmo antes do cardeal Sotomayor, essas entrevistas eram verdadeiras sessões de tortura, em que o interrogado era compungido por meio das mais diversas geringonças aterradoras até por fim confessar dançar na companhia de demônios e fazer feitiços à luz da lua apenas para receber uma trégua provisória antes de ser queimado em uma imensa pira acesa na praça de São Pedro. A simples ideia de que Elena, Lizbeta, Jade, seu irmão, o pai, os tios e primos poderiam passar por aquilo causou um calafrio em Domenico. Ele não podia arriscar mais nada.

— Se o senhor está preocupado com o fato de eu ter alguma ambição de assumir o trono papal – declarou Domenico –, saiba que o caminho está livre. Ainda sou jovem, não tenho a experiência necessária para assumir uma responsabilidade desse vulto. E creio que nossos colegas de Colegiado concordam comigo.

— Sábio da sua parte. Não esperava nada diferente de um homem tão sensato. Entretanto, eu já contava com seu retrocesso quanto a essa questão dada a queda vertiginosa da popularidade do atual Santo Padre, já que sem dúvida o maior trunfo de vossa eminência seria a indicação de Urbano como seu substituto. Sendo assim, a retirada da sua campanha não vem ao caso. Por outro lado, sei que, seja pelo medo ou pelas dívidas, os Manfredi ainda possuem um número considerável de alianças no Colegiado e eu realmente gostaria de poder contar não apenas com o seu apoio e o de seu tio, mas também com o de seus aliados.

O jovem cardeal Manfredi estudou o outro homem diante dele. Sob a batina impecável havia um corpo esquálido, encurvado. O cabelo rareava, alvo como a barba rala, repleta de falhas. A pele morena um pouco mais alva que a do rapaz apresentava vincos profundos. Seus quase setenta anos claramente lhe pesavam sobre os ombros, porém os olhos castanhos e vivazes denotavam uma clareza que fez com que Domenico não necessitasse dos tais dons de prever o futuro dos quais algumas das mulheres de sua família eram dotadas para ter certeza de que Pamphili ocuparia o trono papal por pelo menos uma boa década. De qualquer forma, não havia problema. Domenico acabara de completar trinta e um anos e via com satisfação o fato de ter mais tempo sem as responsabilidades de um papado para compartilhar da companhia de Elena e ver o filho crescer.

— O senhor terá o meu apoio e o de meu tio – garantiu Domenico, ávido para que aquela conversa desagradável se encerrasse por ali.

Pamphili, porém, não parecia ter intenção de ir embora. Meneando a taça nas mãos sem tomar um único gole, continuou:

— Ainda há mais uma questão. Não posso começar meu papado com uma dívida praticamente impagável com os Manfredi. Não devo ser penalizado pela imprudência e ganância de meu antecessor nem pela forma equivocada com que escolhia seus mercenários. Sendo assim, pela salvaguarda daqueles que lhes são mais caros, rogo para que as dívidas da Sé para com sua família sejam cem por cento perdoadas a partir do dia do meu entronamento.

Domenico olhou fixamente para Pamphili. Sabia que não devia tomar uma decisão daquela magnitude sem antes consultar o pai. Tinha total conhecimento de que os Manfredi haviam gastado naquela guerra praticamente todos os ducados do falecido marido de Jade mais os lucros que tinham obtido até então de suas jazidas de mármore. Era uma quantia considerável que pretendiam recuperar às custas dos juros cobrados da cúria, visto que os Farnese jamais teriam como pagar tudo que tomaram emprestado — nem os Manfredi permitiriam que os duques deixassem de depender deles. Contudo, todos eles estavam cientes do perigo que Pamphili representava à dinastia como inquisidor — e que seria potencializado de forma aterradora quando se tornasse papa. Por mais que Jade fosse uma garota voluntariosa e mimada, continuava a ser uma das mulheres mais belas do Norte e não seria difícil lhe arranjar outro marido rico para reequilibrar as finanças da família. Por ora, o acordo proposto resolveria os problemas dos Manfredi, porém eles ainda estariam nas mãos de Pamphili, e isso o mortificava.

Naquele momento, não havia mais nada que Domenico pudesse fazer além de se levantar e apertar a mão do inimigo, selando o acordo. Pamphili deixou o copo com seu conteúdo intocado sobre um aparador e foi até a porta. Ele não esperou que o valete a abrisse e a fechou delicadamente atrás de si.

Enquanto tomava o último gole de seu Chianti, Domenico jurou por si mesmo, por seu filho e por seu nome que, quando fosse o momento, ele transformaria a vida de todo e qualquer Pamphili em um verdadeiro inferno. E não precisava haver pressa. Os Manfredi teriam toda a eternidade para isso.

De seu assento na Basílica de São Pedro, Domenico Manfredi mantém o olhar fixo à frente, no esquife que acompanhará o papa na eternidade. Urbano tem a expressão cansada, como se nem em sua jornada final fosse capaz de encontrar a paz almejada por qualquer cristão. Aquele é o primeiro velório papal que acompanha, porém abundam os comentários de que a basílica está visivelmente vazia. A impressão é de que estão presentes apenas aqueles que por força de sua posição se veem obrigados a presenciar o ritual. Os mais apaziguadores comentam que os bancos e corredores encontram-se desocupados por culpa da peste. Lá fora, porém, os brados da multidão acusam o homem que secou os cofres da Igreja em suas guerras que aniquilaram as jovens vidas de muitos filhos daquela gente e mergulhou Roma em uma onda de fome e miséria sem precedentes. A vida de um sumo pontífice é ingrata, repleta de dores, traições e desenganos, Domenico reflete. E, mesmo assim, todos aqueles homens vestidos de carmim que ocupam os bancos ao redor do féretro são capazes dos atos mais vis para ostentar a coroa tríplice.

Aquela cerimônia tétrica em nada agrada a Domenico. Desde muito jovem, foi obrigado a vislumbrar, ainda que de relance, já que não possuía o tal dom que seu pai tanto enaltecia, a atmosfera funesta que cercava os parentes de aparência mortiça que visitavam a Villa com cada vez mais frequência. Ele ficou chocado quando por fim foi revelado que nos constantes sumiços do pai ele estava enfurnado em La Villetta, acompanhado daqueles primos de pele pálida e roupas escuras dos quais exalava um odor funesto de putrefação. Não foi surpresa, contudo, saber que seu irmão caçula desde muito novo acompanhava Alfeo nesses expedientes, enquanto durante a maior parte de sua vida tudo que lhe explicavam era que no cemitério eram tratados outros tipos de negócios da família. Só quando já estava no Vaticano e as descobertas de Luciano evoluíram é que passou a ter um conhecimento mais amplo da importância das atividades realizadas nas catacumbas e dos benefícios práticos que elas estavam trazendo para os Manfredi. Ainda que a natureza repulsiva daquelas atividades revirasse suas entranhas, Domenico compreendia perfeitamente que eram elas que lhes davam uma vantagem poderosa em relação não só a outras famílias burguesas, mas até mesmo diante de marqueses, duques e reis. Aquilo um dia os tornaria mais influentes que o próprio papa. Era um segredo que precisava ser guardado a sete chaves, não importava o que fosse necessário para isso.

O que o deixa realmente enojado é a cena que se desenrola diante de seus olhos. Sentado no centro da primeira fila, o cardeal Pamphili tem um sorriso triunfante estampado no rosto e vários de seus colegas meneiam a cabeça de forma quase imperceptível em sua direção ao passarem para tomar seus lugares. Pelo número de acenos contados minuciosamente por Domenico, não resta dúvida de quem dali a poucos dias assumirá o trono papal.

Vez por outra, Pamphili lhe lança um olhar de júbilo. Domenico, contudo, continua mirando em frente, contemplando aquele que um dia foi considerado um homem capaz de conduzir a Santa Igreja às maiores glórias. Aquele era o papa que traçou um futuro brilhante para um rapazote ambicioso e genial que, segundo ele, era banhado pela graça divina, o único capaz de substituí-lo quando chegasse a hora. Aquela seria mais uma decepção que Urbano VIII levaria para o túmulo.

16

Villa Manfredi, Parma, novembro de 1644

Lizbeta Manfredi cobre o pequeno corpo inerte em seus braços com a manta. Definitivamente aquela criança tem o nariz e boa parte das feições do pai. Ao atestar isso, quase sente uma pontada de tristeza. Entretanto, aqueles lábios espraiados só podiam ter sido uma herança da mãe, embora mal houvesse pousado os olhos naquela freira recém-saída dos cueiros pela qual seu filho se dizia apaixonado. Lizbeta não se sentia bem dentro de conventos e queria sair dali o mais depressa possível. Conseguiu, porém, notar que a garota tinha olhos verdes e aquela grande boca tão típica dos Orsini. Mesmo sabendo que os bastardos entre os Manfredi tinham vida curta, não foi capaz de evitar um desejo para que no futuro o menino puxasse os traços harmônicos de Domenico, traços esses que Lizbeta reconhece em si mesma. Ela lamenta que a casa esteja de luto e os vários espelhos que encomendou aos artesãos de Murano estejam cobertos. Ainda que os anos e vários partos seguidos tenham cobrado seu preço, recentemente ela havia ganhado um novo viço. A peste começava a avançar de forma impetuosa sobre Parma e Alfeo se viu obrigado a proteger aqueles que lhe eram mais caros compartilhando por fim as últimas — e extraordinárias — descobertas realizadas por Luciano nas catacumbas. Embora se apavorasse com o processo ao qual foi submetida, ela confiava no irmão, e se até mesmo Jade, após aquele parto catastrófico, tinha sobrevivido à encomendação de sua alma — era assim que Alfeo e Luciano chamavam aquilo —, ela não deveria ter medo. E havia ainda aquela sensação profunda de alívio por saber que daria um basta ao avanço da decrepitude de seu até então ainda belo corpo e por ter finalmente a certeza de que de fato colocara no mundo um jovem genial e não mais um retardado.

O ritual fez com que Lizbeta pisasse pela primeira vez nas catacumbas, e o odor hediondo, a umidade, a escuridão e o vislumbre de vários cadáveres em diferentes estágios de decomposição mal ocultados nos nichos que cobriam as paredes fizeram com que se sentisse nauseada e zonza antes mesmo de ser deitada pelo irmão em uma das sepulturas geladas. Não foi um processo fácil, embora tenha poucas lembranças do que realmente aconteceu. Era como se tivesse um longo pesadelo com imagens confusas, porém apavorantes e extremamente reais. Daquela noite tétrica, contudo, a interrogação que se manteve em sua mente nos dias que se seguiram foi como seu filho era capaz de passar semanas naquele lugar tenebroso. Alfeo muitas vezes o acompanhava em algumas noites, porém sempre retornava para a Villa ao amanhecer. Já Luciano se tornou uma presença cada vez mais rara no casarão. Lizbeta se preocupava com o filho caçula. Por mais excêntrico que Luciano fosse, aquilo era uma barbaridade. As discussões com Alfeo a respeito da condição do rapaz se tornaram frequentes. Ele, porém, afirmava que Luciano estava muito atarefado com o pagamento devido ao Sheol pelas diversas almas que eles ainda teriam que encomendar por conta da peste — a mesma doença que, por sua vez, fornecia uma quantidade inédita de corpos para os estudos dos Predestinados e almas para o Outro Lado, tanto que a Villa recebia um número cada vez maior de estudiosos vindos de todos os cantos onde havia ramificações dos Manfredi para ajudar nas catacumbas. A presença desses parentes sinistros com suas roupas escuras e miasmas de morte e os acontecimentos inexplicáveis que sempre os acompanhavam apavoravam os servos e causavam um profundo mal-estar no restante da família. Os visitantes, por sua vez, acostumados ao silêncio e à solidão dos cemitérios, onde não havia testemunhas para seus hábitos peculiares, logo sentiam-se irritados com a atenção e os comentários maldosos nem sempre realizados apenas pelas suas costas, e em poucos dias levavam seus baús para La Villetta e se acomodavam pelas catacumbas como podiam. Não raro, já que poucos deles tinham suas almas encomendadas, sucumbiam ao frio rigoroso do inverno ou à pestilência dos corpos em decomposição.

Assim, Lizbeta não ficou totalmente surpresa quando, durante uma das frequentes reuniões que tinha com os irmãos para discutir as finanças da Villa, Alfeo lhe apresentou o planejamento grandioso da construção de túneis subterrâneos que ligariam as despensas do casarão ao cemitério, ao longo dos quais seriam disponibilizados aposentos completos para os Predestinados que porventura precisassem de tranquilidade ou simplesmente não quisessem se afastar de seus estudos caso necessitassem repousar. Segundo Alfeo, a ideia era que um número considerável de Predestinados se mudasse em definitivo para a Villa o mais breve possível, de forma que as obras deviam ser iniciadas imediatamente. Os valores vultosos daquele empreendimento preocuparam Lizbeta, ainda mais levando em conta a fortuna que a guerra em Castro estava consumindo dos cofres da família. Contudo, quando se tratava da sobrevivência dos Manfredi diante da peste — e nos séculos vindouros, se Deus assim permitisse —, não havia o que questionar.

Em poucos dias, a Villa estava repleta de engenheiros e artífices. As equipes eram substituídas com frequência, realizando apenas trechos da obra, que, segundo lhes era informado, consistia em uma expansão das despensas para que fossem capazes de armazenar mais víveres durante aqueles tempos difíceis, e das catacumbas para abrigar o número crescente de cadáveres que pereciam devido à peste. A Inquisição ganhava cada vez mais relevância dentro da Igreja e toda a discrição era necessária. A junção entre ambos os túneis foi realizada por obreiros da própria Villa, que, para que o segredo dos Manfredi fosse mantido, logo após a finalização do serviço foram levados para as mesas de estudo dos Predestinados com seus corpos robustos atravessados por rapieiras. Suas famílias lamentaram por seus entes queridos após serem informadas de suas mortes causadas por um fatídico deslizamento de terra nos subterrâneos. A generosa ajuda que passou a lhes ser entregue todos os meses pelos homens dos Manfredi foi, entretanto, considerada um alento mais do que bem-vindo.

Foi um período movimentado na Villa. Alfeo jamais estivera tão assoberbado com tantos acontecimentos e as ameaças que pairavam sobre os

Manfredi. Gennaro e Frederico não tinham outra preocupação além da guerra que se desenrolava em Castro. Luciano passava quase todo o tempo nas catacumbas e, nas poucas vezes em que dava as caras na Villa, era apenas para coordenar o que chamava de "sua obra", caminhando pelos corredores cercado por aqueles que, por sua vez, ele enchia a boca para chamar de "seus Predestinados".

Francesca se dedicava integralmente ao infantário, onde o tão precioso herdeiro de sangue puro crescia como um menininho belo e inteligente, ainda que voluntarioso e cheio de si. Ela ficou ainda mais ocupada quando Dom Marcello e Sandra resolveram passar uma longa temporada em Parma. Por mais que a relação de ambos fosse considerada pecaminosa para os padrões rígidos de Francesca, Marcello era seu irmão caçula, a primeira criança da qual cuidara e por quem tinha um carinho muito especial. Além disso, mesmo que de um ramo mais distante, Sandra era uma Manfredi, de forma que aqueles três meninos podiam ser considerados uma progênie mais do que legítima. Ainda que a cunhada, ao contrário do que era de praxe entre as mulheres burguesas, fizesse questão de se ocupar de maneira próxima da criação dos filhos, Ugo, Giuseppe e Luigi eram meninos impossíveis, que incitavam o primo a acompanhá-los em suas traquinagens, enlouquecendo a mãe, a tia e as amas e requerendo uma supervisão atenta até mesmo quando em teoria deveriam estar dormindo.

Jade andava calada e distante desde que retornara de Colonnata. Quando chegou à Villa após a morte do marido, Giovanna já esperava por ela com aquela menina que, apesar dos meses que se passaram, continuava a parecer um ratinho, magra e com as pernas retorcidas sobre a manta. Se não fosse a insistência de Frederico, que, sabe-se lá por que motivo, havia concordado em batizar também aquela criaturinha feiosa e a levara para sua casa na cidade, Lizbeta não teria pensado duas vezes antes de mandá-la para Santa Apolônia. Afinal, lá, sob os cuidados das boas irmãs de caridade, ela poderia passar sua curta e miserável existência longe de olhos indesejados e das lembranças pesarosas que lhe trazia, enquanto Francesca e as amas se ocupavam daquele herdeiro que de fato vingaria para garantir o futuro da dinastia. Contudo, assim que chegou, Jade pegou a filha nos braços e não a largou mais. Providenciava pessoalmente tudo de que a menina precisava e todas as noites a colocava para dormir ao seu lado. Em contrapartida, nos meses que se seguiram, foi uma única vez ao infantário ver o menino e mesmo assim apenas lhe lançou um olhar rápido e depois voltou para seus aposentos, onde Rebecca a esperava, enquanto Leon lhe estendia as mãozinhas em seu suntuoso berço e caiu em um berreiro que durou horas.

Quando chegou a idade em que era esperado que a menina começasse a andar, ficou claro que, conforme atestara o primo Felipe anos antes, isso jamais aconteceria. Suas pernas eram finas e contorcidas como gravetos. Ainda que Jade repetisse quase beirando o desespero que a filha, apesar daquele "pequeno problema", era esperta, vivaz e totalmente perfeita, os Manfredi não podiam arriscar que os comentários de que haviam gerado mais uma criança amaldiçoada se espalhassem. Não com a vigilância obsessiva do novo inquisidor-mor sobre a família. Dessa forma, apesar dos apelos incessantes de Jade, Alfeo ordenou que a neta fosse mantida em um pequeno e discreto quarto preparado para ela no sótão, ao qual apenas dona Camélia e a família mais próxima teriam acesso.

Desde então, Jade se tornou ainda mais amuada, passando a maior parte do tempo no sótão na companhia da filha. As únicas pessoas que tinham contato com Rebecca eram Frederico, que visitava a menina sempre que estava na Villa, e Giovanna, que ia pelo menos uma vez por semana ver a afilhada. Lizbeta, por sua vez, não era capaz de suportar as lembranças duras que aquela criança inválida lhe trazia e jamais conseguiu colocar os pés no quartinho. Contudo, sentia falta da jovem alegre e encantadora que Jade um dia havia sido e entristecia-a ver sua expressão exausta e embrutecida quando se cruzavam pelos corredores do casarão de manhã cedo ou tarde da noite, quando Jade finalmente retornava para seus aposentos após passar o dia todo ao lado da filha.

O que mais lhe doía, porém, era a ausência de notícias de seu primogênito. As cartas antes diárias de Domenico ficaram cada vez mais escassas até por fim se tornarem apenas mensagens cifradas sobre a guerra de Castro endereçadas, na verdade, aos homens da família. Lizbeta era uma mera escriba, que passava para o papel com sua caligrafia delgada aquilo que Marcello lhe ditava. Ela ansiava por contar ao filho a disposição renovada que sentia, como era capaz de cavalgar por horas sem o menor sinal de cansaço e como finalmente nadava sem medo, com longas braçadas, no Lago Santo, aquele paraíso secreto que ele havia tão ternamente lhe apresentado. Porém, antes de serem substituídas por mensagens de guerra, as missivas de Domenico já tinham se tornado curtas, burocráticas, descrevendo apenas sua rotina entre missas e consistórios enfadonhos. Ele nem mesmo mencionava se ainda sentia saudade de casa. Apesar das constantes indagações da mãe sobre o que havia lhe acontecido, ele afirmava que estava tudo bem, que por fim tinha plena certeza de sua importância e que estava apenas muito atarefado travando alianças e buscando novas maneiras de beneficiar os Manfredi perante a cúria. Por mais que quisesse acreditar naquelas palavras, Lizbeta tinha certeza de que o filho lhe escondia algo. Entretanto, ainda que tivesse suas desconfianças, não havia nada que pudesse fazer a não ser rezar para que a alma de Domenico se apaziguasse e ele logo voltasse a ser o filho devoto de sempre, que compartilhava com a mãe tudo que acontecia em sua vida.

Não demorou muito, porém, para que o motivo do comportamento errático de Domenico lhe fosse revelado. Poucas semanas após o início da guerra, Lizbeta repousava em seus aposentos após o almoço quando um dos guardas de Frederico lhe entregou uma carta lacrada com o selo que logo reconheceu como sendo de Domenico. Na missiva, mesmo que sem se estender e utilizando aquela linguagem cifrada que ela começava a compreender sem dificuldade, o filho confessava que havia genuinamente se apaixonado por uma jovem freira da casa dos Orsini, que ela esperava um filho seu e, por isso, conseguira torná-la abadessa do recém-inaugurado convento de Castro. A criança nasceria em alguns meses, de forma que Lizbeta devia designar uma ama de sua total confiança para acompanhá-la com toda a discrição durante a gestação e o parto. Em seguida, ele enviou instruções detalhadas de como ela deveria buscar o menino em Castro e criá-lo na Villa como um Manfredi legítimo.

Ao ler aquilo, Lizbeta soltou um grito de raiva que fez com que as aias corressem para acudi-la. Ela as dispensou com um safanão e jogou a carta na lareira. Era o tipo de comportamento que Lizbeta esperava de Frederico e até mesmo de seus irmãos, mas não de seu primogênito, ainda mais levando em conta as atenções indesejadas que aquele nascimento traria. Ela estava decepcionada, aflita e, mais do que tudo, irada. Durante tantos anos Domenico fora seu alento, a prova de que todas as mazelas e o pânico causados por tantas gravidezes seguidas tinham lhe dado ao menos um fruto que fazia com que a provação houvesse valido a pena. Lizbeta chorou horas a fio, como não chorava desde aquela noite fatídica que passara sentada no leito de morte de sua mãe. Seu rapazinho perfeito cometera um erro tão rudimentar quanto grave. Ele tinha colocado a família em grande risco. E, mais do que tudo, Domenico havia traído a confiança de sua mãe.

Ela passou aquela noite em claro, se contorcendo na cama. Entretanto, quando os primeiros raios de sol despontaram no horizonte de Parma, Lizbeta já tinha um plano muito bem arquitetado em sua mente. Os Manfredi não toleravam bastardos. E, por mais que amasse Domenico, Don Janus lhe ensinara muito bem que, quando se tratava da segurança da família, jamais devia haver exceções.

Foi DIFÍCIL CONVENCER Frederico a ir contra o pedido do primo. Lizbeta passou as longas duas semanas de viagem que separavam Castro de Parma convencendo o sobrinho da necessidade de manter a existência daquela criança em segredo para o bem da família. Eles estavam fazendo o mesmo com Rebecca, e a menina, apesar de todas as suas limitações, crescia de forma surpreendentemente saudável. Sendo assim, nada de mal haveria de acontecer ao filho de Domenico, que, ao que tudo indicava, era perfeito. Além disso, ela lhe garantiu que seria por pouco tempo, só até que o inquisidor-mor por fim saísse do encalço dos Manfredi.

A contragosto, Frederico por fim foi obrigado a concordar com os argumentos da tia. Afinal, havia sido aquela criança o estopim da guerra. A longo prazo, o conflito traria lucros e vantagens para os Manfredi, porém, naquele momento, toda discrição era pouca. Eles estavam jogando um jogo perigoso e qualquer passo em falso poderia significar a ruína definitiva para os Manfredi. E, como se essas preocupações não fossem suficientes, antes de ele partir para Castro seu filho do meio caiu de cama, com febre e se queixando de que a cabeça doía. Ele não quis alarmar o restante da família, porém pediu a Giovanna que, a título de precaução, o menino fosse isolado das outras crianças e uma única ama, que devia se manter igualmente apartada, se responsabilizasse por seus cuidados. Por mais que o primo fosse seu mais antigo e devotado amigo, além de sangue de seu sangue, a mente de Frederico estava repleta de tormentos, de forma que não viu sentido em se indispor com a tia por um detalhe tão pequeno. Assim, ocupou-se em encontrar-se secretamente com os comandantes locais de ambas as frentes alocados nos arredores das paradas que realizavam durante a viagem, deixando, na volta, Lizbeta e suas aias encarregadas da criança, que, para desespero das mulheres, chorou durante todo o trajeto, calando-se apenas quando caía no sono, exausta de tanto berrar.

A angústia de Frederico se tornou alarde quando, ao se aproximarem da entrada de Parma, ele vislumbrou quatro de seus guardas montados em seus cavalos junto à ponte como se os esperassem. Ele galopou o mais depressa que pôde ao encontro deles. Da janela da carruagem, Lizbeta observou, tentando abstrair os gritos do bebê, enquanto um dos guardas trocou algumas palavras com o sobrinho. Ele os ouviu com a cabeça baixa por alguns instantes e, em seguida, soltou um grito dolorido, desesperado. Ignorando os outros homens, que pareceram tentar, em vão, impedi-lo de seguir em frente, acelerou ainda mais o trote e adentrou a cidade.

Aflita, Lizbeta abriu a porta da carruagem e pôs a cabeça para fora. Um dos batedores conversava com os guardas com uma expressão pesarosa. Ao vê-la, o homem se despediu das sentinelas, aproximou-se e respeitosamente lhe comunicou:

— Sinto muito, senhora, mas será necessário contornar a cidade para chegar à Villa. Por ordem do duque, Parma está fechada. Fomos amaldiçoados pela peste.

EM UM MÊS, a peste levou metade da população da cidade. Parma estava bloqueada por barricadas, isolada do mundo exterior de acordo com a última ordem dada pelo duque antes de partir com a família e seus homens de confiança para seu palácio em Placência.

Em seu afã de correr para casa, sem ser capaz de acreditar nas palavras dos guardas, Frederico cruzou ruas desertas, onde os cadáveres se amontoavam pelas vielas e os moribundos, com o corpo repleto de bubos purulentos, se ajoelhavam pelas sarjetas pedindo pela clemência divina. Além de seus clamores, nada se ouvia a não ser o som das moscas que sobrevoavam os mortos e agonizantes.

Evitando olhar para a miséria que o cercava, Frederico galopou para o lugar que até então chamava de lar. Tudo que encontrou, porém, foi um palacete vazio. Alguns móveis, assim como os espelhos, estavam cobertos pelos lençóis que antes forravam a cama que compartilhava com Giovanna. Não havia viva alma por ali. Na cozinha, ele sentiu um odor terrível, que a princípio pensou vir de um grande cesto de frutas que haviam apodrecido sobre um dos balcões. Entretanto, ao cruzar o cômodo rumo à porta que dava para o quintal, quase tropeçou em dois corpos que jaziam junto ao forno coberto de fuligem. Ambos tinham a pele coberta de bubões e já apresentavam avançados sinais de decomposição, de forma que Frederico demorou alguns momentos para reconhecê-los. Tratava-se de uma ajudante de cozinha com a qual até cogitara a possibilidade de se deitar até perceber os dentes que lhe faltavam apesar da pouca idade, e um dos cavalariços. Provavelmente haviam sido os últimos da casa a perecer e não sobrara ninguém para enterrá-los.

Ávido por ar puro, Frederico correu para o quintal. Apoiou-se em uma das paredes e respirou fundo por um longo momento. Foi quando duas fileiras de montes de terra chamaram sua atenção. Sem pensar duas vezes, correu até elas. Eram covas, sem dúvida. Apenas quatro delas, porém, traziam a identificação de seus ocupantes. Sentindo um nó na garganta e uma onda de ira que não experimentara nem mesmo no mais sangrento dos campos de batalha, Frederico leu as inscrições pintadas de forma tosca, numa caligrafia rudimentar, nas cruzes de madeira cravadas na terra:

GIOVANNA MANFREDI
GENNARO MANFREDI II
ALDO MANFREDI
FRANCESCO MANFREDI

As datas que acompanhavam os nomes indicavam que eles haviam perecido em um intervalo de menos de duas semanas.

Sem conseguir acreditar no que acabara de ler, Frederico tombou de joelhos sobre as sepulturas. Num rompante, pensou que talvez aquilo não fosse verdade. Que Deus de merda era aquele que ousava lhe tirar aquilo que lhe era mais precioso? Ele podia ser um homem de inúmeros pecados, mas o que sua mulher e seus filhos haviam feito para merecer tamanha fúria? Eles não estavam mortos. Aquilo simplesmente não era possível. Frederico precisava vê-los com seus próprios olhos para ter certeza. As lágrimas escorriam por seu rosto e turvavam-lhe os olhos. Num arroubo, começou a cavar. Frederico não mais raciocinava, simplesmente tinha que manter as mãos ocupadas. E precisava vê-los, nem que fosse uma última vez.

Pedras com pontas afiadas perdidas em meio à terra feriram suas mãos, mas Frederico nem se deu conta. Perdera a noção dos minutos e não soube dizer quanto tempo havia se passado até que tocou algo macio. Cavou ainda mais depressa até desenterrar por completo o corpo diminuto de Francesco, o filho caçula, que ainda não tinha completado três anos. Ele não tivera nem mesmo o direito de ser sepultado em um ataúde, sendo simplesmente envolto em um lençol cortado pela metade e deitado sobre a terra. O tecido estava repleto de manchas roxas e tinha um cheiro repugnante. Sem se importar com nada disso, Frederico ergueu Francesco e o abraçou, amaldiçoando os céus, Deus e todos os santos pelo destino atroz que haviam reservado à sua família.

Lentamente, começou a afastar o tecido do rosto do filho. A trama grudava na pele escurecida e era possível ver as protuberâncias causadas pelos bubões. Ele revelou primeiro a testa do menino, soltando um grunhido angustiado ao vislumbrar a palidez da pele, os veios arroxeados e as grandes pústulas negras que se misturavam aos fios de cabelo finos e alourados. Em seguida, descobriu os olhos. As pálpebras cor de vinho estavam cerradas como se Francesco dormisse, os cílios intocados. Frederico sentou-se sobre a terra úmida e apertou o corpo amolecido do filho contra o peito, atordoado pela dor mais profunda que já sentira. Nenhum corte de bastarda ou queimadura de pólvora se comparava àquilo. Seus soluços ecoavam pelo quintal vazio e ele estava tão perdido em seu sofrimento que não notou quando uma mão o tocou delicadamente em um dos ombros.

— Fred, eu sinto tanto...

Ele levou algum tempo para reconhecer a voz e erguer os olhos. O sol se punha atrás de Jade, lançando uma luz avermelhada sobre o quintal e transformando-a em uma silhueta fantasmagórica. Em um primeiro momento, sentiu-se envergonhado por ser flagrado pela prima naquela situação deplorável, aos prantos, como jamais caberia a um homem. Porém, quando Jade se ajoelhou ao seu lado e o abraçou, com o corpo do pequeno Francesco entre ambos, ele liberou mais uma vez seu lamento, manchando o vestido negro da prima com suas lágrimas enquanto balbuciava:

— O que eles fizeram para merecer isso? Me diga, minha prima. Eu sou um pecador, nunca neguei isso. Por que esse Deus covarde não reservou para mim esse destino terrível? Será que Ele é assim tão injusto para me castigar às custas de inocentes? Se esse é o Deus que nós temos, prefiro viver sem Deus nenhum.

Jade permaneceu em silêncio enquanto o primo blasfemava. Compreendia perfeitamente os sentimentos que passavam pela cabeça de Frederico. Se algo acontecesse a Rebecca ou Leon, ela não suportaria. Tanto que, assim que a comitiva de Lizbeta chegou de sabe-se lá onde a mãe e o primo haviam se enfiado, e a notícia da morte de Giovanna e das crianças alcançou seus ouvidos, ela deixou a filha aos cuidados de dona Camélia e se meteu em uma carruagem para ir até a cidade alentar Frederico e levá-lo para a Villa.

Ela beijava o rosto do primo e o secava com um lenço enquanto acariciava a fronte da criança morta. Para sua própria surpresa, não sentia a menor repulsa. Jade sabia o que havia do outro lado. Tinha certeza de que Francesco continuaria sua jornada em outros planos e torcia para que, em sua inocência que se tornara eterna, encontrasse a felicidade. Gostaria de dizer isso ao primo. Não que aquilo fosse aplacar seu sofrimento, mas, pelo menos, haveria uma esperança vaga de que Giovanna e os meninos continuavam a existir, ainda que bem longe dali. Quando se perde tudo, qualquer fio de esperança, por menor que seja, pode se tornar um bálsamo.

Frederico tomou a mão de Jade na sua, como se por fim se desse conta de algo.

— Você não devia estar aqui. É muito arriscado. Este lugar está contaminado. E como você conseguiu passar pelas barricadas? Tio Alfeo ficará fora de si quando souber onde você está.

— Não se preocupe com meu pai. Nem comigo. Nada de mal vai me acontecer. Eu prometo. É você que me aflige. Compreendo perfeitamente por que veio para cá. Eu faria qualquer coisa para amenizar sua dor, porém sei que é impossível. Mas é preciso que você saiba que eu estou ao seu lado. Todos nós estamos. E precisamos de você. Eu preciso de você. Assim como seus afilhados. Prefiro nem pensar o que seria de Rebecca sem você e muito em breve Leon precisará de alguém que o guie pelo mundo aqui fora. Mas agora é o seu momento de luto. Não tenha vergonha de chorar o quanto for necessário. Eu estou aqui, Fred.

Ele enterrou o rosto no colo de Jade e deixou que a prima o aninhasse enquanto acarinhava o filho morto. O sol por fim se pôs completamente e a escuridão daquele céu sem lua do final do outono transformou o quintal num breu. Jade mal conseguia enxergar o rosto do primo e o frio da noite começava a fazer com que seu corpo, coberto apenas pelo vestido de veludo, tremesse. Mesmo assim, ela permaneceu sentada na terra fria ao lado de Frederico, desviando sua atenção do primo apenas quando ouviu o som de passos. A maior parte deles cessou antes de se aproximarem daquele cemitério improvisado, porém um par de pés firmes continuou a caminhar, ainda que sem pressa, na direção deles. A luz da lamparina que o visitante trazia nas mãos ofuscou os olhos de ambos, de forma que demoraram alguns instantes para focar na criatura vestida com um manto negro e o rosto coberto por um capuz feito de pedaços de couro costurados e com uma espécie de bico longo, que lembrava o de um corvo. Os olhos ficavam semiocultos por lentes grossas de vidro. Na cabeça, ostentava ainda uma cartola baixa, tão negra quanto o restante da vestimenta. Era um dos vários doutores da peste contratados pelos Manfredi para acudir o povo aflito diante do abandono de seu duque.

A figura tenebrosa acenou para Jade com um leve movimento da cabeça encapuzada, aproximou-se de Frederico e gentilmente retirou Francesco de seus braços.

— Infelizmente não há mais nada que você possa fazer por eles além de lhes dar um enterro digno de um Manfredi – disse a criatura. – Mas nós nos encarregaremos disso. A cidade está contaminada e agora você também está. Porém, ao contrário de sua esposa e seus filhos, ainda há tempo para você.

Nem pense em fazer nenhuma besteira. Honre seu nome e o homem que você sempre se gabou de ser. A família precisa de você inteiro.

Ainda que aquelas palavras fossem abafadas pela grossa máscara de couro, Frederico era capaz de reconhecer de longe aquela voz anasalada que cada vez mais lhe causava aversão e antipatia. Entretanto, aquele rápido discurso fez com que algo se acendesse dentro dele. Levantou-se devagar, encarando as lentes que protegiam os olhos de seu primo Luciano e estendeu uma das mãos para ajudar Jade a se erguer.

— Uma carruagem espera vocês lá fora. – O primo entregou a lamparina para Frederico e sussurrou no ouvido da irmã: – Você sabe o que fazer.

Em tempos normais, Frederico jamais teria dado ouvidos a um pedido feito por Luciano, entretanto, o que estava vivenciando ali estava longe de apresentar qualquer vestígio de normalidade. O impensável havia acontecido. E ele jamais imaginara, nem em seus piores pesadelos, que poderia se sentir tão devastado. Seu único consolo era a presença de Jade ao seu lado, seu velho alvo romântico da juventude, a mãe de seus afilhados, que agora eram tudo que lhe restara. Ela lançou-lhe um olhar com aqueles olhos azuis que pareciam ainda mais profundos sob a luz bruxuleante da lamparina e pegou sua mão quando, ao contornarem a casa para chegarem do lado de fora, eles cruzaram com uma pequena horda de doutores da peste que carregavam quatro caixões ricamente adornados e de tamanhos variados para os fundos do palacete.

Naquela noite, com a desculpa de que deviam esperar pelos corpos de Giovanna e dos meninos, Jade levou o primo diretamente para o mausoléu dos Manfredi. Enquanto aguardavam, para surpresa de Frederico, Jade retirou de trás do altar uma garrafa de *grappa* e dois copos. À medida que bebericava, ela serviu uma dose generosa após outra para o primo, que as secava em um único gole. Quando a primeira garrafa ficou vazia, ela foi novamente até o altar e lhe trouxe outra, repetindo o gesto ainda com uma terceira e uma quarta.

Quando Luciano e seus doutores da peste finalmente chegaram ao mausoléu, ele cambaleava e balbuciava palavras sem sentido. Os Predestinados tiveram que fazer um esforço considerável para carregar seu corpo pesado até as catacumbas. Embora de início Frederico tentasse protestar, Jade sussurrou em seu ouvido que ele iria descansar e lhe prometeu que esqueceria aquele pesadelo por algumas horas, de forma que o primo assentiu debilmente e se deixou arrastar pela escada estreita.

Ainda que não soubesse disso, Frederico Manfredi foi um dos únicos Despertos — como os Manfredi passaram a chamar aqueles em suas fileiras agraciados com a dádiva da imortalidade — a ter a sorte de nada se lembrar da encomendação de sua alma. Fosse pela *grappa* ou por já estar experimentando uma dor impossível de ser suplantada, a última coisa que recordaria daquela noite fatídica foi o momento em que colocou os pés nas catacumbas.

Com tantas coisas acontecendo, foi fácil para Lizbeta colocar seu plano em prática. Afinal, a única pessoa que sabia da existência daquela criança além das duas amas que a acompanharam até Castro estava desnorteada demais com a morte da esposa e dos filhos e a encomendação de sua alma sem seu consentimento para se importar com o que estava sendo feito do filho de seu primo.

Aqueles de fato eram tempos difíceis para Frederico. Lizbeta compreendia seu sofrimento. Entretanto, era impossível que ele não houvesse se infectado naquela excursão desesperada à sua antiga casa, de forma que, além de perecer em poucos dias, ainda contaminaria toda a família antes disso. Luciano e Alfeo haviam lhe oferecido uma nova chance com as bênçãos de Gennaro, que teve também sua alma encomendada dias depois. Frederico, contudo, não conseguia aceitar isso, culpando o primo caçula pela perpetuação de seu sofrimento. Ele chegou a implorar ao pai e ao tio que fosse enviado para o campo de batalha em Castro como soldado anônimo, porém, temendo uma atitude irrefletida da parte do rapaz, ambos lhe deram ordens expressas para que permanecesse em Parma. Desde então, Frederico passava os dias cavalgando sem rumo pelos vinhedos e vagando embriagado pela casa, atormentando todas as amas que cruzavam seu caminho, para desespero de Francesca, que proibiu as meninas de andarem desacompanhadas pelos corredores.

O sobrinho se recusava a entender que aquela dádiva trazida por Luciano chegara na melhor das horas e garantiria a sobrevivência dos Manfredi. A longevidade era o objetivo primordial de uma dinastia e toda e qualquer ameaça devia ser exterminada da forma mais imediata e discreta possível.

E era exatamente uma ameaça o que aquela criaturinha choramingueta que Elena Orsini havia colocado no mundo representava. Era o filho bastardo do primogênito dos Manfredi com uma moça vinda de outra das famílias mais importantes — e ardilosas — da região. Os Orsini possuíam grande influência em Roma e já haviam eleito diversos papas. Era certo que ficariam irados se soubessem que o filho de Don Alfeo tinha deflorado uma de suas garotas, justamente aquela que estava prometida a Cristo. Os Orsini eram conhecidos por seu espírito belicoso, tanto que nos últimos anos haviam se envolvido em um dos maiores conflitos armados que a cidade de Roma já vira, tendo como alvo os Colonna, seus inimigos de longa data. A rixa cobriu as ruas da Cidade Eterna de sangue e dizimou toda uma geração de rapazes da família rival. E mesmo que aquela criança bastarda fosse criada na Villa em segredo, mais cedo ou mais tarde Domenico lhe revelaria sua verdadeira identidade, o que geraria uma guerra entre os próprios Manfredi, algo inconcebível. Aquela maldita criança traria apenas hostilidade, além de representar um risco para a carreira de Domenico no Vaticano. Em Roma, a peste pouco avançara, de forma que ele estava a salvo, pronto para assumir um dia o papado — ou pelo menos, como torcia Lizbeta, deixar o caminho muito bem calçado para que algum outro membro da família o fizesse e ele pudesse voltar à Villa de forma definitiva ainda jovem o suficiente para se tornar um Desperto. O execrável cardeal Pamphili havia ganhado a última batalha, mas Domenico tinha o tempo a seu favor e a guerra ainda estava longe de terminar.

Ela havia ido até Castro com a desculpa de aproveitar a companhia de Frederico, que afirmou precisar conferir as fortificações e pontos cegos da cidadela pessoalmente antes que a guerra de fato tivesse início. Quanto a Lizbeta, alegara ter ido fazer uma doação para as boas freiras do novo convento instalado na cidade e verificar o espaço, pois poderiam precisar de uma opção além de Santa Apolônia caso quisessem manter longe dos olhos da Inquisição todas as crianças com traços peculiares que Manfredi espalhados pela Europa geravam a cada ano. Ela havia levado consigo apenas duas aias de sua confiança, que foram muito bem instruídas por Frederico durante a viagem a respeito do destino cruel que esperaria por elas e suas famílias caso abrissem o bico com quem quer que fosse a respeito do que se sucederia dali para frente.

Ao retornar, ela ordenou que as aias, que a partir de então assumiram a função de amas do jovem bastardo, preparassem um pequeno quarto no sótão, tomando o cuidado de escolher um cômodo localizado na ala oposta ao quarto de Rebecca, acessado, inclusive, por outra escadaria, para que não houvesse o risco de que dona Camélia ou Jade cruzassem com as amas ou ouvissem o choro incessante do menino. Mesmo após chegar à Villa e ser acomodado em seus aposentos diminutos, porém aquecidos e confortáveis, o berreiro não parou. Ao contrário, se tornou mais alto e excessivo. As amas relatavam a Lizbeta que tinham a impressão de que a criança vivia apavorada e nada era capaz de acalmá-la. Sem querer discutir o assunto, ela simplesmente dispensava as meninas como se não tivesse tempo para lidar com aquela insignificância. Os choros, porém, rompiam a quietude da noite, quando, desde o fim das crises de Luciano, a casa se encontrava no mais profundo silêncio. De início, aquele berreiro podia ser atribuído a uma das muitas assombrações que, como era de conhecimento geral, vagavam pelo casarão, porém logo sua constância se faria notar e explicações seriam exigidas. A esperança de Lizbeta era de que a choradeira significasse que a criança sofria de alguma doença que a consumiria em poucos dias. Ela rezava apenas para que não fosse a peste, que poderia ser facilmente espalhada pelas amas para os demais empregados, chegando até os parentes que ainda não haviam sido despertos e, principalmente, que Deus tivesse piedade, a Leon.

Entretanto, dez dias haviam se passado e o filho bastardo de Domenico continuava a berrar dia e noite, apesar de aparentemente não existir nada de errado com sua saúde. Os irmãos já tinham mencionado para Lizbeta que ouviam um choro infantil incessante cuja origem definitivamente não era o infantário. Francesca e Sandra andavam sobressaltadas, já que também ouviam o berreiro e nenhum dos meninos que estavam sob seus cuidados tinha mais idade para choramingar daquela forma. E Jade comentou em uma das raras ocasiões em que deixou o sótão para almoçar na companhia dos pais que Rebecca estava tirando um cochilo pois andava se queixando que não conseguia dormir porque andavam maltratando um bebezinho. O tempo estava se esgotando e, ao contrário do que ela imaginara, seu filho mais novo, que tudo sabia sobre o que acontecia no casarão, ainda não a tinha procurado para discutir o que fazer com aquela criança bastarda que um dia poderia ameaçar tudo que ele havia meticulosamente planejado para seu herdeiro. Ela precisava agir.

LIZBETA TEVE A impressão de que a madrugada demorou uma eternidade para chegar. Mal conseguiu tocar na comida durante o jantar e, afirmando estar com dor de cabeça, pediu licença e rumou para o quartinho escondido no sótão. Das escadas, já era capaz de ouvir o berreiro. Parou por um momento e, apoiando-se na parede, respirou fundo. Entrou sem bater, encontrando uma das meninas embalando debilmente o bebê enquanto olhava, exausta, pela janela. Era como se também já houvesse desistido de trazer algum alento para aquela criança.

A senhora da Villa dispensou a menina, dando-lhe a noite de folga, lembrando-a mais uma vez que contava com a discrição dela e de sua colega, que acompanhava a criança durante o dia. A garota assentiu, com um alívio visível, e mais que depressa seguiu para o quarto contíguo, onde ambas as amas haviam sido acomodadas desde que retornaram de Castro. Lizbeta esperou até que a porta batesse e tirou um pequeno frasco da sacola. A mistura de seiva de papoula, açafrão, cravo, canela e vinho do Porto faria aquele diabrete dormir como um anjinho. Despejou algumas gotas na boca escancarada do menino e esperou. Não seria possível caminhar discretamente pelo casarão com aquela choradeira.

Observando a criança se debater no berço, ela se sentou e amaldiçoou Luciano. Era óbvio que ele tinha perfeito conhecimento de que havia um novo morador na Villa. Alfeo lhe confessara, sinistramente maravilhado, que o filho caçula tinha uma legião impressionante de espíritos sob seu comando, que obedeciam sem pestanejar a todas as suas ordens. Nas temporadas cada vez mais frequentes que Luciano passava trancafiado nas catacumbas, seus fantasmas, mais do que nunca, funcionavam como seus olhos, observando tudo que acontecia ali dentro para em seguida comunicar a seu senhor. Já os dons de Lizbeta lhe informavam que o filho, acompanhado de outros Predestinados da família que haviam definitivamente se mudado para a Villa — e suas catacumbas e túneis em construção —, fazia muitas vezes questão de ir à cidade pessoalmente, disfarçado com aquelas vestes tenebrosas de doutor da peste, recolher montanhas de corpos para seus rituais e experimentos. Nas raras vezes em que o via naqueles tempos, sendo a última no sepultamento de Giovanna e seus filhos no mausoléu dos Manfredi, uma cerimônia pequena, acompanhada apenas por alguns poucos membros Despertos da família, já que os cadáveres podiam disseminar a doença entre aqueles que não haviam tido suas almas encomendadas, Lizbeta foi capaz de perceber no rosto do filho o prazer quase divino que ele sentia por estar cercado por todos aqueles corpos que se decompunham, pelos miasmas da morte, pelo perecimento, pela decrepitude. Os refugos tétricos da peste somados a suas recentes descobertas desviavam as atenções de Luciano de todo o resto. Até mesmo a adoração que ele sentia pela irmã arrefecera consideravelmente. Lizbeta sabia que eles não eram vistos mais juntos desde que Jade retornara de Colonnata, embora, em algumas noites específicas, Luciano se esgueirasse pela Villa no meio da madrugada para cruzar a porta que dividia seus quartos e desfrutar do restante da noite ao lado da irmã.

    Quinze minutos se passaram e o bebê continuava a berrar como se nada houvesse acontecido. Lizbeta praguejou num sussurro. Tinha certeza de que a mistura estava correta, afinal ela mesma tomava uma colher da poção sempre que as preocupações com os filhos ou outros assuntos a impediam de dormir. Aquelas gotas deveriam ser mais do que suficientes para uma criatura tão pequena. Aquele menino Orsini era mesmo um pequeno demônio, essa era a única explicação para tamanha inquietude. Ela não podia esperar mais. Do outro lado das cortinas sempre cerradas da pequena janela, a lua cheia iluminava o céu. Essas, ela sabia muito bem, eram as noites preferidas de Luciano para visitar Jade. E, naquele momento, os sussurros a informaram que ele de fato tinha deixado La Villetta e caminhava pelos túneis recém-abertos. Lizbeta tinha que interceptá-lo assim que ele entrasse em seu antigo quarto.

    Ela chegou perto do berço simples, de madeira crua, e aproximou o frasco dos lábios do bebê, que, inquieto, debatia as pernas e os braços. Inclinou levemente o recipiente para que mais algumas gotas vertessem, porém sentiu um forte tranco em seu pulso, que fez com que perdesse o controle e derrubasse metade do conteúdo na boquinha que gritava. O empurrão fora violento, fazendo-a se perguntar se havia sido a criança quem encostara em seu braço ou alguma outra coisa. Logo, porém, percebeu que finalmente o menino se acalmou, fechando os olhos e caindo em um sono profundo.

Após contemplá-lo por um breve momento, Lizbeta o envolve em uma manta, o põe debaixo de um dos braços, abre a porta devagar e, após olhar para os dois lados para se assegurar de que realmente não há ninguém vagando por aquele canto esquecido do casarão, cruza o corredor e desce as escadas sem fazer barulho.

Sentada em uma poltrona estofada com veludo verde-musgo, Lizbeta olha para o quarto ao redor, iluminado apenas pelas velas de um candelabro que queimam na pequena mesa ao seu lado. O cômodo é amplo e, com as pesadas cortinas fechadas, está um verdadeiro breu. Lizbeta olha para a grande cama de madeira escura com sua colcha impecável, as frutas já passadas sobre a mesa de refeições que lançam um aroma doce pelo cômodo, a lareira imponente com sua lenha ainda clara, sinais de que o ocupante daquele quarto há muito não o utiliza. A porta que dá para o quarto de Jade, disfarçada pelo tecido verde que cobre todas as paredes, bordado com pequenos padrões que lembram folhas, fica bem ao lado da poltrona que ela ocupa com a criança em seus braços. Por um momento, teme que Luciano mude de ideia se por acaso for informado por algum de seus fantasmas de que ambos estavam ali. Entretanto, os sussurros lhe garantem que o filho continua a caminhar, inabalável, já tendo alcançado as cozinhas desertas.

A atenção de Lizbeta é atraída pela luz das velas refletidas debilmente no metal dos diversos crucifixos que repousam sobre o oratório. Nunca entendeu a preferência do filho por aquele tipo de imagem tão dolorosa, mas havia tantas coisas que tinha certeza de que jamais compreenderia em Luciano que até já se esquecera daquela sua excentricidade entre outras tantas que o acompanhavam desde que era garoto.

O som discreto da maçaneta faz Lizbeta sair de seu devaneio. Virando-se de costas para fechar a porta, Luciano a cumprimenta como se já tivesse certeza de que a encontraria ali:

— Boa noite, mamãe. Sinto muito pela demora. Esses dias estão sendo especialmente movimentados.

— Enquanto houver peste, todos os dias serão movimentados para você, não importa quantos Predestinados se mudem para a Villa, não é mesmo?

Luciano se aproxima da poltrona o suficiente para que seu rosto seja iluminado pelas velas. Ele abaixa o capuz de seu manto e Lizbeta vislumbra o pequeno sorriso lúgubre que se forma em seus lábios. O ar se torna pesado com os miasmas que sempre acompanham os Predestinados. Ela se espanta com a aparência do filho. Até mesmo levando-se em conta que se trata de Luciano, seu aspecto é pavoroso, ainda pior do que no dia do sepultamento de Giovanna e das crianças, quando ao menos ele se dera ao trabalho de se lavar e vestir roupas normais. A pele parece não ver a luz do sol há meses, o manto apresenta diversas manchas untuosas cuja origem ela prefere ignorar, os pés imundos estão cobertos por sandálias de couro repulsivas e os cabelos oleosos e compridos demais lhe caem desordenados pela face.

— Não é para discutir a respeito da peste ou dos meus Predestinados que você queria tanto me ver, certo? — Ele se senta pesadamente na poltrona ao lado de Lizbeta e lança um olhar para o pequeno embrulho de tecido em seus braços. — Ora, achei que a senhora nunca iria me apresentar o filho de meu irmão.

Lizbeta afasta a manta que cobre o rosto do menino.

— Tive que lhe dar um sonífero. Esse diabrete só para de berrar quando dorme. E, mesmo assim, basta o menor som ou toque para que desperte e o inferno comece de novo. Já estava vendo a hora em que seu pai iria ceder às lamúrias de Jade sobre as reclamações de Rebecca e mandar os guardas investigarem a Villa.

Sem se dar ao trabalho de se aproximar, Luciano apenas abaixa as vistas na direção da criança, atestando em seguida:

— Devo dizer que em seu afã de manter o filho de meu irmão de bico calado a senhora exagerou um pouco na dose. Esse menino está tão morto quanto os espécimes que meus Predestinados estão trazendo da cidade neste momento.

Ela dá um salto na poltrona. Nunca havia sido sua intenção fazer aquilo. Não daquela forma. Não com suas próprias mãos. Ela toca a testa da criança e se dá conta de que está gelada.

Sem que sua expressão se altere, Luciano se levanta, pega o menino dos braços de Lizbeta e o coloca no interior da lareira apagada, atrás da pilha de lenha, cobrindo o pequeno rosto de forma reverente.

— Eu o levarei comigo para as catacumbas quando retornar. Antes de dormir, mamãe, dê ordens para que as amas que cuidavam dele – Luciano movimenta o queixo na direção da lareira – voltem ao quartinho no sótão. Os guardas e alguns dos meus Predestinados estarão esperando por elas. E informe a meu irmão em suas cartas que uma das amas se infectou com a peste, de forma que ela, a colega e, infelizmente, seu filho pereceram. Encarregue-se também de dar à criadagem a notícia de que as garotas estão isoladas por apresentarem sintomas. Não queremos que os fuxicos dessas servas ignorantes atraiam mais atenções indesejadas. Já temos problemas em excesso.

Ela assente levemente, levanta-se em silêncio e caminha na direção da porta. Ao passar pela lareira, porém, não consegue evitar um último olhar para o pacotinho envolto em lã branca.

Abrindo a porta que dá para o quarto de Jade, Luciano diz em voz baixa para a mãe:

— Você sabe tão bem quanto eu que o herdeiro dos Manfredi está dormindo como um anjo, saudável e bem-disposto, no infantário. Não há com que se preocupar.

ELENA ORSINI JOGA o pedaço de papel nas chamas da pequena lareira. Com a visão turva devido às lágrimas, ela se põe de joelhos diante do crucifixo de madeira pregado na parede junto a seu catre e clama por um perdão que sabe ser impossível. Ela viveu em pecado. Havia sido obrigada por seus pais a abraçar uma vocação que não era sua simplesmente por sua posição no rol das herdeiras dos Orsini. Invejou nem tão secretamente as irmãs por poderem se casar com membros da nobreza e ter grandes palacetes, belos vestidos e filhos. E deixou-se consumir pela paixão. Sim, ela tivera certeza de que cairia em desgraça assim que pôs os olhos no cardeal Manfredi, porém era jovem e ávida demais para controlar seus sentimentos. Ela o havia tentado como uma bruxa, sabia muito bem. Mas ele, por sua vez, jamais fez nada para afugentá-la. Muito pelo contrário. Domenico a fez conhecer um arrebatamento que nada tinha a ver com as orações, algo que nem mesmo em seus sonhos mais ousados imaginou existir. E, mais do que isso, ele a fez sentir-se desejada, protegida, amada. Ele lhe deu aquele a quem considerava seu bem mais precioso e que havia tão precocemente sido tirado de seus braços.

Foi naquela fatídica noite que os sonhos começaram. Quando levaram Ignazio. Nem mesmo tivera tempo de informar a Lizbeta Manfredi o nome de seu neto quando ela e os soldados de Parma vieram arrancá-lo de seus cuidados. Ela compreendia a mensagem que recebeu dos guardas, enviada por Domenico. Sabia que era arriscado manter Ignazio no convento, ainda mais depois da visita inesperada do bispo de Giarda e da guerra que começava a ser deflagrada na cidade. Mesmo assim, lhe doeria menos se aquela gente lhe tivesse extirpado as pernas.

Em seus sonhos, lutar era tudo que Ignazio, ainda tão pequeno, fazia. Era um alento rever seu rosto, porém essa sensação logo se transformava em desespero ao vislumbrar a forma como ele se debatia e gritava dentro do berço, os olhos saltados e desesperados, o terror em sua expressão que costumava ser tão plácida quando estava ao lado da mãe. Em algumas noites, ela conseguia ver o que tanto assombrava o filho e sentia um frio na espinha. Um grupo de seres medonhos cercava o berço: uma garota com uniforme de serva e uma das metades do rosto esmagada, com uma parte considerável do crânio à mostra; um homem imenso e forte que trazia um machado sobre os ombros e outro atravessando-lhe o peito, o sangue jorrava da ferida, formando uma poça ao seu redor; um lacaio idoso, com o rosto emaciado e pálido, que parecia já estar morto havia muitos dias; e um homem vestido com um manto, a face coberta por um capuz, que se postava sempre à cabeceira do berço, como se encarasse Ignazio.

Elena acordava desses pesadelos empapada de suor e não conseguia mais dormir. Ela se ajoelhava e orava, pedindo a Deus e a santo Ignazio que protegessem seu garotinho, clamando por perdão por seus pecados. Desde pequena conhecia todas as histórias sinistras que cercavam os Manfredi. Sua avó costumava dizer que aquela gente de Parma tinha parte com o maligno, enquanto seu pai repetia que os Manfredi eram um mal necessário, que era melhor mantê-los por perto, ainda que com os olhos bem abertos. Mais tarde, Elena soube que ele ia pelo menos duas vezes ao ano a Parma para negociar soldados com os Manfredi. Seu conhecimento a respeito do poder e da fama maldita daquela família tornou esses sonhos ainda mais reais e só incendiava seu desespero.

Certa manhã, porém, um pouco mais de três semanas depois da partida de Ignazio, ao acordar, a jovem se deu conta de que dormira a noite inteira. Os sonhos haviam cessado. Contudo, em vez de alívio, Elena foi tomada por um novo desespero. Além de sentir falta de ver o rostinho tão adorado do filho, ainda que tomado pela angústia, tinha certeza de que aquilo só podia significar algo muito ruim. Tentava se ater às orações e às muitas tarefas de seu posto de madre superiora, repetindo mentalmente para si mesma que estava se deixando levar pelas crendices parvas de sua avó. Porém, no fundo, Elena sabia que enganava a si mesma.

Assim, quando um envelope com seu nome e o selo dos Manfredi chegou a seu gabinete, sentiu como se um raio a atravessasse. Contudo, não teve coragem de abri-lo de imediato. Guardou-o dentro do hábito e, como um autômato, seguiu com seu dia. Almoçou em silêncio com as demais irmãs, realizou as orações vespertinas, fez anotações no livro-caixa da congregação, discutiu com a freira que atuava como sua assistente sobre as medidas a serem tomadas para poupar as hortas da geada que se aproximava, assistiu à última missa do dia e, passando antes pelo depósito nos fundos do convento para buscar algo, por fim se recolheu em sua cela.

Elena trancou a porta, sentou-se na cama e contemplou a correspondência por um longo momento. Desde o início ela sabia que Domenico Manfredi seria sua ruína. O que não conseguia aceitar era ter levado consigo um inocente — o ser que, apesar do pouco tempo que passaram juntos, significava mais do que ela era capaz de mensurar.

Ela respirou fundo e por fim rompeu o lacre do envelope como quem arranca o curativo de uma ferida inflamada. Retirou o papel e levou algum tempo até que seus olhos marejados fossem capazes de focar as palavras breves escritas com uma caligrafia longilínea, elegante, que contrastava com o tom ríspido de seu conteúdo:

"O menino trouxe a peste. Ele e suas amas sucumbiram."

Após destruir o bilhete e o envelope no fogo e fazer suas orações, a madre superiora do convento das irmãs clarissas em Castro se ergue. Tem certeza de que seu pequeno Ignazio saíra de seus cuidados saudável. A única peste que chegou até ali é aquela maldita guerra trazida pelos Manfredi — e por ela.

Ela pega a corda que afanara do depósito do convento e largara em um canto ao entrar na cela. Enquanto as lágrimas lhe escorrem pelo rosto, faz uma laçada, sobe na cama e, na ponta dos pés, ata a outra extremidade na viga perto do teto. Aproxima a única cadeira presente no cômodo da corda. Coloca um dos pés sobre o assento de madeira, depois o outro. Passa a laçada pelo pescoço e, sem hesitar, afasta o móvel com um chute. Solta um suspiro e logo em seguida se dá conta de que não é mais capaz de encher o peito de ar. Elena contempla o crucifixo sobre a cama mais uma vez até mergulhar definitivamente na escuridão.

17

Cimitero della Villetta, Parma, fevereiro de 1645

Francesca Manfredi ignora as palavras do sobrinho, que lhe pede para que retorne à Villa pelos túneis recém-construídos acompanhada por um Predestinado para que não se perca. Pegando uma das lamparinas presas às paredes, sobe a escada estreita que dá no térreo do mausoléu.

A peste continua a matar o povo de Parma, que cai como moscas, transformando o lugar em uma cidade fantasma. A maldita doença a fez pisar naquele mausoléu infecto pela primeira e — assim ela espera — última vez. Ela precisa de ar fresco. E, mais do que tudo, precisa pensar.

Um dos tais Predestinados emerge das escadas e, tirando uma grande chave de um dos bolsos do manto, aproxima-se do portão de ferro, sussurra algumas palavras que Francesca não se dá ao trabalho de tentar compreender e o abre para que ela passe.

— A senhora tem certeza de que não quer que chamemos um coche? A caminhada do cemitério até a Villa pode ser árdua para a senhora e...

Ela deixa o rapazola falando sozinho e cruza os portões, respirando fundo ao finalmente sentir o ar gelado do inverno encher seu peito. Nevou mais cedo e as rajadas do vento são congelantes. Ela se sente tonta e confusa, porém quer tirar a prova de que as promessas feitas por seu irmão mais velho durante os vários anos que passou tentando convencê-la a cometer aquela blasfêmia eram verdadeiras. Quer testar o corpo que até então parecia cada dia mais cansado, as juntas doloridas, as vistas exaustas apesar das lentes envoltas por dois aros de ouro que o primo Felipe havia providenciado quando ela começou a ter dificuldade de realizar seus bordados e atar os alfinetes das fraldas de Leon e Giuseppe quando ambos eram bebês.

Os meninos haviam se tornado o centro dos seus dias. Jamais pensara em ter seus próprios filhos. Sentia asco ao imaginar que um homem poderia violar seu corpo — o corpo que ela sonhara um dia consagrar a Cristo. Esse pensamento faz com que solte um suspiro amargo. De que adianta um corpo imaculado quando sua alma acaba de ser condenada à danação eterna? Ela tenta se convencer de que seus meninos são razão suficiente para qualquer sacrifício. Não repetirá os mesmos erros que cometeu com Luciano e Jade. Não deixará que eles se esvaiam por entre seus dedos como Enzo e Rafael, filhos de seu irmão Gennaro, mortos de disenteria ainda tão jovens. Ela acertara com Domenico e Frederico. Aquela balança há de pesar a seu favor. E Francesca está fazendo um bom trabalho. Ughetto, Lui e Peppe, como a família carinhosamente os chama, são meninos repletos de energia. Sim, eles haviam sido fruto de um pecado. Afinal, Marcello prometera seu corpo e sua alma à Santa Igreja, porém Francesca compreende que os homens não possuem o mesmo autocontrole das mulheres, em especial no tocante à luxúria. Seu irmão caíra em tentação. Muitas vezes. Porém, mesmo que não pudesse registrar os meninos como seus, fazia de tudo para dar uma boa vida a eles e a Sandra. Os três garotos eram Manfredi legítimos e, ainda que não fossem herdeiros diretos, certamente assumiriam alguma posição de destaque na família, quem sabe até mesmo na própria Sé. Todas as portas estariam escancaradas para eles quando Domenico se tornasse papa. Lui, inclusive, se preparava para ser enviado ao seminário em outubro, quando completaria doze anos. Por ora, o dever de Francesca era garantir, ao lado de Sandra, que tivessem bases sólidas para dominarem o mundo quando chegasse a hora.

É Leon, porém, o motivo mais constante de suas preocupações. Ele completará dez anos dali a poucos meses. É um menino inteligente, atento e cheio de vontades. Pareceu já ter nascido sabendo de sua posição como herdeiro de uma dinastia que se tornava mais poderosa a cada dia — e na mesma medida sabia como tirar proveito disso. Chegava a ser cômico observar alguém tão pequeno com um tom de voz tão autoritário, traço que já se mostrava bastante acentuado desde que começou a esboçar as primeiras palavras. Na ocasião, Francesca desesperou-se, temendo ter diante de si o mesmo pesadelo que vivera com os pais do menino. Entretanto, a convivência com os primos pareceu fazer bem ao garoto. Ughetto, Lui e Peppe sempre o trataram como um igual e, junto deles, Leon era apenas mais um menininho traquinas com fascínio por cavalos, batalhas e guloseimas. A ideia que partira de Domenico de tornar Frederico padrinho do sobrinho também não poderia ter sido mais acertada — para ambos. Enquanto Luciano passava os dias enfurnado naquelas catacumbas repugnantes, para onde se mudou em definitivo fazia alguns meses, Frederico retomou seus antigos aposentos na Villa após a trágica morte de Giovanna e dos meninos, visitando o afilhado todos os dias. Ele o leva com os primos para visitar as casernas, o ensinou a cavalgar e se envolve nas brincadeiras abrutalhadas dos garotos como se fosse um deles. Dedica a Leon toda a atenção e o cuidado que, de acordo com a vontade de Deus, não pôde dar aos próprios filhos. Leon é muito apegado ao padrinho, certamente sua companhia adulta mais constante além das amas e das tias.

Alfeo, como fazia com Luciano e Jade, também costuma passar longas horas ao lado do neto. O patriarca dos Manfredi está cada vez mais recluso e reservado, e poucas pessoas fora do círculo mais próximo da família tem acesso a ele. Alfeo também continua a passar dias a fio sumido, sem dizer para onde ia, e Francesca não ficaria surpresa em saber que o irmão mais velho também possui aposentos particulares nas catacumbas de La Villetta. Ainda assim, pelo menos uma vez por semana Alfeo ordena a Francesca que leve Leon até seu gabinete, onde ficam sozinhos, a portas trancadas, até a hora do jantar. Nos últimos tempos, até mesmo Domenico tem lhe escrito cartas frequentes de Roma, que, apesar de Leon já ter sido alfabetizado, Lizbeta faz questão de seguir lendo em voz alta para ele em sua sala de estar, com o menino sentado aos pés de sua poltrona. Ainda que a irmã a enxotasse como se fosse apenas uma criada assim que ela entregava o sobrinho-neto na porta de seus aposentos quando ele ainda era muito pequeno para conhecer os caminhos dos inúmeros corredores do casarão, Leon comentou diversas vezes com a tia, com o pequeno peito estufado, que o tio lhe dizia que ele tinha muitas responsabilidades para com os Manfredi, que o futuro da família dependia dele e que, por mais que agora isso parecesse um privilégio, era preciso que tivesse desde cedo consciência dos encargos que sua posição representava. Ainda segundo Leon, após ler as cartas do tio, Lizbeta, parecendo esquecer sua notória impaciência com crianças, o colocava no colo e o observava enquanto ele redigia uma resposta de próprio punho, corrigindo sua ortografia e o repreendendo pela caligrafia ruim. Em seguida, eles lanchavam chá com bolinhos e sanduíches e Leon se gabava de que a avó elogiava seus modos à mesa e lhe dizia que ele parecia muito mais com um duque do que os filhos grosseirões de Eduardo Farnese.

Quem vê de longe, até acredita que Leon seja um garotinho esperto e afável, que vive cercado de afeto, o herdeiro perfeito para uma dinastia do quilate dos Manfredi. Contudo, quem convive diariamente com ele sabe muito bem que a realidade é muito diferente do que mostram as aparências.

Desde muito novo Leon já demonstrava uma inteligência arguta e um interesse por tudo aquilo que o cercava, além de um certo carisma usado com parcimônia, apenas quando assim considerava conveniente. Ele nada tinha da criança alheia e apática que seu pai havia sido. Entretanto, ainda que sutis, as estranhezas do menino são inegáveis. Enquanto os primos sejam talvez muito jovens e agitados para prestar atenção nesse tipo de detalhe e sua tia Sandra faça vista grossa, provavelmente advertida por Dom Marcello, tanto Francesca quanto as aias conhecem muito bem as idiossincrasias de Leon. Quando entediado, ele procura camundongos pelo casarão e, aboletado em algum canto, pega alguma das facas que sempre consegue afanar das cozinhas enquanto distrai as ajudantes com aquela sua expressão fingidamente angelical, e vai aos poucos mutilando o pequeno roedor, arrancando-lhe primeiro uma das orelhas, depois a outra, os olhos, fatias do rabo, assistindo, como que hipnotizado, o bichinho primeiro tentar fugir em desespero até começar a tremer de medo e dor e finalmente sucumbir em suas mãos.

Certo dia quente, quando ela e Sandra levaram os meninos até o jardim para que corressem e gastassem parte daquela energia aparentemente inesgotável, ele sugeriu aos primos uma caça aos sapos. Empolgados, os quatro se espalharam, engatinhando sobre o gramado e retornando com vários anfíbios nas mãos. Leon ordenou que os primos enfileirassem os bichos e, antes que pudessem pular para longe, tirou de um dos bolsos um saco de sal e jogou sobre os sapos, que estrebucharam, desesperados. Quanto mais eles se contorciam, mais Leon ria e jogava novas camadas de sal sobre eles. Peppe, apenas alguns meses mais novo, se afastou com uma careta. Lui, o primo do meio, não se conteve e vomitou todo o café da manhã, tendo que ser levado de volta ao infantário para ser banhado. Já Ughetto, o mais velho, ameaçou dar um cascudo no primo, reclamando, entredentes, que aquela era uma brincadeira de criancinhas retardadas. Porém, antes que seu punho fechado atingisse a cabeça de Leon e Francesca e Sandra se aproximassem para contê-lo, algo pareceu empurrá-lo para longe, fazendo com que caísse sentado no pavimento de pedra do outro lado do jardim, rasgando o camisolão. Leon nem se deu ao trabalho de conferir onde o primo havia aterrissado, continuando a contemplar os sapos até que todos estivessem mortos. Ughetto foi levado para dentro aos berros, enquanto a mãe lhe perguntava repetidamente se ele por acaso havia perdido o juízo. A partir daquele dia, Leon deixou de pedir ajuda naquelas caçadas e os primos simplesmente saíam de perto quando ele começava a enfileirar seus sapos sobre a grama.

Dois anos antes, Leon e Peppe se juntaram a Ughetto e Lui em suas aulas com os preceptores, que ocupavam boa parte da manhã. À tarde, eles tinham lições de equitação nos estábulos e de autodefesa e instrução militar nas casernas. Os meninos estavam sendo preparados como nenhum antes deles para levar os Manfredi até os patamares mais elevados e Francesca se orgulhava de ter coordenado seus primeiros passos. Ughetto era apontado como um prodígio pelos capitães das casernas e mestres cavalariços, embora seus demais professores o considerassem desinteressado em qualquer coisa que não envolvesse rapieiras e batalhas. Já Lui era tido como um homem de letras. Extremamente versado em idiomas, na leitura dos clássicos e na interpretação de mapas e cartas de navegação, sabia cavalgar de forma elegante. Segundo seu pai, ele daria, um dia, um cardeal notável, como ele próprio e Domenico. Peppe, por sua vez, tinha uma habilidade notável para os números e a estratégia bélica e era sempre elogiado pelos tutores por seu pensamento rápido, visão crítica, agilidade e persistência. Esses mesmos professores não mediam esforços para extrair o máximo de Leon, de quem, por ser o herdeiro direto da dinastia, esperavam os resultados mais promissores. O menino, entretanto, foi taxado de preguiçoso, insolente e desatento. Apesar de extremamente inteligente, Leon não obedecia ordens, era desleixado com as lições e, ao ser repreendido, simplesmente dizia aos professores, daquele seu jeito autoritário, sem levantar a voz, que ele era o senhor daquela Villa e que tinha coisas muito mais interessantes com que se ocupar do que aquelas aulas enfadonhas. Em seguida, deixava a sala e ia para o jardim caçar seus sapos, cavalgar pelos vinhedos, afanar alguma guloseima das cozinhas ou tirar uma soneca.

Muito antes de Leon começar os estudos com os preceptores, quando mal havia abandonado os cueiros, seu pai irrompeu no infantário certa manhã bem cedo, amedrontando as amas de plantão com sua aparência, que se tornava cada dia mais funesta. A própria Francesca se surpreendeu com o aspecto do sobrinho. Mais do que nunca, Luciano se assemelhava a algo que não mais pertencia a este plano. A pele pálida, as imensas manchas escuras sob os olhos, os cabelos oleosos e pesados que lhe caíam desordenados pelo pescoço, compridos o suficiente para tocar os ombros, as roupas negras como quem estava eternamente em estado de luto e aquele cheiro de morte que se tornara sua companhia mais constante fizeram com que as servas congelassem onde estavam, sem coragem de erguer as vistas. Luciano foi até a pequena cama onde o filho dormia e o pôs no colo. Imediatamente, Leon abriu os olhinhos e aninhou a cabeça no ombro do pai. Em seguida, Luciano se retirou do infantário, informando brevemente à tia, sem olhar para ela:

— Eu o trarei de volta antes do anoitecer. Ordene a dona Camélia que inclua as refeições de meu filho quando enviar o farnel dos Predestinados.

Francesca ensaiou uma repreenda, porém a porta do infantário se abriu com estrondo, como se uma ventania houvesse atingido apenas aquele cômodo, batendo atrás de Luciano assim que ele a cruzou com Leon em seus braços.

As breves visitas de Luciano ao infantário se tornaram cada vez mais frequentes e, ainda que no início se sucedessem assim que o sol despontava no horizonte, logo passaram a acontecer sem hora marcada, até mesmo no meio da noite, o que acordava os outros meninos e apavorava as servas. Temendo que houvesse uma nova debandada de amas do infantário, como a que aconteceu quando os gêmeos eram crianças, Francesca mais de uma vez tentou protestar com Alfeo, mas o irmão apenas a ouviu em silêncio, encarando-a como se ela não fosse nada além de uma mulher histérica e ignorante, dizendo, assim que ela por fim se calava, que Luciano era o pai de Leon, de forma que tinha total autoridade a respeito da criação de seu filho. E que ela devia, de uma vez por todas, colocar-se em seu lugar e não se envolver no que não era da sua conta.

    A essa altura, Leon já percebia o tratamento bem diferente que recebia de sua mãe quando comparado às atenções dispensadas por Sandra aos primos. Jade raramente o visitava. Nas missas dominicais, ela se sentava ao lado dos pais na primeira fila, enquanto as crianças eram acomodadas junto às amas nos fundos da capela para que não atrapalhassem o rito. Ela saía apressada logo após a bênção final e não lançava nem mesmo um olhar para o filho, enquanto o menino a acompanhava com os olhos ávidos, como um coelhinho perdido. Isso fazia com que Francesca se condoesse, afinal ela conhecia muito bem aquele sentimento de ser a cria preterida, ao mesmo tempo que amaldiçoava Jade por esquecer-se justamente do filho que tinha em suas mãos o futuro dos Manfredi em nome de uma menina aleijada, que sabe-se lá como havia sobrevivido até ali. Jade só costumava trocar algumas palavras com o filho nas festividades em que Alfeo exigia a presença de toda a família, como a Páscoa e o Natal. Nessas ocasiões, Leon envolvia seu pescoço com os bracinhos e não a largava por nada, ameaçando até mesmo morder as amas quando elas tentavam pegá-lo para ser alimentado. Jade, por sua vez, não fazia a menor questão de esconder sua expressão de fastio, várias vezes se queixando de que Leon a machucava e que o filho era um menino e não um macaco selvagem para pendurar-se nela daquela forma. Suas reclamações só cessavam quando Luciano ou Alfeo lhe lançavam algum olhar de reprovação. Assim que a sobremesa era servida, Jade jogava o garoto nos braços da primeira ama que visse por perto e corria para o sótão para ficar ao lado de Rebecca, que seguia vivendo nas sombras.

    Quando era menor, não era raro que Leon abrisse um berreiro pedindo pela mãe. Por mais que Francesca e Sandra fizessem de tudo para que ele se sentisse tão amado quanto os primos, elas sabiam que nada compensaria o alheamento de Jade. Sandra colocava os filhos na cama todas as noites e, assim como fazia com Ughetto, Lui e Peppe, orava com Leon, cobria-o e beijava-lhe a testa, desejando que tivesse bons sonhos. Nos últimos tempos, porém, ele simplesmente desejava boa noite à tia assim que ela se aproximava de sua cama e se virava para o outro lado, encarando o vazio, exatamente como o pai costumava fazer quando tinha aquela idade e Francesca tentava afastá-lo de Jade. Francesca sentia um calafrio sempre que presenciava a cena e pedia a Deus com todas as suas forças que Alfeo arranjasse logo um novo casamento para a sobrinha que a levasse para bem longe dali, onde não poderia mais fazer mal aos homens daquela família.

FRANCESCA NÃO TEM certeza de quanto tempo passou naquelas catacumbas infectas. O sol já havia se posto fazia algum tempo quando a carruagem a levou ao lado do irmão mais velho até os portões do mausoléu dos Manfredi. Entretanto, a noite continua escura como breu e o vento castiga os galhos ressequidos pelo inverno. Ainda que sua cabeça zuna e ela tenha certeza de que precisará de muito tempo para processar todos os horrores pelos quais acabara de passar, sem ser capaz de distinguir o que havia sido real do pesadelo, sente uma onda de júbilo ao se dar conta de que, após cruzar os limites de La Villetta, segue sem dificuldade pelo aclive que liga o cemitério à estrada que leva até a Villa. Não é um trajeto longo, mas, nos últimos tempos, qualquer caminhada se tornava um verdadeiro suplício. O ar lhe faltava, os quilos que acumulara ao longo dos anos lhe pesavam como pedregulhos e os joelhos davam a impressão de que cederiam a qualquer momento, causando dores excruciantes. Tanto que chegou muitas vezes a dormir discretamente em algum dos salões menos concorridos do térreo para evitar o martírio de subir e depois ter que descer as escadarias na manhã seguinte.

Suas juntas doíam cada dia mais. Ao acordar, sentia-se quase impossibilitada de se mover. Ela se erguia lentamente e permanecia sentada na cama por um longo período até sentir que o corpo havia por fim esquentado e seria capaz de começar os afazeres do dia. Logo ela, que sempre acusava as criadas por não lutarem contra o pecado da preguiça e tantas vezes castigou os sobrinhos por sua insistência em continuar na cama quando o sol já estava alto. Os joelhos, cotovelos, pulsos, calcanhares e até mesmo os nós dos dedos viviam inchados e vermelhos. No inverno, o sofrimento se multiplicava. Nem mesmo os chás de gengibre e as compressas quentes de folhas de arnica eram capazes de aplacar a agonia, e ela chegava às lágrimas não apenas pela dor, mas pela impotência, a degeneração, o fim iminente. Quem naquela família olharia por Leon se algo lhe acontecesse? Se ficasse inválida ou algo pior? A mãe do menino parecia não se recordar da sua existência e, mesmo quando o fazia, o evitava como quem fugia de um cão sarnento. E a avó, que nunca teve jeito para crianças, podia até achar divertido tomar chá e rir das tiradas espirituosas de Leon, mas Francesca conhecia muito bem a irmã e tinha certeza de que, no primeiro ataque de birra ou assim que presenciasse os hábitos peculiares do neto com seus sapos e camundongos, ela simplesmente se trancaria em sua sala de estar como se nada tivesse a ver com aquilo.

A filiação de Leon, assim como a identidade de seus avós, era mais um dos muitos assuntos proibidos naquela casa. À medida que o tempo passava e as amas iam sendo substituídas — processo que desde que Frederico retornou à Villa se tornou mais frequente —, a questão ia sendo esquecida. Os criados não faziam perguntas e aqueles que conheciam a verdade tinham apego suficiente a suas vidas para não tecer comentários. Francesca, porém, jamais se permitia olvidar a teia de pecados na qual os Manfredi estavam mergulhados. Ela conhecia muito bem os pais de Leon. Sabia de tudo que eram capazes e cabia a ela, mais que a qualquer outra pessoa, fazer o possível para conter suas influências nefastas sobre o menino. Ela falhara com aqueles gêmeos malditos, mas não repetiria o erro com o único herdeiro direto da dinastia. Francesca podia condenar muitas das condutas de sua família, porém, mais que tudo, respeitava o sangue que corria em suas veias, a continuidade de tudo aquilo que seus pais haviam lutado para construir, assim como aqueles que vieram antes deles. Essa era a única força motriz que alimentava uma existência que Francesca considerava cada vez mais miserável. Crescei-vos e multiplicai-vos, dizia a Palavra. Não havia seguido esse mandamento, entretanto faria o possível e impossível para que a linhagem dos Manfredi continuasse a germinar. Mesmo que as sementes estivessem podres.

Durante todos aqueles anos, Francesca sofreu em silêncio. Não era o tipo de mulher que se queixava, demonstrava fraqueza ou fugia de suas obrigações por conta de mal-estares, ao contrário da irmã, que podia se dar ao luxo de ficar trancada em seus aposentos sem ser importunada, ou sair para longas cavalgadas que lhe tomavam o dia todo sem dar satisfações para ninguém. Lizbeta era a mais velha, porém, antes mesmo de passar por aquele processo medonho nas catacumbas, parecia no mínimo uma década mais jovem que Francesca. Era uma mulher bem cuidada, cercada por amas que atendiam todas as suas vontades, que passava seus dias entre modistas, chás, o cravo e passeios ao ar livre. Seu único trabalho era liberar os ducados necessários para a manutenção da casa, sempre confiando na contabilidade de Francesca, que nunca falhava. E, claro, ela era a única mulher que ficava com os homens da família a portas fechadas no gabinete de Alfeo — e não só em seu gabinete, como Francesca sabia tão bem. Lizbeta havia sido, desde muito jovem, a irmã bela, harmoniosa e delicada, que recebeu inúmeras propostas de matrimônio, embora fosse tão atraente e encantadora que o primogênito dos Manfredi não permitiu que fosse levada para longe da Villa. Ela gerou três filhos saudáveis para Alfeo, garantindo a tão enaltecida linhagem pura da dinastia. Isso lhe garantiu o posto de senhora do casarão. Mesmo depois de todas as gestações — que Francesca acompanhou apenas de longe, sem querer se envolver naqueles atos pervertidos — e dos anos, Lizbeta não perdeu o viço e continuava a ser uma bela mulher. Enquanto isso, Francesca desmoronava. Seus únicos prazeres eram seus meninos e os quitutes que saíam das cozinhas. As tortas, os pães, as massas e os doces eram um alento para seu sofrimento, fazendo com que se esquecesse por alguns minutos do quanto era invisível. Todos os anos era obrigada a encomendar mais tecidos para costurar novas saias, camisas e aventais simples em tamanhos cada vez maiores. Ela costumava aproveitar a luz exterior enquanto os meninos brincavam no jardim para fazer suas costuras. Certa manhã, Lizbeta estava saindo com algumas de suas amas para um de seus passeios quando viu a irmã cerzindo uma grande peça de lã amarronzada que seria transformada em uma saia. Ao passar por Francesca, comentou com uma das aias sorridentes que a acompanhavam alto o suficiente para que a irmã escutasse:

— Daqui a pouco ela precisará comprar a tenda de um cigano para cobrir as vergonhas.

O grupo caiu na gargalhada enquanto Francesca continuou com a cabeça baixa, tentando prosseguir com seu trabalho, embora as lágrimas logo lhe embaçassem a vista e manchassem as lentes dos óculos. Ela já era uma mulher feita e sabia seu valor naquela casa. Mesmo assim, as troças da irmã continuavam a feri-la como se fosse uma menina insegura. Lizbeta de fato merecia todos aqueles pobres seres desvalidos que haviam saído de seu ventre, assim como aqueles gêmeos malditos. Só não entendia como um ser tão desalmado fora capaz de trazer ao mundo um rapaz tão admirável e honrado como Domenico. Revoltava-se em silêncio ao testemunhar a relação próxima que ele e a mãe tinham travado desde que Domenico fora enviado para o seminário. Além das cartas frequentes, quando visitava a Villa, ele passava mais tempo ao lado de Lizbeta do que de Alfeo e Frederico. Francesca não conseguia evitar o ressentimento. Havia sido ela quem estivera presente quando o primeiro dente de Domenico nasceu, quando ele disse sua primeira palavra, quem ficara sem dormir ao lado de sua cama quando ele teve febre e quem segurara sua mão quando ele conseguiu finalmente andar. Agora, tudo que lhe restava era uma carta formal e esporádica e um beijo delicado, porém distante, como se ela não passasse de uma velha ama da qual ele mal se recordava.

Lizbeta, a irmã mais velha, mais bonita, mais arguta, a preferida da mãe, a garotinha perfeita do pai, a escolhida de Don Alfeo, a mãe dos herdeiros da dinastia, a senhora da Villa Manfredi. Desde muito jovem Francesca sabia que estaria fadada a viver à sombra da irmã e, talvez por isso, tenha optado por um caminho completamente oposto ao seu, dedicando-se a uma vida reclusa, de simplicidade e oração. E até mesmo seu desejo de seguir uma vida religiosa Lizbeta lhe havia negado, tentando empurrá-la com os irmãos para pretendentes aos quais não despertava nada além de repulsa. E, depois, relegando-a a cuidar dos rebentos que saíam de seu ventre, como para provocá-la com sua fertilidade e os herdeiros Manfredi que trazia ao mundo. Secretamente, Francesca imaginava como seria sua vida se tivesse ao menos uma parte da beleza da irmã. Ou se Alfeo se interessasse por atrativos que fossem além da aparência e galhardia e houvesse reparado em atributos outros, como a dedicação à família, o senso de responsabilidade e a devoção a Deus, e a tivesse escolhido em lugar de Lizbeta. Sem dúvida, tudo seria muito diferente. Ela estaria muito, muito longe de ser apenas aquele velho trapo exaurido que parecia cada dia mais volumoso — e invisível. Era o extremo oposto da irmã, cuja vitalidade parecia se renovar todas as manhãs. Ela não daria a Lizbeta o gosto de vê-la doente e inválida. Nem suportaria suas zombarias enquanto definhava.

Assim, mesmo indo contra aquilo em que ela acreditava com tanto fervor, ainda que a condenasse às chamas do inferno, Francesca decidiu aceitar a proposta que Alfeo havia anos lhe fazia.

Quando um dos guardas foi até o infantário informá-la de que Don Alfeo queria vê-la em seu gabinete, Francesca arrancou o avental e correu escada abaixo.

Ele fez com que a irmã se sentasse diante dele em sua grande mesa de cedro e lhe serviu uma dose de Chianti como nunca havia feito antes. Ela abriu um pequeno sorriso, embora, em seu íntimo, desconfiasse que o intuito daquele convite não podia significar nada de bom.

Alfeo fez o preâmbulo de praxe, perguntando como iam os meninos no infantário e como andava sua saúde. Apesar das dores e desconfortos intensos dos quais padecia dia e noite, ela apenas disse que tudo andava na mais perfeita ordem, graças ao bom Deus. Ele então tomou um gole de sua taça e foi por fim ao ponto. Mirando a irmã caçula no fundo dos olhos, explicou-lhe, sem pressa, mas também sem dar detalhes além dos estritamente necessários, que alguns dos membros da família gozavam de um dom especial, uma dádiva divina concedida apenas às dinastias mais promissoras e iluminadas, e que os Manfredi tinham a honra de estar entre aquele seleto rol de escolhidos. Claro que muitos, por ignorância, inveja ou uma mistura de ambos, consideravam aquele privilégio uma heresia, algo que ia contra as leis do Todo-Poderoso. Entretanto, assim como ele, Francesca devia encarar aquilo como o extremo oposto: uma dádiva dos céus concedida apenas a alguns poucos merecedores. Essa bênção fazia com que os Manfredi conseguissem se comunicar com aqueles que já partiram, barganhar com outros mundos e receber, em troca dos bons serviços prestados, favores que os colocavam à frente de qualquer outra dinastia europeia, e quem sabe de que outros lugares. Como uma dessas recompensas, alcançada graças ao notável talento de Luciano no trato com as outras esferas, eles haviam sido presenteados com a maior das benesses, que já fora conferida primeiramente a ele próprio, em seguida aos gêmeos e, mais tarde, devido aos ameaçadores avanços da peste em Parma, tinha sido estendida a Lizbeta, Gennaro, Frederico e mais alguns daqueles que possuíam o dom e acompanhavam Luciano em seus estudos. Dada a dedicação de Francesca a seus filhos e sobrinhos, e agora a seu neto, ela não devia ser excluída do rol. Sorrindo, Alfeo indagou à irmã se ela já havia por acaso imaginado a maravilhosa possibilidade de cessar o processo de envelhecimento e degradação da carne, deixar de sentir as dores da idade e saber que nenhuma doença poderia derrubá-la, o esplendor de ver todas as gerações seguintes de Manfredi nascerem, crescerem e triunfarem.

Num primeiro momento, Francesca achou que o irmão havia enlouquecido de vez, porém, ao se dar conta da tranquilidade em seu semblante e da maneira quase didática com a qual ele lhe explicava os últimos acontecimentos, ela se convenceu de que não só Alfeo estava em seu mais perfeito juízo como todas as suas palavras eram a mais pura verdade. Os Manfredi, graças aos desejos de grandeza do irmão e às maldições que, segundo ela cresceu ouvindo, assolavam a família desde o início dos tempos, culminando nos dons monstruosos de Luciano, estavam tomando um caminho extremamente perigoso, do qual não haveria volta. Era mesmo bom que os irmãos, aqueles gêmeos detestáveis e Frederico, que sem dúvida havia perdido o rumo após a morte de Giovanna e dos meninos, vivessem para sempre, pois o que os esperaria quando finalmente perecessem seria o pior dos castigos.

Francesca deixou que Alfeo concluísse sua preleção e só então se pronunciou, sem se importar quando se deu conta do tom elevado de sua voz:

— Que Deus tenha piedade da sua alma. Assim como a de nossos irmãos e de seus frutos. Só a Ele cabe o julgamento. A mim restam apenas as lamentações e o pedido que você não me envolva em nenhuma das maquinações infames que acontecem naquele mausoléu.

Com isso, Francesca se levantou e passou meses sem dirigir a palavra ao irmão. Alfeo, porém, como de hábito, não se deu por vencido. A epidemia se tornava cada vez mais inclemente e, após ceifar as vidas de Giovanna e seus filhos, levou vários outros Manfredi em Milão, Nápoles, Bolonha e Mântua.

Ainda que Domenico e Marcello estivessem seguros em Roma, onde o novo papa havia decretado uma longa quarentena que se mostrara bastante eficaz, membros da família de todas as idades morriam aos borbotões e Alfeo considerava uma questão urgente garantir que todos que lhe eram mais caros permanecessem saudáveis. Contudo, deu uma trégua a Francesca, ainda que vez ou outra lhe lançasse algumas indiretas quando percebia que suas dores estavam mais pronunciadas. Havia uma cura definitiva para seu sofrimento. Tudo que a irmã precisava fazer era deixar para trás seus preconceitos obtusos.

Francesca sempre havia declarado que era necessário aceitar os fardos que Deus reservava para seus servos, entretanto, à medida que as dores pioravam, perguntava-se: por que ela? Levara uma vida inteira de deveres e oração, tentando recompor um pouco que fosse da dignidade daquela família enquanto seus irmãos se perdiam em pecado. E o que recebia em troca? Tentava dizer a si mesma que o Reino dos Céus a esperava com todas as recompensas prometidas aos justos nas Escrituras, entretanto, por quanto tempo ela ainda sofreria? Seu destino era sombrio e ela se perguntava se seria forte o suficiente para encarar todas aquelas provações, ao mesmo tempo que questionava, por mais que isso a fizesse sofrer, a justiça divina.

Esses pensamentos a mantinham acordada, assombrando sua mente como os ditos fantasmas que vagavam pela Villa. Em uma dessas noites de insônia, quando, em uma rara trégua, as dores pareceram lhe dar um alívio e ela conseguiu se recolher em seu próprio quarto, Francesca pegou um castiçal e decidiu dar uma volta pela casa para clarear a mente e, quem sabe, encontrar o sono. Caminhava sem pressa, observando os quadros retratando Manfredi do passado e do presente, quando ouviu um som estridente e, em seguida, uma voz masculina que dizia algo incompreensível, acompanhada de uma risadinha abafada. Ela parou por um instante, avaliando de onde os ruídos podiam ter surgido, até que se deu conta de que estava diante do quarto de Lizbeta. Aquela gargalhada jocosa era mesmo típica de sua irmã.

Num impulso, Francesca foi até uma portinhola oculta entre as placas de madeira que revestiam o corredor que conduzia à galeria utilizada pelos servos. Não era dada a frequentar aqueles caminhos estreitos, já que, apesar de muitas vezes ser confundida pelos empregados novatos com uma mera governanta, ela era uma das senhoras daquela casa. Mesmo assim, conhecia muito bem os labirintos que se espalhavam pelas entranhas do casarão. Iluminando o caminho com o castiçal, não teve dificuldade para chegar até a porta, tão acanhada quanto aquela pela qual havia entrado, que dava acesso aos aposentos de sua irmã.

Ela pôs o castiçal no chão e entreabriu a portinhola com todo o cuidado. Colocando um dos olhos na fresta, Francesca viu Lizbeta recostada na cama, acompanhada por Alfeo. Ambos estavam semicobertos pelo lençol e conversavam, muito bem-dispostos. Era claro o que havia originado aquele brado e as risadas subsequentes. Francesca ficou pasma. Em seu entendimento, os irmãos haviam pecado para gerar os preciosos herdeiros de sangue puro que Alfeo tanto desejara, mas, naquele momento, teve a comprovação de que a relação entre eles ia bem além disso. Ao longo dos anos, ela tentava não pensar muito na intimidade criada pelos irmãos, mas ficou claro por que Lizbeta tinha regalias que superavam em muito aquelas que se esperavam da senhora de uma casa, por mais nobre e fausta que fosse.

Os dois debatiam animados, em um tom de voz casual. Imediatamente Francesca pensou que não havia como as aias que dormiam na saleta não escutarem que tinha alguém nos aposentos de sua senhora e eles não pareciam nem ao menos preocupados em se esconder, como se aquelas visitas noturnas fossem corriqueiras. Ela sabia muito bem que havia várias outras portas ocultas no casarão, que interligavam os quartos, semelhantes às que conectavam o corredor de serviço aos aposentos da família. Não seria surpresa se uma delas ligasse os quartos de Lizbeta e Alfeo, que, não coincidentemente, eram contíguos. Permanecendo imóvel e no mais absoluto silêncio, ela apurou os ouvidos para escutar melhor a conversa entre os irmãos.

— Descanse, querido. Você teve um dia movimentado e amanhã não será diferente. Há uma audiência marcada com o duque Farnese às nove e meia. Para o almoço, receberemos dois embaixadores dos Médici de Florença. Mas fique tranquilo pois, caso o jovem Eduardo se perca em divagações, como é de seu feitio, os guardas já foram instruídos por Gennaro a interromper educadamente a reunião às onze, com a desculpa de que você é esperado para a inspeção semanal das casernas. Assim não corremos o risco de que Eduardo esbarre em nossas próximas visitas. Há ainda correspondência vinda de Roma, Castro e Mântua a ser despachada e Luciano o espera em La Villetta às cinco, de forma que devo concluir que seu jantar será servido no mausoléu, assim como não devo esperá-lo para dormir, certo?

De onde está, Francesca não consegue vislumbrar o rosto da irmã, mas deduz que ela deve ter feito uma careta de desaprovação, pois Alfeo sorriu e a beijou na testa.

— Não se preocupe. Não jantarei cercado por espécimes. Isso não é mais necessário. Desde que as obras dos subterrâneos foram concluídas, devo dizer que o mausoléu se tornou, na medida do possível, quase aprazível. Temos algumas salas de refeições bem confortáveis e os meus aposentos são até mesmo agradáveis. Belas tapeçarias e bons tapetes fizeram milagres contra as pedras do chão e das paredes. Além disso, graças a um inventivo sistema de dutos de ar criado por um dos engenheiros que contratamos, que Deus o tenha, pudemos instalar lareiras em todos os cômodos e, assim, não precisamos mais dormir com várias camadas de cobertores. Pela manhã seu irmão retornará são e salvo para você, eu dou a minha palavra.

Lizbeta devolveu o beijo, tocando levemente os lábios de Alfeo com os dela.

— Acho bom mesmo, para o seu próprio bem, Alfeo Manfredi. Mas me diga, qual é a razão da sombra que vejo em seus olhos e não é de hoje? De início, achei que fosse devido a algum revés no mausoléu, mas lanchei com Leon essa tarde e ele comentou que o pai anda de muito bom humor, de forma que, conhecendo o espírito normalmente fleumático de nosso filho caçula, descartei essa possibilidade. Então, meu irmão, se eu puder ser útil em apaziguar ao menos um pouco o peso que o angustia, nada me deixaria mais feliz.

Ele começou a acariciar o cabelo de Lizbeta, que, em vez de presos nos penteados intrincados e elegantes que suas aias se esmeravam para executar, estavam soltos, o que lhe dava um ar ainda mais jovem que causava em Francesca a sensação de agulhas perfurando sua pele.

— Nada mesmo passa despercebido por você, minha querida. É verdade. Há algo que aflige meu coração. Você tem prestado atenção em nossa irmã ultimamente?

— Bem, Francesca passa o dia inteiro entre o infantário, as cozinhas e a capela. Nossos caminhos não são exatamente compatíveis. Além disso, já faz tempo que Leon sabe o caminho do meu estúdio, de forma que não precisa mais que a tia o acompanhe. E durante as refeições é impossível trocar qualquer palavra com ela, já que sua boca está sempre abarrotada com o que quer que esteja sendo servido.

Alfeo balança levemente a cabeça e prossegue:

— Pois você devia se mostrar mais atenta e complacente com sua irmã. Ela não está nada bem, Lizbeta. Claro, devo concordar que sua voracidade à mesa e a corpulência ocasionada por esses excessos não são nada benéficas para sua condição e sem dúvida a pioraram de forma considerável. Entretanto, agora é tarde. É visível como ela tem sentido dificuldade crescente para caminhar e dores terríveis nas juntas. Tudo indica que seus músculos estão aos poucos se desfazendo e os ossos se esfacelando. Ela tem sentido até mesmo dificuldade para subir as escadas até seus aposentos.

— Ah, então é por isso que ela tem passado noites nas saletas. De início eu achei que fosse mais uma de suas penitências sem pé nem cabeça, mas, de fato, esse é um motivo plausível. Pedirei que o primo Felipe seja trazido de Parma para examiná-la. E espero que Francesca finalmente se recorde de que a gula é um dos pecados capitais, assim como a inveja, o que a torna tão impura quanto qualquer um de nós.

— Sinto informar que o primo Felipe ou qualquer outro médico será de pouca utilidade nesse caso. Ao que tudo indica, o estado de nossa irmã já está bastante avançado. E, de qualquer forma, males dessa natureza não são simples de serem curados. A única saída para Francesca a esta altura seria ter sua alma encomendada.

Lizbeta soltou uma sonora gargalhada, que reverberou pelo quarto.

— Nesse caso, acho melhor que amanhã você já providencie que dois dos túmulos do mausoléu sejam unidos e reforçados para abrigar o corpanzil de nossa digníssima irmã. Que seu martírio seja breve. E, mesmo que não seja, não creio que isso seja um problema para Francesca. Do jeito que ela sempre gostou de se mostrar como uma pobre sofredora que dedicou sua vida a reparar os pecados desta família sem nunca olhar para o próprio umbigo, o papel de uma moribunda que sofre em cima de uma cama lhe cairá como uma luva. E, claro, será uma dádiva não termos de ouvir mais seus sermões e sua ladainha sobre as chamas do inferno e as punições que esperam os ímpios do outro lado, e eu tenho certeza de que nem ela acredita nessa balela. Desde criança Francesca foi uma garotinha limitada e parva, mas não esperava que ela se tornasse essa mulher patética. Eu me sinto envergonhada em pensar que nosso sangue corre em suas veias.

Aquelas palavras feriram Francesca mais do que qualquer dor em suas juntas ou as reações causadas pela friagem do mês de janeiro. Ela e Lizbeta sempre foram como o vinho e a água, a seda e a estopa, o inverno e o verão. Elas não eram próximas nem mesmo na infância e, à medida que os anos passaram, a distância entre ambas se tornou um abismo. Elas se evitavam tacitamente e, apesar das chacotas esporádicas de Lizbeta, na maior parte do tempo Francesca quase era capaz de esquecer a existência da irmã. Ou, pelo menos, a deixava em um canto sombrio de sua memória, o qual só visitava quando queria se punir por algum pensamento impuro ou por seus exageros à mesa. Ainda assim, ouvir de forma crua a imagem que Lizbeta fazia dela, embora não fosse exatamente uma surpresa, a dilacerou. Sentiu o coração acelerar e as pernas ameaçaram ceder, sendo obrigada a apoiar-se na parede oposta do corredor. Enquanto tentava se recompor para dar o fora dali, foi obrigada a ouvir o restante daquele diálogo perverso.

— Sei que Francesca é uma criatura difícil de lidar – rebateu Alfeo. – Sua falta de atrativos a transformou em uma mulher amarga e sua carolice não a ajuda em nada. E, claro, seus discursos fanáticos beiram a histeria. Creio que preferiria passar uma hora ajoelhado no milho como ela costumava fazer com as crianças do que ouvindo sua voz enfadonha repetir as ladainhas de sempre. Mas ela criou nossos filhos e agora se encarrega de nosso neto. Sem contar o que ela fez por Fred e seus falecidos irmãos e ainda faz pelos meninos de Marcello. Ela não merece uma morte terrível como a que se avizinha.

— Compreendo sua inquietude, meu querido, porém você sabe tão bem quanto eu que não há nada que possamos fazer a esse respeito. Francesca é um caso perdido. Agora, apague as velas e relaxe. Apesar da hora, ainda há tempo para que eu tire esses pensamentos nebulosos da sua cabeça e você tenha uma boa noite de sono para o dia que o espera amanhã.

Ainda se segurando para não desabar no corredor estreito, Francesca tentou colocar um dos pés, que parecia pesar uma tonelada, na frente do outro, para tentar sair o mais depressa possível daquele lugar. Ela viu a escuridão tomar conta do quarto, seguida por gemidos abafados. Sentindo o estômago revirar, seguiu pelo corredor com dificuldade, empurrando o próprio corpo com as mãos espalmadas contra as paredes. O curto trajeto até seus aposentos pareceu levar horas e ela agradeceu aos céus por haver, desde que teve idade suficiente para tomar suas próprias decisões, recusado as aias que lhe foram destinadas. Ela não era mais uma criança para ter mulheres a vestindo e adulando. E também não precisava de testemunhas para cenas degradantes como aquela.

Não conseguiu pregar os olhos e, assim que começou a clarear, fez um esforço para descer até as cozinhas no intuito de conferir que ajudantes, cozinheiras e faxineiras daquele turno já estavam de pé para começar os preparativos para o desjejum de seus patrões. Lá, tomou seu café da manhã enquanto inspecionava o trabalho das servas e repassava com dona Camélia as rotinas do infantário nos próximos dias. Já passava das dez horas quando ouviu um "Bom dia" animado, sinal de que a irmã entrava no recinto. Como sempre, aquelas meninas inúteis responderam à saudação em uníssono, observando Lizbeta com uma admiração indisfarçada, como se uma divindade houvesse se materializado sobre o chão sujo da cozinha. A irmã estava impecavelmente vestida e arrumada, embora seu rosto denunciasse que havia acabado de acordar. Lizbeta se aproximou de dona Camélia, e, após cumprimentá-la com um sorriso caloroso, perguntou docemente se os preparativos para o almoço com os diplomatas estavam correndo de acordo com o planejado.

— Sim, minha senhora – respondeu dona Camélia sem pestanejar. – Não se preocupe com absolutamente nada além de estar ainda mais bela para receber seus convidados.

Lizbeta apertou as mãos da governanta nas suas e declarou:

— Perfeito, minha cara. Você é o nosso anjo. O que seria desta Villa sem você?

E, ao dar meia-volta para retornar aos salões, disse quase em um fio de voz no ouvido da irmã:

— Cuidado quando suas pernas fracas falharem enquanto você espiona os outros. Se você desabasse, poderia derrubar o castiçal e causar um incêndio no casarão. Você já está condenada, mas não é por isso que precisa nos levar junto.

Com a expressão doce de sempre, Lizbeta se despediu das servas e seguiu com seus afazeres. Em outros tempos, talvez aquelas palavras fizessem Francesca perder o prumo e descontar seu ódio em cima da primeira criatura que ousasse cruzar seu caminho. Porém, naquele dia, ela manteve sua expressão impassível. Tinha tomado sua decisão. Não daria à irmã o prazer de ter uma vida desimpedida, desregrada e pecaminosa na qual ela não existisse. Nem que para isso houvesse que condenar sua alma à desgraça eterna.

PERDIDA NESSES PENSAMENTOS, Francesca alcança a estrada e segue por ela sem esforço até avistar o casarão ao longe. Embora seus passos continuem lentos e pesados, não há mais dor. Seu fôlego permanece intacto e o vento gelado que a atravessa não sufoca seus pulmões. Ao contrário, causa uma sensação refrescante, renovadora. Sente-se mais viva que nunca. Olha para as poucas estrelas capazes de abrir caminho no negror do céu de fevereiro e faz o sinal da cruz. Em breve se livrará dos miasmas de morte das catacumbas que parecem haver se entranhado em suas vestes, ainda que tenha certeza de que as desgraças que vislumbrou naquela noite a assombrarão para sempre. Contudo, ela há de um dia ser perdoada pelo Deus para o qual quisera consagrar sua vida. Sempre fora uma mulher temente e virtuosa, mantivera-se casta como uma noiva de Cristo e dedicara sua existência a cuidar de sua família. Sim, Ele haveria de compreender seus motivos. Afinal, agora Francesca tinha todo o tempo do mundo para mostrar seu valor.

18

Ortaccio, Roma, outubro de 1645

Sentado em uma mesa nos fundos do salão abafado e barulhento, Domenico, vestido com roupas comuns, tira o envelope do bolso e por fim decide abri-lo. Traz o selo dos duques Farnese e tinha sido enviado diretamente a ele por um estafeta vindo de Parma apenas para esse fim. Claro, havia toda a correspondência que ele e o tio trocavam quase diariamente com a Villa, porém ele tinha as piores lembranças da última vez que recebeu uma missiva tão confidencial e inesperada, dois anos antes. Tanto que não conseguiu nem mesmo abrir o envelope em seus aposentos no Palazzo Manfredi, para onde havia se mudado novamente quando Inocêncio x assumiu o trono papal. Utilizou o fato como uma nova desculpa para se refugiar por mais uma noite em sua nova saída de emergência favorita.

Não demorou para que se tornasse um dos clientes mais frequentes — e generosos — da casa, de forma que, apesar da má fama do Ortaccio, ele passou a se sentir seguro dentro de seus muros, muito mais do que nos corredores traiçoeiros do Vaticano ou no *palazzo* erguido pelo tio na Via Andrea Doria assim que Sandra engravidou pela primeira vez. Apesar de imenso e imponente, os sobrinhos, como ele costumava chamar os primos, já que mais de duas décadas os separavam, causavam uma algazarra tão grande que era impossível se concentrar no que quer que fosse. E mesmo quando estavam em Parma, onde, por questão de segurança, passaram a residir nos últimos anos, as reminiscências de que ali vivia uma família grande e feliz dilaceravam seu coração.

Domenico dá um longo trago na bebida amarelada diante de si antes de romper o lacre e retirar o papel. Logo de cara reconhece a caligrafia de seu velho amigo Eduardo.

Por força do hábito, posiciona a carta debaixo da mesa antes de ler seu conteúdo. Embora as oscilações na escrita do amigo o deixem preocupado com sua cada vez mais rara sobriedade, Domenico respira aliviado ao se dar conta de que Eduardo lhe escreveu apenas para pedir que interceda junto à cúria para o agendamento de uma visita oficial a Roma.

Desde o entronamento de Inocêncio, a vida dos Farnese — e especialmente a dos Manfredi — havia se tornado um rol de reveses. Ser excomungado representava bem mais do que ser proibido de frequentar missas ou receber sacramentos. Assim que a notícia da expulsão de Eduardo das fileiras da Igreja se espalhou, vários reinos passaram a se recusar a negociar com os Farnese e a rejeitar os carregamentos de grãos vindos de Castro, a única fonte de renda restante da família. E as caravanas preferiam pegar caminhos mais longos e estradas mais perigosas do que passar por territórios hereges, o que prejudicou ainda mais os diversos pedágios cobrados pelos Manfredi na região, já que desde a guerra eles tinham de competir com a nova estrada que passava por Sutri. Por tudo isso, Domenico recebeu, anos antes, ordens de Parma para que intercedesse junto ao papa Urbano para que revogasse sua decisão.

Urbano já estava velho, cansado, doente e desgostoso com as críticas raivosas que recebia não só de seu Colegiado, mas do povo, a respeito das consequências desastrosas de sua ganância, de forma que não foi difícil convencê-lo, alguns dias antes de seu falecimento, a voltar atrás em sua decisão, mesmo que seu ato tenha provocado a ira de grande parte dos cardeais. Domenico gostava de pensar que, talvez, aquela atitude houvesse sido uma espécie de retaliação derradeira contra aqueles que em breve fariam de tudo para que ele fosse lembrado como um jogador, cuja cobiça desmedida maculara a história da Santa Igreja.

Como era de praxe, alguns meses após Giambattista Pamphili se tornar o papa Inocêncio X, duques, príncipes e reis de todos os cantos da Europa preparavam suas comitivas para visitar Roma com toda a pompa, circunstância e presentes de valor avultante com o único intuito de cair nas graças do novo pontífice. Dada sua situação delicada com a Sé, era de extrema importância que Eduardo se juntasse o mais rápido possível ao grupo de bajuladores, por mais que revirasse as entranhas de Domenico pensar que seu bom amigo gastaria uma fortuna que não possuía para adular um homem pelo qual nutria apenas o mais absoluto repúdio.

Ele guarda o envelope no bolso, tomado pelo alívio. Contudo, sabe que será para sempre assombrado pelas lembranças da noite em que recebeu a missiva que lhe informava da morte de Elena e seu filho. A primeira guerra de Castro terminara havia alguns meses, fazendo com que Roma mergulhasse em dias sombrios. Mesmo sabendo muito bem os motivos pelos quais vestia a batina carmesim e ciente de que a única culpada por tudo aquilo era a ganância por territórios, ducados e glória do próprio papa, Domenico não conseguia deixar de sentir um peso no peito ao ver aquele que havia sido seu mentor desde que chegara ao Vaticano definhar a cada dia, humilhado e execrado, até por fim dar seu último suspiro. Como já era certo que aquele maldito cardeal Pamphili subiria ao trono dentro de alguns meses, Domenico e Marcello passaram aqueles meses arquitetando alianças e estratégias para manter as garras do rival e de seus inquisidores longe de Parma.

Para completar seu desassossego, não fazia muito desde que ele e o tio haviam recebido a terrível notícia de que Parma estava sendo devastada pela peste e Giovanna e os três filhos de Frederico tinham sucumbido. O primo não estava na cidade quando a tragédia se abateu sobre sua família. Domenico sabia muito bem o motivo de sua ausência, o que só fazia com que sua dor aumentasse, ainda mais quando foi informado de que Alfeo e Gennaro ordenaram que a alma do primo fosse encomendada naquela mesma noite, sem nem mesmo perguntar se isso era do desejo de Frederico. Domenico lhe escreveu um par de vezes naqueles dias, mas estava certo de que não obteria resposta. O primo devia estar perdido demais em sua dor e sua fúria para pensar em qualquer coisa que não fosse sangue e prostitutas.

Em meio a todas essas tribulações, seu único alívio eram os momentos em que imaginava que, quando as coisas por fim estivessem mais tranquilas, ele poderia finalmente ir até Castro rever Elena, de quem sua alma ardia de saudade, e juntos poderiam seguir até Parma para visitar discretamente o filho, que ele ainda nem havia conhecido.

Dessa forma, quando recebeu o envelope com o selo dos Manfredi, não se sobressaltou, pensando tratar-se de mais uma das mensagens codificadas do pai e do tio, escrita na caligrafia elegante de Lizbeta. Terminou sem pressa um despacho com seus secretários até finalmente ficar a sós para ler as notícias de casa. Contudo, assim que seus olhos bateram nas primeiras palavras da missiva, soube que havia algo muito errado. Ao terminar de ler, ficou petrificado por um longo tempo, até por fim irromper em um acesso de fúria, quebrando todos os santos que cobriam os aparadores e o oratório, arrancando os quadros da Virgem das paredes e jogando na lareira os crucifixos, a grande Bíblia Sagrada e o missal que ficavam sobre sua mesa. O alarido atraiu os guardas e seus secretários, que já estavam se preparando para recolher-se. A cólera de Domenico era tanta que nem mesmo cinco homens foram capazes de contê-lo. A balbúrdia atraiu a atenção de Dom Marcello, que, vestido com um camisolão, desceu de dois em dois degraus as escadas que separavam os aposentos íntimos da família das salas oficiais. De longe, já era capaz de ouvir os estrondos que vinham lá de dentro. Irrompeu no gabinete do sobrinho, tendo que desviar dos cacos e pedaços de molduras que cobriam o chão. O cômodo estava irreconhecível. E mais ainda Domenico. O jovem, famoso por seu autocontrole e discrição, berrava completamente fora de si enquanto socava a sólida mesa de cedro, causando rachaduras na madeira enquanto os nós de seus dedos vertiam sangue. Os guardas haviam desistido de contê-lo e olhavam para Dom Marcello em busca de alguma orientação. O cardeal mais velho fez apenas um gesto para que o deixassem a sós com o sobrinho.

Domenico, porém, nem mesmo se deu conta de que os outros homens haviam saído, seguindo perdido em seu frenesi. Os alertas enérgicos do tio de que, em nome de Deus, ele precisava se controlar não surtiram o menor efeito. Sem ver outra saída, Marcello se aproximou do sobrinho e, enquanto ele desferia outro golpe no tampo da mesa, acertou-lhe um soco com toda a força no lado direto do rosto. Apesar de seus cinquenta anos e da vida sedentária que levava, Marcello ainda conservava a verve dos Manfredi, que aflorava nos momentos de necessidade.

O golpe fez com que Domenico desabasse na cadeira atrás da mesa e ficasse, por fim, em silêncio. Dom Marcello foi então até a pequena adega no corredor e voltou com duas taças e uma garrafa de Chianti. Serviu uma dose para si e outra para o sobrinho, que a virou imediatamente. Ele encheu o copo de Domenico mais duas vezes até por fim tomar um gole do seu e indagar:

— O que aconteceu?

Secando o vinho mais uma vez, Domenico simplesmente apontou para o pedaço de papel jogado no chão, próximo à lareira.

Segurando sua taça, Dom Marcello se abaixou e pegou a carta da irmã. Após lê-la, ficou em silêncio por um longo momento. Além de Lizbeta e Frederico, Marcello era o único que sabia do romance entre Domenico e Elena e da existência de Ignazio. Ele se condoeu com a desgraça do sobrinho. Caso algo semelhante acontecesse a Sandra ou seus meninos, não saberia o que fazer. Na missiva, sua irmã explicava ao filho que durante toda a viagem de Castro até Parma Ignazio havia chorado sem parar e logo ela e as duas amas de confiança que a acompanharam para cuidar da criança e alimentá-la caso não estivesse ainda desmamada perceberam que ele estava quente. Em poucos dias, passou a vomitar todo o leite que lhe era oferecido e, na manhã em que se aproximavam de Parma, notaram bubões próximos a seu pescoço. Lizbeta havia tido a alma encomendada no início do surto, de forma que estava imune. As moças, porém, ficaram apavoradas e Lizbeta não teve outra opção além de deixá-las isoladas em um quarto no sótão junto com o bebê para que a peste não se espalhasse pela casa, podendo contaminar todos que ainda estavam vulneráveis a esse tipo de mal. A única pessoa além das três que tivera contato mais próximo com Ignazio havia sido Frederico, porém, como ele também tivera a alma encomendada, não corria perigo. A própria Lizbeta levava as refeições das meninas, que pioravam a cada dia, assim como, infelizmente, o pequeno Ignazio. No intervalo de dez dias, eles pereceram. Primeiro Ignazio, em seguida as amas. Ela ainda não havia comunicado a mais ninguém do casarão a respeito da criança, pois sabia que Alfeo, Gennaro e Francesca fariam perguntas e quereriam ver o menino, e que desculpa ela poderia dar para a aparência enferma de Ignazio? Além disso, Francesca correria grande perigo se ficasse, mesmo que apenas por alguns minutos, no quartinho contaminado. Lizbeta também não teria como explicar aos irmãos por que levara a peste para dentro da Villa, mesmo que seu portador fosse um primo Manfredi legítimo. Se desconfiassem então que se tratava de um bastardo, ela sofreria consequências terríveis, tinha certeza. Assim, para dar ao menos um sepultamento digno ao neto e às amas que haviam sacrificado a vida por ele, Lizbeta recorreu à pessoa mais apta a lidar com aquela situação: Luciano, que prometeu à mãe que guardaria segredo a respeito da existência da criança. Ele, de qualquer forma, parecia saber de tudo que acontecia dentro da Villa, seria impossível esconder dele aquele segredo por muito tempo. Luciano se encarregou de que os três fossem sepultados no campo santo de La Villetta e, ainda que a lápide de Ignazio não tivesse identificação, Lizbeta presenciara o sepultamento e sabia muito bem onde o neto repousava para a eternidade. Quando Domenico retornasse a Parma, poderia visitar o túmulo e lhe dar os devidos sacramentos de acordo com as leis da Santa Igreja.

As más notícias, porém, não terminavam por aí. Lizbeta ainda informou que os soldados da família alocados nos arredores do convento em Castro haviam incluído em um de seus constantes informes que infelizmente a peste tocara as irmãs clarissas, o que explicava onde Ignazio se contaminara. Lamentavelmente, a abadessa, assim como mais algumas religiosas, haviam perecido. A carta era encerrada com os clamores de Lizbeta para que o filho, apesar da dor, mantivesse a cabeça sobre os ombros e o foco em seus objetivos gloriosos. Domenico sempre fora um homem de fibra e ela tinha certeza de que não esmoreceria mesmo diante de uma provação tão pungente. E que ele, em hipótese alguma, devia mencionar Ignazio para ninguém além dela, Dom Marcello, Frederico e Luciano. Para o seu próprio bem e o de todos que ele envolvera naquela trama, a existência da criança devia ser, para sempre, mais um dos muito bem guardados segredos dos Manfredi.

Por fim, Marcello ergueu os olhos do papel e olhou para o sobrinho. A garrafa sobre a mesa rachada já estava abaixo da metade, de forma que ele voltou à adega e trouxe outra. Aquela seria uma longa noite.

Ele encarou Domenico, que enchia uma taça após outra de modo compulsivo. Fazia tempo que não recebia notícias do convento das clarissas em Castro. Afinal, para não atrair ainda mais as atenções dos inquisidores e espiões de Pamphili para Elena e Ignazio após o que acontecera ao bispo Giarda, tanto ele quanto o sobrinho evitavam demonstrar qualquer interesse pelo que quer que estivesse acontecendo na congregação, deixando as notícias a cargo dos soldados dos Manfredi que guardavam os arredores. Por isso, não soubera antes a respeito da presença da peste na cidade, porém, dados os avanços galopantes da doença, a informação não o surpreendeu.

Marcello se sentou em uma das poltronas diante da mesa de Domenico.

— Eu sinto muito. Sou incapaz de mensurar a dimensão de sua dor, sobrinho. Tenho total consciência do quanto Elena e o menino eram importantes para você. Porém, saiba que você jamais estará sozinho.

Foi então que Domenico desabou, como se ouvir a confirmação dos lábios do tio tornasse tudo mais real. As lágrimas corriam por seu rosto, molhando a mesa. Ele soluçava. Recostando-se na cadeira, olhou para cima, mirando os afrescos no teto que retratavam a ascensão da Virgem, como se duvidasse do destino e desafiasse aquele Deus no qual nenhum dos dois acreditava.

O melhor que Marcello podia fazer naquele momento era ficar em silêncio ao lado do sobrinho enquanto ele chorava seus mortos, ainda que lhe fosse extremamente penoso ser testemunha de seu sofrimento. Ele o acompanhara todos os dias desde que Domenico era apenas um rapazola recém-chegado à Sé, ingênuo e repleto de sonhos de grandeza. Sem dúvida, a brilhante trajetória do rapaz na Santa Igreja era fruto de sua sagacidade e equilíbrio notáveis, ainda mais levando em conta o quão jovem ele havia sido ordenado ao Colegiado. Mesmo assim, Marcello via o sucesso de Domenico como uma conquista pessoal. Desde que o sobrinho era um jovem seminarista, ele o guiara em seus caminhos pela cúria e o considerava tão seu filho quanto Ugo, Luigi e Giuseppe. Sempre tivera orgulho da maturidade e da postura austera de Domenico, mesmo nos momentos mais críticos, quando era pressionado ao limite por Pamphili e seus acólitos. Domenico era conhecido tanto por seus colegas de batina quanto pela família como alguém que jamais perdia o comedimento, de forma que vê-lo desmoronar daquela maneira era não apenas dolorido, como chocante.

Pelas conversas que teve com o sobrinho durante todo aquele tempo, sabia que, quando uma mulher o conquistasse, as consequências poderiam ser desastrosas, de forma que com frequência agradecia aos céus nos longos anos em que Domenico utilizava apenas os serviços de meretrizes para aplacar seus desejos e mantinha a mente focada nos interesses dos Manfredi na Sé. Sabia muito bem o que a paixão por uma mulher podia causar a um homem. Já vira vários de seus colegas caírem em desgraça tanto por freiras quanto por cortesãs. Por tudo isso, dava graças por ter conhecido Sandra quando já era um homem maduro e menos suscetível aos ardis femininos. Além disso, sua escolhida era uma jovem valorosa e honrada, uma Manfredi, que nada tinha em comum com as aventureiras que dedicavam suas existências medíocres a conquistar favores dos príncipes da Igreja.

Guardando suas ponderações para si, como era do seu feitio, Marcello trazia novas garrafas de Chianti tão logo a que estava sobre a mesa se esvaziava.

Quando o sol estava prestes a nascer na praça de São Pedro, os soluços de Domenico se tornaram mais esparsos e ele deixou que a cabeça pendesse sobre a mesa. Marcello então foi até o sobrinho e, com gentileza, escorou seu corpo para que se levantasse. O rapaz ainda balbuciou uma reprimenda incompreensível, mas, sem forças devido à dor, ao cansaço e ao Chianti, deu-se por vencido e se deixou levar pelo tio. Marcello o carregou escada acima e o largou em sua grande cama, cobrindo-o com uma manta que jazia ao pé do colchão. Sentou-se em uma cadeira e esperou até ter certeza de que o sobrinho havia caído no sono. Não demorou muito. Com todo o vinho que ele consumira, Marcello se perguntava como Domenico não havia perdido a consciência. Tinha certeza de que aquela era sua intenção, entretanto a sorte não estava disposta a cumprir seus anseios, de forma que, dali em diante, Domenico não teria outra opção além de seguir em frente, cumprindo o que esperavam dele, como fizera em todos os outros dias de sua vida.

Marcello lançou um último olhar para o sobrinho e foi até os aposentos anexos acordar seus guardas e secretários para que dessem o mais rápido possível um jeito na confusão que se tornara o gabinete de Dom Domenico. Em seguida, ordenou a um dos assistentes que avisasse ao decano do Colegiado que seu patrão estava indisposto e por isso necessitaria repousar durante aquele dia. Tomou um rápido desjejum em seu próprio gabinete enquanto despachava apenas as questões mais urgentes, foi lavado e vestido por seus valetes, e voltou para a cabeceira da cama do sobrinho. Dispensou os servos e, com a ressalva de que deviam ficar por perto caso seu senhor necessitasse de algo, esperou que o rapaz por fim acordasse.

Ele só se deu conta de que havia cochilado quando foi desperto pelos suspiros doloridos de Domenico. Definitivamente não tinha mais idade para passar a noite em claro. Aproximou-se da cama e, conforme já esperava, viu que a aparência do sobrinho estava péssima. Ele suava, os olhos estavam inchados e vermelhos como brasas, uma grande marca roxa havia surgido onde ele lhe acertara o soco e jamais vira sua pele morena tão pálida. A batina com que dormira estava repleta de vincos e manchas de vinho. Domenico segurava a cabeça com uma das mãos feridas e apertava os olhos, como se não quisesse despertar. Parecia um fio do homem sadio e elegante que havia sido até a noite anterior.

O tio encheu um copo com a água fresca de uma jarra que repousava ao lado da cama e o passou para Domenico. Sem abrir totalmente os olhos, ele tateou para agarrar o copo e tomou apenas alguns goles antes de largá-lo na mesa de cabeceira, fazendo uma careta que não deixava dúvidas de que estava prestes a vomitar. Já esperando por essa reação, Marcello pegou um balde que havia sido deixado ao pé da cama por um dos valetes e o colocou sob o queixo de Domenico. O líquido arroxeado que vertia de suas entranhas encheu o recipiente até mais da metade e Domenico desabou na cama, limpando os cantos da boca com a borda da manta.

— O sol já está alto lá fora – declarou Marcello em seu tom de voz usual, mas que para o rapaz retumbava como os sinos da Basílica de São Pedro dentro de sua cabeça. – A hora do almoço já passou há muito. Você já chorou seus mortos, agora trate de se recompor. Beba mais água enquanto peço que os valetes providenciem o seu banho e tratem desses ferimentos. Homens na nossa posição não podem se dar ao luxo de esmorecer.

Com um movimento rápido, Marcello abriu as pesadas cortinas de veludo e deixou que a claridade inundasse o quarto. Embora o sol do início de dezembro bruxuleasse pálido no céu de Roma, a luminosidade foi suficiente para que Domenico cobrisse o rosto com um travesseiro enquanto o tio se retirava do quarto.

Naquela tarde, Domenico deixou que os valetes o tirassem da cama, o banhassem, fizessem curativos em suas mãos e passassem unguentos em seu rosto. Não ofereceu resistência nem emitiu um único som. Em seguida, foi vestido e lhe foi servida uma refeição leve na sala íntima. Mal tocou a comida, embora bebesse taças generosas de vinho. A noite caiu e ele permaneceu sentado à mesa junto à janela, com os olhos vazios voltados para a Via Andrea Doria, enquanto os copeiros enchiam uma taça após outra.

O tio não o perturbou mais durante aquele dia, de forma que Domenico simplesmente se deixou ficar ali. Dispensou os servos com um gesto débil e, incapaz de chegar até o quarto, cambaleou até um dos canapés, onde deixou que o corpo tombasse.

Teve a impressão de que mal havia cochilado quando foi desperto por vozes e passos. Abriu os olhos e os apertou em seguida devido à claridade que vinha das cortinas escancaradas. A cabeça ainda pesava uma tonelada e todo o corpo doía. Piscou os olhos por um longo momento até se acostumar com o clarão do sol da manhã. Olhou ao redor e entreviu o tio já paramentado com suas vestes cardinalícias completas, cercado por diversos dos próprios secretários enquanto seus assistentes e valetes já estavam a postos para acordá-lo, asseá-lo, vesti-lo e tratar dos negócios da cúria e dos Manfredi como se fosse um dia como qualquer outro. Sentando-se em uma poltrona diante do canapé que havia servido de cama para o sobrinho naquela noite, Dom Marcello jogou pesadamente uma caixa de madeira com os emblemas da Sé e dos Manfredi sobre a mesa de centro.

— Tomei a liberdade de pegar com seu secretário-mor os despachos do dia, pois, como já são oito horas e você está atrasado, pode conferir essas questões enquanto toma o desjejum. Temos um consistório às nove e meia, de forma que é necessário que se apresse. – Fazendo um gesto para que os valetes agilizassem seu serviço, ele pareceu ler os pensamentos do sobrinho. – E nem pense em dar as caras na Sala Régia sem tomar devidamente seu café da manhã. Afinal, já há comentários nos corredores a respeito do forte odor de vinho que envolve aquele rapazola que acabou de ser ordenado cardeal-sobrinho por Pamphili. Se você não se prestava a esse papel nem mesmo quando tinha a idade daquele fedelho, não lhe cabe fazer isso como homem feito.

Domenico se ergueu lentamente. Ainda que seu coração e espírito estivessem dilacerados, seu tempo de luto havia se encerrado. Ele conhecia muito bem como funcionava a lógica de sua família. Elena não só não era sua esposa legítima como não era uma Manfredi. Ignazio não passava de um bastardo de sangue impuro, que não tivera nem mesmo a oportunidade de desfrutar de um lugar no infantário junto aos primos e, depois, no mausoléu em La Villetta. Não esperava que nem mesmo seu fiel tio Marcello compreendesse a dor excruciante que sentia. Muito menos Lizbeta, de quem se distanciara, ele agora se dava conta, desde que pusera os olhos em Elena pela primeira vez. Chegara tão perto de tudo que mais almejava e, assim como o destino havia lhe dado aquela dádiva, a peste a tirara dele. Se acreditasse em punições divinas, poderia dizer que era um castigo por ter se afastado da promessa que fizera ao assumir seus votos e, mais que isso, por ter se descuidado do compromisso que tinha com seu próprio sangue. Logo ele, que sempre se orgulhara de ser o primogênito, o mais forte, o mais sensato, mesmo que tivesse plena consciência de que o preço a ser pago era alto demais.

Enquanto os pajens trocavam os curativos de suas mãos e o paramentavam com o solidéu, o barrete e a mozeta, Domenico refletia sobre o que o moveria a seguir em frente. Claro, ainda nutria um amor profundo por sua família e seu brasão, mesmo assim não era suficiente. A fúria ainda o consumia, porém o frenesi inicial a transformava em uma cólera silente, amarga, aversiva — e infinitamente mais perigosa. Em sua cabeça, repetia sem parar o nome daquele que havia sido o principal culpado por sua agrura, aquele que o perseguia desde que pusera os pés no Colegiado quando não passava de um garoto, que colocara os Manfredi em perigo, que usurpara seu trono e o obrigara a trancar a única mulher a quem amou e seu filho naquele convento infecto. Se não fosse pelo infausto papa Inocêncio X, Elena poderia ter largado o hábito e ido viver com Ignazio em Roma, um dos poucos territórios da região intocados pela peste, próximo a ele, como sua tia Sandra e as demais companheiras nem tão secretas de vários de seus irmãos de batina. Olhando para a colina do Vaticano do outro lado das janelas dos seus aposentos, Domenico prometeu a si mesmo que, não importava o tempo que levasse, nem os métodos que se fizessem necessários, ele acabaria não só com Giambattista Pamphili como com todo e qualquer um que carregasse aquele nome maldito.

Os DIAS DE Domenico se passavam quase todos iguais, num piscar de olhos transformando-se em semanas e meses. Ele seguia de forma automática sua rotina, frequentando os consistórios tediosos, lidando com as ameaças cada vez menos veladas do novo papa e trocando mensagens com Parma. Além de suas responsabilidades para com os de seu sangue, era movido apenas por sua vingança. Precisava provar a si mesmo que realmente era o excelente estrategista que todos alardeavam. Mas, ao contrário de seu rival, ele tinha o tempo ao seu lado e a plena certeza de que a paciência era uma de suas maiores virtudes.

Ele, o tio, os parentes que aos poucos iam sendo introduzidos na cúria, seus aliados — conquistados pela ganância ou pelo medo — e os diversos espiões vindos de Parma e estrategicamente espalhados por toda Roma, com especial atenção à Piazza Navona e ao monte Gianicolo, onde se localizavam respectivamente o palácio e a Villa dos Pamphili, perscrutavam nas sombras todos os passos do papa, seus parentes, sócios e cúmplices. A investigação acontecia com toda a discrição que um empreendimento desse porte requeria, o que a tornava lenta, mas extraordinariamente eficaz. Era uma guerra velada, que requeria frieza, nervos e estratégia. Logo, porém, Domenico percebeu que não só apreciava aquele jogo, como era muito bom nele. Essa batalha mental preenchia seus pensamentos, dando-lhe um motivo para levantar da cama todas as manhãs. Assim como a pressa era uma palavra que cada vez menos fazia parte do vocabulário dos Manfredi, Domenico também não tinha o menor afã de atacar. Sua retaliação só seria executada quando tivesse certeza absoluta de que derrubaria seus oponentes com um único golpe — certeiro e mortal.

Contudo, por trás da fachada cada vez mais austera, o homem destruído permanecia. Enquanto passava o dia mergulhado em seus afazeres e sua vendeta, à noite as lembranças e a angústia o dominavam. A expressão tão angelical quanto lasciva de Elena o assombrava e ele se torturava tentando imaginar o rosto do filho. As noites em claro eram uma constante e ele só conseguia pregar os olhos depois de consumir algumas garrafas de Chianti ou repetidas doses de *grappa*, o suficiente para que desmaiasse onde quer que estivesse, mergulhando em um sono sem sonhos. Seus valetes e secretários acostumaram-se a encontrá-lo pela manhã ressonando atrás de sua mesa de trabalho ou em uma das poltronas da sala íntima. Não teciam comentários, mas se apressavam para preparar um chá de gengibre e um mingau de aveia encorpado para amenizar os efeitos da ressaca de seu senhor.

Quando o verão chegou a Roma, as noites de Domenico se tornaram ainda mais insuportáveis. Foi uma estação notavelmente abafada e, ainda que os médicos dissessem que aquele clima era excelente para afastar os miasmas da peste, os moradores sofriam com o calor intenso, que não arrefecia nem mesmo quando o sol se punha. As fontes viviam repletas de gente em busca de um pouco de refresco, os decotes das mulheres desciam ao mesmo tempo que as saias se tornavam mais leves e diáfanas, revelando as silhuetas de suas donas. As ruas permaneciam movimentadas até altas horas, com citadinos e visitantes em busca de brisa fresca e alguma diversão que desviasse suas atenções do mormaço.

O Palácio Apostólico não foi poupado dos desconfortos da onda de calor. Em pouco mais de um mês, dois cardeais de idade mais avançada foram encontrados mortos em seus aposentos devido a mal-estares causados pelas altas temperaturas. Enquanto isso, aqueles que ainda gozavam do vigor da saúde aproveitavam a permissividade despertada pelo verão para dar vazão a desejos nada santificados. Ainda que o novo papa, preocupado em manter uma imagem decorosa diante dos devotos, baixasse medidas proibindo os banhos nas fontes e ressaltasse em suas homilias como os fornicadores estavam destinados aos mais terríveis sofrimentos infernais, ele próprio recebia a cunhada em seus aposentos todas as noites e as meretrizes contratadas por seu cardeal-sobrinho circulavam em plena luz do dia pelos corredores do Palácio Apostólico. Ao mesmo tempo, nunca tantos assistentes recém-saídos do seminário foram solicitados.

O verão só piorou a insônia e os humores de Domenico. Ele não apreciava o vinho branco típico dos dias quentes, que considerava uma bebida destinada às mulheres e crianças, e até mesmo seu tão apreciando Chianti lhe descia mal. A abstinência do álcool, que havia lhe servido como companheiro e consolo, fazia com que passasse as noites vagando pelo quarto abafado, apesar das janelas escancaradas, suando em bicas e atormentado pelas recordações. Sentia-se como um animal enjaulado, caminhando de um lado para outro até que os primeiros raios de sol cortassem o céu. Passava o dia todo se arrastando, com os pensamentos enevoados e o corpo pesado justamente quando precisava estar com a mente mais afiada.

Em uma dessas noites de insônia, num impulso, Domenico trocou as vestes cardinalícias por roupas comuns e saiu pelos fundos do Palazzo Manfredi. Caminhou pelas ruas escuras, mais cheias que o usual para aquela hora da madrugada. Não havia uma única brisa, e o fedor de esterco, fumaça e dejetos humanos de todas as espécies era repulsivo. A poeira que se erguia da via emporcalhava suas botas tão bem engraxadas pelos valetes. Em passadas largas, ele atravessou uma das pontes sobre o Tibre, cruzando as muralhas do bairro de Ortaccio com suas ruelas imundas ladeadas por cortiços. Desviava dos mendigos que dormiam na sarjeta e enxotava as prostitutas envelhecidas que rondavam a entrada dos becos.

Ao atravessar uma esquina, ouviu o som de passos atrás de si. Sem pensar duas vezes, virou-se e deu de cara com um rapazola maltrapilho, que, mesmo na escuridão, era perceptível que não devia ter mais de treze anos. Os olhos de Domenico foram imediatamente atraídos para a mão direita do rapaz, onde reconheceu as formas de uma adaga rudimentar. Avançou contra o garoto, porém errou o primeiro soco, de modo que o menino conseguiu acertá-lo em um dos braços, ainda que de raspão. Irado por ter sido ferido por um ladrãozinho do Ortaccio, jogou seu corpo maciço contra o garoto. Esquálido, o menino tombou na rua imunda sem apresentar resistência. Domenico o surrou como jamais havia feito com ninguém até então. Mesmo quando o moleque desistiu de tentar escapar e suas mãos doíam, continuou com os golpes até que o rosto do menino se tornasse uma massa escarlate, irreconhecível.

Domenico finalmente se ergueu, soltando um suspiro que nem ele mesmo era capaz de distinguir se era de pesar ou alívio, e seguiu até uma fonte que sabia ficar nos arredores. Lá, surpreendeu um jovem casal que, semidespido, cedia aos apelos do verão após se refrescarem. Como todo o Ortaccio, o local possuía uma iluminação parca, porém suficiente para que a visão de sua figura altiva e das mãos cobertas de vermelho afugentasse os amantes. Ele se lavou e examinou o ferimento por um instante. Ainda que o corte houvesse sangrado o bastante para manchar sua camisa alva, a ferida já havia fechado.

Jogou um pouco de água fresca sobre o rosto suado e continuou seu caminho até a praça do Ortaccio, famosa pelas diversas tabernas, casas de apostas e bordéis que se espalhavam pelos arredores. Apesar da má fama e da campanha ferrenha capitaneada um século antes pelo papa Pio v contra a depravação do bairro, ordenando a construção de uma muralha em seus limites para proteger os cidadãos de bem das prostitutas, dos cafetões e bandoleiros que ganhavam a vida por ali, Domenico arriscaria dizer que a vizinhança se tornava uma das mais prósperas de Roma. O lugar era frequentado por mercadores de passagem pela cidade que ficavam cada vez mais ricos graças aos produtos que importavam do Novo Mundo, artistas que, exatamente graças às inesgotáveis riquezas daquelas terras selvagens do outro lado do oceano, eram cada vez mais requisitados não só pela cúria, mas pela nobreza e burguesia, e também, graças à proximidade com o Palácio Apostólico e ao anonimato fornecido pela escuridão de suas ruas e pela discrição daqueles que ali ganhavam seu sustento, inúmeros membros do clero.

Ainda que já tivesse cruzado uma vez ou outra as muralhas, Domenico sempre havia preferido a discrição e higiene das cortesãs que se esgueiravam pelos corredores do Vaticano, que lhe poupavam o trabalho de caminhar por aquelas ruas imundas e hostis. Naquela noite, porém, ele ansiava pela impureza e pelo perigo.

Entrou no primeiro bordel que vislumbrou ao chegar à praça. O salão estava lotado. Homens bem-vestidos, provenientes de classes abastadas, se misturavam a outros de aparência mais simples, provavelmente manufatureiros ou burocratas de baixo escalão. O ar confinado cheirava a suor e a *grappa*. O chão era pegajoso. Contudo, para surpresa de Domenico, as mulheres eram bastante desejáveis. Sem dúvida, todo o ouro trazido do Novo Mundo estava mudando até mesmo os antros de Roma. Quando uma delas se aproximou, porém, Domenico se deu conta de que, assim como o moleque que tentara roubá-lo menos de uma hora antes, não era mais que uma criança. Por maior que fosse a riqueza que passara a circular por ali, o Ortaccio sempre seria um vale de condenados.

Ele jogou uma moeda para a garota, dispensando-a com um gesto, e se dirigiu ao balcão. Uma mulher de meia-idade, com seios avantajados que ameaçavam escapar do decote, se desdobrava para atender uma horda de clientes sedentos. Entretanto, fosse pelas vestes claramente refinadas de Domenico, fosse por suas feições atraentes, assim que ele se aproximou, a taberneira ignorou os diversos pedidos que recebia aos berros e se pôs diante do recém-chegado.

— Como posso servir ao senhor hoje?

Apesar do rosto vincado pela idade, os traços da mulher ainda eram harmoniosos. Encarando-a, ele indagou:

— O que você recomendaria para um homem que não está mais aqui?

— Receio informar que o senhor está bem aqui, na Piazza degli Ortaccio, meus olhos não me deixam enganar, embora eu compreenda perfeitamente que às vezes um homem precisa deixar de ser quem é. Mas não se preocupe. Não quero saber seu nome, tampouco me importa. E já que o senhor também precisa esquecê-lo, tenho algo muito especial, destinado apenas aos meus melhores clientes.

A mulher se abaixou atrás do balcão, retornando com uma garrafa. O recipiente era transparente e simples, vedado por uma rolha rústica. Contudo, foi o conteúdo que fez com que o rosto de Domenico se contraísse em uma careta de repulsa. O líquido era amarelado, ainda que límpido, e no fundo da garrafa jazia um verme de um vermelho desbotado, o corpo dividido em diversos anéis com pequenos círculos negros de um dos lados. Percebendo o nojo de Domenico, a mulher soltou uma gargalhada.

— Isso se chama mescal, meu jovem. Trazido diretamente do Novo Mundo. Esqueça a *grappa*, esqueça até os melhores vinhos da Toscana. Tenho certeza de que nunca provou nada como isso. Se deseja estar em outro lugar, a passagem está dentro desta garrafa. E, por um preço especial, posso lhe dar o bilhete premiado. Mas devo deixar avisado que pode ser uma viagem sem volta.

Sem pensar duas vezes, Domenico tirou um punhado de moedas do bolso e jogou no balcão, sem se dar ao trabalho de conferir quanto somavam. Ao ver o sorriso que se abriu no rosto da mulher, constatou que era mais do que suficiente.

A taberneira serviu uma dose generosa do tal mescal, sacudindo a garrafa com habilidade, de forma que o verme caísse no copo. Em seguida, empurrou-o na direção de Domenico.

— Mastigue. Faça jus ao que carrega no meio das pernas – ela instruiu, soltando uma nova gargalhada.

Normalmente, Domenico se sentiria ultrajado com aquele tipo de desafio indecoroso à sua masculinidade. Entretanto, em noites comuns, ele não estaria em um bordel do Ortaccio. Muito menos estaria aceitando bebidas de procedência duvidosa servidas por uma taberneira tosca. Aqueles estavam muito longe de serem dias normais. Ele precisava desaparecer e, pela primeira vez, estava pouco se importando com as consequências de sua ausência.

Domenico secou o conteúdo do copo em um único gole. Sentiu o verme endurecido em sua língua. Estava tão alheio que esqueceu de sua repulsa inicial e nem mesmo pensou no que consistia, mastigando-o conforme a mulher lhe ensinou. A bebida tinha um gosto alcoólico intenso, ainda mais que o da *grappa*, e o verme era amargo como fel, sabores que vinham bem a calhar dados seus humores. Fez um sinal para que a taberneira lhe servisse uma nova dose e, em seguida, mais outra. Quando pediu a quarta, ela o advertiu que aquilo era forte, diziam que no Novo Mundo era utilizado para anestesiar os selvagens que iriam ser sacrificados nos rituais bárbaros daquela terra de ninguém. Domenico, porém, apenas estendeu mais uma vez o copo e retrucou:

— Eu já fui sacrificado. Não há com que se preocupar.

Sacudindo a cabeça, a mulher serviu mais um trago e avisou:

— Caso deseje companhia, é bom que a escolha logo e deixe pago. O mescal age depressa. Garanto que, quando começar a fazer efeito, o senhor vai ficar desesperado para estar em uma cama com alguma companhia. E aqui trabalhamos com o que desejar. Inclusive – ela o examinou de cima a baixo e abriu um sorrisinho debochado – garotos tenros como os que homens de onde você vem costumam apreciar.

Domenico sentiu o sangue lhe subir pela face. Como diabos aquela bruxa podia saber de onde ele vinha? E o que ela sabia a seu respeito? Colocando mais um punhado de moedas sobre o balcão, ele envolveu o pescoço da mulher com uma das mãos e, apertando-o, disse entredentes:

— Você não sabe absolutamente nada sobre o lugar de onde eu vim, está entendendo? E não me ofenda. Não sou nenhum pederasta.

O rosto da taberneira se contraiu em um esgar de dor, mas, para surpresa de Domenico, ela conseguiu escapulir de sua constrição. Assim que recuperou o fôlego, ela riu.

— Calma lá, meu senhor. Trabalho no Ortaccio há muito tempo. Sei identificar seus frequentadores. Nunca vi o senhor por aqui, é verdade, mas reconheço de longe os da sua laia. Ou será que o senhor pensou que seus colegas frequentavam apenas aqueles puteiros metidos a besta do outro lado do Tibre? Fique tranquilo, o segredo é a alma do meu negócio. E, se o senhor quer mesmo esquecer que existe, veio ao lugar certo.

Ela contou rapidamente as moedas e fez um sinal chamando um dos homens rudes que serviam as mesas. Quando ele se aproximou, cochichou algo em seu ouvido. O empregado lançou um olhar de esguelha para Domenico e desapareceu no salão lotado. A mulher voltou novamente suas atenções para o cliente.

— Hoje é o seu dia de sorte. Nossas duas melhores meninas estão disponíveis e o que o senhor ofertou é suficiente para que faça o que bem desejar com elas até o raiar do dia. Eu mesma o levarei até o quarto. Tenho certeza de que após esta noite o senhor se tornará meu freguês e vai até esquecer aquelas putas frígidas que servem a casa de Cristo.

A mulher saiu detrás do balcão e pediu que Domenico a seguisse. Para ele, porém, aquelas palavras fizeram com que o rosto da mulher se distorcesse e teve a impressão de que havia se dividido em centenas de chamas brilhantes. Até mesmo seus dentes apodrecidos resplandeciam. Ao redor, a balbúrdia do salão começou a soar como uma melodia divina, muito mais enlevada e sublime do que aquelas executadas nas missas solenes do Vaticano. O lugar se tornou subitamente repleto de cores, algumas que ele nunca vira antes e não sabia nem ao menos nomear. Tudo brilhava e tinha uma atmosfera de sonho. Naquela noite, o Ortaccio era o mais próximo que Domenico acreditava que conseguiria chegar do paraíso.

O quarto ao qual foi conduzido era simples, porém tinha uma grande cama, na qual ele se jogou sem se importar com o odor desagradável que se desprendia dos lençóis. Nem percebeu quando a mulher o deixou a sós de tão entretido que estava em mirar a dança exótica das chamas das velas dispostas em castiçais sobre ambas as mesas de cabeceira e um aparador onde também jaziam uma bacia e uma jarra com água.

A porta se abriu e duas jovens entraram no quarto. Vestiam roupas claramente baratas e com decotes vulgares que deixavam boa parte dos seios pequenos à mostra. A simples visão das garotas despertou em Domenico um desejo que ele jamais havia experimentado antes. Sem trocar nenhuma palavra com as meninas e sem ao menos prestar atenção em seus rostos, arrancou-lhes as roupas e se refestelou com ambas de todas as formas que conhecia sem lhes dar um único minuto para recuperar o fôlego, até que os primeiros raios de sol irromperam pelas janelas, quando os três tombaram, exaustos.

Domenico caiu em um sono profundo, como há muito não lhe ocorria. Subitamente, porém, foi acordado por batidas enérgicas na porta. Uma voz masculina informava:

— Tempo esgotado, garanhão.

A cabeça de Domenico doía, porém um resquício do brilho da noite anterior ainda reluzia nas nesgas de sol que manchavam de um tom de caramelo o assoalho gasto. Apesar dos sonhos confusos que tivera, não havia tido pesadelos com Elena e Ignazio, o que era um grande alívio. Apertou os olhos para focar a visão e identificar onde estava. Ao ver os móveis capengas de madeira barata e sentir a comichão que o colchão de palha causava em seu corpo nu, teve alguns vislumbres da noite anterior. Olhou para os lados e só então mirou o rosto das meninas que o acompanhavam. Novamente, não passavam de duas crianças. Dessa vez, porém, ele não se importou. Fosse a loucura da noite anterior, a luxúria que o consumira, o fato de ter por fim se esquecido, mesmo que por algumas horas, do peso que carregava nos ombros, aquele era um preço irrisório a ser pago. Pela primeira vez desde que recebera aquela maldita carta de Lizbeta, Domenico se sentia capaz de suportar o restante do dia. Tinha uma série de despachos a realizar com o tio, marcara de almoçar com alguns outros irmãos de batina para barganhar o valor da indicação de seu sobrinho Luigi, que havia se sagrado sacerdote havia alguns anos, ao bispado, e à tarde teria uma reunião a portas fechadas para negociar os serviços da família para alguns nobres de Roma que, interessados em fisgar sua fatia das riquezas do Novo Mundo, buscavam os financiamentos e guardas bem treinados dos prósperos mercenários de Parma.

As meninas se levantaram, recolheram suas roupas e começaram a vestir Domenico enquanto ele gritava que já estava de saída para o homem que esmurrava a porta. Colocou a mão em um dos bolsos e, para seu alívio, todos os seus pertences continuavam ali. De fato, a mulher que comandava aquela espelunca queria transformá-lo em um de seus clientes. Olhou o relógio e comprovou que precisava se apressar. Em pouco mais de uma hora o tio estaria esperando por ele em seu gabinete.

Antes de sair, jogou displicentemente uma moeda para cada uma das meninas. Ambas agradeceram com uma reverência e uma delas informou:

— Eu me chamo Antoinette e ela é a Thérèse, caso o senhor queira usar dos nossos serviços novamente.

— Nunca repito minhas putas – declarou Domenico antes de bater a porta atrás de si.

Cinco meses depois de escrever a seu fiel amigo Domenico Manfredi em busca de uma audiência com o novo pontífice e após alguns dos aliados de Domenico, em nome do duque de Parma, presentearem dona Olimpia com peças da mais requintada seda e Camillo com as melhores garrafas de Chianti das adegas da Villa e noites com as mais belas cortesãs que frequentavam as alcovas do Palácio Apostólico, Eduardo Farnese chega a Roma acompanhado de uma grande e impressionante comitiva, que para as ruas da cidade.

Em seguida à longa viagem, Eduardo janta no Palazzo Manfredi. Sua aparência, porém, choca Domenico, que não o vê há alguns anos e se assusta com seus traços envelhecidos e doentios e o corpo inchado. Ainda que soubesse por Frederico que a atração de Eduardo pelos vícios está totalmente fora de controle, naquela noite, talvez devido à importância da reunião com Pamphili que teria no final da tarde seguinte, após devorar sozinho mais de meio leitão e secar uma garrafa de Chianti após outra, ele alcança os aposentos de hóspedes caminhando com as próprias pernas, ainda que um tanto cambaleante. Domenico, por sua vez, também está longe de ostentar uma boa aparência. Suas visitas cada vez mais constantes ao Ortaccio começam a cobrar seu preço. Sua pele amendoada empalideceu, ele emagrece a olhos vistos e vive com os olhos vermelhos, com bolsas arroxeadas sobre as pálpebras.

No dia seguinte, Eduardo se apresenta ao novo papa, sendo tratado com a mesma indiferença que Pamphili dispensa a todos aqueles que sabe serem aliados dos Manfredi. Nem mesmo as caríssimas joias que lhe são presenteadas — subtraídas do próprio tesouro dos Farnese, já que o regalo está muito acima das possibilidades atuais da família — servem para animar o novo papa. Eduardo abandona o Palácio Apostólico consternado e, como de praxe, convida Domenico a acompanhá-lo até um dos prostíbulos luxuosos da cidade. O amigo, porém, tenta dissuadi-lo, sugerindo que esfrie a cabeça e lembrando que ele ainda passará vários dias em Roma, de forma que terão tempo mais do que suficiente para se divertir como quando eram jovens. Eduardo, porém, permanece impassível em sua necessidade de afogar a raiva e alimentar os vícios.

Domenico tenta argumentar com Eduardo por mais de uma hora até por fim se dar por vencido. Não considera exatamente um fardo trocar a batina por roupas comuns e visitar um dos vários bordéis da Cidade Eterna, ainda que tenha total consciência de que terá de ficar de olho no amigo. Assim, ele ordena que o cocheiro do duque os leve até uma casa requintada bem longe das muralhas do Ortaccio. Afinal, o amigo de infância se espantaria ao ver o tipo de pardieiro que ele frequentava nos últimos tempos, e a última coisa que quer é dar explicações.

A MESA DE ambos já está repleta de garrafas vazias quando finalmente Domenico põe os olhos em uma garota de seios avantajados e ancas largas, decidindo levá-la para um dos quartos. Já é tarde e ele roga ao amigo que escolha alguma das beldades que flanam como moscas ao redor da mesa e conclua o que foram fazer ali. Eduardo insiste para que peçam mais uma rodada de Chianti, porém, ao ver que a moça já se acomodou no colo de Domenico, apenas faz um sinal para que eles se adiantem, informando que logo fará o que o amigo lhe pediu. O cardeal Manfredi hesita por um momento, entretanto, já está com a mente um tanto turva e o corpo tomado pelo desejo, de forma que, ao se assegurar de que Eduardo está cercado por quatro dos melhores guardas de Parma, põe a garota nos braços e a leva pelas escadas.

A moça ainda veste as saias quando Domenico ouve um estrondo vindo do andar de baixo, seguido por gritos inflamados. De pronto, afasta a mulher e sai às pressas do quarto, sem nem mesmo pôr a camisa. No salão, o caos está instaurado. Cadeiras e garrafas voam por todos os lados, as meninas que ainda pairavam por ali se abrigam embaixo da escada, socos são aplicados a torto e a direito, e corpos atirados contra as paredes. Protegendo-se dos golpes e empurrando alguns frequentadores cambaleantes para tirá-los do caminho, Domenico consegue chegar até a mesa que antes ocupava. Lá, encontra um Eduardo que mal se aguenta sobre as próprias pernas, dando ordens para que seus guardas deem uma boa lição naqueles garotos ingratos para que sua linhagem aprenda a ter bons modos com aqueles que os visitam.

Sentindo-se imediatamente sóbrio, Domenico corre na direção dos guardas, que se aglomeram sobre outra mesa. Não há dúvida de que estão surrando alguém, embora, de onde ele está, seja impossível ver o alvo de sua fúria. Contudo, ao se aproximar, reconhece alguns dos guardas pessoais do papa também à paisana, caídos pelo assoalho coberto por uma mistura rubra de vinho e sangue. Os homens de Eduardo foram treinados pelos capitães da caserna dos Manfredi e Domenico tem total noção do quão letais aqueles cães de guerra podem ser. Ele ordena que recuem, mas, em meio à confusão e ao calor da briga, seus brados são ignorados. Ele então envolve um dos guardas que está de costas pelo pescoço. O homem é pego de surpresa, mas faz menção de lhe dar um chute na altura da virilha. Ao notar a situação, o guarda que está ao seu lado fecha a mão para desferir um soco no intruso quando tanto ele quanto o colega por fim se dão conta de quem está ali e param instantaneamente. Soltando aos poucos o pescoço do homem, Domenico declara sem gritar, mas com a voz firme:

— Afastem-se.

Os guardas dão um passo para trás e ele por fim pode ver quem eram seus alvos. Dois rapazes estão largados como trapos sobre a mesa. Um deles tem o rosto desfigurado e alguns ossos dos braços e das pernas à mostra, rasgando as roupas e a pele. Ao seu lado, outro jovem, em condições um pouco melhores, treme de pavor. As calças estão borradas e ele chora, implorando por clemência. Apesar dos dentes quebrados e do nariz que sangra, não há dúvidas de que o choramingão é Francesco, um jovem parente do papa. Embora seja impossível reconhecer a massa dilacerada de carne que jaz ao lado dele, Domenico tem certeza de que se trata de Camillo Pamphili, o cardeal-sobrinho. Os rapazes se tornaram inseparáveis desde que ambos haviam sido ordenados príncipes da Igreja poucos dias após a posse do novo papa.

Domenico balança negativamente a cabeça. Eduardo está mais uma vez em maus lençóis. Camillo havia sido sagrado bispo com a notável idade de catorze anos, tornando-se cardeal aos dezoito, sendo imediatamente alçado à poderosa posição de cardeal-sobrinho. Logo começou um forte burburinho pelos corredores do Vaticano de que Camillo era, na verdade, filho do Santo Padre com Olimpia, sua cunhada, amante e a mulher que movia os títeres por trás de Inocêncio. Muito antes de Pamphili ocupar o trono papal, Domenico e seu tio já haviam averiguado que esse boato era autêntico.

Imaturos e deslumbrados com o súbito poder que lhes foi atribuído, os dois rapazes eram frequentadores assíduos dos prostíbulos mais caros de Roma e sempre chegavam fazendo grande alarde a respeito de quem eram, reivindicando as melhores bebidas e mulheres. Esse tipo de comportamento revirava os brios não só do cardeal Manfredi, mas de vários de seus colegas. Entretanto, para Eduardo, tomado pelo ódio gerado pelo tratamento indiferente de Pamphili e pelo ranço por sua excomunhão, além de se garantir no treinamento feroz recebido por seus guardas, aquele foi um espetáculo intragável. Não que Domenico não concordasse que aqueles moleques merecessem uma boa lição, mas em hipótese alguma aquele corretivo devia ser perpetrado por homens reconhecidamente ligados a Parma.

Domenico põe uma das mãos no pescoço de Camillo. Apesar de fraco, ainda há pulso. Ele ouve uma lamúria emplastada sair dos lábios de Francesco:

— Cardeal Manfredi, por favor, por tudo que lhe é mais sagrado, tenha piedade...

— Cale-se. – Domenico não permite que ele termine a frase. – Você se lamenta como uma moça e isso envergonha a Santa Igreja.

Dando as costas para os dois garotos e os guardas, ele vai até Eduardo. Reclinado em uma cadeira, ele ri copiosamente.

— Veja só, cardeal Manfredi, que bela lição nós demos nesses fedelhos. Tenho certeza de que a partir de hoje o tio, ou, melhor dizendo, o pai desse guri vai pensar duas vezes antes de desdenhar de um duque Farnese. Por Parma! – Ele ergue uma taça de Chianti.

Domenico levanta Eduardo pelo colarinho e, em voz baixa, o repreende:

— Você tem consciência da sandice que acabou de cometer? Em algum momento chegou a pensar nas consequências de seu ato impensado? Você é tão moleque quanto esses meninos, Eduardo. Até quando você acha que iremos limpar sua sujeira?

O duque simplesmente encara o amigo com um sorriso bêbado nos lábios até por fim ser solto, caindo com estrondo na cadeira. Domenico faz um único gesto para os guardas e dois deles ajudam seu senhor a se erguer e o colocam rapidamente dentro do coche. O restante acompanha-os até a saída, onde aguardam enquanto Domenico deixa uma quantia substancial para a dona do local para compensar todos os danos causados pela confusão. Antes de cruzar a porta, ele olha rapidamente para trás e vê que alguns dos seguranças dos garotos Pamphili, ainda trôpegos, carregam seus protegidos para levá-los de volta ao Palácio Apostólico, onde, com toda certeza, relatarão ao papa tudo que sucedeu ali.

Antes do raiar do dia, um dos mensageiros do papa entrega uma mensagem no Palazzo Manfredi. O duque e sua comitiva têm até o meio-dia para deixar a cidade. Mais que depressa, os valetes e guardas recolhem todos os seus pertences e, sem conseguir acordar o patrão, que está mergulhado em um de seus sonos alcoólicos, o transportam mais uma vez para a carruagem.

Os dias que se seguem são de um estranho silêncio, o que preocupa Domenico. Nem Inocêncio nem seus asseclas o convocam para dar explicações a respeito do ocorrido, embora o comentário geral no Colegiado seja de que o jovem cardeal Camillo foi atacado por um inimigo da Igreja numa emboscada realizada dentro dos muros do próprio Vaticano após retornar de orações tardias na igreja de Santana, sua Virgem de devoção, e que o papa e seus cardeais de confiança investigam a identidade do culpado. Camillo foi enviado para se recuperar na Villa dos Pamphili no alto do monte Gianicolo, porém seu estado é delicado e, mesmo que sobreviva, ficará irreversivelmente inválido.

Ainda que continue a cumprir a promessa de manter seus inquisidores longe de Parma, o que ocorreu a seu filho incendeia como nunca o ódio de Pamphili contra os Manfredi. Seu primeiro ato é tentar remover Dom Marcello do controle do Tesouro, porém sua proposta é indeferida no consistório. A maioria dos cardeais ali presentes tem uma parcela considerável de suas faustosas rendas aplicada nos fundos criados por Dom Marcello e seria um grande risco trocar o gestor de um negócio que até então se mostrava tão lucrativo.

Sem se dar por vencido, o novo papa anuncia em seguida que abrirá uma investigação das finanças da fatídica guerra de Castro. A medida é recebida com entusiasmo não só pelo Colegiado, que considera aquele conflito um ataque aos cofres da cúria, como pelo povo de Roma, que culpa Urbano VIII e sua sede por novos territórios pela miséria em que chafurdam. Para isso, coloca dois de seus cardeais de total confiança no recém-criado cargo de auditores do Tesouro, cuja função é investigar para onde havia ido cada centavo gasto durante a guerra e, especialmente, conferir quantos ducados tinham sido transferidos para os Manfredi e por quais motivos. Dom Marcello, com a ajuda de velhos companheiros que se tornaram ricos com seus fundos, vira noites tentando ocultar todos os indícios que podem indicar desvios de verbas da cúria para investimentos particulares de membros do clero e qualquer sinal de custos indevidos relacionados aos exércitos contratados de Parma.

Nesse meio-tempo, Pamphili ordena a vários de seus espiões espalhados por diversos reinos e ducados que levantem toda e qualquer informação a respeito de como aquela guerra havia sido gerida em ambas as frentes. Sua intenção é atestar que os Manfredi estiveram muito mais envolvidos naquele conflito do que alegavam e que manipularam o senil Urbano VIII em proveito próprio.

Tanto seus cardeais no Tesouro quanto seus espiões fazem avanços notáveis. Os auditores lhe informam que a maior parte dos relatórios gerados pelo Tesouro é mascarada não só pelos Manfredi, mas por outros de seus funcionários, porém é óbvio que Dom Marcello desvia com frequência valores consideráveis para aplicá-los em seus diversos fundos, que, por sua vez, financiam a juros muito competitivos comerciantes dos portos de Gênova e Veneza. Basta apenas encontrar os documentos que provem a operação. Já seus espiões cruzam informações vindas de várias fontes — após persuadi-las com quantias exorbitantes ou violência extrema estendida a membros de suas famílias — e constatam, sem margem de erro, que os Manfredi haviam fornecido exércitos para ambos os lados envolvidos no conflito, um ato capaz de minar a credibilidade das tropas mercenárias de Parma, ainda a principal fonte de renda dos Manfredi e a atividade pela qual eles haviam se tornado conhecidos ao longo dos séculos.

Nenhuma dessas testemunhas, contudo, chega a Roma para dar seu depoimento de forma pública para garantir a veracidade da informação e fazer com que se espalhe por todo o continente. Ou fogem apavoradas, desaparecendo como num passe de mágica durante a viagem, ou morrem no caminho de causa indeterminada. E, alguns meses após o início das investigações no Tesouro, um dos auditores, coincidentemente um sobrinho de Olimpia Maidalchini, amanhece queimando em febre, delirando a respeito de fantasmas e demônios que o assombram dia e noite, e clama pelos corredores do Palácio Apostólico para que sua tia, a papisa, não permita que volte para casa como um inválido, como tinha acontecido com seu primo Camillo. O rapaz é tratado com discrição em seus aposentos, enquanto Pamphili pensa em uma maneira de trazer à tona as heresias daqueles bruxos Manfredi sem envolver seu nome, de forma que Dom Domenico e Dom Marcello não cobrem a antiga dívida de Urbano, o que levaria seu pontificado à bancarrota.

Três dias após ser acometido pela enigmática doença, o rapaz morre em sua cama e, em meados da tarde, o outro auditor é obrigado a encerrar seu expediente no Tesouro mais cedo, pois sente que algo sinistro o persegue e acredita estar também tendo alucinações. Ele passa a tarde vagando pelos corredores do Palácio Apostólico, dizendo coisas sem sentido sobre ser perseguido por um homem corpulento que empunha um machado na mão direita enquanto outro atravessa-lhe o peito, e uma mulher repulsiva com vários bubões espalhados pelo corpo que repete de forma incessante que, assim como o Santo Padre, ele não passa de mais uma das marionetes da papisa. Antes que o escândalo se torne ainda maior e ele perca outro membro de sua família, Pamphili por ora se dá por vencido e manda o rapaz repousar no monte Gianicolo.

Contudo, a quietude do novo papa só dura tempo suficiente para que ele arquitete uma nova revanche. Se não pode atacar os Manfredi diretamente, decide investir contra os Farnese, o que dá basicamente no mesmo. E, depois do tratamento dispensado a dois cardeais da Santa Igreja após o generoso perdão concedido ao duque Eduardo, a Sé tinha motivos de sobra para se voltar mais uma vez contra os duques de Parma.

Pamphili passa os meses seguintes travando alianças, buscando especialmente o apoio do rei Filipe da Espanha, e, em um consistório, anuncia seus planos de invadir novamente Castro. Em um primeiro momento, sua proposta é encarada com apreensão pelo Colegiado, visto que a guerra anterior havia sido a ruína de Urbano. Os cardeais Manfredi e seus apoiadores lembram aos irmãos de batina o quanto aquele conflito exigiu dos cofres da cúria, que ainda sofrem as consequências. Pamphili, porém, vale-se dos brios do Sacro Colégio, que não havia engolido a derrota, para garantir que os tempos agora são outros e que, desta vez, o Vaticano está em absoluta vantagem. Eles têm o apoio do poderoso exército espanhol, enquanto os Farnese encontram-se falidos, com poucos soldados e sem ducados nem garantias suficientes para contratar um número significativo de mercenários. Trata-se de uma guerra ganha, que não só restaurará a moral da Santa Igreja, mas servirá como um belo lembrete do que Roma é capaz contra seus opositores.

Ainda que sua reputação esteja sofrendo golpes profundos tanto dentro da cúria quanto entre o povo de Roma por conta dos rumores de sua malfadada relação com Olimpia Maidalchini e do imenso poder que coloca nas mãos da cunhada, a maioria dos cardeais reunidos na Sala Régia se levanta para aplaudir a decisão do papa.

Naquela noite, nenhum dos cardeais Manfredi prega os olhos. Reunidos no gabinete de Dom Marcello, eles ficam horas a fio discutindo como se posicionarão diante do Colegiado em relação à nova guerra. Afinal, todos sabem do controle que os Manfredi exercem nos territórios do duque. Por outro lado, como príncipes da Igreja que são, precisam, ao mesmo tempo, deixar bem clara sua fidelidade à causa de Cristo.

O sol rompe o horizonte quando finalmente um dos estafetas da família sai a toda da Cidade do Vaticano rumo a Parma portando uma mensagem cifrada — e urgente.

19

Acampamento das tropas Farnese, Castro, setembro de 1648

Luciano Manfredi já está há mais de um mês longe da Villa onde nasceu e cresceu. A última vez que esteve fora por tanto tempo foi durante a temporada que passou em Veneza com Jade. Apesar de na ocasião estar se sentindo fraco e doente, sem dúvida aquela viagem havia sido infinitamente mais agradável do que esta. É sua primeira incursão em um campo de batalha, algo que o pai considera extremamente necessário em sua formação, além de seus dons serem de grande utilidade ali. A verdade, porém, é que Luciano está odiando cada minuto. Seja no *palazzo* dos Farnese onde montaram seu quartel-general, seja nas tendas abafadas onde ele, o tio e o primo se acomodam quando necessitam ficar mais próximos dos seus destacamentos, a balbúrdia é constante. Luciano mal consegue ouvir os próprios pensamentos, e somados às vozes de todos os espíritos que selecionou para acompanhá-lo nesse ofício há os incessantes gritos desesperados daqueles que perecem durante os combates e que só ele — e mais ninguém — é capaz de ouvir.

Ainda assim, estar ali, além de demarcar mais um degrau em sua ascensão como o sucessor de Don Alfeo, é vislumbrar um cenário no mínimo estimulante para qualquer estudioso das Artes da Morte. Suas atenções são constantemente atraídas pelo colossal número de corpos que jazem todos os dias nos arredores e pelas almas que deles se desprendem, em geral de forma súbita, sem dúvida um bem-vindo acréscimo em suas negociações com os Antigos, que renderão mais alguns Despertos. Luciano também passa um tempo considerável dando ordens a seus leais espectros, que servem como os mensageiros mais discretos, seguros e confiáveis entre Castro e a Villa, além de se tornarem os olhos dos Manfredi nas linhas inimigas.

Isso, aliado às muitas outras incumbências requeridas por uma guerra — bem mais intensas do que Luciano imaginara —, toma praticamente todo o seu tempo e, à noite, ele está tão exausto que desaba na cama, dormindo apenas algumas horas para, assim que o sol desponta no horizonte, começar tudo mais uma vez. Apesar do cansaço, seus pensamentos constantemente se voltam para a Villa. Sente uma falta profunda de Jade. Ainda que desde o casamento da irmã com aquele viúvo decrépito a relação de ambos tenha se abalado, ela ainda é sua companhia preferida, seu melhor reflexo, a dona de seus desejos. Como ela o acusou diversas vezes desde que retornou a Parma, Luciano não havia cumprido sua promessa. A irmã o culpava por não ter impedido que o pai a entregasse a um marido após o nascimento de Rebecca e Leon, por não ter zelado pela filha em sua ausência e por passar mais tempo em suas catacumbas do que ao seu lado. A irmã, porém, precisa aprender que os tempos são outros. Ele se tornou um homem e a cada dia que passa sente sobre os ombros a imensa responsabilidade de ser um dos dirigentes da dinastia, encarregado de levar todos eles a dias de prosperidade e glória. Ele era o elo determinante entre os Manfredi e o Sheol. Era ele quem ministrava todos os rituais de encomendação de almas e o único membro da família que habitava no Mundo da Carne recebido pelos Antigos em sua morada. Todavia, ele jamais havia concordado com aquele casamento. Esse tinha sido o motivo de seu único real desentendimento com Alfeo. Ele ficara por meses sem dirigir a palavra ao pai, encerrado nas catacumbas, enviando seus espíritos quando necessitava lhe passar alguma mensagem. Afinal, era um total absurdo que seu herdeiro fosse criado sem a presença da mãe e um disparate que Jade fosse levada para longe dele. Luciano só procurou o pai para se retratar após ser duramente repreendido por Don Janus em uma de suas cada vez mais constantes incursões ao Sheol. O avô o recriminou por sua atitude infantil, que estava muito longe do que era esperado de um de seus herdeiros, ressaltando que se continuasse com esse comportamento colocaria tudo a perder. Janus acompanhara de perto tudo por que o neto havia passado para chegar até ali e o rapaz precisava entender que as necessidades da família sempre deviam vir em primeiro lugar. Eles viviam tempos difíceis, repletos de conflitos e perseguições, muito diferentes da época em que Luciano e Jade haviam sido concebidos. Alfeo tivera a dádiva de manter Lizbeta ao seu lado, porém, infelizmente, isso não seria possível para ele e Jade. Ir contra esse fato seria dar as costas ao seu próprio sangue. Ele e a irmã deviam se resignar e fazer aquilo que deles era esperado como as pessoas adultas que haviam se tornado. Afinal, Janus lhe garantiu, a passagem do viúvo pelo Mundo da Carne terminaria em breve e ele e Jade tinham todo o tempo a seu favor.

Contudo, após a noite melancólica da véspera da partida de Jade, Luciano não teve coragem de se despedir da irmã. Antes que o sol raiasse, ele se trancou em suas catacumbas e lá permaneceu até ter certeza de que o viúvo Rossi e toda a sua descendência mesquinha haviam abandonado o plano dos vivos e encontravam-se em uma senda esquecida do Sheol, de onde jamais poderiam retornar para assombrar os Manfredi. Os espíritos que guardavam Jade em Colonnata a acompanharam até que ela estivesse novamente na segurança da Villa, e lá eles continuavam a seguir todos os seus passos, enviando relatórios constantes a seu senhor. Luciano sabia que Jade passava todos os seus dias e suas noites com Rebecca, colocando o berço novamente ao lado de sua cama. E tinha total conhecimento de que a irmã o culpava não só por seu casamento, mas pelo abandono de Rebecca. Compreendia perfeitamente sua ira, porém não havia nada que pudesse fazer a respeito. A irmã era uma Manfredi tanto quanto ele e, por mais que a amasse, Jade precisava compreender que todos eles tinham funções importantes a desempenhar em nome da dinastia. Além disso, ele simplesmente estava ocupado demais com suas crescentes incumbências nas catacumbas e perdido em seu encantamento por seu primogênito para se interessar pela filha, que fazia o possível para sobreviver sob os cuidados da madrinha, certamente muito mais capacitada que ele para cuidar de uma criança tão frágil.

Quando por fim Rebecca cresceu o suficiente para que tivesse seu próprio quarto, Jade afinal o procurou. Era uma das raras noites em que Don Alfeo o convencera a deixar as catacumbas, cuja expansão já estava quase concluída, e jantar com ele, Lizbeta, Don Gennaro e Francesca na Villa. Jade tinha evitado cruzar com os familiares desde que retornara, recusando-se a sair de seus aposentos até mesmo para fazer as refeições. Mas, como era de hábito, ela soube que o irmão jantaria no casarão antes mesmo que ele cruzasse os corredores das despensas. Luciano se surpreendeu ao notar o quanto a irmã havia emagrecido e como assumira uma expressão lastimosa. Ainda assim, seu rosto se iluminou ao vê-la. Ele se aproximou para cumprimentá-la após todos aqueles meses e, ao retribuir o beijo que ele deu em seu rosto, Jade o envolveu em seus braços, mas sem o furor ao qual ele havia se acostumado desde que era capaz de recordar. Os lábios da irmã mal tocaram sua pele e seu abraço foi lânguido, como o de quem cumpre uma obrigação desagradável. Ele não esperava uma reação vivaz, entretanto aquela recepção fingida fez com que algo desconhecido despertasse dentro dele, um misto de tristeza, ira e uma decepção profunda. Jade era seu porto seguro, o único raio de luz que clareava seus dias cinzentos. Sem ela, Luciano tinha medo do homem que se tornaria.

 Durante o jantar, de seu lugar do outro lado da mesa, Jade tentava lhe lançar alguns sorrisos cúmplices em sua direção. Entretanto, ela podia achar que enganava a todos com aquela sua doçura tão bem ensaiada, mas ele a conhecia bem demais para cair nesse jogo. Aquele comportamento, na verdade, o indignava. Jamais imaginou que um dia ele seria o alvo das maquinações da irmã, uma arma que desde muito jovem ela utilizara a favor de ambos. Assim, ele se esforçou para ignorá-la durante toda a refeição, fazendo questão de conversar de forma casual com o pai, Don Gennaro, Lizbeta e até mesmo com Francesca a respeito de assuntos cotidianos da Villa e sobre as visitas que eram esperadas nos próximos dias, como faria em qualquer outra noite em que Jade não estivesse ali. Quando por fim todos esvaziaram seus cálices de Porto, ele estava prestes a se dirigir para o gabinete de Don Alfeo, onde tinha mais algumas questões a resolver com o pai e o tio, quando Jade perguntou se podiam conversar por alguns instantes. Sob os olhares inquiridores do restante da família, ele apenas assentiu levemente e a seguiu até uma das salas de estar anexas ao salão principal.

 Jade sentou-se em um sofá, ficando visivelmente decepcionada quando se deu conta de que o irmão permaneceu de pé.

— Como você tem passado seus dias, *frate*? – começou ela, encarando-o com seus imensos olhos azuis.

— Ocupado – Luciano respondeu, seco, enquanto contemplava propositalmente alguns espíritos que vagavam rumo à sala de visitas.

— Prometo então que não tomarei seu precioso tempo. – Jade abriu um sorriso para Luciano, cujo rosto estava virado em outra direção, sorriso esse que, ela tinha certeza, saiu muito mais triste do que era seu intento. – Gostaria de falar sobre Rebecca. Na verdade, quero lhe fazer um pedido. *Papà* quer escondê-la no sótão, longe das vistas de todos. Imagine, que tremenda amargura seria ver nossa filha crescendo enclausurada como uma freira descalça, ou, pior ainda, um animal selvagem. O sótão é um lugar apertado e sombrio. Ela jamais poderá se desenvolver como deveria ali. Sei que Rebecca tem um pequeno problema para o qual não há solução, mas, em todo o resto, ela é simplesmente perfeita, uma menina alegre, vivaz, carinhosa. Ela cresceu mais de um palmo desde que eu... bem, desde que retornei à Villa, e está ganhando peso. Você precisa ver como ela presta atenção a tudo e ergue os bracinhos para mim sempre que ponho os olhos nela. Se você a visitasse, entenderia imediatamente o que quero dizer. Por isso, *frate,* rogo para que você converse com o *papà* e o convença a mudar de ideia. Ela não merece viver nas sombras. Você, mais do que ninguém, compreende essa situação. E, por favor, venha visitar sua filha. Sei que ela não é tão preciosa para a dinastia quanto Leon, mas é igualmente fruto de tudo que passamos, de tudo que a família planejou para nós, de tudo que sentimos... Rebecca também é sua filha, Luci.

Ele ainda ficou com o olhar perdido por um momento antes de finalmente focar a atenção na irmã.

— Sinto muito, mas não há nada que eu possa fazer a esse respeito, *sore*. Estamos passando por um momento extremamente delicado. Os inquisidores estão mais do que nunca no nosso encalço e qualquer motivo, por menor que seja, pode ser suficiente para que o papa Inocêncio abra mais um inquérito contra nós. E, caso isso aconteça, corremos um sério risco de perecermos todos em uma fogueira. A Inquisição não pouparia nenhum de nós. Temos muitos inimigos que fariam de tudo para nos ver fora do jogo e... – Luciano hesitou, retomando o discurso logo em seguida como se houvesse desistido de medir suas palavras. – Aos olhos deles, temos motivos mais do que suficientes para queimarmos para sempre no inferno, por mais que tal lugar jamais tenha existido. É melhor para a família e para a própria Rebecca que ela permaneça na segurança do sótão. Confie em mim. Estou fazendo isso porque zelo por ambos os nossos filhos.

Jade contemplou Luciano com uma expressão tristonha. Ele beijou levemente sua fronte e os olhos da irmã o acompanharam enquanto ele deixava a sala de estar rumo ao gabinete do pai, sem olhar para trás.

Após essa noite, Jade voltou a evitar as refeições em família. Ela transformou o pequeno quarto no sótão destinado a Rebecca em um aposento digno de uma princesa e continuava a passar todos os seus dias ao lado da filha, muitas vezes recusando-se a se separar dela quando a noite caía, dormindo em um catre improvisado ao seu lado ou levando-a discretamente até seu quarto, onde a acomodava em sua grande cama.

Luciano, por sua vez, havia por fim concluído a expansão de suas catacumbas. A peste fazia com que os cadáveres se empilhassem e ele tinha muito trabalho a fazer para perder tempo discutindo amenidades com os parentes. Assim, os meses se passaram com cada um dos gêmeos absorto pela primeira vez em seus próprios universos, tentando evitar, por mais que isso um dia tenha parecido inconcebível, a lembrança do outro, fingindo esquecer que eram separados apenas por algumas centenas de metros e três lances de escadas.

Certa madrugada, porém, Luciano precisou visitar seu antigo quarto no casarão. O duque Eduardo Farnese havia por fim perecido após uma noite de bebedeira. Dado o comportamento cada vez mais descontrolado do duque nos últimos anos, a notícia não pegou nenhum de seus súditos de surpresa. O que preocupava a todos era o fato de o primogênito de Eduardo, Ranuccio, ser um rapaz de dezesseis anos bastante inexperiente. Era notório que Ranuccio se envergonhava do comportamento extravagante do pai e passou a maior parte da vida com a mãe e os irmãos no palácio da família em Ferrara, afastado dos assuntos oficiais, que eram decididos em Parma, a cidade mais importante entre os parcos territórios que sobraram aos Farnese.

No dia seguinte, concluído o período do luto fechado, Ranuccio era esperado na Villa Manfredi para jantar e depois discutir não só questões de Estado, mas, principalmente, as avultosas dívidas que os Farnese haviam contraído com os Manfredi ao longo das décadas. Don Alfeo tinham requerido que Luciano estivesse presente, de forma que, antes de se recolher, ele foi até seu antigo quarto buscar roupas formais limpas para que não fosse obrigado a encerrar seu trabalho mais cedo para se vestir no casarão.

Luciano cruzou a longa galeria e a escada iluminadas por archotes que haviam passado a ligar as catacumbas às despensas da Villa e destrancou a pequena porta que dava para um depósito discreto que não era mais utilizado. Do outro lado do cômodo existia uma saída que dava para os corredores labirínticos dos armazéns de dona Camélia. Ele, porém, a ignorou e voltou-se para um armário encostado em uma das paredes. Com outra chave, ele o abriu, e, se abaixando, esgueirou-se para dentro do móvel, que dava para uma nova escada claustrofóbica que ligava os porões à rede de corredores oculta nas entranhas do casarão, usada por membros da família que precisavam se mover sem serem notados e sem correr o risco de cruzar com servos nos corredores a eles destinados.

Ao chegar a seus velhos aposentos, Luciano fechou silenciosamente a porta atrás de si e, sem perder tempo, foi até uma das cômodas nas quais suas vestes eram cuidadosamente armazenadas por seus valetes. Ele revirou o baú em busca de peças que combinassem minimamente, já que não queria ter de lidar com as risadas maldisfarçadas do primo e até mesmo do tio, como acontecia sempre que selecionava suas roupas por conta própria, sem auxílio dos valetes ou de Jade. Nunca foi uma tarefa fácil e a escuridão não ajudava. Assim, viu-se obrigado a levantar-se e acender um dos candelabros espalhados pelo cômodo. Ele estava retornando para o baú quando as chamas iluminaram a porta discreta que fora aberta para ligar seus aposentos aos da irmã em dias mais felizes. Imediatamente, Luciano se recordou do tempo em que contava os minutos para que o dia terminasse e ele por fim pudesse cruzar aquela porta para compartilhar com Jade aquelas que considerava serem as melhores horas de sua existência.

A falta que sentia da irmã caiu sobre Luciano como uma tempestade. Racionalmente, ele sabia o quanto Colonnata, com sua importância para os aliados franceses dos Manfredi e suas jazidas de mármore cada vez mais valorizadas, além da fortuna acumulada pelos ávaros Rossi, era de extrema importância para a família, em especial após todas as despesas afrontosas geradas pela guerra em Castro. Todos precisavam fazer sacrifícios em nome de seu sangue, entretanto ele compreendia perfeitamente o quão duro aquilo havia sido para Jade. Nem ao menos conseguia imaginar a possibilidade daquele velho repugnante colocando as mãos em sua irmã. Alfeo lhe garantira inúmeras vezes que Rossi jamais chegaria a se deitar com Jade, que Lizbeta já havia instruído meticulosamente a filha a respeito de tudo que ela precisaria fazer para afugentá-lo e, claro, livrar-se dele o mais rápido possível. Ele não duvidava do conhecimento da mãe e tinha certeza de que Jade, por trás daquela aparência doce e frágil, era capaz de fazer o impossível para defender aqueles a quem amava. Ela retornaria em breve para Rebecca e, quiçá, para ele. Mesmo assim, ordenava que seus espíritos fossem econômicos em suas descrições a respeito dos progressos patéticos do viúvo. O mero pensamento de Jade se despindo diante dos olhares desejosos de outro homem lhe despertava uma fúria incontrolável. Nas ocasiões em que recebia esses relatos, Luciano passava noites a fio sem conseguir dormir, confinado nas catacumbas, cercado por corpos que até dias antes haviam pertencido a belas jovens cujas almas se esvaíram antes que os bubões da peste pudessem destruir sua beleza. Contudo, esse paliativo soava apenas como um arremedo deprimente, um substituto desprezível para aquilo que considerava sublime.

 Envolto por esses pensamentos, Luciano foi tomado por uma necessidade sufocante de estar ao lado de Jade. Ele foi até a pequena porta oculta entre os cômodos e a abriu devagar. O quarto da irmã estava absorto na escuridão, de forma que deixou apenas uma das velas de seu candelabro acesa para não atrapalhar o sono de Jade e da criança. Pé ante pé, caminhou até a cama, subiu os dois degraus do tablado e aproximou a vela dos corpos que ali jaziam. Jade estava tão bela quanto ele se recordava. Os cachos negros e compridos se espalhavam pela fronha, os olhos cerrados ressaltavam os cílios longos, os traços delicados traziam o frescor da juventude e ela ressonava placidamente. Seu corpo estava coberto por uma das camisolas de linho imaculadamente branco de sempre, que deixavam transparecer suas curvas e cujo decote pendia de seus ombros de forma lânguida, revelando uma parcela generosa dos seios. Junto a ela repousava uma criaturinha diminuta, envolta por um camisolão do mesmo tecido das vestes da mãe, que parecia imenso em seu corpinho esquálido. Ainda que tivesse crescido desde o dia de seu nascimento, estava longe de ter se desenvolvido tanto quanto Jade lhe alardeara. Enquanto Leon era um bebê imenso, que, para orgulho de Luciano, todos diziam que parecia ter mais de dois anos, Rebecca era apenas um pouco maior que um recém-nascido. A cabeça parecia mais protuberante sobre os membros e o tronco esquálidos. Uma das pernas escapava da barra do camisolão e Luciano se chocou ao perceber que era apenas pele e osso, semelhante às dos fetos cujas mães pereciam antes que eles tivessem força suficiente para viver por si sós. Definitivamente, aquela menina jamais conseguiria se firmar sobre o chão. Ele vira o estado lastimoso das pernas de Rebecca naquele dia tão atribulado em que se tornara pai, embora estivesse envolvido por um turbilhão demasiadamente intenso de sentimentos para se lembrar dos detalhes. Seus espíritos, entretanto, já haviam lhe relatado em diversas ocasiões a deficiência de Rebecca. Mesmo assim, era doloroso vislumbrar com os próprios olhos que a filha era inválida.

Hesitante, ele ergueu uma das mãos para tocar a criança. Nesse momento, Rebecca moveu o pescoço, soltou um muxoxo e abriu os olhos. Ao ver Luciano, abriu um claro sorriso, que imediatamente fez com que ele evocasse Jade em seus dias mais radiantes, e ergueu um dos braços, envolvendo um de seus dedos com sua mãozinha. Ela aproximou o rosto da pele do pai, aconchegou-se e caiu no sono novamente.

Sem querer acordar a irmã e a bebê, e muito mais enternecido com a reação da filha do que poderia imaginar, ele contemplou a menina por um longo momento. Como recentemente acontecia com seu filho e, antes dele, com a mãe das crianças, por fim Luciano reconhecia sua própria face no rosto de Rebecca. A menina não fazia a menor menção de que iria largar seu dedo, de forma que ele se deitou ao seu lado. Com o braço livre, ele envolveu a filha e Jade, e, como fizera em incontáveis noites, apoiou sua cabeça na da irmã, sorvendo o perfume de seus cabelos. Aninhado no único lugar em que realmente encontrava segurança além de suas catacumbas, Luciano se sentiu em paz. Ele fechou os olhos e se deixou ser tragado por um sono tranquilo, sem sonhos, o mais agradável que tivera em muitos e muitos meses.

Quando acordou na manhã seguinte, depois de ter dormido pelo que lhe pareceram dias, Luciano demorou alguns minutos para se dar conta de onde estava. O quarto encontrava-se na penumbra, porém os parcos raios de sol que escapavam pelas frestas das cortinas indicavam que a manhã já ia alta. Não havia o menor sinal de Jade ou Rebecca e reinava o mais absoluto silêncio. Ele se levantou sem pressa, alisou o manto amarrotado e foi em direção à porta que separava seu antigo dormitório do da irmã, por fim lembrando-se do que de fato viera fazer no casarão.

Ao chegar em seu quarto, já ia em direção ao baú quando olhou para a cama e viu que, sobre a colcha, estavam estendidos uma camisa, um gibão, os culotes e um par de meias compridas. No chão, jaziam botas reluzentes. Todas as peças combinavam de forma extremamente elegante e ele tinha certeza de que nem mesmo o duque Farnese estaria tão bem-vestido.

Luciano se senta no estreito catre de campanha e olha ao redor. Vários de seus informantes espirituais estão a postos para lhe relatar tudo que aconteceu na frente de batalha naquelas primeiras horas do dia e o que foi discutido no acampamento das tropas vaticanas. Ele ouve em silêncio, atento. Em breve, se reunirá com o tio e os demais oficiais para debater as estratégias seguintes.

O valete entra em sua tenda e, enquanto é vestido, Luciano responde de forma monossilábica a suas perguntas educadas sobre como havia passado a noite e sua disposição para aquele dia. Seus pensamentos se voltam mais uma vez para a Villa. Assim como a Jade, Don Alfeo e Lizbeta, seus fantasmas acompanham de perto todos os passos de Leon e lhe trazem informações diárias acerca de tudo que envolve o menino. Ele estava bem, as almas haviam assegurado. Isso, contudo, não é suficiente para aplacar a falta que sente do filho. Leon completara treze anos três meses antes e se tornava um homem robusto, arguto, hábil e, assim como o próprio Luciano, desde muito jovem apresentava um pendor impressionante — e bastante peculiar — para as Artes da Morte. Em muitos aspectos o herdeiro perfeito para uma dinastia do quilate dos Manfredi, Leon era, porém, o motivo mais frequente de suas noites em claro. Seu filho havia crescido com todas as regalias e luxos que sua condição lhe oferecia e, ao mesmo tempo que Luciano chegava às vezes a invejar sua postura magnificente e a forma sempre cheia de si com que encarava a vida e todos que o cercavam, ele sabia que o mundo — todos eles — nem sempre o trataria como o primogênito almejado. Não havia dúvidas de que Leon era um rapaz belo. Ele herdara os cabelos escuros, lisos e pesados do pai e os imensos olhos da mãe, ainda que fossem escuros como os de Luciano. Seus modos eram ágeis e atentos e em nada lembravam o comportamento desconexo do pai. Mesmo assim, ele também se revelou desde muito cedo um Predestinado, para alívio de Luciano. Ainda que não fosse capaz de ver o Outro Lado com a naturalidade do pai, desde que o filho era um bebê Luciano percebeu que ele atraía as atenções de alguns Antigos de imenso poder. Era sabido que esses seres raramente deixavam o Sheol, pois, além de considerarem o Mundo da Carne sujo, indigno e um tanto tedioso, tinham exércitos de almas jovens para lhes servirem, não vendo motivos para deixarem o conforto de seus círculos profundos para visitar o plano dos vivos. Luciano, porém, mal acreditou nos próprios olhos quando viu, cercando o berço do filho, um grupo numeroso dessas almas, que pareciam guardá-lo e ponderavam entre si em uma língua que nem mesmo ele era capaz de compreender. Com o passar do tempo, Luciano notou que, ainda que Leon ignorasse as hordas de espíritos que o acompanhavam por suas ordens e pairavam dia e noite pela Villa, ele não só via como interagia com esses Antigos, conversando sem que ninguém precisasse ensiná-lo em sua intrincada linguagem, rindo e confabulando quase como se fosse um deles. Isso intrigou Luciano e, sempre que interrogava Don Janus e outras almas sábias a esse respeito, a única resposta que recebia era que, sim, os Antigos possuíam um interesse especial por Leon, mas que, como sempre, só revelariam suas verdadeiras intenções quando considerassem conveniente. Nas poucas vezes que achou adequado interrogar o filho a respeito, o garoto lhe respondeu que eles simplesmente apreciavam sua companhia, lhe perguntavam o que estava aprendendo, indagavam sobre seu dia, sobre como se sentia, concediam-lhe favores e contavam-lhe alguns segredos. Ao mesmo tempo que isso orgulhava Luciano, também lhe provocava uma certa inquietação — e uma pontada de inveja. Sabia muito bem o quão excêntricas, voluntariosas e perigosas aquelas almas ancestrais podiam ser. Não era à toa que muitos ignorantes as conheciam sob a alcunha de demônios. De qualquer forma, tinha consciência de que não havia nada que pudesse fazer a não ser esperar até que os Antigos manifestassem seus anseios.

Leon mal tinha começado a dar os primeiros passos quando Luciano foi mais uma vez convocado a visitar os círculos profundos do Sheol. Lá, foi recebido com o mesmo decoro de sempre pelos Antigos, que lhe informaram que os aprazeria muito que os estudos de Leon nas Artes começassem o mais rápido possível. Ele tinha, assim como o pai, um imenso potencial que não podia ser desperdiçado.

Assim, antes mesmo de aprender a falar frases completas, Leon frequentava as catacumbas, onde recebia lições do pai, do avô e de outros Predestinados que se destacavam em seus estudos. Ainda que não fosse tão cuidadoso e hábil no trato com os cadáveres, o menino tinha um interesse genuíno, que beirava a obsessão pela morte e por tudo que era morto. Isso muitas vezes o distraía, fazendo com que se cortasse, causasse acidentes e arruinasse completamente diversos espécimes, de forma que precisava estar sempre sob supervisão. Leon apresentava, porém, facilidade notável no trato com os espíritos, em especial aqueles mais raivosos, considerados valiosos pelos Antigos e também pelos próprios Manfredi por serem capazes de desprender uma grande carga de energia que lhes permitia interagir com desenvoltura e agilidade no Mundo da Carne, executando tarefas que requeriam força. Essas almas eram temidas por seu poder e imprevisibilidade. Mais de uma vez Luciano havia presenciado Predestinados, imprudentes o suficiente para confrontá-las, perecerem nas catacumbas. E não havia nada que ele pudesse fazer nesses casos. Havia levado um bom tempo para compreender esses espectros e impedir que o apavorassem, mas Leon conseguia domá-los com apenas um olhar, fazendo com que se dobrassem diante dele e executassem suas vontades. Existia algo no garoto que fazia com que não só o respeitassem, mas principalmente o temessem. Era uma habilidade poderosa, que sem dúvida seria mais um trunfo para os Manfredi, mas que, Luciano sabia muito bem, poderia ser um grande tormento para seu filho.

Além de Luciano, o padrinho do menino também era uma presença constante em sua vida. Frederico considerava o afilhado sua própria cria. Após perder seus meninos e Giovanna, ele voltou seus ímpetos paternos para os filhos de Marcello, que o chamavam carinhosamente de tio Fred, e, em especial, para Leon. Enquanto Luciano o conduzia pelos mistérios de seu dom, apresentando-lhe os segredos da morte e do Sheol, Frederico o ensinava a caçar, a empunhar uma rapieira, a planejar estratégias de combate, a estar sempre atento e pronto. Ele se orgulhava de como Leon se mostrara um exímio caçador desde muito jovem. A atividade logo se tornou seu passatempo favorito. Sua mira era perfeita e, ainda que raramente errasse, preferia acertar os membros dos coelhos, faisões e, mais tarde, cervos, veados e javalis, para derrubá-los e, assim, poder se aproximar em segurança para dar o golpe final enquanto se regozijava com a agonia da presa. E, como Luciano sabia muito bem, em seu último aniversário Frederico apresentou o afilhado, assim como fizera antes com seus primos, à casa da Madame Gionna, que a essa altura já se encontrava aposentada, tendo passado a administração do prostíbulo para uma de suas garotas mais espertas, que herdou também o título de "madame". Diferente de seu pai, entretanto, Leon tinha apreciado a experiência e passou a acompanhar o tio e os primos em suas constantes visitas.

Luciano era discreto o suficiente para não perguntar aos fantasmas que acompanhavam o filho o que acontecia depois que Leon e as moças fechavam a porta atrás de si, porém, após terminarem, as meninas deixavam o quarto com hematomas e uma expressão apavorada. A nova madame chegou a se queixar com Frederico, que tentou colocar panos quentes na questão, culpando a inexperiência e os ímpetos juvenis do afilhado, deixando gorjetas ainda mais generosas para compensar qualquer dano às garotas. Os pródigos ducados ofertados por Frederico foram suficientes para convencer a maior parte das meninas a continuarem a se deitar com seu sobrinho, embora algumas delas se negassem terminantemente a ficar sozinhas com Leon, não importava o quão jovem, atraente e rico ele fosse. Mais de uma vez, Frederico repreendeu o afilhado quando deixaram o prostíbulo. Leon, contudo, apenas ria e comentava, de forma despreocupada, que aquelas mulheres não passavam de roceiras xucras e desnutridas que não eram páreo para a imensidão de seus desejos. No fim das contas, as desculpas de Leon pareciam deixar Frederico com um certo orgulho da virilidade do afilhado que ele mal conseguia disfarçar enquanto cavalgavam de volta para casa.

Luciano, porém, se indagava secretamente se a atitude violenta que o filho apresentava com as prostitutas e a crueldade com que primeiro maltratava pequenos animais nos arredores do casarão e, mais tarde, abatia seus troféus de caça não significavam algo mais. Na maioria das vezes, contudo, atribuía esses comportamentos não só à juventude, ao excesso de energia e às pressões que o menino sofria por sua condição de único herdeiro direto da dinastia, como também ao claro descaso de Jade para com o filho. Ela voltava a totalidade de suas atenções para Rebecca e muitas vezes Luciano imaginava se a irmã sequer lembrava que também tinha um filho. Jade, porém, seguia afirmando que Leon vivia cercado por todas as vantagens, atenções e privilégios, enquanto Rebecca era relegada a uma vida nas sombras, podendo contar apenas com a mãe.

Leon, por sua vez, seguia cada vez mais fascinado pela mãe. Jade continuava passando a maior parte do tempo entre seus aposentos e o quarto da filha no sótão, reunindo-se com o restante da família apenas nas missas de domingo e em datas especiais nas quais Don Alfeo exigia a presença de todos, como o Natal, a Páscoa e o Dia de Finados. Na igreja, Leon se mostrava inquieto enquanto a mãe não chegava, o que sempre acontecia no último minuto, e, nos banquetes, se regozijava com o fato de a mãe ser sempre colocada à sua esquerda, com Luciano assumindo a direita. Jade, contudo, mal cumprimentava o filho. Após as missas, escapulia assim que possível de volta para o sótão. Durante os banquetes, ainda que ouvisse com um de seus belos sorrisos e uma atenção quase sincera os relatos do menino sobre seus estudos, caçadas e treinos na caserna, ela permanecia em silêncio, levantando-se assim que Don Alfeo abandonava a mesa, dizendo apenas que Leon estava se tornando um rapaz muito bonito e que toda a família devia estar muito orgulhosa dele, fazendo um leve afago em seus cabelos como quem acaricia um animalzinho sem importância. Aquele breve toque, contudo, era suficiente para que Leon fechasse os olhos, extasiado, e por muito tempo depois que a mãe já havia partido tentasse farejar seu perfume no ar. Embora ninguém comentasse abertamente, essas cenas não passavam desapercebidas do restante da família e causavam um peso no coração de Luciano. A irmã, entretanto, era impassível em suas convicções, de forma que não só ele como todos os Manfredi tentavam, cada um à sua maneira, compensar sua ausência. Luciano, porém, sabia muito bem que, por mais que se esforçassem, aquilo não passaria de um mero arremedo. O descaso de Jade para com seu próprio filho cobraria um preço muito alto algum dia e Luciano se perguntava se seria capaz de perdoá-la quando isso acontecesse.

Seus inúmeros afazeres nas catacumbas e sua crescente participação nas questões da família, entretanto, consumiam Luciano o suficiente para que esses pensamentos logo fossem substituídos por outros mais urgentes. E desde que receberam a notícia vinda de Roma de que o papa Inocêncio havia declarado uma nova guerra aos Farnese em Castro, os dias de Luciano estavam mais atribulados do que nunca. Finalmente Don Gennaro e Frederico haviam dado o braço a torcer e concordaram que os fantasmas dos Predestinados podiam ser úteis nos conflitos bélicos da família. Ainda que houvesse uma certa descrença inicial, embora velada quando estavam na presença de Don Alfeo, os dois logo se impressionaram com os benefícios e informações impressionantes que as almas podiam lhes trazer. Aquela, sem dúvida, seria a arma secreta mais preciosa dos Manfredi. Assim, logo Luciano estava discutindo de igual para igual a respeito de estratégias militares debruçado sobre mapas no gabinete de Don Alfeo como tantas vezes já os vira fazer enquanto permanecia em silêncio.

Luciano sentia-se extremamente orgulhoso com tudo aquilo, embora o dever lhe pesasse sobre os ombros. Se sua atuação e a de seus fantasmas de fato fizessem a diferença, ele não só galgaria um importante degrau em sua posição como um dos mais graduados dirigentes da família, como abriria um novo leque de oportunidades para seus Predestinados. Entretanto, assim que começaram a analisar os dados transmitidos pelos informantes de Domenico e Marcello e por alguns fantasmas enviados por Luciano para bisbilhotar o que era discutido no gabinete e nos aposentos íntimos de Inocêncio, tomaram consciência de que o papa, valendo-se de trocas de favores como indulgências e da anexação de territórios que seriam vantajosos à Espanha, tinha ao seu lado um enorme contingente de soldados enviados por seu aliado, o rei Filipe. Os homens das casernas da Villa até poderiam ser suficientes para derrotá-los, mas isso custaria, mais do que vidas, uma verdadeira fortuna que jamais seria restituída pelos duques, cuja dívida, desde a última guerra, já estava nas alturas. Além disso, era praticamente certo que os espanhóis, detentores de uma das mais vastas tropas da Europa, enviariam mais destacamentos assim que seus homens caíssem, o que os colocaria, mais cedo ou mais tarde, em uma situação complicada. E, embora Castro fosse o único território ainda lucrativo dos Farnese, dadas as sanções feitas pelo Vaticano, que afastaram as caravanas da região e certamente perdurariam caso ganhassem a guerra, aquela se tornaria uma terra de pouco valor para os Manfredi. Por outro lado, se fizessem apenas um esforço mínimo para mostrar seu apoio aos parentes do jovem Ranuccio e ao povo de Parma, isso deixaria, definitivamente, os Farnese — e o ducado — nas mãos da família. Sem Castro, a possibilidade de os duques sanarem suas dívidas já insolúveis se tornava algo totalmente fora de questão.

Ainda que isso deixasse Luciano um tanto frustrado, visto que aquele seria seu primeiro conflito militar, todos concordaram que seria uma guerra na qual entrariam para perder. A ideia era depauperar o máximo possível os cofres do Vaticano, fazendo com que o combate durasse por um tempo considerável, gastando, por sua vez, o mínimo possível.

O jovem duque foi então avisado das consequências da derradeira atitude impensada de seu pai. Frederico, porém, lhe garantiu que em nome da duradoura amizade entre as famílias os Manfredi enviariam seus próprios soldados para lutar pelo desfalcado exército ducal e que ele próprio se encarregaria do comando das tropas. Claro que isso teria um custo, afinal seria um contingente que não poderia ser enviado para outros conflitos que seriam muito lucrativos para os Manfredi. Porém, Ranuccio podia ficar sossegado, pois os juros seriam módicos e Frederico não cobraria por sua liderança e todos os demais artifícios que porventura fossem utilizados para defender aquilo que era dos Farnese por direito. Ranuccio, assustado por ter que lidar com um conflito daquela magnitude logo no início de seu ducado, não teve escolha a não ser agradecer aos Manfredi pela ajuda.

Assim, no início do verão, os soldados mais inexperientes da caserna da Villa e aqueles considerados de certa forma problemáticos por Frederico e Don Gennaro marcharam para o Sul no intuito de interceptar as tropas do papa antes que alcançassem Castro. Os homens encontraram os inimigos nos arredores de Florença. Imediatamente, o capitão que os acompanhava seguiu para a retaguarda, algo incomum entre os comandantes Manfredi, o que deixou os soldados desconfiados ao vê-lo passar por eles. Logo, porém, tiveram certeza que haviam caído em uma armadilha. O exército de Roma era pelo menos cinco vezes maior que o parmesão e eles foram aniquilados em questão de minutos. Nenhum homem sobreviveu para avisar aos irmãos de armas que aquela era uma guerra perdida.

Enquanto seus homens eram abatidos em Florença, Frederico, Don Gennaro e Luciano seguiram para Castro. Contudo, em vez de organizar barricadas para defender a cidadela, os guardas que os acompanharam evacuaram a cidade, avisando que era uma ordem do duque para que os civis não sofressem com a nova invasão. Naquele momento, a população se revoltou com o fato de seus governantes terem permitido que seus lares fossem vitimados por mais uma guerra. Porém, após os resultados desastrosos do conflito, eles passaram a agradecer aos Farnese — e aos Manfredi — por terem poupado suas vidas, ainda que tivessem perdido tudo aquilo que haviam construído até então. Nesse meio-tempo, Frederico e o pai coordenavam o saque ao palácio de Castro, que, graças aos lucros que os cereais do ducado haviam rendido aos Farnese nos tempos áureos, era uma das residências mais faustosas da região. Já que o lugar seria, de qualquer forma, depredado pelos soldados do papa, que pelo menos suas joias, pratarias e obras de arte servissem para amortecer os sucessivos rombos causados pelos duques aos cofres dos Manfredi.

A Luciano coube buscar um local seguro para abrigar aquele tesouro que passasse desapercebido da avidez nada santa dos generais de Inocêncio. A área do ducado não era muito grande, porém ele fez com que os guardas que o acompanhavam caminhassem por um dia inteiro até encontrar um lugar que considerasse ideal.

Quando faltava pouco para o sol se pôr, eles por fim chegaram a uma pequena capela encravada em uma das encostas que circundavam os limites da cidade. Era uma construção modesta, isolada, com janelas estreitas, que dificultavam vislumbrar o que havia lá dentro. Seria muito improvável que um prédio tão rústico abrigasse algo de valor. Dedicada a santo Inácio, um dos mártires da Igreja, trazia em seu altar uma pintura desbotada pelo tempo do santo redigindo suas famosas missivas. Além disso, era um local de acesso penoso e Luciano não acreditou que homens que lutavam em nome de Cristo seriam capazes de vilipendiar uma das moradas do Todo-Poderoso.

A pequena capela foi de fato considerada um achado valioso por Don Gennaro e Frederico. Além de um esconderijo acima de qualquer suspeita para o tesouro extraviado do Palácio Farnese, o local era extremamente discreto e fornecia uma vista panorâmica da cidade, onde a batalha seria em breve travada.

Ainda que Luciano tenha insistido que seus numerosos fantasmas seriam suficientes para lhes relatar tudo que acontecia ali, Frederico não confiava o suficiente nos talentos do primo para deixar o único lucro daquela dispendiosa empreitada sob seus cuidados. Além disso, eles precisariam recuar no momento exato se quisessem sair de Castro com vida. Era certo que os comandantes de Inocêncio tinham ordens para não deixar nenhum homem do exército inimigo de pé. Assim, Frederico instalou na capela seu ponto de observação, alojando-se ali com alguns de seus melhores soldados enquanto o conflito se desenrolava, utilizando-se de estafetas para enviar notícias para o acampamento das tropas apenas para confirmar as mesmas informações que já haviam sido entregues pelas almas de Luciano.

QUANDO O PAJEM ajusta por fim os canos das botas de seu senhor junto aos joelhos, as atenções de Luciano se voltam para o teto da tenda. Naqueles meses de servidão na frente de batalha, o rapaz já se acostumara às excentricidades de seu patrão e, mesmo antes disso, havia sido muito bem treinado para não demonstrar nenhum sentimento e fazer vista grossa para o que quer que visse ou ouvisse quando estivesse em sua companhia. Assim, o servo termina sua função em silêncio, saindo da barraca sem ser notado por Luciano, que continua com o olhar fixo em algum ponto no alto, como se algo ali o intrigasse.

Enquanto era vestido, fantasmas vindos do campo haviam lhe comunicado que o fim se aproximava. A rendição deveria ser entregue em questão de horas.

O último destacamento dos Manfredi resiste bravamente, entretanto não é páreo para as numerosas tropas espanholas que se aproximam de Castro para terminar de uma vez por todas com aquela guerra. A estratégia do general do Vaticano é cansar o máximo possível as bem treinadas tropas de Parma para que sejam derrubadas com facilidade pelos soldados que chegarão em breve, poupando o maior número possível de homens de Filipe IV. Para evitar que os Farnese tentem retomar a cidade no futuro e como forma de demonstrar todo o seu ódio pelo ducado, onde um de seus mais fiéis aliados havia perecido nas mãos daqueles Manfredi malditos e onde esses mesmos Manfredi tinham criado uma guerra que deixara tanto os duques quanto a Santa Sé em suas mãos, o Santo Padre deu ordens para que Castro fosse totalmente destruída. Não devia sobrar uma única pedra do que um dia havia sido o território mais valioso dos Farnese. Assim, com a vitória já certa, os soldados do Vaticano saqueiam residências, comércios e até mesmo as igrejas, colocando-as abaixo logo em seguida. Não demorará para alcançarem o palácio ducal.

Luciano esperava apenas terminar de ser vestido para avisar ao tio que por fim chegara o momento de assinar a resignação e entregá-la aos comandantes vaticanos quando um espectro atravessou o tecido pesado de sua tenda com urgência e informou a seu amo que um considerável contingente de soldados do Vaticano marchava, destruindo tudo que encontrava pelo caminho, na direção da capela onde Frederico e seus homens estavam acampados.

Mais que depressa, Luciano deixa a tenda e ordena a um de seus guardas que informe ao tio que é chegada a hora de assinar a rendição em nome do duque Farnese. Em seguida, manda que um dos outros homens lhe traga, sem demora, o cavalo mais veloz disponível por ali. O soldado ainda tenta lhe perguntar se precisará de escolta, mas Luciano não deixa que termine a frase, elevando a voz para ressaltar que não tem tempo a perder.

Assim que o guarda coloca o animal diante de Luciano, ele o monta e galopa em direção à capela. É obrigado a subir pelo lado oposto da trilha por onde, conforme seus fantasmas o haviam avisado, os soldados de Inocêncio seguem. É um caminho ainda mais penoso e difícil. Ele avança devagar e seus espíritos o atualizam a intervalos regulares sobre os movimentos da tropa inimiga. Não há muito a saquear naquele rincão perdido do ducado, de forma que, ainda que sejam obrigados a parar para destruir os casebres esparsos perdidos nas margens da trilha, os soldados de Inocêncio seguem a uma velocidade maior que a sua.

Além do solo acidentado, repleto de mato alto e extremamente íngreme, seu cavalo de guerra é pesado e pena para seguir montanha acima. Já se passaram quatro horas desde que Luciano deixou o acampamento quando ele se aproxima do topo. O último relato de seus fantasmas o informou que a capela começava a ser cercada por uma tropa numerosa, enquanto Frederico, confiando, assim como o primo, na santidade e na aparência desvalida da construção, conta apenas com meia dúzia de soldados. Eles haviam sido ingênuos ao crer que os homens de Inocêncio poupariam aquilo que eles mesmos chamavam de terreno santo. Cada vez mais ele se convencia que, se de fato havia alguma santidade neste mundo, ela passava bem longe dos homens que se vangloriavam de sua religiosidade.

O primo e seus homens não tinham a menor chance de sair dali com vida. Luciano precisa pensar rápido.

Ele amarra o cavalo em um cepo há uns bons metros do cume e se aproxima com passos furtivos, protegido pelo mato alto. Só para quando alcança um ponto de onde consegue ver parte da formação dos inimigos. De uma distância segura, dá a volta ao redor do perímetro da capela. O prédio já havia sido totalmente cercado. Ele se agacha atrás de uma touceira e aguarda. Logo um de seus fantasmas retorna, mais uma vez com informações nada animadoras. Frederico e seus soldados tentaram a todo custo encontrar uma saída alternativa, porém a única maneira de dar o fora dali é pela porta, feita de madeira notavelmente resistente, levando-se em conta a simplicidade da construção. As janelas, altas e estreitas, não eram viáveis.

A movimentação dos homens em busca de algum alçapão ou passagem oculta que os tirasse daquela enrascada atraiu a atenção dos inimigos, que se deram conta de que havia ocupantes na capela. Dois soldados ergueram um dos homens mais altos do pelotão, que conseguiu sorrateiramente entrever por uma das janelas, reconhecendo de imediato as cores dos uniformes dos Farnese. A opção mais óbvia foi tentar derrubar a porta, contudo, além da resistência do material nobre, assim que se deram conta de que tropas vaticanas haviam tomado o monte, Frederico e os demais homens utilizaram os bancos da capela como barricadas. Alguns dos espíritos enviados por Luciano, por sua vez, tomaram a frente e passaram a proteger a porta — espíritos mais antigos que ao longo dos séculos haviam aprendido a transmutar a energia que captavam do ambiente e dos vivos para se fortalecer fisicamente e interagir com o Mundo da Carne, podendo até mesmo tornar sua massa intangível algo visível ou, como naquele caso, exercer força. Apesar da tensão do momento, Luciano não conseguiu evitar o regozijo. Era uma prova clara da fidelidade das almas que mantinha sob seu controle. Sua devoção a seu senhor era tão grande que ele nem precisou ordenar que defendessem os seus.

Trinta longos minutos se passaram enquanto um grupo formado pelos homens mais robustos da tropa inimiga tentava, em vão, derrubar a porta. Lá dentro, os ocupantes não compreendiam como seu estratagema improvisado havia sido suficiente para conter os soldados de Inocêncio, embora dessem graças aos céus pelo tempo que ganharam. Ainda assim, por mais que se esforçassem, não conseguiam ver nenhuma saída. Nem mesmo o sempre astuto general Manfredi era capaz de pensar em uma solução. Frederico andava de um lado para outro no altar, irado, blasfemando contra o Divino, que sempre lhe virava as costas quando mais precisava Dele.

De seu esconderijo, Luciano ouve o responsável pela tropa vaticana, ao se dar conta de que derrubar aquela porta não seria tão fácil quanto parecia, ordenar que seus homens derrubem a capela. Se aqueles parmesãos imundos não queriam sair dali por bem, que saíssem por mal. Munidos de machados de guerra e de suas espadas longas, os soldados começaram a golpear as paredes de pedra. Ao que tudo indicava, o restante da construção, provavelmente erguida com uma única camada de pedras calcárias, estava longe de ser tão resistente quanto sua porta. Logo a capelinha desabaria sobre Frederico e seus soldados. Os fantasmas de Luciano eram a única esperança de que saíssem dali com vida.

Luciano se senta com as costas contra a touceira e abaixa a cabeça para se concentrar. Ele invoca o maior número de espectros antigos e fortes que é capaz de reunir. Ordena que convoquem rapidamente todos os outros como eles que forem capazes de encontrar por ali. Nem todos lhe são tão fiéis quanto aqueles que seguram a porta, de forma que é obrigado a negociar rapidamente benefícios para as almas, prometendo ajudá-las a resolver questões pendentes no Mundo da Carne ou fazer com que sejam aceitas em hordas mais influentes e poderosas do Sheol. Aquilo sem dúvida tomará muito de seu tempo e do de seus Predestinados quando retornar para casa, entretanto, em um momento como este, necessita reunir toda a ajuda com a qual possa contar. Logo ele está cercado por almas ávidas para servi-lo, fosse por deferência, fosse por necessidade ou ganância.

Ele jamais havia controlado tantas almas ao mesmo tempo, de tal modo que aquilo requer um profundo esforço psíquico que faz com que Luciano se indague se não estaria além de suas capacidades. Apoia a testa nos joelhos encolhidos junto ao corpo, fecha os olhos e ordena que os espectros canalizem toda a energia acumulada que carregam em suas massas intangíveis para manter a todo custo as paredes da capela de pé. Eles serão muito bem recompensados em um futuro bastante próximo, Luciano promete.

Mais que depressa, um tropel de almas envolve a capela. Ainda que só Luciano seja capaz de vê-las, todos os demais presentes no cume do monte percebem que há algo estranho. As armas dos soldados vaticanos parecem bater na mais rígida das rochas. Os golpes repetitivos, empreendidos com toda a potência, não chegam nem a marcar as pedras que formam a construção. Eles não compreendem. Todos os prédios daquela região são construídos com as rochas calcárias tão abundantes por ali, um material muito apreciado pelos construtores por sua facilidade de ser moldado, mas que não é famoso por sua resistência. A composição porosa é frágil, podendo ser demolida sem maiores esforços. O que acontece ali, porém, é exatamente o oposto. A impressão é de que as pedras calcárias se transformaram como que num passe de mágica no mais puro aço.

Lá dentro, os parmesãos se sobressaltam ao ouvir os primeiros golpes atingindo as paredes da capela. A barricada pode ter sido suficiente para conter os inimigos, mas certamente o calcário que sustenta a construção não permanecerá de pé por muito tempo com todos aqueles golpes. Sabendo que não há para onde fugir, Frederico faz um esforço para manter a mente clara enquanto examina as vigas sobre suas cabeças, tentando descobrir que ponto da capela será mais seguro quando tudo vier abaixo. Contudo, os minutos se passam e, apesar do alarde dos machados e das espadas batendo contra as pedras, não há nenhum tremor, nem um único resíduo de calcário no ar, e as paredes sequer bambeiam. Mais cedo, assim que ouviu o som de cavalos e das botas dos soldados se aproximando, Frederico havia se virado para a pintura gasta de santo Inácio e persignou-se, pediu desculpas e subiu no altar para olhar para fora, de forma que tem total consciência do contingente considerável enviado para aquele rincão afastado do ducado. Ele imagina então quantos homens não deve haver na área central da cidade. Ele faz uma oração silenciosa, pedindo a são Jorge, seu santo de devoção, que o pai e o retardado do primo estejam seguros no palácio. Ao pensar em Luciano, entretanto, uma luz se acende na mente de Frederico e um meio-sorriso escapa de seus lábios. Só pode haver uma explicação para o fato de as paredes débeis daquela capela ainda continuarem de pé.

Sem dar mais explicações, Frederico manda que seus homens se reúnam a alguns metros da porta e aguardem. Os soldados não entendem a ordem e menos ainda a súbita calma que toma conta das feições de seu general. De qualquer forma, seu novo entusiasmo lhes soa como um alento e eles não pensam duas vezes antes de obedecer. Algo havia surgido na mente engenhosa de Frederico e eles tinham certeza de que seria o único caminho possível para saírem dali com vida.

Por fim, os soldados de Inocêncio x se dão conta de que nada do que possam fazer será capaz de derrubar a aparentemente frágil capelinha. Algo que foge da explicação racional e pode ser apenas elucidado pelo Sagrado está acontecendo ali. Um dos homens, que conhece um pouco melhor a região, brada que aquela capela é dedicada a santo Inácio, de forma que Deus não permitirá que a casa de um dos mártires de sua Santa Igreja seja derrubada. Eles estão cometendo um sacrilégio e pagarão por seus atos. Diante daquelas palavras, uma parte do pelotão bate em retirada, descendo o monte aos tropeções, temendo a ira divina, enquanto a outra se prostra de joelhos, pedindo perdão pelo sacrilégio que cometeram.

Ao ouvir o brado do soldado, seguido pela cessação dos golpes contra as paredes e o estrépito dos homens que batem em retirada, Frederico sobe mais uma vez no altar e vislumbra o lado de fora. Ao ver o parco contingente que havia sobrado de joelhos sobre a relva, pedindo pela clemência divina, ordena que seus homens desfaçam sem alarde a barricada junto à porta. Quando a passagem está por fim desimpedida, manda que seus companheiros se preparem para a batalha. Nenhum dos inimigos que restaram deverá sair vivo dali.

Um dos homens abre uma das portas por onde os demais saem a toda com as espadas em punho. Muitos inimigos têm a cabeça cortada antes que consigam sair de seu estado de oração. Outros tentam entender o que sucede enquanto tateiam por suas armas, jogadas no mato que cobre o chão, tendo como última visão as lâminas das famosas rapieiras dos Manfredi. Os soldados que se encontram mais afastados da entrada da capela, entretanto, têm tempo suficiente para erguerem-se e armarem-se, enredando-se em uma luta corpo a corpo com os parmesãos. Ao vislumbrar o peitoral com o brasão dos Manfredi de Frederico, alguns dos romanos mais experientes se dão conta de que estão diante do temido general de Parma, o que já é suficiente para fazer com que tentem retroceder montanha abaixo, pensando que, talvez, se todas as histórias tenebrosas sobre aquela gente forem mesmo verdadeiras, ao invés da Providência Divina, algo de origem muito mais sinistra havia protegido a capela. Acompanhado de um único soldado, contudo, Frederico segue no encalço deles. A parca habilidade dos homens faz com que Frederico imediatamente perceba que aquele destacamento pertence ao Vaticano, já que os espanhóis eram famosos por seu exército habilidoso munido de espadas curtas, porém manejadas de forma sempre perigosa. Eles são derrubados sem dificuldade, embora a preocupação volte a tomar o semblante de Frederico ao olhar para a cidade lá embaixo e atestar que novas tropas inimigas — dessa vez com uniformes espanhóis — tomam o centro de Castro de assalto.

Enquanto o campo diante da capela é lavado pelo sangue dos soldados de Pamphili, Luciano permanece com os olhos fechados, concentrado em manter seus fantasmas protegendo todo o perímetro da construção para que nenhum dos combatentes do Vaticano conseguisse se esgueirar, descobrindo o tesouro guardado em seu interior.

Quando por fim um de seus espíritos informa que o último soldado inimigo foi derrubado, Luciano abre os olhos, relaxando levemente, mas sem, ainda, liberar as almas que protegem a capela. Respirando fundo, ergue um pouco o corpo e, com movimentos cuidadosos, olha por uma pequena brecha entre as folhas da touceira. Ele vê os cadáveres envoltos por poças de sangue. Há uma quantidade significativa deles, especialmente levando em conta que Frederico está acompanhado de apenas seis homens. Por mais que as bravatas do primo sobre seus feitos com o alfanje o enervassem, não havia dúvida sobre por que ele era o tão respeitado e temido general dos Manfredi.

Enquanto seus homens resfolegam com as mãos sobre os joelhos, Frederico vasculha a vegetação no entorno para se assegurar de que não há nenhum soldado de Roma ocultado por ali e repreende os subordinados:

— Têm certeza que realmente saíram das casernas da Villa Manfredi? Vocês mais parecem um bando de maricas imprestáveis. E eu que tinha acreditado que escolhi os únicos homens capazes dessa tropa inútil que trouxemos para este fim de mundo. Ergam-se. Precisaremos buscar reforços para levar toda nossa carga em segurança até Parma. Isso aqui ainda está longe de ter terminado.

Os homens não ousam desobedecer às ordens de seu general e, ainda arfando, juntam-se às buscas. Antes que seja, no calor do momento, confundido com um dos soldados do papa, Luciano sai detrás da touceira e, sem alarde, caminha até Frederico. Quando está a uma distância suficiente para se fazer ouvir, declara:

— De nada, primo.

Imediatamente, Frederico reconhece a voz anasalada e se vira. Ele observa Luciano caminhando pelo campo, analisando o ambiente.

— De fato preciso concordar que o trabalho realizado aqui foi muito bem-feito. Claro, nada disso seria possível se toda aquela tropa irrompesse na capela. Agradeça pela maior parte deles não passar de uns carolas impressionáveis. E a mim, obviamente. De qualquer forma, é uma pena que, devido à distância e à carga já volumosa que temos dentro da capela, não poderemos levar esses espécimes completos para Parma, mas vamos ver o que podemos aproveitar.

Luciano se abaixa ao se aproximar de um dos soldados mortos. Frederico ainda tenta desviar as vistas, tendo certeza de que não presenciará nada de agradável, mesmo assim sua curiosidade é maior e ele observa de soslaio enquanto o primo arranca os dedos de alguns dos cadáveres. A presença inesperada de Luciano atrai a atenção de alguns dos soldados, que param para contemplar o que aquele Manfredi excêntrico faz por ali, porém logo recebem mais uma repriminda ríspida do general para que voltem ao trabalho.

— As almas desses imbecis podem nos render alguma informação útil sobre os exércitos de Roma e, com alguma sorte, sobre algum burburinho a respeito de Pamphili que porventura esteja sendo espalhado pelas casernas – explica Luciano enquanto vai de um cadáver para outro. – Você sabe tão bem quanto eu que soldados podem ser tão mexeriqueiros quanto aias, afinal sempre foi íntimo da criadagem. – Ainda que Luciano continue com a cabeça baixa, concentrado em sua tarefa sinistra, Frederico não pode deixar de notar o sorriso irônico que se forma nos lábios do primo ao pronunciar a última frase. – Espero apenas que seus homens tenham sido mais bem treinados para serem mais discretos do que os soldados inimigos despachados para os meus porões. Bem, isso aqui deve ser suficiente.

Luciano guarda o conteúdo de sua coleta em um saco discreto preso ao cinto e, esfregando os joelhos para limpar a terra, vai até o primo.

— Estamos perdendo tempo – ele continua, olhando para a cidade lá embaixo. – Não há mais nenhum homem de Pamphili por aqui. Mas Castro cairá em breve. Contudo, quando os generais romanos se derem conta de que esta tropa não retornou, não duvide de que logo um destacamento espanhol estará aqui para levar sua cabeça como um regalo para o papa. Espero que o que acabou de acontecer aqui tenha sido suficiente para que você finalmente acredite na minha palavra. E na dos meus fantasmas.

Frederico encara o primo. É insólito vê-lo com o uniforme de um oficial militar. Sem dúvida aqueles camisolões horrorosos que os Predestinados costumam usar lhe caem muito melhor. Entretanto, ele tinha que dar o braço a torcer. Sem a ajuda de Luciano e seus fantasmas — ou o que quer que fosse aquilo —, o tesouro estaria perdido e ele, muito provavelmente, morto. Por fim, ele se vê obrigado a falar algo:

— É óbvio que não temos tempo. Mas o que você espera que eu faça? Aqueles romanos de merda mataram nossos cavalos antes de cercar a capela. Já seria impossível levar todo o tesouro nas montarias. A pé, nessa pirambeira que você arrumou como esconderijo, mal conseguiremos levar uma parte das joias.

Luciano está esfuziante demais para se importar com a impertinência do primo e chega a rir-se por dentro ao lembrar que poucas semanas antes Frederico achara tanto quanto ele que aquela capela miserável encarapitada no alto de um monte daria um depósito perfeito para o valioso espólio dos Farnese. Cada vez mais lhe ficava claro que, além de seus fantasmas, Frederico necessitava de seu cérebro.

— Caro primo, não se preocupe. É visível que você já fez um grande esforço hoje derrubando esses infelizes e certamente não está mais concatenando as ideias como deveria. Eu tenho um plano.

Frederico solta uma sonora gargalhada. Quem aquele retardado acha que é? Luciano sequer havia pisado em um campo de batalha propriamente dito e até Leon sabia empunhar uma rapieira melhor que ele. Era muita audácia achar que podia dar alguma lição ao general dos Manfredi. Don Alfeo precisava ensinar urgentemente ao filho que o mundo estava muito longe de ser uma extensão de suas catacumbas.

Ignorando o claro desprezo do primo, Luciano prossegue:

— Um dos meus informantes espirituais me avisou agora há pouco que em algumas horas não teremos mais exército e os espanhóis alcançarão o Palácio Farnese, onde tio Gennaro está reunido com seus capitães. De qualquer forma, basta olhar lá para baixo para deduzir isso. Ainda não tive notícias a respeito da assinatura do termo de rendição, mas acredito que acontecerá em breve, segundo o plano inicial. Em seguida, carruagens e carroças deverão ser enviadas para cá para resgatar vocês e levar o tesouro para Parma. Entretanto, não esperávamos que os inimigos nos alcançassem aqui, de forma que é bem provável que seu pai envie o destacamento pela estrada, que apesar de rudimentar é um acesso muito mais rápido e seguro do que aquele que tomei para chegar aqui, que fica do lado oposto, é muito mais íngreme, repleto de mato alto e ladeado pelo abismo. Entretanto, dado o que acabou de ocorrer, é bem provável que eles topem com as tropas espanholas no caminho. E, como você sabe ainda melhor do que eu, os espanhóis certamente virão em número muito maior e são muito mais habilidosos do que esses romanos de meia-tigela que vocês derrubaram. Precisamos enviar mais que depressa alguém até o palácio para avisar a Don Gennaro que a comitiva não deve vir pela estrada. E é imprescindível que cheguem aqui antes dos espanhóis. Se, conforme eu pedi antes de deixarmos Parma, vocês houvessem concordado em acrescentar mais alguns Predestinados às nossas tropas, bastaria que eu enviasse um dos meus espíritos até o palácio para passar a mensagem. Entretanto, nem seu pai nem os demais homens que lá estão são capazes de ver ou ouvir almas, de forma que só nos resta confiar em um de seus soldados para dar o recado. Ele pode usar o meu cavalo, que está amarrado na encosta, a cerca de meio quilômetro daqui.

Frederico pondera rapidamente as palavras de Luciano. Não era necessário comandar nenhum fantasma nem ser um gênio nas artes da guerra para chegar àquelas conclusões. A questão, porém, é que o primo está correto. A cada minuto o tempo deles se esgota. Apesar de não conhecer o tal caminho alternativo tomado por Luciano, ele se recorda muito bem do quão penoso havia sido chegar até ali, mesmo pela estrada, com as carroças abarrotadas de joias, tapeçarias, quadros e esculturas do tesouro dos Farnese. Ele imaginou então a provação que seria pegar um caminho ainda mais difícil e chegarem lá embaixo sãos e salvos — e com sua carga intacta.

Ele dá ordens para que um dos soldados corra até o local onde o primo deixou o cavalo e siga a toda para o palácio. Luciano, por sua vez, se concentra por um breve momento e ordena que uma horda de seus fantasmas o acompanhe, defendendo-o de qualquer ameaça que porventura se revele pelo caminho.

Quando Luciano ergue a cabeça, Frederico finalmente se volta para ele:

— Foi imprudente da sua parte ter vindo sozinho, ainda mais vestindo o uniforme dos Farnese. Não sei como meu pai pode ter permitido isso.

— Tio Gennaro não sabe que estou aqui. Não houve tempo para pensar em nada. Assim que um dos meus espíritos me comunicou o que estava acontecendo, vim imediatamente. Caso contrário, primo, você e seus homens estariam mortos a esta altura. E você sabe disso tão bem quanto eu.

Frederico desvia os olhos e começa a andar de um lado para o outro, impaciente.

— Isso é péssimo. É muito provável que meu pai tenha alocado alguns homens para procurar por você, homens esses que serão muito necessários. – Logo, porém, ele muda o foco da conversa. – Precisamos pensar numa forma de deter os espanhóis. Há muita coisa valiosa dentro da capela. Mesmo que nossa comitiva consiga chegar aqui antes deles, certamente eles nos surpreenderão enquanto fazemos o carregamento.

Sem alterar seu tom de voz, Luciano se senta calmamente no chão e se reclina em uma pedra.

— Sossegue, primo. Eles não chegarão até aqui. Caso você não tenha prestado atenção no que acabei de dizer, eu repito: tenho tudo planejado. Preciso apenas que você assegure que terei a tranquilidade necessária para me concentrar no momento devido.

Frederico volta a encarar o primo. Ele se pergunta se não seria hora de deixar aquele tesouro estúpido para trás e dar o fora de Castro o mais rápido possível. Havia uma verdadeira fortuna ali, ele sabia muito bem, que seria muito necessária aos cofres da família após tantas guerras dispendiosas sucessivas. Porém, por toda a sua experiência, sabia também que seria impossível levarem tudo aquilo antes de serem pegos pelos espanhóis. Só um milagre permitiria que chegassem a Parma vivos e com suas carroças abarrotadas com um espólio que, após tantos anos limpando a sujeira dos Farnese, ele considerava uma posse dos Manfredi por direito.

— Você precisa aprender a confiar em mim, Fred – declara Luciano, cruzando calmamente as pernas esticadas diante de si. – Até porque, nas atuais circunstâncias, não acho que você tenha escolha.

O SOLDADO NUNCA cavalgou tão depressa. A impressão é de que o cavalo parece estar possuído por uma força que não pertence a esta terra, conduzindo-o como se soubesse o caminho e recusando-se a ser guiado. E o animal vai a toda, numa velocidade que o homem considerava até então impossível de ser atingida, chegando a derrapar em algumas curvas, o que faz com que ele gele ao vislumbrar o abismo que ladeia a encosta. O bicho tem os olhos arregalados e de tempos em tempos é tomado por ondas de calafrios que fazem com que o cavaleiro tema ser arremessado para o precipício.

Até aquele dia, ele nunca havia colocado os olhos sobre o filho mais novo de Don Alfeo, mas já tinha ouvido várias das histórias que circulavam pela Villa a seu respeito. Realmente, a aparência doentia do rapaz, mesmo sob o uniforme do exército dos Farnese, condizia com os boatos sinistros que eram repassados aos sussurros pelas casernas e corredores da Villa. Para seu próprio bem, evitara prestar atenção nas palavras que ele endereçou ao general, porém não conseguiu deixar de vislumbrar o que o rapaz fazia abaixado ao lado dos romanos mortos. Ele tinha uma esposa e um filho que o esperavam em Parma, de forma que prometeu a si mesmo que se manteria calado sobre o que viu naquela manhã e o que mais aquele dia ainda reservasse. Sabia muito bem o que os capitães a serviço dos Manfredi costumavam fazer com os traidores e suas famílias. Eles sempre faziam questão que todos vissem para que servissem como exemplo. Agora, porém, tem quase certeza de que esse destino poderia ser ainda pior caso abrisse a boca. Talvez aqueles que desafiassem os Manfredi não tivessem descanso nem mesmo após a morte.

Ao se aproximar do centro de Castro, o cavalo, ainda tomado por aquela força que lhe parecia totalmente alheia, faz uma volta pelo bosque que circunda o palácio, localizado em um pequeno monte que se destaca no planalto onde a cidade havia sido erguida. Mais uma vez, o animal evitou a estrada, subindo pela encosta. Só quando alcançam o topo ele contorna a muralha, chegando até uma das torres de vigia. O soldado nunca estivera ali antes, apesar de ter servido também na primeira guerra de Castro, e não entende o motivo pelo qual o animal havia decidido parar justamente naquele ponto.

Ao notar que o cavaleiro que se aproxima veste o uniforme dos Farnese, a sentinela de plantão o saúda com o código do dia, um velho artifício utilizado pelas tropas para evitar inimigos infiltrados. Ao ouvir a resposta correta ao mesmo tempo que nota, por suas roupas e armadura, que é um soldado de baixa patente, que em ocasiões normais jamais teria motivos para estar diante do palácio, indaga-lhe:

— O que deseja?

— Trago um recado urgente para Don Gennaro da parte do comandante Frederico e de seu primo, o senhor Luciano. – Enquanto pronuncia essas palavras, o soldado sente que o cavalo dá sinais de exaustão. O animal arfa e suas pernas fraquejam.

A simples menção daqueles nomes é suficiente para fazer com que a sentinela grite para que os homens que estão do outro lado da muralha movam as engrenagens que abrem uma pequena porta quase imperceptível, incrustada na pedra. A passagem é tão estreita que apenas uma pessoa sem montaria é capaz de passar por ela de cada vez. Assim que o soldado apeia, o cavalo desmorona na relva. Por mais que fosse um dos mais impressionantes alazões das baias da Villa Manfredi, a velocidade desabalada com a qual chegara até ali exigira demais dele. Com um relincho fraco, o animal sucumbe.

Não há, porém, tempo para lamentações. O soldado entra no palácio e é imediatamente escoltado até o salão no segundo andar onde Don Gennaro está reunido com seus capitães. Um copista, sentado diante de uma escrivaninha, redige um documento cujas palavras são ditadas por Don Gennaro. Visivelmente acanhado, o soldado permanece na soleira da porta, com a cabeça baixa, até ser anunciado.

— Este homem traz notícias urgentes do general e do senhor Luciano – anuncia um dos guardas que o acompanham.

— Finalmente alguém descobriu onde meu sobrinho se meteu. Só mesmo um idiota para desaparecer dessa forma em meio a uma rendição. – Apesar das palavras raivosas, a expressão de Don Gennaro demonstra um claro alívio. Ele ordena a um dos capitães: – Mande que as tropas destacadas para procurar Luciano retornem ao palácio. Elas serão úteis na nossa partida. Se é que há ainda algum deles de pé.

O guarda olha para o soldado, como quem lhe dá permissão para falar.

— O senhor Luciano está em segurança na capela nos arredores da cidade, comandante – ele começa. – Assim como o general Frederico e o restante do nosso destacamento. Mas não por muito tempo. Fomos cercados por uma tropa romana bem numerosa, mas... por um motivo que não sou capaz de explicar, um milagre, talvez, eles não conseguiram invadir a capela. Foram derrubados. Porém o general acredita que, assim que os comandantes do Vaticano se derem conta de que aquele destacamento não retornou, os espanhóis irão até a capela. O general Frederico e o senhor Luciano estão acompanhados por cinco homens apenas. Eles pedem que as carroças, carruagens, montarias e o restante da comitiva que os acompanhará com o tesouro até Parma sejam enviados imediatamente, mas que sigam pela trilha do lado oposto da estrada para que não corram o risco de cruzar com os espanhóis. Eu conheço o caminho. É bastante tortuoso e íngreme, de forma que não temos muito tempo.

Parecendo compreender perfeitamente as palavras do soldado, por mais disparatadas que soassem e sem lhe fazer mais nenhuma pergunta, Don Gennaro vira-se para os outros homens.

— Sele o termo de rendição e envie um estafeta para entregá-lo ao comandante de Pamphili. Apesar dos dois dias que pedimos para deixar a cidade, não acredito que esses porcos espanhóis respeitarão o acordo. Afinal, não há nenhum diplomata neutro nas redondezas para garantir o cumprimento. Temos que bater em retirada o mais rápido possível.

E então, para total surpresa do soldado, Don Gennaro olha ao redor, sem focar em nenhum ponto específico e começa a falar, como que para o nada:

— Avisem a seu senhor que a comitiva solicitada já está a caminho e que em pouco mais de uma hora rumaremos para Parma. Nós nos encontraremos em breve na Villa.

Com isso, o soldado é dispensado, sendo encaminhado pelos mesmos guardas para as cocheiras do palácio, onde diversas carroças já estão atreladas. Ele recebe um novo alazão, não tão possante quanto o que o trouxera até ali, mas robusto o suficiente para suportar as subidas íngremes que levam até a capela. E, dessa vez, ainda que as carroças estejam vazias, estão em um longo comboio, de forma que será, de qualquer modo, impossível cavalgar na mesma velocidade frenética da ida.

Em fila indiana, eles atravessam um novo portão discreto, dessa vez nos fundos da muralha, mais largo que aquele pelo qual o soldado havia entrado. Ele toma a frente junto aos batedores para indicar o caminho.

A comitiva segue a uma velocidade constante e sem maiores percalços alcança o sopé do monte. Contudo, assim que começam a subir, se dão conta de que aquele trajeto será de fato muito penoso. O soldado pondera que uma coisa era descer a encosta com um único cavalo, outra completamente diferente é fazer o caminho oposto, muito mais árduo, que requer um imenso esforço dos animais, e ainda acompanhados por diversas carroças, que parecem prestes a despencar no precipício ao serem manobradas no espaço exíguo entre o abismo e a parede rochosa.

Quando ganham altura suficiente para ter uma visão mais ampla da planície lá embaixo, um dos homens aponta uma tropa ao longe. Pode não ser nada, porém, caso continuem subindo — com seus números e carroças nada discretos —, serão vistos tomando um caminho inusitado rumo a um local onde aparentemente não há nada especial. Aquele movimento com toda a certeza atrairá atenções.

Para apreensão da comitiva, a tropa continua seguindo em frente. Logo eles se dão conta de que, além de numerosos, os soldados que se aproximam vestem o uniforme do rei Filipe da Espanha. O destacamento é composto apenas de cavaleiros, que seguem a todo trote, enquanto eles avançam a passos de tartaruga. Se eles de fato forem seu alvo, não será difícil que os alcancem. A fúria dos soldados espanhóis é conhecida em toda a Europa, razão pela qual o soldado faz uma oração silenciosa para que o tropel tome outro rumo.

Entretanto, à medida que sobem, fica claro que o destacamento não fará nenhum tipo de desvio e está cada vez mais próximo. É provável que alguns soldados estivessem de plantão nos arredores do palácio com o intuito de relatar qualquer movimento que considerassem anormal. E aquela imensa comitiva de carroças vazias saindo pelos fundos do amuralhado se enquadrava exatamente nessa descrição. O capitão dá ordens para que apressem o passo, embora todos saibam que é impossível assumir uma velocidade maior do que aquela com que já seguem com tantas carroças e o precipício constantemente lhes mostrando sua face.

Mal passam da metade do caminho quando a cavalaria alcança a base da montanha. São de fato muitos homens, quase três vezes mais que os da comitiva dos Manfredi. O soldado lança um breve agradecimento aos céus pelo fato de a tropa espanhola não incluir arqueiros, caso contrário eles estariam perdidos. Provavelmente, no afã de saberem o destino daquela inusitada companhia, os comandantes inimigos enviaram o destacamento que fosse capaz de alcançá-los mais depressa. Ele também dá graças pelo fato de a passagem naquele lado da montanha ser tão estreita, de forma que, por mais numerosos que os espanhóis sejam, dificilmente mais de dois cavaleiros conseguem subir por vez. De qualquer maneira, eles seguem muito mais depressa que a comitiva e logo os parmesãos começam a ouvir os cascos dos famosos — e velozes — alazões espanhóis. Não demorará muito até serem alcançados.

O capitão confabula com seus dois imediatos, tentando arquitetar algum estratagema para tirá-los daquela enrascada, quando ouve um estrondo atrás de si. Passando rente à última carroça da comitiva, um imenso pedregulho rola pela encosta, seguindo desabalado trilha abaixo. Os cavaleiros que lideram o tropel têm apenas tempo de soltar um grito. Não há como retroceder, já que o restante da passagem estreita atrás deles está tomado por seus companheiros. A rocha passa por cima dos soldados, derrubando-os de suas montarias, jogando os animais no abismo. De onde estão, os guardas dos Manfredi podem ver que, ao atentarem para o destino cruel que os espera, alguns espanhóis decidem se jogar com seus cavalos no precipício. A pedra por fim derrapa em uma curva e cai lá embaixo, contudo sua ação devastadora foi suficiente para dar cabo de metade da tropa inimiga.

Logo em seguida, outro estrépito é ouvido. Uma nova avalanche está a caminho. O som é suficiente para fazer com que boa parte dos espanhóis restantes recuem, enquanto outros, sem terem como fugir, são derrubados pela segunda rocha, que dessa vez rola até o sopé da montanha.

Um silêncio sepulcral toma conta do lugar. Os guardas dos Manfredi contemplam o espetáculo grotesco descortinado diante deles. A trilha alguns metros abaixo está coberta de vermelho. O mato se mistura a restos de pele e vísceras. Há inúmeros corpos de homens e animais desmembrados espalhados pelo solo. Alguns poucos ainda agonizam.

O capitão dá ordem para que prossigam e é atendido imediatamente. Afinal, é bem provável que a esta altura outro destacamento espanhol já tenha chegado ao cume da montanha, vindo pela estrada principal, e só Deus pode saber o que encontrarão quando chegarem lá em cima. O soldado lança um último olhar para trás. Seja lá que forças, divinas ou demoníacas, tenham feito aquilo, assim como os protegidos na capela, ele espera, com toda a fé, que não os abandone.

O SOL COMEÇA a seguir sua trajetória rumo ao poente e ainda não há nenhum sinal da caravana que levará os primos Manfredi para casa com seu tesouro. Enquanto os soldados observam o vale em busca de qualquer sinal de aproximação, Luciano continua sentado no chão, recostado na mesma pedra, com o olhar perdido e uma expressão de beatitude que tira o primo do sério. Ele já garantira a Frederico diversas vezes que o próprio tio tinha lhe mandado uma mensagem por meio de seus fantasmas informando que o trato de rendição já fora entregue, que ele e seu séquito estavam retornando em total segurança para Parma e que, enquanto isso, a comitiva que havia lhes sido prometida estava a caminho, porém a trilha era penosa, obrigando-os a seguir lentamente. Para completar, eles ainda tinham encontrado um pequeno percalço espanhol pelo caminho, mas seus espíritos já haviam cuidado também desse assunto.

A menção aos espanhóis deixa Frederico ainda mais nervoso. Mesmo que a comitiva chegue ilesa e a tempo, os comandantes de Pamphili já devem a esta altura ter certeza de que algo inusitado está ocorrendo na capela de santo Inácio. Não duvida que em breve novas tropas espanholas deverão ser enviadas e os aniquilarão em questão de minutos. Novamente, nenhum plano surge em sua mente e aquilo o consome. Por mais que seu corpo houvesse se tornado mais resistente e seu fôlego parecesse inesgotável após a encomendação de sua alma, Luciano e o tio tinham deixado bem claro que ferimentos mais graves, que perfurassem órgãos vitais, ainda podiam matá-lo. Ele já havia sobrevivido a muitas batalhas gloriosas para ser derrubado em uma guerra que os Manfredi já entraram considerando perdida. Seria um fim desonroso para um guerreiro do seu quilate. E claro, os tais fantasmas de Luciano tinham se mostrado bastante úteis naquele dia, porém deixar sua vida e a de seus homens nas mãos do primo lhe soa tão vergonhoso quanto morrer pela lâmina da espada de um espanhol naquela guerra irremediável.

Luciano, que está há horas sentado na mesma posição, de repente se levanta num pulo. Antes que Frederico possa lhe perguntar que diabos seus espíritos lhe disseram desta vez, ele informa:

— Mais espanhóis foram enviados. Estão vindo pela estrada principal.

Sem dizer mais nada, Luciano vai até um canto mais isolado, protegido pela sombra da capela. Ele tira de um dos sacos que traz presos ao cinto um punhado de ervas que joga sobre a relva, formando um pequeno círculo enquanto sussurra algumas palavras incompreensíveis. Pega alguns objetos, que a princípio Frederico não consegue compreender o que são, porém, quando são atingidos pelo sol, ele constata que se trata de pequenos ossos. Ao lado deles, Luciano deposita alguns dos dedos dos soldados mortos que coletou horas antes. Aquilo não chega a chocar Frederico, porém ele tem certeza de que nunca se acostumará com as estranhezas do primo.

Luciano se põe entre o círculo e a parede da capela e fecha os olhos. Seus lábios continuam a sussurrar algo e logo seu corpo oscila para a frente e para trás como se estivesse em transe. Frederico o contempla por alguns minutos, tentando compreender o que se passa com o primo quando entra nesse estado. Por mais que tivessem suas diferenças, ver Luciano naquela situação faz com que seja tomado por um misto de comiseração e medo.

Um som vindo do outro lado da capela atrai por fim a atenção de Frederico. Ele corre na direção do ruído e no caminho é avisado por um dos soldados que a comitiva enviada pelo palácio finalmente chegou.

Os capitães comentam com seu general que se livraram graças a uma avalanche, como num milagre divino, de uma numerosa tropa espanhola que estava posicionada nos arredores de Castro. Frederico, porém, logo os informa que um novo destacamento, provavelmente muito maior que aquele que tentou interceptá-los na trilha, se aproxima pela estrada principal. Os homens se entreolham como se indagassem como seria possível que o general tivesse aquela informação se estava ali desde cedo. Entretanto, todos sabem muito bem que Frederico é um estrategista habilidoso e, mesmo que seus subterfúgios falhassem, os Manfredi sempre tinham aquela sua maneira misteriosa de ver o que ninguém mais era capaz de enxergar. Assim, seguem sem pestanejar as ordens do general para que abasteçam com a maior presteza possível as carroças. Contudo, ao verem a abundância de estátuas, quadros, joias e relíquias armazenadas no interior da capela, se perguntam como sairão dali com todo aquele peso pela trilha estreita, íngreme e perigosa por onde vieram. O general, porém, não parece preocupado com isso. Posicionado na entrada do templo, de onde pode supervisionar todo o carregamento caso algum incauto ambicioso e estúpido resolva afanar algum dos itens que agora pertencem ao tesouro dos Manfredi, dá ordens para que seus homens se mexam caso não queiram ter as tripas atravessadas pelas espadas nanicas daqueles espanhóis imundos.

Em menos de meia hora, as carroças já estão carregadas e Frederico ordena que dois corcéis sejam preparados para ele e o primo. Enquanto as montarias são providenciadas, corre até a lateral oposta da construção, onde, longe do alvoroço dos guardas, Luciano se concentra em seu ritual bizarro. Encontra-o reclinado contra a parede. Ele tem os cabelos grudados na testa empapada de suor, arfa ruidosamente e tem uma aparência exausta, embora mantenha os olhos fixos em um ponto à frente.

Sem alarde, Frederico se aproxima e toca levemente um dos ombros do primo.

— Estamos prontos para partir.

Luciano leva alguns instantes para sair de seu transe e focar Frederico.

— Temos quarenta minutos para cruzar a estrada – ele informa entre bufos. – É o máximo de tempo que sou capaz de contê-los.

O general faz rapidamente as contas. Quando chegaram ali apenas com seus cavalos, ele e seus homens haviam levado quase meia hora para ir do sopé do monte até o topo. Ainda que a descida fosse mais rápida, seria uma tarefa e tanto chegar à estrada principal com toda aquela carga em um intervalo tão exíguo. Contudo, não é impossível. E, mesmo que fosse, não tinham escolha.

— Recolha então essas tranqueiras e vamos partir. Não temos tempo a perder – diz Frederico.

Luciano passa a mão pelo rosto, afastando o cabelo dos olhos como se fizesse um esforço para retornar àquela dimensão. Depois, simplesmente dá as costas ao primo, seguindo na direção da comitiva que os aguarda. Perplexo com aquilo que considera mais uma mostra da insubmissão e soberba de Luciano, Frederico está prestes a lhe berrar alguns impropérios e, caso necessário, obrigá-lo a catar aquela imundície tétrica quando olha para onde momentos antes estava o círculo com os ossos e tocos de dedos e encontra apenas grama alta. Aquelas artimanhas sinistras do primo o tiram do sério, porém não tem tempo para aquilo, de forma que apenas sacode a cabeça e toma o mesmo caminho que Luciano.

Ao se aproximar de seus homens, Frederico dá ordens para que sigam a toda pela estrada. Um de seus capitães o inquire discretamente a respeito dos espanhóis, mas o general simplesmente o informa entredentes que, caso sejam rápidos o suficiente, não serão alcançados. E assim eles seguem, com os batedores à frente e outro grupamento armado com lanças na retaguarda.

Em mais uma das muitas diferenças que o afastam de Frederico e Domenico, Luciano jamais nutriu nenhum interesse específico por montarias ou cavalgadas. Até mesmo sua mãe é entusiasta de longos passeios a cavalo, porém, para Luciano, os cavalos são apenas uma maneira rápida de locomoção nas raras ocasiões em que é obrigado a deixar a Villa, ou um mero equipamento de caça, de forma que, apesar de suportar a descida em alta velocidade pela estrada íngreme e poeirenta enquanto claramente mantém o foco em algum lugar longe dali, está sendo uma provação. Frederico repara que por vezes os olhos do primo se fecham e seu corpo pende para frente, com Luciano voltando a si apenas quando algum solavanco mais profundo ou curva do caminho quase o derruba do animal. Na velocidade que a comitiva segue, não haverá tempo para conter os outros cavalos se ele cair. O mais provável é que seja pisoteado antes que os outros se deem conta do que aconteceu. Frederico então aproxima sua montaria da do primo, ficando perto o suficiente para que possa ampará-lo caso se desestabilize.

De fato, Frederico é obrigado a segurar o primo mais que um par de vezes. Entretanto, quando já estão na etapa final da jornada, cruzando os últimos quilômetros antes de alcançarem a estrada principal, um dos batedores galopa no contrafluxo por entre a comitiva e assusta o cavalo de Luciano, que mais uma vez está perdido em seu transe. Eles haviam acabado de entrar em uma curva fechada e uma das patas do animal abandona a estrada, pisando no abismo. Frederico tenta agarrar o primo, porém o cavalo se afasta na direção do precipício, e tudo que ele consegue agarrar é o tecido do gibão de Luciano.

Sem se dar conta do acidente que está prestes a ocorrer, o batedor se aproxima de seus superiores para informar:

— Vimos uma movimentação estranha mais abaixo na estrada. Sei que não faz sentido, mas, ao que tudo indica, as tropas espanholas estão batendo em retirada. Estão retrocedendo de volta a Castro.

Nesse meio-tempo, Luciano parece ter recobrado de vez a consciência e tenta controlar o animal, puxando as rédeas. Desnorteado ao não sentir o chão sob a pata dianteira, o cavalo empina, lançando o corpo do rapaz para trás, rumo ao penhasco. Sem pensar duas vezes, Frederico pula de sua montaria para esticar mais o braço que segura o gibão de Luciano e finalmente agarrar o braço do primo. Enquanto cai, puxa-o para junto de si a tempo de retirá-lo da sela segundos antes de o cavalo mergulhar no abismo.

Eles atingem o chão poeirento com um baque. Frederico bate com força na encosta do lado oposto da estrada. Luciano cai sobre o outro braço, soltando um grito abafado. Quando olham para cima, soltam um suspiro de alívio ao perceber que os soldados conseguiram conter suas montarias, cujas patas encontram-se a poucos centímetros de ambos. Eles se erguem, cambaleantes. Estão feridos, mas vivos.

— Os espanhóis de fato retrocederam – diz Luciano com dificuldade tanto pela dor quanto pelo cansaço. – E tio Gennaro continua a seguir em segurança rumo a Parma.

— Obrigado – fala Frederico com a voz exausta.

— Eu que agradeço.

Os primos trocam um olhar cúmplice e um ajuda o outro a se porem novamente de pé.

Por ordem do papa Inocêncio x, a antes vivaz e próspera cidade de Castro foi totalmente destruída. Seus sobrados pintados de cores vívidas foram derrubados. As muitas lojas repletas de produtos vindos de toda a Europa e mais além foram saqueadas e demolidas. As ruas outrora fervilhantes com seus mercados e praças se tornaram meros caminhos poeirentos que ligam nada a lugar nenhum. As preciosas lavouras foram queimadas e, quando as labaredas se extinguiram, os soldados romanos jogaram uma grossa camada de sal sobre a terra. Do antes suntuoso Palácio Farnese, não sobrou uma única pedra. No centro do que antes havia sido uma das mais magníficas construções do continente, foi erguido um pedestal com a inscrição: "Aqui foi Castro".

Na imensidão indômita que se tornou a cidade que um dia havia sido um dos pontos mais prolíficos e disputados daquelas paragens, a única construção que permaneceu intacta foi, ironicamente, uma frágil e modesta capela no alto de um monte, dedicada a santo Inácio. Diz a lenda que, à época da derradeira invasão, os soldados não conseguiram cruzar suas portas. Era como se os anjos protegessem aquele diminuto terreno sagrado. Quando os romanos retornaram para seu acampamento relatando que haviam encontrado a verdadeira morada do Divino, seus superiores não acreditaram nas suas palavras e ordenaram que uma imensa tropa de bem treinados soldados enviados pelo rei Filipe iv da Espanha, aliado de Roma, fosse até lá acabar de vez com aquilo. Os espanhóis, entretanto, não conseguiram nem mesmo adentrar a pequena estrada tortuosa que levava até o alto do monte. Seus cavalos se agitavam e davam meia-volta, e os corajosos que tentaram seguir a pé foram empurrados rumo ao precipício que ladeava a estrada por uma ventania intensa e misteriosa, que tinha início assim que algum deles ousava avançar caminho acima. Em pouco tempo, os homens decidiram voltar para a cidade. Nenhum general, duque ou rei, nem mesmo um papa, podia ir contra os desígnios de Deus. Se era a vontade Dele que a capelinha de santo Inácio continuasse de pé, assim seria.

Até os dias de hoje, um sem-número de peregrinos percorre o caminho íngreme até o alto do monte para visitar a capelinha, onde, acreditam, Deus está mais perto dos homens e atende às suas preces, no cenário abençoado daquele que ficou conhecido como o Milagre de Castro.

20

Villa Manfredi, Parma, abril de 1650

De dentro da carruagem, Domenico Manfredi contempla o lugar onde viveu por tão pouco tempo, mas que insiste em chamar de lar. Enquanto os guardas abrem os pesados portões de ferro, ele admira a imponente construção de pedras e tijolos claros que se descortina diante de seus olhos. Faz mais de três anos que não coloca os pés na Villa. A última vez havia sido para conceder o sacramento da Comunhão pela primeira vez ao sobrinho, ocasião comemorada com grande pompa e circunstância, como tudo que envolvia Leon. A missa foi seguida por um faustoso banquete e as festividades duraram dois dias inteiros. Se no passado Domenico já questionava, quando estava a sós com Lizbeta, os mimos excessivos que os gêmeos recebiam do pai, nada se comparava à adoração que toda a família parecia ter por Leon. Até mesmo Lizbeta e Francesca nutriam um deslumbramento pelo garoto, talvez para compensar o descaso de Jade pelo próprio filho, que ela nem fazia questão de ocultar. Ou, quem sabe, também haviam por fim sido conquistadas por aquela ladainha do herdeiro de sangue puro. Domenico tinha certeza que, no caso de um jovem já naturalmente tão cheio de si quanto Leon, aquela adulação não lhe traria nenhuma benesse.

As coisas haviam definitivamente mudado desde que ele deixara a Villa para entrar no seminário, vinte e quatro anos antes. Ele também estava muito longe de ser aquele garoto tão assustado quanto ávido que comprou a ideia de que a Igreja colocaria o mundo aos seus pés.

Ao cruzar os portões, ele olha para as próprias mãos. Uma série de manchas vermelhas se espalha pela pele que descama. O mesmo acontece com os pés, que estão cobertos por sapatos de seda que combinam com a batina carmesim. Mais do que nunca, aquelas vestes pesam sobre seu corpo e Domenico sente como se não lhe pertencessem. Há meses ele emagrece de forma incessante. Não sente apetite e até os melhores pratos servidos nos banquetes do Palácio Apostólico fazem com que seu estômago revire. E tem certeza de que nem os quitutes de dona Camélia serão capazes de driblar sua inapetência.

Desta vez não houve uma comitiva de boas-vindas à sua espera nos limites da cidade. Seu velho amigo Eduardo Farnese está morto, Frederico está perdido em suas próprias dores desde que Giovanna e seus filhos haviam sido consumidos pela peste, Alfeo passa a maior parte dos dias ao lado de Luciano e seus Predestinados naqueles novos porões tão sinistros quanto nababescos, e os Manfredi como um todo estão não só preocupados com as consequências da recém-terminada segunda guerra de Castro como com os terríveis efeitos da renovada Inquisição do papa Inocêncio, que parece ter como principal alvo a família. Domenico, porém, sente um certo alívio por chegar de forma discreta. Não há nada a ser comemorado e aquela sem dúvida foi a viagem mais penosa que já fizera em seus trinta e seis anos de vida. O mal-estar que há meses o acompanha se intensificou com os solavancos e as curvas da estrada. De tempos em tempos, era obrigado a pedir ao cocheiro que parasse para que pudesse vomitar o pouco que conseguia ingerir durante as paradas. E assim que a noite começava a cair, a febre retornava, fazendo com que tivesse dificuldade para dormir e, quando era capaz de pregar os olhos, seu sono era tomado por pesadelos. Todas as manhãs acordava empapado de suor, com a cabeça doendo e a sensação de que não havia pregado os olhos.

Ainda que seu tio Marcello tenha permanecido em Roma, ele sabe que, devido à incessante perseguição de Pamphili, aquele é um péssimo momento para ficar longe da Sé. Contudo, como o único além de seus pajens que tem conhecimento de sua delicada condição, Marcello insistiu que o melhor a fazer seria passar algum tempo em casa descansando e, principalmente, fora dos olhares do Colegiado.

A carruagem para diante da escada que conduz às portas do casarão. Ao longo dos degraus, os criados do alto escalão enfileiraram-se para recebê-lo. No topo está Alfeo, de braços dados com Lizbeta. Frederico está de pé à sua esquerda. Domenico nota que, ainda que o primo pareça um tanto abatido, de fato nenhum deles parece ter envelhecido um único dia desde sua última visita, o que muito provavelmente não pode ser dito sobre si mesmo. Mais abaixo, quatro rapazes saudáveis e com expressões jocosas encenam um comportamento ajuizado enquanto se provocam mutuamente de forma bem menos discreta do que acreditam demonstrar, até que por fim ficam quietos após receberem um olhar congelante de Alfeo. Domenico se impressiona ao notar o quanto cresceram. Ugo, apesar de ser o mais velho, foi o que menos se desenvolveu em termos de altura, porém seu físico proeminente é visível mesmo por cima do gibão de veludo. Do pai herdou os cabelos negros, cortados muito curtos, e o rosto anguloso, e da mãe os olhos escuros e atentos. Luigi, o filho do meio, tem os cabelos do mesmo tom do irmão, só que mais cheios, cacheados e brilhantes. Os olhos azuis se destacam no rosto harmonioso, que ainda conserva um quê de angelical, embora Domenico duvide muito que seja possível restar algo de cândido em rapazes Manfredi. Apesar de já ter sido ordenado padre há dois anos, ele não usa batina, tem os cabelos um tanto mais compridos do que é indicado para um religioso e aguarda na segurança da Villa enquanto o pai e o próprio Domenico pleiteiam um lugar para ele no Palácio Apostólico. Já o caçula, Giuseppe, ostenta os mesmos cabelos lisos e loiros da mãe e olhos azuis notavelmente límpidos. Tem boa estatura, a pele levemente bronzeada e a aparência saudável de quem leva uma existência de poucas preocupações e muitos prazeres. Ao seu lado está Leon, que cresceu mais de trinta centímetros desde a última vez que o tio o viu. Contudo, o que chama atenção é sua notável semelhança com o pai. Claro que não era de esperar nada diferente de alguém gerado por duas pessoas que por si sós já pareciam ser o reflexo um do outro. Mesmo assim, o resultado é impressionante. Ainda que Leon esteja, graças ao bom Deus, longe de possuir a aparência desleixada e errática de Luciano, os cabelos negros e lisos, um pouco mais longos do que os homens da família costumavam usar, eram os mesmos, assim como os olhos castanho-escuros e um tanto baços, a pele alva, o nariz arrebitado e a boca pequena e bem desenhada que ambos os gêmeos possuíam. Até mesmo seu porte era idêntico ao que Luciano assumira após se tornar um homem: o corpo forte, mas discreto, que poderia até mesmo ser confundido por algum incauto com um resquício de gorduras infantis, e uma postura altiva, como se encarasse o restante da espécie humana de um patamar mais elevado. Domenico sente um aperto no peito ao imaginar se o filho que nunca conheceu um dia teria se parecido tanto assim com ele.

De seus irmãos, não há o menor sinal, o que não o surpreende.

Um dos guardas abre a porta da carruagem e, fazendo esforço para disfarçar a fraqueza que toma conta de seu corpo, ele apeia. Ao pôr os pés no solo onde nasceu, solta um suspiro quase inaudível e alisa a batina escarlate. Ele sabe que seus dias com aquela vestimenta estão contados.

DOMENICO SENTA-SE EM uma das cabeceiras da mesa de jantar dos Manfredi. Embora o cômodo destinado aos jantares mais íntimos não tenha a mesma pompa do salão de banquetes, ainda é um local opulento, repleto de quadros que retratam santos cujos rostos lembram em demasia os de membros da família — o do próprio Domenico, inclusive — e vários dos grandes e valiosos espelhos de Murano. O que mais lhe chama atenção, porém, é o imenso relógio de pêndulo encostado em uma das paredes. Havia sido uma aquisição recente e sem dúvida custara uma pequena fortuna. A caixa marchetada é feita de uma madeira rosada, vinda do Novo Mundo, e o pêndulo dourado reflete as chamas das centenas de velas que iluminam o salão. Dizia-se não haver relógio mais confiável que os carrilhões e eles iam aos poucos se tornando uma presença constante nos salões das famílias abastadas.

Após ser banhado, Domenico trocou a batina que usou na viagem por outra limpa. Sabia que sua aparência estava longe de ser das melhores, o que ficou claro assim que os parentes que o aguardavam nos portões da Villa colocaram os olhos nele. Por mais que fossem polidos o suficiente para não tecer comentários naquele primeiro momento, Domenico tem certeza de que em breve chegará a hora em que será inquirido em particular a respeito de sua saúde. Sendo assim, não custava agradar o velho Alfeo e usar durante o jantar a batina que ele tanto se orgulhava de ver sobre o corpo agora emaciado de seu primogênito.

Ele encara o pai na cabeceira oposta. Alfeo está com uma aparência saudável, as faces rosadas e um estado de espírito jovial. Sentada à sua direita está Lizbeta, que parece ainda mais bonita do que ele se lembrava. Os olhos azuis resplandecem e ela usa um penteado mais solto do que aqueles de que se recordava, que deixa alguns cachos caírem livres pelos ombros. Ela conversa animadamente com Alfeo, lançando-lhe algumas risadinhas envolventes que despertam em Domenico um sentimento desconfortável que ele não sabe nomear. Apesar de seu claro ar de preocupação quando o viu mais cedo, ele percebeu uma certa frieza na forma como a mãe o abraçou e até mesmo a bênção que ela lhe dera havia sido rápida, pois logo em seguida ela se virou para dona Camélia ordenando que avisasse a Jade que ela era esperada para o jantar.

Sentado à esquerda de Alfeo, Luciano finalmente resolveu dar as caras. Ao contrário dos pais e de Frederico, sua aparência tornou-se, sem dúvida, ainda mais doentia. Ele está, como havia se tornado um hábito desde que se mudara definitivamente para aquelas catacumbas infectas, vestido de preto da cabeça aos pés. Sua pele é do mesmo tom da cera das velas que iluminam a sala e as manchas sob seus olhos assumiram um tom de púrpura escurecido que faz com que Domenico imagine o desgosto que Alfeo e Lizbeta deviam ter sentido ao se darem conta das figuras enfermiças que ambos os seus filhos haviam se tornado. Apesar de sua atenção vagar de forma desconexa pela sala como sempre lhe foi peculiar, Luciano nem ao menos disfarça os olhares fixos que lança para Domenico de tempos em tempos, especialmente na direção de suas mãos, as quais ele passa a ocultar discretamente embaixo da mesa sempre que possível.

Em vez de Jade, que até anos antes tinha sido sua companhia mais constante, a cadeira ao lado de Luciano é agora ocupada por Leon. Vê-los lado a lado ressalta ainda mais a notável semelhança entre ambos, embora seus humores sejam totalmente opostos. Enquanto Luciano mantinha conversas apenas com o pai e, em alguns momentos, com Lizbeta, Leon fala alto com todos que estão à mesa, fazendo comentários jocosos e estendendo repetidamente sua taça para que seja completada pelos copeiros enquanto come com grande apetite. Ele caçoa dos primos, que respondem na mesma moeda, só se aquietando, ainda que apenas por alguns minutos, quando são repreendidos por Luciano ou Sandra. Até mesmo Francesca, sentada diante dele, solta alguns risinhos após as galhofas do sobrinho-neto.

A tia também passou por uma transformação considerável. Ainda que suas formas continuem tão avantajadas quanto seu apetite, a pele ganhou um novo viço e ela parece até mesmo mais jovem. Domenico também percebe que ela se sentou à mesa sem apresentar nenhuma dificuldade nem um único esgar de dor maldisfarçado como costumava acontecer na maior parte das refeições realizadas na Villa das quais se lembrava.

Ao lado de Francesca, a visão do rosto doce de sua tia Sandra faz com que Domenico sinta um aperto no peito. Pequenas rugas começam a surgir ao redor dos seus olhos, entretanto continua graciosa e devotada aos filhos. Os três rapazes são uma mistura perfeita dela e de Dom Marcello. É impossível olhar para ela e os três garotos fortes, saudáveis e repletos do entusiasmo da juventude sem se recordar do rapaz que ele mesmo havia um dia sido e de Elena e Ignazio. Seu tio é um homem de muita sorte.

À sua direita está Frederico. Sua pele ganhou alguns vincos — provavelmente devido à dor da perda da esposa e dos filhos, sofrimento que por ironia do destino ele e aquele a quem considerava seu melhor amigo se viam obrigados a suportar — e algumas cicatrizes de batalha são visíveis no braço direito, cujas extremidades ficam à mostra sempre que o ergue para que sua taça seja preenchida. Frederico, porém, se esforça para manter os mesmos ares espirituosos de sempre. Sua intimidade com os garotos é clara e muitas vezes ele parece ser apenas mais um deles. Sem dúvida, sua convivência próxima com Ugo, Luigi, Giuseppe e Leon havia servido como excelente paliativo para a falta que seus próprios filhos lhe faziam. Ele também sorri e lança alguns de seus gracejos galantes e propositalmente chistosos para Jade, que ocupa a cadeira à sua frente, do lado esquerdo de Domenico. Ainda que ela continue sendo uma beldade, há uma nova gravidade em seu semblante. Como o bom observador que sempre fora, desde quando Jade não passava de uma menininha que saltitava pelo casarão com seus camisolões e suas bonecas, Domenico percebera que ela era capaz de conquistar o coração de quem quer que fosse com seus sorrisos, beicinhos e queixumes ensaiados para conseguir aquilo que queria. Entretanto, naquela noite, ela não parecia ter nenhum alvo em específico, passando toda a refeição de cabeça baixa, perguntando-lhe apenas de maneira educada como havia sido a viagem e soltando risadas melancólicas, quase inaudíveis, diante dos gracejos do primo. Também não passam desapercebidos os olhares discretos que Luciano lhe lança, aos quais ela responde de forma igualmente reservada — o que é suficiente para que Domenico tenha certeza de que, mesmo após terem cumprido suas obrigações para com a família, os irmãos continuam a compartilhar a mesma cama. Há, ainda, os olhares de Leon, esses ávidos, suplicantes, que são sumariamente ignorados por Jade. Embora beba uma quantidade considerável de vinho, ela mal toca a comida e apenas mordisca um pêssego quando as sobremesas são servidas, dando-lhes boa noite e retirando-se para seus aposentos assim que Don Alfeo se levanta.

Já Domenico, apesar de andar sem nenhum apetite e sofrer com enjoos constantes, come um pouco melhor naquela noite. As cozinheiras de dona Camélia haviam preparado um leitão inteiro com purê de maçãs, um de seus pratos preferidos, precedido por *peperoni tricolori* como antepasto, *crema di pomodoro* e *gnocchi al ragù*. De sobremesa, foram servidos, além de uvas e pêssegos recém-colhidos nos pomares da Villa, *spongata* recheada com geleia de pera e nozes, e *sfogliatella*, cuja massa folhada derrete na boca, liberando um delicioso creme de amêndoas.

Durante a refeição, Domenico se dá conta da ausência de Don Gennaro. Pergunta por ele ao primo, que o informa:

— Meu pai está acompanhando uma das expedições ao Novo Mundo que a família está patrocinando. Ele visitou a África no ano passado com uma comitiva veneziana e agora está com um capitão genovês na Nova Espanha. Retornará só no final do ano que vem em uma caravela com os porões mais uma vez abarrotados com as maiores pepitas de ouro que existem. Os tempos estão mudando depressa, Domenico. Cabe a nós nos adequarmos a eles se não quisermos ficar para trás.

Domenico apenas assente. Definitivamente, os tempos haviam mudado.

* * *

Após todos terminarem suas sobremesas, as quais os meninos, Frederico e Francesca repetem diversas vezes, Don Alfeo comunica que o Porto será servido em seu gabinete. Enquanto Lizbeta pede licença para se retirar para sua sala de estar privada e Francesca e Sandra se dirigem para um dos outros cômodos do térreo, os homens seguem o patriarca até o escritório, cuja sala de espera é contígua ao salão de jantar.

Conforme eles se acomodam nas diversas poltronas espalhadas pelo gabinete e Don Alfeo se posta atrás de sua grande mesa de carvalho, um copeiro lhes serve o Porto e coloca tábuas contendo queijos, uvas e damascos sobre as mesas. Com um meneio de cabeça, o patriarca dispensa o rapaz. A Domenico e ao irmão foram reservados os assentos mais próximos a Don Alfeo, enquanto Frederico está sentado um pouco mais afastado e os garotos se encontram surpreendentemente silenciosos mais ao fundo.

Cortando um naco generoso do queijo poroso e de gosto forte típico de Parma, Don Alfeo começa:

— Primeiramente, gostaria de expressar a minha felicidade ao ter meu primogênito em nossa Villa mais uma vez. Estamos enfrentando alguns reveses na Santa Sé, é verdade, porém Domenico e meu irmão Marcello possuem minha total confiança. E logo, se o bom Deus assim nos agraciar, o jovem Luigi assumirá também um assento no Colegiado. Tenho certeza de que não só voltaremos ao lugar de honra que nos é devido na Sé como em um futuro próximo teremos, enfim, o primeiro papa Manfredi.

Os olhos penetrantes de Alfeo encontram os de Domenico. O pai jamais lhe permite esquecer o que dele era esperado. O patriarca ergue sua taça, propondo um brinde:

— Ao papa Manfredi!

Os outros homens o acompanham. Luciano, que até então tinha o olhar perdido em algum ponto atrás das imensas janelas do cômodo, ergue sua taça e olha fixamente para o irmão. Hesitante, Domenico por fim retira uma das mãos que havia mantido no bolso da batina desde que se levantara da mesa de jantar e, sem entusiasmo, acompanha os demais.

— Ao papa Manfredi. – Domenico bebe todo o conteúdo de sua taça e a coloca sobre a mesa de centro, enchendo-a antes de levar a mão de volta ao bolso.

— Agora conte-nos, meu filho – continua Don Alfeo. – O que de tão urgente o traz de volta à sua casa? Todos nós estamos curiosos.

Domenico olha ao redor antes de falar. Ao contrário do irmão e do primo, ele nunca havia sido um frequentador assíduo do gabinete de seu pai. Quando fora enviado para o seminário era apenas um garoto, de forma que ainda não tinha idade para tomar parte nas decisões da família. Nos breves períodos em que retornou à Villa, na maior parte das vezes para celebrar batismos, comunhões e casamentos, como se mais fosse um empregado clerical, ainda que de alta patente, sentia-se como um convidado entre aquelas paredes que, caso tivesse a oportunidade de exercer a função de primogênito que lhe deveria caber, seriam uma extensão natural de seus domínios. Era claro que mesmo os filhos de Dom Marcello se sentiam mais à vontade ali do que ele.

Ao lado de seu imponente retrato com as vestes cardinalícias que imperava na parede oposta à mesa de Don Alfeo, novos quadros haviam sido acrescentados. Um deles trazia Leon ainda recém-saído dos camisolões, provavelmente logo após seu décimo primeiro aniversário. Ao seu lado, estava um retrato bastante fiel de Lizbeta, que ressaltava seus olhos cor de turquesa e o colo alvo. Do outro lado, uma imensa pintura, que parecia tão recente que lhe passava a impressão de que se a tocasse seus dedos sairiam sujos de tinta, mostrava Jade, Luciano e Leon em vestes suntuosas. A desconcertante semelhança entre os três dava um ar assombrado ao quadro.

Ele sente um gosto amargo na boca ao pensar que deve explicações a respeito de sua presença no lugar que considera sua casa. De qualquer forma, olha fixamente para o pai e responde, sem alterar seu semblante:

— Vivemos de fato tempos difíceis na Sé. Ainda que nosso acordo após a primeira guerra de Castro tenha deixado Pamphili de mãos atadas, sabemos que ele está sempre em busca de qualquer brecha para nos jogar aos leões. Ele já tem o trono de são Pedro e sua influência na cúria continua considerável, mas vocês sabem como funcionam os anseios dessa gente. Pamphili remunera muito bem aqueles que o apoiam e tem acumulado uma fortuna considerável desde que assumiu o papado. Ele acabou de fazer uma reforma suntuosa naquele pardieiro da Piazza Navona, onde vive sua família, comprou por uma quantidade indecente de ducados o palácio dos Aldobrandini na Via del Corso e está construindo uma nova ala na Villa da família no monte Gianicolo. Todo esse dinheiro, obviamente, está vindo dos santos cofres. E não importa o quanto Dom Marcello se esforce para manter os asseclas de Pamphili longe do Tesouro, ele tem cardeais suficientes no bolso para substituí-los assim que os antigos são afastados do cargo. O atual pontífice sempre nos verá como inimigos e, claro, o que o falecido Eduardo Farnese fez com seu único filho homem não foi esquecido. Seus espiões continuam espalhados por nossos territórios e, com todos os avanços que temos feito – Domenico troca um olhar rápido com o irmão —, sinto dizer que é certo que Pamphili já tenha reunido informações suficientes para levar todos nós ao tribunal da Inquisição. Só não fez isso por conta do nosso acordo. Pamphili é um patife, mas não é nenhum imbecil. E sabemos que os espanhóis, seus velhos aliados, estão dispostos a pagar caro por favores papais. Além disso, ainda há aquela megera, que se apresenta como esposa de seu falecido irmão, mas que toda Roma sabe se tratar da mãe de seus filhos e sua concubina. Olimpia, é esse o nome da meretriz, herdou uma fortuna do primeiro marido, que morreu em circunstâncias suspeitas há cerca de vinte anos em Viterbo, e todas as propinas pagas para a eleição do cunhado vieram de seus cofres, já que antes dela os Pamphili estavam falidos. Ela tem conquistado prestígio suficiente em Roma para angariar doações generosas para a Sé, claro que em troca de esconder segredos que poderiam fazer com que as nobres famílias da Cidade Eterna caíssem em desgraça. Olimpia tem também seus espiões espalhados pelos salões, teatros e praças de Roma. Os Pamphili estão, sem dúvida alguma, se movimentando para que possam em breve ser capazes de fazer uso de tudo que descobriram a nosso respeito. E, claro, do que também acharem conveniente inventar.

Os homens ali reunidos se entreolham, apreensivos. Domenico percebe que até mesmo os garotos no fundo do gabinete parecem tensos. Não há dúvida de que compreenderam perfeitamente ao que ele se referiu. Apenas Luciano continua com a expressão plácida, olhando pelas janelas, como se sua atenção estivesse muito longe dali.

— Contudo – Domenico continua –, também temos os nossos olhos. E eles são muito mais alertas e onipresentes que os dos Pamphili. Nós sabemos de todos os passos do papa e espero que ele esteja em dia com suas preces, pois, depois que começarmos a colocar em prática o plano que, para evitar interceptadores, decidi apresentar-lhes pessoalmente, ele precisará de toda a benevolência divina.

Após Domenico explicar os estratagemas que ele e o tio meticulosamente traçaram na calada das noites no *palazzo* da família na elegante Via Andrea Doria, quando, ainda que relutante, ele se viu obrigado a abrir mão de seus prazeres noturnos — a única coisa que parecia lhe trazer algum alívio naqueles tempos nebulosos —, Don Alfeo lhe agradece e ordena que cada um deles pense a respeito e se reúnam mais uma vez após o jantar na noite seguinte para que discutam os últimos detalhes antes de começarem a agir.

Todos terminam de esvaziar suas taças e, enquanto Don Alfeo se despede e sobe as escadas imponentes da sala principal rumo aos seus aposentos e Luciano lhes dirige um boa-noite entredentes, beija a testa do filho e lhe recomenda juízo antes de desaparecer na direção das cozinhas, Frederico se junta aos garotos na antessala. Assim que o tio e o primo mais novo somem das vistas, ele se aproxima de Domenico e lhe dá um tapa em uma das omoplatas que deveria soar amigável, mas que, para o cardeal, tem o impacto de um soco, causando-lhe uma dor aguda que mal consegue disfarçar. Frederico examina o primo de cima a baixo.

— Sinto muito, meu caro, mas, no meu papel como a pessoa mais preocupada com o seu bem-estar nesta Villa, é meu dever informar que todas essas missas, concílios ou sabe-se lá mais o que vocês tanto fazem naquele Palácio Apostólico não estão lhe fazendo nada bem. Mas não tenho dúvidas de que não há de ser nada que uma boa noite na casa da Madame não resolva. E agora – ele meneia a cabeça na direção dos garotos – temos companhia. Esses aí não negam o sangue. São ainda piores que nós dois e o falecido Eduardo na idade deles. – Frederico solta uma das suas retumbantes gargalhadas, que reverbera nas paredes, sendo logo em seguida acompanhado pelos quatro rapazes que o contemplam com um misto de cumplicidade e admiração.

Ainda é difícil para Domenico encarar os sobrinhos como homens-feitos, com idade suficiente até para frequentar um prostíbulo. Porém, ele logo se recorda que eram ainda mais novos que eles quando Alfeo, Gennaro e o duque os levaram à casa da Gionna pela primeira vez. O comentário de Frederico faz com que retorne por um momento aos dias de juventude, quando as coisas eram infinitamente mais simples e seu coração não carregava uma sombra que o sufocava todas as noites. Além disso, sente um desejo intenso de conhecer aqueles meninos, cujo crescimento acompanhou apenas de longe. Independentemente das artimanhas macabras que seu irmão anda realizando nas catacumbas, aqueles quatro rapazes são o futuro da dinastia. A eles caberá a continuidade da linhagem principal dos Manfredi. Entretanto, exatamente para preservar os meninos, o primo e sabe-se quantos parentes que se deitam com as garotas da Madame, Domenico declina o convite:

— Hoje não, Fred. Não sou mais jovem e essa viagem tem requerido cada vez mais de mim. E confesso que estou com muitas coisas na cabeça ultimamente. A Sé demanda bastante de mim e do tio Marcello. Afinal, alguém tem que trabalhar nesta família para que vocês possam se divertir. – Domenico força um sorriso. – Mas tenho certeza de que vocês vão aproveitar a noite por mim.

Frederico dá outro tapa nos ombros do primo, com menos intensidade dessa vez.

— Estou falando que essa batina muda um homem. Muito cuidado, Lui. – Ele se vira para o filho do meio de Dom Marcello. – Siga os bons exemplos de seu pai e Domenico, mas não deixe que essas saias de padre suguem suas forças.

O rapaz solta uma risada abafada enquanto recebe cutucadas e a troça dos primos, porém, Domenico percebe, Luigi olha para ele com uma expressão aflita, como se procurasse alguma confirmação de que Frederico fez apenas mais uma de suas piadas. Domenico, contudo, não lhe dá nenhuma resposta.

Quando o grupo ruidoso por fim sai do casarão para montar os cavalos que já os esperam do lado de fora, Domenico permanece na sala de visitas por um momento. Um dos servos que ainda pairam por ali lhe serve mais uma taça de Porto, que ele bebe em goles generosos enquanto observa Frederico e os garotos cavalgarem portão afora. Ele sorri ao pensar que finalmente o primo encontrou companhia com energia suficiente para acompanhá-lo em suas diversões.

Balançando a cabeça, ainda sorrindo, ele sobe as escadas e segue pelo corredor do terceiro andar até seus antigos aposentos, onde os dois valetes que o servem desde que se mudou para Roma já o esperam para trocar sua batina pelas roupas de dormir. Pelo menos aqueles cômodos nada haviam mudado desde que fora ordenado cardeal.

Enquanto o despem, os criados perguntam polidamente se o jantar foi do seu agrado e se conseguiu se recuperar um pouco do cansaço da longa viagem. Domenico lhes dá uma resposta genérica. As pernas doem como se houvesse cavalgado o dia todo e a cabeça lateja. Quando os servos tiram sua batina, ele se dá conta de que as ínguas que lhe cobrem boa parte do corpo se espalharam. Os pés estão inchados e com manchas vermelhas que começam a se transformar em pequenas feridas purulentas. Com a discrição que lhes é peculiar, os valetes perguntam se seu senhor deseja um escalda-pés antes de se recolher. Apático, Domenico recusa a oferta e pede que se retirem.

Ele sobe os degraus do tablado que circunda a cama e, sentindo uma enorme onda de alívio, estica o corpo sobre o colchão, ainda que o estranhe. Ele tinha ocupado aquela cama por pouco mais de um ano, desde que deixou o infantário até o dia em que foi enviado para o seminário. Não havia sido tempo suficiente para que considerasse aquela cama confortável logo nas primeiras noites em que retornava para casa.

Domenico revira-se pelo que parece ser uma eternidade, buscando uma posição um pouco menos dolorida. Seu corpo está quente e sua. Por fim, decide se levantar. Ao afastar as cobertas, sente uma onda de frio, apesar de as janelas estarem fechadas e o clima estar começando a se tornar mais quente em Parma. Abre uma das gavetas da cômoda e retira uma garrafa de mescal com o verme ainda intacto. Arranca a rolha e dá um longo gole. Em poucos segundos, é tomado pelo alívio. Respira fundo e aproxima a garrafa dos lábios para beber mais quando houve uma batida oca, porém vigorosa o suficiente para se fazer ouvir, que parece vir de dentro das paredes. Sobressaltado, devolve a garrafa à gaveta e fica em alerta. As batidas se repetem e ele percebe que elas vêm de uma área próxima à porta que dá para a antessala. Por um momento, pensa que um dos valetes pode ter caído ou algum outro acidente ter se sucedido. Sem perder tempo, coloca o robe para averiguar o que está acontecendo quando uma pequena porta até então oculta pelo tecido que reveste a parede se abre com um rangido. Claro, era a velha porta do corredor dos criados. Com o quarto iluminado parcamente pelas velas junto à cama, ele não a havia visto e, na verdade, sequer se recordava dela. Domenico não se surpreende quando vê o irmão atravessar a passagem exígua com as mesmas roupas que vestia no jantar.

— Perdoe-me pela hora avançada e esta chegada pouco discreta – começa Luciano enquanto, sem esperar um convite, se senta em uma das poltronas –, mas precisamos conversar em particular e eu desconfiava que você estaria acordado.

Percebendo que o irmão irá se demorar, Domenico começa a acender algumas velas dos castiçais que repousam junto ao canto do quarto onde Luciano está sentado.

— Apesar de todas as novidades que encontrei na Villa desde que cheguei esta tarde, confesso que não imaginava encontrar meu irmão se escamoteando pelos corredores de serviço.

— Você ficaria surpreso com quantas passagens existem nas entranhas desta casa. Mas não se preocupe. Não tenho o hábito de me aboletar nas sendas dos servos nem de vagar pelo corredor que lhes pertence. Porém, esse é o único corredor que dá acesso diretamente à sua câmara de dormir e eu não queria acordar a criadagem passando pelo vestíbulo. Mas, enfim, não vai me oferecer o que quer que você estava bebendo? – Luciano indaga com aquele seu meio-sorriso com um certo quê de escárnio que sempre o faz ficar ainda mais parecido com Jade.

Enquanto retorna à cômoda, Domenico se pergunta se foram os tais espíritos do irmão que o informaram que andara bebendo algo bem diferente do vinho da Villa ou se ele tinha simplesmente sentido o odor forte do mescal em seu hálito. De qualquer forma, de fato Lizbeta tinha razão quando se queixava em suas cartas que era cada vez mais difícil guardar segredos de Luciano. Mesmo que a contragosto, Domenico não vê saída a não ser abrir a gaveta e colocar a garrafa de mescal sobre a pequena mesa que separa as duas poltronas.

Luciano se aproxima para avaliar o conteúdo do recipiente. Inclina o vidro e solta uma risada baixa ao vislumbrar o verme que flutua em seu interior.

— Mescalina – diz Domenico. – Ou mescal. Uma das excentricidades do Novo Mundo que tem chegado aos borbotões a Roma.

— Não me é desconhecido. Como você sabe, tio Gennaro está expandindo nossos negócios para o outro lado do oceano. Confesso inclusive que aquelas terras selvagens despertam minha curiosidade. Tenho planos de visitá-las um dia, quando os trabalhos nos porões me permitirem. Algumas garrafas desse veneno chegaram até aqui. Nosso primo Fred até as admirou durante uma certa época, o que não é nada de novo. O que me surpreende é ver meu irmão mais velho sucumbindo a esse tipo de fuga banal.

Pegando dois copos em um aparador sobre o qual também havia uma jarra d'água e uma garrafa de um dos melhores Chianti da Villa, Domenico baixa a cabeça por um minuto, antes de retrucar:

— Todo homem precisa de uma fuga. E, para aqueles que não podem se esconder nos subterrâneos, é preciso se ater à saída que estiver disponível para que as engrenagens continuem girando.

Ele serve duas doses de mescal. Luciano encara as mãos dele mais uma vez. Contudo, Domenico não se importa mais.

Luciano aproxima o copo do rosto, cheira o conteúdo e, apesar do aroma forte da bebida, ergue-o à guisa de brinde, gesto que é repetido sem entusiasmo pelo irmão, e ambos vertem o mescal em um único gole. Domenico faz menção de encher novamente o copo de Luciano, mas ele o detém com um gesto. Domenico então serve a si mesmo e, segurando o copo, se recosta na poltrona, esperando que o irmão explique o que o trouxe até ali.

Contudo, Luciano passa um longo momento olhando ao redor do quarto como se o contemplasse pela primeira vez e depois pousa as vistas novamente sobre as mãos de Domenico. Só então ele indaga:

— Desde quando?

— Cerca de três anos – Domenico responde sem hesitar. – Talvez um pouco mais.

— Fora as manchas e a febre, que está clara pela maneira como você está suando nesta noite amena, o que mais você tem sentido? Tem ínguas, inchaços, descamações, dores, enjoos...?

O irmão o interrompe antes que seja capaz de concluir sua lista tétrica:

— Não me diga que na minha ausência você também assumiu as incumbências do primo Felipe e se tornou o médico da família? Até onde eu saiba, sua alçada sempre foi a dos mortos e não a dos males dos vivos.

— Não se preocupe. Não tenho a menor intenção de usurpar as atribuições do Felipe. Entretanto, cada vez mais meus porões recebem espécimes com essas mesmas manchas que vejo em suas mãos. Geralmente soldados que vieram de campanhas em nome da família. Eles chamam de o mal de Paris, mas temos fortes indícios que na verdade o foco dessa doença está bem mais próximo. Pelo fluxo dos espécimes, eu apostaria que essa moléstia tem se espalhado a partir dos prostíbulos de Nápoles, que recebem cada vez mais marinheiros de todos os cantos do mundo. Não temos como saber exatamente sua origem, porém uma coisa é certa: quanto mais próximo a Nápoles, maior é o número de prostitutas infectadas. E, embora esse mal possa levar anos para aniquilar de vez um homem, o estado dos espécimes infectos que avaliei até agora, e não foram poucos, me deu a mais plena certeza de que todos, sem exceção, tiveram uma morte extremamente dolorosa, com dores lancinantes, emagrecimento acentuado e deformações monstruosas pelas manchas e feridas infeccionadas que se espalhavam por toda a pele.

Domenico encara Luciano. Ele já havia pesquisado a respeito de todas as consequências terríveis do mal que o aflige. Contudo, ouvi-las sem meias-verdades, no estilo direto e clínico que era tão peculiar a seu irmão caçula, era como receber um murro na boca do estômago.

— E, não, não há nenhuma cura conhecida para essa moléstia – completou Luciano. – Pode levar meses ou alguns anos, porém a morte nas mais terríveis circunstâncias é a única certeza que temos a respeito do mal de Nápoles.

Ambos ficam alguns minutos em silêncio, fitando um ao outro. Por fim, Domenico esvazia o copo, serve-se de mais uma dose e confessa:

— Tenho me sentido cada vez mais fraco. A viagem de Roma até aqui foi um pesadelo. Primeiro foram as ínguas e as feridas, que desapareceram depois de algumas semanas, de forma que não dei importância, já que os meus dias estavam sendo consumidos pelas incumbências da cúria e pela nova guerra em Castro. Porém, depois de um certo tempo, os sintomas retornaram com toda a intensidade, acompanhados de dores, um cansaço crescente, as febres que começam assim que cai a noite e um mal-estar que parece não me abandonar jamais. As refeições passaram a ser um verdadeiro suplício. Não tenho apetite e praticamente tudo que como me causa um enjoo terrível. E há, claro, as manchas, que se espalharam pelas minhas mãos e meus pés. Algumas se tornaram feridas muito desagradáveis de serem vistas, mas piores ainda de serem sentidas. Tente caminhar com um sapato com todo esse inchaço e essas pústulas. – Ele faz um gesto na direção dos próprios pés descalços. – Por mais doloroso que seja, porém, ainda consigo escondê-los, mas é impossível fazer o mesmo com as mãos. Durante o inverno ainda conseguia cobri-las com luvas, contudo, com o calor abafado que faz em Roma no verão, andar enluvado chamaria muita atenção. Assim, criei o hábito de andar com as mãos enfiadas nos bolsos da batina. Entretanto, temo o dia em que as manchas atingirão o meu rosto, o que não há de tardar.

Ele se vira na poltrona e, baixando a gola das vestes de dormir, revela a parte inferior do pescoço, deixando visíveis as inúmeras manchas que cobrem a pele.

— Essa tal doença de Paris, de Nápoles ou seja lá de onde tenha vindo essa praga está se tornando uma epidemia não só em Roma, como também no Vaticano. Como se cochicha pelos corredores do Palácio Apostólico, é uma doença que parece ter uma atração excepcional por cardeais. Diversos membros do Colegiado têm sido afastados nos últimos anos com as desculpas mais estapafúrdias, porém todos sabem que a origem de seus problemas é a mesma, que se alastra de forma incontrolável pelos prostíbulos de Roma. Por isso, assim que notou que as manchas se tornavam mais vívidas e numerosas, tio Marcello sugeriu que eu passasse uma temporada em Parma. Afinal, a última coisa que a família precisa é que Pamphili tenha mais um motivo para nos demonizar e ir contra nossa credibilidade no Colegiado. Nosso tio também rogou para que eu tivesse uma conversa sincera com você a respeito da minha condição.

— Nosso tio sempre foi um homem sensato. Muito me admira que tenha colocado no mundo aqueles três parvos. – Luciano sacode a cabeça. – Mas, enfim, é mesmo prudente que você continue afastado da Sé. Pelo menos até darmos um jeito nessa sua condição.

Domenico encara o irmão por minutos que parecem durar horas. Entende perfeitamente o que ele quis dizer, entretanto não sabe como se sentir diante daquilo. Não nutre o menor desejo de estender a amargura em que vive mergulhado desde a morte de Elena e Ignazio pela eternidade. E, obviamente, o fato de não perecer de morte natural lhe tiraria toda e qualquer possibilidade de ocupar o trono papal algum dia. O brinde feito pelo pai mais cedo retorna à sua mente com toda a intensidade. Domenico vira mais uma dose de mescal, baixa a cabeça, que pesa uma tonelada, fecha os olhos e segura as têmporas com as mãos. Já havia decepcionado demais aquela família. Seus pais não mereciam mais aquele golpe. Por mais que Alfeo nada soubesse sobre seu filho bastardo, Domenico tinha total consciência de que seria duro para o pai constatar que seu primogênito, além de não ter nascido com o dom, ainda falhara no papel magnificente que havia lhe sido incumbido. Por mais que Domenico, ainda que secretamente, continuasse a culpar Alfeo por tê-lo enviado para um destino o qual jamais pôde nem mesmo questionar, sabia muito bem que a homens em sua posição e na de seu irmão não era dado o privilégio da escolha. Eles tinham um destino a ser cumprido em nome da dinastia que os gerara e nada mais importava. Além disso, seu coração se apertava por ter decepcionado Lizbeta outra vez. Ela jamais aceitou o amor que sentia por Elena e seu desejo que beirava a obsessão por ter sua própria descendência. E já havia lhe confessado que dar à luz uma prole fora uma das tarefas mais árduas de sua existência, uma incumbência que demorou muito para considerar uma dádiva mais do que um fardo. O fato de seu relacionamento com Elena ter ido muito além de noites de luxúria e seu desejo posterior de criar Ignazio como um Manfredi foram considerados um sinal de fraqueza por Lizbeta, um ato que ela jamais esperaria de alguém tão ajuizado e ciente de seus deveres como seu primogênito. A relação entre ambos se tornou fria após seu pedido para que resgatasse o filho no convento das clarissas e o trouxesse para a Villa, ficando ainda mais distante após a peste ter levado Elena e o menino. A correspondência entre eles passou a ser esparsa e burocrática. Nas poucas vezes em que visitou a Villa após o ocorrido, tinha a impressão de que a mãe o evitava, parecendo até mais próxima de Luciano e Leon que do filho antes considerado predileto. Essa distância fez com que Domenico passasse dias refletindo sobre como poderia conquistar novamente a admiração da mãe. Porém, com a prova da vida de lascívia à qual tinha se entregado estampada em seu corpo, destruindo todo e qualquer plano traçado para ele, toda sua esperança de recuperar as graças de Lizbeta caíra por terra. A mãe o conhecia melhor que qualquer outra pessoa no mundo e, mesmo com o muro que se impusera entre eles, certamente havia muito ela percebera que as coisas não iam nada bem com o filho, embora parecesse não se importar, o que destroçava ainda mais o espírito já combalido de Domenico, e ele não conseguia sequer imaginar a reação da mãe quando lhe fosse revelado o terrível e vergonhoso mal que se abatera sobre seu primogênito.

Respeitando a consternação de Domenico, Luciano apenas enche os copos de ambos e se mantém em silêncio enquanto bebe o mescal em pequenos goles, como se saboreasse o gosto amargo da bebida, olhando para cima recostado na poltrona, vislumbrando aquele mundo paralelo ao dos homens que só ele é capaz de ver.

Por fim, Domenico seca seu copo e o coloca ruidosamente sobre a mesa. O som faz com que Luciano volte a encarar o irmão.

— Caso façamos o que você propõe, todos os sintomas da moléstia desaparecerão? – pergunta Domenico de súbito.

— Todos eles. Será como se jamais você houvesse sofrido de nenhum mal. E todas as demais doenças do corpo se tornarão apenas uma lembrança longínqua. Claro que há também seus reveses. Quedas e elementos cortantes ainda podem danificar nossos corpos, podendo até mesmo se mostrar fatais. E… – Luciano faz uma pausa, olhando para algum ponto acima de Domenico antes de voltar novamente sua atenção para ele. – Pelo que apurei nos últimos anos, durante o processo, nossa semente se torna fraca, o que nos impede de criar novos descendentes, assim como, nas mulheres, seus úteros não são mais capazes de se expandir para abrigar um feto. Eu não fazia ideia quanto a isso no início, mas com o passar do tempo… Bem, por mais que Jade e eu… – ele hesita. – Eu tentei gerar mais herdeiros, afinal não é justo que Leon carregue esse fardo sozinho, entretanto, por mais que nos empenhássemos, Jade simplesmente não engravidava. Recorri às almas mais sábias, que chamamos de Antigos, e foi isso que eles me explicaram. Porém, meu irmão, devo informá--lo que, de acordo com aquilo que meus Predestinados apuraram a respeito do mal de Nápoles, são raras as mulheres que conseguem levar a cabo uma gestação causada por um homem que sofre da doença. Mesmo que estejamos falando de uma mulher saudável, você a contaminaria durante o ato, de forma que a doença a faria abortar, falecer antes de concluir a gestação ou, se chegasse a dar à luz, conceberia um ser defeituoso. Sinto muitíssimo.

A expressão de Luciano parece genuinamente consternada. Contudo, Domenico tem suas reservas. Ainda que compreenda muito bem o quanto a paternidade pode mudar um homem, o irmão passou tempo demais ao lado de Jade para aprender suas artimanhas. De qualquer forma, não tem escolha. Ou aceita o que Luciano lhe propõe ou não lhe restará nada além de esperar um fim lento e doloroso. Por mais que a morte muitas vezes tenha lhe parecido um bem-vindo e definitivo alento, sente como se ainda devesse algo. No fim das contas, era orgulhoso demais para morrer como um perdedor, como um homem incapaz de honrar seu nome e ser esquecido, alguém que, embora houvesse sido moldado para a glória, deixou-se sucumbir por sua própria miséria.

— E quanto tempo depois do... processo os sintomas desapareceriam?
— Será uma questão interessante. Já encomendamos algumas almas cujos corpos sofriam com a peste ou outras doenças, mas nenhuma delas em estado tão avançado quanto a sua, confesso. Será algo novo para nós. Porém, garanto que você ficará totalmente curado e que não deverá demorar. Eu arriscaria um prazo de algumas semanas, não mais que isso.

Era só o que faltava: se tornar, ainda por cima, uma cobaia de Luciano. Contudo, Domenico acredita cegamente nas capacidades do irmão para tal incumbência. Até mesmo Don Gennaro e Francesca haviam confiado nas habilidades dele. E ainda que Frederico estivesse inconsciente quando teve sua alma encomendada, Luciano tinha agido de forma correta. Além disso, Alfeo estava sempre presente nas catacumbas acompanhando os rituais. Neste momento, uma onda de desespero o atinge ao pensar que, quando o pai soubesse de seus desvios e do alto preço que haviam cobrado, destruindo todos os sonhos que nutriu durante décadas para seu primogênito, era bem capaz que não autorizasse a encomendação. Esse pensamento faz com que um súbito abatimento caia sobre Domenico. Nem aquele rito insano e seus inusitados efeitos seriam suficientes para recuperar sua reputação.

— Eu não sei, Luciano – hesita Domenico, fazendo mais uma longa pausa antes de prosseguir. – Você é o meu único irmão de sangue e preciso ser sincero. Sei que nunca convivemos muito, você era apenas uma criança quando fui enviado para o seminário, mas, como conversamos mais cedo no gabinete de nosso pai, a família vive dias sombrios. Para derrubar aqueles que nos ameaçam, precisaremos mais do que nunca permanecer unidos. Assim, devo lhe confessar que fui um homem fraco. A vida se tornou um fardo depois que perdi Elena e meu filho. Você é pai, acredito que compreenda muito bem o que quero dizer, embora eu saiba que nossas circunstâncias são bastante díspares. E também estou ciente de que nós, em nossa posição e com todas as responsabilidades que recaem sobre nossos ombros, não podemos esmorecer. Eu o invejo, irmão. Vejo a forma estoica com que lidou com o casamento de Jade. Sei o quanto deve ter sido dolorido, porém você agiu como o homem que a família espera que você seja. Chegou até meus ouvidos a maneira honrosa e firme com que você lidou com a situação. Quanto a mim, primeiro sucumbi me apaixonando quando a família já enfrentava momentos complicados e, não satisfeito, fiquei cego o suficiente para gerar um filho e crer que poderia criá-lo como um Manfredi legítimo, como se não soubesse como funcionam as coisas nesta família. Ignazio jamais seria aceito como um de nós, de modo que, hoje, para meu total desconsolo, sinto até um certo alívio por saber que ele e Elena sucumbiram à peste e não a nada mais trágico. Isso, porém, não diminuiu a dor da minha perda e, mais uma vez, eu sucumbi. Esqueci quem eu era, minhas promessas, nosso nome, o da nossa família, e procurei qualquer coisa que oferecesse um alívio momentâneo para minha dor. Isso — ele meneou a cabeça na direção do mescal — e as prostitutas do Ortaccio eram o que me mantinha de pé. Eu procurava a morte e ela me encontrou na forma dessa doença maldita. Como nosso pai reagirá quando souber o quanto eu o desapontei? E nossa mãe... ela já ficou consternada quando soube a respeito de Elena e Ignazio, como serei capaz de lhe confessar atos tão abjetos? Desonrei nosso nome e não devo ter direito a mais nada nesta família. Devo me conformar com o destino que eu mesmo busquei. Em breve, meu irmão, tudo dependerá apenas de você. Você fez um bom trabalho até agora. Sei que, diferente de mim, você continuará a deixar nosso pai repleto de orgulho.

Luciano se aproxima do irmão e põe ambas as mãos sobre seus ombros. Impressionou-se ao perceber que, tirando as bênçãos e os beijos protocolares nas bochechas, nunca havia tocado Domenico por iniciativa própria.

— Sei que não é usual que o primogênito receba conselhos do caçula, mas gostaria de lhe pedir que me ouça. Você não precisa tomar nenhuma decisão agora. – Luciano olha para o irmão em busca de aprovação. Quando Domenico assente ligeiramente, ele continua. – Todos sob este teto cometemos nossos pecados. Todos nós, sem exceção alguma. Você passou tempo demais longe para ter a total noção do que acontece nesta casa, mas acredite em quem tem olhos espalhados por todos os cantos desta Villa: pouco do que se passa aqui me causa orgulho. Sei que isso não lhe servirá de alento, contudo não se considere menos digno. Na verdade, ninguém se sacrificou tanto em nome dos Manfredi quanto você. Todos nós carregamos nosso fardo, porém nenhum foi tão pesado quanto o seu. Por mais que eu tenha tido desde muito jovem uma relação próxima com o *papà* por conta dos meus dons, você sempre foi o garoto de ouro desta família. Você é o primogênito e todos tinham as mais altas expectativas para você, é verdade. Quanto a mim, eu cresci nas sombras e, para lhe ser sincero, sempre me senti confortável nessa posição. Sei que o papado não será mais uma possibilidade para você, mas, por mais que isso possa desestabilizar os planos do *papà* por um tempo, eu o conheço muito bem e sei que, ainda que ele não queira admitir, nosso pai está cansado e as coisas por aqui estão saindo dos trilhos. Compreendo pelos mais diferentes motivos o quanto foi necessário que cada um de nós tivesse a alma encomendada. Porém, quando realizei o ritual pela primeira vez, eu não passava de um garoto e não compreendia o quanto a imortalidade pode mudar o modo com que lidamos com nossas próprias existências. Desde então, percebo que o *papà* conta nos minutos dos vários relógios que não à toa espalhou pelo casarão para dar seus afazeres por encerrados e poder por fim sair para caçar, cavalgar e… se enfiar debaixo dos lençóis da *mamma*. Ela, por sua vez, passa o dia inteiro cercada de modistas vindas de Milão ou dando longos passeios pelos arredores da Villa. Não há armários suficientes para abrigar todos os seus novos vestidos, joias e sapatos. Sabe-se lá quantos milhares de ducados ela gasta todos os meses com essas futilidades, enquanto permanece alheia ao que quer que aconteça na família. Tio Gennaro anda obcecado com o Novo Mundo, tem se enfiado em uma expedição atrás da outra e passa anos a fio na América. Há até mesmo boatos nas casernas de que ele tem se misturado com as nativas, que chegou a contrair matrimônio com algumas delas ao longo das paradas de suas expedições, mas confesso que não tive tempo nem interesse de comprovar a veracidade desses fuxicos. Tia Francesca, agora que voltou a se locomover pela casa, anda mais amarga do que nunca, se queixando o dia inteiro de forma bastante indiscreta, inclusive, tagarelando sem medir a língua que eu a transformei em uma condenada ao inferno e que irei pagar por todo o mal que meus acordos demoníacos causaram a esta família. A megera nem mesmo se deu ao trabalho de me agradecer e, com o infantário mais uma vez vazio, sua única ocupação é infernizar a criadagem. Frederico, bem, como você já deve ter percebido, continua sendo o mesmo bufão de sempre, porém ainda mais ávido por aias, prostitutas e sangue. Ele se tornou um general notável e um guerreiro de coragem, mas, em seu papel como padrinho do meu filho, confesso que fico extremamente preocupado com o exemplo que ele dá a Leon. E quanto a Jade — Luciano desvia os olhos dos de Domenico e os fixa em um ponto qualquer na parede —, ainda que aquele viúvo decrépito jamais tenha conseguido colocar as patas nela, ela voltou de Colonnata muito diferente, como era de esperar. Ela era só uma menina, havia acabado de enfrentar um parto difícil e logo em seguida tivemos que encomendar sua alma para que não a perdêssemos. Tudo isso foi demais para nossa querida irmã. Ela passa o dia inteiro trancafiada no quartinho do sótão ao lado de Rebecca, e só desce para se juntar à família quando *papà* a obriga. Nessas ocasiões, sempre acaba bebendo mais do que cairia bem a uma dama. Como se isso não bastasse, ela simplesmente ignora o fato de que é mãe do único herdeiro direto da dinastia, um Manfredi de sangue puro, um rapaz saudável, inteligente, perfeito e que possui um dom não só bastante aflorado, como único.

Domenico nota o brilho nos olhos de Luciano ao falar do filho e sente mais uma vez aquela pontada no peito. Como se percebesse a dor do irmão, Luciano muda rapidamente de assunto.

— Até mesmo dona Camélia está ainda mais severa com a criadagem. Acho que se o bom povo de Parma não soubesse que os soldos da Villa são bem mais generosos do que os pagos pelos Farnese, teríamos dificuldade para manter nossos servos.

— Eu ouvi direito? – Domenico interrompeu o irmão. – Até mesmo a governanta teve a alma encomendada?

Um som ao mesmo tempo anasalado e um tanto gutural escapa da garganta de Luciano, que logo Domenico reconhece como uma gargalhada. Ele jamais o vira ter aquele tipo de reação com ninguém além de Jade.

— Sim, sim. Afinal, aquelas cozinhas não funcionam sem ela e essa casa não funciona sem o que sai das cozinhas de dona Camélia. Além disso, foi um pedido de Jade que não tive como recusar. Ela é a única criada que sabe da existência de Rebecca e tem acesso ao quartinho no sótão. Dona Camélia é de total confiança. Afinal, ela criou a nós três junto com a tia Francesca, e me alivia saber que Jade tem alguém para ajudá-la com Rebecca. Ela já é uma moça e não é fácil carregá-la e atendê-la com tudo de que necessita.

Domenico sente um estranho alento ao receber notícias da sobrinha. Desde que a batizara de forma discreta, já tarde da noite, catorze anos antes, não soube mais da menina. Lizbeta não a mencionava em suas cartas, e em suas ocasionais visitas à Villa era como se Rebecca não existisse. Chegou até a cogitar que tivesse morrido, o que não seria uma surpresa dada sua fragilidade. Ela era apenas uma menina e ainda por cima aleijada, um ser considerado de nenhuma importância para a dinastia. Não o admiraria se os parentes nem mesmo se dessem ao trabalho de lhe relatar seu falecimento. Na ocasião do batismo, ele compreendeu de imediato o motivo pelo qual Rebecca não tinha sido enviada para as freiras de Santa Apolônia. Jade estava extremamente apegada à filha e ele sabia muito bem que o pai jamais negaria um pedido feito com a voz doce e os olhos suplicantes que a irmã utilizava apenas com Alfeo. Contudo, era um alívio saber que Jade não era capaz de virar a cabeça de seu velho pai o suficiente para que ele se esquecesse de que a família não precisava de mais nenhuma ameaça à sua reputação já tão combalida diante dos inquisidores da Santa Sé.

Luciano serve uma nova rodada e dá um pequeno gole, mantendo o líquido na língua por alguns segundos.

— Não sei se é porque somado ao vinho do jantar e ao Porto isso aqui já está fazendo efeito, mas até que esse tal de mescal não é tão ruim. Chega a lembrar um pouco a *acqua vitae* que preparamos para alguns rituais dos porões. – Ele toma mais um gole antes de continuar. – Mas, bem, o ponto a que quero chegar é o seguinte: não sei por quanto tempo *papà* terá interesse em manter as rédeas da família praticamente sozinho. Sei que desde garoto ele me preparou para que um dia eu assumisse a cabeceira de nossa mesa enquanto você ocupava o trono papal, mas saiba que eu também falhei. Por mais que minha cobiça juvenil fizesse com que eu acreditasse durante muito tempo que assumir o controle da dinastia seria como uma vingança contra todos que passaram a maior parte de minha vida me considerando um incapaz, agora que estou a um fio de conseguir o que eu achava que tanto queria me dei conta de que, para mim, isso não passaria de um fardo. Sempre lidei melhor com os mortos do que com os vivos e justamente agora, quando estamos fazendo tantos avanços nos porões, as obras foram finalmente concluídas e só preciso retornar para o casarão quando minha presença se faz necessária ou para ver Jade e meus filhos, e quando há tanto a ser feito com todos esses espécimes que nos chegam todos os dias, não posso abrir mão disso para cuidar de assuntos relacionados ao Mundo da Carne, por mais necessários e urgentes que sejam. Eu sou um encomendador de almas e, além de Leon, esse é o maior legado que posso deixar para a família. Minha senda é definitivamente os porões. Tentar assumir o controle aqui em cima só deixaria as coisas ainda piores e sei que por isso o *papà* continua à frente da família, mesmo estando ávido por finalmente aproveitar aquilo que conquistou em nosso nome e também dedicar mais tempo aos seus estudos nas catacumbas. É isso que me traz aqui esta noite. Você é o primogênito, todos na família sempre o respeitaram e creio que a cúria lhe ensinou muito bem a lidar com as pessoas, com todas as suas idiossincrasias, suscetibilidades e dissimulações. O Vaticano pode não ser mais uma possibilidade, mas ainda há muito a ser feito. Esta família precisa voltar aos eixos, Domenico, e eu estou longe de ser a pessoa mais indicada para fazer isso. Porém, se há alguém capaz de colocar os Manfredi no rumo certo, essa pessoa é você.

A proposta de Luciano deixou Domenico desconcertado. Ele jamais esperaria ouvir aquelas palavras saindo dos lábios do irmão.

—Além disso, tenho um pedido a lhe fazer. – Luciano olhou profundamente para o irmão, mantendo os braços sobre seus ombros. – Leon já está se tornando um homem. Ele completará quinze anos em julho. Eu nunca fui exatamente o que se pode chamar de uma pessoa de trato social, muito pelo contrário. Várias das convenções do Mundo da Carne sempre me serão um enigma. Cumpro meu papel de pai guiando-o no Sheol e fazendo o melhor para que ele desenvolva seu dom. Ele está fazendo avanços que me deixam extremamente orgulhoso. Entretanto, tenho total ciência das minhas limitações para conduzi-lo em suas demais funções como herdeiro direto da dinastia. Eu esperava que o padrinho de Leon fosse capaz de auxiliá-lo, mas Fred, ainda que o tenha ensinado a empunhar a rapieira e o alfanje com precisão, nada mais fez do que apresentar meu filho à *grappa* e às prostitutas. E Leon parece ter um forte apreço por ambas. Claro, isso pode não passar de uma empolgação juvenil, mas, se depender de nosso primo, esses costumes têm tudo para se tornarem vícios. E não posso contar com a mãe do meu filho para que lhe coloque algum juízo, tampouco seria correto manter Leon afastado de seu padrinho, de quem ele é tão próximo. Fui contra a escolha de Fred para batizar meus filhos, entretanto *papà* foi inflexível em sua decisão, certamente para apaziguar as diferenças entre nosso primo e eu. Ainda que tenhamos aprendido a nos tolerar ao longo dos anos, creio que pouco benefício isso tenha trazido para meu filho. Alguém precisa ensinar Leon o que é esperado dele aqui em cima, suas responsabilidades e seus deveres. Ele precisa aprender que a vida de um herdeiro dessa grandiosidade não se resume apenas aos porões e diversões banais. Ainda mais levando em conta que não haverá outro herdeiro nesta geração. Ele possui o dom, é um sangue puro, nasceu perfeito e tem um grande potencial que não podemos permitir que seja desperdiçado. Caso algo aconteça a Leon, todos os nossos esforços terão sido em vão. *Papà* sabe dos meus temores, ele concorda comigo, mas é tão encantado pelo neto que na maior parte das vezes acaba passando a mão na cabeça de Leon. Você é a única pessoa que tem minha confiança para iluminar os caminhos do meu filho aqui em cima.

Os olhos de Luciano são suplicantes. Domenico jamais tinha visto aquela expressão desesperada no rosto do irmão. Seu coração havia se apertado ao ouvir mais uma vez que ele nunca seria capaz de gerar sua tão almejada progênie. Ao menos, porém, Luciano tinha de fato sido capaz de gerar um herdeiro promissor. Desde que vira Leon mais cedo, sentira um intenso desejo de conhecer melhor o sobrinho e comprovar com seus próprios olhos se tudo que falavam a respeito de seus talentos era mesmo verdadeiro. Ele torce genuinamente para que seja mesmo. E Leon é também sua descendência, seu próprio sangue. É seu dever ajudar a conduzi-lo rumo ao destino que lhe pertence — destino esse que também é o seu.

Luciano por fim tira as mãos dos ombros de Domenico, recostando-se novamente na poltrona, e bebe mais alguns goles de mescal, deixando seus olhos se perderem pelo quarto enquanto dá um tempo para que o irmão medite a respeito de tudo que lhe dissera.

Domenico enche o copo, mas o mantém intacto sobre a mesa. Ainda que seu primeiro desvio continuasse sendo um segredo compartilhado unicamente por Lizbeta, Marcello, Frederico e Luciano, sua doença desonrosa em breve se tornará óbvia para toda a família. E, com essa revelação, todos os planos traçados para ele cairão por terra. Apesar do aflitivo sentimento de decepção consigo mesmo que toma sua mente, ele é arrebatado por um profundo alívio. Não sabe exatamente o que será de sua vida quando por fim a verdade for revelada, porém ter consciência de que aquela rotina de concílios vis, missas frívolas, orações vazias, boatarias e alianças compradas aos sussurros pelos corredores está próxima do fim é como se livrar de um pesadelo. Embora o poder oferecido pela Igreja tenha sido um impulso vigoroso para a ambição que sempre cultivara, Domenico sabe muito bem que seu lugar nunca foi a Sé. Ele decepcionou os pais, entretanto Luciano está certo. Nenhuma família é perfeita, mas eles estão tomando um caminho perigoso. Os Manfredi precisam dele próximo, ocupando o papel que de fato lhe cabe. Ele e o tio tinham aberto a duras penas o caminho na Sé e ainda hão de ver um Manfredi no trono papal. Porém, não será ele. Quando esse dia chegar, Domenico estará em Parma, redimindo-se de seus erros, conduzindo com mãos firmes os rumos de sua família.

Afastando o copo ainda cheio da sua frente e limpando a garganta para atrair a atenção do irmão, Domenico por fim declara:

— Quando podemos realizar o ritual?

O CARRILHÃO DO corredor do terceiro andar ainda não havia dado as cinco badaladas quando Lizbeta desperta, sozinha em sua cama. Alfeo lhe dissera dias antes que estava muito atarefado nos porões e dormiria por lá. Ela já está acostumada com essas ausências. Por mais que passassem por aquela que ambos assumiam como sua fase mais feliz, quando consideravam que seus deveres para com a dinastia já haviam sido cumpridos e sua relação se transformara em uma troca harmônica, sem cobranças, mas repleta de cumplicidade, ela aprecia as noites que passa a sós, com tempo para que suas aias cuidem de seus cabelos, ajustem os novos vestidos e lhe façam longas massagens. Ela também pode se espalhar em sua grande cama e dormir até tarde. Naquela madrugada específica, porém, ela decide se levantar. Por mais que saber que Alfeo àquela hora ainda deve estar trabalhando duro nos porões lhe traga uma forte sensação de alívio, já que nada pode dar errado mais tarde, ela tem mais uma coisa a fazer antes que o ritual finalmente seja realizado.

Sem acordar as aias que ainda dormem na antessala, ela vai até uma das cômodas que guardam sua crescente coleção de roupas e escolhe uma ampla capa de veludo cor de marfim com capuz, que joga sobre a camisola, fechando todos os botões. Prende os cabelos de forma displicente com alguns grampos que retira de uma pequena caixa de prata sobre a penteadeira. Veste um par de botas mantido em seus aposentos exatamente para situações como aquela, quando decide acordar cedo e sair sorrateiramente da Villa para uma cavalgada.

Ela se escamoteia por uma portinhola próxima à cama que leva a um dos corredores internos da casa. Segue pelo caminho estreito com um castiçal nas mãos e desce uma escadaria claustrofóbica até o térreo. De lá, vira em três corredores diferentes até sair em uma saleta cuja porta lateral dá para o lado de fora. Ela a abre devagar e segue até os estábulos. Cumprimenta os guardas de plantão com um leve aceno de cabeça e ordena a um deles que acorde um dos cavalariços para que prepare sua montaria. O homem ainda pensa em alertar sua senhora de que o sol demorará pelo menos mais meia hora para nascer, de forma que pode ser perigoso que ela saia da Villa desacompanhada no escuro, entretanto basta um olhar de Lizbeta para que ele se mantenha calado.

Logo ela está sobre sua esplêndida égua branca, que ganhara de Alfeo em seu aniversário dois anos antes, à qual dera o nome de Diana. Ela ajeita o capuz sobre o rosto e acelera o trote, abrindo um sorriso ao sentir o ar gelado do final da madrugada. Mesmo que a posição da sela feminina não permita que seja tão veloz quanto se pudesse cavalgar com uma perna em cada um dos flancos da montaria como os homens, o sol ainda não nasceu quando ela alcança a pequena trilha quase oculta pela vegetação. Diana conhece muito bem aquele caminho, de forma que Lizbeta precisa fazer apenas um leve movimento com as rédeas para que a égua a conduza pela trilha escura e estreita.

Os primeiros raios de luz despontam sobre as montanhas quando Lizbeta vislumbra o Lago Santo. O único som aparente é o dos grilos e outros insetos noturnos que se preparam para se recolher. Lizbeta, porém, apura os ouvidos e logo escuta o leve som de ferraduras que não pertencem a Diana sobre a terra ainda nua pelo inverno. Ela se aproxima o suficiente para reconhecer no lusco-fusco um dos cavalos da Villa amarrados em uma das altas faias que cercam o lago, fuçando o solo em busca de alguma vegetação precoce. Lizbeta apeia, amarra Diana próximo do outro animal e caminha até a margem.

O céu assume um tom vermelho enquanto ela retira a capa e as botas e segue em direção à água. Caminha pelo lago, molhando a barra da camisola, sentando-se por fim em uma pedra. Dali, tem uma visão panorâmica de todo o entorno e da aurora que avança no firmamento. Cruza as pernas, chapinhando com a ponta de um dos pés, e olha ao redor. Graças à crescente claridade do dia que se inicia, ela vê uma ondulação ao longe. Alguém está nadando.

Sem tirar os olhos daquela direção, Lizbeta espera.

Passam-se apenas alguns minutos até que a tremulação na água comece a se aproximar. Logo, a cabeça de Domenico emerge. Ele está perto o suficiente para reconhecê-la, porém não parece surpreso ao vê-la ali. Mantendo uma certa distância, ele diz:

— Mamãe.

Ele a observa contra o sol que nasce. A transparência da camisola evidencia as curvas de seu corpo. Porém é como se Domenico não se desse conta disso. Mais do que qualquer outra pessoa, ele precisa de sua mãe. Apesar da muralha que se ergueu entre ambos nos últimos anos, ao ver o sorriso que se abre no rosto de Lizbeta, ele sente por fim o alívio que até então nem mesmo seu adorado Lago Santo havia sido capaz de lhe dar.

— Vejo que de fato muita coisa mudou – ele continua, ainda na água. – Você nunca foi de acordar antes das dez e, agora, veja só, o sol nem nasceu e você já está aqui.

— Realmente tenho acordado mais cedo em algumas manhãs desde que passei por aquele processo curioso nos porões. Como lhe escrevi, não sei se você se recorda, desde então tenho me sentido muito bem-disposta, fazendo longas cavalgadas, caminhando pela Villa e nadado neste paraíso. Mas não foi para me refrescar que vim até aqui hoje.

Um silêncio incômodo se interpõe entre os dois até que por fim Domenico olha ao redor e quebra o gelo:

— Eu não estava conseguindo dormir. Minha cabeça está a mil, então decidi vir até aqui para pensar, como fiz tantas outras vezes.

— É totalmente compreensível. Mas você não podia esperar alguns dias para fazer isso? Na sua condição...

Lizbeta não é capaz de completar a frase e Domenico baixa a cabeça, envergonhado. Por um momento, teme que Luciano tenha dado com a língua nos dentes. Ele notou como o irmão se envolvia em conversas recorrentes não só com Alfeo, mas também com a mãe quando se dignava a abandonar suas catacumbas e fazer uma ou outra refeição no casarão com o restante da família. Entretanto, logo afasta aquele pensamento. Lizbeta é perspicaz o suficiente para entender por si só o que se passa. E, de qualquer forma, o mal que lhe acomete já está avançado demais para ser ocultado. Afinal, não era esse o principal motivo que o fizera voltar à Villa?

Dando-se conta do silêncio que está prestes a se instaurar mais uma vez, Lizbeta acrescenta:

— Sou sua mãe, Domenico. Sempre serei. Não ache que o tempo ou a distância sejam capazes de mudar isso. Para saber que há algo de errado com você não preciso dos olhos que seu irmão tem espalhados por todos os lugares, nem vagar pelos corredores ocultos do casarão tarde da noite como ele costuma fazer, mesmo que faça questão de repetir que não mora mais lá.

— Ora, mamãe, Luciano sempre vai viver onde Jade estiver.

— Quem sabe? Sei que você passou mais tempo com seu irmão do que nunca nos últimos dias e isso é bom. Mas as coisas mudaram muito nesta casa, Domenico. Nada é tão definitivo quanto parecia antes. Mas saia dessa água. Logo o sol vai despontar detrás das montanhas. Sei que admirar o espetáculo foi um dos motivos que o trouxeram até aqui. Rogo que me dê o prazer de permanecer ao seu lado neste momento.

Ela percebe que o filho hesita. Ele estica as pernas diante do corpo, move os braços e flutua debaixo d'água por alguns instantes até por fim se decidir e nadar rumo a outra pedra um tanto distante dali, mas não o suficiente para que ela seja capaz de perceber, enquanto Domenico se veste às pressas, de costas para sua direção, que seu corpo antes bem torneado se tornara emaciado. O que mais a choca, porém, são as inúmeras ínguas que se espalham por seu dorso, descendo pelas coxas e braços até as mãos e os pés. Lágrimas involuntárias escapam de seus olhos. Ela trata de enxugá-las discretamente com a ponta dos dedos antes que o filho se aproxime.

Domenico vem andando devagar. Veste meias, culotes, botas e o camisão cuja barra é agitada pela brisa fresca da manhã. Sobe na pedra e senta-se ao lado da mãe. Tentando, em vão, disfarçar a respiração ofegante, ele contempla o rosto de Lizbeta sob os raios tímidos do dia que começa.

— Você continua sendo a mulher mais bonita que eu conheço, mamãe.

Lizbeta abre um sorriso que aparenta muito mais triste do que era sua intenção. Ela ergue uma das mãos para secar algumas gotas que escorrem pela testa do filho.

— Eu passei muito tempo longe – diz Domenico. – Mal conheço meu sobrinho e meus primos, filhos do tio Marcello.

— São bons garotos, todos eles. Tivemos sorte. Leon em especial é um herdeiro promissor, embora precise de rédeas. Seu irmão e Fred têm se esforçado para mantê-lo no bom caminho, mas... eu não sei. Há um certo desalento em meu neto, algo que paira ao seu redor e não sei exatamente nomear, porém sei que está ali. Aprendi a não duvidar dos meus instintos quando vejo algo assim, embora Alfeo e Luciano insistam em afirmar que não há nada de errado, que são apenas questões relacionadas aos porões com as quais eu não devo me preocupar. Tenho as minhas dúvidas quanto a isso, mas Leon ainda é jovem e, enfim, de fato não possuo o menor interesse em me meter nos assuntos sórdidos das catacumbas. Mas não estamos aqui para falar sobre Leon.

O sol começa a despontar em toda sua majestade detrás dos picos nevados. Ao menos a alvorada no Lago Santo continua idêntica às recordações de Domenico, o que lhe traz uma faísca do alento que tanto procura. Ter Lizbeta ao seu lado novamente acrescenta um pouco mais de combustível ao bem-vindo calor que começa a sentir.

— Eu realmente precisava vir até aqui hoje. Sei que Luciano será brilhante como de hábito esta noite, mas tenho total consciência de que nada mais será como antes. E tudo já se mostrou tão diferente do que por tanto tempo tive como certo. Obrigada por ter vindo até aqui, mamãe.

— Se uma mãe não é capaz de apaziguar o coração do filho, que outra serventia ela teria?

— Você sempre foi o meu conforto nos momentos mais sombrios. Entretanto, diante de todas as decepções que eu trouxe para esta família, creio que nem você seria capaz de proteger seu filho dos erros que ele próprio cometeu. Eu sinto muito.

— Você perdeu o rumo, Domenico, é verdade. Seus descuidos foram graves, tiveram sérias consequências. Entretanto, como você deve ter aprendido na Sé, atire a primeira pedra quem nunca pecou. Somos humanos, todos nós somos suscetíveis a falhar. Agora, você está em casa e terá uma nova chance, uma oportunidade que poucos homens nesta terra já receberam. Você terá toda a eternidade para se redimir e reconquistar seu valor nesta família.

Com uma expressão taciturna no rosto, Domenico contempla os montes.

— Conversei longamente com meu pai há algumas noites. E foi ainda pior do que eu imaginava. Não mencionei nada a respeito de Elena e Ignazio. Afinal, eles estão mortos, de que adiantaria trazê-los de volta apenas para criar um sofrimento desnecessário? É óbvio que assim como todos vocês ele já tinha se dado conta do mal que me aflige, entretanto creio que receber a confissão de meus próprios lábios foi um golpe duro. Ele apenas ouviu em silêncio, sem expressar nenhum sentimento, e quando implorei seu perdão, simplesmente disse que já havia ouvido tudo de que precisava e que eu podia me retirar. Desde então, o *papà* não tem mais me dirigido a palavra. Creio, porém, que eu não precise inteirá-la sobre os pormenores sórdidos de minha conversa com o pai. É muito provável que você já conheça todos eles.

Ignorando as entrelinhas da última frase, Lizbeta olha para o céu, que assume tons magnânimos de púrpura e escarlate enquanto fala:

— Você precisa dar um tempo para seu pai. Ele tinha muitas esperanças em você. Em todos vocês, na verdade. Embora surpreendentemente seu irmão tenha de fato seguido tudo aquilo que ele esperava, sei que Alfeo se culpa pelo casamento de Jade com aquele viúvo decrépito. Talvez por isso não a tenha obrigado a casar-se novamente, embora tenham aparecido alguns pretendentes vantajosos. Também sei que no fundo ele também compartilha das minhas preocupações com Leon, embora se alente no que quer que os mortos do porão tenham lhe dito. E, ainda que seu pai não tenha a intenção de abandonar tão cedo as rédeas da família, ele está sobrecarregado agora que Gennaro passa a maior parte do tempo no Novo Mundo, justamente quando ele achava que poderia ter um pouco mais de descanso. E está claro que Luciano anda ocupado demais com toda a atividade nos porões e seus Predestinados, que têm se multiplicado como pulgas. Além do mais, seu irmão não tem o menor tino para lidar com os daqui de cima. Com todas essas atribulações, saber que seu primogênito, em quem ele depositou imensas expectativas, sucumbiu ao desonroso mal de Nápoles foi um choque considerável. Desde que você era uma criança de colo seu pai já sonhava em vê-lo ocupar o trono papal...

O rosto de Domenico assume uma expressão severa e ele interrompe a mãe:

— Desde que meu pai se deu conta de que eu era um primogênito inútil que não possuía esse maldito dom de falar com os mortos, você quer dizer.

— Não seja injusto com seu pai. Alfeo tinha total consciência de que apenas uma pequena parcela dos Manfredi nasce com o dom. Veja seu primo Fred e seus tios. Todos são extremamente valiosos para a família, ainda que nenhum tenha pendor para se comunicar com os mortos. Seu pai havia planejado uma vida repleta de glórias para seu primogênito. Com dezessete anos você já era cardeal, logo caiu nas graças do papa Urbano, tornando-se, apesar da pouca idade, um dos homens mais influentes da Santa Sé, com o caminho já pavimentado para alcançar um dia o trono. E como você retribuiu? Gerando bastardos e deitando-se com putas baratas. O que você queria? Que seu pai o parabenizasse por seu comportamento vergonhoso justamente quando a família mais precisa de decoro e discrição, como você mesmo e seu tio Marcello tanto repetem?

— E alguém por acaso me perguntou em algum momento se era isso que eu realmente queria? – Domenico ergue a voz. – Alguém pensou uma vez que fosse se eu de fato tinha vocação para a vida na Sé? Alguém se importou com o inferno que eu passava sob os afrescos do Palácio Apostólico?

— Abaixe o tom – ordenou Lizbeta. – Ou será que você quer acordar até mesmo aqueles que dormem na Villa por conta das suas frustrações?

— Peço as minhas mais sinceras desculpas – ironizou Domenico, ignorando o pedido da mãe. – Por um momento me esqueci de que os únicos que têm direito de acordar os outros naquela Villa são meus irmãos quando estão trepando. Admira-me muito ouvir essas palavras vindas de você, mamãe, que sempre considerei me conhecer melhor que qualquer outra pessoa. Pelo visto, eu também estava enganado quanto a isso. Ou será que agora que, graças a você, há duas gerações de Manfredi com esse dom maldito, continuar a deitar-se com seu irmão tenha se tornado algo tão vantajoso que você decidiu até mesmo repetir as pregações de Don Alfeo como se fossem suas?

Num átimo, Lizbeta retira os pés da água e se vira para o filho. Sua mão direita espalmada vai de encontro ao rosto dele em um tapa sonoro, dolorido, ressentido.

Domenico se cala. Encara os olhos azuis de Lizbeta, que subitamente se tornam sombrios como jamais os vira antes. Os cantos estão úmidos de novo, embora dessa vez ela não seja capaz de deter as lágrimas, que escorrem pela pele de porcelana, emoldurada pelos cachos escuros que caem indisciplinados pela camisola branca, libertos pelo vento. Em raras ocasiões ele a viu com os cabelos soltos. Lizbeta está ainda mais parecida com Jade, mesmo que seus traços, seu corpo, seus olhos e sua pele exalem uma temperança e um enigma que sua irmã jamais terá.

Sem que haja tempo suficiente para medir seus atos, Domenico segura o punho de Lizbeta, aproxima seus lábios dos dela e a beija. A pele é rija, porém acetinada, quente. Para sua surpresa, em vez de repeli-lo, ela solta um suspiro entre os lábios entreabertos e permite que se demorem por um longo momento sobre os seus.

Quando por fim Lizbeta se afasta, ele solta um soluço sentido e logo percebe que seu rosto se encontra igualmente molhado. Domenico chora não só pela perda de Elena e do filho pelo qual tanto ansiara, mas por tudo que havia se sucedido desde então — a ausência de sentido que tomara conta de seus dias; a miséria das ruas de Roma e a sordidez ainda maior que imperava nos corredores da Sé; as garotas do Ortaccio, que mal passavam de crianças as quais ele consumira com torpeza uma após outra e que haviam revidado com a doença; as garrafas de mescal com seus vermes asquerosos; as pústulas que começavam a se espalhar por seu corpo, a glória perdida; a decepção; a vergonha; sua família que se transformava em farrapos; sua alma que naquela noite será prometida a algo que passou tanto tempo se recusando a acreditar. Enquanto Domenico pranteia sua desgraça, Lizbeta o ampara em seu peito como se ele fosse o menino que jamais tivera oportunidade de ser. Ela beija sua testa e sussurra em seu ouvido:

— Você ainda tem um compromisso com sua família. Todos nós sempre teremos. Ninguém nasce sob o nosso nome sem um propósito. Você falhou da primeira vez, mas tem a ventura de ser o nosso primogênito, de forma que receberá a bênção de uma segunda chance. Mesmo que agora o trono seja outro, você continua a ter um lugar a ser ocupado entre os da sua estirpe. Tenho certeza de que você está ciente disso e não nos decepcionará novamente. A lição foi aprendida, ainda que o custo tenha sido alto.

Ela pega uma das mãos do filho. Enquanto beija a pele manchada que já começa a demonstrar algumas feridas, sem manifestar o mínimo sinal de asco ela continua:

— Sempre seremos sua família. Sempre o amaremos e estaremos aqui. Eu sempre o amarei e estarei aqui. Jamais se esqueça disso. Por mais tortuosos que sejam os caminhos e que nossa humanidade nos faça pecar, enquanto estivermos juntos seremos fortes. E a partir de amanhã caberá a você ser o fio que manterá todos os Manfredi mirando na mesma direção. Sei que você compreende a importância desse encargo e quanto seu pai necessita de sua ajuda. Mais cedo ou mais tarde ele irá perdoá-lo. Você só precisa demonstrar que não perdeu seu valor. – Lizbeta mira o filho nos olhos. – Eu e seu irmão garantimos a seu pai que você é digno dessa responsabilidade e por isso ele passou a madrugada com Luciano nos porões preparando tudo para que o ritual desta noite seja perfeito. Sei que você, assim como eu, ama essa família mais do que é capaz de conceber. Agora que você está prestes a deixar a Sé para trás e ocupar o lugar que sempre considerou seu, não nos decepcionará de novo. Até porque não há mais motivos para isso. Você estará aqui, ao nosso lado, de onde nunca deveria ter saído. E aqui você nos manterá.

Domenico enterra a cabeça no colo da mãe e solta um profundo suspiro de alívio. Ainda que saiba que muito em breve aquela carga será substituída por outra quiçá ainda mais pesada, ele tem certeza de que aquele é o dever que de fato lhe cabe. Por fim ocupará o lugar à cabeceira da grande mesa no salão de jantar dos Manfredi que é seu por direito.

O sol finalmente se eleva no firmamento em todo seu esplendor. Será uma daquelas manhãs primorosas de Parma. A febre que o acomete durante a noite por fim cede e o calor brando do final do inverno, assim como as mãos suaves da mãe em seus cabelos, o acalenta. Lizbeta se deita sobre a pedra, também desfrutando do sol lânguido, com a cabeça apoiada na mão livre, com o filho reclinado em suas coxas e os pés chapinhando levemente na água gelada.

A noite em claro, o esforço da cavalgada e das braçadas e a calidez do momento fazem com que o corpo de Domenico seja tomado pelo torpor. Seus olhos se fecham e, apesar de saber que não devem se demorar, cai em um sono profundo, sem sonhos nem pesadelos. Pela primeira vez desde que era uma criança, Domenico se sente em paz.

21

Palazzo Pamphili, Roma, abril de 1651

Do GRANDE SALÃO DO segundo andar de seu palácio, Olimpia Maidalchini contempla por uma fresta nas cortinas a balbúrdia da Piazza Navona. Uma turba brada palavras odiosas ao redor da imponente Fonte dos Quatro Rios, erguida em anos mais felizes por um dos únicos homens por quem um dia Olimpia cogitou sentir algo semelhante ao amor. Eles berram ofensas entre os restos imundos da feira que aconteceu mais cedo e quase derrubam de seu pedestal uma grotesca estátua romana sem braços nem pernas. O infame Pasquino, como é conhecido por toda Roma, costuma trazer preso em seu corpo cartazes com desenhos e sátiras maldosas, que beiram o obsceno, a respeito do alto clero e da nobreza da cidade. Nesta manhã, Olimpia não tem a menor dúvida de quem é o alvo dos autores anônimos das pasquinadas. Aquelas injúrias jamais a haviam atingido, diferente da plebe que ameaça colocar abaixo tudo aquilo que ela levou sessenta e quatro anos para conquistar.

Apesar do perigo iminente, a única coisa em que Olimpia consegue pensar é que a primeira decisão tomada pelo papa Inocêncio X ao assumir o trono uma década antes havia sido mover para outro lugar a feira que tanto desagradava sua querida Olimpia com seus odores fétidos, a algazarra e a multidão de servos e citadinos maltrapilhos. Esse devaneio a faz voltar à época em que era uma jovem viúva que, seguindo seus sonhos de nobreza, deixara para trás a pequena Viterbo e aceitara o pedido de casamento do velho Panfílio Pamphili. Antes dos milhões de ducados que havia trazido consigo como herança do primeiro marido, a casa dos Pamphili era apenas um prédio estreito, quente e dilapidado que em nada lembrava o imponente palácio que ela até aquele dia chamara de casa, que ocupava uma grande extensão da praça ao lado da recém-inaugurada igreja de Santa Inês da Agonia, obra que ela havia capitaneado com suor e lágrimas em nome do legado da família que então ela considerava sua. Agora, porém, o papa está morto, a feira voltou a seu antigo lugar e ela amaldiçoa tanto aquele palácio quanto aquela cidade, aquela igreja e, principalmente, o nome dos Pamphili. Sua vingança está completa. E já que desde que se entende por gente Olimpia ouve que é o diabo de saias, não havia sido difícil se aliar aos demônios para conseguir o que queria, mesmo quando eles vinham das terras vis de Parma.

Em um tempo de maldições, uma das piores delas era ter uma prole composta apenas de mulheres. Pelo menos era isso que a pequena Olimpia ouvia seu pai repetir à exaustão todos os dias. Sforza Maidalchini, ainda que não passasse de um mero cobrador de taxas em Viterbo, era um homem ambicioso, que se gabava de ser amigo do bispo que administrava a cidade e sonhava em deixar um legado próspero, de forma que, um dia, seu nome fosse conhecido por toda a Europa. Para isso, porém, ele precisava de um filho varão, e sua esposa inútil havia lhe dado apenas três meninas antes de morrer poucos meses depois do nascimento de Olimpia, deixando-o com três bocas pequenas para alimentar e que, mais tarde, lhe custariam ainda mais quando precisasse pagar dotes dispendiosos para se livrar delas. A única maneira de resolver a questão seria casar-se novamente, orando para que, dessa vez, escolhesse uma mulher capaz de lhe dar seu tão aguardado herdeiro, e trancar as filhas em um convento assim que tivessem idade suficiente, o que lhe traria uma dupla economia.

As meninas, que haviam sido praticamente criadas pelas freiras do convento de Viterbo, onde foram matriculadas ainda jovens como alunas pelo pai, na esperança de que fossem aceitas o mais breve possível como postulantes, foram relegadas ainda mais ao segundo plano quando a madrasta deu à luz um menino saudável, que se tornou a razão de viver de Sforza.

As garotas mais velhas aceitaram sem protestos o destino que lhes foi imposto e aos treze anos passaram a viver no convento. Ainda que, como muitas de suas companheiras, tivessem dúvidas quanto à sua verdadeira vocação, não podiam ir contra a vontade do pai e, encarando a situação pelo melhor dos ângulos, a vida religiosa as pouparia das agonias do parto, que sempre significava gritos lancinantes que ecoavam pelos corredores seguidos pelo silêncio repentino das mulheres que não raro deixavam seus quartos dentro de caixões. Mais do que tudo, as freiras eram poupadas da brutalidade dos homens — maridos bêbados que as espancavam ou lhes transmitiam o mal de Nápoles, que contraíam com prostitutas. Apesar de ainda ser muito pequena, Olimpia compreendia o apelo do convento, entretanto se desesperava ao pensar que passaria o restante de sua existência trancada dentro de uma cela miserável, orando por aqueles por quem não conseguia sentir nada além de desprezo. Não, ela sempre fora muito mais esperta, inteligente e ambiciosa do que as irmãs e as outras garotas xucras da escola das freiras, onde era de longe a melhor aluna, para se contentar com tão pouco. Olimpia queria deixar aquele fim de mundo para trás e chegar até Roma, onde tudo que importava acontecia. Almejava a honra, a glória, a riqueza, o poder — tudo que era proibido a uma mulher. Olimpia, porém, não era uma mulher como as outras.

Embora as novas diretrizes impostas pelo Concílio de Trento proibissem que os pais colocassem as filhas em conventos contra a vontade das moças apenas para se livrarem das despesas com o dote, assim que Olimpia demonstrou que não seria encarcerada com a mesma passividade das irmãs Sforza foi taxativo em sua decisão, afirmando que a menina seria entregue às freiras no dia de seu décimo terceiro aniversário, nem que ele tivesse que arrastá-la pelos cabelos pelas ruas do vilarejo. Olimpia conhecia muito bem o péssimo gênio do pai e como ele se enfurecia ao ser contrariado, ainda mais por uma mulher, sua própria filha, sua propriedade. Ela precisava agir rápido, pois sabia que assim que seus poucos pertences fossem despejados no convento dificilmente conseguiria fugir dali.

O padre Montilio era um dos homens mais respeitados de Viterbo, para onde havia sido enviado assim que concluíra o seminário e onde residia fazia mais de duas décadas. Em meados da casa dos quarenta anos, ele fora responsável por batizar boa parte dos jovens da cidade. Era conhecido por seus atos de caridade e por distribuir pão e palavras de esperança aos inúmeros miseráveis que se multiplicavam pelas ruas devido aos crescentes impostos — cobrados pelos homens de Sforza em nome do bispo. Montilio, contudo, jamais enganou Olimpia, que com seus olhos sempre atentos já percebera os sorrisos maliciosos e as palavras lânguidas que ele dirigia às jovens devotas que frequentavam sua paróquia. Quando ela própria se tornou alvo das atenções do padre, engoliu a repulsa e decidiu que, por mais irônico que parecesse, justamente um homem da Santa Igreja a afastaria para sempre do convento.

Foi muito mais fácil do que Olimpia imaginava. Desde aqueles dias ela aprendeu que os homens não passam de garotos incautos e tolos quando desejam algo. Não precisou lançar mais do que alguns olhares e sorrisos ensaiadamente inocentes em resposta às investidas do padre para que ele a convidasse para se confessar em particular na sacristia. Olimpia, porém, não esperava que os toques de Montilio em suas coxas ao levantar suas saias fossem tão ásperos, seu hálito tão asqueroso, suas palavras tão baixas. E ainda houve a dor, da qual jamais seria capaz de esquecer. Quando fez menção de gritar, ele cobriu sua boca com aquela mão imunda, a mesma que lhe dava a comunhão todos os domingos, a qual teve que se conter para não morder com toda sua força. Ela apertou os olhos, pensando que seria aquilo ou passar o resto da vida em Viterbo, trancafiada em um convento cercada pelas irmãs e outras mulheres tão complacentes quanto elas, perdida para sempre naquele fim de mundo. Graças aos céus, foi rápido. Assim que se afastou, o padre foi até uma das cômodas da sacristia e retornou com um pedaço de tecido embebido em vinagre e pediu que ela passasse nas partes íntimas com a recomendação de que, caso quisesse ser perdoada por Deus por sua lascívia ao seduzir um homem de fé, sendo poupada de arder pela eternidade nas chamas do inferno, não devia contar a ninguém o que havia acabado de acontecer. Ela simplesmente fez que sim com a cabeça. O que o padre Montilio não sabia é que tinha dado uma espécie muito diferente de absolvição a Olimpia.

A menina correu pelas ruas íngremes e estreitas até a casa simples, ainda que de tamanho imponente, dos Maidalchini. Chegando lá, irrompeu aos prantos no gabinete do pai, que assinava alguns papéis, erguendo um pouco a saia para mostrar o sangue seco que lhe escorrera pelas pernas, informando-lhe que o padre Montilio fizera algo muito ruim com ela enquanto se confessava. Ainda que Olimpia não esperasse que o pai a alentasse, ele a surpreendeu ao se erguer e lhe dar um soco na altura do olho direito.

— Além de uma mulher insolente, você me saiu uma puta – ele disse apenas antes de se levantar e sair da casa apressado.

Apesar da dor e da humilhação, Olimpia não conseguiu deixar de sorrir enquanto tomava um longo banho para se livrar de toda a sujeira daquele homem repulsivo. Após se vestir, soube pelas empregadas, que a olhavam de soslaio e passaram a evitá-la como se sofresse de uma doença, que o pai, ao ter a honra da filha estilhaçada, não viu saída além de ir até a igreja com alguns de seus capangas e dar uma boa surra no pároco. A notícia, como tudo que acontecia em Viterbo, se espalhou rapidamente e em poucos dias o padre Montilio foi enviado para longe dali, sendo substituído por um religioso idoso, carrancudo e que não disfarçava sua insatisfação por ter sido enviado para aquele canto do mundo esquecido por Deus. O povo de Viterbo, que apesar dos pecadilhos do padre Montilio o considerava um homem santo, passou a encarar Olimpia como uma enviada de satã para tentar os homens de bem. As mulheres escondiam as filhas e os maridos quando ela passava pela rua e os mendigos, mais famintos do que nunca desde a troca de presbíteros, atiravam-lhe pedras e cuspiam nela. Olimpia apenas dava de ombros e repetia para si mesma:

— Sou um cavalo castigado. As pancadas só me tornam mais forte.

Para desespero de Sforza, as freiras não aceitaram o postulado de Olimpia por conta de seu comportamento imoral e ele sabia que, depois daquele escândalo, seria uma tarefa quase impossível conseguir um marido para a filha, não importava se ele oferecesse todos os ducados provenientes das propinas e desvios de taxas que acumulara ao longo dos anos — algo que ele não tinha a menor intenção de fazer. Por outro lado, era impensável para uma mulher adulta viver solteira com seus pais ou sozinha. Olimpia mais uma vez se tornava um enorme estorvo.

Os anos passaram e a menina aproveitava os longos dias livres que tinha sem orações nem marido e filhos que necessitavam dela a todo instante para aprender. As freiras a haviam ensinado a ler e fazer contas e, por mais que o pai torcesse o nariz, ela era hábil com os números e logo se mostrou uma ajuda valiosa na organização dos livros-caixa da casa, chegando até a corrigir erros e desfalques cometidos pelos empregados. Ela ainda não sabia como dar o fora de Viterbo, mas pelo menos aquilo era muito melhor do que ficar trancada em uma cela.

O que Olimpia não imaginava, porém, é que em suas andanças pela cidade, alheia aos comentários maldosos, com a cabeça sempre erguida, os olhos vivos e o corpo que, aos dezessete anos, se tornara tentador, ela fosse atrair a atenção do homem mais rico de Viterbo. Paolo Nini, então com vinte e um anos, havia recém retornado de seus estudos em Florença e estava em busca de uma moça local para se casar e por fim assumir os vastos negócios da família. O problema era que, depois de conhecer as beldades e cortesãs de uma das cidades mais sofisticadas da Europa, as caipiras de Viterbo lhe davam, mais do que tédio, asco. A única que atraiu seu interesse foi justamente a filha maldita do cobrador, com suas ancas largas, a pele morena, a figura altiva e todas as histórias sobre seu incansável apetite para os prazeres da carne que eram murmuradas sempre que ela passava.

Paolo estava tão apaixonado que aceitou sem questionar o dote de cinco mil ducados oferecido por Sforza, uma quantia considerada absurda até mesmo para a mais pura das donzelas e inconcebível para uma mulher com a fama de Olimpia. Já a noiva, embora não cultivasse nenhuma simpatia especial pelos homens, encantou-se com Paolo. Além de bonito, culto e enamorado, ele era o único herdeiro dos dois maiores palácios de Viterbo, fazendas, lojas, vinhedos e montanhas de ducados. Ninguém na cidade conseguia acreditar na sorte da meretriz dos Maidalchini.

Contra todas as suas previsões, Olimpia de fato encontrou a felicidade no casamento. Paolo era um marido atencioso, gentil e inflamado. Com ele, não só conheceu o prazer carnal como adquiriu novas habilidades que pareciam totalmente fora do seu alcance até então. Paolo a colocava a par de todos os seus negócios, pedia suas opiniões, encarregou-a de vários de seus estabelecimentos comerciais e ela tinha carta branca para administrar os palácios dos Nini como bem entendesse. O casal teve duas filhas que, para tristeza de ambos, faleceram ainda na primeira infância. Olimpia, contudo, estava tão envolta em suas novas responsabilidades que não teve tempo para chorar seu luto. Porém, quando nove anos depois de trocarem votos Paolo foi abatido por uma febre repentina, Olimpia se desesperou. Não só perdera o marido, um homem bom, a quem aprendera a admirar, como estava novamente nas garras de seu pai — e agora como dona da maior fortuna de Viterbo.

Uma viúva com menos de quarenta anos, ainda em idade fértil, era considerada perigosa. Ela conhecera prazeres proibidos a mulheres solteiras, os quais lhe haviam sido tirados. Quando essa viúva possuía uma história pregressa como a de Olimpia, a necessidade de mantê-la longe de outros homens se fazia ainda mais urgente. Assim, mais interessado na fortuna da filha do que na moral de sua família, Sforza estava novamente decidido a trancafiar Olimpia no convento. Afinal, como viúva do homem mais importante de Viterbo depois do bispo, as freiras dessa vez não teriam como rejeitá-la. Para Olimpia, no entanto, após tudo que havia experimentado e conquistado, a vida entre as freiras se tornava uma impossibilidade ainda maior. Mais uma vez, ela se viu obrigada a tecer um novo plano, com a diferença de que, agora, ela era, em vez de uma jovem malfalada, uma viúva jovem, bonita e riquíssima. Se o preço de sua liberdade fosse se casar novamente, ela podia se dar ao luxo de escolher quem bem entendesse.

Mais uma vez, a Providência Divina parecia sorrir para Olimpia. Antes que o corpo de Paolo Nini esfriasse sob a terra, os Maidalchini receberam a visita de um tio romano, casado com uma Pamphili, uma família da nobreza menor com uma longa tradição na Igreja e no serviço ao governo. A moça trouxe consigo seu tio, um homem que, apesar de já estar na casa dos cinquenta anos e dos cabelos que se tornavam grisalhos, ainda era belo. Panfílio Pamphili era alto, bem cuidado, com traços fortes e uma pele morena que deixava clara sua ascendência espanhola. Apesar da idade e de ser o primogênito dos Pamphili, Panfílio ainda era suspeitamente solteiro e buscava uma noiva. Olimpia era a candidata ideal.

Ela sabia muito bem o que se dizia sobre homens que permaneciam sem contrair matrimônio em uma idade tão avançada, assim como os motivos — em geral financeiros — que faziam com que decidissem buscar uma esposa. Contudo, não se importou. Afinal, não era amor o que ela desejava, mas deixar Viterbo definitivamente para trás e tomar Roma de assalto. E um título de nobreza também não lhe cairia nada mal. Durante o jantar, ela foi receptiva aos flertes discretos do nobre romano e, assim que baixaram os garfos de sobremesa, a própria Olimpia, para choque de todos os presentes, retirou-se para tratar com Panfílio das condições do casamento. Ele retornou para casa com uma aliança no dedo, uma esposa e um dote milionário.

Ao chegar ao *palazzo* dos Pamphili na Piazza Navona, Olimpia comprovou que todas as suas suspeitas eram verdadeiras. Apesar do endereço nobre, o lugar era estreito e escuro, com móveis requintados, porém esparsos, como se houvessem sido vendidos ao longo do tempo. Apesar dos empregados escassos a quem foi prontamente apresentada como sua nova senhora, um séquito de rapazes jovens e saudáveis servia seu marido. Na primeira noite, o casal jantou na longa mesa da sala de banquetes, à qual faltavam diversas cadeiras e, em seguida, Panfílio lhe apresentou seus novos aposentos, despedindo-se com um casto beijo na testa antes de se retirar para seu próprio quarto.

Olimpia recebeu aquela distância como uma dádiva e dormiu bem apesar do tecido puído dos lençóis e do colchão fino e empoeirado. Afinal, ela não só tinha ducados mais do que suficientes para trazer aquele lugar de volta aos seus dias de glória, como finalmente estava em Roma, onde fazia parte da nobreza. Ninguém de Viterbo, fosse homem, fosse mulher, havia chegado tão longe.

Na manhã seguinte, enquanto tomava um solitário desjejum, Olimpia quase desmaiou ao avistar a chegada repentina de um dos homens mais feios que já vira em toda sua existência. Alto de uma forma que o tornava um tanto desengonçado, com uma vasta testa, uma carranca enrugada, olhos castanhos apertados, cabelos que começavam a rarear e uma barba desgrenhada e esparsa, ele se vestia com roupas caras, porém totalmente desalinhadas. O camisão estava para fora das calças e ele trazia o gibão dobrado languidamente sobre um dos ombros. As meias estavam abaixadas, revelando pernas torneadas, porém com pelos em demasia. Ele cheirava a álcool e água de rosas. Claramente retornava de uma noitada em uma das casas de tolerância que, de acordo com o que Olimpia havia lido nos *avvisi* — os jornais manuscritos que circulavam pelas casas nobres de Roma —, se multiplicavam como gafanhotos pela Cidade Eterna. Ele simplesmente a contemplou apertando ainda mais os olhos e, sem lhe dirigir uma única palavra, deu meia-volta e seguiu pelo mesmo corredor de onde viera.

Ainda sondando o ambiente em que se encontrava, Olimpia decidiu permanecer calada e esperou até que finalmente encontrasse o marido — o que só aconteceu em meados da tarde — para perguntar quem era o estranho visitante. Ela percebeu que Panfílio ficou irritado com a situação, entretanto, com a cortesia que lhe era peculiar, informou que se tratava de seu irmão, o monsenhor Giambattista Pamphili, especialista em direito canônico da Santa Sé, e pediu-lhe desculpas por seu comportamento descortês, garantindo que não se repetiria. Em seguida, pediu licença e se retirou pisando tão duro que o assoalho antigo rangeu.

Quando desceu para jantar naquela noite, além do marido Olimpia encontrou o cunhado sentado à mesa. Ele agora vestia uma batina negra muito bem alinhada, tinha os cabelos penteados para trás e uma postura por fim compatível com um homem da Igreja. Ambos se levantaram assim que Olimpia entrou no salão. Giambattista se aproximou dela e, com uma reverência, beijou sua mão, desculpando-se pela conduta deplorável daquela manhã, dizendo que ainda não havia se habituado à presença de uma dama na casa, mas prometendo que aquilo não se repetiria. Ela continuou a achá-lo um homenzinho insolente, porém sua aparência, embora continuasse ruim, era atenuada pela batina e pelos cabelos alinhados. Doze anos mais novo, ele de fato tinha alguns traços em comum com o irmão, e se esforçou ao máximo para ser agradável. Quando Panfílio foi se recolher logo depois que o Porto foi servido, Giambattista continuou à mesa perguntando a Olimpia sobre a vida em Viterbo, sua família, suas ideias e impressões a respeito de Roma, enquanto lhe explicava como a cidade funcionava e lhe dizia quem era quem por ali. Ele não só parecia ser extremamente bem relacionado, como era arguto, ainda que tímido, e a ouvia com toda atenção, com os olhos fixos nos seus, como se sorvesse cada uma de suas palavras.

Logo, enquanto Panfílio passava a maior parte do tempo acompanhado apenas por seus valetes e em muitas noites não abandonava seus aposentos nem mesmo para jantar, Giambattista se tornou uma presença constante na vida de Olimpia. Ele a ajudava em todos os assuntos relativos à reforma do *palazzo*, apresentou-a a alguns dos melhores arquitetos, manufatureiros e artistas de Roma, enquanto dividia com ela os problemas diários que enfrentava na Sé. Ao perceber o quanto a cunhada era sagaz, o monsenhor Pamphili começou a pedir seus conselhos com cada vez mais frequência, auxílio que Olimpia lhe oferecia com avidez.

Apesar da aparência austera que Giambattista assumia quando vestia a batina, ele era indeciso ao ponto da paralisia, com suspeitas profundas a respeito das outras pessoas e dado a depressões silenciosas e sombrias. Ao longo do tempo, criou ao redor de si um muro de dignidade inescrutável no intuito de evitar que os outros percebessem as dúvidas que se ocultavam em sua mente. Coberto pela capa de sua aparência severa e terrível, jamais demonstrava fraqueza a outros homens, que considerava adversários que podiam apunhalá-lo pelas costas a qualquer momento. Giambattista estava mais inclinado a confiar nas mulheres que em seus pares, já que elas não competiam em um mundo estritamente masculino. Olimpia não tardou em perceber que o cunhado possuía uma carência materna latente, visto que lhe confessara que perdeu a mãe aos seis anos e talvez jamais houvesse se recuperado totalmente daquela ausência.

As fugas noturnas de Giambattista se tornaram cada vez mais raras enquanto ele era visto com frequência na companhia da cunhada. Ainda que os discretos e fiéis servos do Palazzo Pamphili não tenham tecido comentários quando ele começou a passar noites inteiras no quarto de Olimpia, logo o boato se espalhou entre os romanos, cujo principal passatempo era trocar mexericos sobre a nobreza e o clero. Os dois estavam tendo um caso muito público debaixo do nariz de Panfílio, que, por sua vez, era visto apenas acompanhado por seus valetes jovens e belos. E o caso não apenas era adúltero como, de acordo com a lei da Igreja, também incestuoso, dado que eram cunhados. Era um escândalo que uma relação como essa fosse protagonizada justamente por um especialista em direito canônico. Contudo, o que as pessoas não conseguiam entender era como uma mulher de corpo e rosto tão agradáveis podia ter se apaixonado pelo homem mais feio de Roma. Olimpia, porém, tornava-se cada dia mais encantada por Giambattista. Além de tratá-la com adoração, ele nunca fazia nada sem antes consultá-la, fosse escolher uma batina, fosse assinar um documento ou dar um parecer sobre algum julgamento em trânsito na Sé, como se tivesse nela o mais confiável dos oráculos. E ele seguia absolutamente todos os seus conselhos.

Mais do que apaixonada pelo cunhado, Olimpia estava arrebatada pelo poder que ele era capaz de colocar em suas mãos. Ela lhe prometeu usar toda sua inteligência e fortuna para tornar Giambattista um cardeal. Claro que cardeais não eram feitos da noite para o dia, ainda mais quando vinham de uma família com pouca tradição no Colegiado como os Pamphili, e o candidato em questão não tinha nenhuma qualidade especial. A cúria, porém, estava sempre aberta a doações generosas em troca de cargos e Olimpia estava mais do que disposta a abrir seus cofres.

Pouco depois que a primeira reforma do *palazzo* foi concluída, fazendo com que recuperasse o brilho dos velhos tempos, Giambattista foi declarado núncio — o diplomata papal — em Nápoles, um território espanhol tão perigoso e violento quanto estratégico e poderoso. Enquanto o irmão permaneceu em Roma, Giambattista levou Olimpia consigo. Sua decisão causou um imenso rebuliço não só na cúria como nas ruas e salões da cidade, entretanto, o cargo havia sido pago com uma quantidade mais que suficiente de ducados para que nenhuma das deliberações do novo núncio fosse questionada. Lá, enquanto Olimpia multiplicava sua fortuna vendendo favores, privilégios e o silêncio do núncio quanto a quebras das leis canônicas, Giambattista, sempre guiado pela mente arguta da cunhada, fazia alianças poderosas com os espanhóis e o governo local, chegando a se encontrar com o rei Filipe em diversas ocasiões e lhe oferecer suntuosos banquetes em seu palácio. Apesar da importância do cargo, ser núncio era uma tarefa dispendiosa, já que os soldos fornecidos pela cúria eram modestos. Tacitamente, porém, todos sabiam que bancar uma embaixada papal e criar relações e tratados que fossem prestigiosos e lucrativos para a Sé era o caminho mais curto para que alguém sem renome se tornasse um dos príncipes da Santa Igreja.

Após quatro anos em Nápoles e sete anos de seu casamento com Panfílio, Olimpia retornou a Roma grávida. Giambattista a seguiu alguns meses depois, após pedir autorização ao papa para voltar para casa. Sua missão em Nápoles tinha sido cumprida com louvor. O rei Filipe estava satisfeito com o Vaticano e, desde que o monsenhor Pamphili havia assumido a embaixada napolitana, o monarca não só dobrou o contingente de soldados que mantinha à disposição do papa Urbano para suas crescentes guerras como os tributos pagos por Nápoles triplicaram.

Cinco meses após seu regresso, Olimpia deu à luz uma menina saudável que chamou de Maria. Menos de dois anos depois, a garota ganhou um irmão, Camillo. Ambos foram batizados com toda a pompa e circunstância pelo monsenhor Pamphili, que, todos comentavam, tratava os sobrinhos como se fossem seus filhos legítimos enquanto o marido de dona Olimpia raramente era visto ao lado das crianças.

Poucos meses após o nascimento de Camillo, os Pamphili foram agraciados com outra benesse divina: Giambattista foi ordenado cardeal. Ao contrário dos colegas, que em geral comemoravam o recebimento da honraria com banquetes e grandes festas, Giambattista optou por um jantar reservado no *palazzo* da família, tendo como comensais apenas a cunhada e o irmão, que, naquela época, encontrava-se muito debilitado devido a seguidas pedras nos rins, falecendo dias depois, como se apenas esperasse ver o caçula dos Pamphili vestindo o hábito carmesim antes de deixar este mundo.

Devido ao luto, Giambattista ainda demorou um mês para assumir suas novas responsabilidades na Sé. Não levou muito tempo, porém, para que sua austeridade e a personalidade severa e reservada chamassem a atenção dos colegas no Sacro Colégio. Ainda que fosse um homem de poucos amigos, seu estilo de vida discreto, o discurso pela moralização da Igreja diante das críticas dos infiéis protestantes, que traçavam um retrato de Roma digno de Sodoma e Gomorra, e as palavras esparsas, porém ponderadas, fizeram com que, ao longo dos anos, ele caísse nas graças dos demais cardeais. A única mácula na conduta do cardeal Pamphili era sua maldisfarçada paixão pela cunhada.

Olimpia, por sua vez, tinha certeza de que o melhor momento de sua vida estava prestes a ter início. Aos quarenta anos, sua influência sobre Giambattista, e consequentemente nos corredores do Vaticano, crescia cada vez mais. Toda a Sé e a cidade de Roma sabiam que, para conseguir algo do cardeal Pamphili, era-se obrigado a passar primeiro por Olimpia, que iria julgar a questão e em seguida falar para o cunhado como ele devia agir. A influência de uma mulher nos assuntos da Igreja e os posicionamentos estritos do cardeal Pamphili nos consistórios, sempre defendendo um orçamento modesto para as contas da Sé, que estavam constantemente no vermelho devido não só às diversas guerras perpetradas por Urbano e aos gastos nababescos do Colegiado, mas também, como ele e Olimpia tinham praticamente certeza, pelos desvios cometidos por aqueles que administravam o Tesouro, fizeram com que, além de admiração, Giambattista arregimentasse inimigos poderosos.

Tudo se tornou ainda pior quando o jovem cardeal Domenico Manfredi, ordenado na mesma cerimônia que Giambattista, começou a ganhar voz na cúria. Como se não bastasse terem que engolir seu tio Marcello, o tesoureiro-mor, e seus vários negócios escusos, ainda que muito bem encobertos, agora eles tinham que lidar com aquele moleque insolente, que chegou ao Colegiado quando mal havia saído dos cueiros, apenas por conta de todas as propinas e presentes dispendiosos que aqueles mercenários de Parma distribuíam a torto e a direito a todos que pudessem lhes oferecer qualquer tipo de vantagem. Os cofres e a ambição daquela gente pareciam não ter limites.

Logo, o jovem cardeal Manfredi caiu nas graças do papa Urbano, que o convidou a abandonar o ostentoso *palazzo* onde o tio vivia com sua concubina e seus bastardos na requintada Via Andrea Doria e se mudar para o Palácio Apostólico, honraria concedida apenas aos conselheiros mais próximos do papa, com a qual Giambattista, mesmo com todos os bons serviços prestados à Sé ao longo de décadas, não podia nem mesmo sonhar. A partir dali, a influência dos Manfredi no Colegiado cresceu a olhos vistos. Eles conquistavam cada vez mais aliados e se tornavam adversários perigosos. A audácia daquele moleque era tanta que havia até mesmo um burburinho de que, apesar da pouca idade, Domenico se tornava um nome forte para o trono no próximo consistório. Ainda que a possibilidade fosse remota, já que os demais cardeais, em sua maioria idosos, dificilmente votariam em um colega que ainda tivesse muitos anos de vida pela frente, o que lhes tiraria a oportunidade de um dia eles próprios ostentarem a coroa tríplice, algo se acendeu em Olimpia. Afinal, desde que o cunhado fora ordenado cardeal, ela tinha uma única meta: alinhar membros suficientes do Colegiado para que Giambattista se elegesse pontífice. Tendo sessenta anos recém-completos e sendo respeitado por boa parte de seus colegas, ele era um candidato mais do que factível. Para não colocar tudo a perder, afinal Giambattista dificilmente teria uma nova chance se Domenico se tornasse papa, era preciso conter aquele fedelho.

A oportunidade perfeita surgiu com o falecimento do inquisidor-mor, Antonio de Sotomayor, após mais de duas décadas a serviço do Santo Ofício. Eram muitas as histórias sinistras sobre os Manfredi pronunciadas aos sussurros nos salões da corte e nos corredores do Vaticano. E, desde que Domenico havia começado a ganhar terreno com o papa, Olimpia reuniu alguns dos mais efetivos espiões de Roma e dos arredores, que vendiam seus serviços a preço de ouro para o clero e a nobreza local. Meses depois, eles lhe retornaram com histórias ainda mais escabrosas sobre aquela gente. Embora nenhum deles conseguisse provas substanciais que legitimassem o que ouviram, o incesto e os cultos profanos pareciam ser, muito mais do que a violência atroz de seus mercenários e os rombos que, ela e Giambattista tinham certeza, eles perpetravam fazia anos nos cofres da Sé, a ordem do dia dos demônios de Parma. Uma coisa, porém, era certa: Sotomayor estava no bolso dos Manfredi e eles já haviam começado uma dispendiosa campanha para eleger mais um de seus aliados, o cardeal De Arce, para substituí-lo. Olimpia não podia permitir isso. Já estava mais do que na hora de a Igreja e os seguidores de Cristo saberem o que aqueles hereges tramavam por trás dos muros de sua Villa. Ela então ordenou que o próprio Giambattista se candidatasse. Afinal, esse também podia ser um passo importante na corrida pelo trono papal dali a alguns anos. Nos meses que se seguiram, ela usou de toda sua crescente influência no Colegiado — e seus ducados, joias e os favores do cardeal Pamphili — para angariar votos para o cunhado. Os Manfredi, entretanto, se mostraram adversários implacáveis. Até a véspera do conclave, pelos cálculos de Olimpia, os demônios de Parma ganhariam por três votos. Ela tinha que tomar medidas extremas.

Naquela época, Maria tinha quinze anos e estava noiva do belo e elegante príncipe de Caserta, de vinte e três, que parecia ser o par perfeito. Em Roma, comentava-se que Maria, que, ao contrário do irmão, herdara os traços grotescos do pai, em lugar da beleza lasciva da mãe, tinha tirado a sorte grande. Claro que o fato de o dito tio de Maria ser um forte candidato a ocupar o trono papal em um futuro próximo pesara na decisão do noivo. Entretanto, um dos cardeais que haviam se debandado para o lado dos Manfredi possuía um sobrinho primogênito que, ainda solteiro aos trinta e um anos, era a grande preocupação da família. Niccolò Ludovisi era considerado o homem com mais títulos da região e seria o melhor partido de Roma se não fosse morbidamente obeso. As fofocas especulavam até se era possível haver alguma posição na qual ele fosse capaz de gerar um filho. Isso, somado a seu rosto quase deformado pela varíola que quase o matou quando era garoto, tornava praticamente impossível que algum pai em sã consciência concordasse em casar uma de suas filhas com um ser tão grotesco. Tempos difíceis, entretanto, pediam medidas extremas e, na véspera do conclave, Olimpia convidou o cardeal Ludovisi para jantar em seu *palazzo* na Piazza Navona. Durante a refeição, ela lhe prometeu que, caso mudasse seu voto e convencesse alguns de seus colegas a fazer o mesmo em número suficiente para eleger Giambattista, ela daria a mão de Maria a Niccolò.

O casamento aconteceu duas semanas após o cardeal Pamphili ser escolhido como prelado da Congregação do Santo Ofício da Inquisição. A cerimônia, porém, foi discreta. Além de a noiva estar desolada e o Príncipe de Caserta ter proibido qualquer carruagem com o emblema dos Pamphili de passar por suas terras, cinco famílias cardinalícias estavam enlutadas, inclusive a do noivo, que tivera dois primos e uma tia misteriosamente assassinados enquanto dormiam em seu *palazzo* nos arredores do Vaticano. Seu tio, o cardeal Ludovisi, foi encontrado enforcado em seus aposentos no dia seguinte ao casamento. Ao seu lado, uma carta de suicídio informava que ele não suportava viver sem sua amada concubina e os filhos ilegítimos. Embora alguns membros da nobreza tenham questionado a sanidade de Ludovisi, que com esse ato atirou o nome de sua família na lama, algo que respingou, por consequência, nos Pamphili, não só Olimpia como todo o Colegiado tinham certeza de quem estava por trás daquela carnificina. Entretanto, sem provas e temendo que a retaliação dessa vez caísse sobre eles, os cardeais permaneceram calados, apesar dos clamores de Olimpia para que algo fosse feito contra os demônios de Parma. De qualquer forma, ela finalmente tinha a Santa Inquisição em suas mãos e os Manfredi em breve se arrependeriam de ter nascido.

Os frutos da eleição de Giambattista como inquisidor-mor vieram mais depressa do que Olimpia imaginava. Mesmo que seus espiões e os novos inquisidores recém-nomeados ainda não fossem capazes de reunir provas suficientes do que se passava em Parma, o bispo Cristoforo de Giarda, um dos principais olhos de Olimpia no Vaticano e braço direito do cardeal Pamphili, havia recebido a denúncia da madre superiora das clarissas de Roma que lhe garantiu que Domenico Manfredi não só mantivera um caso com uma de suas freiras mais jovens como a havia engravidado, chegando ao cúmulo de instalar um convento em Castro, território de seu aliado, o duque Farnese, para que sua concubina pudesse gerar seu filho longe dos olhos da cúria — e ainda lhe concedeu o título de abadessa. Claro que era apenas um pequeno pecado perto de todos os outros cometidos por aquela gente, porém Giarda lhe garantiu que usaria seus métodos para fazer com que a jovem freira confessasse tudo que ele bem entendesse a respeito de seu amante. O que Giarda e os Pamphili não esperavam é que Domenico de fato tivesse apreço pela freira e seu filho bastardo e houvesse colocado um numeroso destacamento para protegê-la em Castro.

Embora Olimpia proclamasse para seus aliados que o assassinato do braço direito do cardeal Pamphili em uma missão da Sé havia sido o estopim para que Urbano VIII decidisse invadir Castro, todos sabiam que o papa nem devia se lembrar de quem era o bispo Giarda. Sua verdadeira intenção era, como sempre, expandir territórios que glorificassem seu nome e, na esteira, conquistar riquezas que pudessem ser desviadas por seus familiares e aliados. Ainda que o Colegiado tivesse considerado aquela guerra dispendiosa e inútil em um momento em que o Tesouro do Vaticano já estava combalido, Urbano havia se decidido. Mesmo que isso não fizesse sentido, visto que os Manfredi eram conhecidos aliados dos Farnese, Olimpia desconfiava que Domenico estava — e muito — envolvido na decisão do papa, afinal Urbano não costumava fazer nada sem consultá-lo. Quando, após meses de uma guerra que deixou a Sé mergulhada em dívidas gigantescas, os Farnese, com o apoio de Estados aliados, derrotaram as tropas papais, ela teve certeza de que os Manfredi estavam metidos até o último fio de cabelo em tudo aquilo.

A guerra foi longa e custou à Sé não apenas a vergonha da derrota como doze milhões de ducados apenas em mercenários — saídos, obviamente, das casernas dos Manfredi. Era uma quantia monumental, que deixaria pelo menos os próximos dois papados com as contas no vermelho, tornando a função não apenas mais pesarosa, mas sem nenhum benefício financeiro para as famílias dos próximos pontífices. Além de não se valer da sua posição para encher os próprios cofres, sem dúvida a austeridade necessária para que a cúria não fosse à falência faria com que o próximo pontífice fosse odiado não só pelo Colegiado, mas pelo povo de Roma e certamente pelos soberanos que se alinhavam à fé na Igreja. Aquela dívida poderia pôr um ponto-final na Obra Divina, entregando-a de bandeja aos protestantes.

A derrota em Castro foi um golpe decisivo na já enfermiça saúde de Urbano. Era claro que seus dias estavam contados. As casas de apostas de Roma começaram a aceitar palpites sobre quem em breve ocuparia o trono. Nos corredores do Vaticano, contudo, reinava o silêncio. Não havia o menor rastro do burburinho que era esperado naquele tipo de ocasião, com alianças e votos sendo travados nos corredores mais reservados e gabinetes a portas trancadas. Afinal, talvez pela primeira vez em toda a história da Igreja, o trono papal era mais um fardo que uma dádiva. Tudo indicava que, apesar da juventude, Domenico Manfredi seria o único nome possível para o cargo.

O próprio Giambattista andava cabisbaixo e irritadiço, culpando Olimpia por ter alimentado sua ambição de um dia se tornar pontífice, algo que ele considerava totalmente impossível dados os últimos acontecimentos. Ela, porém, se recusava a dar-se por vencida. Não depois de chegar tão perto de se tornar a mulher mais poderosa de Roma. Olimpia deu ordens para que os inquisidores do cunhado lhes trouxessem os vastos arquivos sobre os Manfredi. E, trancando-se por dias e noites a fio em seu gabinete, ela os leu com afinco e cruzou todas as informações com aquelas levantadas por seus espiões. Por mais que parecessem crendices e mexericos de camponeses ignorantes, as mesmas histórias sobre fantasmas, culto aos mortos, invocação de demônios, orgias incestuosas e crianças amaldiçoadas trancadas no convento de Santa Apolônia, nos arredores de Parma, conhecido por ser um depósito de aleijados e alienados, eram contadas nos mais diferentes territórios, com os mesmos detalhes. Vários relatos envolviam especialmente o irmão mais novo de Domenico, do qual havia anos não se tinha notícia. Alguns diziam que morrera, outros que vivia encarcerado na Villa onde passava seus dias conversando com demônios que só ele era capaz de ver. E ainda havia a garota, cujo simples nome fazia com que as pessoas tremessem em Colonnata após ela ter jogado uma maldição em toda a família do viúvo com quem se casara, que pereceu em questão de dias. E, mais recentemente, Don Alfeo apresentava a todos, com o peito estufado de orgulho, um garoto que dizia ser seu neto, descendente de seu filho do meio, embora a identidade da mãe fosse, mais uma vez, desconhecida. O que se sabia é que todos que tinham colocado os olhos no herdeiro dos Manfredi eram categóricos ao afirmar que havia algo muito errado com o rapaz. Apesar de belo e aparentemente esperto, ele era cercado por uma aura perversa, que gelava a espinha de todos que cruzavam seu caminho. Mesmo quando não passava de um menino, ele mantinha um sorriso maldoso constante no rosto bem talhado, que, muitos afirmaram, parecia penetrar a alma de quem o mirava, causando calafrios que só cessavam quando saíam de sua presença.

Olimpia teve certeza de que seria apenas questão de tempo até que os inquisidores e seus espiões levantassem as provas necessárias para levar todos os Manfredi para a Tor di Nona, a prisão miserável onde os acusados pela Santa Inquisição esperavam o julgamento e, mais tarde, a execução. Ela aprendera desde muito cedo — e por experiência própria — que, por mais que o povo fosse impressionável, onde há fumaça, sempre há fogo. Não foi à toa que os demônios de Parma responderam com tanta violência à traição de seus pretensos aliados na eleição do novo inquisidor-mor. Os Manfredi sabiam que os inquisidores de Pamphili não seriam frouxos em suas investigações como seus antecessores. Eles tinham muito a perder e, agora, tudo que possuíam de mais sagrado — sua família e sabe-se lá que tipo de sortilégio praticavam naquela maldita Villa — estava em risco. A descoberta de que Domenico havia emprenhado uma freira era apenas uma pequena linha em meio a uma trama muito mais nefasta.

Na noite seguinte, ela fez com que Giambattista marchasse para o gabinete do jovem cardeal Manfredi com um discurso muito bem ensaiado. Ela havia pensado em tudo.

A PRIMEIRA DÉCADA do papado de Inocêncio X foram os melhores anos da vida de Olimpia. Ainda que boa parte da nobreza de Roma a considerasse uma forasteira, os homens do Vaticano a vissem como uma mulher que não sabia o seu lugar e o povo declarasse abertamente que ela não passava de uma rameira, Giambattista continuava não só a amá-la com devoção como a acatar todos os seus conselhos, recomendações e desejos. Cardeais, embaixadores, duques e reis sabiam que, para chegar ao Santo Padre, tinham antes que passar pelo crivo de sua amante. Olimpia era a mulher mais adulada e reverenciada de Roma. As carruagens engarrafavam a Piazza Navona trazendo autoridades de todos os cantos da Cristandade para mendigar uma migalha do tempo daquela a quem se referiam como a papisa. Ela ganhava os mais valiosos subornos na forma de joias, móveis, prataria e pilhas infinitas de ducados. E, seguindo a promessa que fizera a si mesma quando era apenas uma menina em Viterbo, sofrendo nas mãos de um pai que se achava no direito de decidir seu destino, ela se empenhou em ajudar outras mulheres que se encontravam em uma situação tão vulnerável quanto a que ela já estivera um dia. Olimpia construiu centenas de casas que serviriam como dote para jovens pobres, fez com que missas fossem rezadas para as milhares de prostitutas romanas e que aquelas que não tinham mais idade ou saúde para trabalhar recebessem um soldo mensal extraído de um dos fundos de caridade da Sé, além de distribuir pão e carne para viúvas e mulheres abandonadas pelos pais de seus filhos. Olimpia havia se tornado a mulher que nem mesmo em seus sonhos mais ambiciosos ela cogitara ser. Apesar de seu gênero, ela se tornara a pessoa mais poderosa de Roma, a cidade mais importante do mundo.

Enquanto isso, Inocêncio x era considerado um pontífice criterioso, austero e tradicionalista. Ele poderia até ter se tornado um papa respeitado por seu rebanho, mas seu caso com a cunhada e a forma como permitia que ela tomasse todas as decisões em seu lugar faziam com que ele não passasse de uma piada. Todos — inclusive o próprio Giambattista — sabiam que o que o segurava no trono eram as maquinações de Olimpia e o medo que ela impunha. Ela era capaz de tramar as mais terríveis retaliações contra todos aqueles que se colocavam em seu caminho e logo ninguém em Roma tinha coragem de ir contra seus desígnios. Ela fez com que Giambattista investisse uma boa parcela dos parcos recursos da Sé no Ofício da Santa Inquisição, o que manteve os Manfredi em seu lugar. Além disso, ainda que não tenha sido capaz de afastar Dom Marcello da chefia do Tesouro, tornou sua vida bem mais complicada ao pedir relatórios constantes e colocar gente de sua confiança em cargos importantes da contabilidade da Sé.

Como era de praxe, Inocêncio nomeou Camillo como seu cardeal-sobrinho. Ainda que fosse uma escolha óbvia, essa decisão irritou Olimpia. Além de ser pouco inteligente, preguiçoso e um janota inveterado, ambos nutriam uma antipatia mútua desde que Camillo era menino. Nessa mesma época, Maria ficou milagrosamente grávida e deu à luz uma menina saudável, que recebeu o mesmo nome da avó. A criança passou a ser chamada de Olimpiuccia e, apesar de ser desprezada pelo pai, que, sabendo que dificilmente conseguiria conceber mais uma criança, ficou arrasado ao saber que Maria gerara uma menina, logo conquistou o coração de Olimpia. Dias após o nascimento, ela mudou seu testamento, legando à neta toda a sua fortuna, deixando Camillo apenas com aquilo que estivesse em nome dos Pamphili, ou seja, apenas o *palazzo* na Piazza Navona e nada mais. Isso não ajudou em nada a relação entre os dois e Olimpia tinha certeza de que Camillo representaria um obstáculo em sua influência sobre Giambattista e o Vaticano.

O destino, entretanto, estava prestes a mudar essa situação. Meses após o entronamento de Inocêncio, Olimpia recebeu grandes rolos da mais pura seda chinesa, um presente enviado pelo duque Farnese, que gostaria de ir até Roma prestar seu respeito ao novo papa. Ela não queria ter nada com aquela gente de Parma e, ainda que houvesse encomendado dois novos vestidos à sua modista, ignorou o pedido. Camillo, entretanto, não foi tão reticente quanto a mãe e, seduzido pelo vinho refinado e pelas belas prostitutas que lhe foram ofertados, convenceu o pai a receber Eduardo Farnese, mesmo que brevemente. Segundo os olhos de Olimpia na Sé, apesar do valioso cetro de ouro maciço com topo incrustado de rubis e do rosário de pérolas e esmeraldas que lhe foram presenteados, o pontífice dispensou o duque em menos de cinco minutos, deixando claro seu desprezo. Farnese entrou enfurecido em sua carruagem e Olimpia não duvidava que houvesse passado o resto da tarde blasfemando contra os Pamphili.

À noite, ele e o cardeal Domenico rumaram para um dos prostíbulos mais caros de Roma. Não era segredo para ninguém que o jovem cardeal Manfredi era um notório apreciador de meretrizes. Naquela noite, porém, infelizmente Camillo e seu primo Francesco, um dos filhos do meio-irmão de Olimpia, que Inocêncio havia também tornado cardeal, escolheram o mesmo local para se divertir. Segundo os guardas dos rapazes, Domenico chegou por volta das dez horas acompanhado pelo duque Farnese, que já se encontrava um tanto embriagado, o que só confirmava os boatos de que estava a cada dia mais entregue ao vício, tanto que a esposa o deixara sozinho em Parma e se mudara com os filhos para o palácio de sua família em Ferrara. O lugar estava bastante movimentado, de forma que o duque só se deu conta da presença de Camillo e do primo ali quando Domenico já tinha se retirado para o quarto com uma das meninas da casa. Já completamente bêbado, sem ao menos se dar ao trabalho de levantar, Eduardo começou a gritar impropérios para Camillo, perguntando se o pai dele, o Santo Padre, que de santo nada possuía, ainda era viril o suficiente para se deitar com putas ou se guardava suas indecências para sua messalina matrona, que, por sinal, era a mãe e a tia dos rapazes que estavam diante dele. Camillo e Francesco, também sob os efeitos do álcool, não deixaram barato e, como os covardes mimados que sempre foram, ordenaram que seus guardas fossem para cima do duque. Olimpia podia imaginar o que os pobres homens deviam ter passado. Os soldados de Parma não só eram mais numerosos como eram famosos por seu treinamento inclemente e fidelidade cega a seus senhores. Os guardas do duque se livraram dos soldados da cúria sem o menor esforço e a um sinal de Eduardo partiram para cima dos garotos, que não tiveram nem tempo de correr. Camillo foi o alvo principal, ainda que Francesco também houvesse levado uma boa sova e talvez só não tivesse recebido o mesmo tratamento impiedoso que o primo porque Domenico retornou às pressas ao salão e impediu que os guardas continuassem com a surra.

    Os dois rapazes foram carregados para o Palácio Apostólico em um estado deplorável. Um mensageiro foi até a Piazza Navona avisar Olimpia que seu filho se encontrava em estado delicado após se meter em uma briga. Porém, conhecendo o gênio e a inteligência rasa de Camillo, ela simplesmente pediu que uma de suas aias dispensasse o mensageiro, informando que no dia seguinte iria até o Vaticano averiguar o que sucedera. Somente após o almoço, depois de passar a manhã inteira em despachos com os embaixadores de Veneza e Nápoles, ela resolveu ver o filho. Chegando ao seu quarto, porém, Olimpia se sobressaltou. Camillo estava desacordado e irreconhecível.

Seu rosto era um imenso hematoma e ela mal conseguia discernir seus antes belos traços. Os membros estavam envoltos por diversas talas presas por tiras de tecido ensanguentadas e, segundo os médicos que o atendiam, caso ele sobrevivesse jamais andaria novamente, e só um milagre poderia fazer com que voltasse a si.

Olimpia deixou o quarto e se sentou por um momento na sala íntima dos aposentos de Camillo. Sentiu um aperto no peito, afinal, por mais que considerasse o rapaz um imbecil e uma pedra crescente em seu caminho, ele não deixava de ser seu filho. Olimpia soltou um suspiro, deixou que uma única lágrima escorresse por seu rosto e se ergueu novamente. Ela já tinha perdido outros filhos, por quem, por sinal, sentia muito mais apreço do que por aquele fedelho. Já havia passado por muita coisa para se deixar abater. Mais uma vez, a vida a colocara à prova. E, mais uma vez, ela se recusava a esmorecer. Secando os olhos, ela se levantou e marchou para o gabinete de Giambattista. Mais do que nunca, ele precisava dela.

Como Olimpia esperava, encontrou Giambattista fora de si diante do que os demônios de Parma haviam causado a seu único filho homem. Se não fosse por seu impedimento, ele teria denunciado Domenico e colocado a perder tudo que ela planejara com tanto esmero. Em suas ponderações, entretanto, Olimpia o convenceu de que a violência que transformara seu filho em um vegetal, condenado a ficar para sempre recluso no monte Gianicolo, não partira de Domenico, que até então nem mesmo tinha conhecimento de que Camillo e Francesco estavam no mesmo prostíbulo, mas da audácia do duque de Parma. Os Manfredi mais cedo ou mais tarde receberiam o que lhes era devido, entretanto ainda tinham muitos aliados no Colegiado e uma nota promissória no valor de doze milhões de ducados emitida em nome da Igreja para serem acusados de algo que, dessa vez, não haviam perpetrado.

Assim, Olimpia fez com que Giambattista se acalmasse e, quando ele por fim voltou a si, o fez entender que seu alvo devia ser os Farnese e que, em nome de seu filho e da reputação dos Pamphili, eles deviam atacá-los com toda a carga. Nem mesmo a notícia de que Eduardo Farnese por fim havia sucumbido a seus vícios e falecido no final de 1647 aplacou a ira do papa. E após a aprovação quase unânime do Colegiado, em agosto do ano seguinte, as tropas vaticanas, com o apoio de uma imensa infantaria enviada pelo rei Filipe da Espanha, marchou novamente rumo a Castro. Dessa vez, porém, o combate durou apenas alguns meses. O jovem e inexperiente Ranuccio Farnese praticamente não tinha mais homens a seu dispor e até mesmo os Manfredi pareciam ter desistido de financiar seus aliados. Ainda que nessa ocasião o tio e o primo de Domenico tenham pessoalmente assumido o comando das tropas parmesãs, visto que, apesar do lugar de destaque de seus parentes na Sé, o ocupante do trono papal estava longe de ser um aliado da família, o número de mercenários enviados para o campo de batalha foi irrisório. Eles tombaram como moscas. Os comandantes Manfredi entregaram um termo de rendição e bateram em retirada. Não havia nada que pudessem fazer.

A ordem expressa por Olimpia foi que a cidade não fosse tomada, como desejou um dia o papa Urbano VIII, mas totalmente destruída. As casas e o palácio foram colocados abaixo e sal foi jogado sobre os campos. A única construção a ficar de pé, porém, foi uma pequena capela, dedicada a santo Inácio, erigida no alto de um monte. Segundo os relatos dos espanhóis, eles nem conseguiram adentrar a estrada que levava ao topo do morro. E, de acordo com os soldados vaticanos que conseguiram se aproximar da capela, suas armas não surtiram o menor efeito quando tentaram derrubar as paredes calcárias esmorecidas pelo tempo. Era como se algo divino protegesse aquele lugar, e seria um sacrilégio insistir. Não era coincidência que, por algum motivo que também não sabiam explicar, aquela capela houvesse sido justamente o local escolhido pelo comandante das tropas parmesãs como posto de observação e que ele lá se encontrasse quando eles atacaram, ceifando a vida de vários de seus colegas que insistiram na missão.

A notícia sobre o que aconteceu na capela de santo Inácio logo se espalhou pela região e mais além, transformando-a em um lugar de peregrinação. Olimpia, porém, sabia que só podia ser mais um dos estratagemas malignos dos Manfredi e guardou o fato para ser utilizado quando lhe fosse mais conveniente. O que importava naquele momento era que a única fonte de renda dos Farnese estava esgotada e que, em sua miséria e total dependência dos demônios de Parma, o jovem Ranuccio havia aprendido que, ao contrário do tolo de seu pai, ele jamais devia se voltar contra a Santa Igreja — muito menos contra os Pamphili.

O ESTADO DEPLORÁVEL e irreversível de Camillo teve um efeito desastroso sobre Giambattista. Ele se tornou ainda mais taciturno e reservado. Nem mesmo a vitória retumbante em Castro foi capaz de elevar seu ânimo. Ao mesmo tempo, os comentários a respeito do poder imensurável que ele legara a Olimpia denegriam cada vez mais sua imagem. Ele era motivo de piada não apenas nas ruas de Roma e na Sé como no exterior. Todos os dias o Pasquino trazia poemas obscenos atacando sua masculinidade e caricaturas onde era dona Olimpia quem vestia calças. Na Suécia, o mais importante dos reinos protestantes, foi cunhada uma moeda satírica que retratava Inocêncio usando cachos enquanto Olimpia ostentava a tríplice tiara. Além de humilhado, o papa era pressionado por uma parcela considerável de seus cardeais — que haviam caído em desgraça com Olimpia ou simplesmente se sentiam ultrajados com o fato de uma mulher reger a Igreja — para que afastasse a cunhada de Roma.

Um homem de personalidade indecisa e um procrastinador nato, o papa sentia-se encurralado. De um lado, Olimpia o compelia a calar seus detratores na cúria. De outro, os brios de Giambattista estavam profundamente feridos. A destruição de Castro não faria com que seu filho recuperasse os movimentos e a sanidade, e, à medida que envelhecia, começava a preocupá-lo o legado que deixaria na Santa Igreja. Se as coisas continuassem como estavam, o papa Inocêncio X seria lembrado para sempre como uma mácula na história da Sé.

Como era de seu feitio, porém, Giambattista só tomou uma decisão quando o próprio destino se encarregou de mudar o rumo dos acontecimentos. Apesar de sua aparência desagradável, ele sempre tivera um apreço por belas mulheres. Nos tempos boêmios da juventude, chegou a se endividar para ter em sua cama as mais deslumbrantes cortesãs de Roma. Contudo, após ser fisgado por Olimpia, que estava disposta a levá-lo até onde ele jamais havia nem mesmo sonhado, seu desejo por beleza passou a residir unicamente nas curvas, na pele alva, nos cabelos negros e nos olhos inquiridores da cunhada. Porém, três décadas haviam passado. Olimpia tivera dois filhos e o peso dos anos e das atribulações a transformou em uma velha matrona. Inocêncio estava cada dia mais próximo do fim, entretanto ansiava por ter o último sabor do sublime.

Até mesmo os aliados e diversos espiões que Olimpia mantinha na cúria ficaram receosos em informar à sua senhora da nova companhia constante do pontífice. Coincidentemente, elas tinham o mesmo nome, entretanto Olimpia Aldobrandini, a princesa de Rossano, além de uma beleza vívida e o mais alto dos títulos de nobreza, estava no auge de sua juventude, algo com o qual a antiga preferida do papa não podia mais competir. Aparentada, ainda que de forma distante, dos Farnese, ao final da guerra, temendo por seu reino, ela fez com sua comitiva o longo e árido caminho de sua cidade natal até Roma, onde, ajoelhando-se diante de Inocêncio, pediu, com seus grandes e suplicantes olhos cor de esmeralda, seu corpo voluptuoso coberto com a mais fina das sedas, os cachos loiros, a pele de porcelana e os traços delicados, clemência pelos atos de seu primo, garantindo que sua fé e fidelidade estavam na Sé, e não em Parma, lugar onde, segundo ela, nem mesmo havia chegado a pisar em sua curta vida. Giambattista ficou tão encantado com a princesa que não só acatou seu pedido como convidou-a para passar uma temporada em Roma. A solicitação foi aceita com mais do que bom grado.

Enquanto a princesa era confortavelmente instalada em um *palazzo* estrategicamente próximo do Vaticano cedido por um cardeal, Olimpia Maidalchini percebia que o cunhado se tornava distante como nunca ousara antes. Ele cancelou seguidamente diversos jantares no Palazzo Pamphili, desmarcou várias reuniões e, quando os servos de Olimpia foram, como de hábito, buscar as vestes do Santo Padre para serem lavadas em casa — uma prova de fidelidade e intimidade —, receberam a informação de que as roupas do papa haviam sido encaminhadas para outro local. Aquilo foi a gota d'água. Olimpia ordenou que seus cocheiros a levassem imediatamente para o Vaticano, onde, apesar das advertências dos guardas, ela irrompeu furiosa pelos salões de audiência papais, interrompendo uma conferência entre Giambattista e seus ministros. Seus gritos eram tão violentos que podiam ser ouvidos do início do corredor.

Assim que ela colocou os pés no aposento, Inocêncio ordenou que se calasse. E, dessa vez, se não obedecesse, ele a trancaria em um convento e Olimpia jamais seria vista de novo. Franzindo as sobrancelhas, ele sentou em sua imponente cadeira papal de espaldar alto, clamando, com a voz elevada, porém totalmente controlada, que ela era apenas uma mulher, que não tinha sua permissão para dizer nada, nenhum direito de intervir nos negócios. Que aquele era um mundo de homens, onde os homens governavam, e ela devia obedecer, não instruir. E que já devia tê-la trancado em um convento quando teve a oportunidade.

Ela se pôs diante do cunhado, agora roliça, baixa e velha, e se tornou cada vez menor, encolhendo-se diante dos golpes verbais, dos insultos, das ameaças. O papa deu ordens para que seus guardas a retirassem de suas vistas e informou a todos na Sé que Olimpia não interferiria mais nas questões da Igreja, não devia visitá-lo novamente, nem mesmo esperar do lado de fora do seu gabinete. Ele pediu uma lista dos servos da cunhada e os despediu. Em seguida, cortou todo seu acesso aos cofres da cúria e, por seu intrometimento, por não saber seu lugar, baniu-a de Roma.

Ao perder todo seu poder de forma instantânea, Olimpia não viu outra opção além de mudar-se para um de seus palácios em Viterbo, a cidade onde ainda era considerada a garota fadada ao fracasso que, no fim das contas, vencera. Ali, as intrigas de Roma estavam longe e ela continuava a ser uma rainha. Enquanto observava os dias se arrastarem sem notícias de Giambattista ou da Sé, já que até mesmo aqueles que tinham lhe jurado fidelidade eterna a haviam abandonado, ela teve tempo mais que suficiente para pensar. O único homem que devia amá-la e protegê-la a traiu da pior maneira possível. Olimpia labutou por décadas pela glória de Giambattista, o único homem em quem acreditou que podia confiar. E todo esse trabalho resultara em quê? Jamais o perdoaria. Nunca esqueceria o mal que lhe havia sido feito. E encontraria uma maneira de se vingar. Nem que para isso tivesse que tomar medidas extremas. A força sempre fora, afinal, sua única defesa contra a dor.

Além de sua vingança, a outra grande preocupação de Olimpia era com sua própria segurança. Ela sabia que tinha diversos inimigos no Sacro Colégio.

Se um deles fosse eleito o próximo papa, ela permaneceria exilada e perseguida, perdendo tudo pelo que lutara tão arduamente desde que era uma menina em Viterbo.

E bastava colocar os olhos em Giambattista para ter certeza de que o fim estava próximo. Era muita inocência — ou soberba — da princesa de Rossano acreditar que desfrutaria por muito tempo das regalias de ser a preferida do papa. Olimpia não tinha dúvida de que o próximo conclave seria convocado em um futuro bastante próximo. Ela precisava agir rápido. Alguns dos poucos informantes que lhe restavam em Roma lhe escreveram avisando que, apesar do ostracismo em que a família havia caído nos últimos anos, existiam grandes chances de que um Manfredi se tornasse o futuro pontífice. Fosse por seus ducados que pareciam infinitos, fosse pelos favores que ninguém mais podia ofertar, pelo espaço que reconquistaram com Olimpia fora do jogo ou pelo medo, agora que Inocêncio mergulhava rumo à decrepitude, os Manfredi contavam mais uma vez com o apoio da maioria do Colegiado. E estavam furiosos por tudo que os Pamphili lhes causaram. Por mais que a ideia revirasse suas entranhas e fizesse com que um pavor gélido lhe atravessasse a espinha, Olimpia precisava ter os cardeais Manfredi firmemente ao seu lado. Mesmo que não fossem eleitos papa, eles controlavam grandes blocos de votos, que podiam voltar contra Olimpia como uma vendeta pelo que lhes fizera.

Os informantes lhe comunicaram também que, apesar das tarefas crescentes que assumia na Sé à medida que sua família reconquistava território no Colegiado, Dom Domenico havia pedido uma licença especial ao papa para passar alguns meses em casa, cuidando de assuntos de família. Corriam boatos de que ele, na verdade, estava doente — sofrendo do mal francês, segundo as más-línguas, o que não era de admirar dado o notório comportamento libertino do cardeal.

Cautelosa, ela escreveu uma missiva usando suco de limão como tinta e ordenou que um de seus criados entregasse em mãos o envelope — que continha uma folha de papel aparentemente em branco — na Villa Manfredi. Domenico saberia o que fazer.

Na carta, ela convidava o jovem cardeal Manfredi para uma conversa em território neutro, na pequena e discreta Leccio, que ficava no meio do caminho entre Parma e Viterbo. Apesar das diferenças do passado, ela escreveu, agora ambos possuíam um inimigo em comum e, pelo futuro da Santa Igreja, ela tinha uma proposta bastante vantajosa para ambas as partes.

Mesmo sem receber uma confirmação, Olimpia rumou para Leccio em uma carruagem simples, sem nenhuma marca ou brasão, levando consigo apenas uma aia e seus guardas. Ela chegou um pouco antes do horário, sentou-se em uma mesa nos fundos de uma tasca onde não havia mais ninguém além do taberneiro, e esperou. Quando os sinos da igreja de San Salvatore bateram duas horas, as portas do lugar se abriram e por elas passou Domenico Manfredi, acompanhado por oito de seus guardas, que não fizeram questão de esconder a bainha de suas rapieiras e se posicionaram estrategicamente pelo salão, como se fossem meros clientes. Domenico vestia roupas comuns e discretas, feitas de seda azul-escura, porém bastava se aproximar para ver que, pelo tecido e pelo corte perfeito do gibão e dos culotes, o conjunto devia ter custado uma pequena fortuna. Sua aparência em nada lembrava a do homem enfermiço e alquebrado que ela vira em Roma pela última vez. Sua pele reassumira o tom amorenado, as bolsas sob os olhos haviam sumido e ele caminhava com altivez.

Ao se pôr diante de Olimpia, ele a cumprimentou com cortesia, como se jamais houvesse existido nenhum tipo de rusga entre ambos. A mulher, por sua vez, aceitou a gentileza de bom grado, entretanto, como não tinham muito tempo nem era do seu feitio se alongar em preâmbulos afetados, foi direto ao ponto. Ela conhecia Inocêncio, suas fragilidades e falhas melhor que ninguém. Se conseguisse ser aceita novamente em Roma, ela e os Manfredi seriam impiedosos em sua vingança. Em troca, ela queria, além da garantia de que seus bens seriam mantidos quando o cunhado morresse, que fosse deixada em paz para viver sua velhice como bem entendesse. Ela tinha certeza de que recuperaria velhos aliados assim que fosse perdoada pelo Colegiado e os colocaria ao dispor dos Manfredi para votarem em quem eles indicassem quando chegasse o momento do novo consistório.

Domenico pensou rapidamente em sua proposta e assentiu. Contudo, acrescentou que agora havia uma nova geração de Pamphili e Manfredi em idade para contrair matrimônio. Um casamento seria a melhor forma de selar aquela aliança. Olimpiuccia tinha completado doze anos, a idade mínima requerida pela Igreja para que uma menina se casasse. E seu primo Ugo, a quem o cardeal Marcello havia criado como se fosse seu próprio filho, estava com vinte e um, mais do que na hora de assumir uma esposa. O casamento, obviamente, permaneceria em segredo até que a aliança entre os Manfredi e Olimpia pudesse finalmente ser revelada.

Olimpia congelou por um momento. Como podia entregar sua tão amada neta, sua herdeira, àquela gente depois de tudo que havia levantado sobre eles? Ainda que seus espiões não conseguissem descobrir a natureza do que sucedia nos corredores daquela Villa pavorosa, ela tinha certeza de que algo terrível acontecia ali. Olimpiuccia correria um grande perigo entre aquela gente. Além disso, lhe afligia pensar que toda a fortuna que ela conquistara às custas de tanto esforço acabaria indo parar nos cofres dos demônios de Parma. Entretanto, que escolha ela tinha? Seus velhos aliados haviam lhe virado as costas, Giambattista lhe jogara aos cães. Aquele maldito Domenico Manfredi era o único que concordara em lhe estender a mão. Ela precisava confiar em toda a extensa educação, raríssima na época, ainda mais para uma menina, que proporcionara à neta e ter esperança de que Olimpiuccia houvesse herdado ao menos algumas faíscas de seu tino. Ela faria de tudo para estar sempre ao seu lado, aconselhando-a no que fosse necessário. E, claro, seria extremamente valioso ter uma espiã de sua total confiança entranhada no covil dos Manfredi.

Assim, sem nem mesmo cogitar a possibilidade de questionar os pais da menina — afinal, ela e mais ninguém devia ser responsável por traçar o futuro de sua neta —, Olimpia consentiu. Domenico ainda exigiu que fosse pago aos Manfredi um dote de cem mil ducados, digno da sobrinha de um papa, e que no próximo consistório para a escolha do novo inquisidor-mor, que, ele garantiu, embora Olimpia tenha preferido não pensar como o cardeal Manfredi estava tão certo disso, aconteceria em breve, os aliados dela votassem no candidato por ele indicado. Ainda que sentisse como se uma sombra negra envolvesse seu coração, ela concordou com todas as condições.

Ambos apertaram as mãos, selando o acordo, e Olimpia retornou o mais depressa que pôde a Viterbo para comunicar à neta o glorioso casamento que havia lhe arranjado. Olimpiuccia levaria uma vida de princesa, teria um dote espetacular e um exército de aias, e seria aliada das mais importantes famílias de Roma. Porém, ao ouvir a notícia, a menina entrou em desespero e informou que preferia se tornar freira a se casar com um daqueles diabos de Parma. Trancou-se em seu quarto pelos dias seguintes e, na data em que devia embarcar para Leccio, onde a cerimônia seria realizada, precisou ser colocada à força na carruagem pelos guardas da avó.

Após seis dias de viagem, Olimpiuccia chegou à cidadezinha no pior dos humores. Quando o coche parou diante do pequeno *palazzo* alugado para a cerimônia e onde ficariam hospedadas, a avó teve que lhe dar um empurrão para que apeasse. Na porta, Dom Marcello Manfredi as esperava ao lado de Domenico e de um rapaz de altura mediana, com a mesma pele amorenada do tio mais jovem, os olhos escuros e atentos e cabelos negros aparados e penteados para trás com esmero. Suas vestes cinzentas, feitas de uma seda muito semelhante àquela que seu tio vestia semanas antes em sua reunião furtiva com Olimpia, eram igualmente bem cortadas e adornadas com fios dourados que reluziam no sol intenso do início da tarde. Era, porém, sua constituição vigorosa que chamava atenção. Mesmo coberto pelo gibão, os culotes e as meias compridas, ficava claro que ele era um homem extremamente robusto.

Ao estender polidamente uma das mãos para ajudar a noiva a sair da carruagem, Ugo Manfredi não conseguiu esconder seu desgosto. Ainda que as aias tivessem, seguindo as ordens de Olimpia, se esforçado para aprumar a garota, penteado seu cabeço liso, castanho e sem vida em duas tranças grossas e a obrigado a se meter dentro de um refinado vestido cor de malva, que tentava, em vão, emular algum volume onde devia haver seios, a aparência da noiva era terrível. As tranças deixavam escapar vários fios rebeldes e desleixados, suas roupas amarrotaram durante as seguidas tentativas de fazer com que Olimpiuccia as vestisse no exíguo espaço da carruagem, espinhas inflamadas se espalhavam pelo rosto pálido e os olhos apagados estavam inchados de tanto chorar. O peito era reto como uma tábua e o corpo tão curvilíneo quanto um lápis. Porém, mesmo contrariado, Ugo respirou fundo e manteve a mão estendida pelo bem de sua família. A menina também não gostou nada do noivo. Ainda que fosse um rapaz bonito, ele era um Manfredi, a família da qual Olimpiuccia passara toda sua curta vida ouvindo os avós e os pais esbravejarem sobre sua devassidão e heresia. Apenas aquele nome já era suficiente para que odiasse o noivo com todas as suas forças. Diferente de Ugo, ela não estava tão resignada com seu destino.

A avó não saiu do seu lado e, assim, no dia seguinte, Olimpiuccia foi vestida como uma princesa e levada até a igreja de San Salvatore, onde, aos prantos, foi casada com um noivo taciturno em uma cerimônia capitaneada pelo cardeal Domenico. Ainda que fosse pequena, a igreja estava longe de estar lotada. Do lado da noiva, além de Olimpia, estava presente apenas Maria, que havia enviuvado dois anos antes. Da parte dos Manfredi, estavam presentes o cardeal Marcello, Sandra, a dita viúva mãe de Ugo, e os dois irmãos caçulas do noivo; Don Alfeo e sua irmã Lizbeta, seus padrinhos; Frederico, o general de Parma; e um rapaz a quem o patriarca dos Manfredi apresentou como seu neto. O jovem era belo, porém extremamente descortês e desagradável, e a cumprimentou com um único gesto que beirava o desdém e lhe causou uma impressão sombria, demoníaca, assim que colocou os olhos nele. Logo, ela entendeu perfeitamente o que seus espiões queriam dizer quando se referiam ao herdeiro dos Manfredi como um enviado do maligno sobre a terra.

Ao olhar para o altar, a inquietação de Olimpia só fez crescer. O noivo não só era pelo menos três palmos mais alto que Olimpiuccia como era descomunalmente mais corpulento. Enquanto a cerimônia era realizada, ele alternava olhares entediados para o teto com risadinhas debochadas trocadas com os irmãos e aquele primo pavoroso. Em silêncio, ela pediu perdão a Deus pelo que estava prestes a fazer com sua única neta.

Um banquete seguiu a celebração. A noiva não parou de chorar um único instante enquanto o noivo a ignorava completamente, mais preocupado em virar uma taça de Chianti após outra e em fazer piadas em dialeto parmesão com os outros rapazes e Frederico, a quem eles chamavam de tio, apesar de ele não parecer muito mais velho que Ugo. Maria lançava olhares desesperados para a mãe, que, apesar de toda sua preocupação, conversava placidamente sobre amenidades com os cardeais, Lizbeta e Don Alfeo.

Após o banquete, esperava-se que o noivo levasse sua nova esposa para os aposentos nupciais, mas Olimpiuccia correu para o quarto onde foi arrumada mais cedo e trancou a porta. Os convidados podiam ouvir seus sonoros soluços ecoando pelas paredes. Ela então escancarou a janela e berrou a plenos pulmões que preferia se tornar freira e morrer do que entrar para aquela família amaldiçoada. Gritou que sabia o que o marido esperava dela naquela noite, pois uma de suas aias havia lhe contado, e não queria tomar parte naquilo. Nesse momento, todos os Manfredi ali presentes lançaram um olhar gélido para Olimpia. Estava claro que, caso não quisesse colocar o acordo, e tudo aquilo que tinha de mais precioso, a perder, era bom que fizesse a neta calar a boca e cumprir suas obrigações.

Em sua ingenuidade infantil, Olimpiuccia acreditava que, como aos olhos da Igreja um casamento não existia até que fosse consumado, poderia manter aquela situação por dias suficientes para que envergonhasse os Manfredi a ponto de fazer com que anulassem o contrato e ela pudesse se livrar de tudo aquilo. Afinal, a avó havia lhe repetido diversas vezes que jamais devia deixar que a subestimassem, que devia estar sempre no controle. E era isso que tentava fazer, ainda que sua rebeldia tivesse como principal alvo a própria Olimpia.

No andar de baixo, sem ver outra saída, Olimpia se levantou e foi tentar convencer a neta a se unir ao marido. A menina, porém, se negou a abrir a porta, de forma que a avó se viu obrigada a sentar no chão do corredor e conversar com a garota pelas frestas na madeira. Entretanto, ela cometeu o erro de pensar que estava falando com uma versão mais jovem de si mesma e tentou animar a neta com o prestígio social que ela teria e as diversões extravagantes das quais desfrutaria em salões ainda maiores e mais bonitos que os do Palazzo Pamphili. Olimpiuccia moraria entre a magnífica Villa Manfredi e o palácio da família em Roma, no qual Olimpia sempre esteve de olho, com sua escadaria triunfante, pé-direito de doze metros e esplêndidos jardins. E muitas moças, ela acrescentou animada, eram forçadas a casar com homens horríveis, velhos e doentes, enquanto Ugo era jovem e bonito. Contudo, Olimpiuccia não poderia divergir mais da avó. Ela disse que não ligava para nada disso e preferia as privações de um convento aos luxos do palácio daqueles monstros. Era mais digno morrer virgem e pobre do que ser obrigada a assumir aquele nome maldito.

Olimpia começou a entrar em pânico. Aquele casamento fora arquitetado para conquistar os Manfredi como aliados, não para torná-los inimigos ainda mais vorazes. Ela simplesmente tinha que dar um jeito de colocar Olimpiuccia na cama de Ugo. Olimpia então se ergueu e, no tom mais frio que foi capaz de assumir, deu um ultimato à neta:

— Eu lhe dou esta noite, e apenas esta, para que se arrependa de seu comportamento indigno. Se amanhã você não estiver disposta a realizar seu dever como esposa, farei com que os guardas coloquem esta porta abaixo e que o seu marido faça com você o que bem lhe convier. Dado o porte encorpado dele e seu comportamento no banquete, não tenho como garantir que ele será gentil. Tampouco me importa. Você agora é esposa de Ugo Manfredi e cabe a ele decidir o que será feito de você.

Mesmo indo contra tudo que acreditara durante toda a vida, Olimpia seguiu pelo corredor com passos decididos. Caso Olimpiuccia não colaborasse, o futuro delas estaria ameaçado.

Chegando ao salão, ela pediu desculpas pelo comportamento da neta e garantiu aos Manfredi que, por conta de sua juventude e inexperiência, Olimpiuccia precisava apenas de um tempo para se habituar à sua nova condição. Na noite seguinte ela sem dúvida estaria apta a cumprir sua obrigação. Olimpia recebeu mais uma vez os olhares de repreensão dos novos parentes, que claramente não conseguiam conceber como ela e Maria não haviam preparado a jovem noiva para o que era esperado. Já Ugo parecia aliviado. Rindo, se despediu e, sem dizer para onde ia, saiu acompanhado dos outros rapazes e de seu tio Frederico.

O dia seguinte transcorreu de forma tensa. Os rapazes só apareceram para o almoço. Enquanto os homens passaram o restante do dia trancados em uma das salas do palácio e, alegando dor de cabeça, Lizbeta se retirou a seus aposentos, Olimpia foi relegada à companhia de Maria e Sandra, que bordavam e trocavam mexericos sobre a nobreza romana. Nada poderia deixá-la mais entediada e, ainda que isso a entristecesse, esperava que aquelas futilidades fossem suficientes para preencher os dias da neta.

Olimpiuccia permaneceu trancada em seus aposentos durante todo o dia, recusando-se a comer. Na hora do jantar, ela também não desceu. Quando terminaram a refeição, Olimpia por fim perdeu a paciência. Subiu as escadas de dois em dois degraus acompanhada de seus guardas e, após bater no quarto da neta sem obter resposta, deu ordens para que os homens derrubassem a porta. Quando a madeira grossa estava prestes a ceder, como se visse que não tinha escolha, por fim Olimpiuccia abriu uma pequena brecha no umbral. Foi o suficiente para que a avó irrompesse no aposento.

Tomada pela ira, ela deu um tapa no rosto da garota e a jogou na cama. Nesse meio-tempo, Frederico Manfredi já havia tratado de levar Ugo até o segundo andar do palácio e, ao vê-lo na soleira, Olimpia fez apenas um sinal para que entrasse. O rapaz se aproximou tentando disfarçar, sem sucesso, seus passos cambaleantes e de longe Olimpia conseguia sentir seu hálito alcoólico. Aparentemente, ele também necessitou de um incentivo extra para dar cabo daquilo. Ugo parou diante da cama onde Olimpiuccia estava aos prantos, com a cabeça enterrada em um travesseiro.

— Acabe logo com esse martírio – Olimpia lhe disse antes de cerrar a porta atrás de si.

MENOS DE DOIS meses depois do casamento de Olimpiuccia e da confirmação de sua aliança com os Manfredi, Olimpia recebeu o perdão papal e retornou com a cabeça erguida a Roma. Domenico e Marcello cobraram velhos favores para fazer com que alguns de seus aliados pressionassem Inocêncio a permitir a volta da cunhada, alegando que a cúria se tornara um verdadeiro caos desde sua partida, o que em hipótese alguma era inverídico. Giambattista era simplesmente incapaz de tomar qualquer decisão sozinho. Ele ordenava um cardeal-sobrinho após outro, porém, como não conseguia confiar em ninguém além da cunhada, ele os tirava do posto com a mesma rapidez com que os promovia. Além disso, nenhum deles parecia ser da preferência da princesa de Rossano, a quem Inocêncio recorria sempre que se encontrava em um dilema, como costumava fazer com sua antecessora. A princesa, porém, além de não ter nem de longe o mesmo intelecto de Olimpia, estava mais interessada em encomendar novos sapatos e vestidos pagos pelo Tesouro do Vaticano e em ser a convidada de honra nas mais disputadas festas da corte do que em resolver os problemas da Sé. Enquanto a ausência de uma mulher metida nos assuntos do Vaticano era um alívio para os cardeais mais tradicionalistas, sem o pulso forte dos cardeais Manfredi, que recuperaram seu prestígio apagado ocupando os espaços deixados pelo próprio pontífice, a Santa Igreja estaria mergulhada em uma crise ainda pior. Ver seus velhos inimigos reconquistando poder era algo que tirava o papa de si. A verdade era que ele precisava desesperadamente ter Olimpia de volta.

Assim, dois anos e meio após tê-la escorraçado em uma crise de ira, Inocêncio a recebeu com alegria e perdão, deixando o passado para trás. Ele ordenou que a princesa retornasse para Rossano, dando-lhe um grande carregamento de joias a título de indenização, e prometeu à cunhada que não existiria outra em sua vida além dela. Afinal, ele confiava que Olimpia era a única que podia colocar os Manfredi novamente em seu lugar.

Contudo, não havia perdão no coração de Olimpia e ela não conhecia o significado da palavra esquecimento. Os velhos inimigos de Giambattista eram seus novos aliados e o único desejo que ela tinha em relação ao cunhado é que ele caísse no ostracismo, sendo relegado às profundezas da história, exatamente como Giambattista mais temia.

Olimpia então passou a desfrutar de sua posição de senhora do Vaticano mais do que nunca. Porém, dessa vez, seu trabalho não tinha nenhuma relação com prazer. Seus únicos focos eram a vingança e a garantia de um futuro tranquilo. Enquanto isso, ainda que Olimpia, em sua parceria secreta com os Manfredi, trabalhasse arduamente para colocar ordem na Sé, o papa encontrava-se em maus lençóis com grande parte do Colegiado. Quando baniu Olimpia, ele se lançou em monólogos raivosos contra ela diante de embaixadores e cardeais. Ele havia criticado seu roubo descarado do Tesouro papal, seu desejo de governar o Vaticano e sua crueldade egoísta. Aqueles que ouviram essas tiradas o aplaudiram com firmeza. E agora que havia se visto obrigado a trazê-la de volta apesar de todos os seus crimes, eles riam da fraqueza de Inocêncio e se recusavam a levar a sério o que saía de seus lábios.

Desacreditado e humilhado como nunca, o papa viu sua saúde declinar ainda mais. Olimpia então o convenceu a se envolver menos em questões políticas. E enquanto o papa caía na decrepitude, Olimpia se tornou mais poderosa do que antes. Ficou encarregada de todas as audiências oficiais e, com a ajuda de Dom Marcello, que cobrava uma comissão para si de todas as transações, desviou cerca de cinco milhões de ducados em ouro dos cofres do Vaticano. As barras foram armazenadas no Palazzo Pamphili, onde ela se abrigou quando a notícia de que o fim de Inocêncio X estava próximo se espalhou por Roma.

Os tumultos tomaram as ruas. O foco principal da turba era Olimpia. Milionária e uma mulher sozinha, sem nenhum homem para protegê-la, ela era um alvo fácil. As crianças corriam pelas ruas cantando canções a respeito da prostituta do papa e multidões se reuniam diante de seu *palazzo* berrando insultos e fazendo ameaças. Olimpia estava extremamente nervosa. Ainda que seus guardas tivessem levantado barricadas ao redor do edifício, não seriam suficientes para conter o povo, que poderia forçar o caminho para dentro, saquear tudo e em segundos dar cabo da vida da senhora do lugar. Claro que seria mais seguro exilar-se em Viterbo, mas ela queria se redimir de alguma forma pelo que fizera à neta. Olimpiuccia havia dado à luz a primeira filha um ano antes e já estava grávida novamente. Em suas cartas, ela dizia que estava tudo bem e que por fim havia encontrado a felicidade ao lado do marido. Entretanto, Olimpia tinha certeza de que aquelas palavras estavam longe de ser sinceras. Quando estava em Roma, Olimpiuccia só tinha autorização para sair para ir à missa e visitar a avó, e, mesmo assim, estava sempre acompanhada de Ugo ou Sandra e das aias e dos guardas dos Manfredi. Ela mantinha os olhos baixos, ressentida com o que Olimpia havia lhe feito, e respondia às suas perguntas apenas com monossílabos. Em uma ocasião, quando a menina se abaixou para pegar a bolsa que deixara cair no assoalho, uma das mangas compridas de seu vestido se ergueu e Olimpia vislumbrou manchas negras em seu braço fino, no formato exato de dedos. Ao perguntar o que ocasionara aquilo, Olimpiuccia olhou de relance para Sandra e disse apenas que havia tido um pequeno acidente enquanto Ugo lhe ensinava a montar. Sandra, por sua vez, declarou de forma gentil que os cardeais Manfredi as esperavam para jantar, de modo que precisavam se apressar. Quando tudo aquilo terminasse, Olimpia não mediria esforços nem recursos para livrar a neta das garras daqueles demônios.

Ela resistiu bravamente até que, na manhã da quinta-feira, 7 de janeiro de 1655, o papa Inocêncio X morreu.

OLIMPIA NÃO ESTEVE ao lado de Giambattista quando ele deu seu último suspiro nem desejava estar. Tudo que lhe era mais importante estava dentro daquele *palazzo*, enquanto ele não significava absolutamente mais nada. Foi o cardeal Chigi, um dos detratores de Olimpia que durante seu exílio havia ganhado espaço junto ao papa, quem fechou seus olhos.

Durante seu reinado, Inocêncio foi temido, mas, de forma alguma, amado. Segundo os artigos que tomaram conta dos *avvisi*, Inocêncio mereceria as melhores memórias se sua cunhada não houvesse feito com que perdesse sua reputação. Em vez disso, ele e Olimpia estavam fadados ao esquecimento eterno.

Essas palavras a enfureceram. Quem aqueles imbecis achavam que eram? Que outra mulher havia chegado tão longe? Contudo, ela não teve tempo para se deixar consumir pela ira. Com a morte do papa, as multidões se tornaram ainda mais virulentas e não demoraria para que por fim irrompessem pelos portões. Seus guardas não seriam capazes de detê-las.

Ela dá ordens para que os soldados levem os inúmeros baús que guardam seu ouro e suas joias para a entrada dos fundos, que dá para a Via dell'Anima. Os homens, porém, retrucam que essa rua também já está tomada pela plebe, como todo o entorno do *palazzo*. Não há para onde fugir. Sem saber o que fazer e incapaz de ficar parada enquanto seu maior pesadelo se torna realidade, Olimpia tenta carregar ela mesma os pesados baús. Ela os chuta, joga todo seu peso contra eles, tenta erguê-los para logo em seguida desabar no assoalho, aos prantos.

É nesse momento que ouve o som das ferraduras de uma numerosa cavalaria contra as pedras que calçam a Piazza Navona. Olimpia corre até uma das janelas e pela brecha das cortinas vê um imenso destacamento que ostenta o brasão do Vaticano abrir caminho entre a multidão, derrubando e pisoteando aqueles que se recusam a se afastar. Eles rumam em direção às estrebarias do *palazzo*. Mais que depressa, Olimpia dá ordens para que os guardas abram os portões. Ela também leu nos *avvisi* que, enquanto o novo papa não for eleito pelo conclave, o cardeal Domenico Manfredi ocupará o cargo de camerlengo, regendo a Sé até que haja um novo pontífice. Graças ao bom Deus seus aliados não a deixaram na mão.

Minutos depois, Ugo Manfredi irrompe pelo salão, acompanhado de dezenas de soldados. Ele a cumprimenta com uma cortesia apressada e informa:

— Vamos tirar a senhora daqui. – Ele examina os baús que ocupam boa parte do cômodo. – Isso é tudo que precisa ser retirado do palácio?

Ela assente enquanto Ugo dá ordens para que seus homens levem as arcas para as carroças cobertas que esperam nos estábulos.

— E Olimpiuccia? Ela está em segurança?

— Está em Parma. Ela é uma Manfredi agora. Não é um alvo, diferente de você. Mas não se preocupe. Vamos levar a senhora para nosso *palazzo*. Lá, estará a salvo.

Olimpia tenta retrucar que poderia ir para Viterbo, onde, além de estar igualmente segura, não corria o risco de ter toda a sua fortuna armazenada debaixo do teto dos Manfredi. Ela poderia encontrar a neta em Parma assim que seus bens estivessem resguardados. Ugo, porém, lhe dá as costas, entrando em uma das saletas anexas com vários de seus soldados. Antes que ela possa lhe indagar por que diabos ele está vagando por sua casa sem sua permissão, os homens restantes a pegam pelos braços e de forma pouco sutil a conduzem para o pátio, onde uma carruagem sem janelas a espera.

Assim que é acomodada dentro do coche, ouve o som de chaves sendo viradas na única porta. Aquilo a alarma, porém, assim que a carruagem cruza os portões do Palazzo Pamphili, Olimpia se vê obrigada a lutar para não ser arremessada do banco em direção às paredes. A turba ensandecida sacode o veículo, tentando derrubá-lo. Devem imaginar quem é a passageira. Ela ouve os insultos mais baixos enquanto os cocheiros tentam avançar pela *piazza*. Leva uma eternidade até que os gritos se tornem mais fracos e a carruagem siga com mais velocidade, ganhando alguma estabilidade. O trajeto até a Via Andrea Doria é curto, não demorará muito até que esteja em segurança.

Contudo, os minutos passam e os cocheiros não fazem a menor menção de que pretendem parar. Olimpia traça mentalmente o caminho que tomaria de sua casa até o Palazzo Manfredi e não consegue entender todas as curvas que o veículo faz. Quando os solavancos começam, indicando que a carruagem segue por uma estrada, ela entende, em pânico, que não estão indo para a Via Andrea Doria. Não faz ideia de qual será seu destino, mas tem certeza de que não será nada bom.

Olimpia se amaldiçoa por ter legado não só seu futuro como também o de sua neta aos demônios de Parma. Sua vingança a cegara, ela havia cometido o pecado capital da ira e agora seria punida. Como podia ter sido tão estúpida? Assim como ela era implacável com seus inimigos, os Manfredi também eram famosos por suas vinganças inclementes. Ela havia caído em seus ardis como uma presa inocente. Desesperada, tenta esmurrar a porta, porém, além de estar trancada, a carruagem é feita de madeira extremamente rígida. E, mesmo que consiga fugir, os cocheiros seguem em alta velocidade pela estrada acidentada. Em sua idade, uma queda como aquela seria fatal.

O veículo faz uma curva brusca à direita e começa a subir um aclive antes de diminuir a marcha. Eles param com um tranco. Ela ouve os cocheiros descerem da boleia, seguidos por vozes abafadas e passos. A porta se abre. Lá fora, anoiteceu e a única iluminação vem dos archotes da carruagem. Ela está em uma espécie de pátio entre enormes muros de pedra e um prédio que se alonga até onde a luz alcança. Os cocheiros estão acompanhados por dois homens que a arrancam de dentro da carruagem como se ela fosse um saco de batatas. Enquanto um deles a imobiliza com mãos de ferro, o outro puxa suas mãos para trás e as prende em correntes. Ela se debate e tenta retorquir, porém, assim que faz menção de abrir os lábios, recebe uma bofetada com toda a força. Sentindo o gosto de sangue e os dentes quebrados, ela escuta o agressor dizer:

— Não ouse nos jogar nenhum feitiço, bruxa. Você pode ter encantado o Santo Padre, mas agora ele está morto e os seus dias de feitiçaria e maldições terminaram. Os cardeais Manfredi por fim colocaram a puta do Vaticano no lugar que ela merece.

Olimpia é empurrada até o portão de metal que dá acesso ao prédio. Antes de cruzá-lo, ela olha para cima apenas para ter certeza. Sobre o batente, entalhada na pedra, está a inscrição: "Tor di Nona".

A PRAÇA DE São Pedro está lotada pela turba. Junto à basílica, um palanque foi erguido para abrigar confortavelmente as autoridades da Igreja e seus convidados. No centro da esplanada, grandes toras de madeira, aninhadas em um monte de feno, circundam uma estaca alta. Uma escada foi posicionada ao lado dos troncos.

Quando o sol está quase a pino, as autoridades começam a ocupar seus lugares no palanque. O novo papa, eleito após um longo e árduo consistório, realizado durante um verão insalubre, é um dos últimos a se sentar. Antes de ocupar o trono, o papa Alexandre VII, até então conhecido como cardeal Fabio Chigi, saúda o povo, lançando-lhe o conteúdo de um imenso saco de moedas e prometendo que, após o evento, haverá uma farta distribuição de pão. Diferente de seu antecessor, o papa Alexandre é adorado pelos devotos. Considerado ponderado, humilde e extremamente caridoso, ele é um crítico ferrenho do nepotismo, de forma que optou por deixar a família em sua Siena natal e escolheu como cardeal-sobrinho um membro do Colegiado de sua confiança, o cardeal Domenico Manfredi, que está sentado, em silêncio, observando a multidão. Próximos estão ainda o cardeal Marcello e sua sobrinha Sandra, acompanhada pelos três filhos.

Os sinos da Basílica de São Pedro badalam o meio-dia. A turba subitamente se cala e um silêncio lúgubre toma conta da praça. Detrás de uma das colunas que circundam o local, surge uma mulher de estatura mediana, idade avançada, o corpo encurvado coberto por uma veste branca de algodão cru. Os cabelos grisalhos estão soltos e desgrenhados. Ela tem as mãos e os pés amarrados por cordas e seis soldados do Vaticano a acompanham com as lanças voltadas em sua direção enquanto dezenas de outros espalhados pela praça observam cada um de seus passos.

Enquanto a mulher caminha com passos firmes, olhando fixamente para a pira, os romanos lhe arremessam toda sorte de podridão e a chamam de puta, devassa, demônio, bruxa. Aos sussurros, ela repete sem cessar:

— Sou um cavalo castigado. As pancadas só me tornam mais forte.

Ainda que ela não apresente nenhuma resistência, os guardas a fazem subir a escada aos empurrões. As cordas que prendem suas mãos e seus pés são firmemente atadas à estaca, de forma que ela fique voltada para o palanque.

O papa Alexandre se ergue e a multidão se cala mais uma vez.

— Olimpia Maidalchini Pamphili foi condenada pelo Tribunal Canônico por roubo ao Tesouro do Vaticano, venda de indulgências papais, adultério e incesto. E, pelo Santo Ofício da Inquisição, Olimpia Maidalchini Pamphili foi condenada pelos crimes de feitiçaria e heresia, com o agravante de ter como principal alvo de suas atividades blasfemas meu antecessor, o Santo Padre Inocêncio x, que sua alma tenha encontrado o devido descanso junto ao Senhor. Por seus muitos crimes, eu a condeno a ter o corpo purificado pelas chamas. Que o fogo te consuma até que retornes às cinzas. E que Deus tenha piedade de tua alma.

Ela encara as pessoas reunidas no palanque. Seu olhar cruza com o de Domenico Manfredi, aquele porco que a havia traído sem o menor constrangimento. Com a ajuda dos votos dos cardeais que ainda apoiavam Olimpia, ele conseguiu eleger seu candidato como inquisidor-mor, cuja primeira providência foi jogar Olimpia na Tor di Nona, onde ela passou pelas maiores humilhações e por torturas inexprimíveis durante meses, embora aqueles monstros não tenham conseguido arrancar uma única confissão de seus lábios. Mesmo assim, com o consentimento do novo papa, um dos maiores críticos durante todos aqueles anos de sua influência sobre Giambattista, sua condenação foi outorgada. Os Manfredi olham para ela e a multidão ao redor sem nenhum interesse, como se estivessem apenas cumprindo mais uma das muitas obrigações do seu dia. Essa atitude não a surpreende. Afinal, não é à toa que eles eram chamados de demônios. Ela é quem havia, em seu desespero, perdido a cabeça e confiado naquela gente maldita.

A um gesto de Alexandre, os carrascos de capuzes negros encostam suas tochas na palha. Não demorará muito até que as chamas se ergam. Olimpia por fim abre um sorriso. Apesar de tudo, ela concluiu sua última artimanha. Após o velório esvaziado do papa Inocêncio x na Basílica de São Pedro, nenhum membro da família havia aparecido para reclamar seu corpo. Ninguém, nem mesmo seu cardeal-sobrinho e seus antigos aliados, tinha se prestado a pagar pelo caixão duplo de bronze e mogno, onde, segundo a tradição, um pontífice devia ser enterrado. E, igualmente, ninguém havia se dado ao trabalho de arranjar-lhe um túmulo. Quando seu corpo começou a cheirar mal, ele foi levado para uma velha oficina de carpinteiros sem uso nos porões da Basílica. Lá, ele apodrecia, sendo devorado pelos vermes, acabado, lembrado apenas pela mácula que deixara na Santa Igreja por ter sido um homem fraco, que entregou sua vida e seu papado a uma mulher. A vingança de Olimpia está completa, como havia prometido a si mesma. O papa Inocêncio x, aquele que um dia acreditou ser o senhor do mundo, jaz no fosso da história, literalmente entregue aos ratos.

Ela sente o calor se aproximar e fecha os olhos. Em seus últimos momentos, Olimpia Pamphili não pede perdão. Em vez disso, faz um pedido silencioso para que Olimpiuccia use pelo menos uma parcela de tudo que ela havia lhe ensinado para sobreviver àquela gente abominável. Não sabe para onde irá, mas, se é mesmo uma bruxa como dizem, onde quer que esteja, fará o impossível para que as maldições que recam sobre os demônios de Parma sejam multiplicadas por toda a dor que ela sentiu até ali.

22

Cimitero della Villetta, Parma, dezembro de 1651

Jade Manfredi caminha a esmo entre as sepulturas. Naquele dia, o casarão, apesar de todos os seus inúmeros cômodos, lhe dá claustrofobia. Os corredores estão repletos de agitação e as criadas vão de um lado para outro como abelhas operárias. Ainda que o pequeno quarto de Rebecca esteja, como de hábito, alheio a todo o movimento, aquilo a afeta de uma forma que não é capaz de explicar. O fato de sua filha estar, mais uma vez, apartada de tudo que importa naquela casa aumenta ainda mais o aperto em seu peito.

Rebecca por fim se tornara uma moça. E, apesar de tudo, tinha sobrevivido até ali de maneira saudável e com a sanidade perfeita. Esse era o maior orgulho de sua mãe. De fato, ela nunca havia sido capaz de dar um passo sequer, porém, como dona Camélia costumava dizer, a menina herdara a beleza da mãe e a mente do pai. Rebecca tinha o cabelo longo e cacheado, e os imensos e vivos olhos azuis de Jade, além da argúcia, do espírito observador e do amor pelos livros de Luciano. Quando tinha pouco mais de quatro anos, ela insistiu, em uma das raras visitas do pai da menina ao sótão, que ele a ensinasse a ler, o que, para surpresa de Jade, o irmão fez de bom grado, demonstrando até mesmo certo orgulho ao se dar conta da facilidade com que a filha aprendia. Durante esses tempos, suas visitas se tornaram mais frequentes e Jade percebia que ele testava Rebecca, assim como Don Alfeo fizera com ambos tantos anos antes, no intuito de comprovar se a filha possuía algum dom. Rebecca, contudo, não apresentou nenhum pendor para as Artes da Morte, o que para Jade foi um profundo alívio, embora soubesse que isso faria com que o súbito interesse de Luciano pela filha se dissipasse. Ainda que ele com frequência levasse novos livros para Rebecca e parecesse genuinamente envaidecido ao ouvir suas observações argutas a respeito dos anteriores, em menos de meia hora Luciano se retirava, desculpando-se por estar ocupado. Embora percebesse que ele nutria um carinho legítimo pela filha, Jade sabia que nada nela lhe interessava em especial e que provavelmente suas visitas seriam ainda mais esparsas se não tivesse certeza de que, caso deixasse a filha de lado, seria vetado em suas escapadas na calada da noite pela porta que separava seus antigos aposentos dos de sua irmã.

Eram sentimentos estranhos aqueles. À medida que os anos passavam, Jade se reconhecia cada vez menos em Luciano. Ele havia se transformado em um homem, se tornara o senhor dos porões, tão respeitado quanto temido por todos na Villa e mais além. Quando não estava nas catacumbas, passava o restante do tempo reunido com o pai, Don Gennaro, Leon e o primo Frederico nas caçadas ou a portas fechadas no gabinete de Don Alfeo. Jade já vira diversas vezes alguns dos raros Predestinados que circulavam pelo casarão se dirigirem a ele como Don Luciano. Seu irmão definitivamente havia se tornado senhor de seu próprio destino e, como tal, tinha seus assuntos particulares que em nada diziam respeito a mulheres, nem mesmo sua irmã gêmea e mãe de seus filhos.

Contudo, quando ele entrava silenciosamente em seu quarto durante a noite, largava o manto ao pé da cama e se insinuava para debaixo de suas cobertas, despertando-a com beijos doces e envolvendo-a em seus braços, Jade abria os olhos devagar e não conseguia evitar um sorriso. Ele era novamente o menino terno, perdido e devotado por quem ela era apaixonada desde antes do que era capaz de se recordar, seu Luci, seu *frate*, seu reflexo. Eles apoiavam a cabeça um no outro e, aninhados, como haviam feito tantas e tantas outras noites, conversavam naquela língua que só eles conheciam por horas a fio. Ele narrava, orgulhoso, os avanços de Leon, comentava vagamente sobre seus estudos e suas preocupações com as campanhas da família e se lamentava sobre como sentia sua falta; como seus porões se tornavam ainda mais sombrios e gélidos quando se recordava que ela não estava ali, ao alcance de suas mãos. Jade, por sua vez, relatava ao irmão tudo que Rebecca havia dito ou feito nos últimos tempos; como seus dias eram iguais, mas ela não se importava, contanto que ele e os filhos estivessem bem; e como, sim, era uma provação diária não saber quando o teria em seus braços novamente. Luciano, porém, lhe pedia que fosse paciente, afinal eles contavam com o tempo a seu favor. Ele tinha muitas responsabilidades, todos esperavam cada vez mais dele e de seus Predestinados, mas Jade devia lembrar sempre que era nela que seus pensamentos repousavam, eram ela e os filhos que davam sentido a tudo aquilo.

Em seguida, eles faziam amor, não com o desespero e estrondo de outras épocas, mas com o vagar e a languidez dos amantes que há muito se conhecem e sabem que não existem limites para seus desejos. Quando ambos tombavam, satisfeitos, adormeciam mirando um ao outro, como faziam desde que eram crianças.

Na manhã seguinte, tomavam o café da manhã juntos no quarto de Jade, fazendo com que ela se recordasse dos bons tempos em que eram jovens e tentavam adiar ao máximo a vinda de um herdeiro. Só que, agora, Luciano engolia rapidamente seu chá e mal tocava nos pães, afirmando sempre que não podia demorar, pois precisavam dele nos porões. Ele vestia rapidamente o mesmo manto negro da noite anterior e, antes de se esgueirar pelos corredores estreitos que interligavam as entranhas da casa, dava um último beijo em Jade e deixava escapulir de um dos bolsos para as mãos da irmã um frasco de *acqua vitae* cujo rótulo trazia apenas um símbolo que ela passara a conhecer bem. Um círculo com asas à direita e à esquerda que se uniam no centro do aro, formando um nó. Segundo Luciano havia lhe explicado, aquela insígnia personificava exatamente o que eles eram. O laço eterno dos amantes, além do tempo, do espaço, do que quer que fosse, a infinitude que por ela ele tinha perseguido e para tê-la para sempre ao seu lado ele havia conquistado.

Ao contrário de Luciano, o padrinho de Rebecca era uma presença constante na vida da menina. Quando não estava em suas viagens, Frederico ia todos os dias pela manhã ver a afilhada. Ele a sacudia no ar e lhe fazia cócegas quando era criança, provocando as risadas da menina, que ecoavam pelo sótão. Anos depois, lhe trazia laços de fita, brincos, anéis e tecidos para novas camisolas. Ele havia até mesmo providenciado uma curiosa cadeira com rodas para que Rebecca pudesse se locomover pelo quarto e tivesse alguma autonomia. Dona Camélia costurou algumas almofadas para que ela ficasse confortável e a cadeira se tornou o lugar preferido de Rebecca. Com ela, podia ir até a mesa de refeições sem precisar de ajuda, pegar livros e vislumbrar o mundo pela brecha das cortinas, imaginando se a vida lá fora era mesmo como nos romances que lia. Todos os dias, assim que Rebecca acordava e era banhada, Jade e dona Camélia a colocavam na cadeira, onde ela passava o restante do dia.

Logo Rebecca se transformou em uma mulher encorpada, com curvas e seios fartos como os da mãe, ainda que suas pernas continuassem finas e inúteis, de forma que se tornou muito pesada para ser erguida pelas duas mulheres. Embora ficasse relutante no início, Jade concordou que um dos guardas, indicado por Frederico e aprovado pelos demais homens da casa, ficasse incumbido da função e de realizar qualquer outra tarefa para a qual fosse necessária força física.

Jade não tinha palavras para expressar a gratidão que sentia pelo primo. Enquanto Luciano passava cada vez mais tempo nas catacumbas, Frederico era o primeiro a aparecer quando Rebecca se sentia mal ou precisava de algo. Mesmo que o irmão tivesse suas maneiras de saber quando algo ia errado, ele em geral chegava quando a situação já havia sido contornada, alegando, como sempre, estar muito atarefado. Jade, porém, questionava a si mesma se Luciano reagiria com a mesma lentidão se algo ocorresse a Leon. E, apesar de o filho viver cercado por todas as atenções e cuidados mesmo depois de se tornar um homem, ela tinha certeza de que, se não fosse por Frederico, ele seria ainda mais mimado e presunçoso. O padrinho o levava para as casernas e em seus treinamentos não dava moleza para o garoto, pois Leon precisava aprender que, não importava quem fosse, sempre seria vulnerável ao fio de uma espada e, justamente por ser quem era, carregava um alvo no peito. Frederico também o levava com frequência em suas andanças não só por Parma, mas por cidades vizinhas e mais além, onde Leon via como os menos afortunados viviam e como a família devia fazer tudo que estivesse ao seu alcance para manter sua posição. Afinal, os Manfredi não tinham nenhum título, não eram membros da nobreza e, caso perdessem seus ducados e seu prestígio, estavam fadados a um destino idêntico ao daquela horda de miseráveis. E mesmo que soubesse que Leon, assim como os primos, era uma companhia constante do padrinho em suas visitas à casa de quem quer que fosse a Madame naqueles tempos, Jade se sentia grata por ver o filho passando um período considerável longe do casarão e, principalmente, das catacumbas.

Naquela tarde, Domenico está sendo esperado para o Natal e, claro, a casa tem que estar impecável para receber o primogênito de Don Alfeo. A pompa para aquela visita é maior que a de costume. Apesar de Jade não se interessar minimamente pelos embates nos quais a família está envolvida, Luciano comentara que, com a eleição do novo papa, os Manfredi haviam recuperado seu lugar de honra no Vaticano e, ao mesmo tempo, se vingado daqueles que os fizeram cair em desgraça. Para Jade, aquilo lhe soa como a sina dos homens da família: conquistar, ser ameaçados por aqueles cujos brios foram feridos, vingar-se, conquistar mais e começar tudo de novo. Isso a deixa enfastiada e ao mesmo tempo em pânico com a possibilidade de ser novamente utilizada como isca nos planos dos parentes, de modo que prefere continuar ignorante de tudo aquilo. A única coisa que lhe chamou a atenção, porém, é que, daquela vez, a grande ameaça aos Manfredi tinha se personificado na forma de uma mulher, que havia não só mandado em toda Roma, como no Vaticano e seus domínios. Chamavam-na de prostituta, megera, bruxa, e ela acabou sendo queimada na praça de São Pedro. Era Olimpia seu nome. E, ainda que seu fim tenha sido dos mais dolorosos, Jade tentava imaginar o quão magnífica fora a vida daquela mulher e o quão forte e esperta ela devia ter sido para governar todos aqueles homens que se consideravam tão superiores.

A jovem esposa de Ugo era neta de Olimpia e, logo de início, durante a primeira visita do casal à Villa, Jade sentiu uma certa simpatia pela menina. Principalmente, compadecia-se por uma criança já ser obrigada a sofrer com tudo que dela era esperado. Nesse ponto, a condição de Rebecca era uma dádiva. Olimpiuccia, porém, era arisca, parecia estar sempre apavorada e Ugo não fazia absolutamente nada para deixá-la um pouco mais confortável. Pouco tempo depois de chegar a Parma, a garota havia sido flagrada bisbilhotando pela casa, fazendo perguntas inconvenientes aos empregados e tentando escapulir para locais que lhe eram proibidos. Logo ficou determinado que ela passaria a maior parte do tempo em Roma, ainda que a proximidade com a avó não fosse bem-vista pelos Manfredi. E, quando estava na Villa, os guardas e as aias a seguiam de perto. De qualquer forma, ela está grávida pela segunda vez, e embora Ugo não permita que ela dê à luz longe da Villa, temendo que, em Roma, onde Olimpia ainda tem algumas seguidoras fiéis, possam sumir com seu filho como forma de retaliação, ela está em isolamento, o que faz com que Jade respire aliviada. Ela receara que em suas perambulações pelo casarão a menina acabasse descobrindo o quartinho de Rebecca, e Don Alfeo decidisse enviar a neta de uma vez por todas para longe da Villa. Apesar de sentir muito por Olimpiuccia e se roer de curiosidade para saber mais sobre aquela mulher que subvertera todas as regras do mundo em que viviam, Jade decidiu se manter afastada. Pelo menos, agora ela sabe do que uma mulher é capaz.

 Jade se senta em uma das sepulturas e contempla o horizonte, como costuma fazer sempre que vai até o cemitério. La Villetta continua a ser, definitivamente, seu lugar preferido. Não que houvesse conhecido muitos, mas ali, pelo menos, consegue ter um pouco de paz longe da balbúrdia que reina no casarão. Rebecca estava lendo, tranquila, com o novo guarda em sua porta, de forma que Jade achou que era um bom momento para tomar um ar e se preparar para os sorrisos doces e as formalidades que esperam dela no banquete dessa noite. Ela começou a caminhar pelos jardins até que, quando se deu conta, havia cruzado os portões da Villa e seguia rumo ao cemitério. Pelo menos dessa vez, permitiu-se ser levada por suas vontades.

 Ela tira um frasco de *acqua vitae* de um dos bolsos da capa e dá um longo gole. Mantém os olhos fixos nas montanhas ao longe mesmo quando os passos se aproximam, vindos do fundo do cemitério. Ela abre um pequeno sorriso e move o corpo para abrir espaço a seu lado.

 Luciano contorna o túmulo e se senta ao lado de Jade. Olhando para o mesmo ponto que a irmã, ele pega o frasco de suas mãos e toma um trago.

— O casarão já está impossível?

— Desde o início da semana. Não precisa ter a menor pressa. Fred e os meninos ainda nem saíram para receber Domenico na entrada da cidade.

Jade por fim olha para o irmão. Ele veste um elegante conjunto de veludo negro com uma sobrecasaca que vai até os joelhos jogada de forma displicente sobre os ombros. Ele até tinha sido vestido com certo esmero pelos valetes dos porões, entretanto o laço que prende uma das meias está prestes a se desfazer. Instintivamente, ela ergue a meia do irmão e, com desvelo, começa a refazer o laço.

Jade, por sua vez, ainda veste roupas caseiras — um vestido de algodão rubro justo no busto, onde uma amarração ergue seus seios. Para se proteger do frio de dezembro, ela usa uma capa de um tom de escarlate mais escuro que o vestido, forrada de seda. Os cachos mal contidos pelos grampos se espalham, selvagens, sobre o tecido. Luciano afasta um deles, que cai nos olhos de Jade, e a beija levemente nos lábios.

— É bom tê-la aqui.

Ela sorri.

— Claro que você sabia onde eu estava. Você está ficando pior que a mamãe.

— Você não pode se esconder de mim, esqueceu?

— Não, não esqueci. – Ela analisa o laço, estala a língua em sinal de reprovação, o desfaz e começa tudo novamente.

— Já está bom, *sore*. É só um laço e, afinal, vamos receber apenas Domenico. Não é como se o papa estivesse visitando a Villa.

— Por acaso é assim que você pensa quando está cortando, costurando ou sabe-se lá o que mais faz com os seus cadáveres nas catacumbas? Se eu fosse um deles, nunca mais lhe daria a menor confiança depois de receber um tratamento tão desleixado. – Ela solta uma risadinha.

— Primeiro, eu sou esmerado o suficiente com meus espécimes. Segundo, não, você jamais irá para as minhas mesas de estudo. Não como espécime, isso eu lhe garanto. E, nesse caso, pode ter certeza de que eu teria coisas muito mais interessantes a fazer com você do que cortá-la e costurá-la. – Luciano devolve a risadinha da irmã. – Em terceiro lugar, pela forma como as coisas estão caminhando, não seria improvável recebermos a visita do Santo Padre. Depois que aquele patife Pamphili foi definitivamente para os confins do Sheol, onde nunca mais poderá nos perturbar, o novo pontífice tem nossa família em alta conta. Domenico é o cardeal-sobrinho. A Sé está mais uma vez nas nossas mãos, *sore*. Os perigos agora são outros, mas, com Pamphili e sua concubina mortos e acabados, não precisaremos nos preocupar com a Inquisição por um bom tempo.

Jade assente.

— E essa Olimpia era tão ruim quanto dizem? Como ela conseguiu chegar tão longe?

— Ela era de fato uma mulherzinha esperta e ardilosa. Entretanto, a culpa maior recai sobre os ombros de Inocêncio e dos vários cardeais que não souberam colocá-la em seu lugar e se deixaram transformar em marionetes.

Nas lições que tivera com a mãe tantos anos antes, Lizbeta lhe ensinara que aquele era um mundo onde os homens acreditavam que eram os senhores, enquanto elas apresentavam-se como fracas e dóceis, ocultando sua astúcia, mas, ainda assim, sendo espertas o suficiente para sustentarem seus homens quando eles ameaçassem cair. Mulheres como Olimpia, que, até onde Jade ouvira, entravam no Vaticano pisando duro, sem sofrer de dores de cabeça, mal-estares e desmaios, sem cachos meticulosamente moldados, decotes insinuantes e sem desculpas por serem mulheres, cometiam um erro crasso. Sem dúvida, Olimpia sabia que era mais inteligente do que os homens que a cercavam, porém talvez seu maior erro fosse ter deixado isso às vistas de todos. Ao mesmo tempo que se tornou a pessoa mais poderosa de Roma, transformou-se também em uma ameaça à ordem que os homens haviam instituído e jamais permitiriam ser abalada.

Jade, contudo, apenas alisa a gola da camisa do irmão enquanto ele continua a falar.

— Sei que uma mulher com todo esse poder nas mãos pode parecer fascinante em um primeiro momento, *sore,* mas essa víbora quase nos destruiu. Sua ganância e o ódio que acumulou por nosso nome ao longo dos anos podiam ter acabado conosco de tantas formas que eu nem seria capaz de enumerar. Antes ela queimando naquela fogueira do que nós. Você entende que, se os inquisidores comandados por Olimpia tivessem colocado as garras em nossa família, nem mesmo Rebecca seria poupada? Ela teve o fim que merecia e, se agora podemos respirar aliviados, devemos agradecer a Domenico por isso. E, é claro, à princesa de Rossano, prima dos Farnese, que se mostrou uma inesperada aliada.

Jade abre um sorriso doce e comenta:

— Agora só espero que aquela menina com quem Ugo se casou não tenha o mesmo gênio da avó. Caso contrário, nosso sobrinho estará em maus lençóis.

Ela acha curioso chamar os filhos de Dom Marcello e Sandra de sobrinhos, quando na verdade são seus primos. Entretanto, temporãos que são, os três têm praticamente a mesma idade de Leon, de forma que desde crianças se acostumaram a pedir as bênçãos a ela e a Luciano como se eles fossem seus tios. No início os dois não deram muita atenção ao fato, porém, agora que os meninos têm quase a mesma idade que ambos aparentam, ela se pergunta se não deviam pedir que mudassem a forma como Ugo, Luigi e Giuseppe os abordam. Contudo, o mesmo processo ocorre com Leon, e Jade tem certeza de que, orgulhoso do filho como é, Luciano jamais permitiria que o rapaz o chamasse por qualquer outra alcunha que não seja a de pai, mesmo que eles já se assemelhem muito mais a dois irmãos. De qualquer forma, enquanto ela passa todos os seus dias confinada entre seu quarto e o sótão, Luciano se torna cada vez mais recluso em seus porões, de maneira que o povo de Parma, os parceiros de negócios da família e até mesmo gente de mais além se perguntam que fim terão levado os gêmeos de Don Alfeo. A cada dia que passa, mais intrincadas se tornam as relações familiares dos Manfredi e maiores são os segredos guardados nos corredores da Villa.

— Muito longe disso – Luciano retruca. – A menina não só não tem nem de longe a inteligência da avó como parece ser intelectualmente bastante limitada. Pelo visto, de nada adiantaram todos os tutores que a velha Olimpia se gabou de ter contratado para a neta quando assinou o contrato pré-nupcial. Foi o mesmo que dar pérolas aos porcos. E, de qualquer forma, que serventia isso lhe teria se para Ugo sua única função é lhe dar um herdeiro homem? Ele ficou em um de seus humores terríveis quando soube que a primeira criança gerada por Olimpiuccia era uma menina. Torço para que essa próxima seja um herdeiro para que Ugo possa se aquietar um pouco. Não gosto da influência que ele, os irmãos e o Fred têm sobre o nosso filho.

— Tenho total consciência do quanto isso o aflige, *frate*. Também acho que muitas vezes eles exageram nas esbórnias, mas você sabe tanto quanto eu que o Fred é um bom homem e sua única preocupação é o bem-estar da nossa família e, principalmente, dos nossos filhos. Não poderia haver padrinho melhor. E, como único herdeiro da dinastia, nosso menino não pode escolher só um dos caminhos possíveis para um Manfredi. Ele precisa estar sempre atento e consciente de todos os assuntos. Você sabe muito bem o fardo que isso pode ser. Leon precisa de toda a ajuda que puder ter.

— Eu sei, Jade. Estou cansado de saber tudo isso. O que eu gostaria de descobrir é que serventia terá para a família um herdeiro que passa a maior parte do seu tempo bêbado, cercado por prostitutas. Além disso... – Luciano pensa por um momento e, ao mirar os olhos azuis da irmã, decide mudar o rumo de sua última frase. – Essa foi a ruína dos Farnese e, se não tomarmos cuidado, será a nossa.

— Calma. – Ela acaricia o rosto de Luciano com as costas da mão. – Leon ainda é jovem e está inebriado pelos prazeres da vida. Ou você não se lembra como éramos na idade dele? A única diferença é que tínhamos um ao outro. E, bem, nós não somos os Farnese. Também sei muito bem que Leon pode ser bem peculiar às vezes. – Ela fixa seus olhos nos dele. – Mas quem de nós não é? Se Deus assim permitir, e eu sei o quanto Ele nos ama, nossos filhos jamais ficarão desamparados. Estaremos sempre aqui para guiá-los, aconselhá-los e abraçá-los quando necessitarem.

Luciano envolve a irmã em seus braços, descansa o queixo sobre seus cabelos e fecha os olhos, respirando fundo.

— Como você me faz falta, meu amor. Quando construí os porões, pensei em tudo que precisava, de forma que eu e meus Predestinados pudéssemos viver com conforto por meses a fio sem precisar sair de lá. Entretanto, eu sabia que você e nossos filhos serão sempre o meu único motivo para voltar. Sem vocês, *sore*, nada do que está aqui fora faz o menor sentido.

Jade fica em silêncio por um momento, mas, por fim, confessa:

— Eu anseio todas as noites que você venha. Aquele quarto se torna terrivelmente solitário sem você. Sei o quanto você é ocupado e que nada pode ser mais como antes, mas eu ficaria muito feliz se pudéssemos passar a noite juntos com mais frequência. Quanto tempo faz desde a última vez? Três semanas? Um mês?

Ele aninha Jade em seu peito e afaga seus cabelos.

— Eu sinto tanto, *sore*. Se dependesse de mim, não tenha dúvidas de que eu faria de tudo para tê-la ao meu lado o tempo todo, como quando éramos crianças. Cheguei até a cogitar a possibilidade de levar você e Rebecca para os porões, afinal, que lugar seria mais seguro? Mas sei que é um devaneio. Você é uma princesa, aquilo jamais será um lugar para você. E para Rebecca, que não possui nenhuma inclinação para as Artes e nada sabe sobre os dons de nossa família, seria uma experiência terrível. Além disso, você sabe que o *papà* jamais deixaria que eu a levasse para longe dele.

— Ele não parecia preocupado com isso quando me jogou na casa daquele velho decrépito – Jade sussurra ainda com o rosto escondido no peito do irmão.

— Shhh... – faz Luciano acariciando o cabelo de Jade com os lábios. – Você sabe muito bem o quanto aquilo foi duro para todos nós. Na verdade, foi a única vez em que ousei discutir com nosso pai. Naquela época, eu era muito jovem para entender. Nós éramos muito jovens. Mas hoje eu compreendo perfeitamente a situação terrível que enfrentávamos. E você nos salvou, *sore*. De qualquer forma, eu jamais me perdoaria caso aquele homem asqueroso fizesse algo com você. Tanto que garanti que meus aliados do Outro Lado não deixassem o viúvo tocar em nem um fio de cabelo seu. E eu sei que o *papà* também tinha os enviados dele. Claro, você foi muito astuciosa ao colocar em prática tudo aquilo que a *mamma* lhe ensinou, mas, mesmo que alguma coisa desse errado, meus fantasmas e os do *papà* estavam a postos para enviar ainda mais cedo a alma daquele sovina senil para o Sheol antes mesmo que ele pudesse pensar em fazer qualquer outro avanço.

Jade se afasta e olha para o irmão.

— Se você era capaz de fazer isso, por que fiquei dois meses sofrendo nas mãos daquela gente estúpida?

— *Sore*, nós precisávamos ser discretos. Claro que alguém tão idoso podia sofrer um mal súbito, ainda mais ao lado de uma beldade como você. Entretanto, se a morte lenta do viúvo e o pretenso adoecimento do restante dos Rossi logo em seguida já levantaram suspeitas, o que falariam se ele sucumbisse logo na noite de núpcias? Naquela época, a víbora do Vaticano já havia colocado seus inquisidores no nosso encalço. Tínhamos que ser extremamente cuidadosos. Se existe algum culpado pelo que você passou nas mãos daquela gente, esse alguém se chama Olimpia Maidalchini.

Jade solta um suspiro. Tudo aquilo havia acabado, ela estava novamente ao lado de Rebecca e, mesmo que com uma pontada de angústia, de Luciano. É só o que lhe importa. Ela não só quer como precisa acreditar nas palavras do irmão. Jade o abraça com força e beija a diminuta faixa de pele em seu pescoço deixada à mostra pelo colarinho, aspirando o odor de terra, flores ressequidas e morte o qual se tornara não só familiar, mas agradável a ela.

— Eu prometo, *sore*, que deixarei mais tarefas a cargo dos meus Predestinados para passar ao menos algumas noites por semana com você. Pode ter certeza de que isso me fará ainda mais bem do que a você.

As mãos de Luciano adentram em sua capa, flanando por seu corpo sobre o vestido. A irmã o aperta com mais força e se inclina sobre o túmulo, permitindo que ele se deite sobre ela. Jade o beija nos lábios e é correspondida com toda a intensidade que conhece tão bem. Contudo, após alguns instantes, Luciano de súbito se concentra em um ponto atrás dela e se senta novamente. Preocupada, Jade também se ergue e, ajeitando a capa, pergunta:

— O que aconteceu?

— Venha comigo.

Luciano a pega pela mão e a conduz pelo cemitério. O lugar havia aumentado consideravelmente desde que ambos eram crianças. A peste fez com que a quantidade de túmulos mais do que duplicasse. Contudo, o mausoléu dos Manfredi ainda se destaca como um palacete em meio aos túmulos que se espalham ao seu redor. As sepulturas são baixas, muitas delas não passam de meras lápides que marcam o local onde os corpos foram enterrados.

Eles caminham pelas passagens estreitas que interligam os blocos de túmulos. Quando Luciano para diante de um deles e começa a esgueirar-se entre as covas, levando-a em seu encalço, imediatamente Jade reconhece o lugar. Ela tenta balbuciar algumas palavras, com as memórias retornando como uma tempestade, mas o irmão aperta sua mão e continua seguindo em frente. Ele olha para trás e sua expressão é afável. Abre um dos sorrisos que apenas Jade conhece e algo se apazigua no coração dela. Sim, eles haviam se tornado pessoas diferentes. Cada um carrega dentro de si suas próprias dores e culpas, e tinham aprendido a seguir com suas vidas sem que necessitassem ver-se refletidos no rosto um do outro. Contudo, independentemente do nome que carregam e de todas as penas que o acompanham; de Leon e Rebecca, suas maiores alianças; de todas as dores que compartilham e dos ressentimentos que guardam em seus recônditos mais obscuros, ambos sabem que o elo que os une é inquebrantável. É em Luciano que os pensamentos de Jade repousam quando ela se deita no fim do dia, imaginando o peso de seu braço sobre seu corpo, sua testa encostada na dela. No silêncio das catacumbas, quando Luciano perde a noção dos dias e das noites, todos os espécimes parecem ter os olhos azuis de sua irmã e as vozes de seus fantasmas se confundem com a dela, chamando-o pelos corredores de pedra, clamando por seu toque, por sua presença.

Ele para diante de uma moita. Ambos lembram muito bem do que repousa sob aquela vegetação. Luciano se abaixa e, tirando da bainha o mesmo punhal que o irmão lhe deu em seu décimo primeiro aniversário, o qual continuava a levar sempre consigo, ele corta os galhos rígidos com movimentos meticulosos e precisos. Jade observa calada, sorvendo devagar o conteúdo do frasco que retira novamente do bolso. Ao mesmo tempo em que guarda com afeição as lembranças da primeira vez em que esteve naquele lugar, mais de duas décadas antes, aquela tarde, antes da primeira visita de seu irmão mais velho à Villa após ser ordenado cardeal, ficou marcada para sempre em sua mente como o dia em que sua infância ficou definitivamente para trás.

Por fim, Luciano rompe o último galho. Ele se ergue, dá um passo para trás e contempla a sepultura que surge debaixo dos galhos. Ainda que Jade não seja capaz de unir os símbolos encravados na pedra para lhes dar sentido, não precisa que o irmão leia para ela que ali repousam Antonina Manfredi e seu filho recém-nascido, além da cotovia que levou para o Mundos dos Mortos a notícia de que Luciano pertencia a eles e não mais à sua irmã gêmea.

Ele se aproxima e toca a lápide, passando os dedos por cima das inscrições. Ao mesmo tempo, olha para baixo, investigando a terra como se buscasse algo.

— Por que ela não foi enterrada no mausoléu? – Jade pergunta em um fio de voz.

Concentrado no que está procurando, o irmão se mantém calado por um longo instante. Quando Jade está prestes a lhe dar as costas para voltar para casa, sem estar disposta a sentir mais uma vez o abandono daquela tarde quando tinha onze anos, ouve Luciano responder, sem erguer a cabeça:

— Ela fez algo que maculou a família. Como você e eu, Antonina tinha o dom. Porém, ela falhou em manter o sangue puro. Naqueles tempos, porém, nossas Artes não estavam tão desenvolvidas, de forma que, quando ela surgiu grávida, todos na Villa ficaram esfuziantes por um possível herdeiro estar a caminho. A alegria foi multiplicada quando a criança nasceu e as amas constataram que era um menino. Porém, quando, depois de ser banhado e vestido, o bebê foi levado para que o suposto pai o conhecesse, ele atirou a criança do outro lado de seu gabinete. Um dos sussurros lhe garantiu que aquela criança não era dele. O homem ainda implorou que os outros espíritos que sabia que o cercavam lhe sussurrassem que estava enganado, que lhe dessem algum sinal de que aquele era realmente seu filho, mas elas não só foram categóricas ao confirmar a informação, como o informaram que o verdadeiro pai da criança era um de seus cavalariços. Assim, ele se viu obrigado a limpar a honra da família. Acompanhado de seus guardas e alguns primos Predestinados, ele foi até os estábulos e levou o tal cavalariço para as catacumbas, onde, depois de dias, seu sofrimento prosseguiu no Sheol. A criança não resistiu à queda. Já Antonina teve um sangramento intenso depois que o filho foi retirado de seu ventre e não sobreviveu.

Jade balança a cabeça, pesarosa. Como aquela moça devia ter sofrido. Desde que era menina sua mãe lhe dizia o quanto ela havia tido sorte por sentir uma afeição genuína por Luciano e por ele ser um homem gentil, que a amava. Sim, talvez houvesse sido sorte. Contudo, desde muito antes de entender como o mundo funcionava, ela já sabia que seria dele e isso lhe bastava. Quem poderia saber o que se passou no coração de Antonina? Uma interrogação então se acende na mente de Jade.

— E quem era ele? Irmão dela?

Luciano hesita. Ele se abaixa e passa os dedos pela terra.

— Ele era o pai de Antonina.

Jade cobre a boca com uma das mãos. Não quer acreditar que aquilo era possível. Mesmo que tenha total consciência de que sua relação com o irmão é considerada um sacrilégio por todos que não fazem parte da família, seus sentimentos por Luciano sempre lhe pareceram tão naturais e sinceros que jamais os questionara. Ela o ama mais do que é capaz de compreender, muitas vezes até mais do que considera sensato. Mas e se aquele destinado a ser o pai de seus filhos houvesse sido outro? E se por ventura ela não tivesse irmãos, ou eles não fossem capazes de gerar herdeiros? Sim, aquilo é totalmente possível, Jade tem certeza. Soltando um suspiro, ela volta os olhos marejados para o horizonte.

Luciano se levanta e vai até a irmã. Passa um dos braços ao seu redor, trazendo-a para junto de si. Jade não oferece resistência, mas mantém os olhos fixos nas montanhas ao longe enquanto ele lhe diz:

— *Sore*, isso aconteceu há mais de cem anos. Eram tempos muito diferentes. Desde então, o mundo mudou, assim como nossa família. A diferença é que, graças aos nossos antepassados, por mais difíceis ou cruéis que suas escolhas possam nos parecer, nós estaremos aqui para acompanhar todas essas mudanças de perto e fazer de tudo para que sejam para melhor. Sei que muitas vezes os meios parecem atrozes, porém olhe só até onde eles nos levaram. O que aconteceu com Antonina e o filho foi terrível, mas não foi à toa que naquele dia há tantos anos aquela cotovia caiu justamente sobre o túmulo deles. Estou certo de que Antonina perdoou o pai. – Ele olha ao redor. – Ela perdoou a todos nós. Esse é um processo longo e muito penoso. São raras as almas capazes de compreender que o rancor e o ódio são ferramentas poderosas no Sheol, mas nunca para quem os sente. Para eles, trazem apenas mais dor e tormento. E é por nossa família que Antonina, assim como tantos de nossos antepassados, permanece neste plano. Eu não a vi no dia em que enviei meu recado para o Mundo dos Mortos pela alma liberta da cotovia, mas desde então ela é uma presença constante na Villa. Ela não saiu do seu lado quando nossos filhos nasceram e só desapareceu quando sua alma já havia sido encomendada e sua vida não corria mais perigo. Também com frequência a vejo no quarto de Rebecca quando vou visitá-la. Ela nunca havia me dirigido a palavra, soube de sua história infeliz por meio de outros espíritos, afinal eu precisava saber quem era aquela mulher que estava sempre perto de você. Bem, pelo menos não até hoje. Quando estávamos do outro lado do cemitério, ela apareceu para mim dizendo que tinha algo para você e que eu devia lhe entregar.

Luciano abre uma das mãos e exibe um pequeno objeto para a irmã. Em um primeiro momento, ela pensa se tratar de uma lasca de seixo amarelado, embora isso não faça muito sentido, já que não há nenhum lago ali por perto. Porém, ela contempla as lápides que os cercam e logo se dá conta de que só pode se tratar de um pedaço de osso — muito provavelmente do cadáver de Antonina. Jade sente um calafrio atravessar todo seu corpo. Sabe que o irmão sempre carrega consigo alguns objetos inusitados — pedras, tufos de cabelos, ossos pequenos, frascos com símbolos curiosos como os da *acqua vitae* com que lhe presenteava —, mas jamais se imaginou fazendo o mesmo. Até porque não conseguia sequer imaginar a serventia daquelas coisas tétricas.

Enquanto a irmã o observa, Luciano faz habilmente com a ponta de seu punhal um minúsculo orifício em uma das extremidades da lasca, arranca um pedaço de linha que se solta de uma das costuras do gibão e passa o fio pelo furo. Gentilmente, ergue o pulso de Jade, revelando a pulseira que ele lhe dera na véspera de sua viagem a Colonnata. Ela continua a usá-la não apenas por ter sido um presente do irmão, mas principalmente como uma lembrança constante do que era capaz para estar ao lado daqueles a quem amava e a quem não mediria nenhum tipo de esforço para proteger. Luciano enfia a linha repetidas vezes por um dos aros da pulseira enquanto diz:

— Este é um elo entre você e Antonina. A partir de agora, ela estará ligada a você neste plano. Sempre que precisar de ajuda, é só chamá-la. Você pode não vê-la, mas ela estará ao seu lado, ouvindo-a e pronta para ampará-la no que for necessário. Nos porões, chamamos esse tipo de amuleto de feti-che. Alguns Predestinados são capazes de criar esse tipo de vínculo usando partes de um espécime ou de um objeto que em vida teve algum valor para o espírito. Aliado aos rituais certos, o fetiche faz com que essa alma fique à mercê de quem o possui. Contudo, os elos mais fortes acontecem quando o espírito em questão se coloca à disposição de um vivo por vontade própria. Pode ser por empatia, uma dívida ou simplesmente por amor. Não sei quais são os motivos pelos quais nossa antepassada possui essa afeição por você, *sore*. Tudo que meus espíritos conseguiram tirar de Antonina é que você precisará dela.

Jade arregala os olhos na direção do irmão. Era ela quem estava habi-tuada a desvendar o que se passava pela mente das pessoas, porém Luciano jamais perderia aquela mania de lê-la como se fosse um de seus livros. Só ele é capaz de fazer isso e, ela tem certeza, o irmão não precisa de nenhum de seus fantasmas. E por que ela necessitaria da ajuda de Antonina? Quando ainda era menina, o pai, em suas visitas ao infantário, já havia lhe revelado de onde vinham as vozes que lhe sussurravam segredos. Ela não as temia, pelo contrário. Jade os considerava amigos que estavam sempre a postos para ajudá-la. Contudo, por conta das crises de Luciano, ela já vira muito bem do que aqueles mesmos amigos eram capazes, de forma que optava por não perturbá-los, deixando que viessem naturalmente até ela. Agora, porém, a alarma saber que Antonina quer criar um vínculo ainda mais forte. Que motivos ela teria para isso? O que o destino lhe teria reservado no longo caminho que tinha pela frente? Jade treme ao pensar que tem toda a eternidade diante de si e que tudo que passou até ali é simplesmente o ponto de partida.

Ao sentir o corpo da irmã sacudir junto ao seu, Luciano a abraça novamente e sussurra em seu ouvido:

— Não faço ideia do que ela quis dizer com isso, mas não se preocupe. Vocês duas possuem o dom, são mães e sofreram ao dar seus filhos à luz. Ainda mais levando em conta que o mesmo sangue que corria nas veias de Antonina corre agora nas suas. E ela tem razão. Vai lhe fazer bem ter alguém do Outro Lado para lhe servir. Quando éramos crianças, o *papà* ficou impressionado como os seus dons eram ainda mais aflorados que os da *mamma*. Ele quis lhe ensinar mais, porém não ousou levá-la para as catacumbas. Você já tinha passado por experiências tenebrosas suficientes por minha causa e era apenas uma garotinha. Mas o dom jamais a abandonou. Ou você acha que todas as aptidões de Leon vieram unicamente de mim? – Ele abre um de seus raros sorrisos escancarados. – Posso reservar algumas horas quando for dormir na Villa para lhe ensinar a lidar com Antonina. O que você me diz?

Jade está confusa. Ela se recordava de que o pai às vezes fazia perguntas a respeito do que os sussurros lhe diziam e procurou, sem muito sucesso, incentivá-la a tentar que fizessem suas vontades. Ela sabia que, se assim o quisesse, era capaz de fazer com que as vozes lhe contassem mais segredos, porém temia sofrer das mesmas crises que o irmão, além de correr o risco de não estar ali para abraçá-lo, cuidar de seus ferimentos e acalmá-lo quando aqueles seres invisíveis o atacassem. Era Luciano quem estava destinado a lidar com os mortos. Ela nascera para ser uma princesa, como o pai lhe dizia todos os dias, e nada queria ter com aquelas coisas apavorantes. O tempo, porém, havia lhe mostrado que princesas não passam de criaturas trágicas, destinadas a parir uma sucessão de herdeiros até que seus corpos se esvaíssem. Ela já tinha passado por aquilo e sentia o hálito gelado da morte todas as vezes em que se recordava do dia em que trouxe os filhos ao mundo. E, mais do que tudo, as princesas dos contos de fadas que Alfeo lia com ela em seu colo quando era menina jamais eram entregues a viúvos avarentos e seus filhos sequiosos. Se falar com os mortos é a maneira que possui para ser mais do que uma princesa condenada eternamente à infelicidade, ela aceitará as lições do irmão de bom grado. Por mais que aquilo a apavore, além de manter Luciano por mais tempo ao seu lado, Antonina pode ajudá-la a proteger Rebecca e impedir definitivamente que a levem para longe.

Ela assente, tímida, mas já é o suficiente para que o rosto sombrio do irmão se ilumine.

— Estou orgulhoso de você e tenho certeza de que Antonina também está. Ela se foi, mas anos depois seu irmão mais novo, que por sorte também possuía o dom, deu continuidade à linhagem com uma prima. E aqui estamos, *sore*, honrando os sacrifícios de nossos antepassados e levando os Manfredi até onde eles jamais poderiam imaginar. Foi penoso para todos nós. Todos, sem exceção, pagamos um preço alto por sermos quem somos. E é exatamente isso que nos levou tão longe. Nenhum de nós fugiu de nossas responsabilidades, por mais dolorosas que fossem. Todos nós cometemos atos terríveis em nome da família. Não devemos nos orgulhar disso, mas jamais, em hipótese alguma, devemos nos arrepender do que quer que seja. Vivemos em um mundo cruel e, do Outro Lado, as leis que regem as almas não são muito diferentes das que existem neste plano, embora a forma como é aplicada em nada tenha a ver com a daqui. Por mais que tenhamos nossas divergências, só chegamos aonde estamos porque nos mantivemos unidos. Podemos contar apenas com nossa família e mais nada. Só quem compartilha do seu próprio sangue estará lá para estender a mão e impedir que você caia no abismo, mesmo correndo o risco de ser ele mesmo tragado para a morte. Enquanto existirem Manfredi em qualquer um dos planos, *sore*, você nunca estará sozinha.

Ele seca as lágrimas que escorrem do rosto de Jade e beija seus lábios.

— E, mais do que tudo – Luciano continua –, saiba que sempre, sempre eu estarei ao seu lado. Não importa o que acontecer nem qual for a distância. Jamais se esqueça disso.

O rosto de Jade se abre em um sorriso temeroso, porém franco, como aqueles com que presenteava o irmão todos os dias quando eram crianças.

— Posso acreditar nessa promessa? – ela sussurra.

— *Sore*, não sou mais um menino que não entende os limites que seus braços são capazes de alcançar. Se eu lhe dou minha palavra, é porque tenho total certeza do que quero dizer. Quantas vezes precisarei repetir que você e nossos filhos são a razão dos meus dias?

Jade fecha os olhos por um instante como se saboreasse aquelas palavras. Ela os abre em seguida e mira os do irmão.

— Eu simplesmente não consigo conceber um mundo onde vocês não estejam ao meu lado. Sei que me criticam por não ser tão presente para Leon, mas não duvide nem por um segundo do quanto amo nosso filho. Ele é tão meu quanto Rebecca, mas... o que eu posso oferecer ao herdeiro da dinastia, *frate*? Leon já está cercado por todas as atenções de que necessita. Como mãe é meu dever saber qual dos meus filhos mais precisa de mim. Gostaria que pelo menos você compreendesse, você que sempre me entendeu melhor do que qualquer outra pessoa neste mundo. Quando éramos crianças, a *mamma* estava ocupada demais para cuidar de nós, até mesmo de Domenico, e, apesar da tia Francesca, cá estamos. Talvez, se eu não me dedicasse tanto a Rebecca, ninguém me questionasse.

— Calma, *sore*. – Luciano acaricia o rosto de Jade de forma apaziguadora. – Essa família desde sempre elegeu seus preferidos, ainda que muitas vezes não seja capaz de lidar com isso. Peço apenas que você se recorde de que Leon também precisa de você. Talvez até mais do que Rebecca. Acompanhe-nos no Porto esta noite antes de se retirar para seus aposentos. Quem sabe assim Leon terá a decência de fazer companhia a seus pais e poderemos ter nosso filho ao nosso lado em vez de saber que ele está se embebedando com o tio, o padrinho e aqueles três fedelhos na casa da Madame.

Jade assente. Ela percebe o ciúme do irmão em relação a seu tão adorado filho, que lhe lembra os tempos em que o primo Frederico lhe fazia a corte. Por mais que de fato eles amassem uns aos outros com o desespero daqueles que sabem que só podem contar com seu próprio sangue e mais ninguém, algumas coisas na Villa Manfredi jamais iriam mudar. Ela não consegue conter um gracejo:

— Será que meu irmão se tornou depois de tantos anos um defensor dos bons costumes?

Luciano não é um homem dado a chistes, todos os Manfredi sabem disso. Vindas de qualquer outra pessoa, aquelas palavras poderiam ter um efeito feroz para seu interlocutor, porém, saídas dos lábios de Jade, elas ganham um contexto completamente diferente. A irmã é a única capaz de fazer com que Luciano ria de si mesmo. Talvez por ser sua melhor metade. Ou simplesmente porque a ama. Ele solta uma gargalhada.

— Esta noite posso mostrar a você alguns dos meus bons costumes.

— Teremos que esperar até a noite? – Jade faz um beicinho e aproxima ainda mais seu corpo do de Luciano, apertando-o em seus braços.

As mãos dele vagam mais uma vez por suas curvas. Ele beija seus lábios, seu pescoço, as bordas dos seios que se insinuam pelo decote. Ergue o vestido e toca as coxas até alcançar o sexo. Ao perceber o quanto ela está excitada, ele recua. Enquanto tenta controlar sua própria lascívia, Luciano segura o riso, sem muito sucesso, ao ver a expressão confusa de Jade e olha para cima. Nuvens cinza-azuladas começam a tomar conta do céu, que assume tons avermelhados pouco usuais para meados da tarde. Tudo indica que a primeira neve do inverno cairá em breve. Ele abotoa a capa da irmã, enquanto explica:

— Você ainda precisa se arrumar. Sei muito bem o quanto todo o processo é demorado. E preciso conversar com o *papà* sobre alguns assuntos dos porões antes que a comitiva de Domenico chegue à Villa. Também gostaria de visitar Rebecca. E logo vai começar a nevar. Não que devamos nos preocupar em pegar um resfriado, mas não quero chegar ao casarão ensopado e ter que ser vestido novamente. Tampouco quero que você se atrase para o banquete e tenha que suportar os olhares de reprovação e as ladainhas da tia Francesca. Por tudo que é mais sagrado, já suportamos mais do que suficiente dessa amolação. Mas vou dormir no casarão esta noite e, se a senhorita minha irmã assim o permitir, gostaria de passar o dia amanhã em sua excelentíssima companhia para darmos início a nossas lições.

Luciano faz uma mesura propositalmente empolada e Jade solta uma risada divertida que ecoa por todo o cemitério. Por um momento é como se o tempo, assim como seus corpos, houvesse congelado e eles fossem duas crianças entusiasmadas com suas brincadeiras proibidas.

De mãos dadas, os dois caminham sem pressa na direção da Villa provocando-se às gargalhadas e conversando sobre as boas lembranças do passado e o que o futuro lhes reserva. Eles são Manfredi e, por maior que seja o peso que aquele nome carrega, mais do que nunca as dádivas por serem quem são se mostram incalculáveis. Haviam vencido o mais inexorável dos inimigos, um feito com o qual seus rivais nem mesmo podiam sonhar. Eles tinham não só Parma, mas toda a Santa Igreja a seus pés. O mundo seria um lugar pequeno para as conquistas dos Manfredi. E o herdeiro de tudo aquilo fora gerado por Jade e Luciano. Para surpresa de todos, eles haviam excedido todas as expectativas jogadas brutalmente sobre suas costas no dia em que vieram ao mundo. Não tinham escolhido aquilo, mas, se essa era a dança, seguiriam os passos, ainda que à sua maneira. Entretanto, apenas eles e mais ninguém sabiam que a principal razão de haverem feito tudo aquilo não eram as glórias, as conquistas ou a honra do dever cumprido, mas sim a necessidade instintiva de permanecerem juntos. Desde o início eles tinham sido um só e somente entre os Manfredi eles assim poderiam permanecer. Essa fora a maior dádiva que aquela família lhes legara, e Jade e Luciano têm certeza de que, não importa o que acontecer, eles farão o impossível para manter sua insólita felicidade.

Nota da autora

Este livro combina personagens fictícios com outros que existiram e ajudaram a moldar uma parte considerável do que hoje conhecemos como o século XVII na Europa. Entretanto, datas, acontecimentos e personalidades foram alteradas para se adaptarem à trama.

Ainda assim, tentei me ater ao máximo aos acontecimentos que marcaram o Norte da Itália de 1629 a 1651, um recorte temporal um tanto incomum, mas substancial para englobar a gênese da família Manfredi como ela passará a ser conhecida dali para frente. Nessa pesquisa, cujo intuito foi compor um cenário e personagens coadjuvantes tão vívidos quanto os protagonistas que há anos assombram minha mente, recorri a algumas dezenas de livros, artigos e monografias assinadas por historiadores, antropólogos, sociólogos, médicos e outros profissionais cujos trabalhos tornaram *Predestinados* um livro muito mais expressivo. Uma lista de todos eles em uma obra de ficção seria extremamente maçante, entretanto, gostaria de registrar meu profundo agradecimento a esses pesquisadores. Sem eles, *Predestinados* jamais seria um projeto possível.

Como descendente de parmesãos que migraram para a América no entreguerras, recorri não só a fontes bibliográficas, mas à minha memória afetiva das descrições, palavras, sons, refeições, bebidas e sabores da casa da minha *nonna* no subúrbio do Rio de Janeiro, não coincidentemente ao lado de um cemitério onde estão enterradas gerações dos Orlando que vieram parar deste lado do continente. Como Jade e Luciano, passei boa parte da minha infância brincando entre as sepulturas enquanto minha avó lavava o túmulo da família e me contava histórias da gente que ali descansava. Apesar de os Orlando (*grazie Dio*) nada terem em comum com os Manfredi, os últimos começaram a ser gerados, muito antes que eu me desse conta disso, lá no alto do Cemitério do Catumbi, bem depois do Cruzeiro, aonde as pernas doem para chegar, mas a vista compensa.

Agradecimentos

Escrever é um ato solitário. Contudo, à medida que uma história começa a tomar forma e ganhar asas, o que antes era insociável se torna um coletivo de muitas mãos que trabalham juntas para que um livro e um escritor existam. Eu tive a sorte e o privilégio de ter as melhores mãos me amparando, incentivando e me fazendo acreditar que os meus Malditos tinham alguma chance de existir fora da minha cabeça.

Os primeiros a se juntarem a essa jornada foram meus amigos e *beta readers* Thereza Rossi, Rafael de Pino, Phillip "Pepê" Alram e as mulheres da minha vida Juliana Gontijo, Mariana Araújo de Carvalho, Luciana Manhães e Tatiana Calandrino. Muito obrigada pelas sugestões, críticas e ideias. E por continuarem me amando mesmo quando o meu único assunto era um pessoal que não existe — ou não existia ainda!

Os amigos e escritores Santiago Nazarian, André Gordirro e Edney Silvestre cederam seu tempo escasso para ler *Predestinados* e fazer observações valiosíssimas, e me presentearam com as mais gentis das aspas. Jamais terei como agradecer por tanto carinho.

Meu querido amigo Thiago Amaral foi responsável por verter os primeiros capítulos de *Predestinados* para o inglês, dando as asas que meus Malditos precisavam para voar ainda mais longe. Agradeço imensamente pelo trabalho meticuloso e por, mesmo longe, estar sempre por perto.

Toda a minha gratidão à equipe da Globo Livros, em especial ao *publisher* Mauro Palermo, que sempre acreditou em mim até mesmo quando eu não acreditava. *Boss*, as minhas palavras jamais serão suficientes para agradecer a você por tudo. E um salve para o meu editor, Lucas de Sena, e o *dream team* dos assistentes editoriais: Jaciara Lima, Renan Castro e Isis Batista. E, claro, Lena, Luizão, Joe, Vanessinha, Lud, João, Marcelo, Paulinha, Agatha, Maya, Mayra, Jéssica, Marina, Clarice e todo o pessoal, obrigada, obrigada e obrigada!

Minha grande amiga Mary Anne Thompson foi uma das primeiras a ouvir sobre os meus Malditos em uma noite de muita *grappa* (!!!) em Londres e me incentivou a escrever. Ela também foi a primeira a ler a tradução de *Predestinados* para o inglês e me deu dicas valiosas que tornaram o livro muito melhor. *You rock, MAT! Grazie mille!*

Minhas agentes e grandes amigas Lúcia Riff, Laura Riff, Eugênia Ribas e Júlia Wähmann me acolheram com os braços abertos, me acalmaram e me deram os mais valiosos conselhos. É uma honra gigantesca fazer parte da prestigiada lista da Agência Riff. Muito obrigada pela parceria e, mais do que tudo, pelo amor e pelo carinho quando eu mais precisei.

E, como não poderia deixar de ser, meu muito obrigada à Vivian Wyler e à Mônica Figueiredo por, há mais de duas décadas, terem me acolhido, me ensinado e lançado a primeira sementinha do que hoje se concretiza como *Predestinados*. Eu carrego vocês no meu coração e nas minhas palavras todos os dias.

Predestinados foi escrito, talvez não coincidentemente, durante um período muito conturbado para mim e para o mundo, e o Bruno Leite me amparou, auxiliou, me abraçou e segurou a minha mão quando eu tive muito medo. Sem ele, eu jamais teria sido capaz de concluir este livro. Ele me protege todos os dias dos meus fantasmas. Obrigada, Honey. Eu amo você.

ESTE LIVRO, COMPOSTO NA FONTE FAIRFIELD,
FOI IMPRESSO EM PAPEL PÓLEN NATURAL 70 G/M²
NA GRÁFICA COAN.
SANTA CATARINA, BRASIL, MARÇO DE 2023.